Volker Klüpfel / Michael Kobr

Grimmbart

Kluftingers achter Fall

KNAUR

Besuchen Sie uns im Internet:
www.knaur.de

FSC
www.fsc.org
MIX
Papier aus verantwortungsvollen Quellen
FSC® C083411

Vollständige Taschenbuchausgabe September 2015
Knaur Taschenbuch

Ein Imprint der Verlagsgruppe Droemer Knaur GmbH & Co. KG, München

Covergestaltung: ZERO Werbeagentur, München
Coverabbildungen: plainpicture / BY
FinePic®, München
Kapitelvignetten: Gisela Rüger, München
Satz: Adobe InDesign im Verlag
Druck und Bindung: CPI books GmbH, Leck
ISBN 978-3-426-51184-8

2 4 5 3 1

»Es war einmal, kapierst du das endlich?« Er sieht sie wütend an, doch sie lächelt. »Nichts ist mehr, wie es war. Hör auf zu grinsen. Es gibt nichts zu grinsen. Wir sind allein.«

Noch immer das Lächeln.

»Herrgott, sie haben uns weggeschickt.«

Er schüttelt sie. Jetzt bröckelt ihr Lächeln, und er ist zufrieden. Gleichzeitig tut sie ihm leid. Er nimmt sie in den Arm. »Es wird schon. Wir haben ja uns.«

»Uns«, wiederholt sie.

Zart und zerbrechlich steht sie da. Jetzt droht die Verzweiflung ihn zu übermannen. Doch Verzweiflung kann er sich nicht leisten. Er muss stark sein. Für sich. Und für sie.

»Geht es wieder?«

Sie nickt.

Er geht ein paar Schritte. Sein junger Körper ist ausgezehrt, nur noch Haut und Knochen.

»Meinst du, der Katze geht es gut?«

Statt Verzweiflung nun wieder Wut. Wie kann sie in dieser Situation an die Katze denken?

»Los jetzt.« Er steht auf, schaufelt Erde mit dem Fuß in die Glut des erloschenen Feuers. »Wir müssen weiter.«

»Aber es ist Nacht.«

Er sieht sich um. Der Mond scheint silbern durch die Baumwipfel. »Wir müssen. Sonst erfrieren wir.«

Sie ergreift seine Hand. Er zieht sie fort.

Nach einer Weile fragt sie: »Kennst du den Weg?«

»Ja.«

Er lügt, und sie weiß es. Aber es beruhigt sie. Nichts wäre schlimmer als die Wahrheit.

Sie stolpert hinter ihm her. Er geht zu schnell. Doch sie beklagt sich nicht. Er hat immer einen Ausweg gefunden. So wird es auch diesmal sein.

Ein Klopfen über ihnen lässt sie aufhorchen.

»Was war das?« In ihrer Stimme liegen Angst und Hoffnung zugleich.

Er hebt den Kopf: »Nur der Wind.« Seine Hand deutet auf einen Ast, der gegen einen Baumstamm schlägt. Immer wieder.

Ihre Kräfte schwinden, das merkt er. Wenn nicht bald etwas passiert, wird es schlimm enden.

»Da.«

Er hat es auch gesehen. Eine Hütte. Er streicht sich durch seine dichten Haare. Eine Hütte.

Seltsame, süße Verheißung.

Auf Wärme.

Auf Essen.

Ein Zuhause.

Er geht voraus. Sucht Deckung hinter einem Baumstamm, späht in die Nacht.

Sein Entschluss steht fest. Er dreht sich um.

Und schreit.

Sie brennt.

Lichterloh.

Dann erwacht er aus seinem Traum.

1

»Nein, nein, neinneinneinneinneinnein!«

Kluftinger führte einen regelrechten Veitstanz vor seiner Frau auf. Die stand davon ungerührt vor ihm im Hausgang und flötete in den Telefonhörer: »Aber natürlich ist er da, Martin, wart mal, ich geb ihn dir.«

Kluftinger verdrehte die Augen, formte mit den Lippen ein ironisches *Danke* und streckte mit grimmigem Blick den Arm aus. Ausgerechnet in seinem wohlverdienten Feierabend musste ihn der neunmalkluge Doktor behelligen.

Erika flüsterte ein zuckersüßes »Bittschön, Butzele« zurück und verschwand im Wohnzimmer.

»Herr Langhammer …«, fragte er brummend in den Hörer und machte sich auf den üblichen Wortschwall des Gemeindearztes gefasst. Doch es blieb erstaunlich lange still am anderen Ende der Leitung. »Herr Langhammer?«

Kluftinger wunderte sich, dass der Arzt noch immer nicht mit einer seiner gefürchteten Geschichten begonnen hatte: über einen neuen Rekord auf dem Golfplatz oder, noch schlimmer, intime Details seines Ehelebens mit Gattin Annegret. Stattdessen kam ein zaghaftes »Es tut mir leid, dass ich Sie so spät noch störe« aus dem Hörer.

Es tut mir leid? Der Kommissar konnte sich nicht erinnern, diese Worte im Laufe ihrer langjährigen Zwangsbekanntschaft schon einmal vom Doktor vernommen zu haben. Und somit erhielt der doch noch Kluftingers ungeteilte Aufmerksamkeit. »Passt schon, noch bin ich ja nicht im Bett, worum geht's denn?«

»Es ist etwas heikel, aber Sie müssen da wohl einfach auf meine kriminalistische Intuition vertrauen.«

Kluftinger erwiderte nichts.

»Von der Sie selbst ja auch schon profitiert haben, wenn ich Sie daran erinnern darf ...«

Der Kommissar war beinahe erleichtert: Da war er wieder, der gute alte Doktor.

»Sie kennen ja meine Liebe zu klassischer Musik.«

Kluftinger seufzte. Bisher hatte er sich den Einladungen zu Hausmusikabenden bei Langhammers meist geschickt entziehen können. Er legte sich bereits ein paar noch unbenutzte Ausreden zurecht, da fuhr der Doktor fort: »Im Allgäu kommt man da an den von Rothensteins natürlich nicht vorbei. Sie kennen doch die von Rothensteins?«

Kluftinger dachte nach. Er meinte, den Namen schon einmal gehört zu haben, war sich aber nicht sicher.

»Sie veranstalten regelmäßig Kammermusikabende in ihrem Schloss. Wahre Kleinode des Kulturbetriebs, aber das führt jetzt vielleicht zu weit. Jedenfalls habe ich den Freiherrn von Rothenstein Grimmbart bei einer dieser Veranstaltungen kennengelernt, und er hat mich seither auch schon als Arzt konsultiert. Es entwickelte sich so etwas wie eine lockere Freundschaft – soweit das zwischen Bürgerlichen und Adeligen eben möglich ist.«

Kluftinger wunderte sich, dass ausgerechnet der Doktor in solchen überkommenen Strukturen dachte. Er wusste jedoch immer noch nicht, was das Ganze mit ihm zu tun haben sollte, und fragte deswegen ungeduldig: »Und?«

»Nun, der Baron hat mich gerade eben angerufen.«

»Welcher Baron jetzt?«

»Na, Baron Rothenstein.«

»Ist das der Bruder, oder was?«

»Welcher Bruder?«

»Ja, von dem Freimaurer da.«

»Welcher Freimaurer denn?«

»Der halt, von dem Sie die ganze Zeit geredet haben.«

»Sie meinen den Freiherrn?«

»Ja, den.«

»Nein, der Baron hat keinen Bruder, soviel ich weiß.«

»Ich mein ja nicht den Baron, ich mein den anderen.«

»Welchen anderen?« Langhammer klang verzweifelt.

»Den Frei… dings.«

Der Doktor seufzte. »Den Freiherrn? Das *ist* der Baron. Man spricht ihn so an.«

Kluftinger biss die Zähne zusammen und schwieg, ganz gegen seinen inneren Impuls, einfach aufzulegen.

»Jedenfalls«, fuhr Langhammer fort, »hat er mich vor ein paar Minuten angerufen. Er schien regelrecht aufgelöst, was für Menschen seines Standes …«

»Herr Langhammer, bitte!« Die Weitschweifigkeit des Doktors, gepaart mit dieser Unterwürfigkeit gegenüber Adeligen, war schwer auszuhalten.

»Er schien sehr erregt. Auch ein wenig wirr. Er fabulierte etwas von einem Bild, also einem bestimmten Gemälde, und seiner Frau, die auf dem Bild zu sehen sei, dann wieder von einem Foto und dann wieder von dem Bild … Sie müssen wissen, dass es im Schloss eine umfangreiche Gemäldesammlung gibt, die zumindest historisch von einigem Wert ist. Kunsthistorisch müsste man vielleicht zu bedenken geben, dass …«

Jetzt riss Kluftinger der Geduldsfaden: »Himmel, was ist denn jetzt mit den Bildern? Fehlt eins? Und was für Fotos? Hat er sie etwa auf einem nackt gesehen, und jetzt ist er recht verstört?«

»Mich? Wieso denn mich? Wie sollte ich denn …«

»Die Frau! Himmelherrgott, Langhammer, jetzt sagen Sie halt, was los ist.«

»Ach so, ja, natürlich. Also, ich mache mir ernsthafte Sorgen. So habe ich Herrn von Rothenstein Grimmbart noch nie erlebt. Er sagte nur ständig ›Meine Frau, meine Frau‹, hat sich aber auch auf Nachfrage nicht genauer geäußert. Stattdessen stammelte er etwas von einer Bedrohung … möglicherweise sei vor kurzem jemand eingedrungen …«

»Dann fahren S' halt hin.«

»Würd ich ja, aber ich hab Nachtdienst. Ich kann unmöglich weg.«

»Dann rufen Sie die Polizei.«

»Tu ich doch.«

»Wie? Na, ich mein, ja, schon, aber … halt die Kollegen. Ich hab nämlich keinen Nachtdienst.«

»Verstehe, es tut mir auch wirklich leid, aber ich weiß nicht, ich hab ein ungutes Gefühl bei der Sache. Vielleicht täuscht es auch.«

»So wird's wohl sein. In diesem Sinne …«

»Aber wenn nicht … also, kurz und gut: Könnten Sie eventuell mal vorbeischauen?«

Kluftinger presste die Luft zwischen den Zähnen hervor. »Also gut, ich fahr morgen mal hin, vielleicht ist er dann ja wieder nüchtern.«

»Nein, nein, jetzt!«

»Hm?«

»Ich meine: Könnten Sie bitte *jetzt* kurz hinfahren?«

»Kommen S', Herr Langhammer, nur weil sich Ihr Musikkamerad da ein bissle verwirrt angehört hat. Das weiß man doch von diesen Adeligen, dass die nicht ganz, wie soll ich sagen …«

»Ja?«

»Ich mein, mit der ganzen Inzucht und so …«

»Herr Kluftinger, jetzt beleidigen Sie doch nicht Ihre eigene Intelligenz. Baron Rothenstein ist ein honoriger, hochintegrer Mann, ein Feingeist wohlgemerkt, kein so ruppiger Geselle wie …«

»Wie?«

»Na, Sie wissen schon, wie die meisten anderen hier im Allgäu.«

»Soso.«

»Jetzt legen Sie doch nicht jedes Wort auf die Goldwaage. Meine Spürnase sagt mir, dass das was für Sie sein könnte.«

»Ihre … was?«

»Lassen Sie sich nicht betteln.«

»Herr Langhammer, ich glaube wirklich nicht, dass ich Ihnen da helfen kann. Da müssen Sie sich schon an jemand anders wenden, denn *meine* Spürnase sagt mir, dass ich das Haus heute nicht mehr verlassen werde.«

Kruzifixnomal! Kluftinger ärgerte sich über sich selbst. Wieder einmal hatte er sich breitschlagen lassen. Wieder einmal war er nicht fähig gewesen, sich dem Doktor zu widersetzen, nachdem der ihm diverse Gefälligkeiten aufgezählt hatte, die er ihm angeblich noch schuldete. Wieder einmal hatte er klein beigegeben. Kampflos, wie er sich zu alldem eingestehen musste.

Na ja, nicht ganz, aber Erika hatte den letzten Rest seines Widerstands mit ihrem »Mach das jetzt, sonst lad ich sie nächste Woche jeden Tag zu uns ein«-Blick erledigt.

Statt gemütlich vor dem Fernseher zu sitzen oder mit seinem Sohn und seiner zukünftigen Schwiegertochter ein Feierabendbier zu trinken, rumpelte er nun also in seinem Passat über schlechte Straßen durchs nächtliche Allgäu, um nach Langhammers Psychofreund zu sehen.

Priml, dachte er resigniert und drehte am Knopf seines Autoradios. Aus den Lautsprechern drang nur unangenehmes Rauschen. Das war nicht ungewöhnlich: Seit ihm irgend so ein Hundskrüppel die Antenne abgerissen hatte, hatte er nur noch dürftigen Empfang. Vor allem bei einer Witterung wie heute: Ein heftiger Wind fegte die ersten braungefärbten Blätter auf die feuchte Straße, und man musste nicht in den Kalender schauen, um festzustellen, dass es Herbst geworden war. Es nieselte leicht aus dunklen, schweren Wolken.

Da braut sich was zusammen, hatte seine Frau noch gesagt. *Anscheinend über mir,* fügte er jetzt in Gedanken hinzu.

Er schaltete das Radio wieder aus und konzentrierte sich auf die Straße. Für den kurzen Weg nach Bad Grönenbach hatte er entschieden, *hintenrum* zu fahren, wie er es nannte. Allerdings bedeutete das: enge, neblige Schleichwege entlang der Iller. Und das bei diesem Wetter. Aber so war es wenigstens kürzer und damit billiger als über die Autobahn.

Seufzend trauerte er dem verlorenen Abend nach und versuchte, sich Langhammers kryptischen Anruf noch einmal in Erinnerung zu rufen. Die spärlichen Fakten zu ordnen. Um irgendetwas mit einem Bild war es da gegangen, einen Unfall, ein Gemälde und die Frau dieses Barons. Wenig erhellende Informationen, die keinen Sinn ergaben, wie immer er sie auch zusammensetzte. Und dann noch ein Adeliger! Der Kommissar fühlte sich unwohl. Üblicherweise hatte er es mit »normalen« Menschen zu tun. Er wusste nicht einmal, wie man so einen Blaublüter anredete. Dass der ein Freund von Langhammer war, verhieß ebenfalls nichts Gutes.

»Zefix!« Kluftinger stieg heftig auf die Bremse, was den betagten Wagen auf der laubbedeckten Straße ein wenig ins Schlingern brachte. *Schlossberg* stand auf dem Schild, das gerade in seinem Scheinwerferkegel aufgetaucht war. Beinahe hätte er die Abzweigung verpasst. Fluchend setzte er zurück und lenkte den Wagen das steile Sträßchen hinauf zum Anwesen der Rothensteins.

Er war noch nie hier gewesen, aber er kannte das Schloss vom Vorbeifahren. Man sah es sogar von der Autobahn aus, es thronte auf einem bewaldeten Hügel über dem Ort. Vielleicht nannte man es deswegen auch *Hohes Schloss*. Wobei *Schloss* ein etwas schönfärberischer Ausdruck war, wie er fand. Sicher, es war ein mächtiges, hoch aufragendes Bauwerk, das von einer langen und bewegten Geschichte zeugte. Aber ein Schloss? Neuschwanstein war ein Schloss. Hohenschwangau. Selbst das Stadtschloss in Füssen konnte man mit etwas gutem Willen noch dazuzählen. Aber *das* hier? Es war eher ein in die Höhe gezogenes Landhaus, das die besten Jahre hinter sich hatte. Weit hinter sich. Selbst von ferne konnte man die Spuren des Verfalls erkennen, der Putz blätterte ab, die Fassade war vergraut und brüchig.

Jetzt erreichte Kluftinger das Plateau des Hügels und fuhr auf das Gebäude zu. In dieser ungemütlichen Nacht wirkte das spärlich beleuchtete Gemäuer wie eine mittelalterliche Burg, abweisend und ein wenig unheimlich. Er stellte seinen Passat auf einem der Parkplätze vor dem langgezogenen Nebengebäude ab und lief auf die Brücke zu, die über einen Burggraben zu einem massiven

Portal führte. Davor stand ein windschiefes Schild, dessen antiquierte Buchstaben den Namen »Schloss Grimmbart« bildeten. Seltsam, dachte der Kommissar, er hatte immer gedacht, es hieße offiziell *Hohes Schloss*.

Die eine Hälfte des Portals stand offen, und Kluftinger blieb unwillkürlich stehen, als er dahinter eine Gestalt erkannte, die einen vielarmigen Kerzenleuchter in der Hand hielt. Er kam sich vor wie in einem dieser Edgar-Wallace-Streifen aus den Sechzigern, ballte die Fäuste in seinen Taschen und lief auf die Gestalt zu. Noch ehe er die Tür erreicht hatte, rief eine Stimme gegen den Wind: »Herr Inspektor?«

»Kommissar.«

»Oh, ja, pardon, Kommissar natürlich. Doktor Langhammer hat Sie bereits telefonisch angekündigt. Ich bin etwas … Ich darf mich kurz vorstellen: Wieland Freiherr von Rothenstein Grimmbart.«

Kurz ist gut, dachte der Kommissar. Immerhin wusste er nun, woher der Name auf dem Schild kam.

Jetzt konnte er auch das Gesicht des Mannes im flackernden Kerzenschein sehen. Die grauen Haare standen ihm wirr vom Kopf ab, seine Oberlippe zierte ein schmales Bärtchen. Die Hand, die den Leuchter hielt, zitterte.

»Haben Sie Stromausfall?«, begrüßte der Kommissar den Mann.

»Wir? Wieso …« Der Mann folgte Kluftingers Blick zu seinem Leuchter. Er schien verwirrt, als fiele es ihm schwer, sich auf irgendetwas zu konzentrieren. »Ach so, verstehe. Nein, aber in dem Trakt, in den wir müssen, da macht die Elektrik immer wieder Sperenzchen.«

»Priml.«

»Wie meinen?«

Wie meinen! Der redete genauso geschwollen daher, wie Kluftinger befürchtet hatte. »Verstehe.«

»Ja, wissen Sie, alles sehr alte Leitungen, zudem sind nicht alle Räume elektrifiziert worden. Aber bitte, bitte jetzt schnell, kommen Sie, meine Frau! Jemand hat … es droht Gefahr!« Der Mann stemmte sich gegen das Portal, und es schloss sich knarzend hinter ihnen. Sofort umfing sie eine beklemmende Stille, nur ganz schwach drang das Pfeifen des Windes noch durch die dicken Mauern.

Die Tür hatte den Blick auf die Wand dahinter freigegeben, an der ein Wandteppich hing, den ein riesiges Wappen zierte. Im Zentrum des Wappens prangte ein Tier, das Kluftinger in dem schummrigen Licht jedoch nicht erkannte. Bevor er danach fragen oder sich erkundigen konnte, was denn überhaupt los sei, setzte sich der Mann hektisch in Bewegung, und der Kommissar folgte ihm. Sie stiegen eine breite Treppe hinauf, deren Geländer wüste, steinerne Figuren zierten, Fabelwesen mit weit aufgerissenen Mäulern und grauenhaften Fratzen, die im Schein der Kerzen lebendig zu werden schienen. Den Kommissar fröstelte es, und er schlug unwillkürlich den Kragen seines Lodenmantels hoch.

Er folgte dem Schlossherrn durch mehrere Türen und kleine Verbindungsgänge und hatte längst die Orientierung verloren, als der Mann abrupt stehen blieb. Kluftinger sah sich um. Vor ihnen gähnte nur ein schwarzes Loch, wohl ein langer Gang, von dem gerade mal ein paar Meter durch die Kerzen erhellt wurden.

»Moment, ich mache mal Licht«, sagte Rothenstein, und Kluftinger atmete auf. Doch als der Adelige den Schalter mit einem satten Schnalzen umgelegt hatte, merkte der Kommissar kaum eine Veränderung. Er kniff die Augen zusammen, um in diesem in funzeliges Glühlampenlicht getauchten Korridor irgendetwas ausmachen zu können.

Sein Vordermann drehte sich um und blickte ihn erwartungsvoll an. »Was meinen Sie?«

Der Kommissar hatte keine Ahnung, worauf er anspielte. »Es tut mir leid, aber, also ich kann nix … wird das noch heller?«

»Hier, an der Wand.« Er deutete nach links.

Kluftinger schritt an einer Reihe düsterer Porträts vorbei, vermutlich Ahnen des Schlossherrn, die einst in diesen Mauern gehaust hatten. Sie waren in massive Holzrahmen gefasst, deren goldene Farbe zum Teil abgeplatzt war und … Er hielt inne. Ein Bild fehlte. Stattdessen hatte jemand etwas an die Wand gepinnt. Einen Zettel oder … »Können Sie mal mit dem Kerzenleuchter kommen?«

Rothenstein stellte sich neben ihn, und jetzt konnte der Kommissar endlich ein bisschen mehr sehen. Es war kein Zettel, der da an der Wand hing, es war ein Foto. Ein Polaroid.

»Darf ich?«, fragte er und zeigte auf die Kerzen. Der Mann nickte, und der Kommissar nahm den Leuchter in die rechte Hand. Er machte noch einen weiteren Schritt auf das Foto zu, dann stieß er die Luft aus. Denn in diesem Augenblick wurde ihm klar, dass es noch eine lange Nacht werden würde.

»Ist das ..?«

»Ja, das ist meine Frau.« Die Stimme des Mannes klang brüchig. Kluftinger musterte ihn noch einmal: Seine Haare umrahmten ein hageres, aschfahles Gesicht mit feinen Zügen und leuchtenden, wasserblauen Augen.

Der Kommissar ging noch näher an das Foto heran; er stand nun so dicht davor, dass er es mit der Nasenspitze fast berührte. Es war lange her, seit er das letzte Polaroid gesehen hatte. Sein Vater hatte einmal eine dieser Kameras auf der Dienststelle gehabt und sie manchmal zu Familienfesten mit nach Hause gebracht. Man musste mit den fertigen Bildern immer wild in der Luft herumwedeln, um irgendwann eine Abbildung zweifelhafter Qualität in Händen zu halten, die schon nach wenigen Wochen verblich. Da war man mit einem schönen altmodischen, analogen Fotoapparat, wie er ihn stolz sein Eigen nannte, doch wesentlich besser bedient. Solange es noch Filme dafür gab, zumindest. Damit knipste man nicht einfach drauflos, man wählte Motive bewusst aus. Außerdem war es immer eine schöne Überraschung, wenn man schließlich die Aufnahmen eines Sechsunddreißigerfilmes in Händen hielt und längst vergessene Schnappschüsse vom Sommerurlaub in Südtirol neben dem Nikolausfest vor Augen hatte.

Den Sinn dieser Polaroid-Mordstrümmer hatte Kluftinger dagegen nie ganz verstanden. Außer natürlich, man wollte eine kostümierte Frau fotografieren und ihr Bild noch in derselben Nacht im Gang eines alten Schlosses aufhängen. Aber was zeigte dieses Foto? Die Frau darauf steckte in einer grotesken, historischen Kostümierung mit einer altertümlichen Haube und einer barocken Robe. Das Gesicht war kalkweiß gepudert, ein Teil der Schminke war verlaufen – wegen der Tränen aus den seltsam starr dreinblickenden Augen. Es war ganz offensichtlich, dass die Frau nicht freiwillig Modell gesessen hatte.

Kluftinger sog scharf die Luft ein und wich einen Schritt zur Seite.

»Vorsicht!«, rief der Adelige, und Kluftinger erstarrte in der Bewegung.

»Was ist denn?«

»Der Rahmen.« Rothenstein zeigte auf den Boden. Die Leisten, die dort lagen, hatte Kluftinger zunächst für Baumaterial zur Reparatur des maroden Gebäudes gehalten. Jetzt erst erkannte er, dass es ein leerer Bilderrahmen war.

»Liegt der schon lange da?«, fragte er sofort.

»Nein, ich habe ihn entdeckt, bevor ich Sie gerufen habe.«

»Ich nehme mal an, dass da bisher auch ein Bild drin war, oder?«

»Ja.«

Kluftinger seufzte. Der Mann war nicht gerade eine Plaudertasche. »Und welches?«

Der Adelige streckte den Finger aus: »Das da.«

Der Kommissar blickte in die gewiesene Richtung. »Das … Foto?«

»Ja. Sozusagen.«

Kluftinger verstand nicht.

»Sie wollen mir erzählen, dass Sie in dieser Gemäldegalerie ein gerahmtes Polaroid hängen haben?«

»Nein. Das Original. Das hing bis … also bis vor … also, jedenfalls bis vor kurzem noch da.«

Das Ganze wurde immer mysteriöser. Gedanklich ordnete

Kluftinger die bis jetzt gewonnenen Informationen: Irgendjemand hatte also ein Gemälde, das normalerweise hier hing, gegen dieses Foto ausgetauscht. Ein Foto, das die Frau des Schlossherrn in einer seltsamen Kostümierung zeigte. Ihn beschlich eine dunkle Ahnung: »Wieso sitzt Ihre Frau so … komisch da auf dem Foto?«

»Sie sitzt da wie die Frau im Original. Also, im Gemälde.«

»Wann haben Sie sie das letzte Mal gesehen?«

Ohne nachzudenken, antwortete der Mann: »Heute Vormittag. Sie war im Südflügel, um dort ein Hochzeitsbankett vorzubereiten.«

»Ach, man kann hier heiraten?«, fragte Kluftinger schnell.

»Ja, sicher, wieso?«

Der Kommissar machte eine wegwerfende Handbewegung. »Ach, nichts. Sie haben Ihre Frau also später nicht mehr gesehen?«

Rothenstein schüttelte den Kopf.

»Auch nicht gesprochen? Telefoniert?«

»Nein.«

»Hat sich jemand bei Ihnen gemeldet? Ich mein, falls sie entführt …«

»Bei uns gibt es nichts zu holen«, unterbrach ihn sein Gegenüber ruppig. »Noch dazu jetzt, wo das wertvollste Gemälde verschwunden zu sein scheint!«

Kluftinger wollte schon anmerken, dass er doch immerhin in einem Schloss wohne, verkniff es sich aber. Für diese Art der Befragung würden sie später noch genug Zeit haben, jetzt war der Verbleib der Frau erst einmal wichtiger. Er trat noch einmal an das Bild heran. Nun sah er auch, dass sie etwas in der Hand hielt. Er kniff die Augen zusammen, doch er konnte es beim besten Willen nicht erkennen. Sosehr sich der Fotograf mit der Szenerie Mühe gegeben hatte, so schlecht war das Bild geworden: Man hatte die Frau frontal angeblitzt, das Motiv warf einen mächtigen Schlagschatten auf die Tapete hinter ihr. Der Kommissar fuhr herum: »Ist diese Tapete auch auf dem Gemälde?«

Rothenstein trat nun ebenfalls näher und antwortete: »Ja, stimmt, jetzt sehe ich es auch, das ist wie auf dem Original, das wurde ja damals im Märchenkabinett gemalt. Seitdem hat sich dort kaum etwas verändert.«

Kluftinger bemerkte, wie ein Ruck durch den Körper des Mannes ging.

»Mein Gott, das würde ja heißen …«

Der Kommissar drückte ihm den Leuchter in die Hand und zischte: »Sie gehen vor!«

Wieder führte ihr Weg über zahlreiche Treppen und Flure, und Kluftinger hatte das Gefühl, als werde er immer tiefer in die dunklen Innereien des Schlosses gesogen. Irgendwann blieb der Adelige jedoch abrupt stehen: »O nein, ich habe ja gar keinen Schlüssel für das Kabinett.«

»Dann holen Sie ihn«, keuchte der Kommissar.

»Nein, Sie verstehen nicht: Er ist nicht in meinem Besitz.«

»Aber das ist doch Ihr Schloss.«

»Ja, nein, schon, aber es ist etwas komplizierter. Es gibt hier ein Verwalterehepaar. Die kümmern sich für die Gemeinde … also, wir hätten sonst das Schloss nicht halten können, aber so …« Rothenstein wand sich, es war ihm sichtlich unangenehm, darüber zu reden. Da der Kommissar kein Interesse daran hatte, sich ausgerechnet jetzt in die verworrenen Besitzverhältnisse einweihen zu lassen, sagte er schnell: »Wo wohnen diese Verwalter?«

»Im Nebengebäude.«

Sie machten auf dem Absatz kehrt und rannten los.

»Du hast doch wohl nicht mehr alle Tassen im Schrank, du degeneriertes Arschloch!« Der Verwalter, ein großer, grobschlächtiger Kerl in dunkelblauem Ballonseide-Trainingsanzug, hatte sich bedrohlich im Türrahmen aufgebaut.

»Hören Sie, Herr Pawlowicz, es ist nicht der Moment für Streit, es handelt sich sozusagen um einen Notfall, ich bräuchte den Schlüssel zum Märchenkabinett, meine Frau ist möglicherweise …«

»Was geht mich deine Alte an? Hast du mal auf die Uhr geschaut? Im Gegensatz zu dir arbeite ich den ganzen Tag, du …«

»Jetzt bleiben Sie mal in der Ruhe, Herr … Dings.«

Der Hüne schien Kluftinger erst jetzt zu bemerken. Er wandte sich ihm zu und funkelte ihn feindselig an. Kluftinger wollte sich nicht lange mit Erklärungen abgeben und zückte seinen Dienstausweis. »Kripo Kempten. Geben Sie uns jetzt sofort den Schlüssel heraus.«

Pawlowicz schien überrascht. »Polizei?«, fragte er mit einer Mischung aus Misstrauen und Vorsicht, die Kluftinger von Menschen kannte, die schon einmal mit dem Gesetz in Konflikt geraten waren.

»Ja, Polizei, und wenn Sie jetzt nicht sofort …«

»Schon gut.« Der Verwalter hob abwehrend die Hände. »Ich komm mit.«

Dann zog er eine Weste über, griff sich eine Taschenlampe und trat zu ihnen in die Nacht hinaus.

Kluftinger hatte inzwischen das Gefühl, jeden Winkel des Schlosses durchlaufen zu haben, und trotzdem kam ihm keiner der Gänge, durch die sie nun gingen, bekannt vor. Nach ein paar wortlos verstrichenen Minuten gelangten sie an eine doppelflügelige Holztür, die mit massiven Eisenbeschlägen versehen war. Pawlowicz drückte gegen die Tür, die mit einem Knarzen nach innen aufschwang, ohne dass er den riesigen Schlüssel auch nur ins Schloss gesteckt hatte.

»Da war überhaupt nicht abgesperrt, Rothenstein! Und deswegen schmeißen Sie mich mitten in der Nacht aus dem Bett?«

Vorsichtig traten sie einer nach dem anderen durch die Öffnung. Kluftinger verfluchte sich dafür, dass er seine Dienstwaffe nicht mitgenommen hatte. Aber wer hätte auch damit rechnen können, dass der Doktor recht behalten würde? Bevor er den Raum betrat, versuchte er, sich für den nun folgenden Anblick zu wappnen. Doch es half nichts. Was er sah, ließ selbst das kleinste

Haar an seinem Körper zu Berge stehen: Erleuchtet vom grellen Schein der Taschenlampe, saß dort die Frau von dem Foto. Sie war bleich geschminkt und hatte die altertümliche Haube schief auf dem Kopf. Ihre Hände hielten einen Gegenstand und lagen auf dem Tischchen vor ihr. Das heißt, sie lagen nicht, sie waren mit Klebeband fixiert worden.

Doch das war nicht das Schlimmste an diesem Anblick. Was Kluftinger am meisten zu schaffen machte, war die absolute Gewissheit, dass die Frau vor ihm tot war.

2

Der Kommissar stand etwas abseits an einem der großen, bleiverglasten Fenster und schaute nach draußen in die Dunkelheit. Nur durch die spärliche Beleuchtung des verschlafenen Kurortes, der unterhalb des Schlosses lag, ließ sich der Dunst erahnen, der sich als Vorbote des Herbstes wie eine Glocke über die Landschaft gelegt hatte.

Seltsam gedämpft drangen auch die Geräusche an Kluftingers Ohr, die seit gut einer halben Stunde den Raum erfüllten. Das geschäftige Werkeln seiner Kollegen, das ihm sonst half, trotz seiner Leichenunverträglichkeit zu funktionieren, drang kaum noch zu ihm durch. Zu fremdartig wirkte die Szenerie. Das alles, *sie alle* passten nicht so recht in dieses alte Gemäuer. Das grelle, kalte Licht der Scheinwerfer, die Blitze der Fotokameras der Spurensicherung, all das stand im Gegensatz zu der morbiden Würde, die der Raum ausstrahlte.

Rita Freifrau von Rothenstein Grimmbart, so stand es in ihrem Ausweis, die Frau des Barons, war auf höchst bizarre Art und Weise getötet worden, war in eine Szenerie drapiert worden, die der glich, die ein altes Familienporträt aus dem sechzehnten Jahrhundert darstellte. Das immerhin wusste er mittlerweile. Sonst so gut wie nichts.

Die Zeit bis zum Eintreffen seiner Kollegen hatten sie fast wortlos vor dem Hauptportal des Schlosses verbracht. Nur Rothenstein hatte manchmal ein Wimmern oder tiefe Seufzer ausgestoßen. Lediglich ein paar spärliche Sätze über seinen Tagesablauf hatte er ihm entlocken können. Nun drehte sich Kluftinger um und kniff unwillkürlich die Augen zusammen, als er zu Georg Böhm, dem Gerichtsmediziner, sah. Mit zwei Beamten des Erkennungsdienstes löste er gerade das Klebeband, das die Hände der Frau auf dem Tisch fixierte und die Tote auf dem Stuhl noch immer aufrecht hielt. Der Rechtsmediziner nickte ihm kurz zu, dann widmete er sich wieder seiner Aufgabe.

Am anderen Ende des Raums kniete der Leiter des Erkennungsdienstes, Willi Renn, vor einem der mächtigen Schränke und hantierte mit einer großen schwarzen Klebefolie. Während Kluftingers direkte Mitarbeiter Richard Maier und Roland Hefele gerade mit dem Schlossverwalter und dessen Frau sprachen, vernahm Eugen Strobl, der vierte Kommissar in Kluftingers Abteilung bei der Kripo Kempten, noch einmal den Baron.

Kluftinger hing seinen Gedanken nach, noch immer hämmerten dieselben Fragen in seinem Hirn wie eine Langspielplatte mit Sprung: Warum nur begeht jemand eine solche Tat? Wie bringt man die Energie auf, einen Leichnam während oder nach der Tötung derart herzurichten? Und, noch wichtiger: warum? Welche Botschaft wollten der oder die Täter dadurch vermitteln?

Er gab sich einen Ruck und ging auf den Gerichtsmediziner zu. Mittlerweile hatten sie das Klebeband vom Stuhl losgeschnitten, das die Frau wie ein eigentümliches Korsett gehalten hatte. Der Leichnam lag nun zusammengesunken auf dem antiken Lehnstuhl. Böhm warf Kluftinger einen besorgten Blick zu, schließlich wusste er um das Problem, das der im Umgang mit Toten hatte, doch der Kommissar winkte ab. Seine Schrecksekunde hatte er schon vorher gehabt, und die gute halbe Stunde bis zum Eintreffen der Kollegen hatte ihm geholfen, sich ein wenig zu fangen.

»Schon recht, Georg, ich kipp dir nicht vom Stängele, ich bin zu müd, als dass mir das Ganze noch viel anhaben könnte. Kannst du schon sagen, wie sie gestorben ist?«

Böhm richtete sich auf, schob seine verwaschene Baseballkappe aus dem Gesicht, die er, das war ein offenes Geheimnis, nur trug, um von seinem schütter werdenden Haar abzulenken, und erklärte mit angedeutetem Kopfschütteln: »Also, mit einer Schuss- oder

Schlagverletzung kann ich schon mal nicht dienen. Zumindest nicht im Kopfbereich. Strangulationsmale hab ich auch keine gefunden. Ich hab aber gewisse Hinweise auf Erstickungstod, könnt gut sein, dass es darauf hinausläuft. Aber vielleicht finden wir noch eine Wunde. Wobei, selbst wenn man die Tote erst nach der Tat umgezogen hätte, sie sieht nicht aus, als hätte sie viel Blut verloren. Ich lös jetzt noch das da …«, er zeigte auf das Klebeband, das die Frau im Beckenbereich an den Sitz fesselte, »… und dann kann ich ganz sicher sagen, ob sie am Rumpf wirklich unversehrt ist.«

»Also wahrscheinlich hat man sie mit irgendwas erstickt?«

Böhm wiegte den Kopf. »Zu achtzig Prozent, ja. Kann auch sein, dass man ihr Mund und Nase von Hand zugedrückt hat. Was mich ein wenig stutzig macht, ist, dass es nicht die geringsten Spuren von Gegenwehr bei ihr gibt. Wie, wenn die betäubt worden wäre.«

»Gift?«

»Medikamente? Drogen? Was soll ich denn jetzt sagen, hm? Das zeigt erst die Sektion. Ich nehm mir die Dame gleich morgen vor, ich hab eh nur ein paar Suizidierte, die können schon ein bissle warten, vielleicht geb ich da auch einen nach München ab.«

»Ein erster Tipp vielleicht?«

»Lieber nicht.«

»Hat man sie vor oder nach ihrem Tod so komisch hergerichtet?«

»Schwer zu sagen, echt, ich hab sie ja noch nicht mal ausgezogen. So aus dem Gefühl raus: vorher. Nagel mich aber nicht drauf fest. Oder sollt ich in dem Fall besser sagen: Kleb mich nicht dran fest?«

»Deine Nerven möcht ich haben!« Kluftinger ging zu Willi Renn, der gerade eine seiner Klebefolien in seinen Asservatenkoffer gesteckt hatte und nun beschriftete.

Renn bemerkte Kluftingers fragenden Blick und verdrehte die Augen. »Klufti, du weißt, ich bin kein Freund von voreiligen Schlüssen. Wenn du was über die Spurenlage an sich wissen willst …«

Kluftinger nickte.

»Bis jetzt nix Weltbewegendes. Ein paar Fußspuren, Fasern, ab und zu ein schöner Fingerabdruck. Aber der Raum hier war ja tagsüber für Besucher zugänglich, die werden auch nicht gerade in Vollschutzanzügen unterwegs gewesen sein.«

»Wieso zugänglich?«

»Weil man, wenn man sich für heimatliche Geschichte interessiert und überhaupt ein bissle aufgeschlossen ist, das Märchenkabinett des Schlosses eben besuchen kann. Ein paar Porträtschinken gibt es hier auch. Und eben Märchenbilder verschiedener Epochen.« Er deutete vage in den Raum.

»Soso. Und das hast du alles schon vorher gewusst, willst du mir jetzt wohl weismachen.«

»Freilich. Weil ich mich nämlich für meine Heimat interessiere und schon mal hier war. Im Gegensatz zu dir, vermute ich?«

»Ja und? Ich hab was anderes zu tun in meiner kostbaren Freizeit, als in der Weltgeschichte rumzufahren und abgewirtschaftete Schlösser und Burgen zu besichtigen.«

»Echt? Was denn?«, hakte Renn grinsend nach.

Kluftinger suchte einen Moment nach einer Antwort, winkte dann jedoch mürrisch ab.

»Willi, sag mir lieber mal, ob ihr irgendwelche Spuren habt, die einen Hinweis geben können, in welchem Zustand das Opfer hereingebracht wurde. Schleifspuren oder so. Und wenn ja, woher sie kommen.«

»Nein.«

»Was, nein? Sagst du es nicht, oder habt ihr keine?«

»Wir haben keine. Zumindest nichts von der Tür. Hier, um den Stuhl und den Tisch herum, da ist eh alles unbrauchbar durch das ständige Hin und Her.«

»Wenn du was Handfestes hast, sag Bescheid, Willi, ja?«

»Versteht sich, Klufti. Vor morgen Mittag brauchst du aber gar nicht anzurufen, klar? Das hält mich nur von der Arbeit ab.«

Mit einem gebrummten »Schon recht, trotzdem danke« entfernte sich der Kommissar und ging auf Richard Maier zu, der sich noch immer mit dem genervt dreinblickenden Schlossverwalter unterhielt, dem er ständig sein Smartphone mit Diktierfunktion unter die Nase hielt. Die Erfahrung sagte ihm, dass es Zeit war, einzugreifen.

»Herrschaft, Herr Kommissar, Ihr württembergischer Kollege hier will immer wieder das Gleiche von mir wissen. Kann ich jetzt mal gehen? Ich bin müd, zefix! Und wenn, dann will ich mit jemand Vernünftigem reden, nicht mit so einer Witzfigur!«

Maier schnappte nervös nach Luft, doch Kluftinger kam einer Reaktion zuvor. »Jetzt mal vorsichtig, Herr …«

»… Pawlowicz.«

»Genau, ich glaub nicht, dass ausgerechnet Sie in der Position sind, sich hier so aufzublasen. Sie werden genauso vernommen wie alle anderen auch.«

Der Anflug eines Lächelns machte sich auf Maiers Gesicht breit. Dankbar sah er seinen Vorgesetzten an.

»Was wolltest du denn wissen, Richie?«

»Ich habe ihn über sein Alibi befragt, aber er gibt stets nur ausweichende und diffuse Antworten. Nichts Konkretes.«

»Ja, Himmelherrgott, er kapiert's einfach nicht: Ich hab mit meiner Alten ein nettes kleines Nümmerchen geschoben nach Feierabend, bevor wir uns mit einem schönen kühlen Weizen vor die Glotze geknallt haben! Und dann ist ja schon der Vollidiot von Baron mit Ihnen zusammen vor der Tür gestanden und hat genervt. Ist Ihnen das klar genug ausgedrückt? Hm?« Schnaubend, mit rotem Kopf, stand Pawlowicz da und warf seiner Frau einen prüfenden Blick zu, die sich gerade mit Roland Hefele unterhielt.

»Interessant«, sagte Kluftinger unbeeindruckt, »damit wüssten wir ja auch schon, was Ihre Frau zur fraglichen Zeit getan hat, gell? Vorausgesetzt, sie kann sich überhaupt noch daran erinnern.« Damit ließ er den entgeistert dreinblickenden Verwalter stehen.

Hefele sah ihn aus den Augenwinkeln, als er zu ihm und der Frau kam. »Chef, Frau Pawlowicz bestätigt, dass sie den ganzen Abend mit ihrem Gatten zusammen war, auch wenn sie es ein wenig dezenter ausgedrückt hat als das, was ich da von ihrem Mann gehört habe. Wie er hat sie weder etwas Besonderes gehört noch gesehen, wobei sie, aus bekannten Gründen, dafür wohl weder Augen noch Ohren hatte«, erklärte er.

Kluftinger nickte.

»Und denken Sie sich nix dabei, weil er immer gleich so schreit. So isser halt. Wird schnell wild.« Sie grinste breit.

Kluftinger zuckte mit den Schultern. »Kein Problem, Frau Pawlowicz, ich hab nichts gegen klare Worte, ist mir lieber, als wenn man ständig um den heißen Brei herumredet.«

Stumm sinnierend ging der Kommissar nun durch den Raum. Ein seltsames Grüppchen musste das gewesen sein, das da bislang auf dem Schloss zusammengelebt hatte: Freiherr von Rothenstein Grimmbart, der Edelmann, und auf der anderen Seite das Ehepaar Pawlowicz, derb, mit geradezu provokativ zur Schau getragenen schlechten Manieren. Konflikte mussten da an der Tagesordnung gewesen sein. Er fragte sich, was das überhaupt für eine seltsame Konstruktion war: ein Schlossherr, der nicht einmal alle Schlüssel zu seinem Anwesen hatte und bei einem Verwalter darum bitten musste.

Kluftinger ging gerade auf Strobl und Rothenstein zu, als ihn Georg Böhm noch einmal zu sich winkte.

»Sag mal, wann genau habt ihr die Tote gefunden?«

Der Kommissar blickte auf sein Handy. »Ich hab genau um dreiundzwanzig Uhr sieben mit den Kollegen telefoniert, zwei Minuten vorher waren wir hier und haben sie gesehen, warum?«

»Wenn mich jetzt nicht alles täuscht – und das würd mich schon sehr wundern –, war sie da noch nicht wahnsinnig lange tot.«

»Willst du damit sagen, dass … ich hab mich schon vergewissert …«

»Nein, so mein ich das nicht. Ist auch nur so eine Ahnung, Genaueres gibt's auch da morgen.«

»Okay, danke, Georg.«

Strobl erzählte ihm von seinem Gespräch mit Rothenstein, dessen Ergebnisse sich in etwa mit denen deckten, die er selbst schon gewonnen hatte, als sie auf das Eintreffen der Kollegen gewartet hatten: Er war davon ausgegangen, seine Frau, die des Öfteren bei Konzerten oder anderen Kulturveranstaltungen in Kempten oder Memmingen war, sei am Abend unterwegs gewesen. Er habe sie also spät zurückerwartet und sei früh zu Bett gegangen, nachdem er gegen neun vom Angeln an einem seiner etwas entfernt gelegenen Fischweiher zurückgekommen sei.

Dennoch wandte Kluftinger sich noch einmal an den Mann: »Sagen Sie, gesehen hat Sie da sicher niemand, beim Angeln, oder? Oder dass jemand mitbekommen hätte, wie Sie nach Hause gekommen sind?«

Rothenstein schüttelte langsam den Kopf.

»Was haben Sie denn gefangen?«

»Rein gar nichts, Sie sehen, nicht einmal ein winziger Fisch findet sich, der mich entlasten könnte. Sie müssen mir wohl oder übel Glauben schenken, Herr Hauptkommissar«, sagte er mit brüchiger Stimme.

»Und zu dem Zeitpunkt, als Sie gekommen sind, haben Sie nichts im Schloss bemerkt?«, wollte Strobl wissen.

»Sie haben gesehen, wie weitläufig die Räumlichkeiten und Korridore hier im Hause sind. Ich bin erst aus dem Schlaf hochgeschreckt, als ich meinte, das große Portal unten knarren und kurz darauf ins Schloss fallen zu hören. Als dann aber meine Frau nicht in die Wohnung heraufkam, ging ich nachsehen. Den Rest der Geschichte kennen Sie ja selbst.«

»Versuchen Sie, sich ein wenig auszuruhen«, schlug Kluftinger vor. »Wir werden morgen wieder vor Ort sein, und die Kollegen von der Kriminaltechnik auf jeden Fall die ganze Nacht. Da kommt sicher noch einiges auf Sie zu. Ihre Frau wird in die Pathologie nach Memmingen gebracht, dann wissen wir da auch bald mehr.«

»Ja, es wird wohl das Beste sein, wenn ich mich zurückziehe. Auch wenn an Ruhe nicht zu denken sein wird. Aber ich habe von Doktor Langhammer gute Beruhigungstropfen bekommen, da ich in letzter Zeit zu unruhigem Schlaf neige.«

Er verabschiedete sich mit einem kraftlosen Händedruck, und Kluftinger sah ihm mitfühlend nach, wie er mit langsamen Schritten den Raum verließ.

Als der Kommissar eine Stunde später durch die Nacht Richtung Altusried fuhr, war er kein bisschen müde. Er sah auf die Uhr. Es war Viertel vor drei. Sie hatten einen neuen, spektakulären Fall zu lösen, das hielt sein Gehirn auf Trab, und er fühlte sich erstaunlich fit. Eigentlich hätte er seit mindestens viereinhalb Stunden im Bett sein müssen, um eine angemessene Ration Schlaf abzubekommen. Noch vor einer Weile hatte er gesundheitliche Probleme gehabt, die ihm viel Kraft und Zuversicht geraubt hatten – und sich dann als großes Missverständnis in Luft aufgelöst hatten. Dennoch hatte er sich eine etwas andere Sicht auf sein Leben und seine Zukunft bewahrt, er tat alles ein wenig bewusster, achtete auf etwas gesündere Ernährung, auch wenn sich mehr und mehr die jahrzehntelangen Gewohnheiten Bahn brachen. Manchmal erinnerte er sich jedoch an seine guten Vorsätze, und er machte einen ausgedehnten Spaziergang oder holte sich einen Kohlrabi aus dem Gemüsefach statt einer Hartwurst aus der Speisekammer.

Kurpfuscher ruft an.

Die Textzeile auf seinem Handy riss ihn aus seinen Gedanken. Hatte Langhammer nichts Besseres zu tun, als ihn mitten in der Nacht zu behelligen?

Er beschloss, den Anruf samt Vibrationsalarm einfach zu ignorieren, und konzentrierte sich wieder auf die Straße. Bestimmt war dem nur daran gelegen, Details über seinen Besuch im Schloss zu erfahren. Andererseits: Wenn der Doktor doch etwas Dringendes wollte? Am Ende war etwas mit Erika, schließlich war die in der letzten Zeit nervlich alles andere als stabil gewesen, wegen des großen Ereignisses …

»Ja, Kluftinger?«

»Langhammer hier, mein Lieber, endlich stehen die Zeichen Ihres Handys wieder auf Empfang! Möchten Sie mir kurz die Details Ihres Besuches beim Freiherrn von Rothenstein referieren? Darf ich fragen, in welcher Verfassung Sie ihn vorgefunden respektive zurückgelassen haben?«

Schon am Ton des Arztes merkte Kluftinger, dass der von seiner entschuldigenden, unterwürfigen Haltung bereits wieder meilenweit entfernt war.

»Grüß Gott, Herr Langhammer. So viel Aufopferungsbereitschaft für die Mitmenschen zu nachtschlafender Zeit?«

»Immer im Dienst, wie Sie, mein Bester. Unsereins ist schließlich Hippokrates per Eid verpflichtet, da ist der Nachtschlaf eine Marginalie, noch dazu, wenn ich Notdienst habe.«

»Und ich bin leider unserem Staat per Eid verpflichtet, und da sind Neugier und Geschwätzigkeit noch schlimmer als so eine Migräne.«

»Nicht diese unbedachte Ruppigkeit, werter Kluftinger, sonst gibt's am Ende wieder so ein hässliches Ziehen im Brustkasten vor lauter Verspannungen, lassen Sie mich als behandelnder Arzt das sagen.«

»Hätten wir's dann? Ich hab kein Freisprechdings.«

»Aha, Handy zwischen Kopf und Schulter eingeklemmt, ganz schlecht für die Nackenmuskulatur. Wie dem auch sei, ich habe es schon diverse Male bei Ihnen versucht, immer wieder zwischen meinen eigenen Einsätzen, aber Sie haben nie abgenommen. Nun war ich doch sehr alarmiert. Sie können hoffentlich Entwarnung geben?«

Kluftinger rang mit sich. Einerseits ging es den Arzt nichts an, andererseits hatte er ihn überhaupt erst auf diese Fährte gebracht. Und vielleicht hatte er als Freund der Familie Rothenstein ja sogar etwas beizutragen. Außerdem würde er sowieso bald aus den Medien von der grausigen Tat erfahren. »Herr Langhammer, ich muss Ihnen da was Trauriges sagen …« Er erzählte ihm nur das Wichtigste, die Details ließ er aus. Selbst durch das Mobiltelefon konnte Kluftinger erkennen, wie schockiert der Arzt über die Nachrichten war.

»Ich will Ihnen anbieten, unverzüglich eine Aussage zu machen«, sagte der schließlich, als er sich wieder gefangen hatte. »Immerhin habe ich den Anruf des Barons erhalten und kenne das Ehepaar ja persönlich. Mögen Sie gleich noch bei mir vorbeikommen? Ansonsten kann ich auch zu Ihnen …«

»Um Gottes willen. Ich mein: Das ist wirklich vorbildlich von Ihnen, Sie sind ein ungeheuer pflichtbewusster Bürger, Herr Langhammer. Und Sie hatten sogar den richtigen Riecher, gut, dass Sie mich hingeschickt haben. Aber jetzt ist Schluss. Sobald ich daheim bin, gehe ich ins Bett, wenn's recht ist. Morgen früh ist die Nacht rum, und ausgeruht ermittelt es sich besser. Pfiagott und gut Nacht!«

Ohne eine Reaktion abzuwarten, legte der Kommissar auf, kaum eine Viertelstunde später lag er tatsächlich im Bett. Etwas unruhigen Schlaf fand er allerdings erst, als die Dämmerung schon heraufzog.

3

»Sei bloß leise, Butzele, sie schlafen noch.«

Kluftinger hatte gerade seinen Wecker ausgestellt und die Augen aufgeschlagen. Erika war anscheinend bereits seit einer Weile wach, er hingegen fühlte sich, als habe er die letzte Nacht durchgefeiert. »Hm?«

»Du sollst nicht wieder so rumrumoren, nicht dass sie aufwachen.«

»Sie, sie, immer sie«, brummte Kluftinger, als er wie jeden Morgen, wenn er aufstand und seine Gelenke noch nicht so recht wollten, ungelenk zur Kommode humpelte, um sich mit frischer Wäsche und einem neuen Paar Wollsocken für den Tag zu rüsten. »Schon klar, die werten Herrschaften brauchen dringend ihren Morgenschlaf, nicht dass sie noch mit den täglichen Mühen der arbeitenden Bevölkerung behelligt werden.«

»Hör auf zu granteln, Brummbär. Das tut dir nicht gut. Meinst du, du schaffst es noch, Semmeln fürs Frühstück zu holen?«

»Nein, das glaub ich nicht, viel los heut bei uns. Müssen die Herrschaften wohl mit Toast vorliebnehmen.« Erika hatte doch mitbekommen, wann er nach Hause gekommen war, schließlich hatte sie ihn gleich über seinen neuen Fall ausgefragt. Und nun wollte sie ihn trotz allem zum Bäcker schicken.

»Gut, Butzele, aber denk dran, heute Mittag haben wir einen Termin, gell?«

»Termin, jaja.« Abwesend beugte er sich zu seiner Frau, drückte ihr einen flüchtigen Kuss auf die Wange und zog die Schlafzimmertür hinter sich zu.

Eine Tasse löslichen Kaffee und zwei Marmeladentoasts später schlüpfte er in seinen Übergangsjanker, der ab Mitte September seinen Sommerjanker ablöste. Dann suchte er geschlagene fünf Minuten nach seinem Autoschlüssel, den er schließlich außen im Haustürschloss steckend fand, packte seine Tageszeitung aus dem Briefkasten in die Aktentasche um, ging noch einmal zurück in den Hausgang, fuhr sich mit seinem Taschenkamm durchs schüttere Haar und verließ, derart für einen anstrengenden Arbeitstag gewappnet, sein Haus.

»Na, Zeit wird's, mein Bester.«

Kluftinger fuhr zusammen und blickte fassungslos in Doktor Langhammers strahlend weißes Lächeln. Als er sich wieder gefangen hatte, knurrte er: »Blüht mir das eigentlich auch in den nächsten Jahren?«

»Was meinen Sie?«

»Das mit der senilen Bettflucht. Dass man nicht mehr schlafen kann und dann seine Zeitgenossen erschreckt am frühen Morgen.«

»Immer einen launigen Spruch auf den Lippen, unser lieber Herr Staatsdiener. Sie sind einfach ein unverbesserlicher Misanthrop!«

Kluftinger ignorierte diese sicherlich beleidigende Anmerkung und versuchte dasselbe auch mit dem Doktor, was jedoch nicht von Erfolg gekrönt war. Denn der stellte sich ihm mitten in den Weg, hob beide Arme und sagte: »Befragen Sie mich.«

Der Kommissar biss die Zähne zusammen. Streng genommen war es sicher nicht von Nachteil, Informationen über Baron Rothenstein von jemandem zu bekommen, der ihn persönlich kannte. Zudem wollte er zu dieser frühen Stunde keinen Streit mit dem Doktor vom Zaun brechen. Und ein paar Minuten konnte er schon noch entbehren.

»Wenn's sein muss. Nescafé gefällig?«, fragte er also.

»Um Himmels willen, wollen Sie mich umbringen? Eine Tasse grünen Tee würde ich aber nicht ablehnen.«

»Grün?« Missmutig schloss Kluftinger die Haustür wieder auf. »Pfefferminz hätten wir, glaub ich. Aber leise sein, gell? Alle schlafen noch. Ich hab keine Lust, dass die ausgerechnet wegen Ihnen aufwachen.«

Als Kluftinger den Doktor an sich vorbeischob, nahm er einen Mann in Lederjacke wahr, der auf der gegenüberliegenden Straßenseite stand und auf irgendjemanden zu warten schien. Doch als sich ihre Blicke kreuzten, wandte er sich schnell ab. Kein Wunder, was der über dieses seltsame Schauspiel am frühen Morgen gedacht haben musste, wollte er sich lieber gar nicht ausmalen.

Immerhin erfuhr er im Folgenden, dass der Baron schon des Öfteren bei Langhammer in Behandlung gewesen war, dass sie sich hin und wieder über verschiedenste Themen bei dem einen oder anderen Gläschen Rotwein »ausgetauscht« hatten. Und auch, dass es den Rothensteins offenbar nur mit großen Anstrengungen und vielen Veranstaltungen, Märkten und Konzerten und sogar der Vermietung von Zimmern möglich war, das Schloss, ein paar Weiher und den Märchenwald rings um das Anwesen zu halten. Frau Rothenstein Grimmbart besitze zudem einen der bedeutendsten Heilkräutergärten der Gegend, in dem auch seltene Pflanzen wuchsen und der über die Grenzen der Region hinaus Beachtung finde. Und sie habe auch in kleinem Maßstab selbst Tees und Kräuter für den Verkauf auf Märkten und bei den Konzerten im Schloss hergestellt.

Von den Verwaltern habe der Doktor bislang keine Notiz genommen. Dafür lobte er ständig Rothensteins feinsinnige, aristokratische Art, die makellosen Umgangsformen und den Kunstverstand der Verstorbenen.

Langhammer bot schließlich großzügig an, für jegliche weitere Aussage zur Verfügung zu stehen, während Kluftinger ihm für den Fall einer Indiskretion schwerwiegende rechtliche Konsequenzen in Aussicht stellte.

Als der Kommissar eine Stunde später endlich im Büro ankam, hatte er seine nervlichen Tagesreserven bereits aufgezehrt: Neben der Aussage hatte es noch einen Langhammerschen Vortrag über

Grüntee und dessen zellschützende Wirkung gegeben, ein weltmännisches Kompliment an Erika, die selbst im Morgenrock wie aus dem Ei gepellt wirke, und zwei weitere Erinnerungen – eine davon von Langhammer – an den ominösen wichtigen Termin, den sie alle zusammen mittags hätten. Er wusste nicht mehr sicher, was für ein Termin das war, wollte sich aber vor dem Doktor und seiner Frau keine Blöße geben.

»Fräulein Henske, was mach ich heut Mittag?«, fragte er also beim Eintreten seine Sekretärin, die von seiner Frau regelmäßig mit den Eckdaten seines privaten Kalenders versorgt wurde. Ihm selbst traute sie in dieser Hinsicht nicht weiter als bis zur Haustüre.

»Guten Morgen, Chef«, begrüßte ihn Sandy Henske mit einem milden Lächeln.

»Morgen, ja. Also, was ist denn noch los bei mir?«

Sandy, die aus Dresden stammende gute Seele ihrer Bürozwangsgemeinschaft, grinste, als sie sagte: »Also, was bei Ihnen noch so los ist, darüber möchte ich mir kein Urteil erlauben, das ist Sache Ihrer Frau, würd ich meinen, nich?«

Kluftinger lächelte – das erste Mal an diesem Tag.

»Sie sind heute zum Essen im Gasthaus, Sie wissen schon, wegen der …«

»Ah, verreck, jaja, freilich. Gut, dass Sie immer alles im Griff haben. Dafür geb ich Ihnen einen Kaffee aus. Da können wir gleich die Kollegen einsammeln, die sich noch in der Teeküche rumtreiben.«

»… den hat sie heimgeschickt, während der Dienstzeit, zum Umziehen, weil er statt Sakko und Hemd bloß eine ausgeleierte Strickjacke angehabt hat. Wenn ihr mich fragt: zu Recht. Man ist ja bei der Polizei und nicht im Kuhstall.«

»Wer hat wen heimgeschickt, Richie?«

Richard Maier zuckte ein wenig zusammen, bevor er kopfschüttelnd abwinkte. »Morgen, Chef. Nichts weiter, nur eine Anekdote von unseren Kollegen aus Hannover.«

»Hannover? Kennst du da jemanden? Die sind doch so hochdeutsch da oben, verstehen die dich überhaupt mit deinem Württemberger Singsang?«

»Erstens: Ja, ich kenne da jemanden, von einer Fortbildung nämlich. Zweitens: Ja, die Kollegin versteht mich … Drittens: Du kennst auch jemanden, unsere neue Präsidentin kommt nämlich von dort. Frau Dombrowski war stellvertretende Chefin im Hannoveraner Präsidium und für Personalfragen zuständig. Und aus gut unterrichteter Quelle, mit der ich übrigens keinerlei intime Beziehungen pflege oder anstrebe, weiß ich auch, dass Frau Dombrowski sehr sensibel ist, was den Ton und die Rücksichtnahme unter den Mitarbeitern angeht. Da gab es schon Abmahnungen wegen Kollegenmobbing und wegen ständigem Gepiesacke.«

»Richie, jetzt heul nicht gleich rum«, schaltete sich Roland Hefele ein, der ein bisschen besorgt klang. »Wer piesackt denn hier am meisten, hm? Du brauchst dich gar nicht beschweren, schließlich ist noch nie jemand handgreiflich gegen dich geworden.«

»Meine Herren, nicht streiten«, bat Sandy Henske, die stets um Harmonie in der Abteilung bemüht war, »wir müssen doch zusammenhalten, schließlich sind wir ein Team und lassen uns nicht von der neuen Chefin entzweien. So weit darf es gar nich erst kommen.«

»Fräulein Henske, Männer«, setzte Kluftinger an, »das sind doch bestimmt alles nur Vorurteile gegenüber der Frau Dombrowski. In den drei Wochen, seit denen sie da ist, können wir uns nicht beklagen, würd ich sagen.«

Die anderen sahen ihn wenig überzeugt an.

»Himmelarsch, statt dass ihr froh seid's, dass der Lodenbacher weg ist, passt es euch schon wieder nicht. Seid's doch nicht immer so negativ alle, zefix!«

Sandy Henske presste ein »'tschuldigung« hervor, wandte sich ab und verließ wortlos den Raum. Anscheinend war Kluftingers Reaktion heftiger, als Sandy Henske es heute vertragen konnte. Maier und Hefele sahen ihn vorwurfsvoll an.

»Ist doch wahr, ihr sucht doch bloß nach einem Grund, wieso die Neue schon wieder schlecht sein muss. Bloß weil …«

»… sie aus Preußen kommt, geschwollen daherredet, eine Frau ist, die uns anschafft, was wir zu tun und zu lassen haben, überall ihre Nase reinsteckt und angeblich – ich beruf mich da auf Richies Quelle – Zwangsfortbildungen für computermäßig minderbemittelte Kollegen anordnet.« Hefele ließ seine Worte kurz wirken, dann fuhr er mit rotem Kopf fort: »Das sind wir, Klufti, ist dir das klar? Wir zwei auf einer Computerfortbildung.«

»Ach was, so schnell schickt uns niemand auf Fortbildung. Da gibt es Mittel und Wege, das zu verhindern. Wir haben ohne psychologische Hilfe den Lodenbacher überstanden, was soll uns noch passieren?«

»Ich sag nur eins: Es kommt nix Besseres nach«, beharrte sein Kollege.

»Da muss ich dem Chef recht geben«, verkündete Maier. »Ich bin ohnehin immer sehr gut mit Präsident Lodenbacher ausgekommen, und ich gehe davon aus, dass Birte Dombrowski ebenfalls Kompetenz, Loyalität und Einsatzbereitschaft zu schätzen weiß. Eigenschaften, die ich mir getrost zuschreiben darf, nicht wahr?«

Hefele prustete los.

»Bescheidenheit hast du vergessen«, ergänzte der Kommissar. »Aber was anderes, wo ist eigentlich der Eugen?«

»Der darf dem Böhm bei der Sektion der Baronin beiwohnen«, erklärte Hefele sarkastisch. »Aber sag mal, was genau macht denn der Lodenbacher jetzt im Innenministerium?«

»Na ja, es hat doch geheißen, er sei Ministerialrat oder so. Genau weiß ich es auch nicht. Ich würd sagen, er sitzt nett in München an einem Schreibtisch und wartet auf die Mittagspause, geht mit lauter wichtigen Ministerialkollegen zum Essen, vielleicht auch mal auf den Viktualienmarkt, knüpft Kontakte zu wichtigen Mitarbeitern von anderen wichtigen Ministerien und redet noch gescheiter daher als bisher auch. Insofern hat sich die Golferei mit Landrat und Konsorten letztlich doch gelohnt.«

»Neidisch?«, fragte Maier herausfordernd.

Kluftinger stieß verächtlich die Luft aus. »Ganz bestimmt, Richie. Ich würd nicht mal bei doppeltem Gehalt nach München gehen, schon gar nicht zu den Sesselfurzern ins Ministerium.«

»Chef, wenn ich hier auch mal die eben von dir angemahnte Loyalität den Vorgesetzten und der staatlichen Verwaltung gegenüber ins Spiel bringen dürfte?«, warf Maier in belehrendem Tonfall ein. »Nur mit einem soliden administrativen Überbau, der durch kompetente, erfahrene und gut vernetzte Beamte gebildet wird, ist souveräne Polizeiarbeit in unserem Staate möglich.«

»Ach komm, Richie«, erwiderte Kluftinger, legte seinem Kollegen die Hand auf die Schulter und stimmte einen versöhnlichen Ton an, »du hoffst doch bloß, dass dich der Lodenbacher mal als Hilfsbremser nach München holt und du dich nicht mehr mit uns bösen Buben rumärgern musst. Aber ich glaub, du mit deinem gelbfüßlerischen Migrationshintergrund hast da schlechte Karten.«

»Erstens ist das nicht wahr, ich habe keinerlei ministeriale Ambitionen, zweitens handelt es sich historisch gesehen bei den sogenannten Gelbfüßlern entgegen der landläufigen Meinung um einen Necknamen für den badischen Teil der Bevölkerung unseres Bundeslandes, nicht für den schwäbischen, was auf eine Uniformtradition im achtzehnten Jahrhundert …«

»Richie«, sagte Kluftinger grinsend, »wir Allgäuer werden schon selber wissen, wer unsere Gelbfüßler sind.« Dann erklärte er in die Runde: »So, und jetzt nix für ungut allerseits, ab in die Morgenlage, wir haben noch ein bissle was vor heut, Männer.«

»Also, fangen wir an, ihr wisst, was heute alles auf uns zukommt.« Kluftinger hatte wieder zu einem geschäftsmäßigen Ton zurückgefunden. »Alle nicht dringenden Fälle sind derweil … nicht so dringend. Roland, du schließt nebenbei bitte noch die Brandstiftung am Wildpoldsrieder Wertstoffhof ab, da haben wir ja mittlerweile auch ein Geständnis dieser Halbwüchsigen mit den Silvesterknallern, oder?«

Hefele nickte.

»Dann kommen wir also zum gestrigen Tötungsdelikt im Schloss in Grönenbach. Der Eugen Strobl hat sich ja dankenswerterweise bereit erklärt, bei der Obduktion dabei zu sein.« Kluftinger bemerkte, dass Maier unruhig auf seinem Stuhl herumrutschte. »Richie?«

»Ist mir im Prinzip egal, aber die Müll-Brandstiftung war streng genommen mein Fall. Roland, wenn du das bitte im Schlussprotokoll entsprechend vermerkst.«

Hefele warf Kluftinger einen fragenden Blick zu.

In diesem Moment betrat Willi Renn den Raum. »Wenn ich die Eifersüchteleien der Herren mal kurz unterbrechen dürfte und auf den aktuellen Fall kommen könnte, ich hab noch eine für euch wahrscheinlich unvorstellbar große Menge an Spuren abzuarbeiten, und stündlich werden es mehr. Aber ich will nicht jammern, es hätte mich schlimmer erwischen können, hätte ja auch in eurer Abteilung landen können.«

Kluftinger verdrehte die Augen.

»Also, Klufti, ich hab dir gestern ja schon gesagt, es gibt eine Menge Spuren, allerdings ist fraglich, was uns da wie weiterbringen wird. Die Fingerabdrücke sind schon mal negativ, keine Treffer in der Datenbank. Wir haben einige vernünftige Fußspuren, die eine oder andere Faser scheint vielversprechend. Für alles, was ich habe, gilt aber: Ihr müsst mir die Schuhe, Jacken oder Haarbesitzer schon bringen, dann können wir vergleichen. Meine Männer sind heute noch den ganzen Tag draußen.«

»Danke, Willi. Jedenfalls für den dienstlichen Teil.«

Auch Renn schlug jetzt einen versöhnlicheren Ton an. »Aber mal im Ernst: Wenn ihr nur halb so viel streiten würdet, wären eure Überstundenkonten leer und die Aufklärungsrate wahrscheinlich auch …«

»… vielleicht noch ein wenig vorbildlicher, das stimmt wohl, Herr Renn. Guten Morgen.«

Alle fuhren herum und sahen zur Tür, in der Birte Dombrowski stand und die Anwesenden einen nach dem anderen mit einem gewinnenden Lächeln bedachte.

Als die sich von ihrem Schrecken erholt hatten, machten sie Anstalten aufzustehen, um ihre neue Vorgesetzte gebührend zu begrüßen.

Die jedoch winkte ab. »Gilt schon, meine Herren. Lassen Sie sich nicht stören. Bitte einfach weitermachen, ich bin gar nicht da. Mich interessiert einfach, wie Sie mit einem so spektakulären Leichenfund wie dem von gestern Abend hier so umgehen.« Sie trug einen eng geschnittenen, dunkelblauen Hosenanzug. Die Präsidentin setzte sich etwas abseits in einen Sessel, den sie von Kluftingers kleiner Bürositzgruppe weggezogen hatte, und nahm ihren Schreibblock samt Kugelschreiber zur Hand.

Kluftinger war verunsichert. Wollte sie sich etwa Notizen ihrer Besprechung machen? »Entschuldigung … aber Sie müssen nicht mitschreiben, Frau Dombrowski«, sagte er mit belegter Stimme, »unsere Frau Henske ist doch eine versierte Schreibkraft, die verfasst uns bestimmt was Schönes, das lassen wir Ihnen dann zukommen.«

»Kein Problem, ich mache mir keine inhaltlichen Notizen, mir geht es ja um ganz andere Dinge«, erklärte die Präsidentin bestimmt.

Ganz andere Dinge, wiederholte Kluftinger für sich. Was meinte sie denn damit? Das konnte ja heiter werden.

»So, ja, also gut: Herr Renn hat uns ja gerade kenntnisreich und … dings, also fundiert wie immer über die Spurenlage berichtet. Wie sieht es denn bei dir aus, Roland? Du hast ein paar Informationen über die Familie Rothenstein Grimmbart zusammengetragen, gell? Warst heute ja schon wieder früh hier im Büro.«

Hefele lächelte stolz und referierte, um hochdeutsche Aussprache bemüht: »Hab ich, exakt. Danke, Chef. Also, dieser Zweig der Familie Rothenstein Grimmbart lebt seit einigen hundert Jahren auf dem Schloss in Grönenbach. Frau Rita Rothenstein Grimmbart, das Opfer, stammt ursprünglich aus Erfurt, hieß mit Mädchennamen Rita Peters, wurde 1954 geboren und floh mit ihren Eltern 1960 aus der ehemaligen DDR. Sie hat in Freiburg ab 1973 Kunstgeschichte studiert, wo sie auch ihren späteren Ehemann, den Forstwissenschaftler Wieland Baron Freiherr von Rothenstein Grimmbart kennenlernte. Nach dem Studium zogen beide auf das Schloss der Familie nach Bad Grönenbach. Sie schrieb hin und wieder ein paar hobbywissenschaftliche Abhandlungen über verschiedenste Künstler, er kümmerte sich um den familieneigenen Forstbesitz, der im Laufe der Jahre aber anscheinend durch wiederkehrende Verkäufe und ziemliche Misswirtschaft durch den Baron auf ein Minimum dessen zurückgegangen ist, was er noch vor vierzig Jahren zu scheinen gewesen …«, unsicher blickte Hefele über die Schulter zur Polizeipräsidentin, »… also war.« Frau Dombrowski reagierte nicht, deswegen fuhr er fort: »Sie stellen somit quasi einen verarmten Teil der Familie dar, weitere Zweige wohnen in Oberschwaben, in Hohenlohe und auch im Schwarzwald, allesamt offenbar mit weniger finanziellen Problemen. Eltern von beiden sind schon verstorben, Kinder haben sie keine. Ein Bruder des Barons lebt nicht mehr, die Frau hatte keine Geschwister. Sie leben im Schloss, aber irgendwie hängt die Gemeinde auch mit drin, aber mehr konnte ich …«, wieder drehte er sich um, »… also in der Kürze der Zeit, aber ich werde ja gleich noch genauer … wenn Bedarf besteht.«

»Respekt, Roland«, versetzte Kluftinger demonstrativ, »sehr gut recherchiert in der kurzen Zeit! So, wie wir es hier eben immer halten.« Hefele war irritiert, weil er dabei an ihm vorbei in Richtung der Präsidentin sah.

»Wenn ich da noch etwas anfügen dürfte«, meldete sich Richard Maier eifrig zu Wort. »Mir ist es gelungen, aus dem Internet einmal eine vorläufige und keinen Anspruch auf Vollständigkeit erhebende Zusammenstellung der Einnahmequellen des Barons zu erstellen.«

»Der Richie und sein geliebtes Internet, soso«, setzte der Kommissar bereits ein wenig abfällig an, dann aber besann er sich eines Besseren und fuhr, an Frau Dombrowski gewandt, fort: »Das ist nämlich von ihm als Recherchequelle sehr geschätzt, das Internet, sie helfen uns immer ungemein, also der Richard, der Herr Maier und das Internet eben, um einen ersten Überblick von so … Gemengelagen zu erhalten.«

Birte Dombrowski runzelte die Stirn, und Kluftinger wunderte sich selbst über das, was er gerade gesagt hatte, ließ es aber so stehen, hatte er doch Anlass zu der Befürchtung, es würde alles noch unverständlicher klingen, wenn er weiterredete. »Also, Richard, gespannt hören wir, was du herausgefunden hast.«

»Aha, das ist mir aber neu«, sagte Maier scharf, »nun gut, wie wir wissen, lebte das Ehepaar in einer kleinen, abgetrennten Wohnung innerhalb des Schlosses, Einnahmen generierten die beiden zunächst aus der Verpachtung weiter Teile des Schlosses. Hier müsste man noch ermitteln, wie sich die genaue Vertragssituation darstellt, jedenfalls tritt die Gemeinde Bad Grönenbach offenbar als Pächter auf und bezahlt auch das Ehepaar Pawlowicz, das als Hausmeister, Verwalter und Betreiber des Gästehauses auf dem Gelände fungiert. Es gibt öffentliche Führungen durch das Schloss, verschiedene Säle sind für Konzerte, Hochzeiten oder andere Feiern zu mieten. Auch werden immer wieder Märkte im Schlosshof veranstaltet, wo die Frau bisher auch Kräuter und Tees aus dem eigenen Garten verkauft hat. Des Weiteren wird vom Baron ein sogenannter Märchenwald betrieben, eine Attraktion für Kinder, die es seit hundert Jahren gibt. An Ländereien gehört nur noch das Gelände direkt um das Schloss dem Baron, zudem drei kleine Fischweiher in Zell, wenige Kilometer vom Schloss entfernt.«

Maier nickte Hefele demonstrativ zu, dann wartete er auf einen Kommentar seines Chefs.

»Hm, hast du das denn bei dir im Internet nicht gefunden, Roland?«, fragte der schließlich.

Wieder machte sich die Dombrowski Notizen, und Kluftinger traten die ersten Schweißtröpfchen auf die Stirn. »Ja, äh, und: auch gut, Richard, das von dir.«

»Sagen Sie, Herr Maier«, schaltete sich da die Präsidentin ein,

»wissen wir denn, ob dieses Gästehaus momentan frequentiert wird?«

»Ja, im Moment logieren dort drei Gäste, ein allein reisender Herr und ein Pärchen. Deren Vernehmung steht auf der heutigen Agenda ganz oben.«

»Agenda! Dass ich nicht lache. Mischter Wichtig«, maulte Hefele mit sauertöpfischem Gesicht vor sich hin.

»Wie meinen Sie, Herr Hefele?«, hakte die Dombrowski sofort ein.

Hefele lief rot an und stotterte: »Ich … wissen Sie, es ist so …«

In diesem Augenblick öffnete Sandy Henske die Tür. »Herr Kluftinger, der Eugen ruft an, er hätte Sie gern kurz gesprochen. Aber ich weiß nicht, ob das jetzt grad geht, wegen …« Sie neigte ihren Kopf in Richtung des unerwarteten Gastes.

»Stellen Sie doch bitte auf laut, dann sind wir gleich alle auf dem Laufenden«, erklärte Birte Dombrowski.

»Chef?« Sandy Henske wollte sich offenbar noch einmal bei Kluftinger rückversichern.

»Sie haben die Frau Präsidentin gehört, Fräulein Henske«, entgegnete der harscher, als er eigentlich wollte. »Würden Sie bitte mal machen, was man Ihnen sagt, wir haben einen Fall zu lösen.«

Kurz darauf tönte Eugen Strobls Stimme aus dem kleinen Lautsprecher. »So, guten Morgen, die Herren! Während ihr euch wahrscheinlich gerade mal den dritten Morgenkaffee gönnt, hab ich schon einiges hinter mir, hier in Memmingen. Da könnt ihr ein gutes Wort für mich bei der Dummbrowski einlegen, dass ich mal so eine Leistungsprämie krieg.«

Kluftingers Wangen leuchteten rot. »Jaja, schon gut, Eugen, jetzt bleib mal bei der Sache und sag uns …«

»Oha, simmer ein bissle geschäftig heut? Das sind ja ganz neue Töne, sonst braucht's ihr doch auch immer bis Mittag, bis ihr auf Betriebstemperatur kommt.«

Kluftinger suchte verzweifelt nach dem Lautsprecherknopf, konnte ihn aber in der Hektik nicht finden. »Eugen, jetzt reiß dich bitte zusammen!«

»Jaja, schon gut. Hat euch die flotte Birte wohl Feuer unterm Hintern gemacht, hm?«

Mit geweiteten Augen blickte der Kommissar zur Dombrowski, sah zu seiner Überraschung in ihrem Gesicht jedoch nur ein amüsiertes Lächeln. »Die flotte Birte hat Ihren Einsatz hiermit bereits wohlwollend zur Kenntnis genommen und wird ihn auf Ihrem Habenkonto verbuchen, Kollege Strobl«, sagte sie schmunzelnd. »Und ich wär Ihnen ganz verbunden, wenn wir bei ›Frau Dombrowski‹ bleiben könnten, obwohl ich das ›flott‹ durchaus als Kompliment verstehe.«

Am anderen Ende der Leitung blieb es erst einmal still. Kluftinger konnte sein Grinsen nun nicht mehr unterdrücken. Diese Frau war doch ein anderes Kaliber als ihr Vorgänger – norddeutsch hin oder her: Lodenbacher ging neben gesundem Menschenverstand und der nötigen Sachkenntnis schließlich auch noch jeglicher Funke Humor oder Selbstironie ab. Hinzu kam, dass die neue Präsidentin, wenn er ganz ehrlich zu sich selbst war, wirklich recht flott daherkam. Dass sie knapp über fünfzig war, wusste Kluftinger zwar – mochte es aber kaum glauben. Sie legte offensichtlich Wert auf ihr Äußeres, war, das musste er eingestehen, chic, mit einer Ausstrahlung … Er räusperte sich. Erst jetzt war ihm bewusst geworden, dass er sie die ganze Zeit angestarrt hatte. Und er fürchtete, dass das auch ihr nicht entgangen war.

»Äh, Eugen, was wisst ihr denn Neues?« Er versuchte, das Gespräch wieder aufs unverfängliche dienstliche Parkett zu lenken.

»Also, was die Todesursache angeht, meint der Georg, also der Herr Gerichtsmediziner Böhm, der … Doktor Böhm, dass die Frau zuerst betäubt wurde, beziehungsweise dass durch eine Substanz eine Lähmung herbeigeführt wurde. Dann wurde sie so drapiert, wie ihr sie gefunden habt, und dann …«, Strobl machte eine kurze Pause, »… erstickt. Mit einem Kissen oder was Ähnlichem. Wehren konnte sie sich da nicht mehr, durch die Lähmung.«

Kluftinger schluckte. Das Ganze war noch grausamer abgelaufen, als sie vermutet hatten. »Was ist es denn für eine ominöse Substanz, kann der Georg da schon was sagen?«

»Leider noch nix. Die toxikologischen Untersuchungen werden noch ein bissle brauchen, das wird wohl in München im Labor gemacht. Es ist nix Alltägliches, sagt der Georg, er vermutet irgendetwas, das in der Natur vorkommt. Frau Rothenstein ist aber definitiv einen Erstickungstod gestorben.«

»Okay, danke, Eugen. Sonst irgendwas?«

»Nix, eine ganz normale Obduktion, die Frau war eigentlich kerngesund, wie es aussieht. Ich fahr jetzt dann, ich würd gleich zum Schloss kommen, für die weiteren Vernehmungen, okay? Liegt ja auf dem Weg, wenn ich zurückfahre. Das spart Zeit und Sprit.«

»Bestens, du denkst halt mit, Eugen. Ich komm dann auch nach Grönenbach, wenn wir hier fertig sind.«

»Ähm …«, fügte Strobl verlegen an, »wegen vorhin, Frau Dombrowski …«

»Schon gut, keine Sorge, ich kann was ab.«

Kluftinger vermied es, eine Pause entstehen zu lassen, und verteilte stattdessen gleich ein paar Arbeitsaufträge. Konnte ja nichts schaden, wenn Frau Dombrowski sah, wie effizient es hier zuging. Hin und wieder zumindest.

»Wir müssen unbedingt den Verbleib des fehlenden Gemäldes klären, das könnte einer der Schlüssel zum Täter sein, auch wenn Raubmord wohl ausscheiden dürfte bei dem Aufwand, der betrieben wurde, um das Opfer so zu drapieren. Die wichtigste Frage ist also: Warum hat der oder die Täter das gemacht? Was ist die Botschaft? Alles, was uns einfällt, kann nützlich sein, klar? Also, wir fahren jetzt alle noch mal nach Grönenbach, für eingehendere Vernehmungen, vor allem mit den Leuten da aus dem Gästehaus. Die übernehmt ihr bitte, Roland und Richard. Ich werd mich mal mit diesem Verwalterehepaar ein bissle näher befassen.«

»Und ich bleib hier und hüt das Haus«, brummte Willi Renn. »Irgendeiner muss ja was Vernünftiges machen.«

»Willi, wenn wir dich nicht hätten!« Kluftinger klopfte dem schmächtigen Endfünfziger auf die Schulter. Dann wandte er sich wieder an die Präsidentin: »Frau Dombrowski, wie sollen wir uns denn gegenüber der Presse verhalten?«

»Zurückhaltung ist hier das Beste. Ich lasse eine Meldung an die Agenturen rausgeben, die kurz über das Auffinden einer Getöteten informiert, ansonsten halten wir uns bedeckt. Dass die lokale Presse sich mittlerweile wahrscheinlich bereits in Bad Grönenbach befindet, können wir schwerlich verhindern, ich bitte aber auch hier um Diskretion und vor allem um Gleichbehandlung aller Pressevertreter.«

Die Polizisten nickten.

»Gut, dann wäre ja alles klar, wir fahren so gegen zehn, bis später dann.«

Die Kollegen verließen den Raum, nur Frau Dombrowski blieb noch zurück. »Herr Kluftinger, wenn Sie bitte noch kurz Zeit für mich hätten, das wäre prima.«

»Ich … äh … freilich, jederzeit.« Er wies auf seinen Schreibtisch, setzte sich seiner Vorgesetzten gegenüber und sah sie erwartungsvoll an. Sie wartete, bis sich die Tür hinter den Kollegen geschlossen hatte, dann erklärte sie: »Herr Kluftinger, ich will keinen Hehl daraus machen: Hier – wie in vielen Abteilungen – muss sich in den nächsten Monaten einiges ändern.«

Der Kommissar schluckte.

»Verstehen Sie mich nicht falsch, der erste Eindruck sagt mir, dass hier durchaus effizient und produktiv gearbeitet wird, Ihre Aufklärungsrate ist untadelig.«

Er atmete ein wenig auf.

»Dennoch wird man – und das gilt für jedweden Arbeitsbereich – mit der Zeit betriebsblind, Strukturen verhärten und verselbständigen sich, hie und da hält Schlendrian Einzug.«

Kluftinger protestierte. »Also, Schlendrian …«

»Ich spreche hier ganz allgemein. Wissen Sie, ich habe durchaus schon mitbekommen, dass mein Vorgänger nicht gerade, sagen wir, ein Vorbild an transparenter und konsequenter Personalführung war. Ich jedoch sehe darin meine vordringlichste Aufgabe.«

»Mhm. Vordringlichste Aufgabe. Verstehe.«

»Wir sind als Beamte, gerade im Dienst der Kriminalpolizei, gewissen Prinzipien verpflichtet, die wir respektieren müssen:

Neutralität, Gerechtigkeit, Unvoreingenommenheit, Sachlichkeit, Verschwiegenheit. Wie gesagt: Nicht dass ich in Ihrer Abteilung da Schwierigkeiten sehe, aber wir sollten unbedingt zusehen, dass sich keine Pfründen oder Privilegien verfestigen. In diesem Zusammenhang gleich eine Bitte an Sie: Die Morgenlage sollte nicht hier in Ihrem Büro stattfinden, sondern in einem neutralen Raum. Sie sind der direkte Vorgesetzte der drei Herren und von Frau Henske, ich fände es besser, wenn Ihre Mitarbeiter nicht zur Konferenz hierherkommen müssen. Ich wünsche mir einen herrschaftsfreien Raum, Sie verstehen?«

»Nein … ich mein: ja! Ja sicher! Kein Problem. Ich muss eh oft erst einen Haufen Kruscht wegräumen und Platz schaffen, damit … Ich meine, wenn viele Akten oder so rumliegen, dann gebricht es mir hin und wieder am nötigen Raum …« Er brach ab, da er nicht wusste, wie er den Satz zu Ende bringen sollte.

»Gut. Ein weiterer Punkt wäre Frau Henske. Ich habe mir ein paar Akten angesehen, aus denen man unschwer herauslesen kann, dass einige ihrer Aufgaben das übliche Tätigkeitsspektrum einer Verwaltungsangestellten erheblich zu überschreiten scheinen. Fürs Ermitteln sind, wie der Name sagt, die Ermittlungsbeamten da. Andererseits habe ich mitbekommen, dass Sie und Ihre Herren sich hin und wieder durchaus von ihr verwöhnen lassen, was Kaffeekochen oder die Versorgung mit Kuchen oder Brotzeit angeht. So habe ich zumindest die eine oder andere Bemerkung von Herrn Lodenbacher interpretiert. Wie dem auch sei: Ich bitte Sie, sich das Tätigkeitsprofil der Planstelle von Frau Henske bei Gelegenheit noch einmal genauer anzusehen. Achten Sie hier bitte auf Trennschärfe: Sie ist nicht Ihre Privatsekretärin.«

Kluftinger nickte eifrig und machte sich ein paar Notizen, auch wenn er nur »Sandy« und »Kuchen« auf den Zettel schrieb. Dann sagte er im Brustton der Überzeugung: »Jawoll, so sieht's aus, Frau Dombrowski. Das ist mein Prinzip: Privates und Dienstliches müssen streng voneinander getrennt werden, wo kämen wir denn da hin? Gerade wenn solche Fälle anstehen wie im Moment, da zählt nur eines: Dienst, Dienst, Dienst.«

Treffer, dachte er und ballte innerlich die Faust. Er wusste eben, wie man mit seinen Vorgesetzten …

»Chef?«

Sandy Henske streckte ihren Kopf durch den Türspalt. »Ihre Frau hat gerade angerufen, Ihr Handy sei aus, und Sie sollen doch unbedingt an den wichtigen familiären Termin heute Mittag denken. Und Sie sollen, wenn Sie es schaffen, noch von diesem Laden am Hildegardplatz alten Bergkäse mitbringen, für Ihre Gäste, sagt sie.«

Kluftinger sah erschrocken zu Frau Dombrowski, dann antwortete er Sandy Henske mit donnernder Stimme: »Jetzt stören Sie mich doch nicht immer mit solchen Privatsachen, Fräulein Henske. Hier wird gearbeitet!«

Verdutzt sah ihn seine Sekretärin an, dann gab sie mit finsterer Miene zurück: »Bitte, ganz zu Ihren Diensten.«

Birte Dombrowski sah Kluftinger tief in die Augen. Und was für Augen sie hatte: eine Mischung aus grün und blau, kühl und irgendwie tiefgründig. Von derselben Farbe wie der tropfenförmige Edelstein, der an einer filigranen Goldkette an ihrem Dekolleté hing. Hatte nicht Erika auch so einen ähnlichen Anhänger? Erika! Sofort hatte er sich wieder gefangen und wandte den Blick ab.

»Sagen Sie jetzt nichts, ich erwarte nur, dass Sie meine Worte beherzigen«, erklärte die Polizeipräsidentin leise.

»Freilich, mach ich, wer könnt das nicht beherzigen. So herzige Worte.«

»Wie bitte?«

»Was?«

»Wie meinten Sie eben?«

»Ich werd mir die auf jeden Fall zur Brust nehmen … also das. Zu Herzen, mein ich … nehmen.«

»Schön«, sagte die Dombrowski mit einem Lächeln um die Mundwinkel, das Kluftinger nicht recht einordnen konnte.

»Ach, noch etwas: Auch bei der bayerischen Polizei gibt es jetzt die Leistungsprämie für verdiente Mitarbeiter. Ich bitte Sie daher um einen Vorschlag, wer aus dieser Abteilung diese Gratifikation bekommen soll. Es gibt im Intranet Formulare für Kurzbeurteilungen, wenn Sie diese bitte für Ihre Abteilung anfertigen würden, bis in – sagen wir – zwei Wochen?«

Kluftinger schluckte. Von allen Aspekten seiner Tätigkeit war ihm die Beurteilung seiner Kollegen mit Abstand der unangenehmste. Wenn er jetzt einem eine Extragratifikation gab, konnte das doch nur in Eifersüchteleien und Streit enden. Dennoch presste er ein »Gern« hervor.

Dann stand die Präsidentin auf und verabschiedete sich. Als er kurze Zeit später an Sandy Henskes Schreibtisch vorbeikam, sah diese nicht einmal zu ihm auf.

»So, Männer, dann schwärmen wir mal aus und zeigen unserer neuen Chefin, was wir können.«

Statt schnurstracks über den Schlosshof zu gehen, um ihre Aufträge zu erfüllen, blieben Maier und Hefele am Auto stehen und starrten ihren Vorgesetzten an.

»Ist noch was?«, fragte Kluftinger mürrisch.

»Er hat Angst, oder?« Hefele grinste zu Maier.

»Glaub ich auch. Ganz schön die Hosen voll …«

»Spinnt's ihr oder was? Was soll denn der Schmarrn?« Der Kommissar hatte keine Ahnung, worauf seine Kollegen anspielten.

»Na, die neue Chefin. Der würdest du jetzt schon zu gerne beweisen, was du für ein toller Hecht bist und wie du deine Truppe, also uns, im Griff hast, gell? Habt ihr noch ein kleines Einzelgespräch über unsere Beurteilungen geführt nach der Morgenlage, hm?«

»Falls ihr's noch nicht bemerkt habt: Die Hoffnung, dass aus euch noch mal was wird, hab ich schon lange aufgegeben.« Mit diesen Worten ließ er seine Kollegen stehen und stapfte los.

4

Er hatte beschlossen, sich noch einmal mit dem Baron zu unterhalten, und musste deswegen am Schloss vorbei einen kleinen Pfad in den Wald hinein nehmen. Die Frau des Verwalters hatte ihm gesagt, »Seine Majestät« halte sich immer dort auf, wenn er sonst nichts zu tun habe, »also fast die ganze Zeit«.

Am Waldrand wies ein verwittertes Holzschild mit dem kaum noch lesbaren Wort »Märchenwald« auf die einstige Attraktion des Schlosses hin. Die besten Zeiten hatte auch die schon hinter sich: Die Treppenstufen aus Baumstämmen, die den abschüssigen Weg hinunterführten, waren morsch und glitschig, und Kluftinger musste sich an dem wackeligen Geländer festhalten, um nicht auszurutschen.

Dann erschien wie aus dem Nichts eine windschiefe, hölzerne Pforte, über der noch einmal das Wort »Märchenwald« prangte. Sie stand offen wie ein riesiger Schlund, aus dem Nebel hervorquoll. Mit zusammengebissenen Zähnen durchschritt der Kommissar das Tor.

Sofort hatte er das Gefühl, eine andere Welt, eine andere Zeit betreten zu haben. Stufe um Stufe ließ er die Geräusche der Realität hinter sich, begab sich ganz in die morbide Atmosphäre dieses Fabelwaldes. In zähen Schwaden waberte der Dunst, der nach dem nächtlichen Regen aus dem Moos aufstieg, über den Waldboden.

Schon nach ein paar Metern tauchte eine winzige Hütte neben dem Weg auf. Um sie herum waren Figuren aufgestellt: ein kleines Mädchen mit angstverzerrtem Gesicht, ein Wolf, der sein Maul weit aufgerissen hatte. Kluftinger schluckte. Dem kleinen Mädchen fehlte ein Auge, und an einer Hand hatte es nur noch drei Finger. Dadurch und wegen des schlechten Zustands der verwitterten Figuren wirkte die Szenerie so grauenvoll, dass er ein paar Sekunden brauchte, um zu erkennen, dass damit wohl »Rotkäppchen« dargestellt werden sollte.

Der Kommissar versuchte trotz des rutschigen Untergrunds, seinen Schritt zu beschleunigen. Er schwor sich, sollte ihm ein Enkel geboren werden – und er zweifelte nicht daran, dass das bald geschehen würde, weswegen sollten Markus und Yumiko sonst überhaupt heiraten –, würde er ihn niemals hierherbringen. Und sie natürlich auch nicht, sollte es wider Erwarten eine Enkelin werden.

Von den Gedanken an das kommende familiäre Glück beschwingt, setzte er seinen Weg ein wenig beherzter fort, achtete nicht mehr so sehr auf den Weg und rutschte auf einem feuchten Blätterhaufen aus. Er ruderte mit den Armen, schlitterte ein paar Stufen hinunter, prallte mit dem Rücken gegen das Geländer, das auf einer Seite aus seiner Verankerung gerissen wurde, wobei er das Gleichgewicht verlor, rückwärts über den Holm kippte und mit dem Kopf hart auf dem Boden aufschlug. Ihm wurde schwarz vor Augen, und er blieb einen Moment mit geschlossenen Lidern liegen. Als er sie wieder öffnete, stieß er einen entsetzten Schrei aus: Er blickte direkt in die Fratze einer uralten Frau, die ihn zahnlos angrinste und ihre knochigen Finger nach ihm ausstreckte. Ruckartig setzte er sich auf – um vor Scham rot anzulaufen. Es war nur eine der alten Figuren, die hier aufgestellt waren. Zugegebenermaßen eine besonders grässliche, aber nichtsdestotrotz: Er hatte sich gerade vor einer Holzfigur gefürchtet. Dann blickte er sich rasch um und erhob sich. Da stand er nun selbst als übergroße Märchengestalt zwischen den hüfthohen Figuren, die offenbar Schneewittchen und die zur Hexe verkleidete Königin darstellten.

»Ich würde den Apfel nicht essen«, murmelte Kluftinger noch in Richtung der Mädchenskulptur, dann richtete er das Geländer notdürftig wieder auf und setzte seinen Weg fort.

»Herr Grimmbart?« Kluftinger rief lauter, als es nötig gewesen wäre, aber er war einfach erleichtert, zwischen diesen ganzen Figuren endlich wieder einen lebendigen Menschen zu erblicken. Doch der Baron schien ihn gar nicht wahrzunehmen. Er stand einfach nur da, die Hände vor dem Körper gefaltet, den Blick starr auf den Boden gerichtet, als würde er einer Beerdigung beiwohnen.

»Herr Grimmbart?« Endlich ging ein Ruck durch den Körper des Mannes, und er drehte sich zum Kommissar. Mit glasigen Augen sah er ihn an, ganz so, als sei er gerade an einem völlig anderen Ort gewesen und brauche nun ein paar Sekunden, um in die Realität zurückzufinden.

»Herr Kommissar, was machen Sie denn hier?«, fragte er schließlich matt.

»Ich wollt Sie sprechen.« Jetzt erst war er beim Baron angekommen. Er blickte sich fragend um. »Und was machen Sie hier?«

Diese Frage hatte der Adelige ganz offensichtlich nicht erwartet, denn seine Antwort wirkte unsicher: »Ich? Also … ich, nun ja … ich wollte ein paar Reparaturen am Märchenwald durchführen. Wie Sie sehen können, ist alles etwas mitgenommen.«

»Ja, allerdings.« Kluftinger sah sich um. »Und womit, wenn ich fragen darf?«

»Bitte?«

»Womit wollten Sie die Reparaturen durchführen? Sie haben ja gar kein Werkzeug dabei.«

Auch Rothenstein Grimmbart blickte sich nun um. »Ach ja, sehen Sie, wie dumm von mir. Dann muss ich gleich zurück und etwas holen.« Er schob sich am Kommissar vorbei, doch der hielt ihn mit sanftem, aber bestimmtem Druck am Arm fest.

»Herr Grimmbart, verkaufen Sie mich nicht für dumm. Was wollten Sie hier?«

Der Mann riss sich mit einer Kraft los, die Kluftinger ihm nicht zugetraut hätte. »Hören Sie, ich wollte hier was reparieren. Aber ich gebe zu, ich bin etwas durch den Wind. Das wären Sie wahrscheinlich auch, wenn gestern Ihre Frau … also …«

Der Kommissar beschloss, die Sache zunächst auf sich beruhen zu lassen, auch wenn sie ihm seltsam vorkam. »Schon gut. Wollen wir zusammen zurückgehen, Herr Grimmbart?«

»Ich bevorzuge von Rothenstein. Mit dem anderen Zweig meiner Familie … Aber lassen wir das.«

Kluftinger fiel auf, dass er sich den ganzen gestrigen Abend noch nicht ernsthaft Gedanken gemacht hatte, wie er den Schlossherrn anzusprechen hatte. »Aha. Dann eben Herr … also, ich meine Freiherr … Rothen…«

Als sein Gegenüber seine Unsicherheit bemerkte, antwortete er in nonchalantem Ton: »Ach, wissen Sie was, wozu die ganzen Förmlichkeiten, nennen Sie mich doch einfach Baron!«

Kluftinger lachte auf, denn er fand es respektabel, dass der Mann angesichts der schrecklichen Situation seinen Humor nicht verloren hatte. Aber sein Lachen erstarb schnell, als er am Gesichtsausdruck des Adeligen merkte, dass der es ernst gemeint hatte.

»Ich will ja nicht sagen, dass meine Vorfahren es besser hatten.« Rothenstein machte eine kurze Pause. »Aber meine Vorfahren hatten es besser.«

Also doch Humor, dachte Kluftinger und lächelte.

»Ich stehe der Geschichte meiner eigenen Familie durchaus kritisch gegenüber«, fuhr er fort, und Kluftinger ließ ihn erzählen. Nun schien es interessant zu werden.

»Verstehen Sie mich nicht falsch, ich bin stolz, dass unser Stammbaum bis ins zwölfte Jahrhundert zurückreicht. Aber mir ist auch klar, dass der Reichtum derer von Rothenstein Grimmbart auf der Unterdrückung und Ausbeutung anderer gründet. So ist das eben mit dem Adel. Früher, da waren die Strukturen und Hierarchien noch klar gegliedert. Aber richtig war das ganz bestimmt nicht. Sicherlich, wir haben die Gnade der späten Geburt, uns ist kein Vorwurf zu machen. Und dennoch haben wir eine Verantwortung, diese Seite der Geschichte nicht zu vergessen. Meinen Sie nicht?«

Der Kommissar nickte. Der Mann sprach ihm aus dem Herzen. In seiner Familie fanden sich, soweit er wusste, nur Bauern, später ein paar Bürgerliche. Man konnte wohl davon ausgehen, dass der ein oder andere auch unter irgendeinem Fürsten oder Lehnsherrn gelitten hatte.

»Natürlich hätte ich mir schon gewünscht, dass nicht ich der Einzige bin, der diese Schuld aus der Vergangenheit abträgt.«

Kluftinger verstand nicht. »Wie meinen Sie das?«

»In unserer Familie. Sie ist ja weit verzweigt und ebenso weit versprengt. Aber so wie ich muss sonst niemand leben.«

»Sie meinen in einem Schloss?«

Der Baron lachte bitter auf. »Ja, es ist ein Schloss. Da haben Sie schon recht. Aber was für eins? Es ist baufällig, kalt, feucht, und gehören tut es mir auch nicht mehr.«

Kluftinger blieb stehen. »Es ist nicht Ihr Schloss?«

»Nun ja, wie soll ich sagen, verstehen Sie …« Es war dem Mann sichtlich unangenehm, darüber zu sprechen. »Natürlich ist es meins. Im Grundbuch steht der Name unserer Familie. Aber ich könnte niemals mehr das Geld für den Unterhalt aufbringen. Also habe ich mit der Gemeinde ein, nennen wir es *Arrangement* getroffen. Sie dürfen es der Öffentlichkeit zugänglich machen, Konzerte veranstalten, das Gästehaus betreiben, Hochzeiten und dergleichen ausrichten, dafür kommen sie für die Betriebskosten und notwendige Reparaturen auf, und wir erhalten eine kleine Pacht. Und haben das Wohnrecht.«

Der Kommissar musterte den Mann.

Er sah jetzt noch grauer und mitgenommener aus als letzte Nacht. Und er musste seine Meinung etwas revidieren, denn von dem Adeligen, der auf Kosten der Allgemeinheit ein feudales Anwesen bewohnte, war nach dieser Schilderung nicht mehr viel übrig.

»Und die Verwalter, diese Pawlo…?«

Rothenstein seufzte. »Das ist eben Teil des Arrangements. Sie haben vielleicht schon bemerkt, dass es zwischen uns ein paar Differenzen gibt.«

Nach dem, was Kluftinger in der Nacht mitbekommen hatte, war das eine maßlose Untertreibung.

Der Baron lief plötzlich ein paar Schritte nach links zu der Installation von Schneewittchen. »Ich hätte schwören können, dass das Geländer an dieser Stelle noch in Ordnung ist«, bemerkte er mit sorgenvoll gerunzelter Stirn und blickte auf die Holzbalken, die windschief aus dem Boden ragten.

»Ja, das sollten Sie bald mal … reparieren«, erwiderte Kluftinger. »Könnte leicht mal gefährlich werden.«

Sie gingen wortlos weiter, vorbei an den anderen Märchenhütten, die Kluftinger nun, da er nicht mehr allein war, gar nicht mehr so unheimlich vorkamen. Ein Platz zwischen den Hütten war leer, nur die Reste eines verwitterten Zauns verrieten, dass hier auch einmal etwas gestanden hatte. Der Baron beschleunigte seinen Schritt ein wenig, als sie die Stelle passierten. Offenbar wurde er nur ungern daran erinnert, was hier alles im Argen lag.

»Werde ich eigentlich verdächtigt?«, fragte der Baron plötzlich in die Stille hinein.

»Wissen Sie, Herr Baron …«

»Baron.«

»Hm?«

»Nur Baron. Herr Baron sagt man nicht. Baron oder Freiherr von Rothenstein wäre die korrekte …«

»Also, Baron«, unterbrach ihn Kluftinger, der im Moment keinerlei Interesse an den Feinheiten der höfischen Umgangsformen hatte. »Verdächtig ist zunächst einmal jeder, der hier im Umfeld unterwegs ist. Und Sie als Ehemann des Opfers natürlich besonders, das ist schon wahr. Bei der Mehrzahl aller Verbrechen handelt es sich um Beziehungstaten.«

»Verstehe. Und ich akzeptiere das, keine Sorge.«

Wie edelmütig, dachte der Kommissar. Er wechselte das Thema: »Darf ich fragen, ob Sie noch über andere Einnahmequellen verfügen? Der Märchenwald zum Beispiel?«

»Der ist kostenfrei. Jeder kann hier rein. Es gibt nur eine Spendenbox, oben am Schloss, für den Unterhalt. Aber wie Sie sehen«, er machte eine unbestimmte Handbewegung, »befindet er sich nicht gerade in einem besonders vorzeigbaren Zustand. Man müsste hier schon einiges tun. Aber ich allein …«

»Wie lange gibt es den Wald denn schon?«

»Oh, der ist über hundert Jahre alt. Natürlich ist er immer wieder verändert worden. Meine Vorfahren hatten immer ein Faible für Märchen. Das können Sie auch im Schloss hie und da bemerken. Nicht wenige Gemälde beschäftigen sich mit dem Thema. Die haben wir auch nicht verkauft.«

»Verkauft?«

»Ja, leider mussten wir uns ab und zu von einem Gemälde trennen. Nichts wirklich Wertvolles, leider, aber doch von regionaler Bedeutung. Das war finanziell einfach nötig, manchmal. Sie können sich vorstellen, dass das meiner adeligen Anverwandtschaft nicht immer gefallen hat. Aber was sollte ich machen? Das Bild, auf dem meine Frau … also gestern …« Er brauchte ein paar Sekunden, um sich zu sammeln, dann fuhr er fort: »Das haben wir übrigens auch nie verkauft, da es das Lieblingsbild meiner Frau war. Und, das kann ich mit Fug und Recht behaupten, es ist überaus wertvoll. So was wie unsere Lebensversicherung. Nicht nur deswegen meine Frage: Gibt es denn bereits eine Spur des Bildes? Es handelt sich um ein Original von Bernhard Strigel.«

»Freilich, das Bild.« Kluftinger dachte nach. »Haben Sie denn noch eine Abbildung von dem Gemälde irgendwo?«

»Ja sicher. Es gibt einen Kunstführer durch das Schloss. Nun ja, eigentlich mehr eine Broschüre, die meine Frau angefertigt hat. Darin befindet sich eine ganz brauchbare Reproduktion.«

»Kann ich die mal sehen?«

»Natürlich. Wenn Sie mir ins Schloss folgen wollen.«

»Sehr gern«, antwortete Kluftinger und wunderte sich selbst darüber, wie sehr die gestelzte Sprache seines Gegenübers bereits auf ihn abfärbte.

Der Kommissar war erleichtert, als sie die düstere Atmosphäre des Märchenwalds mit der Kühle und Nüchternheit des Schlosses getauscht hatten. Jetzt, bei Tag, wirkte es auch nicht mehr so unheimlich wie gestern bei Kerzenschein. Eher karg und heruntergekommen, einer Burg ähnlicher als einem Schloss. Sie kamen wieder an der Eingangshalle vorbei, und diesmal erkannte Kluftinger auch das Tier auf dem riesigen Wappen: Es war ein Dachs. Sie gingen weiter durch das Labyrinth der Gänge, bis der Baron am Ende eines langen Ganges eine Tür aufsperrte, offenbar eines ihrer Privatgemächer, denn hierzu besaß er ja den Schlüssel. Dahinter verbarg sich ein chaotisches kleines Büro, dessen Mittelpunkt ein uralter Sekretär bildete, der über und über mit Papierstapeln und Büchern bedeckt war. Auf einem Stuhl daneben stand ein alter Computer.

»Das Reich meiner Frau«, sagte der Baron fast entschuldigend mit Blick auf die Unordnung. Dann machte er sich daran, den Schreibtisch abzusuchen. »Ich bin mir nicht sicher, meistens lag es hier …«, erklärte er kleinlaut.

»Was suchen wir denn? Vielleicht kann ich helfen.«

»Es ist ein Buch. Eigentlich mehr ein Heft. Auf dem Einband ist ein alter Stich des Schlosses.«

Kluftinger trat neben den Baron und begann ebenfalls, die Papierstapel zu durchwühlen. Die Frau schien umfassend interessiert gewesen zu sein, denn es kamen Bücher und Broschüren aller möglichen Fachrichtungen zum Vorschein. So fanden sich unter anderem ein Titel über die Aufzucht alter Kräuterarten, ein Heft, in dem es um heimische Singvögel ging, ein Wanderführer und eine Broschüre einer Apotheke, die Naturheilmittel herstellte. Der Kommissar musste lächeln, als er den Werbespruch darauf las, denn der schien wie gemacht für diese feudale Umgebung: »In der Prinz-Apotheke ist der Kunde König«. *Oder nur Baron,* dachte er.

»Da ist es«, stieß Grimmbart plötzlich hervor und hielt ein schmales Bändchen hoch. Er blätterte darin und reichte es dann dem Kommissar.

Der legte es vor sich auf den Tisch und betrachtete das Bild auf der Doppelseite genau. Erneut stellten sich ihm die Haare zu Berge, denn es war tatsächlich eine exakte Kopie der Szenerie, die er gestern Nacht vor sich gehabt hatte. Beziehungsweise andersherum, korrigierte er sich.

Die Frau auf dem Bild hatte zwar keine Ähnlichkeit mit Rita Rothenstein, aber die Kleidung, die sie getragen hatte, hatte genauso ausgesehen wie auf dem Gemälde: ein altertümliches Gewand aus rotem, schwerem Brokatstoff, mit Goldborten und Troddeln verziert und einer passend dazu bestickten Haube. Auf diesem Bild war der Gegenstand, den die Frau in der Hand hielt, gut zu erkennen: Es war ein Rosenkranz.

Die Frau saß vor einem Fenster, das eine sommerliche Landschaft zeigte, und blickte irgendwo nach rechts ins Ungewisse, als würde sie dort etwas sehen, was dem Betrachter verborgen blieb. Auch Kluftinger konnte nicht deuten, was sie dort anscheinend fixierte. Vielleicht handelte es sich auch um eine Unzulänglichkeit des Künstlers, der den Blick nicht richtig wiederzugeben vermochte. Jedenfalls sah sie nicht zu dem Mann, der schräg hinter ihr stand und seinerseits den Betrachter des Bildes anschaute. Er war dünn, fast knochig, und trug wie sie ein herrschaftliches Gewand und eine lächerlich wirkende, übergroße Kopfbedeckung, die an eine Baskenmütze erinnerte. Doch Kluftinger war nicht zum Lachen zumute, denn der Blick des Mannes wirkte seltsam bedrohlich und hinterließ bei Kluftinger ein Gefühl der Beklommenheit. Doch war es nicht der Blick an sich, der dieses Gefühl erzeugte, es waren die Augen. Sie sahen nicht normal aus. Die Augäpfel waren gelb.

Kluftinger wurde von diesem Blick regelrecht hypnotisiert und musste sich räuspern, bevor er etwas sagen konnte. »Das Kleid, das Ihre Frau angehabt hat …«

»War ausgestellt im Kabinett.«

»Ausgestellt, verstehe.« Das erklärte die exakte Kopie der Kleidung von dem Gemälde. Und es bedeutete, dass der Mörder sich ausgekannt haben musste – eine Tatsache, die natürlich auch durch andere Fakten, etwa das ausgetauschte Bild, untermauert wurde. Aber half ihnen das wirklich weiter? Das Schloss war zu den Besuchszeiten jedermann zugänglich. »Sie haben ja zwei Überwachungskameras, wie weit gehen denn die Videoaufzeichnungen zurück?«, fragte Kluftinger, einer spontanen Eingebung folgend.

Rothenstein zuckte die Achseln. »Ich glaube, so ein bis zwei Wochen. Aber darum kümmert sich Herr Pawlowicz.«

»Hm«, murmelte Kluftinger. Sie würden sich auf jeden Fall alle Bänder ansehen müssen, auch wenn es fraglich war, ob der Täter darauf zu finden war. Und wenn – woran sollten sie ihn erkennen?

Er wandte seine Aufmerksamkeit wieder dem rätselhaften Bild zu. Die häusliche Szene, die es zeigte, wirkte wenig herzlich, eher von ausgesuchter Gefühlskälte. »Wer ist denn das auf dem Bild?«

»Das sind meine Vorfahren, Seine Durchlaucht Fürst Gero Enno Reginald Wieland Tasso Hermann von Rothenstein Grimmbart und seine Gattin, Ihre Durchlaucht Henriette Gertrude.«

Wie man sich das nur alles merken kann, dachte Kluftinger. »Gibt es über die was Besonderes zu sagen? Etwas Ungewöhnliches in ihrem Leben? Weiß man etwas über sie?«

Der Baron sah ihn verständnislos an. »Was meinen Sie denn?«

Nun zuckte Kluftinger mit den Schultern. »Ich weiß es nicht. Alles, was ich weiß, ist, dass sich der Mörder die Mühe gemacht hat, dieses Bild, oder zumindest Teile davon, nachzustellen. Das muss was bedeuten, irgendwas will er uns damit sagen. Und die Antwort liegt wohl hier drin.« Er zeigte auf das Gemälde.

»Ja, da haben Sie vermutlich recht«, entgegnete der Adelige nachdenklich. »Aber ich weiß nicht, was das sein könnte. Wir haben, was das Motiv angeht, fast ein Dutzend solcher Bilder in unserem Schloss. Natürlich nicht von Strigel. Meinen Sie, das hat etwas zu bedeuten? Die Personen hierauf sind jedenfalls nicht weiter außergewöhnlich. Also, verglichen mit den anderen, meine ich.«

Kluftinger nickte. Hier würde sich jemand mal ganz tief in die Familiengeschichte der von Rothenstein Grimmbarts eingraben müssen. Und wenn er jemand sagte, meinte er Maier. Dann hatte er noch einen Gedanken: »Ist vielleicht mit dem Bild irgendwas?«

»Wie darf ich das verstehen?«

»Ich meine, über das Gemälde an sich, gibt es da irgendwas zu erzählen?«

»Wenn Sie wissen wollen, ob es wertvoll war: Ich sagte Ihnen ja bereits, es ist nach allen Expertisen ein echter Bernhard Strigel.«

Immer dieser ominöse Maler. Der Kommissar wartete auf eine Erklärung. Als die nicht kam, hakte er genervt nach: »Und was soll das heißen?«

»Strigel, Sie wissen schon. Aus der Strigel-Dynastie. Der berühmteste bildende Künstler, den diese Region je hervorgebracht hat. Er hängt in allen bedeutenden Museen dieser Welt, in Wien, in Washington, in … Sie wissen doch, wen ich meine?«

»Den Dings, jaja, schon klar.« Kluftinger hatte keine Ahnung, wovon der Baron sprach, aber diese Wissenslücke würde sich ja mit einer kurzen Recherche schließen lassen und war deswegen hier nicht weiter von Bedeutung. »Und was wär dann so was wert, von diesem Streibel?«

»Nun, ein Wert ist hier schwer zu beziffern, es ist ein frühes Werk und sicher nicht sein bestes. Und es gibt ja keinen eigentlichen Markt dafür. Mit einer wasserfesten Expertise vielleicht einige hunderttausend?« Er musterte Kluftinger und überlegte kurz. »Ich weiß, was Sie sagen wollen: Ja, ein Verkauf hätte uns saniert. Aber Geld und materielle Absicherung ist nicht das Einzige. Ich habe einen dynastischen Auftrag zu erfüllen. Es geht um den Erhalt eines wichtigen historischen Erbes. Das wiegt mehr. Außerdem war es das Lieblingsbild meiner Frau. Sie fand, es strahle so viel innere Ruhe aus.«

Innere Erstarrung trifft es besser, fand Kluftinger, verkniff sich aber einen Kommentar.

»War es denn versichert?«, wollte er wissen.

Der Baron lachte bitter auf.

»Wenn Sie so ein Bild versichern wollen, können Sie eine Alarmanlage für zigtausend Euro einbauen und so viele Auflagen erfüllen, dass Sie es am besten in ein hermetisch abgeriegeltes Bankschließfach legen. Nein, es hing einfach hier, wir hofften, dass nichts passieren würde, was ja über all die Jahre …«

Der Baron hielt inne. Laute Stimmen drangen von draußen bis zu ihnen in das abgelegene Büro. Irgendjemand schien sich ein heftiges Wortgefecht zu liefern.

Sie lauschten kurz, dann erkannte Kluftinger, dass eine der Stimmen seinem Kollegen Richard Maier gehörte. »Wir gehen wohl besser mal nachschauen«, sagte er mit gerunzelter Stirn und setzte sich in Bewegung.

Als sie den Flur vor dem Märchenkabinett erreichten, stand dort Maier mit einem Mann um die vierzig. Er war braun gebrannt, und unter dem eng geschnittenen Sakko mit den goldenen Knöpfen zeichneten sich seine Muskelpakete ab. Eine schwarze Sonnenbrille und eine riesige goldene Armbanduhr vervollständigten das Bild. Er hatte sich vor Richard Maier aufgebaut, der mit eingezogenem Kopf der respekteinflößenden Erscheinung gegenüberstand und deren Schimpftiraden über sich ergehen ließ.

»Und jetzt hören Sie mir mal gut zu, Sie Hampelmännchen: Wenn Sie hier mit Beugehaft oder einem anderen Schwachsinn drohen, dann kriegen Sie einen ganzen Haufen Ärger, dafür werden meine Anwälte schon sorgen, klar? Ich hab Beziehungen, das können Sie sich nicht mal in Ihren Träumen ausmalen. So, und jetzt lassen Sie mich in Ruhe. Ich fahre nach Hause, wann es mir passt, da können Sie sich auf den Kopf stellen, Sie dürfen mich doch gar nicht festhalten.«

Kluftinger hatte das Gefühl, seinem Kollegen Schützenhilfe geben zu müssen: »Streng genommen können wir das schon, solange Sie uns nicht alle Fragen beantwortet haben, die anstehen. Richard, gibt's Probleme?«

Maier zuckte mit den Schultern.

»Dürfte ich erst mal wissen, wer Sie überhaupt sind?«, wandte sich der Kommissar an den Mann.

»Darf ich kurz vorstellen, Herr Kluftinger«, schaltete sich Rothenstein ein, »das hier ist Herr Haase, Steffen Haase aus Düsseldorf. Er verbringt gerade einige Tage in unserem Gästehaus.«

Haase ging auf Kluftinger zu und fragte: »Mit wem habe ich das große Vergnügen?«

»Kluftinger, ich bin der leitende Hauptkommissar.«

»Endlich mal der Kuchen, nicht nur der Krümel. Hören Sie, Ihr Mitarbeiter hier, der nervt ganz gewaltig.«

»Was gibt's denn?«

»Er fragt mich immer das Gleiche und ist mit meinen Antworten nicht zufrieden. Und jetzt droht er mir dauernd mit irgendeinem rechtlich unhaltbaren Zeugs wie Haft und Zwangsgeld und was weiß ich. Pfeifen Sie den mal zurück, Herr Kultfinger!« Das letzte Wort begleitete er mit einem spöttischen Lächeln.

»Kluftinger. Warum möchten Sie denn die Fragen von Herrn Maier nicht beantworten?«

»Mach ich doch, Herrgott noch mal! Ich hab gesagt, dass ich hier auf Urlaub bin, das glaubt er mir nicht. Ich hab gesagt, dass ich Gastronom und Eventveranstalter bin, glaubt er mir auch nicht.«

»Das ist völlig verzerrt dargestellt!«, verteidigte sich Maier.

»Hast du denn einen Grund für deine Zweifel?«

»Allerdings. Ich habe erste Informationen, dass es sich bei den sogenannten Gaststätten des Herrn um einschlägige Etablissements im Rotlichtmilieu handelt.«

»Na und, das ist alles legal.«

»So jemand macht aber hier nicht Urlaub.«

»Ach, finden Sie das Allgäu denn so scheiße?«

Maier ignorierte seine Zwischenrufe. »Hast du das Auto gesehen? So ein Hummer für über hunderttausend ist das!«

»Ja, da kann so ein kleiner Dorfpolizist schon neidisch werden, nicht?«, sagte Haase mit selbstverliebtem Grinsen.

»Ein … Hammer?«, fragte Kluftinger verdutzt.

»Hören Sie, Herr Kult… Kluftfinger? Klischees und Vorurteile! Ja, ich bin in der Erotik- und Entspannungsbranche tätig und eben zudem als Veranstalter von Partys und Events. Aber lediglich als passiver Investor, mittlerweile. Nichts Verbotenes, das kann ich Ihnen gleich sagen, bevor Sie sich groß Arbeit machen.«

Kluftinger hob die Hände. »Sehen Sie, Herr Haase, Sie müssen uns schon gestatten, genau nachzufragen. Sie behaupten also, hier allein einige Tage Urlaub zu machen und aus keinem anderen Grund vor Ort zu sein? Einer wie … Sie?« Jetzt war es Kluftinger, der seine Frage mit einem spöttischen Lächeln begleitete. »Also, was machen Sie wirklich hier?«

Haase warf Rothenstein einen kurzen Blick zu, was Kluftinger nicht entging.

»Ein bisschen Landschaft, ein bisschen Fliegen. Es gibt recht nette Sportflugplätze hier. Verboten?«

»Keineswegs«, versetzte Kluftinger. »Nur eben sehr ungewöhnlich, dass Sie ausgerechnet hier absteigen.«

Der andere grinste und entblößte eine zu stark gebleachte Zahnreihe. »Sie denken, ich müsste in so einem Luxusresort schlafen? Klar könnt ich mir jeden Luxus leisten, hab ich mir erarbeitet, das darf und soll ruhig jeder wissen. Aber ich bin nicht abgehoben. Und hier kann man sich den Kopf durchpusten lassen. Bei den einfachen Leuten.« Sein Grinsen wurde breiter.

Der Kommissar blieb ruhig: »Sie können natürlich gern die Unschuld vom Lande spielen und wieder heimfahren, aber ich versprech Ihnen, für jede Frage, die wir an Sie haben, zitieren wir Sie wieder her, egal wo Sie sich grad herumtreiben, bloß dass wir uns da gut verstehen.«

In diesem Moment hallten Schritte auf dem Korridor.

»Ah, schau, der so furchtbar trauernde Schlossherr höchstpersönlich«, hörte Kluftinger wenig später Pawlowicz, den Verwalter, sagen, der mit seiner Frau auf sie zukam. »Gibt's hier Streit? Wir haben das Geschrei gehört. Wenn das mal nicht mit unserem blaublütigen, so ungeheuer vornehmen und gebildeten Freund

Grimmbart zu tun hat, der auch ganz schön jähzornig werden kann ... Wenn diese Eigenschaft mal nicht der gnädigen Frau den Kopf gekostet hat ...«

Erstaunlich agil schoss der Baron auf Pawlowicz zu und ging auf ihn los.

Kluftinger rannte hinterher und zog ihn am Kragen vom Schlossverwalter weg. »Herr Rothenstein, reißen Sie sich zusammen!«

Während Pawlowicz seinen Kragen zurechtzupfte und sich das T-Shirt wieder in die Hose steckte, sagte er mit ruhiger Stimme: »Haben Sie gesehen, was das für einer ist? Der Typ hat sich überhaupt nicht im Griff. Total jähzornig. Wegsperren müsste man den. Der ist gemeingefährlich. Vielleicht hat er ja auch schon Schlimmeres angerichtet ...« Pawlowicz ließ seinen Satz im Ungefähren verhallen.

Nun schlug Rothensteins Wut ganz offenbar in Verzweiflung um, er sank geradezu in sich zusammen.

Kluftinger hob die Arme: »So, jetzt beruhigen sich mal alle wieder ein bissle, gell?« Er kam sich vor wie ein Erzieher im Kindergarten, der einen Konflikt unter Fünfjährigen schlichten musste. »Jetzt geht einfach mal jeder seiner Wege und ... macht halt seine Sachen. Aber bitte halten Sie sich zu unserer Verfügung.«

5

Eine Dreiviertelstunde später saßen die vier Beamten in einem Gasthof im Ortskern von Bad Grönenbach. *Gutbürgerliche Küche* hatte ein Schild am Eingang versprochen, und das war genau das, was sie nun alle brauchten. Kluftinger hatte vorgeschlagen, gemeinsam das Mittagessen einzunehmen, ein bisschen Zusammenhalt im Team konnte besonders jetzt angesichts der neuen Chefin nicht schaden, und eine Mahlzeit im Kollegenkreis war da ein guter Anfang.

»Hast du noch was aus diesem Haase rausbekommen?«, wollte Eugen Strobl wissen, der eine halbe Stunde zuvor ebenfalls am Schloss eingetroffen war.

»Nicht wirklich, aber wie der Richie das auch schon gesagt hat: Ich fress einen Besen, wenn der hier nur stille Tage verbringen wollte und Alpenrundflüge machen will. Zwielichtiger Heini. Ich hab ihn gebeten, noch ein, zwei Tage dazubleiben, wenn der erst mal daheim ist, dann wird es schwierig, den zu fassen zu kriegen. Alibi hat er ja laut Richard keines, angeblich war er schon im Bett. Allein. Den knöpfen wir uns auf alle Fälle noch mal vor, vielleicht wird er doch gesprächiger mit der Zeit. Und bei dir, Eugen? Was ist mit dem Pärchen, das noch im Haus gewohnt hat?«

»Die halt ich für eher unauffällig. Aber dazu später, jetzt hab ich für meinen Teil erst mal einen Bärenhunger!« Er winkte der Bedienung, die wenig später mit vier Speisekarten unter dem Arm an den Tisch kam.

»So, schaumer mal, was es alles Gutes gibt.« Hefele begann voller Vorfreude die Speisekarte vorzulesen: »Mei, geschmälzte Maultäschle, das wär schon was, mit Salat, mhm, oder ein Zwiebelrostbraten? Saure Leber hat's auch, Klufti. Richie, für dich gibt es sogar einen Gemüseteller.«

»Also ich nehm vorneweg gegen den schlimmsten Hunger schon mal die Hochzeitssuppe«, beschloss Strobl, kam jedoch nicht dazu, weiterzureden, denn Kluftingers »Himmelarschkruzifix« ließ sie zusammenfahren.

»Ich Granatenseckl! Männer, einen guten Appetit wünsch ich euch, ich muss dringend wohin. Ich seh euch nachher im Büro, habe die Ehre!« Dann stürzte der Kommissar ohne weitere Erklärung aus der Gaststube.

Atemlos stieg er zehn Minuten später aus dem Passat und rannte in Richtung der Eingangstür des Gasthofs. Zu spät. Wieder einmal. Nicht viel zwar, aber der Anlass war entsprechend gewichtig, also würde ihm von Erika jede Minute negativ angerechnet werden.

Er stieß die schwere Doppeltüre auf und folgte dem Pfeil mit der Aufschrift *Gaststube* nach links. Die Tür war hinter ihm noch nicht ins Schloss gefallen, da hätte er am liebsten schon wieder kehrtgemacht. An einem großen hölzernen Tisch in der Mitte des Raumes saßen seine Familie – und *er*. Erika hatte es also wahr gemacht. Sie hatte tatsächlich den Doktor angeschleppt. Und zu allem Überfluss fütterte der sie gerade mit einem Löffel Suppe! Den entgeisterten Blicken seines Sohnes und seiner Freundin Yumiko nach zu urteilen, fand offenbar nicht nur Kluftinger dieses Verhalten unangemessen.

Er warf seinen Janker regelrecht an den Haken der Garderobe und eilte zum Tisch.

»Na, findest du nicht auch, dass da eine Spur zu viel Sellerie dran ist, meine Liebe?«, flötete Langhammer gerade, als sich der Kommissar einen Stuhl vom Tisch gegenüber schnappte und sich unsanft zwischen die beiden drängte.

»So, ich wär jetzt also da.« Er sah, dass alle bereits eine Suppe vor sich hatten, und fügte an: »Habt's ihr mir nix bestellt, oder was?«

Markus säuselte: »Ja, lieber Vater, dir auch ein herzliches Grüßgott, nein, es macht gar nix, dass du zu diesem wichtigen Termin zu spät gekommen bist, ja freilich geht's uns gut, und ja, wir haben ein furchtbar schlechtes Gewissen, dass wir die Suppe nicht einfach haben kalt werden lassen, bis du dich herbequemst und uns gnädigst deinen Essenswunsch mitteilst.«

Der Kommissar hob abwehrend die Hände. »Ja, schon gut, verstanden, tut mir leid, ich kann ja auch nix dafür, dass ich gerade so einen blöden Mord aufklären muss, den mir irgendjemand …«, er wandte seinen Kopf in Richtung Langhammer, »… an meinem wohlverdienten Feierabend aufgezwungen hat.«

Der Doktor hob schon zu einer Antwort an, da ging Erika dazwischen: »Wir haben doch nicht gewusst, was du willst, also haben wir noch nix bestellt.«

»Ja, und Kuttelsuppe und Kässpatzenbrühe waren leider aus, mein Bester«, meldete sich nun doch der Doktor zu Wort.

Kluftinger verzog die Lippen zu einem gequälten Grinsen, hob den Arm und winkte die Bedienung zu sich her. »Du, Erna, bring mir doch eine Hochzeitssuppe, bitte. Und eine Halbe.«

»Sehr originell«, meckerte Markus.

Der Kommissar seufzte. »Und Miki, willst du nicht auch was an mir aussetzen, es wär grad der passende Moment.«

Die hübsche Japanerin senkte den Kopf, und eine leichte Röte überzog ihre Wangen. Der Kommissar fragte sich, ob sie jemals mit dem rustikalen Allgäuer Umgangston zurechtkommen würde.

Als schließlich auch vor ihm etwas zu essen stand, besserte sich seine Stimmung deutlich. Er senkte seinen Oberkörper über den Teller und löffelte die Suppe derart schnell in sich hinein, dass sein Rachen von der Hitze brannte und er die Hälfte seines Biers zur Kühlung hinterherkippen musste. Dann ließ er sich ächzend zurückfallen und wischte sich mit dem Hemdsärmel über den Mund. Als er den Blick wieder hob, schaute er in vier verdutzte Gesichter. Vielleicht hatte ihn der Hunger beim Essen doch ein wenig zu sehr angetrieben, dachte er selbstkritisch.

»Hat's denn geschmeckt, Vatter?«, fragte sein Sohn.

»Ja, mei, was heißt jetzt da geschmeckt? Eine Suppe halt ...«

»Also wirklich, Butzele«, zischte seine Frau, und die Art und Weise, wie sie die Konsonanten zwischen ihren Zähnen hervorpresste, machte ihm deutlich, dass sie den Kosenamen alles andere als freundlich gemeint hatte. »Es geht doch heut gerade darum, wie die Sachen schmecken. Damit wir entscheiden können, was für die Hochzeitsfeier der Kinder das richtige Essen ist. Da dürfen wir doch nix falsch machen, noch dazu, wo wir Besuch aus Japan bekommen.«

Kluftinger schluckte. Ihm blieben nur noch wenige Tage, um sich auf das Eintreffen von Yumikos Eltern vorzubereiten. Und das ausgerechnet jetzt, wo er einen neuen Fall hatte – und eine neue Vorgesetzte, die jeden seiner Schritte genau beobachtete. Das alles zusammengenommen würde sicher noch zu einigen innerfamiliären Scharmützeln führen, deswegen war Deeskalation jetzt das Mittel der Wahl.

»Ja, schon klar. Aber mit einer Hochzeitssuppe macht man doch nie was falsch. Grad bei einer Hochzeit. Das wird's in Japan auch geben, oder, Yumiko? Vielleicht nicht mit Leber- und Brätknödeln oder Flädle, aber halt mit anderen Sachen. Haifischflossen oder so, gell?«

Yumiko lächelte unsicher.

»Probieren Sie wenigstens mal das hier.« Langhammer hielt nun ihm einen Löffel seiner Gemüsecremesuppe hin, ebenso, wie er es vorher mit Erika gemacht hatte. Angewidert drehte Kluftinger den Kopf zur Seite.

»Jetzt haben Sie sich nicht so!«

»Na. Ich mag nicht.« Er presste die Lippen zusammen wie ein kleines Kind, dem die Eltern eine Medizin einflößen wollen.

Erika stieß ihn in die Seite. »Jetzt reiß dich mal zusammen«, zischte sie.

Was weiß denn ich, was der für Viren aus seiner Praxis mit sich rumschleppt, schoss es Kluftinger durch den Kopf, die Augen starr auf den bedrohlich vor seinem Gesicht schwebenden Löffel gerichtet. Er kämpfte innerlich mit sich, versuchte, die strengen Blicke der Umsitzenden zu ignorieren – und gab schließlich seinen inneren Widerstand auf. Allerdings wollte er sich nicht bedingungslos ergeben. Er nahm den Löffel an sich, leerte ihn zurück in die Suppe, griff sich die Flasche Mineralwasser, die am Tisch stand, begoss damit über seinem leeren Suppenteller Langhammers Löffel, um ihn anschließend mit der Serviette abzuwischen und erneut in die Suppe des Doktors zu tauchen.

Das alles wurde von allen am Tisch aufmerksam verfolgt, wobei Yumiko und Markus belustigt zusahen, Langhammer indigniert und Erika entsetzt dreinblickten. Jeder also ziemlich genau so, wie Kluftinger es erwartet hatte. Doch er war noch nicht ganz fertig mit seiner kleinen Einlage, denn nach einer gewissenhaften Verkostung urteilte er: »Bissle zu viel Sellerie, wenn ihr mich fragt.«

Bei der anschließenden Bestellung der Hauptspeise orderte Kluftinger »Wie immer«, was bedeutete: Kässpatzen mit extra vielen Zwiebeln. Als ihn die anderen darauf hinwiesen, dass das dem Zweck dieses Probeessens ebenfalls nicht besonders dienlich sei, ergänzte er seine Bestellung um ein extra großes Stück Zwiebelrostbraten, nachdem er sich bei der Bedienung dreimal rückversichert hatte, dass das Probeessen auch wirklich kostenlos sei.

Erna wollte schon wieder gehen, da hielt sie der Doktor zurück: »Sagen Sie, gute Frau, wo kommt eigentlich Ihr Fleisch her?«

Die propere Mittfünfzigerin sah ihn mit leerem Blick an. Nach einer langen Pause antwortete sie schließlich: »Vom Metzger.«

Langhammer lächelte milde: »Gute Frau, das ist schon klar, aber ich meine: von welchem Hof?«

»Vom Schlachthof, denk ich.«

Der Doktor seufzte, dann sagte er, wobei er die Worte so sorgfältig betonte, als spreche er mit einem Kind: »Von welchem landwirtschaftlichen Betrieb? Welche Aufzucht? Bio oder konventionell?«

Man merkte der Bedienung an, dass ihr derartige Fragen normalerweise nicht gestellt wurden. Sie hatte offensichtlich keine

Ahnung und wand sich bei ihrer Antwort. »Mei, also viele Fleischrinder hat ja der Kohler Xare, glaub ich. Da könnt's her sein. Also vielleicht. Aber ob der so ein Grüner ist, das weiß ich jetzt nicht so direkt, ich glaub, der ist doch bei der CSU …«

»Hätten Sie die Güte und fragten in der Küche für mich nach? Je nachdem nehme ich dann das Rumpsteak oder doch den Waller.«

Kluftinger zuckte entschuldigend mit den Achseln und sah der verstörten Bedienung nach, bis diese in der Küche verschwunden war.

»Ich denke, Sie und Ihre Eltern sind ja sicher nur das beste Fleisch gewohnt. Ich sage nur: Kobe-Rind«, wandte sich der Doktor an Yumiko, die nicht recht wusste, wie sie reagieren sollte, und deswegen kicherte.

Markus brummte ein »Passt scho«, während Erika dem Doktor beisprang: »Also ich find auch: Das ist doch heutzutage besonders wichtig, woher das Fleisch kommt, bei den ganzen Skandalen. Und für eure Hochzeit ist uns das Beste grad gut genug, gell, Butzele?« Sie strich ihrem Mann über den Arm. Der wollte die aufkeimende Harmonie nicht gefährden und nickte lediglich.

Während der Hauptspeise redeten sie wenig, wenn man davon absah, dass Kluftinger Erna mit dem Auftrag zurück in die Küche schickte, sich doch bitte nach der Schuhgröße des Schlachters zu erkundigen sowie Namen und Sternzeichen der Kuh zu erfragen, deren Hüftfleisch da auf seinem Teller lag. Langhammer untersuchte derweil die einzelnen Komponenten seines Essens, drückte mehrmals mit dem Finger auf seinem Steak herum, ließ den Reis konzentriert von seiner Gabel rieseln und zerdrückte einzelne Erbsen zwischen Daumen und Zeigefinger. Immer wieder machte er sich Notizen in einem kleinen Büchlein und murmelte ab und zu etwas Unverständliches.

Sie lehnten sich satt in ihren Stühlen zurück, und Markus und Yumiko erklärten, sie müssten unbedingt mal ein bisschen frische

Luft schnappen. Kluftinger fischte sich einen Zahnstocher aus dem kleinen Plastikkörbchen, in dem sich neben Pfeffer, Salz und Bierfilzen auch seine geliebte Allzweckwürze befand, als sein Blick auf einen Tisch ganz am anderen Ende der Gaststube fiel. Ein Mann saß dort, nippte an einem Wasserglas und sah hin und wieder von der Zeitschrift auf, die vor ihm lag. Von Zeit zu Zeit langte er sich an seine Brille mit einem breiten schwarzen Rahmen. Der Kommissar runzelte die Stirn. War das nicht derselbe seltsame Typ, den er heute Morgen vor seinem Haus gesehen hatte, als der Doktor ihm aufgelauert hatte? Konnte natürlich Zufall sein, vielleicht war es nur ein einsamer, verspäteter Feriengast, der ein paar ruhige Tage in Altusried verbrachte. Aber dass er ihn heute schon zum zweiten Mal bemerkte, kam ihm doch seltsam vor. Ausgerechnet einen Tag, nachdem er die Leiche in Grönenbach entdeckt hatte.

Seine Aufmerksamkeit wurde abgelenkt von einer jüngeren Bedienung, die an den Tisch kam. Kluftinger kannte sie nicht. »Wo ist denn die Erna hin?«, wollte er wissen.

Die Frau blickte unsicher zur Küche: »Die … hat grad was Wichtiges … also, in der Küche zu tun. Ich helf kurz mal aus, ich bin eigentlich nicht im Service, aber …«

»Schon gut, junge Frau«, unterbrach sie Langhammer, »ich muss ein bisschen aufs Tübchen drücken, meine Sprechstunde beginnt bald wieder.«

Kluftinger wollte diese Chance nutzen: »Also, wenn Sie wegmüssen, Herr Langhammer, wir können sicher allein … und wir können Ihnen ja dann erzählen, was uns so …«

»Nein, mein Lieber, ich lasse Sie doch hier nicht ohne mein kulinarisches Fachwissen im Stich.«

»Priml«, seufzte der Kommissar.

»Welchen Wein möchten Sie denn zum Festessen?«, wollte die Bedienung wissen und zückte ihren Block.

Bevor Langhammer zu einem Vortrag anheben konnte, erwiderte Kluftinger schnell: »Einen weißen und einen roten. Dann ist für jeden was dabei. Und wenn jemand einen Rosé will, kann er ja mischen.« Zufrieden nickte er seiner Frau und dem Doktor zu, der in schallendes Lachen ausbrach: »Sie sind wirklich ein steter Quell des Frohsinns, mein Lieber. Die Dame wollte, glaube ich, wissen, welchen Wein *genau*.«

»Ach so, ja, am besten den Schorlewein. Also, den roten und den weißen Hausschoppen. Die sollen hier beide gut sein, richtig süffig. Das sagen zumindest die aus der Musik, die gern einen Wein trinken. Und die kennen sich aus.« Er machte eine vielsagende Geste, als kippe er ein Getränk in sich hinein.

Langhammer sagte knapp: »Bestimmt. Können wir jetzt bitte die Weinkarte bekommen?«

Die Kellnerin blickte nun genauso konsterniert wie vorher ihre Kollegin. »Die … ist doch hinten.«

»Hinten?«

»Ja, hinten.«

»Im Nebenzimmer?«

»Nein, in der Speisekarte.«

Mit gerunzelter Stirn blätterte Langhammer die Karte durch und las dann laut vor: *»Roter Landwein offen, weißer Landwein offen, Schorle rot/weiß, diverse Flaschenweine auf Anfrage.* Sagen Sie, was sind denn diese diversen Weine?«

Die Bedienung kratzte sich verlegen am Kopf.

»Also, so genau … aber da hat sich schon was angesammelt in den Jahren. Probiert hab ich jetzt noch nix von denen, aber …«

Langhammer seufzte: »Wissen Sie was: Bringen Sie uns einfach eine kleine Zusammenstellung Ihrer Köstlichkeiten.«

Die junge Frau machte auf dem Absatz kehrt und eilte zurück in die Küche.

»Der Martin hat schon mal ein Weinseminar im Friaul mitgemacht«, erklärte Erika.

»So, im Friaul, ja dann …« Der Kommissar hatte das Interesse an einer weiteren Auseinandersetzung verloren. Sein Plan war nun, einfach in allem nachzugeben und morgen nach Dienstschluss noch einmal herzukommen und kurzerhand alle Bestellungen, die auf Langhammers Expertise beruhten, wieder zu ändern. Schließlich musste er die ganze Sause bezahlen. Und dem Arzt ging es doch nur darum, sich auf seine Kosten möglichst hochpreisig durchzufuttern.

Er lächelte zufrieden über seinen Beschluss, als Markus und Yumiko zurückkamen. Sein Sohn schlug ihm auf die Schulter. »Heu, Vatter, freust dich auf einmal doch auf die Hochzeit?«

»Ich, wie kommst du denn *da* drauf?«

»Freust dich etwa nicht?«, ging Erika sofort dazwischen.

»Ja, doch, freilich, was denkst du denn? Ich mein doch nur, warum er das jetzt fragt.«

Markus winkte ab.

»So, da wär der Wein.« Nun war es wieder Erna, die mit einigen Flaschen bei ihnen am Tisch stand.

»Sehr gut, sehr gut, liebe Frau, sagen Sie, was haben Sie denn da für uns? Einen schönen Südtiroler? Oder vielleicht sogar einen Südamerikaner? Wissen Sie, ich hab ja die Chilenen für mich entdeckt.«

»So?« Kluftinger zog die Augenbrauen hoch. »Da werden die sich aber freuen, die Chilenen.«

Erna nahm eine der Flaschen, hielt sie mit gestreckten Armen von sich weg und las laut vor: »Also, ich hätt da einen Halbersberger Hechelberg. Was Gutes. Sogar ein … Qualitätswein. Steht jedenfalls da.«

»Qualitätswein, soso, na, das wollen wir doch erst noch prüfen.« Der Doktor hielt ihr sein Glas hin, woraufhin Erna die Flasche aufdrehte und eingoss. Er nahm einen Schluck, machte lautstarke Schlürf- und Schmatzgeräusche und erklärte dann: »Mhm, gar nicht mal so schlecht wie erwartet. Sehr fruchtig, mit einem erdigen Abgang. Den kann man sogar trinken. Wenn man deutschen Roten zugetan ist. Vor allem die Heidelbeernote vermag zu gefallen.«

Kluftinger nahm sich die Flasche, las das Etikett und sagte dann triumphierend: »Also, ich glaub, da täuschen Sie sich, Herr Doktor. Keine Heidelbeeren. Der ist aus Trauben. Zweigelt, um genau zu sein. Und Sulfit, aber die Züchtung kenn ich nicht.«

Grinsend goss er sich ebenfalls ein, kippte das Glas in einem Zug hinunter und knallte es mit einem zufriedenen »Aaaah« auf den Tisch: »Lauft gut nunter.«

Markus vergrub den Kopf in den Händen.

Auf ähnliche Art und Weise wurden auch die anderen Weine verkostet, die Erna irgendwann kommentarlos auf den Tisch gestellt hatte, und je leerer die Flaschen wurden, desto einiger waren sich der Doktor und der Kommissar in der eher negativen Bewertung ihres Inhalts.

Aus den Augenwinkeln sah Kluftinger, dass der Mann, der ihm vorher aufgefallen war, zahlte und durch den Hinterausgang das Lokal verließ, doch nun, in seiner beschwingten Stimmung, kam er ihm gar nicht mehr so seltsam vor.

»Welche Früchte schmecken Sie hier?«, wollte Langhammer bei einer Flasche Weißwein von Kluftinger wissen.

»Auch wieder Trauben, hätt ich gesagt. Und vielleicht ein bissle Gurke.«

Langhammer lachte exaltiert: »Hut ab, mein Lieber. Sie werden mir ja noch ein richtiger Kenner!«

Irgendwann, nachdem Kluftinger auch noch Kohlrabi in einem Pinot grigio entdeckt hatte, flüsterte Langhammer ihm verstohlen zu: »Wenn Sie wollen, ich kann Ihnen den Wein auch über meinen Dealer bestellen. Kostet dann hier nur das Flaschengeld. Machen die bestimmt.« Kluftinger wollte bereits dankend ablehnen, da schob der Doktor noch nach: »Ich krieg nämlich fünfzehn Prozent als Stammkunde.«

Reflexartig streckte Kluftinger seine Hand aus und sagte: »Wir sind im Geschäft, würd ich sagen.«

Am Ende der Verkostung fragten sie sogar das Hochzeitspaar nach ihrer Meinung – das erste Mal an diesem Nachmittag, wie Markus lakonisch bemerkte. Die beiden erklärten lediglich, dass sich unter den Gästen durchaus einige richtige Weinkenner befänden.

Als schließlich der Wirt an den Tisch kam, fühlte sich Kluftinger so leicht und gelöst wie schon lange nicht mehr. »Komm, Hans, setz dich zu uns und trink einen mit, geht aufs Haus«, tönte er und hob die Weinflasche. »Oje, nix mehr drin.« Er zuckte entschuldigend die Achseln, sah in die Runde und prustete los.

»Ja, dankschön, brauch eh nix«, brummte der Wirt. »Also, was mach mer?« Er zückte einen Bedienungsblock und schrieb »Hochzeit Klufti« auf das erste Blatt.

»Ich fand die Schweinemedaillons sehr gut«, erklärte Erika. »Und da kann man eigentlich nix falsch machen, so Medaillons, die mag doch jeder, gell?« Sie nickte in Richtung Markus und Yumiko, doch ihr Sohn protestierte: »Und was ist mit den Vegetariern?«

Erika bekam große Augen: »Isst du etwa kein Fleisch mehr? Bub, du weißt doch, dass grad Männer das brauchen, ich mein, wir Allgäuer sind das halt gewohnt, dass …«

»Keine Angst, Mutter, ich bin nach wie vor Aasfresser. Aber es kommen ja auch ein paar Leute vom Studium, und da gibt's durchaus auch Vegetarier drunter. Sogar einen Veganer.«

»Der kriegt dann halt Pute«, sagte Kluftinger und begleitete seinen Scherz mit kehligem Lachen, in das der Doktor nach einem »Oder Spätzchen mit Soße« einstimmte.

»Nix für ungut, aber ich hätt noch was zu tun«, unterbrach der Wirt sie unwirsch.

»Ja, wir auch«, gab Markus ihm recht. »Also, wir fanden die …«

»Bevor wir an die konkrete Planung gehen«, fuhr Langhammer dazwischen, »würde ich gerne ein paar Dinge anmerken: Also, der Salat war wirklich vorzüglich, aber haben Sie nichts, was gerade Saison hat? Einen schönen Lollo rosso vielleicht? Aber bitte regional. Und das Dressing kann etwas mehr Dijonsenf gut ab. Das Filet, das ich hatte, war ja ganz in Ordnung, nicht falsch verstehen, ordentliche, einfache Landhausküche, aber der Garpunkt, na ja. Versuchen Sie es doch mal mit der Achtzig-Grad-Methode, da müssen Sie das Fleisch nur anbraten und dann im Ofen nachgaren. Und dann den Bratensaft einfach mit etwas Jus angießen, schön mit Butter aufmontiert, da kann man getrost auf den Soßenbinder verzichten, nicht wahr? Braucht es gar nicht, das böse

Pülverchen aus den Achtzigern. Darüber sind wir doch kulinarisch hinweg. Ich kann Ihnen da gerne mal was zusammenschreiben, wenn Sie …«

»Das können Sie sauber bleibenlassen, Herr Doktor.« Der Kopf des Wirts färbte sich gefährlich rot. »Ich sag Ihnen ja auch nicht, wie Sie Ihre Opfer … ich mein Patienten, zu behandeln haben.«

»Opfer, sauber rausgegeben!« Kluftinger prustete wieder los und schlug dem Wirt auf die Schulter.

Doch Hans war noch nicht fertig: »Obwohl's vielleicht manchmal besser wäre.«

Die Augen des Doktors verengten sich zu Schlitzen. »Was wollen Sie damit sagen?«

»Ja, wenn Sie's genau wissen wollen, also die Zenz, Sie wissen schon, vom Hartmann Pirmin die Frau, die mit ihrem schlimmen Bein bei Ihnen war, die …«

»Guter Mann, Sie brauchen jetzt gar nicht ausfällig zu werden, sonst ist das hier ganz schnell zu Ende für Sie. Dann sind Sie ruck, zuck raus. Es gibt auch noch andere Restaurants, die für unsere Feier in Frage kommen. Der Goldene Löwe in Krugzell zum Beispiel …«

Kluftinger, der gerade wieder am Wein genippt hatte, verschluckte sich heftig. Er kannte den Löwen: Es war ein sündteures Restaurant, das neuerdings sogar einen Stern hatte, was die Kosten der Hochzeit in astronomische Höhen treiben würde. Hans wollte schon aufspringen, da legte Kluftinger ihm beschwichtigend eine Hand auf den Arm. »Jetzt komm, Hans, wir müssen doch nicht streiten. Es ist doch ein freudiger Anlass, wegen dem wir da sind.« Kluftinger zeigte auf das Hochzeitspaar, das gequält lächelte. »Der Herr Doktor will doch bloß … helfen.«

Hans stieß hörbar die Luft aus, was Kluftinger als Zeichen der Versöhnung deutete. »Also, ich würd sagen, wir überlegen's uns alle noch mal genau und geben dir dann Bescheid. Oder wir kommen noch mal her und probieren ein bissle, gell, Herr Langhammer?«

Erika sah ihn erschrocken an, und auch Yumiko schien mit diesem Vorschlag alles andere als zufrieden.

»So ein Schmarrn, jetzt sind wir da, jetzt wird das auch ausgemacht!«, protestierte Markus. »Du, ihr habt's doch auch Buffet, oder, Hans?«

Der Wirt nickte. »Ja, das große Allgäuer Hochzeitsbankett.«

»Gut, das nehmen wir, und damit basta.«

Dann ließ er die anderen sitzen und zog Yumiko mit sich zur Tür hinaus.

6

Auf der Fahrt von Altusried nach Kempten fühlte sich Kluftinger rundum wohl. Er war entspannt, er war satt, er war zufrieden – und hatte das euphorische Gefühl, eine ganz neue Ära im Miteinander mit dem Doktor eingeläutet zu haben. Sein gläsernes Sonnendach hatte er geöffnet, auch wenn der Himmel wie in den Tagen zuvor wolkenverhangen war, aber er wollte den Duft der Wiesen riechen, die wohl zum letzten Mal gemäht wurden, bevor der Herbst endgültig Einzug hielt.

Heftiges Hupen hinter ihm ließ ihn zusammenzucken: Er blinzelte in den Rückspiegel, da rauschte schon ein großer, schwarzer Geländewagen an ihm vorbei. Kopfschüttelnd sah er ihm nach. Dass die Leute nur immer so pressieren mussten! Seine Tachonadel ruckelte um die sechzig herum, das reichte vollauf für diesen beschwingten Tag, für seinen betagten Wagen und die kurvige Überlandstrecke. Das jedoch sahen offenbar nicht nur der Geländewagenfahrer von eben anders, sondern auch noch gut ein Dutzend andere Verkehrsteilnehmer, die erst hupten und dann wild gestikulierend überholten. Kluftinger ließ sich aber nicht beirren, summte den Schlager mit, der aus dem Autoradio dudelte, und freute sich auf einen anregenden Nachmittag im Büro.

Da fiel ihm Sandy Henske ein und seine wenig diplomatische Art, die er am Vormittag an den Tag gelegt hatte. Er setzte den Blinker und bog auf den Parkplatz eines kleinen Supermarktes. Pralinen, damit konnte man jeder Frau eine kleine Freude machen.

Als er an der Direktion angekommen war, parkte er seinen Wagen direkt vor der Tür, dann nahm er jeweils zwei Treppen auf einmal, um flott in sein Büro zu gelangen. Dort streckte er seiner Sekretärin breit sein Mitbringsel entgegen. »Für Sie, Fräulein Henske. Für Ihre verdiente Mitarbeit immer. Und weil Sie es mit einem wie mir auch nicht ganz leicht haben, also … manchmal.«

Sandy Henske war ihre Überraschung deutlich anzumerken, aber ihr Unmut schien noch nicht ganz verraucht. Dennoch rang sie sich ein Lächeln ab. »Danke, Chef, das wäre aber doch nicht nötig gewesen! Weinbrandbohnen. Immer was Feines.«

»Ja, das wärmt doch ein bissle von innen, jetzt, wenn's wieder kälter wird. Aber es gibt ja auch Blumen, die im Winter blühen, gell?« Er lachte auf.

Mit gerunzelten Brauen sah ihn Sandy Henske an.

»Ich mein: Sie sind doch immer das blühende Leben, verstehen S'?«

Sandy verstand ganz offensichtlich nicht. »Herr Kluftinger, nich in den falschen Hals kriegen jetzt, aber sind Sie ein wenig angeschiggert, ich mein, haben Sie vielleicht 'nen kleinen Zacken in der Krone?«

»Zacken, ach was, was wahr ist, muss wahr bleiben.« Wieder lachte er lauthals. »So, und jetzt sollen die lieben Herren Kollegen mal schön in mein Büro kommen, dann machen wir ein bisschen Polizeiarbeit. Habe die Ehre, Fräulein Henske.« Pfeifend entfernte er sich und ließ eine völlig verdattert dreinblickende Sekretärin zurück.

»Dafür, dass wir seit gestern eine taufrische Mordermittlung haben und noch völlig im Dunkeln tappen, bist du ja erstaunlich locker drauf heut«, fand Eugen Strobl zehn Minuten später, als die Kollegen in Kluftingers Büro zusammensaßen.

»Nein, ich find nur, dass wir uns nicht so unter Druck setzen lassen dürfen. Kommt Zeit, kommt Mörder, oder? Haben doch noch fast alles aufgeklärt, bisher.«

»Na ja, das sieht die Chefin aber vielleicht ein bissle anders. Wieso bist du eigentlich so schnell verschwunden beim Mittagessen? Wegen dem Fall?«, wollte Hefele wissen.

»Nein, mein Termin war eher … festlicher Natur.« Er kicherte.

»Aber wenn du jetzt zum Quartalssäufer wirst, sagst du es uns, dann können wir mitmachen. Oder uns wenigstens darauf einstellen. Du hast ja 'ne Fahne, die würd dem Reichstag in Berlin alle Ehre machen.«

»Roland, ich habe nur ein, zwei gute Weine verkostet. Einen Zweigert und einen … Dings, mit Heidelbeernote. Solltet ihr euch auch mal gönnen. So, und jetzt aber mal Butter ins Feuer gegossen, lasst uns was schaffen!«

»Butter ins Feuer«, wiederholte Maier und schüttelte den Kopf.

»Was haben wir bisher? Der Herr Rothenstein Grimmbart … Dings selber, also der Baron halt, scheint mir für einen Adeligen gar nicht mal so ein grundverkehrter Typ zu sein. Ein bissle überkandidelt, aber so ist er halt, der Aristokrat. ›Wir hatten nur uns, aber auf uns konnten wir uns verlassen‹, hat er gesagt, und: ›Wir sind miteinander durch dünn und dünn gegangen.‹ Mit den beiden ist es tatsächlich rapide bergab gegangen, in den letzten Jahrzehnten. Finanziell, mein ich. Jedenfalls lässt sich im Moment kein konkreter Verdacht gegen ihn aufrechterhalten. Was mir allerdings aufgefallen ist, war die Reaktion von dem Steffen Haase, als ich ihn gefragt habe, was er denn im Gästehaus macht. Da hat er für einen kurzen Moment ganz komisch zum Baron geschaut. Da müssen wir nachhaken, da sagen die beiden nicht die ganze Wahrheit.«

»Hab ich schon«, sagte Maier stolz. »Während du noch die Mittagspause genossen hast und was weiß ich alles für Spirituosen, hab ich mich ein wenig kundig gemacht über diesen dubiosen Feriengast, im …«

»Internet«, ergänzten die Kollegen im Chor.

»Richtig. Er hat eine Website, auf der er keinen Hehl daraus macht, dass sich sein anscheinend nicht unbeträchtliches Vermögen auf diverse Geschäfte im Rotlichtmilieu gründet, aus denen er sich allerdings mittlerweile angeblich zurückgezogen hat: Er hatte mehrere Bordelle, Sexshops, sogenannte Laufhäuser und anscheinend eine Pornovideoproduktion.«

»Aha, und über diese Filme hast du also im Internet jetzt grad recherchiert«, hakte Hefele grinsend nach und sah beifallsuchend in die Runde.

»Allerdings. Und ich wüsste nicht, was daran lustig sein sollte. Er gibt sich auch als Eventveranstalter aus, macht wohl ab und zu Partys in Discos, auch auf dem Ballermann hat er da anscheinend eine Location.«

»Eine was?«, fragte Kluftinger.

»Einen Veranstaltungsort«, präzisierte Maier. »Er scheint in bestimmten Kreisen im Rheinland eine gewisse Prominenz zu besitzen, weil er mit dem einen oder anderen einschlägigen Partyluder schon mal was hatte. Über den stand auch schon mal eine Reportage im *Kölner Stadtanzeiger*, wie er sein Geld verprasst und mit Weibern verjuxt. ›Der Partymacher‹ war die Überschrift. Auf der Homepage kann man sich auch seinen Fuhrpark anschauen: Neben dem Hummer hat der noch zwei Sportwagen und einen Bentley. Und Wohnsitze in ganz Europa: Monaco und Sankt Moritz und so. Und wenn ihr mir jetzt allen Ernstes sagen wollt, so einer macht auf dem Grönenbacher Schloss einfach nur Urlaub, allein, in einem drittklassigen Gästehaus, um mal ein paar Tage abschalten zu können, dann versteh ich gar nix mehr.«

Die anderen nickten.

»Danke, Richie, gut gemacht«, sagte Kluftinger. »Wir nehmen uns den Herrn Haase morgen auf jeden Fall noch einmal zur Brust. Ich hab mit dem Baron Rothenstein übrigens über dessen blaublütige Verwandtschaft geredet: Die haben wohl nicht wahnsinnig viel Kontakt. Also hab ich mal nachgeschaut, es gibt da einen Vetter, der in Bad Wurzach oder Bad Waldsee oder so wohnt, da gab es immer wieder ein paar Konflikte, auch als der Baron sein Schloss für Touristen geöffnet hat, um Geld zu verdienen.«

»Bad Wurzach ist das, ein richtig schönes Barockschloss. Es handelt sich um den Grafen Grimmbart«, wusste Richard Maier.

»Ah, Richie, stimmt«, mischte sich Strobl ein, »das ist ja deine Richtung, württembergisches Allgäu.«

»Oberschwaben, streng genommen, aber tut ja nix zur Sache.«

Der Kommissar nickte. »Also, macht euch mal schlau, ob ihr da was findet, vielleicht ein Interview von diesem Grafen oder sogar eine gerichtliche Auseinandersetzung. Man weiß ja nie. Und dann wär auch interessant, wie es bei dem württembergischen Zweig der Rothenstein Grimmbarts finanziell aussieht.«

»Ich will nicht voreilig Aussagen treffen«, sagte Maier, »aber ich glaub, dem geht es verdammt gut. Dem gehört halb Wurzach und Umgebung.«

»Ja, vielleicht kann man das noch durch Fakten untermaiern.« Der Kommissar wartete einen Moment, dann lachte er laut auf über seinen Versprecher. »Eugen, Roland, was gibt es denn zu diesen Verwaltern zu sagen?«

»Also, die Pawlowiczs sind, wie du ja schon weißt, bei der Gemeinde angestellt. Rothenstein Grimmbart hat das Schloss und auch den Park ja zu weiten Teilen an die Gemeinde verpachtet, die es nun zu vermarkten versucht. Er hat streng genommen nur seine Wohnung, ein paar Abstellräume und diesen Märchenwald zur Verfügung«, erklärte Eugen Strobl.

»Aber er veranstaltet doch auch Konzerte und so was«, merkte Kluftinger an.

»Schon, er kann sich zu Sonderkonditionen den Saal mieten, bekommt Provision, wenn er Leute ins Gästehaus bringt und so weiter. Ziemlich komplizierte Sache anscheinend, das ist vertraglich alles ganz genau geregelt, auch wer wo Zugang hat und so weiter. Der Baron hilft bei der Instandhaltung und arbeitet bei der Bewirtung von Events mit. Seine Frau hat das auch immer wieder gemacht. Bevor die andere Servierhelfer und so anmieten, sollen die Pawlowiczs den Baron und seine Frau fragen, ob die das machen wollen.«

Maier schüttelte empört den Kopf. »Das hätt's früher nicht gegeben: der Schlossherr als Küchenhilfe!«

»Stimmt«, pflichtete ihm Strobl bei, und Hefele fügte an: »Natürlich war diese Konstellation auch immer wieder Anlass für Spannungen und Konflikte. Damals hat die Gemeinde das Ehepaar mit den Verwalteraufgaben betraut, weil deren Pachtvertrag für den Gemeindesaal und die Gaststätte am Sportplatz zwar noch weiterlief, die das aber an jemand anderen vergeben wollten. Und da beide schon einmal eine Pension hatten, waren die fast schon prädestiniert für das Gästehaus am Schloss. Wie ihr gesehen habt, sind die Pawlowiczs nicht gerade feinfühlig und vornehm im Auftreten. Als er noch in Mannheim gewohnt hat, war er in einer ziemlich schrägen Szene, so Motorradrocker. Der hatte da einiges mit Körperverletzung zu tun, eine kleine Erpressung, da wurde aber das Verfahren eingestellt. Die Frau hat eine weiße Weste, und seitdem die beiden zusammen sind, ist er auch braver geworden, anscheinend. Sie ist eigentlich Bürokauffrau, er Koch. Hatten ein paar Imbissläden, eben die eine Pension, das eine oder andere Gasthaus. Nie länger als drei, vier Jahre, dann sind sie wieder in eine andere Stadt gezogen. Ein Sohn ist mit sechzehn schon vor Jahren von zu Hause ausgezogen, als sie noch in Esslingen eine Kneipe hatten, und arbeitet jetzt in Stuttgart als Industriemechaniker.«

Hefele machte eine kurze Pause, offenbar um Kluftinger die Gelegenheit zu geben, ihn ebenfalls zu loben. Da dessen beschwingte Stimmung nun aber langsam einer drückenden Schwere im Kopf wich, gab er seinem Kollegen ein Zeichen, weiterzusprechen.

»Jedenfalls ist der Bürgermeister eigentlich ganz zufrieden mit den Pawlowiczs. Ich hab mit ihm gesprochen. Die halten das Ding am Laufen, und die Leute finden sie auch ganz okay, was Gästehaus und Veranstaltungen und so angeht. Die Gemeinde ist halt auch interessiert daran, dass das Ganze da oben am Leben gehalten wird. Allerdings hat er eingeräumt, dass sie die Auflage haben, es rigoros als Wirtschaftsunternehmen zu führen. Und da gab es wohl immer wieder Beschwerden vom Baron. Der sagt, man müsse mehr Rücksicht auf Traditionen nehmen. Der Mittelaltermarkt zum Beispiel ist ihm gar nicht recht, weil das historisch alles unsauber sei, was Rahmenprogramm und Stände angeht. Die machen halt so ein bissle Fantasy da oben, und das stört ihn. Und er beschwert sich ständig über Pawlowicz, der ihn angeblich beleidige, vor Kunden bloßstelle und ihm auch hin und wieder mit Prügeln drohe. Bis jetzt ist aber nie wirklich was passiert, sagt der Bürgermeister.«

»Hoffentlich«, brummte Kluftinger.

»Denselben Gedanken hab ich auch schon gehabt«, räumte Strobl ein, »aber mal ehrlich: Kannst du dir vorstellen, dass einer wie der Pawlowicz die Rothenstein dann so hindrapiert? Der zieht ihr doch eher 'nen Baseballschläger über den Schädel!«

Hefele schränkte ein: »Ich weiß nicht, also die sind jetzt ja nicht blöd, die Pawlowiczs. Die führen halt ein Leben, das ganz konträr ist zu dem vom Baron.«

»Ich glaub auch, dass da das Problem zwischen denen liegt«, pflichtete Kluftinger ihm bei. »Nicht nur, dass jemand anders im Schloss das Sagen hat, schlimm ist für den Rothenstein, dass es ausgerechnet solche Leute sind.« Der Kopf des Kommissars schmerzte zwar, aber seine Gedanken schienen allmählich wieder klarer zu werden. »Hier der Prolet, der jetzt im Schloss bestimmt, wo's langgeht, und auf der anderen Seite der kulturbeflissene Baron, dem kaum die Wurst auf dem Brot gehört. Versteht ihr?«

Er hielt kurz inne, da sich die Tür fast lautlos öffnete. Birte Dombrowski betrat Kluftingers Büro, winkte aber ab und flüsterte: »Ich spiele nur kurz Mäuschen.« Sie nahm im Hintergrund Platz, und sofort veränderte sich die Atmosphäre im Raum: Die Männer setzten sich aufrechter hin, und eine Weile blieb es still, weil keiner mehr etwas sagen wollte. Irgendwann fuhr Kluftinger fort: »Wo waren wir? Ach ja, beim Hass der Arbeiterklasse auf die Adeligen und umgekehrt.«

Strobl meldete sich zu Wort. »Dazu würde passen, dass aus vielen Aussagen der Pawlowiczs ein gewisser Triumph spricht, dass sie im Endeffekt durch ihrer Hände Arbeit weit mehr im Leben erreicht haben als der Baron mit seinem Erbe.«

»Was der halt wieder als Niederlage erlebt, so dass er auf die Verwalter nicht gut zu sprechen ist«, ergänzte Roland Hefele.

Kluftinger konnte als Einziger die Präsidentin sehen, und als er zu ihr blickte, lächelte sie und streckte den Daumen nach oben. Er war zufrieden – ganz im Gegensatz zu Maier, der nervös auf seinem Stuhl hin und her rutschte. Sicher wollte er vor der Chefin auch noch einen Wortbeitrag anbringen, und der Kommissar gab ihm die Gelegenheit. »Richard?«

»Wenn ich da noch eine Analyseebene weiterspinnen dürfte: Möglicherweise würde es sich lohnen, in der Familiengeschichte der Pawlowiczs nachzuforschen, ob es dort einen historischen Fall von Unterdrückung oder Willkür, etwa durch einen adeligen Lehnsherrn, gibt. Vielleicht sogar einen direkten Zusammenhang mit den Rothensteins. Oder eine Hinrichtung im Zuge revolutionärer Umsturzbestrebungen. Schließlich war Tyrannenwillkür noch vor wenigen Jahrhunderten auch in unserer Gegend an der Tagesordnung. Und nun hat sich möglicherweise nach all den Generationen die Rachelust entladen.«

Ein paar Sekunden sagte niemand etwas. Kluftinger spürte förmlich, wie sich die Kollegen auf die Zunge bissen. Dann platzte es aber doch aus Strobl heraus: »Und wahrscheinlich spukt nachts auch noch der Geist des einst ermordeten Pawlowicz-Vorfahren in dem Gemäuer.«

Hefele nickte eifrig: »Und schreibt mit Blut an die Wände, dass …«

Ein Räuspern der Polizeipräsidentin ließ ihn verstummen.

Kluftinger versuchte, die Wogen zu glätten: »Ich will nix ausschließen, aber ich glaub auch nicht, dass das viel Wert hat. Aber, sag mal, Eugen, du hast dich ja noch mit dem Pärchen, das im Gästehaus übernachtet, unterhalten, was gibt es da?«

»Also, sie wirkte ziemlich hysterisch, er dagegen durchaus gefasst. Sie haben aber einen etwas ungeduldigen Eindruck gemacht, als wollten sie weg, sie eher, weil sie nicht in einem Haus bleiben will, wo man einen Menschen umgebracht hat, er eher, weil er Geschäften nachgehen muss. Angeblich hatten sie das Schloss als Location für eine mögliche Heirat erwogen. Bis morgen bleiben sie, das hab ich angeordnet. Bisher sind beide nicht aktenkundig.

Alibi haben sie keins, sie waren allein mit …«, er drehte sich halb um und fuhr fort, »… weiß Gott was beschäftigt.«

Maier fügte einsilbig an, dass er sich die Bänder zweier Überwachungskameras ansehen wolle, die im Bereich der großen Eingangshalle des Schlosses und in einem der Veranstaltungssäle angebracht seien.

»Die hab ich mir schon geschnappt«, mischte sich Strobl ein.

»Dann mach ich eben … was anderes«, erklärte Maier, stand auf, verabschiedete sich mit einem Kopfnicken in die Runde und machte sich mit verkniffener Miene daran, das Büro zu verlassen.

Kluftinger hielt ihn zurück: »Wart mal noch, Richie, wie kriegen wir denn mehr über das Bild raus, das gestohlen wurde?«

»Ich denke, die erste Anlaufstelle wäre das Strigel-Museum in Memmingen.«

»Ja, stimmt, da hast du recht. Kommst du mit? Schließlich bist du der kunstverständigste Kollege, den wir haben.«

Maier prüfte erst an Kluftingers Gesichtsausdruck, ob der es auch wirklich ernst meine. Schließlich sagte er halb erfreut, halb vorsichtig: »Danke für die Blumen.«

Da schaltete sich die Dombrowski ein: »Gut zu hören, Herr Maier, dass Sie Ihre vielseitigen Interessen für den Dienst nutzbar machen.«

Maier setzte sich nun doch wieder. »Frau Präsidentin«, sagte er eifrig, »ich will gern doch die Gelegenheit nutzen und noch einen Aspekt anführen, der nicht von der Hand zu weisen ist. In der postmodernen Kunst- und Literaturtheorie nämlich geht man davon aus, dass die Instanz des Schöpfenden eigentlich relativ unerheblich ist und nicht als sinnstiftend angesehen wird. Um es mit Roland Barthes zu sagen: Der Autor ist tot. Wenn man diesen Gedanken auf den vorliegenden Fall anwenden würde, dann …«

Mit der ihr eigenen kühlen Freundlichkeit antwortete Birte Dombrowski: »Nun ja, Herr Maier, wir sollten uns auf diesen Punkt doch nicht so versteifen, denke ich. Dennoch danke für die Anregung.«

Fünf Minuten später war der Kommissar mit seiner Vorgesetzten allein in seinem Büro. Sie hatten in der kleinen Sitzgruppe Platz genommen. Frau Dombrowski hielt eine dünne Aktenmappe in Händen.

»Herr Kluftinger, entschuldigen Sie mein erneutes Hereinplatzen. Ich war eigentlich wegen etwas anderem hier, aber zunächst doch ein paar Worte zu Ihrer Besprechung von eben.«

Kluftinger spürte, wie ihm das Blut in die Wangen schoss. Und Birte Dombrowski konnte es allem Anschein nach sehen, denn sie legte eine Hand auf Kluftingers Unterarm und sagte mit sanfter Stimme: »Keine Angst, der Kopf bleibt drauf.«

Seine Gesichtsfärbung intensivierte sich, doch diesmal war es nicht wegen dem, was sie sagte. »Zunächst zum Kollegen Maier: Er ist Teil des Teams, und als solcher muss er einerseits ernst genommen werden, andererseits muss er alles sagen können ohne eine Atmosphäre der Angst und des Verhöhnens. Sehen Sie, er steht ohnehin in der Ecke. Nehmen Sie ihn wieder in den Kreis auf, aber zeigen Sie ihm auch deutlich seine Grenzen.«

Kluftinger war baff. Diese Frau war erst wenige Wochen hier und konnte die Mitarbeiter bereits besser einschätzen, als es Lodenbacher über all die Jahre gelungen war. Trotzdem wurmte es ihn, dass sie ihm, wenn auch auf die ihr eigene, zumindest *noch* sehr freundliche Art und Weise zu verstehen gab, dass er hier als Chef gewisse Versäumnisse zu verantworten hatte. »Ich nehm's mir zu Herzen, Frau Dombrowski.«

»Ich bitte darum. Sie haben eine Führungsposition inne. Also führen Sie. Nehmen Sie die Geschicke Ihrer Abteilung in die Hand, zeigen Sie der Welt, was für ein Mann Sie sind!«

Kluftingers Puls beschleunigte sich.

»Ach ja, und denken Sie bitte an die Beurteilungen für die Leistungsprämie? Nächster kritischer Punkt: Fort- und Weiterbildung, Schulungen. Da sieht es ein wenig mau aus bei Ihnen allen, muss ich sagen. Da geht nur der Herr Maier mit gutem Beispiel voran.«

»Dann muss er sich schon nicht mit uns rumärgern, wenn er

mal eine Woche unterwegs ist«, versuchte Kluftinger, die Vorwürfe mit einem Scherz zu entkräften.

Doch die Polizeipräsidentin ließ sich nicht beirren: »Ich erwarte, dass sich jeder von Ihnen innerhalb der nächsten Wochen im Onlineportal für zwei Fortbildungen einträgt, einmal für eine Woche, einmal eine eintägige. Mindestens. Ausreden gibt es keine, es sind Schulungen für die nächsten zwölf Monate aufgeführt.«

Priml, wie er diese Fortbildungen hasste: eine Woche fort von zu Hause, Leute, die er nicht kannte, Themen, die so praxisfern waren, dass man sie nie wirklich anwenden konnte, dazu winzige Zweibettzimmer mit irgendeinem Fremden darin und mäßiges Essen. Jugendherbergsatmosphäre für Erwachsene. War er denn nicht raus aus dem Alter?

»Dann: Es muss gruppenintern fortgebildet werden. Sie müssen sich gegenseitig im Rahmen von kleinen Handouts oder Referaten mehr briefen.«

»Referate, freilich.«

Sie erhob sich, und Kluftinger stand ebenfalls auf. »Nett, dass Sie mal wieder reingeschaut haben«, sagte er, erleichtert über das Ende des Gesprächs.

Bevor sie die Tür erreicht hatten, drehte sie sich jedoch noch einmal um: »Da fällt mir gerade ein: Wie sieht es mit den turnusmäßigen Schulungen aus? Sporttest? Schießtraining?«

»Bei mir jetzt?«

»Bei Ihnen, ja. Und bei Ihren Mitarbeitern, versteht sich.«

»Also, der Strobl, der ist wirklich ein ganz Sportlicher. Also, früher, da hat der aktiv Fußball gespielt. In Heiligkreuz. Und mit dem Schießen, also auf dem Jahrmarkt hab ich dieses Frühjahr …«

»Herr Kluftinger!«

»Kleiner Scherz. Ja, also, das könnte man schon mal wieder machen. Ich glaub, das ist jetzt schon …«

»Fünf Jahre her, ich habe nachgesehen. Keine Ahnung, wie Sie das geschafft haben, so viel Zeit seit Ihrem letzten Training verstreichen zu lassen. Aber wissen Sie, wann Ihr nächstes sein wird?«

»Bald?«, fragte er vorsichtig.

»Morgen.« Sie machte einen Schritt auf ihn zu und schnupperte demonstrativ: »Ach ja, wenn Sie dann zum Schießtraining wie überhaupt zum Dienst nüchtern erscheinen würden, wäre ich Ihnen ebenfalls sehr verbunden. Ertränken Sie nicht die Sorgen im Alkohol, das ist noch bei keinem gutgegangen.« Dann verabschiedete sie sich.

Er stand ein paar Sekunden verdutzt da, hielt dann die hohle rechte Hand vor seinen Mund, atmete hinein und sog die Luft in die Nase. Dass er tatsächlich eine solch ausgeprägte Alkoholfahne vor sich hertrug, hätte er nicht gedacht. Bevor er den Raum verließ, steckte er sich daher noch eines von den Salbeibonbons in den Mund, die er gegen Halsweh immer in seiner Schreibtischschublade hatte.

7

Der letzte Rest von Kluftingers guter Laune war verflogen, als sie durch einen ausladenden Torbogen den Innenhof des Museumsgebäudes in der Memminger Innenstadt betraten. Er hatte dröhnende Kopfschmerzen, ihm war etwas übel, und er wusste nicht, ob Maiers Fahrweise oder, nun ja, andere Umstände daran schuld waren.

Das Museum war kein einzelner Bau, sondern ein Gebäudeensemble, das einen Innenhof einrahmte. Maier benannte es ungefragt als ehemaliges Kloster des Antoniterordens. Auf der rechten Seite war, mit einer modernen Glasfassade versehen, die Stadtbibliothek untergebracht, an der Stirnseite hinter einem Säulengang ein Café. Links lag das Museum samt Veranstaltungssaal, an dessen Eingangstüre ein Plakat auf eine Lesung eines Allgäuer Krimiautorenduos hinwies.

Kluftinger seufzte: dass man auch noch zu zweit sein musste, um diesen Schmarrn zu verfassen, wollte ihm nicht in seinen schmerzenden Schädel.

»Wir müssen hier hinein«, sagte Maier und deutete auf die Glastür. Er eilte die Treppen voraus in den ersten Stock, in dem sich, wie auf der Tür stand, das »Strigel-Museum« befand.

»Du musst wissen, die Strigel-Familie ist wirklich ein außergewöhnliches Beispiel Allgäuer Kunstfertigkeit. Bernhard Strigel war der bedeutendste Spross dieser Familie, Werke von ihm findest du in den wichtigsten Museen dieser Welt.« Maiers Wangen waren gerötet, er schien nur auf eine Gelegenheit gewartet zu haben, sein kunsthistorisches Wissen an den Mann bringen zu können. Dass ausgerechnet er dieser Mann war, entlockte dem Kommissar erneut ein tiefes Seufzen.

Maier missdeutete dies als Aufforderung, fortzufahren: »Weißt du, der war nicht nur ein gefragter Porträtmaler bei Hofe …«

Kluftinger stutzte: Maier hatte tatsächlich *bei Hofe* gesagt.

»… nein, auch als Altarmaler hat er es zu Berühmtheit gebracht.«

»Du wirst auch immer mehr zum Langhammer«, knurrte der Kommissar.

»Wie?«

»Ach, wurscht.«

»Jetzt schau dir das nur mal an.« Maier machte eine ausladende Handbewegung, als würde er seine eigenen Reichtümer präsentieren. »Das sind Perlen der Spätgotik.«

Kluftinger ließ seinen Blick über die ausgestellten Bilder wandern. Sie zeigten überwiegend Menschen in frommen Posen, kniend, betend, in üppigen Gewändern, die Gesichter seltsam eckig und von ziemlich ungesunder Farbe. Es mochte ja sein, dass dieser Strigel zu seiner Zeit eine große Nummer gewesen war, Kluftinger allerdings hätte sich keinen dieser Schinken freiwillig über die Wohnzimmercouch gehängt.

Maier holte gerade Luft für eine Fortsetzung seines Referats, da betrat ein älterer, untersetzter Mann den holzvertäfelten Raum.

»Herr Kluftinger, nehme ich an?« Er streckte dem Kommissar die Hand entgegen.

»Woll. Dann sind Sie der Museumsleiter, Herr …«

»… Hölzle.«

»Mein Kollege Richard Maier. Schön, dass Sie gleich Zeit haben. Sie hätten wegen uns aber jetzt nicht extra das Museum schließen müssen.«

Der Mann sah Kluftinger starr an und kraulte seinen struppigen Bart. »Wir haben geöffnet«, erwiderte er schließlich.

Der Kommissar blickte sich um. Außer ihnen war kein Mensch hier. »Ich hab gedacht, wegen, weil … Vielleicht gehen wir aber doch in Ihr Büro, falls noch jemand …«

»Sie werden in Memmingen wohl so schnell keinen ruhigeren Ort finden als diesen hier«, antwortete Hölzle bitter.

»Ah so, ja, dann …« Kluftinger wusste nicht so recht, wo er anfangen sollte, und warf Maier einen auffordernden Blick zu.

Der ergriff die Chance, sich mit einem Experten austauschen zu können, nur zu gern: »Ich bin ja ein großer Fan der Spätgotik, müssen Sie wissen, und da …«

»Und Frührenaissance.«

»Bitte?«

»Die Schaffensperioden der Strigels markieren den Übergang zwischen den Epochen, man kann das umfassende Werk nicht leichtfertig nur der einen zuordnen«, erklärte der Museumsleiter.

Kluftinger grinste. »Ja, das sag ich ihm auch immer. Aber mei …« Er verdrehte die Augen.

Maier schnappte kurz nach Luft. Der Kommissar war sich sicher, dass er ihn gern als Kunstbanausen angeschwärzt hätte, doch noch hielt er sich zurück.

»Wie dem auch sei«, fuhr Hölzle, nun an Kluftinger gewandt, fort, »mich begeistern seine Porträts.«

Kluftinger wich einen Schritt zurück, denn jetzt, da der Mann so nahe bei ihm stand, streifte ihn sein Atem – und der ließ ihn unwillkürlich die Luft anhalten. Abgestandenes Abwasser und süßlicher Verwesungsgeruch gingen hier eine unheilvolle Allianz ein und machten es dem Kommissar schwer, sich überhaupt noch auf die Ausführungen des Mannes zu konzentrieren. Er versuchte, möglichst flach zu atmen, wobei ihm aber schwindlig wurde und er sich kurz an der Wand festhalten musste, was Maier mit einem mitleidigen Kopfschütteln quittierte.

Irgendwann gelang es dem Kommissar, wieder auf das zu achten, was Hölzle erklärte.

»… dürfte wohl das bekannteste Gemälde von ihm sein: das Bildnis der Familie Kaiser Maximilians I.«

Der Kommissar betrachtete das Bild, von dem der Museumsleiter gesprochen hatte: Es zeigte die gleichen hakennasigen Gesichter wie die anderen, Menschen mit vorgeschobenem Kinn, die in seltsam unnatürlichen Posen um einen Tisch versammelt waren. Dahinter öffnete ein Fenster den Blick auf eine baumbestandene Landschaft. Das Gemälde ähnelte in Art und Aufbau dem, das in Grönenbach die Vorlage zu einer unvorstellbar grausigen Tat geliefert hatte. Um das festzustellen, brauchte man kein Experte zu sein.

Kluftinger versuchte, die Gänsehaut, die ihn angesichts der düsteren Stimmung zu überfallen drohte, mit einem Scherz zu bekämpfen: »Also, wenn ich der Kaiser gewesen wär, dann hätt ich den Strigel da aber sauber in den Kerker werfen lassen.«

»Bitte?« Hölzle sah ihn entsetzt an.

»Ja, wie die ausschauen, ich mein, die sind ja, also …«

»Ja?«, insistierte der Museumsleiter.

»Aber die waren vielleicht damals auch insgesamt noch nicht so schön wie … na ja … egal.« Er räusperte sich: »Und so ein wertvolles Bild haben Sie hier hängen?«

»Leider nur als Replik. Das Original hängt im Kunsthistorischen Museum Wien und stellt dort eines der wichtigsten Exponate der Dürerzeit dar. Wir sehen hier drei Generationen versammelt, neben Maximilian natürlich seine Frau Maria von Burgund …«

»Hm, ja, klar.«

»… und zwischen ihnen den gemeinsamen Sohn Philipp den Schönen …«

Kluftinger konnte sich ein Grinsen nicht verkneifen. »Den … Schönen?«

»Allerdings«, erklärte Hölzle ungerührt, »ästhetische Ideale unterliegen schließlich dem Wandel der Zeit. Wie dem auch sei, die Jugendlichen sind die Kinder von Philipp dem Schönen, die er zusammen mit Johanna von Kastilien hatte. Sie hatte übrigens den Beinamen ›die Wahnsinnige‹.«

Das sieht man ein bissle, schoss es Kluftinger durch den Kopf, er verkniff sich aber einen weiteren Kommentar. Stattdessen wollte er sich zumindest bemüht zeigen und fragte: »Ach, und dieses junge Mädchen da, mit den langen Haaren ganz rechts?«

»Das ist Ludwig von Ungarn.«

»Ludwig. Eh klar.« Kluftinger schüttelte den Kopf. Wenn man ihn fragte, ein besonders begabter Porträtmaler schien dieser Strigel nicht gewesen zu sein. Ein Blick zu Maier sagte ihm, dass der gern noch mehr über das Gemälde gehört hätte, doch sie waren ja nicht zum Vergnügen und zur kulturellen Erbauung hier.

»Ach so, Herr Hölzle: Kennen Sie eigentlich dieses Bild auch?«, fragte er schließlich und zog das Foto des Grimmbartschen Gemäldes aus der Tasche.

»Ja sicher«, erklärte der Museumsleiter freudig, und wieder traf den Kommissar ein ganzer Schwall seines Atems, den er innerlich bereits »Pesthauch des Todes« getauft hatte.

»Bestens. Können Sie uns das Bild mal … erklären?«

»Erklären?«

»Beschreiben. Also, halt sagen, was es dazu zu sagen gibt.«

»Er meint eine Bildinterpretation«, schaltete sich Maier wieder in das Gespräch ein.

»Danke, Herr Doktor Langhammer«, gab Kluftinger knapp zurück.

»Na gut, ich weiß zwar nicht, worauf Sie hinauswollen«, sagte Hölzle und zuckte die Achseln, »aber bitte: Es gab um dieses Bild übrigens vor einigen, na, das sind inzwischen wohl auch schon acht, zehn Jahre, also da gab es einen kleinen Streit um die Provenienz.«

»Was …«, setzte Kluftinger an, da unterbrach ihn Maier schon: »Wo's herkommt.«

Der Museumsleiter fuhr unbeirrt fort: »Es gab namhafte Zweifler, aber inzwischen hat sich die Meinung durchgesetzt, dass es sich um einen Original-Strigel handelt.«

Die Beamten horchten auf, was Hölzle nicht entging: »Ja, einige wollten vielleicht nicht wahrhaben, dass irgendwo in einem Schloss in der schwäbischen Provinz in einem schlecht beleuchteten Gang eine solche Rarität zu finden sein könnte. Aber das gibt es immer wieder. Wussten Sie, dass in der Kirche beim Schloss Kirchheim bei Mindelheim ein echter Rubens einen der Seitenaltäre ziert?«

Maier nickte, Kluftinger schüttelte den Kopf.

»Wir hätten den Grimmbart-Strigel gerne als Dauerleihgabe gehabt, auch wenn es nicht der wertvollste und sicher nicht der beste Strigel ist, ein frühes Werk eher, aber immerhin schon von großer Könnerschaft. Aber die von Rothenstein Grimmbarts wollten ihn nicht hergeben. Vielleicht aus familiären Gründen. Und verkaufen wollten sie auch nicht. Tatsächlich war es mehr als fahrlässig, einen solchen Schatz ungesichert, un*ver*sichert und ohne große Rücksicht auf die klimatischen Bedingungen in diesem Gemäuer hängen zu lassen.«

»Was wäre denn das Bild wert?«, hakte Kluftinger ein.

»Das käme auf den Verlauf einer Auktion an. Einige hunderttausend vielleicht? Sehen Sie, abgebildet sind die Bewohner des Schlosses, Fürst und Fürstin Rothenstein Grimmbart, spätes fünfzehntes Jahrhundert. Die beiden sind in den für die Zeit typischen Porträtposen zu sehen: sie mit dem Rosenkranz betend, er gebieterisch über ihr stehend, fast thronend, möchte man sagen. Hinter ihnen ist ein Fenster, wie es auch auf dem Familienbild von Kaiser Maximilian zu sehen ist. Der Grund dürfte klar sein, nehme ich an.«

Als Kluftinger nickte, machte Hölzle eine kleine Pause und hob die Augenbrauen. Der Kommissar wollte untermauern, dass er verstanden habe, und antwortete: »Damit man sieht, wie's draußen ausschaut.«

Maier lachte auf, und sogar der Museumsleiter schien für einen kurzen Moment aus dem Konzept gebracht. Dann räusperte er sich und fuhr in dozierendem Tonfall fort: »Nicht unbedingt. Man hat zum Teil sogar Landschaften abgebildet, die überhaupt nichts mit dem tatsächlichen Ausblick zu tun hatten. Einfach, um eine gewisse Weltläufigkeit zu zeigen, zum Beispiel. Ein weiterer Grund war, dass die Perspektive langsam in die Malerei eingezogen ist und man dem Bild so zu mehr Tiefe verhelfen wollte.«

Daran, dass Maier wieder eifrig nickte, merkte Kluftinger, dass das Gespräch wieder in eine zu kunsttheoretische Richtung driftete. Er hatte sich konkretere Hinweise erhofft, irgendetwas, was ihnen bei der Aufklärung des rätselhaften Mordes helfen würde. »Und in diesem speziellen Fall? Was soll uns diese Landschaft hier sagen?«, beharrte er.

»In diesem Fall … nun ja …« Hölzle zögerte etwas, dann erklärte er mit einem Grinsen: »Wohl nur, wie's draußen ausschaut.«

Kluftinger nickte zufrieden. »Gibt es denn über die abgebildeten Personen etwas zu sagen?«

Die Augenbrauen des Museumsleiters kräuselten sich: »Das wäre eine Frage, die Sie vielleicht besser einem Historiker oder Chronisten der Familie stellen sollten. So aus dem Stegreif … Ich dachte, Sie wollten etwas über das Gemälde wissen.«

»Nein. Ja. Doch. Ich mein: schon. Aber jetzt nicht so genau, was das Malen und so angeht. Zum Beispiel«, der Kommissar betrachtete noch einmal die Abbildung, »wohin die Frau auf dem Bild schaut. Das sieht doch aus, als wär da irgendwas. Und vor allem: warum der dürre Typ da so gelbe Augen hat.« Das interessierte den Kommissar tatsächlich am meisten, denn es verlieh dem Bild diese unheimliche, geisterhafte Atmosphäre. Natürlich war ihm klar, dass es kaum etwas mit dem Fall zu tun haben dürfte. Maier war offenbar derselben Ansicht, denn er beeilte sich, die ihm offenbar peinliche Frage zu beantworten: »Das dürfte wohl mit dem Verfall der Farbpigmente zu erklären sein. Das Bild war ja ganz offensichtlich nicht fachgerecht gelagert, hatte also keineswegs so gute Bedingungen wie in diesem exzellenten Museum hier.«

Hölzle blickte halb genervt, halb amüsiert auf den Beamten. Schließlich sagte er: »Klingt interessant, ist aber leider nicht zutreffend.«

Maier entfuhr ein enttäuschtes »Oh«, dann schwieg er, was Kluftinger lächelnd zur Kenntnis nahm. Schließlich bat er Hölzle, ihnen doch den wahren Grund zu nennen.

»Der ist ziemlich einfach: Es ist schon so gemalt worden.«

Jetzt war es Kluftinger, dem ein enttäuschtes »Oh« entfuhr. Er hatte eine etwas weniger profane Erklärung erwartet.

»Gut, meine Herren, wenn es sonst nichts mehr gibt …«

»Warum?«, platzte der Kommissar plötzlich heraus.

»Bitte?«

»Warum hat er den Mann ausgerechnet mit gelben Augen gemalt?«

»Nun, die Frage ist auch einfach zu beantworten: weil er, davon kann man sicher ausgehen, gelbe Augen hatte.«

Überrascht sahen sich die Polizisten an. »Er hatte gelbe Augen?«

»Allerdings. Irgendwas Genetisches oder so. Also keine geheime Botschaft, tut mir leid.« Der Mann wirkte, als empfinde er genau gegenteilig.

Da er nicht wusste, was er noch hätte fragen können, beendete Kluftinger das Gespräch. »Vielen Dank, Herr Hölzle. Falls Ihnen noch was einfällt …«

»Ich werde noch mal in der einschlägigen Literatur nachlesen. Bisher habe ich mich mit diesem Bild noch nicht so intensiv beschäftigt. Aber ich glaube trotzdem nicht, dass ich da noch was finde, das Ihnen weiterhilft. Ist ja nicht so, dass sich an dem Bild in den letzten fünfhundert Jahren was geändert hätte. Und in den letzten zwei Tagen schon gleich gar nicht.«

»Wie man's nimmt. Immerhin ist es jetzt verschwunden, und eine Frau ist tot.«

Der Museumsleiter bekam große Augen.

»Ach, haben wir das gar nicht erwähnt?«

»Nein, dieses klitzekleine Detail haben Sie wohl vergessen. Ein Raubmord?«

»Eher weniger, davon gehen wir zumindest nicht aus. Aber das führt jetzt zu weit.«

»Und nichts über den Verbleib des Strigel?«

»Rein gar nichts.«

Hölzle verzog das Gesicht und wandte sich ab.

»Der schaut, als hätte er Zahnweh«, flüsterte Kluftinger seinem Kollegen zu. Allerdings ein bisschen zu laut, denn der Mann drehte sich um: »Ja, da haben Sie wohl recht. Seit heute Morgen plagen mich Schmerzen hier oben.« Er hielt sich einen Finger in den Mund.

Kein Wunder, dachte Kluftinger, dem Geruch nach befand sich

dort sowieso schon alles in einem Zustand fortschreitenden Verfalls.

»Mit Zahnschmerzen ist nicht zu spaßen«, erklärte nun Maier. »Das kann ganz böse enden, als Nervenentzündung oder so. Sogar Gesichtslähmungen sind da möglich.«

»Ja, meinen Sie?« Hölzle schien ehrlich besorgt.

»Soll ich mal schauen?«

»Richie, jetzt komm, sonst sag ich wirklich Doktor Langhammer zu dir.«

»Jetzt lass mich doch mal mit deinem Langdingsda in Ruhe. Ich will doch nur schauen, ob sich was entzündet hat, das werd ich grad noch erkennen, selbst als medizinischer Laie.«

Kluftinger war nicht nur genervt, er war auch völlig von den Socken, dass Maier freiwillig in diesen Pestschlund schauen wollte. Der hatte dahin gehend aber offenbar keine Bedenken, denn er zückte sein Mobiltelefon, wischte auf dem Bildschirm herum, bis ein Lämpchen gleißend hell zu leuchten begann, und sagte: »So, jetzt schön weit aufmachen.«

Der Museumsleiter öffnete den Mund, und Maier leuchtete hinein, wobei er dem Mann so nahe kam, dass man von weitem hätte meinen können, sie wollten sich küssen.

Kluftinger wurde schon beim bloßen Zusehen übel. Er konnte nicht begreifen, wie Maier diesem Todesatem standhalten konnte. Er schauderte bereits bei den Ausläufern des Geruchs, die ihn streiften, und war erleichtert, als Maier seine Inspektion endlich beendete.

»Also, ich glaub, da müssen Sie vielleicht doch zum Zahnarzt. Ist ganz schön rot und geschwollen an der einen Stelle da.«

Sie hatten das Museum noch nicht verlassen, da zischte Kluftinger seinem Kollegen zu: »Sag mal, wie hast du das denn gemacht?«

»Ach, das ist so 'ne Funktion in meinem Handy, mit der …«

»Ich mein nicht deine Funzel, ich mein, dass du nicht in Ohnmacht gefallen bist.«

»In Ohnmacht?«

»Na, wegen diesem Odel-Odem.«

»Diesem was?«

»Dem Mundgeruch, den der hatte. Das war ja zum Steinerweichen. Pfui Teufel! Mir ist ja aus der Ferne noch schlecht geworden.«

»Also mir ist nix aufgefallen«, sagte Maier und beschleunigte seinen Schritt.

Als sie den Passat erreicht hatten, steckte Maier sein Handy wieder weg, mit dem er den restlichen Rückweg zum Auto telefoniert hatte. »Chef, wir müssen gleich noch zum Georg Böhm in die Pathologie, ist ja nicht weit von hier. Hat sich schon im Büro erkundigt, wo wir sind. Es gibt anscheinend ganz interessante Erkenntnisse.«

Priml, ein Besuch in der Pathologie war so ziemlich das Letzte, was Kluftinger an diesem Tag noch gebrauchen konnte. »Du, machen wir es so, ich fahr dich schnell im Klinikum beim Böhm vorbei und pack's dann gleich wieder in Richtung Heimat. Dann kann ich noch ... die Sachen da erledigen. Du kannst ja dann einfach mit dem Zug zurückfahren.«

»Wie, mit dem Zug?«

»Jetzt komm, Richie, das ist nicht weit zum Bahnhof. Und die Zugverbindungen zwischen Memmingen und Kempten sind toll, echt wahr!«

»Nein, der Georg hat ausdrücklich gesagt, *wir* sollen vorbeikommen.«

»Ja, schon klar, ich würd ja gern, nur ...«

Jetzt grinste Maier. Auf einmal war ihm klar, woher der Wind wehte. »Brauchst keine Angst zu haben, ich bin doch dabei.«

»Angst«, schnaubte Kluftinger, obwohl es genau das war, was ihn so ungern Böhms Totenreich betreten ließ. Die bedrückende Atmosphäre im Keller des Memminger Klinikums war für ihn körperlich spürbar. Tote waren einfach nicht seine Sache, das würde sich auch nicht mehr ändern. Und er hatte keine Lust, wieder nächtelang davon zu träumen, wie der Gerichtsmediziner als Doktor Frankenstein Leichen fledderte.

»Komm, Chef, da ist sicher nicht viel los gerade, und vielleicht müssen wir gar nicht in den Sektionssaal, sondern nur ins Büro.«

Kluftinger machte ein verkniffenes Gesicht und brummte: »Richie, warst du mit dem Böhm schon einmal in einem Büro? Ich glaub, der hat gar keins.«

Maier zuckte mit den Schultern und stieg ein. Schweigend fuhren sie durch die Stadt. Als sie am Hintereingang des Krankenhauses ankamen, der zur Gerichtsmedizin im Souterrain führte, stand gerade ein Leichenwagen vor dem Eingangstor, und zwei Männer luden einen Sarg aus.

Kluftinger seufzte. »Nicht viel los, hm, Richie? Priml.«

Sie gingen am Bestattungsfahrzeug vorbei in den kahlen Vorraum, von dem mehrere schwere Metalltüren in die beiden Sektionsräume, den gekühlten Aufbewahrungsraum, einen Präparationsraum und ein Labor abgingen. Kluftinger versuchte wie immer, durch bewusst flache Atmung jegliche Geruchsbelastung möglichst auszublenden, fand aber, dass das heute nicht nötig war. Es roch eigentlich völlig neutral.

Ein Eindruck, den Maier offenbar nicht teilte, denn der zog ein kleines Erfrischungstüchlein aus der Tasche, packte es hastig aus und hielt es sich keuchend vor die Nase. »Heute ist der Gestank aber fast unerträglich«, presste er darunter hervor.

Mit gerunzelter Stirn sah Kluftinger ihn an. Maier, der gerade noch im Verwesungsaroma von Doktor Hölzle gebadet hatte, fand diesen Geruch, den Kluftinger nicht einmal wahrnahm, unerträglich? »Richie, lass dich mal untersuchen, irgendwas kann mit deinem Riechkolben nicht stimmen.«

Maier schüttelte den Kopf, das Tuch noch immer ins Gesicht gepresst. »Mein Geruchssinn ist völlig in Ordnung. Ich finde übrigens, dass *du* immer sehr gut riechst. Auch jetzt gerade: Das Salbeibonbon harmoniert schön mit dem Wein. Und dein Rasierwasser hat eine rassige Note.«

»Jetzt werd bloß nicht unverschämt«, zischte Kluftinger zurück.

Da öffnete sich eine der Türen. Robert Meine, der Präparator und einzige direkte Mitarbeiter von Georg Böhm, kam heraus. Kluftinger lächelte. Meine sah aus, wie man sich jemanden vorstellte, der mit Leichen hantierte: Der Mittdreißiger maß gut und gern zwei Meter, war von den Armen bis zum Hals tätowiert, hatte mehrere Piercings, und unter seiner Gummischürze schauten schwere schwarze Stiefel hervor. Dazu war sein Haar auf einer Seite kahl geschoren. Doch hinter seiner düsteren Erscheinung, das wusste der Kommissar, steckte ein lustiger, freundlicher und eigentlich ziemlich bodenständiger Zeitgenosse.

»So, herzlich willkommen, meine Herren. Ich geb mal lieber nicht die Hand, ich nähe gerade noch einen Thorax zu.« Wie um seine Aussage zu untermauern, zeigte er seine Hände, die in Latexhandschuhen steckten. »Der Schorsch ist noch drüben im Saal. Habe die Ehre.« Dann wandte er sich den Bestattern zu, die mittlerweile mit einem Wagen, auf dem der Sarg stand, hereingekommen waren.

Kluftinger beeilte sich, vor der Sargöffnung in den anderen Raum zu kommen. Dort wurden sie von Georg Böhm bereits erwartet. »Schön, dass ihr so schnell gekommen seid, aber wenn ihr schon mal bei mir im Unterland seid – im wahrsten Sinne des Wortes …«, er machte eine ausladende Handbewegung und ließ den Blick durch den gekachelten Raum schweifen, »… dann gehört es sich auch, dass ihr mir und meinen temporären Mitbewohnern einen Besuch abstattet. Ihr kommt genau richtig, ich hab meinen letzten Patienten gerade zum Vernähen rübergebracht. Schon wieder ein Suizid. Nimmt ein wenig überhand allmählich.«

Der Gerichtsmediziner ging um den Edelstahltisch herum, der zu Kluftingers Erleichterung leer war, schob seine Baseballkappe aus der Stirn und streckte ihnen die Hand zum Gruß entgegen. Auch er trug eine weiße Gummischürze, auf der der Kommissar einen großen, gelblichen Fleck entdeckte. *Sicher irgendein Sekret,* schoss es ihm durch den Kopf. Nun war er es, der kurzzeitig mit der Übelkeit kämpfte, während sich Maier offenbar akklimatisiert hatte. Zumindest hatte er sein Tüchlein weggepackt. Kluftinger gelang es nicht, seine Aufmerksamkeit von dem Fleck weg dem Gerichtsmediziner zuzuwenden. Immer wieder starrte er auf die Schürze.

Schließlich rang er sich ein »Georg, du hast da was« ab und zeigte zur Verdeutlichung auf die entsprechende Stelle an seiner eigenen Brust.

Böhm sah an sich hinunter, griff sich ein Papierhandtuch aus einem Spender und wischte die Substanz ab. »Nur ein bissle Vanillepudding. Wenigstens der Nachtisch ist essbar hier«, erklärte er.

Kluftinger konnte beim besten Willen nicht nachvollziehen, warum Böhm ausgerechnet in seinen Sektionsklamotten Pudding gelöffelt hatte.

»Bleiben wir am besten gleich da«, sagte der Mediziner und deutete auf einen Schreibtisch in einer Ecke des Raumes, vor dem drei weiße Klappstühle standen. »Ihr wollt ja nie auf meinem schönen Sektionstisch sitzen.«

»Da kommt man noch früh genug drauf«, kommentierte Kluftinger.

Sie nahmen Platz und sahen Böhm erwartungsvoll an.

»Ich weiß jetzt Genaueres wegen dieses Gifts. Und daraus ergeben sich auch interessante Neuigkeiten über den Tathergang.«

Kluftinger gestand ihm eine kleine rhetorische Pause zu, dann aber machte er eine auffordernde Handbewegung.

Böhm nickte. »Also, wie ich schon vermutet habe: Frau Rothenstein wurde ein Nervengift verabreicht, das sie gelähmt hat. Und zwar relativ schnell, das heißt, sie war ziemlich bald unfähig, sich körperlich zu wehren. Heißt aber auch, sie konnte dann nicht mehr gehen. Wichtig, wenn es um die Frage geht, wie sie in dieses Märchenkabinett gekommen ist. Oder ob sie schon drin war. Wir müssen davon ausgehen, dass sie bei dem, was dann folgte, bei Bewusstsein war. Das heißt, alles, was mit ihr geschehen ist, was man ihr gesagt oder gezeigt hat, hat sie wohl mitbekommen.«

»Konnte sie noch sprechen oder schreien, nachdem sie das Gift gekriegt hat?«, hakte Kluftinger ein.

Böhm schüttelte den Kopf. »Aller Wahrscheinlichkeit nach nicht. Das Zeug blockiert die Natriumionenkanäle. Das heißt, es unterbindet die Informationsweiterleitung der Nerven, was zu einer starken Lähmung der Muskulatur führt, vor allem der Skelettmuskulatur. Die Opfer sind bei vollem Bewusstsein, können sich aber nicht rühren oder sprechen. Gefangen im eigenen Körper, dessen Totalausfall du live mitbekommst. Ein wenig benommen zwar, aber bei Bewusstsein.«

»Aber du hast doch gesagt, sie sei erstickt worden«, wandte Maier ein.

»Gut aufgepasst, Richard, Fleißbildchen für dich. Erstickt, ja, das ist sie auch. Wobei sie auch an dem Gift gestorben wäre. Früher oder später. Gibt nicht einmal ein Gegengift, wäre also nur eine Frage der Zeit gewesen. Der Täter wollte aber offenbar entweder auf Nummer sicher gehen, den Zeitpunkt genau bestimmen, oder er wollte selbst noch Hand anlegen und die Tötung eigenhändig durchführen.«

»Was auf eine besonders emotional motivierte Tat hindeuten würde«, murmelte Kluftinger. »Wofür ja auch dieser ganze Aufwand sprechen würde, den sich der Täter mit dem Nachstellen von diesem Bild, dem Verkleiden und dem ganzen Zeug gemacht hat.«

»Das müsst letzten Endes ihr beurteilen, aber ich würde euch da spontan zustimmen.«

»Was ist denn das für ein Gift?«

»Tetrodotoxin.«

»Was Synthetisches?«

»Eben nicht. Das macht es so interessant. Es ist ein tierisches Gift. Kommt in amerikanischen Molchen vor und in Fröschen, Krebsen und Schnecken, in tropischen Tintenfischen, Quallen und Seesternen. Aber die meisten werden dieses Gift von woandersher kennen: Es ist das Gift des Kugelfisches.«

»Des japanischen Fugu?«

Der Kommissar sah Maier fragend an, doch Böhm nickte Kluftingers Kollegen anerkennend zu.

»Zweites Fleißbildle, Richie. Aber dir sagt der Kugelfisch doch auch was, Klufti, oder? Wo du doch bald in eine japanische Großfamilie einheiratest.«

»Erstens, Schorschi«, gab der Kommissar zurück, wohl wissend, dass der Gerichtsmediziner diesen Spitznamen hasste, »heiratet man bei mir ein. Und zweitens, ja, das sagt mir schon was. Ich hab mich nämlich schlaugemacht, was da so auf mich zukommt, familiär. Diesen Fisch essen die, weil das Gift so schön auf der Zunge prickelt. Anders formuliert: Wenn sie nicht eh schon von ihrem rohen Fisch draufgehen, dann stopfen sie sich eben noch Gift rein. Ich war ja sogar selber schon mal japanisch essen, unter der Lorenzkirche in Kempten. Was da alles hätte passieren können!«

Böhm schmunzelte. »Du hast sicher keinen Fugu gegessen, das wär dir viel zu teuer. Und offiziell sind bei uns Einfuhr und Verzehr verboten. Wie fast überall auf der Welt. In Japan gibt es da auch ganz strenge Auflagen, wer das verkaufen und zubereiten darf. Aus gutem Grund. Tatsächlich ist Tetrodotoxin einer der stärksten natürlich vorkommenden Giftstoffe. Schon ein halbes bis zwei Milligramm reichen, um einen Menschen zu töten. Ich sag nur: zehntausendmal giftiger als Zyankali.«

»Ich sag nur: Wer das Zeug freiwillig isst, spinnt.«

»Wo könnten sich der oder die Täter denn das Gift beschafft haben?«, wollte Maier wissen und fügte an: »Ich hab mal gelesen, dass es schon Köche gibt, die unter der Hand Kugelfische zubereiten. Auch in Deutschland, mein ich.«

Böhm rollte die Augen: »Ja, Richard, und ich hab gehört, dass es Menschen gibt, die andere umbringen, obwohl das verboten ist.«

Maier schaute irritiert drein.

Der Mediziner winkte ab. »Also, es ist so, du kannst natürlich Kugelfisch kriegen, illegal halt. Oder du besorgst ihn dir legal über einen Aquaristikversand oder so. Aber als Lebensmittel kriegst du ihn eben nicht. Giftig sind übrigens nur frei lebende Tiere, denn nur die reichern die Bakterien an, die das TTX in den Organen bilden. Und du musst dich schon ein wenig auskennen in der Anatomie von Fischen, schließlich funktioniert das Ganze nur, wenn du die giftigsten Stücke erwischst. Das sind Leber, Eierstöcke und

Hoden. Die bei dem kleinen Scheißerchen zu finden dürfte nicht ganz einfach sein. Außer man ist Fugu-Koch oder Tierarzt.«

»Oder Angler«, entfuhr es Kluftinger.

Böhm nickte. »Denkst du an jemand Bestimmten?«

»Allerdings. Es gibt nämlich einen Hobbyfischer im direkten Umfeld der Getöteten.« Kluftinger blickte zu Maier. »Müssen wir dem Herrn Baron vielleicht doch noch mal auf den Zahn fühlen?«

»Alles möglich, klar. Aber wahrscheinlicher ist es doch, dass sich der Mörder das Gift schon im extrahierten Zustand besorgt hat, oder? Man kann es sich vielleicht schon beschaffen, wenn man Beziehungen zur Pharmaindustrie oder zu medizinischen Labors hat. Es wird gering dosiert unter anderem in der Krebsforschung eingesetzt, alles noch im Versuchsstadium. Aber einfach ist das nicht, du gehst nicht mal eben in die Apotheke und lässt es dir abfüllen. Na ja, und wenn sich jemand echt gut auskennt mit Chemikalien oder Arzneimitteln, dann kann er es vielleicht schon aus den Tierchen gewinnen. Das Opfer hat es übrigens oral mit Wasser aufgenommen, wir haben keine Einstiche gefunden. Intravenös gegeben, hätte es auch nicht so lange gedauert. Ansonsten war die Frau kerngesund. Von mir aus hat sie auch Freigabe zur Beerdigung.«

»Gut, danke, Georg.«

»Keine Ursache, das mach ich doch immer gern. Der Bericht kommt wahrscheinlich übermorgen, ich diktier ihn dann gleich, aber das Schreibbüro ist gerade ein bisschen überlastet. Ach ja, eine Bitte noch: Könntet ihr dem Renn was mitbringen?«

Der Kommissar musste schlucken. Egal was Böhm ihm mitgeben würde, er war sich ziemlich sicher, dass er es nicht im Auto haben wollte. »Weißt du, Georg, ich glaub, der Willi ist gar nicht …«

»Doch, passt schon, hab grad mit ihm telefoniert.« Böhm ging an einen Vitrinenschrank und entnahm ihm ein Weckglas, in dem ein schleimiges, blasses und zerklüftetes Etwas in einer gelblichen Flüssigkeit waberte. Sicher ein Neuzugang für Willi Renns legendäres Gruselkabinett, in dem der Erkennungsdienstleiter eingelegte Organe, abgetrennte Hände und ähnlich schaurige Asservate aufhob. Er starrte entsetzt auf das Glas, das Georg Böhm nun in eine Plastiktüte verpackte.

»Ihr müsst bloß ein bissle aufpassen, dass es nicht umfällt, der Deckel schließt nicht ganz. Aber es lebt ja nicht mehr, kann eigentlich nix passieren«, sagte er grinsend und reichte Kluftinger die Tüte.

Der vergrub die Hände in den Manteltaschen und wartete, bis Maier sie an sich nahm. Außerdem versuchte er, den Impuls zu unterdrücken, nach dem Inhalt des Glases zu fragen. Letztlich fand er es besser, nicht genau zu wissen, was oder, noch schlimmer, *wen* er da zu transportieren hatte.

8

Als die Tür hinter Kluftinger ins Schloss fiel, war es ihm, als sperre er damit die gesamte restliche Welt aus. Die Hektik des Tages, diese Kakophonie aus Stimmen, Geräuschen und Gedanken, die ihm den Kopf vernebelten, war mit einem Schlag verschwunden. Jetzt war er zu Hause, im schützenden, wärmenden Schoß der Familie, durfte die Seele baumeln lassen, ganz er selbst sein, durfte ausruhen und …

»Gut, dass du da bist, wir machen grad die Sitzordnung für die Hochzeit. Beeil dich ein bissle, es gibt viel zu tun.« Seine Frau war über den Hausgang gehuscht und hatte ihn kaum eines Blickes gewürdigt.

»Ja, ich freu mich auch, dass ich dich wiedersehe«, grantelte er ihr hinterher, allerdings nur so laut, dass sie ihn mit ziemlicher Sicherheit nicht hören konnte. Seufzend schlüpfte er in seine Kuhfellclogs, schnappte sich eine Bierflasche und seinen Steinkrug und machte sich auf ins Wohnzimmer. Dort saßen seine Frau, sein Sohn und seine zukünftige Schwiegertochter auf der Eckbank und starrten konzentriert auf rechteckige Papierschnipsel, die auf dem Tisch lagen, umzingelt von kleineren, beschrifteten Blättchen. Die Essecke sah aus wie die Kommandozentrale einer Streitmacht bei der Planung eines Feldzuges.

Er beobachtete eine Weile, wie die Schnipsel von seinen Familienmitgliedern hin und her geschoben wurden, als Erika plötzlich sagte: »Wo soll denn die Tante Fanny hin?«

Sie hatte dabei nicht aufgesehen, und so merkte Kluftinger erst, dass die Frage an ihn gerichtet war, als sie hinzusetzte: »Butzele, könntest du dich jetzt bitte konzentrieren? Die Fanny! Wo sollen wir die hinsetzen? Eigentlich müsste die von der Logik her zum Onkel Ludwig, aber die zwei sind ja wie Hund und Katz, die würden schon vor dem Kaffee kein Wort mehr miteinander reden.«

Er zuckte nur mit den Schultern und versuchte, das System des auf dem Tisch ausgebreiteten Planes zu durchschauen. Auf die Schnelle wollte ihm das jedoch nicht gelingen. Stattdessen formierten sich die zahlreichen Schnipsel zu einem Wort, das wie eine Drohung in seinem Kopf widerhallte: teuer! Sauteuer!

»Müssen wir die Tante Fanny denn überhaupt einladen?«, fragte er möglichst beiläufig und setzte sich ebenfalls an den Kommandotisch.

»Aber die wolltest *du* doch unbedingt dabeihaben«, erwiderte Erika entgeistert. »Ich glaube, deine genauen Worte waren: Das ist meine Patentante, die war schon bei unserer Hochzeit, also kommt sie jetzt auch.«

»Das soll ich gesagt haben?«

»Ja, das hast du gesagt.«

Jetzt mischte sich Markus in das Gespräch ein: »Es ist sowieso egal, wer was gesagt hat, die Einladungen sind längst verschickt, Vatter, unser Gestaltungsspielraum beschränkt sich also darauf, wer wo sitzt.«

Kluftinger hob beschwichtigend die Hände. »Man wird ja wohl noch fragen dürfen, ich mein, schließlich ...« Er wollte eigentlich mit dem Hinweis fortfahren, dass er das Ganze ja bezahle, merkte aber am Augenrollen seines Sohnes und seiner Frau, dass die genau das erwarteten, und fuhr stattdessen fort: »... ist es ja für die Planung wichtig zu wissen, ob die jetzt zugesagt haben oder nicht, gell?« Er beugte sich über den Tisch: »Also, wen hammer denn da alles?«

Erika wollte gerade anheben, ihm ihr System zu erläutern, da hob er die Hand: »Pscht, ich seh schon, das geht so nicht. Also der Sepp, der muss natürlich möglichst weit von mir weg ...« Er griff sich einen Schnipsel mit der Beschriftung *Onkel Joseph* und legte ihn an den Tisch, der, seinem Augenmaß nach zu urteilen, am weitesten von seinem Sitzplatz entfernt war. Dann griff er sich ein weiteres Papierchen, auf dem *Gerlinde* stand, und legte es ebenfalls um. »Die darf nicht so nah am Buffet sitzen, das ist schlecht für ihre Galle. Und für unseren Geldbeutel, die lädt doch immer so auf!« Ähnlich verfuhr er mit weiteren Gästen, was Erika zunehmend entgeistert, Markus aber amüsiert beobachtete.

»Weißt du, so geht das jetzt wirklich nicht«, schritt seine Frau schließlich ein, als er einen Schnipsel mit der Aufschrift *Johann* vom ihm zugewiesenen Tisch wegnahm, um ihn neben der Eingangstür zu plazieren.

»Der muss doch ständig aufs Klo, bei den Mengen, die der trinkt, und wenn er's zum Speien nicht mehr rechtzeitig rausschafft, ist das Geschrei groß«, rechtfertigte sich Kluftinger, doch seine Frau ließ sich nicht beirren: »Wenn wir das so machen, bekommen wir das totale Durcheinander.«

Markus machte eine grimmige Miene und fragte mit schnarrender Stimme: »Wollt ihr das totale Durcheinander? Wollt ihr es, wenn nötig, totaler und radikaler, als wir es uns heute überhaupt erst vorstellen können?«

»Bitte, ich muss mich ja nicht um solche Sachen kümmern. Ich hab genug um die Ohren«, entgegnete Erika verschnupft. »Ist ja eure Hochzeit. Was misch ich mich da überhaupt ein?«

»Ach komm, Mama.« Markus legte seiner Mutter den Arm um die Schultern. »Du bist doch unsere Zeremonienmeisterin. Ohne dich würde hier gar nix laufen, und der Johann würd auf dem Klo sitzen, wenn's nach dem da ging.« Der Protest gegen Kluftingers Vorgehen einte sie einmal mehr. Also wandte der Kommissar sich an Yumiko: »Wirst du eigentlich gar nicht gefragt?«

Die Japanerin errötete: »Ich? Also, ich ... kenne die Leute ja gar nicht.«

Erst durch diesen Satz wurde Kluftinger bewusst, wie schwer es für die junge Frau sein musste, die Hochzeit so weit abseits ihrer Heimat zu feiern. Sie waren immer wie selbstverständlich davon ausgegangen, dass Markus hier im Allgäu heiraten würde. Und hatten sich nie wirklich Gedanken gemacht, was das für Yumiko und ihre Eltern bedeuten musste. Allerdings hatten sie die Feier in Altusried nur mit dem Versprechen durchsetzen können, irgendwann auch eine Zeremonie in Yumikos Heimat abzuhalten. Kluftinger vertraute darauf, dass dieses »Irgendwann« mit der Zeit in Vergessenheit geraten und einem »Niemals« weichen würde.

Nachdem er diesen kurzen Anflug von Sentimentalität überwunden hatte, sagte er: »Mei, Yumiko, eigentlich umso besser. Wenn du die Leute eh nicht kennst, wird's dir ja zumindest gleich sein, wenn der hierher … und die dahin … und die besser auch da drüben …«

Er nahm noch einige Umschichtungen vor, bis er schließlich nur noch ein Papier in der Hand hielt. Es war mit *Martin Langhammer* beschriftet.

»Ich hab auch schon gefragt«, sagte Markus mit rollenden Augen. »Aber die Mama lässt da nicht mit sich reden. Wo er uns doch soooo geholfen hat beim Testessen.«

Kluftinger zuckte die Achseln. Da waren er und sein Sohn ausnahmsweise mal einer Meinung. Nachdem er den Langhammer-Schnipsel eine Weile unschlüssig betrachtet hatte, nahm er sich ein frisches Blatt Papier, legte es auf den Couchtisch, plazierte das Kärtchen darauf und schrieb mit einem dicken Filzstift »Nebenzimmer« dazu. Dann setzte er sich wieder zu den anderen, lehnte sich zufrieden grinsend zurück und nahm einen großen Schluck aus seinem Krug. Ein paar Sekunden blieb es still, bis Erika die Kärtchen mit den Worten ergriff: »Gut, dann fangen wir mal wieder von vorn an.«

»Also, eines zumindest fände ich schon schade«, intervenierte Yumiko nun doch noch und zeigte auf den Brauttisch. Dort saßen nun auf einmal Erikas und Kluftingers Eltern zwischen dem Kommissar und den beiden Sazukas. »So kannst du dich ja gar nicht mit meinem Vater unterhalten.«

Mit Schaudern erinnerte sich der Kommissar an seinen ersten Versuch, genau dies zu tun: Ihr Gespräch mittels Bildschirmtelefonat war kläglich an den Tücken der Technik gescheitert. Oder, wenn er ehrlich war, noch viel mehr an den sprachlichen Hürden und den kulturellen Unterschieden zwischen den beiden Familienoberhäuptern. »Ach, weißt du, Miki, die anderen sollen ja auch was von deinen Eltern haben. Ich kann sie ja … dauernd sprechen, wenn ich will.«

Markus nickte übertrieben heftig mit dem Kopf: »Das ist ja auch wirklich sehr edel von dir, Vatter. Also, wenn man davon absieht, dass Oma und Opa noch weniger Englisch reden als eine Allgäuer Milchkuh und sogar als – du!«

»Und sag mal, Butzele, wie kommst du überhaupt darauf«, mischte sich Erika ein, »meine Eltern nebeneinanderzusetzen? Du weißt doch, dass Mama seit der Scheidung kaum mehr ein Wort mit Papa redet. Und wo sollen wir dann seine neue Flamme hinsetzen, hm?«

»Zum Langhammer?«

Markus lachte auf. »Also eins muss man dem Vatter lassen: Er hat für alles eine Lösung.«

Kluftinger sah ein, dass er gegen diese Phalanx aus Sitzplanexperten und Bedenkenträgern nichts ausrichten konnte. Also trank er sein Bier aus und erhob sich mit den Worten: »Ich geh ins Bett. War ein anstrengender Tag heut. Und irgendwie tut mir der Schädel weh.«

»Du wirst doch nicht krank, Butzele?«, fragte Erika besorgt.

»Ach was, ich bin einfach müde.« Er war schon fast zur Tür hinaus, da drehte er noch einmal um, griff sich eine Rolle Tesafilm vom Fensterbrett und klebte das Langhammer-Kärtchen auf das Blatt am Couchtisch. »Alles andere könnt ihr machen, wie ihr wollt«, brummte er noch und verließ endgültig den Raum.

Kluftinger vermied es tunlichst, auch nur den geringsten Lärm zu machen, als er sich aus dem Schlafzimmer schlich. Auf eine erneute Ermahnung Erikas, auf den geheiligten Schlaf seines Sohnes Rücksicht zu nehmen, konnte er verzichten. Nach einem schnellen Frühstück holte er noch seinen Geldbeutel aus dem Wohnzimmer und wollte bereits aufbrechen, als sein Blick auf den Esstisch fiel. Offensichtlich hatte seine Familie den Sitzplan für die Hochzeit am Abend tatsächlich noch ohne ihn fertiggestellt. Kluftinger begutachtete skeptisch das Ergebnis, war aber zu seiner eigenen Überraschung im Großen und Ganzen einverstanden. Dass er neben Yumikos Vater sitzen würde, ließ sich wohl selbst unter größten Anstrengungen nicht vermeiden.

Eines aber würde er nie akzeptieren: dass Langhammers zusammen mit ihnen am Brauttisch saßen, noch dazu direkt gegenüber von ihm, so weit durfte es beim besten Willen nicht kommen.

Also nahm Kluftinger kurzerhand die beiden Langhammerschen Namenskärtchen, tauschte sie mit denen seines Schwiegervaters und dessen Freundin und klebte sie mit besonders viel Klebstoff fest. Der Doktor saß nun neben seiner fast hundertjährigen Großtante und deren etwa genauso alten Cousine. Und die würden ihn mit Geschichten aus ihrem reichhaltigen Krankheitsrepertoire den Abend über in Beschlag nehmen. Zufrieden blickte er auf seine Lösung. Kurz keimte Zweifel in ihm auf, ob Annegret Langhammer einen solchen Platz wirklich verdient hatte, verwarf den Gedanken aber umgehend. Ihre Freundschaft mit Erika in allen Ehren, aber wer sich einen solchen Mann aussuchte, musste auch die Konsequenzen tragen.

Zwanzig Minuten später öffnete Kluftinger die Tür zu seinem Büro und wich unweigerlich ein wenig zurück, als ihm der stechende Geruch von Alkohol in die Nase stieg. Bohms seltsames Asservat im Weckglas hatte die Luft über Nacht gehörig verpestet. Er musste das Zeug so schnell wie möglich loswerden, weil ihm vor dem undefinierbaren Inhalt derart graute, dass er in dessen Gegenwart keinen einzigen klaren Gedanken zustande bringen würde.

Zu seinem Entsetzen stellte er jedoch fest, dass die Tüte, in der sich das Glas befand, ein klitzekleines Loch hatte – groß genug immerhin, dass die ausgetretene Flüssigkeit ein Pfützchen auf seinem Teppichboden gebildet hatte. Kurzerhand zog er daher die unterste Schublade seines Schreibtisches auf, in der sich eine Präsenttüte mit einer Weinflasche befand, die er zu seinem letzten Dienstjubiläum bekommen hatte, nahm die Flasche heraus und fummelte das Asservatenglas mit spitzen Fingern in die Verpackung.

So blieb ihm zumindest der Anblick des … was immer darin schwamm erspart.

»Heu, hat jemand Geburtstag?«, begrüßte ihn Roland Hefele auf dem Gang und deutete auf die Weintüte.

Kluftinger schüttelte nur den Kopf und eilte an seinem Kollegen vorbei. Er wollte das Corpus Delicti so schnell wie möglich loswerden. Als er ins Treppenhaus stürmte, stieß er beinahe mit der Polizeipräsidentin zusammen, die gerade noch ausweichen konnte.

»Morgen, Frau Dombrowski, wenn Sie zu mir wollen, ich bin sofort wieder da, ich muss noch schnell was erledigen.«

Sie blickte skeptisch auf die Flaschenverpackung in seiner Hand. »Nur auf ein Wort, Herr Kluftinger, ich …«

»Wirklich, Frau Dombrowski, ich bin gleich zurück. Ich muss nur schnell.« Er hielt das Paket hoch. »Wenn ich das vor Dienstbeginn nicht schaffe, kann ich den ganzen Tag nicht vernünftig arbeiten.«

»Klufti, was verschafft mir die frühe Ehre?«, begrüßte ihn Willi Renn, der gerade, über ein Mikroskop gebeugt, an einem seiner Labortische saß.

»Der Böhm verschafft dir die Ehre. Und das da!«, brummte der Kommissar und stellte die Tüte auf dem nächstgelegenen Tisch ab.

»Heu, krieg ich eine Gratifikation wegen besonderer Leistungen? Oder hat dem Böhm sein Vater wieder schwarzgebrannt?«, sagte Renn und schob seine Hornbrille mit den dicken Gläsern von der Stirn zurück auf die Nase.

»Gratifikation? Du? Nein, irgendwas Abartiges für dein Gruselkabinett«, erklärte Kluftinger und warf aus den Augenwinkeln einen Blick auf Böhms Asservatenvitrine.

»Oh, da wollen wir doch mal sehen, was uns der Onkel Doktor da Schönes mitgegeben hat.« Freudig machte er sich sogleich an der Tüte zu schaffen.

»Irgendein Zwölffingerdarm oder was weiß ich, was das sein soll«, sagte Kluftinger angewidert, dann hielt Renn das Glas gegen das Licht.

»Ach, Kollege«, lachte er auf, »du und deine Phobie vor allem, was tot ist. Nix Darm. Das ist rein vegetarisch. Psychedelische Pilze, die wir vor drei Wochen bei einem, sagen wir, jugendlichen Sammler, sichergestellt haben.« Er klopfte dem Kommissar aufmunternd auf die Schulter und fragte breit grinsend: »Hat dir der Georg das gar nicht gesagt?«

Zurück in seinem Zimmer, wurde Kluftinger klar, dass er härtere Geschütze gegen den alkoholischen Geruch auffahren musste, als ein wenig das Fenster zu kippen.

»Fräulein Henske, Sie haben doch immer so ein Raumspray da, gell?«, rief er nach draußen. »Könnte ich mir das mal ausleihen?«

Sandy kam herein und reichte ihm eine Spraydose. »Das ersetzt aber nicht das tägliche Lüften, Chef«, erklärte sie.

»Das ist ein Notfall. Aber das führt vielleicht zu weit.« Kluftinger riss alle Fenster auf und versprühte das Mittel großzügig im Raum, als Birte Dombrowski hereinplatzte. Sie blickte ihn eine Weile mit zusammengezogenen Brauen an, dann blähten sich wieder ihre Nasenflügel, und sie sog tief die Luft ein. »Herr Kluftinger, ich denke, wir sollten tatsächlich einmal ein offenes und ehrliches Wort über …«

In diesem Moment tauchte Roland Hefele hinter ihr im Türrahmen auf.

»Worüber sollten wir reden?«, fragte der Kommissar.

Die Dombrowski drehte sich um und schien es sich anders zu überlegen. »Ein andermal, Herr Kluftinger.«

Er sah ebenfalls zu Hefele, dann glaubte er, verstanden zu haben. »Ja sicher, ein andermal«, sagte er mit einem Augenzwinkern.

Seine Vorgesetzte schien verwirrt. »Und Sie denken mir an die Beurteilung der Mitarbeiter für die Leistungsprämie, bitte?«, fügte sie noch an, dann schlüpfte sie ohne weitere Erklärungen an Hefele vorbei aus dem Raum.

Der Beamte sah ihr nach, zog die Tür hinter sich zu und ging mit verschwörerischem Gesicht auf Kluftinger zu. »Du, Klufti, ging's da um mich? Ich mein, weil ich das jetzt rein zufällig gerade mitbekommen hab …« Er kam so nahe an Kluftinger heran, dass der unwillkürlich ein Stück zurückwich. »Also, du kannst dich ja sicher wahnsinnig schwer entscheiden zwischen uns allen wegen diesem … Prämiendings, und es wär ja auch ungerecht, jemanden zu bevorzugen, ich mein …«

»Warum?«

»Wie, warum?«

»Warum sollte das ungerecht sein? Es gibt ja durchaus Unterschiede zwischen euch, was Engagement und Leistung angeht, oder?«, sagte Kluftinger bestimmt.

Hefele grinste. »Spielst du auf Leute aus einem anderen Bundesland an?«

»Roland, also, das musst du schon einsehen, ich kann doch da nicht nach Sympathie entscheiden.«

Hefele nickte und kratzte sich am Bauch. »Nicht nach Sympathie, schon klar. Aber jetzt nehmen wir nur mal so an, ich würd die Prämie kriegen, weil du dich da für mich aussprechen tätest, also, ich könnt mir durchaus vorstellen, wir würden … na ja, verstehst du?«

»Kein Wort, Roland.«

Hefele wand sich sichtlich. Seine Stimme war mittlerweile in ein Flüstern übergegangen. »Also, wir könnten doch, sagen wir … halbe-halbe machen?«

»Du willst mich bestechen, Roland?«

Sein Gegenüber hob erschrocken die Hände. »Jetzt hör doch auf, du kennst mich, bestechen, das würd ich nie … aber so hätten halt mehrere was davon, nicht nur einer.«

Kluftinger tippte sich wortlos an die Stirn, und sein Blick gab seinem Gegenüber deutlich zu verstehen, dass dieses Gespräch damit beendet war. Er war erleichtert, als Maier und Strobl das Büro betraten, und er hatte den Eindruck, dass es Hefele ähnlich erging.

Die beiden waren kaum eingetreten, da fuchtelten sie wild mit der Hand vor der Nase herum. »Bah, Klufti, hier riecht's ja wie bei der Uschi drüben«, tönte Strobl grinsend und wies aus dem Fenster. Kluftinger wusste, dass er damit auf die in die Jahre gekommene Prostituierte anspielte, die mit einigen jüngeren Kolleginnen im Haus direkt gegenüber ihrem Gewerbe nachging.

»Du musst's ja wissen, Eugen«, brummte Kluftinger und bat die Kollegen, Platz zu nehmen.

»So, Männer, keine lange Morgenlage heut, nur einen kurzen Zwischenstand, bitte.«

Da ihm die Präsidentin nahegelegt hatte, die Morgenlage nicht mehr in seinem Büro abzuhalten, hatte er sich vorgenommen, die Sitzung einfach umzubenennen.

Von Richard Maier erfuhren sie, dass die Tote weder Geschwister noch weitere Angehörige gehabt habe. Strobl gab bekannt, dass die Überwachungsvideos aus dem Schloss nunmehr gesichtet worden seien.

»Ich hab dir eine Sequenz per Mail geschickt, bitte schau sie dir mal an, dann können wir kurz drüber reden.«

Kluftinger nickte.

»Und hier ist noch eine Liste mit den Zeiten, zu denen aufgezeichnet wurde.« Strobl reichte ihm ein mit einer Tabelle bedrucktes Blatt.

»Und die restliche Zeit?«, wollte Kluftinger wissen.

»War die Kamera entweder aus, oder die Überwachungsfilme sind gelöscht«, erklärte Strobl.

»Hm, drei Monate sind drauf, und alle zwei, drei Wochen fehlt ein Tag, beziehungsweise ein Abend. Irgendeine Regelmäßigkeit zu erkennen? Waren da Konzerte oder so im Schloss?«

»Im Gegenteil, grad da war nix. Vielleicht haben sie deswegen die Kamera einfach abgestellt.«

»Klärt das bitte mit dem Pawlowicz«, bat Kluftinger. »Und was ist auf dem Ausschnitt drauf, den du meinst? Sollen wir den schnell zusammen schauen? Ist ja blöd, wenn ich jetzt allein …«

Strobl schmunzelte wissend. »Soll ich dir einfach die Mail öffnen?«

Kluftinger winkte mit großer Geste ab. »Hab ich schon.« Er drehte den Computerbildschirm so, dass alle darauf sehen konnten. Um einen E-Mail-Anhang zu öffnen, dafür brauchte er schon lange keine Hilfe mehr. Schon seit … mehreren Monaten nicht mehr.

Der Film der Überwachungskamera begann mit einem leeren, großen Raum, den erst Pawlowicz mit einer kleinen Leiter betrat, um an einer der Deckenleuchten eine Glühbirne auszuwechseln. Er schien völlig entspannt seiner Arbeit nachzugehen, man sah, dass er vor sich hin pfiff. Nach einer Weile stürmte die Baronin in den Raum. Kluftinger zuckte ein wenig zusammen, als die Frau, die er bisher nur als Leiche gesehen hatte, energisch auf den Verwalter zulief. Der schien zunächst nicht recht Notiz von ihr zu nehmen, während sie offenbar immer heftiger auf ihn einredete. Allmählich schien sich jedoch ein Streit zu entwickeln.

»Himmelarsch, wieso gibt's denn da keinen Ton? Dann wüssten wir, um was es gegangen ist«, schimpfte Kluftinger. Er sah nun auf dem Bildschirm, dass sich die Frau wieder ein wenig beruhigte und den Kopf wiegte. Kluftinger hatte den Eindruck, als hätte ihr der Mann einen Vorschlag gemacht. Schließlich lief sie aus dem Raum, und man sah, wie Pawlowicz sein Handy aus der Tasche zog. Dann endete der Ausschnitt.

»Im weiteren Verlauf telefoniert er eine Weile und geht dann auch«, erklärte Strobl noch. »Könnte schon was sein, oder?«

»Das seh ich auch so. Mal schauen, was der feine Herr Pawlowicz dazu zu sagen hat«, pflichtete Kluftinger ihm bei. »Sonst noch was?«

»Ich lass gerade die Kundenkartei des Gästehauses überprüfen, vielleicht bringt uns das Erkenntnisse über Stammgäste, die uns weiterhelfen können.«

Kluftinger nickte Hefele anerkennend zu.

»Wenn du schon grad den Computer anhast«, meldete sich nun Maier zu Wort, »dann können wir noch zusammen einen Blick auf die Homepage von diesem Haase werfen.«

»Okay, Richie, wenn du meinst, bitte.« Kluftinger stand von seinem Drehstuhl auf und tauschte seinen Platz mit Richard Maier, der sich sogleich an Tastatur und Maus zu schaffen machte. Im Folgenden sahen sie Bilder von Haase auf verschiedensten Partys mit jungen Frauen, von denen Kluftinger meinte, einige schon einmal in der Zeitung oder im Fernsehen gesehen zu haben. Der spärliche Text dazu verriet, dass Haase sich vom Türsteher zum »Selfmade-Multimillionär« hochgearbeitet hatte.

»Eine zwielichtige Gestalt, wenn ihr mich fragt«, sagte Maier. »Der Abschuss ist seine Facebookseite. Der gibt an wie eine Stiege Affen. Und Fotos zeigt der von sich: mit Weibern im Pool, halb nackt in der Sauna … wie blöd kann man sein, seine Privatsphäre so leichtfertig aufzugeben?«

»Und das kann man da alles downdingsen?«, fragte Kluftinger.

»Nicht direkt, das ist auf seinem Facebookprofil.«

»Ach so, auf dem ist das.« Kluftinger hatte sich zwar einen groben Überblick über die modernen Kommunikationsplattformen verschafft, davon, wie diese im Einzelnen funktionierten, hatte er jedoch keinen blassen Schimmer. Immerhin wusste er, dass diese Facebooksache wegen des Datenschutzes in der Kritik stand. Was er auch wusste, war allerdings, dass seine Kollegen nur darauf lauerten, dass er auf diesem für ihn wenig vertrauten Parkett zu Fall kommen würde. Er versuchte also, mit seinen Nachfragen im Ungefähren zu bleiben. »Kann ich das mal sehen?«

»Was?«

»Ja, dem sein Facebook.«

»Du meinst, sein Profil?«

»Ja, das auch. Und die Fotos.«

Maier grinste. »Bist du denn registriert bei Facebook?«

»Also, gekauft hab ich noch nix, aber …«

»Also nicht.«

»Warum auch? Wer ist da schon groß … drin?«

»Die meisten modernen Menschen, würd ich sagen.«

»Also du und der Langhammer?« Kluftinger sah in die Gesichter seiner beiden anderen Kollegen und las ohne Mühe darin, dass die allem Anschein nach auch nicht zu besagter Gruppe zählten.

»Na ja, sagen wir Leute unter fünfzig«, schränkte Maier ein. »Der Haase jedenfalls. Hier zum Beispiel, da ist er beim Speedbootfahren auf Malle, da lässt er sich gerade tätowieren, und da …«

»Halt!«, unterbrach der Kommissar seinen Kollegen. Er hatte lauter gerufen, als er beabsichtigt hatte, und die Kollegen sahen erschrocken zu ihm. »Mach noch mal das Bild von grad, da wo er sich hat tätowieren lassen.«

»Mach das Bild, da wo er sich …«, wiederholte Maier kopfschüttelnd, dann war wieder Haase zu sehen, wie er in einem Tätowierstudio einen ziemlich geröteten Oberarm mit einem frisch gestochenen Bild in die Kamera hielt.

»Größer, Richie.«

Kluftinger ging so nahe wie möglich an den Bildschirm, dann entfuhr ihm ein »Da, Männer!«.

Die anderen verstanden nicht.

»Also, wenn mich nicht alles täuscht, dann hab ich dieses Zeichen schon mal gesehen.«

Er sah noch immer in fragende Gesichter.

»Da, das Wappen! Mit dem Dachs! Auf dem Arm von dem Typen. Das prangt doch riesengroß an der Wand im Treppenhaus vom Grönenbacher Schloss. Ich glaub, der Haase hat uns einiges zu erklären. Zum Beispiel, warum er uns verschwiegen hat, dass er auch ein Rothenstein Grimmbart ist.«

»Also gut, dann komm halt du mit.« Missmutig schnappte sich Kluftinger seinen Trachtenjanker und bedeutete Maier mit einer Kopfbewegung, ihm zu folgen. Eigentlich wäre er lieber mit Strobl oder Hefele gefahren, aber es war nun einmal Maier gewesen, dem die Sache mit der Facebookseite von diesem Haase eingefallen war, den sie sich nun vorknöpfen wollten. Und so ließ der Kommissar das Stegreifreferat über die Chancen und Gefahren der sozialen Medien, das Maier während der Fahrt hielt, mit stoischer Ruhe über sich ergehen.

Nur einmal hakte er ein: »Machst du mir das auch mal, so ein Facebook, Richie?« Es hätte ihn schon interessiert, was Doktor Langhammer oder gar sein Sohn da so von sich gaben. Womöglich stellte Markus Bilder ins Netz, die nicht dafür bestimmt waren. Vielleicht sogar Bilder seines Vaters. Erst neulich hatte er ihn in seinem braunen Frotteeschlafanzug fotografiert und dabei seltsam gegrinst, das fiel Kluftinger nun wieder ein, und ihm wurde heiß und kalt zugleich.

»Facebook muss man nicht machen, das gibt es schon«, erklärte Maier in Oberlehrertonfall. »Willst du jemand Bestimmten liken?«

»Ach, weißt du was? Vergiss es einfach.«

Maier dachte jedoch gar nicht daran und redete ohne Unterbrechung von virtuellen Freunden, Flashmobs und anderem Zeug, das Kluftinger noch nie gehört hatte. Seine Gedanken schweiften wieder ab. Ihn beschäftigte etwas ganz anderes, immerhin stand ihnen das wichtigste familiäre Ereignis seit seinem Strohwitwerdasein während Erikas Mallorcaurlaub vor ein paar Jahren bevor: Sein Sohn würde heiraten und damit eine eigene Familie gründen. Er sinnierte also darüber, was er ihm an Weisheiten mit auf diesen Weg geben könnte, nickte hin und wieder, wenn er merkte, dass Maier auf eine Reaktion von ihm wartete, und ließ ab und zu ein erstauntes »Ach was!« oder »Wirklich?« hören, wenn Begriffe wie »Web zwei-null« oder »Social Networks« fielen.

»Also, das find ich wirklich toll, dass du dich da meiner Meinung anschließt«, sagte Maier, als sie am Schloss ankamen.

»Hm?«

»Na, dass du auch meinst, wir müssten mehr für unsere digitale Kompetenz tun. Und dass ich da gezielt Vorschläge für eine behördeninterne Fortbildung erarbeiten soll. Wirklich, das ist nicht selbstverständlich für Leute, für die das alles böhmische … also, die sich halt nicht so sehr dafür interessieren.« In Maiers Stimme schwang etwas wie Bewunderung mit.

Kluftinger nahm sich vor, in Zukunft bei Unterredungen mit ihm nicht mehr ganz so geistesabwesend zu sein, ließ die Sache aber erst einmal auf sich beruhen.

Da sie Steffen Haase in seiner Wohnung nicht antrafen, fragten sie beim Verwalter nach, der sie ins Refektorium schickte, einen Raum mit kunstvoll gestaltetem Parkettboden und Stuckdecke. Dort ging gerade ein offenbar sehr hitzig geführtes Gespräch zwischen Haase, dem Baron und einem Mann, den sie bislang noch nicht gesehen hatten, zu Ende. Sie hätten gerne noch ein bisschen Mäuschen gespielt, aber Haase erhob sich von der langen Tafel mit den Worten: »Wenn das nicht so läuft, wie wir uns das vorstellen, dann werden Sie Schwierigkeiten bekommen, gegen die Ihre aktuellen wie ein Fliegenschiss aussehen, das kann ich …« Haase brach mitten im Satz ab, als er die Beamten erblickte.

»Was soll denn laufen?«, fragte Kluftinger in die Stille.

»Das geht Sie …«, begann der Mann, wobei die Ader auf seiner Schläfe noch ein bisschen weiter hervortrat. Doch im selben Moment legte ihm der Unbekannte, ein smarter Typ in maßgeschneidertem Anzug und mit dunkler Designerbrille, die Hand auf den Arm und schüttelte den Kopf. Dann wandte der sich an die Polizisten: »Darf ich fragen, warum Sie meinen Mandanten behelligen?«

»Sie dürfen«, antwortete Maier, zückte seinen Ausweis und hielt ihn dem Mann unter die Nase. Der würdigte ihn kaum eines Blickes, was Maier so verunsicherte, dass er noch ein »Kriminalhauptkommissar Richard Maier« anfügte.

Kluftinger hätte beinahe gelacht, doch der Mann im Anzug kam ihm zuvor. »Wir dürfen uns dann wohl verabschieden,

Herr … Hauptkommissar«, sagte er lächelnd. »Unsere Unterredung hier hatte rein gar nichts mit der Sache zu tun, in der Sie aktuell ermitteln.«

»Oh, ich bin mir ziemlich sicher, dass genau das Gegenteil zutrifft«, erwiderte Kluftinger.

»Noch ein Kommissar, nehme ich an?« Der Mann im Anzug behielt sein süffisantes Lächeln bei.

»Reschpekt, stimmt genau. Leitender Kriminalhauptkommissar sogar.« Kluftinger musterte ihn demonstrativ und sagte dann: »Und Sie sind also … Anwalt.« Dabei sprach er das letzte Wort genauso abschätzig aus, wie der Mann es zuvor mit ihrer Berufsbezeichnung getan hatte. Die Selbstsicherheit des Mannes bekam erste Risse.

»Jedenfalls ist mein Mandant nicht verpflichtet …«

»Schon klar, aber wir haben ja noch gar nichts gesagt. Und Ihr … Mandant, also der hat doch sicher Verständnis dafür, dass wir uns hier im Schloss aufhalten, wo vorgestern ein abscheulicher Mord verübt worden ist, es sei denn …« Der Kommissar beendete den Satz nicht, sondern ließ ihn im Ungewissen verhallen.

Maier nickte ihm respektvoll zu.

Während Rothenstein etwas unschlüssig herumstand, tauschten die zwei anderen Männer ein paar Blicke, dann erklärte Haase: »Also, ich finde, wir können das ganze juristische Geplänkel sein lassen und uns wie normale Menschen unterhalten. Wir sind natürlich ebenso interessiert daran, dass die ganze Sache so schnell wie möglich aufgeklärt wird. Schrecklich, das alles. Und wie ich eben mit dem Baron besprochen habe, werde ich selbstverständlich die Miete für mein Zimmer im Gästehaus so lange weiterzahlen, bis ich wieder gehen kann. Darum ging es ja bei unserem Gespräch gerade, nicht wahr, Herr von Rothenstein Grimmbart?«

Der Angesprochene blickte unsicher von einem zum anderen. »Ich … denke, also: ja. Genau darum ging es gerade.«

»Verstehe. Dann ist ja alles geklärt.« Kluftinger goss sich eine Tasse Kaffee aus der Kanne ein, die auf dem großen Tisch stand. Er nahm einen Schluck und machte dann mit der Tasse in der

Hand einen Schritt auf Haase zu. »Das ist für Sie ja sicher alles saublöd, oder?«

Haase nickte eifrig.

»Wir geben unser Bestes, dass Sie bald wieder von hier wegkönnen.«

Erleichtert blickte er zu seinem Anwalt. »Oh, also, das ist gut zu hören, wissen Sie, die Geschäfte verlangen, dass ich bald abreise.«

Maiers respektvoller Blick war zu einem einzigen Fragezeichen geworden.

»Ja, Geschäfte, klar. Wissen Sie, wir haben ja auch nix davon, wenn wir Sie hier länger als nötig festhalten.« Mit diesen Worten machte der Kommissar noch einen Schritt auf seinen Gesprächspartner zu, geriet dabei jedoch ins Stolpern, und der Inhalt seiner Kaffeetasse ergoss sich über Haases rechten Hemdsärmel.

»Au! Verdammte Scheiße, Sie Voll… Ich meine, Mann, ist das heiß. Aber … ist ja nichts passiert.«

»Das tut mir jetzt aber leid«, entschuldigte sich der Kommissar und machte sich daran, mit seinem Taschentuch auf dem Fleck herumzuwischen.

»Danke, lassen Sie mal«, wehrte der Mann ab und begann wie in einem Reflex, sein Hemd aufzuknöpfen. Doch mitten in der Bewegung hielt er inne.

»Was ist denn?«, fragte Kluftinger belustigt.

»Ich, also, ich glaub, ich gehe mich mal kurz umziehen.«

»Aber warum denn? Genieren Sie sich bloß nicht vor uns. Nichts, was wir nicht schon gesehen hätten.« Kluftinger stand nun ganz nah bei dem Mann, und mit einer schnellen Bewegung riss er ihm das Kleidungsstück vollends herunter, so dass der nun nur noch im Unterhemd dastand. »Ach ja, und Ihre Erklärung *dazu* würden wir auch gerne hören.« Der Kommissar zeigte auf den muskelbepackten rechten Oberarm des Mannes, auf dem das Wappen der Rothenstein Grimmbarts mit dem Dachs prangte.

Haase wollte etwas erwidern, da ging der Anwalt dazwischen. »Ich glaube, Sie sollten jetzt lieber gar nichts mehr sagen, Sie haben schon genug angerichtet.« Es bereitete ihm ganz offensichtlich große Mühe, freundlich gegenüber seinem Mandanten zu bleiben. An die Beamten gewandt, erklärte er: »Ich muss mich erst einmal mit Herrn Haase besprechen, dafür haben Sie sicher Verständnis.« Er winkte Haase und ging schnellen Schrittes mit ihm nach draußen.

»Machen Sie nur«, rief Kluftinger ihnen hinterher. »In der Zwischenzeit haben wir auch einiges zu besprechen.« Mit diesen Worten wandte er sich dem Baron zu. Der war blass geworden und blickte schockiert von einem zum anderen.

Der Kommissar sah darin seine Chance: »Warum haben Sie uns Ihren Sohn verschwiegen?«

Bei diesen Worten wich dem Mann der letzte Rest Farbe aus dem Gesicht, und er musste sich am Tisch festhalten. Maier eilte ihm zu Hilfe und wollte ihn stützen, doch Rothenstein winkte ab. Immerhin nahm er den von Maier dargebotenen Stuhl an und setzte sich.

»Woher, ich meine, wie können Sie …«

»Woher wir das wussten?«, assistierte Maier, obwohl Kluftinger ihm Zeichen gab, den Mann reden zu lassen. »Das geht Sie gar nichts an. Jedenfalls brauchten wir nur eins und eins zusammenzuzählen, um zu kombinieren, dass es sich bei ihm um Ihren Sohn handelt.«

Verwirrt blickte der Baron die Beamten an. Die Farbe kehrte in sein Gesicht zurück, er räusperte sich und erklärte mit überraschend fester Stimme: »Da haben Sie falsch kombiniert.«

Jetzt waren es die Polizisten, die konsterniert dreinblickten. »Aber Sie haben doch gerade zugegeben, dass …«

Rothenstein unterbrach Maier: »Ich habe gar nichts zugegeben, weil es nichts zuzugeben gibt. Herr Haase ist nicht mein Sohn. Noch nicht.«

»Noch nicht?« Maier verstand kein Wort.

Im selben Moment öffnete sich die Tur, und Haase und sein Anwalt kamen wieder herein. »Wir möchten eine Erklärung abgeben«, sagte der Jurist.

»Soso, eine Erklärung gleich. Ja dann, bittschön, ich glaub, die können wir alle gebrauchen.« Kluftinger bedeutete ihnen, sich zu setzen.

»Aber der da soll nicht dabei sein.« Haase zeigte auf Rothenstein, der sich sofort erhob.

»Ich warte vor der Tür, falls Sie mich brauchen.«

Kluftinger nickte und setzte sich zu den anderen. »Also, Herr Haase, wie uns der Baron gerade dargelegt hat …«

»Ja, mein Gott! Ich wollte mich von ihm adoptieren lassen«, platzte es aus dem Mann heraus.

Kluftinger fiel die Kinnlade herunter. »Sie wollten was?«

»Sie haben schon richtig gehört«, bestätigte der Anwalt. »Ich darf mich vielleicht noch einmal etwas ausführlicher vorstellen: Mein Name ist Gerlach, wie gesagt, ich bin Rechtsanwalt. Es ist zwar richtig, dass Herr Haase mein Mandant ist, allerdings vertrete ich ihn nur in dieser speziellen Sache. Ich arbeite für eine Consultingfirma, die sich auf die Vermittlung von Adelstiteln spezialisiert hat.«

Er wartete auf eine Reaktion.

»Ja, da brauchen Sie gar nicht so zu schauen, das ist völlig legal und gar nicht mal so selten. Wir bringen Menschen unterschiedlicher Sphären zusammen, wenn ich das so sagen darf. Zwar ist der Adelsstand mit seinen Privilegien in Deutschland längst abgeschafft, genießt bei uns aber immer noch hohes gesellschaftliches Ansehen. Denken Sie nur an Herrn zu Guttenberg oder an Fürstin Gloria von Thurn und Taxis.«

Zwei besonders gelungene Beispiele für das hohe Ansehen des Adels, dachte Kluftinger bei sich, nickte aber.

»Nun ist es allerdings so, dass viele Adelsfamilien etwas, wie soll ich sagen, von ihrer Solvenz eingebüßt haben. Um trotzdem ihrer Aufgabe als Bewahrer eines historisch bedeutsamen Erbes nachkommen zu können, helfen wir gerne in Form der Vermittlung einer Adoption. Unseren bis dato nichtadeligen Klienten kann der Titel ungeahnte Aufmerksamkeit einbringen. Im Falle von Herrn Haase, der ja viel in der Öffentlichkeit steht, kann das von großem Wert sein.«

»Warum haben Sie das denn nicht gleich gesagt?«, wollte Maier wissen.

»Nun ja, die Lage hier, also, wie soll ich sagen, Sie verstehen doch, dass eine Adoption unter diesen Umständen eher schädlich gewesen wäre für meinen Mandanten. Jedenfalls zu dem bisher vereinbarten Preis nicht mehr zu rechtfertigen. Schließlich soll der Titel Seriosität und Integrität vermitteln, was so nicht ganz einfach sein dürfte. Darum ging es auch in der kleinen Meinungsverschiedenheit, deren Ende Sie vorher mitbekommen haben.«

Eine Weile blieb es still, und Kluftinger versuchte, die neue Information einzuordnen. Schließlich fragte er: »Hat er das denn schon öfter gemacht?«

»Wen meinen Sie?«

»Der Grimmbart. Hat der schon mehrere adoptiert?«

»Nicht über unsere Firma.«

»Also ja?«

»Ich weiß es nicht.«

»Ach kommen Sie, natürlich wissen Sie das.«

»Gut, dann lassen Sie es mich so sagen: Es interessiert mich nicht, und es hat mich auch nicht zu interessieren.«

»Wir kriegen es doch sowieso raus«, drohte Maier.

»Dann brauchen Sie mich dazu ja nicht.«

Maier lief rot an. »Was bringt denn so eine Adoption an Geld?«

Gerlach lächelte, er hatte die Frage offenbar erwartet. »Sie verstehen, dass der vielleicht wichtigste Pfeiler unserer Geschäftspolitik die Diskretion ist. Deswegen kann ich darüber genauso wenig sprechen wie über unsere anderen Klienten.«

Maier ließ nicht locker: »Und Sie verstehen, dass wir hier in einem Mordfall ermitteln und Sie auch zwingen können, bestimmte Informationen preiszugeben?«

Der Jurist blieb gelassen. »Tun Sie, was Sie nicht lassen können. Ohne gerichtlichen Zwang werde ich allerdings keine weiteren Angaben machen. Und ehrlich gesagt: Ich wüsste nicht, mit welchen Mitteln Sie welche erzwingen könnten. Aber im Strafrecht sind Sie ja wohl die Experten.«

Damit hatte er dem Polizeibeamten endgültig den Wind aus den Segeln genommen. Er erhob sich. »Wenn Sie weitere Fragen haben, die nicht unsere Verschwiegenheitspflicht betreffen, helfe ich Ihnen natürlich gerne weiter.«

Er reichte Kluftinger eine edel wirkende Visitenkarte aus dickem Büttenpapier, auf der mit goldgeprägten Lettern stand: Dr. T. Gerlach, Nobility-Consultings.

»Eine Frage hätte ich schon noch«, sagte der Kommissar.

Der Anwalt hielt überrascht inne. »Und die wäre?«

»Was sagen die anderen dazu?«

»Ich fürchte, ich verstehe nicht …«

»Die anderen Adeligen, die denselben Namen tragen, aber von Geburt an. Die, die nicht so knapp bei Kasse sind. Gefällt denen das, dass ihr Name verscherbelt wird? Wohl kaum, oder?«

Gerlach rückte sich seine Brille zurecht. »Von Verscherbeln kann ja wohl keine Rede …«

»Geschenkt. Dankschön, wir melden uns. Herr Haase, Sie bleiben ja weiter hier im Gästehaus, gell? Ach, und würden Sie bitte den Herrn Rothenstein reinschicken, wenn Sie draußen sind?«

Grußlos wandte sich Gerlach zum Gehen, Haase folgte ihm, noch immer im Unterhemd. Als die Tür hinter ihnen zugefallen war, sagte Maier: »Meinst du, das hat was mit unserer Sache zu tun?«

»Zumindest ist es schon ein großer Zufall, dass das ausgerechnet jetzt passiert, oder? Immerhin hat ja der Anwaltsknilch angedeutet, dass er's nach dem Mord wohl billiger kriegt. Auch wenn das als Mordmotiv allein kaum ausreichen dürfte.«

»Vielleicht sollte man …«

Maier verstummte, als sich die Tür wieder öffnete und der Baron zaghaft hereinkam. Mit seinem zerzausten Haar und der nachlässigen Kleidung wirkte er eher wie der Hausmeister als wie der Schlossherr.

Kluftinger winkte ihn zu sich, beugte sich vor und sagte in vertraulichem Tonfall: »Das hätten Sie uns aber schon sagen können, mit der Adoption.«

Der Adelige senkte schuldbewusst den Kopf: »Ja, ich weiß. Es tut mir auch leid, jetzt. Aber wissen Sie, wir … ich brauche das Geld. Und das ist halt eine heikle Angelegenheit, alles muss streng vertraulich laufen, sonst platzt das Geschäft. Natürlich soll es aber nicht so aussehen, als wollte ich die Ermittlungen behindern.« Er hob den Blick und schaute den Kommissar prüfend an, als wolle er sich versichern, dass dieser Eindruck nicht schon entstanden sei.

»Haben Sie das schon öfter gemacht?«, fragte Maier.

»Nur einmal. Nicht dass ich stolz darauf wäre. Es wiegt schwer, mein Erbe. Aber es ist auch ein Auftrag. Wäre es denn besser, ich würde einfach alles aufgeben?« Rothenstein wartete eine Weile, da die Beamten jedoch nicht reagierten, beantwortete er die Frage selbst: »Natürlich nicht. Auch unsere Vorfahren waren ja nicht immer vorbildlich in ihrem Verhalten. Und was ich mache, dient doch einem wichtigen Zweck, da braucht sich die Verwandtschaft gar nicht so künstlich aufzuregen, die haben ja nicht dieses marode Schloss am Bein, das …«

»Wer regt sich auf?«, unterbrach ihn Kluftinger.

Irritiert hielt der Baron inne. Er hatte sich in Rage geredet, was er nun zu bereuen schien: »Ich wollte damit ja nichts andeuten, aber natürlich gefällt das nicht jedem in der Linie der Rothenstein Grimmbarts.«

»Soso.« Der Kommissar nickte gedankenverloren. Sie mussten dieser Adelsfamilie unbedingt auf den Zahn fühlen. Plötzlich fiel ihm noch etwas ein: »Was hat denn Ihre Frau dazu gesagt?«

»Zu der Adoption?«

»Genau.«

»Ach, wissen Sie, meine Frau war Pragmatikerin, viel mehr noch als ich. Sie trug die Last dieses Erbes zwar mit mir, aber sie war emotional natürlich nicht so daran gebunden, schließlich hat sie nur eingeheiratet in diese Familie. Wenn es nötig war, hat sie mir einen Schubs in die richtige Richtung gegeben.«

»Sie war also dafür«, fasste Kluftinger zusammen.

»Ja, nun, wenn Sie es so wollen, dann war sie dafür. Sie hatte auch die Idee, ursprünglich. Aber sie hat mich nicht dazu gedrängt. Sie wusste, wie heikel das Thema für unsere Familie … für mich war.«

Der Kommissar erhob sich. »Herr Baron, das war alles sehr aufschlussreich. Danke.«

Da sie vereinbart hatten, dass Maier sich noch einmal um den Verwalter wegen des Streits auf der Videoaufzeichnung kümmern würde, kam ihm ein Gedanke: »Noch eine Bitte, ich würde mich gerne noch mal in dem Raum umsehen. Sie wissen schon, wo Ihre Frau …«

»Das Märchenkabinett. Natürlich«, antwortete Rothenstein. »Ihre Kollegen haben mir sowieso zu verstehen gegeben, dass ich da bis auf weiteres nichts zu suchen habe.«

Als hinter Kluftinger die Tür des imposanten Raums knarrend ins Schloss fiel, war es mit einem Mal völlig ruhig um ihn herum. So ruhig, dass er glaubte, das langsame, regelmäßige Pochen seines Herzens hören zu können. Er sah sich um. Wieder war da diese seltsam drückende Schwere, die er schon beim ersten Mal gefühlt hatte, als er hier gewesen war. Damals hatte er diese noch auf die Anwesenheit einer gerade getöteten Frau zurückgeführt. Aber auch jetzt, völlig allein mit den Märchendarstellungen an den Wänden und dem Blick ins Dörfchen, das im Dunst des grauen Tages lag, hatte er das Gefühl, eine Zentnerlast läge auf seinen Schultern. Er atmete schwer. Doch in die Beklemmung mischte sich auch eine kaum zu beschreibende Faszination, die von diesem geheimnisvollen Ort ausging.

Der Kommissar ließ seinen Blick eine Weile durch den Raum wandern, dann ging er direkt auf ein kleines Bild an der Stirnseite zu. Seine Sohlen hallten auf dem steinernen Boden, er versuchte, leise zu gehen, als könnte er hier irgendjemanden stören. Oder aufwecken.

Das Bild hing in einer Reihe mit etwa einem Dutzend anderer im selben Format, die aussahen, als wären sie allesamt vom gleichen Künstler geschaffen. Sie waren farbig, aber nicht bunt, eher zurückhaltend koloriert, ja düster, und passten damit perfekt zu diesem Raum. Kluftinger hätte allerdings nicht sagen können, in welcher Technik sie gemalt worden waren.

Plötzlich stieß er ungläubig die Luft aus. Wenn ihn nicht alles täuschte, dann kannte er diese Abbildung. Sie zeigte einen böse dreinblickenden Mann mit Krone, der ein Kind in einem Spankorb im Fluss aussetzte. Es handelte sich um die Illustration eines Märchens, das ihm seine Mutter früher immer wieder im Bett vorlesen musste: Der Teufel mit den drei goldenen Haaren. Dieses Märchen hatte ihn bis in seine Träume verfolgt, allerdings weniger wegen der gruseligen Gestalten, die sich darin tummelten: schlafende Teufel, verwunschene Kröten, düstere Fährmänner. Sicher hatten zwar auch die dazu beigetragen. Aber in seinen Träumen war er das Kind im Korb gewesen, das ausgesetzt worden war und nun mutterseelenallein auf dem Wasser trieb. Immer wieder war er von diesem überwältigenden Gefühl der Einsamkeit und des Verlassenseins schweißgebadet aufgewacht. Und nun hing ausgerechnet die Illustration, die sein altes Märchenbuch geziert hatte, hier vor ihm an der Wand.

Er ließ seinen Blick weiter schweifen über die anderen Bilder. Alle in demselben, kleinen Format, vielleicht dreißig Zentimeter hoch. Die archaische, naive Art, wie die Märchen in diesen Abbildungen gezeigt wurden, beschwor alptraumhafte Bilder seiner Kindheit in ihm herauf.

Ein gieriger Wolf, der seinen grässlichen Schlund weit aufsperrte, um Rotkäppchen zu verschlingen, eine böse Stiefmutter, die das wehrlose Aschenputtel knechtete, eine grässliche Hexe, die Dornröschen mit einem Fluch belegte, der Froschkönig, Rapunzel, der Fischer und seine Frau, Tischlein deck dich: Die Bilder prasselten auf ihn ein, wurden zu einem Strudel, der ihn Zeit und Raum vergessen ließ. Ein Bild zog seine Aufmerksamkeit besonders auf sich: Es zeigte einen Raben, mit einem Stück Käse im Maul auf einem kahlen, abgestorbenen Baum sitzend. Vor dem Hintergrund des düster verhangenen Himmels schienen die Augen des Raben regelrecht zu funkeln. Der Kommissar runzelte die Stirn. Irgendetwas an dieser Darstellung war anders, ließ seine grauen Zellen …

»Ahh!« Kluftinger stieß einen dumpfen Schrei aus, als sich eine kalte Hand auf seine Schulter legte. Er fuhr herum … und sah in Richard Maiers erschrockenes Gesicht.

Eine Weile starrten sie sich wortlos an, dann fing sich Maier wieder. »Hab ich dich erschreckt?«

»Erschreckt? Spinnst du? Ich hätt beinahe einen Herzkasper gekriegt.«

»Tut mir leid, Chef. Hast du mich nicht kommen hören? Übrigens: Ist mir auch gerade aufgefallen.«

»Was ist dir aufgefallen?«

»Was du eben gerade gesagt hast.«

»Gesagt?«

»Das mit dem Bild eben.«

»Ich hab … was gesagt?«

»*Da stimmt doch was nicht,* hast du gesagt …«

Kluftinger zog die Brauen zusammen. Hatte er wirklich vor sich hin gebrabbelt? »Und was stimmt deiner Meinung nach nicht, Richie?«

»Na ja, hier handelt es sich um einen Märchenzyklus aus der Mitte des neunzehnten Jahrhunderts, der Eingang in viele Anthologien gefunden hat und noch heute findet.«

»Ach was …«

»Sammlungen in Buchform«, erklärte Maier ungeduldig.

»Richie, das weiß ich schon, was das ist. Also?«

»Ich hab mal was darüber gelesen. Der Zyklus hat wohl einen gewissen Wert, aber nur komplett. Es gibt anscheinend keine einzige noch erhaltene Sammlung mit allen Bildern. Na, und von allen wollten sie sich wohl nicht trennen. Und jetzt das.«

»Zefix, jetzt tu halt nicht so gscheit. Ich find ja auch, dass das nicht dazupasst, das Bild hier. Aber wieso, meinst du?«

»Es passt nicht in die Reihe, völlig richtig. Zwar handelt es sich um die gleiche Technik, alles sind Farblithographien und haben dasselbe Format, aber Perspektive, Farbstimmung und auch die Drucktechnik unterscheiden sich.«

Kluftinger sah ihn skeptisch an. »Richie, das mag schon sein, das kann ich aber nicht nachprüfen, weil ich keine Ahnung davon hab. Also wär es mir auch nicht aufgefallen. Muss also was anderes sein.«

Maier nickte. »Ein guter Einwand, wirklich. Aber ich kann dir nicht ganz recht geben. Bei der intuitiven, unreflektierten Kunstrezeption handelt es sich um Vorgänge, die nicht unbedingt das Wissen um Techniken oder den Künstler …«

Kluftinger versuchte, Maiers Vortrag auszublenden, was ihm erstaunlich gut gelang, als er sich wieder auf das Bild vor sich konzentrierte. Er sah es aufmerksam an, ließ es auf sich wirken, verglich es mit den anderen Illustrationen. Der dürre Baum, der Rabe auf dem Zweig, der Schnabel ein Stück …

Unvermittelt schlug er sich mit der flachen Hand gegen die Stirn. »Logisch!«

»Ja, nicht, wenn man es so erklärt kriegt, also abseits von einer rein kognitiv-analytischen Betrachtungsweise …«

»Was? Nein, nicht dein Geschwurbel. Es ist viel einfacher: Das Bild hier stellt eine Fabel dar und die anderen Märchen.«

»Hm?«

»Fabel! Nix Märchen.«

Maier sah ihn erstaunt an, dann richtete er seine Aufmerksamkeit auf die Lithographie, betrachtete sie ein paar Sekunden und erklärte dann: »Ja, da wollt ich grad noch drauf zu sprechen kommen.«

Kluftinger lächelte. »Sicher wolltest du das, Richie. Sicher.«

Einige Minuten später hatte sich Baron Rothenstein auf ihr Bitten hin zu ihnen gesellt. »Wie meinen Sie das, ob mir aufgefallen ist, dass das Bild nicht hierhin gehört? Es hängt doch hier.« Die Sanftheit, die er sonst ausstrahlte, war verschwunden, er wirkte stattdessen kämpferisch, fast feindselig.

»Das ist uns schon klar«, gab Kluftinger in ähnlichem Tonfall zurück. »Aber es scheint doch nicht da reinzugehören.«

»Es handelt sich um einen zwölfteiligen Zyklus, der Märchen zum Inhalt hat.«

»Eben nicht. Das hier ist doch eine Fabel. Das passt nicht. Sogar in Ihrem Prospekt übers Schloss steht von dieser Bilderfolge. Also, wo ist denn jetzt das zwölfte Märchenbild? Haben Sie das verkauft? Hat man es gestohlen? Und warum haben Sie stattdessen das hier aufgehängt?«

Rothenstein war in Sekundenschnelle rot angelaufen. »Jetzt platzt mir allmählich der Kragen, meine Herren. Ich verstehe nicht, warum Sie sich mit solchem Firlefanz aufhalten. Meine Frau ist aufs grausamste umgebracht worden. Nicht nur, dass Sie offensichtlich zu inkompetent sind, den Täter zu ermitteln, Sie behelligen mich auch noch ständig mit Kinkerlitzchen. Können Sie nicht verstehen, dass ich im Moment andere Probleme habe? Machen Sie endlich Ihre Arbeit!«

Die Beamten sahen ihn mit großen Augen an. Zum ersten Mal hatte der Baron die Beherrschung verloren. Dass dies allerdings ausgerechnet bei dieser harmlosen Frage der Fall war, ließ Kluftinger hellhörig werden. Anscheinend war er hier auf einen Punkt gestoßen, an dem es sich lohnen könnte, weiterzubohren.

»Dass Ihre Frau in einer Situation gefunden wurde, die der auf einem wertvollen Gemälde aus Ihrem Besitz entspricht, dass dieses Gemälde seit dem Tod Ihrer Frau verschwunden ist, lässt einen Zusammenhang mit dem Kunstbereich nicht ganz unwahrscheinlich erscheinen.«

Auch Kluftinger war laut geworden. Rothenstein wich seinem Blick aus, dann sagte er abwesend: »Das Bild habe ich vor Jahren ausgetauscht.«

»Haben Sie es verkaufen müssen?«, wollte Kluftinger wissen.

»Nein, es liegt oben auf dem Dachboden.«

»Auf dem Dachboden? Ein einzelnes Kunstwerk aus einem Zyklus?« Jetzt war es Maier, der sich empörte.

»Hören Sie, Wert hin oder her, darum allein geht es nicht.«

Kluftinger sah ihn fragend an.

»Herr Kommissar, meiner Meinung nach passt das fehlende Bild nicht in die Reihe. Es ist nicht im besten Zustand, hat ein paar Macken, und auch die künstlerische Darstellung ist schlechter. Kann ich jetzt wieder meinem Tagwerk nachgehen?«

Kluftinger schürzte die Lippen. »Wenn Sie uns vorher das fehlende Gemälde zeigen, ja.«

Rothenstein schien mit sich zu kämpfen, dann aber gab er seinen inneren Widerstand auf und zuckte mit den Schultern. »Kommen Sie mit«, sagte er kraftlos.

Der Anblick, der sich dem Kommissar bot, als sie hinter Rothenstein über die steile Treppe in den riesigen Dachboden des Schlosses traten, überwältigte ihn. Er kam sich vor wie in einem seiner Jungenträume: Selten war er an einem so geheimnisvollen, unheimlichen und doch verheißungsvollen Ort gewesen. Es war, als betrete er eine andere Welt. Wie oft hatten sie sich als Buben in verlassene Hütten oder Höfe geschlichen, wo in ihrer Fantasie ungeahnte Schätze, grausige Entdeckungen, Geister und wilde Tiere auf sie warteten. Wie oft hatte er bei seinen Großeltern unter dem Dachspitz gespielt, wo seine Oma ihre alten Kleider, Seifen und Perücken aufbewahrte. Doch keiner dieser mysteriösen Orte hatte auch nur annähernd eine solche Faszination auf ihn ausgeübt wie das, was er hier zu sehen bekam.

Er war stehen geblieben, und sein Blick wanderte über die riesige Fläche aus uralten Holzdielen, spärlich erhellt durch vereinzelte Lichtinseln, in denen der Staub der Jahrhunderte tanzte. Wahrscheinlich hätte auch ein strahlender Sonnentag hier nicht für ausreichend Beleuchtung sorgen können, aber heute war es trüb, und die paar kleinen Luken und runden Giebelfenster ließen gerade einmal so viel Licht herein, dass man erahnen konnte, wo man hintreten musste in all dem Gerümpel. An den Seiten unter den Dachbalken standen alte Möbel, beschlagene Truhen, zerbrochene Stühle und jede Menge Schachteln und Kisten. Hin und wieder konnte Kluftinger im Halbdunkel eine Figur entdecken, wie er sie aus dem Märchenwald kannte, auf einer Kommode lag ein großer Wolf ohne Kopf.

Er schluckte und wandte seinen Blick ab. Gott sei Dank war er nicht alleine hier oben!

»Kommst du mal?« Maiers Rufen riss ihn aus seinen Gedanken. Sein Kollege beugte sich mit Rothenstein am hinteren Ende des Dachbodens über eine Truhe. Der Baron hatte eine kleine Taschenlampe angeknipst, deren Lichtkegel unruhig hin und her hüpfte und immer wieder rätselhafte Formen und hie und da auch mal das Gesicht eines Gemäldes oder einer Figur aus dem Dunkel riss.

Reiß dich zusammen, ermahnte sich Kluftinger in Gedanken und schloss zu den anderen auf.

Der Baron hielt ein vergilbtes, brüchiges Bündel Stoff in den Händen, aus dem er ein Bild im Format der anderen Gemälde aus dem Märchenzyklus wickelte. Er reichte es Richard Maier, der es zum Giebelfenster mitnahm, sich in den Lichtkegel kniete und es betrachtete. Kluftinger und der Baron beugten sich von hinten über ihn.

Der Kommissar sah einen Jungen und ein Mädchen, die sich ängstlich aneinanderklammerten und durch einen vom Vollmond beschienenen Wald mit riesigen knorrigen Bäumen gingen. Kluftinger nickte. Das war das Bild, das den Zyklus komplettierte, das sah sogar ein Kunstbanause wie er auf den ersten Blick. Er kannte auch das Märchen, das es darstellte: »Hänsel und Gretel«. Er hatte es nie besonders gemocht, die Vorstellung, von den Eltern allein im Wald ausgesetzt zu werden, hatte ihm als Kind einige Alpträume beschert. Und allein die Abbildung reichte aus, um diese Beklemmung wieder heraufzubeschwören.

Maier nahm sein Handy aus der Tasche, hielt das Bild schräg vor sich ins Licht und machte ein Foto. »Baron Rothenstein, ich widerspreche nur ungern dem Kunstsammler und -kenner, der Sie zweifelsohne sind, aber ich finde, sowohl die Ausführung wie auch der Zustand sind erstaunlich gut. Sofern ich das hier im Halbdunkel beurteilen kann. Diese Lithographie steht den anderen aus dem Zyklus in keiner Weise nach, wenn Sie mich fragen. Und auch dieses Motiv, mit dem düsteren, aber auch lockenden Waldmotiv …«

»Ja, das mag ja gut und gerne sein, Herr Kommissar. Aber es ist immer noch mein Bild, und wenn es mir nicht gefällt, kann man mich nicht zwingen, es auszustellen. Sind wir so weit?«

Schon zum zweiten Mal in kurzer Zeit war der Ton des Barons abweisend, fast aggressiv geworden.

»Wir könnten das Bild natürlich vorläufig beschlagnahmen«, brummte Maier vor sich hin. Kluftinger, der darin absolut keinen Sinn sah außer dem, dass Maier ein neues Thema für seine Kunstvorträge haben würde, griff sofort ein.

»Dafür gibt es aber keine Veranlassung, der Kollege denkt nur laut nach. Es ist ja letztlich Ihre Entscheidung.«

»Aber ich muss doch noch einmal auf die Bedeutung für …«, lamentierte Maier, doch Kluftinger hatte genug. Er zog den Kollegen am Arm, verabschiedete sich von Rothenstein und ging zurück zur Holztreppe. Auf dem Weg zischte er Maier ins Ohr: »Lass uns da mal dranbleiben. Aber jetzt machen wir bitte, dass wir hier rauskommen.«

Sie waren schon auf dem Weg zum Auto, als Kluftingers Handy klingelte.

»Ja, Kluftinger, wer stört?«

»Eugen hier. Du, sag, seid ihr noch am Schloss?«

»Schon, aber wir wollten gerade …«

»Das glaub ich nicht. Also, nicht wenn du das hörst jedenfalls: Wir haben uns die Meldelisten des Gästehauses mal genauer angeschaut: Unser Pärchen, du weißt schon, die zwei, die mir erzählt haben, sie seien rein zufällig und zum ersten Mal hier, die haben schlicht und einfach gelogen. Ich hab hier eine ganze Menge Besuche in den letzten Monaten. Also, entweder sind die einfach dreist, oder sie halten uns für total blöd …«

»Danke, Eugen, das ist wirklich interessant. Wir kümmern uns drum.« Kluftinger blieb stehen und seufzte.

»Was Schlimmes?«, fragte Maier.

Kluftinger drehte sich um und blickte wieder auf den Rothensteinschen Familiensitz. Dunkle Wolken hatten sich darüber zusammengezogen, und der Wind peitschte welke Blätter um das alte Gemäuer. Kluftinger war froh gewesen, dass sie mit ihrer Arbeit fürs Erste fertig waren und wieder gehen konnten. Er fühlte sich hier immer ein bisschen unbehaglich. Aber das war natürlich kindisch, und er würde sich hüten, seinem Kollegen das mitzuteilen. »Nein, nicht schlimm«, gab er deswegen zurück, »wir müssen uns das Pärchen noch mal vorknöpfen.«

Er hatte selten gesehen, dass zwei Gesichter so schnell ihre Farbe verloren. Als sie gekommen waren, hatten die beiden gestrahlt, ganz offensichtlich in der Annahme, dass man sie nun gehen lassen würde. Doch als der Kommissar sie dann auf ihre unwahren Angaben angesprochen hatte, war es mit ihrer guten Laune sehr schnell vorbei.

»Haben Sie wirklich gedacht, das finden wir nicht raus?«, fragte Kluftinger mit ehrlichem Interesse.

»Wir … ich …«, begann der Mann, verstummte dann aber. Er senkte den Kopf und spielte nervös mit seinen Händen. Die junge Frau saß mit ihm auf der Bettkante, würdigte ihn aber keines Blickes. Die Atmosphäre war deprimierend. Das Zimmer war zwar mit allem ausgestattet, was heutzutage Mindeststandard war, allerdings auch nicht mit mehr. Die Wände waren weiß getüncht, kahl und wirkten kalt. Vielleicht lag dies aber auch nur an der Stimmung, die zwischen dem Mann und der Frau herrschte. Und die wollten wirklich heiraten? Kluftinger konnte nur hoffen, dass bei Markus und Yumiko das Feuer ein bisschen länger loderte.

Die junge Frau räusperte sich: »Wissen Sie, wir sind beruflich sehr viel unterwegs, da können wir uns auch nicht immer merken …«

Maier ließ sie gar nicht ausreden: »Jetzt mal halblang, ja? Bevor Sie uns hier gleich das nächste Märchen auftischen: Sie stehen zwar nicht unter Eid, aber falsche Angaben im Rahmen einer Mordermittlung sind auch kein Kavaliersdelikt.«

»Meine Klienten …«, presste auf einmal der Mann hervor.

»Ja, Herr Müller?« Kluftinger fixierte ihn mit zusammengekniffenen Augen.

»Ich meine, meine Kunden, also, da geht es um Diskretion, ich habe auch einen Ruf zu verlieren, verstehen Sie? Ich kann nicht in so eine Sache hineingezogen werden.«

»Wir müssen es ihnen sagen, Thorsten«, erklärte die Frau plötzlich.

Müller riss die Augen weit auf. »Spinnst du?«, rief er mit schriller Stimme.

Der Kommissar wandte sich an die Frau. Es war klar, dass er sich nun an sie würde halten müssen, um etwas mehr herauszufinden. Ihre Uneinigkeit galt es auszunutzen. »Fräulein Klein …«

»Frau Klein«, korrigierte sie.

»*Frau* Klein.« Der Kommissar hatte nie verstanden, warum sich junge Frauen so vehement gegen diese zwar etwas antiquierte, aber doch sehr freundlich gemeinte Anrede verwahrten. »Wir können Ihnen nur helfen, wenn Sie uns die Wahrheit sagen. Das werden Sie und Ihr Freund …«

»Er ist nicht mein … Freund.«

»Ach, das renkt sich schon wieder ein, das ist jetzt ja wirklich eine extreme …«

»Nein, ich meine: Wir sind nicht zusammen. Nicht so … richtig, wenn Sie verstehen, was ich meine. Wir nutzen diesen Ort hier als Refugium, als kleine Flucht aus unserem Alltag, unseren eigentlichen Beziehungen.«

Kluftingers Kiefer klappte herunter. Jetzt wurde ihm so einiges klar. »Sie wollen sagen, Sie sind …«

»Thorsten ist verheiratet, ich lebe in einer festen Partnerschaft.«

Der Mann begann nun zu schluchzen. »Jetzt ist alles aus«, wimmerte er. »Mein Leben, meine Familie ist …«

»Flenn nicht rum, nichts ist aus«, zischte Frau Klein. »Wenn wir in einen Mordfall hineingezogen werden, nur weil wir den Schein aufrechterhalten wollen, *dann* ist alles aus. Jetzt reiß dich mal zusammen.«

Diese beiden würden wohl nicht mehr allzu oft gemeinsame Schäferstündchen verbringen, vermutete Kluftinger. »Es ist Ihnen doch klar, dass wir Sie bitten müssen, noch etwas länger zu bleiben? Ich meine, nachdem Sie uns in dieser Sache angelogen haben? Wir müssen das alles erst mal überprüfen.«

Wieder begann der Mann zu schluchzen. Die Frau nickte schmallippig.

»Gut, dann bis … bald.« Der Kommissar erhob sich.

»Das lief ja besser als gedacht«, sagte Maier beim Hinausgehen.

Kluftinger nickte. »Und ich hab so das Gefühl, dass wir uns dieses feine Pärchen noch öfter zur Beichte holen werden.«

9

»Servus, Kollegen. Schön, dass ihr wieder da seid's«, sagte Strobl und reichte Kluftinger einen Computerausdruck.

Der Kommissar zog die Stirn in Falten, musterte den Kollegen, konnte aber kein Anzeichen von Ironie entdecken. Anscheinend freute er sich tatsächlich, ihn zu sehen. Dass er Maier jedoch in diese Freude mit einbezog, kam ihm spanisch vor.

»Das ist die Liste mit den Lücken in der Videoaufzeichnung. Kannst du dir ja mal anschauen.«

Der Kommissar nickte.

Nun kam auch Hefele dazu und grüßte freudig in die Runde. »Klufti, also wegen der Auseinandersetzung auf dem Video, habt ihr da den Verwalter mal gefragt?«

Maier berichtete, Pawlowicz habe den Streit mit einem alltäglichen Kompetenzgerangel erklärt. Letzten Endes sei es immer wieder darum gegangen, wer auf dem Schloss das Sagen habe. »Frau Rothenstein hat sich in eine Eventplanung eingemischt, die sie nichts angeht, hat er gesagt, und er sei da im Lauf der Zeit so dünnhäutig geworden, dass er eben sehr emotional reagiert habe.«

»Bissle dürftig, die Erklärung«, fand Strobl.

Die anderen nickten.

»Die Wahrheit werden wir wohl nie rausfinden«, bemerkte Hefele resigniert. »Wir haben ja leider keinen Ton zum Bild.«

Maier nickte. »Und von den Lippen lesen können wir's ja auch nicht.«

»Wieso denn eigentlich nicht?«, dachte Kluftinger laut.

»Was nicht?«

»Von den Lippen lesen. Versucht doch mal, jemanden aufzutreiben, der das kann. Einen Gebärdendolmetscher oder so.«

Strobl pfiff durch die Zähne: »Gute Idee, ich kümmer mich drum.«

»Danke, Eugen. Und Roland, was mir noch eingefallen ist: Könntest du dich mal erkundigen, wo es überhaupt noch Polaroidzubehör gibt? Ich mein, der Täter hat das ja verwendet, vielleicht kommen wir da weiter.«

Hefele stieß ein unwilliges Brummen aus.

»Heißt das jetzt ja?«

»Ja schon, aber da kann ich ja sämtliche Fotoläden im Allgäu abklappern.«

»Und?«

»Und das mach ich natürlich liebend gerne«, flötete er mit übertrieben süßlicher Stimme.

Dann saß Kluftinger allein in seinem Büro. Er blickte gedankenverloren aus dem Fenster, als sein Telefon klingelte.

»Duhu?«

Es war seine Frau. Ihre Stimme hatte einen bedrohlichen Klang.

»Ja, Erika, mein Nusshörnle?«, säuselte er in den Hörer.

»Was soll denn der Schmarrn mit der Sitzordnung, hm? Meinst du, wir merken das nicht? Hör bloß auf mit so was. Wenn du den Kindern die Hochzeit versaust, das vergess ich dir nie.«

»Erika, ich hab doch bloß gemeint … also gedacht …«

»Gemeint, gemeint. Nix hast du. Und nachgedacht schon gar nicht. So was ist wichtig. Wenn wir die Leute so setzen, wie es dir passen tät, das gäb doch Mord und Totschlag in der Verwandtschaft.«

Kluftinger ließ die Hand mit dem Hörer sinken. Mit starrem Blick saß er da und versuchte, den Gedanken festzuhalten, der ihm gerade durch den Kopf geschossen war.

»Butzele?«, drang es wie von weit weg an sein Ohr. »Butzele? Hast du aufgelegt? Wenn du aufgelegt hast, dann …«

»Nein, Erika, nicht aufgelegt. Du hast völlig recht. Mit allem, mein ich. Macht die Sitzordnung so, wie du meinst, das passt schon. Bis später dann, gell?« Dann legte er auf. Noch einmal sagte er die Worte vor sich hin, die ihn gerade zum Nachdenken gebracht hatten: »Mord und Totschlag in der Verwandtschaft.« *Könnt doch sein.*

Er wandte sich seinem Computer zu und stieß nach ein paar Umwegen über eine Seite, die die Liebschaften des englischen Thronfolgers auflistete, sowie einen deutschen Popsänger namens Adel Tawil auf einen Eintrag in einer Online-Enzyklopädie. Dieser befasste sich, wenn auch nur oberflächlich, mit dem Grafen Tasso Lothar Alfons Enno Wieland zu Rothenstein Grimmbart in Bad Wurzach. Allem Anschein nach war der in der glücklichen Lage, ein sorgloses Leben als Großgrund- und Waldbesitzer zu führen. Zudem unterhielt er eine große Damwildzucht und ein kleines Gestüt.

Schließlich gelangte er über einen Link auf die Website dieses Grafen, dann jedoch landete er in einer Sackgasse. Immer wieder klickte er mit der Maus auf *Intro,* doch als Meldung kam nur stets »fehlendes Java-Plug-in«.

Da er weder wusste, was ein »Java-Plug-in« war, noch, wo er ein solches bekommen konnte, beschloss er, sich Hilfe zu holen. Er lugte nach seiner angelehnten Bürotür und erkannte die beigen Beine von Hefeles Cordhose.

»Roland?«, rief er. »Komm doch bitte mal zu mir.«

Hefele betrat unsicher das Büro. »Ich wollt schon grad loslegen, ich hab nur noch schnell mit der Sandy …«

»Jaja, geschenkt. Kannst dich hier mal nützlich machen. Ich bin da grad auf der Homepage von diesem Grafen in Wurzach, schau dir das doch mal an.«

Er ließ seinen Kollegen Platz nehmen. Zusammen starrten sie auf das Familienwappen mit dem Dachs, das seit Minuten unverändert Kluftingers Bildschirm zierte.

»Schönes Wappen«, sagte Hefele.

»Hm. Der Typ ist aber auch so ganz interessant.« Dann wanderte der Kommissar um den Schreibtisch herum und nahm in der Sitzgruppe Platz. Er zog sein Handy heraus, tat so, als tippe er darauf herum, beobachtete seinen Kollegen aber aus den Augenwinkeln. Er sah, wie der erst zaghaft, dann immer aggressiver auf der Maus herumhämmerte.

»Was ist denn los«, fragte Kluftinger schließlich in genervtem Tonfall.

»Ich weiß auch nicht. Da fehlt der Plack. Und da steht ›Skip intro‹. Soll ich mal da drücken?«

»Aber nicht, dass du mir dann einen Spartaner lädst, der uns ausspäht.«

»Dann lass ich's lieber sein«, befand Hefele.

»Also bei mir ging's gerade noch einwandfrei, der Plack.«

»Dann mach du doch mal.«

»Du, ich hab da grad was Wichtiges …« Kluftinger hielt sein Mobiltelefon hoch. »Frag doch die Sandy.«

Hefeles Gesicht hellte sich auf. Er verließ das Zimmer und kam einige Augenblicke später zusammen mit Sandy Henske wieder herein.

»Na, brauchen meine Männer mal wieder Frauenpower?«

»Er schon«, sagte Kluftinger mit Blick auf Hefele.

Sandy Henske warf ihm ein Lächeln zu, beugte sich über den Schreibtisch, und Sekunden später vermeldete sie: »So, hier bitte, ich hab nur das Intro übersprungen.«

»Danke, Sandy, aber ich hätt das doch auch …«

»Schon gut, Roland, dafür bin ich doch da«, sagte sie und verließ das Büro.

Hefele blickte ihr derart bedröppelt nach, dass der Kommissar ein schlechtes Gewissen bekam. »Also, diese Internetseiten werden aber immer komplizierter. Ich komm da auch manchmal nicht mehr mit. Nur gut, dass wir die Sandy haben. Und dass wir nicht in der freien Wirtschaft arbeiten. Ich mein, in einem Unternehmen, da ist das ein Entlassungsgrund, wenn man sich computermäßig gar nicht weiterbildet, glaub's mir, Roland.«

»Das kann ich leider nur bestätigen, Herr Hefele.«

Im Zimmer stand Birte Dombrowski. Wieder einmal hatte sie sie mit ihrem Besuch im ungünstigsten Moment überrascht. Kluftinger überlegte, ob er die Situation erklären sollte, fürchtete aber, alles nur noch schlimmer zu machen, und wechselte deswegen das Thema: »Frau Dombrowski, was verschafft uns die Ehre?«

»Nun, meine Herren, es geht um die anstehenden Schießübungen.«

Kluftinger runzelte die Stirn. Er hatte gehofft, sie würde das Thema genau wie ihr Vorgänger vergessen. Immerhin hatten sie weitaus Wichtigeres zu tun. »Ja, wie gesagt, Frau Dombrowski«, setzte er mit dem gewinnendsten Lächeln an, das er auf Lager hatte, »das steht schon auf der Agenda.«

»Exakt«, sagte die Präsidentin knapp, »heute Mittag, um genau zu sein.«

»Sie meinen, ich soll mich heut Mittag mal schlaumachen, wann wir Zeit hätten, da mal hinzugehen? Klar, ich ruf mal an nachher.«

»Nein, Herr Kluftinger, Sie und Ihre Männer werden heute Ihre Mittagspause drangeben und das längst überfällige Schießtraining absolvieren.«

Kluftinger sah entgeistert zu Hefele, dann starrte er die Polizeipräsidentin an. »Sie meinen … also, wir haben ja grad einen Wahnsinnsstress, der Fall und …«

»Keine Diskussion, Herr Kluftinger, heute fällt die Pause aus.« Damit verabschiedete sie sich. In der Tür hielt sie noch einmal inne, musterte die beiden Beamten im Zimmer und sagte schmunzelnd: »Vielleicht eh besser, wenn die Mahlzeit mal etwas weniger reichhaltig ist.«

10

»Himmelherrgott!« Kluftinger bremste den Passat abrupt ab und wendete.

»Sag mal, willst du uns jetzt schon umbringen?«, meckerte Strobl. »Reicht es nicht, wenn du uns nachher alle erschießt?«

Der Kommissar brummte nur ein »Hab was vergessen« und steuerte wieder die Kriminalpolizeidirektion an.

»Wahrscheinlich seine Waffe«, ulkte Maier, woraufhin Kluftinger sofort feuerrot anlief und bellte: »Nein, eben nicht, Richie, sondern … was anderes«, log er.

Zehn Minuten später standen sie im Keller des Polizeipräsidiums dem Schießtrainer gegenüber, einem mürrisch wirkenden Beamten, den Kluftinger noch nie gesehen hatte.
Er war wirklich schon sehr lange nicht mehr beim Schießtraining gewesen.

»Mein Name ist Johannes Laue«, sagte der Mann im grünen Overall. »Dass ich die meisten von Ihnen nur vom Hörensagen oder aus der Mitarbeiterzeitschrift kenne, kann nur bedeuten, dass Sie Ihre Schießübungen unverzeihlich lange und auf mir nicht nachvollziehbare Art und Weise umgangen haben.«

Priml.

»Wie mir unsere neue Präsidentin versichert hat, ist es mit diesem Schlendrian aber von nun an vorbei.«

»Mein Gott, der plustert sich vielleicht auf«, flüsterte Kluftinger Roland Hefele zu.

»Wenn Sie Fragen haben, dann stellen Sie sie bitte laut, damit wir das gleich klären können.«

Der Kommissar kam sich unnötig geschulmeistert vor und erwiderte forsch: »Ich hab mich nur gefragt, wo die Zielscheiben sind. Oder müssen wir die erst an die Wand malen?«

Die Kollegen lachten, nur Laues Gesichtsausdruck wurde noch grimmiger. »Ach, und am Ende erwarten Sie eine Wurstkette wie in Ihrem Schützenverein, wie? Seit ich hier bin, und das ist schon eine ziemliche Weile, gibt es keine Scheiben mehr. Stattdessen habe ich hier das interaktive Schießtraining mit aufgebaut.«

Davon hatte Kluftinger schon gehört. Die Kollegen nannten es das »Schießkino«, weil man auf eine Wand zielte, auf die Bilder und Filmsequenzen projiziert wurden.

»Sagen Sie bloß, Sie waren noch nie hier unten?«, fragte Laue ungläubig.

»Ich? Doch, doch, freilich. Das war ja nur ein … Spaß.«

Strobl lachte, und Kluftinger stieß ihm in die Rippen.

»Sie sind aber nicht hier, um Spaß zu haben, meine Herren, sondern um Verhalten einzuüben, das im Notfall lebensrettend sein kann. Für Sie und, noch wichtiger, für andere.«

Das ist wirklich ein humorloser Knochen, dachte der Kommissar.

»Da ich mir bei Ihnen nicht sicher sein kann, möchte ich zuerst eine Trockenübung die richtige Waffenhaltung betreffend durchführen. Herr Maier, können Sie den Kollegen dabei ein bisschen behilflich sein? Von Ihnen weiß ich ja, dass Sie's können.«

Zögernd nahm Kluftinger seine Waffe aus dem Holster. Sie fühlte sich fremd an in seiner Hand. Er hatte diesen Teil seiner Arbeit nie gemocht, ganz im Gegensatz zu Richard Maier, der nun neben ihm stand und ihm aufmunternd zunickte. Also streckte der Kommissar den Arm aus und fixierte ein imaginäres Ziel. Er hatte das Gefühl, dass er dabei aussah wie ein norddeutscher Tourist, der im Bierzelt einen Maßkrug stemmt – es passte einfach nicht.

»Also, wenn du das so hältst, dann wird dir dein Handgelenk ein paar Tage ziemlich weh tun wegen dem Rückstoß«, dozierte Maier.

»Probier's doch mal so.« Er presste sich von hinten an seinen Vorgesetzten, führte dessen linken Arm zum rechten mit der Waffe und legte seine Hand unten um den Pistolenlauf. »Das stabilisiert beim Zielen.« Eine Weile blieben sie so stehen, dann flüsterte Maier ihm von hinten ins Ohr: »Spürst du es?«

Kluftinger überlief ein Schauer, und er schüttelte den Kollegen unsanft von sich ab, wobei er ihm einen heftigen Stoß in die Magengrube versetzte.

Maier krümmte sich unwillkürlich, worauf Strobl rief: »Schaut's mal, der Klufti braucht keine Waffe, der macht die bösen Buben gleich so unschädlich.«

Nach dem Trockentraining verordnete Laue ihnen ein kleines Rollenspiel, in dem sie üben sollten, die Waffe gerade nicht zu benutzen.

Kluftinger zweifelte zwar den Sinn eines solchen Spieles ausgerechnet in einem Schießtraining stark an, traute sich nach dem bisherigen Verlauf jedoch nicht mehr, diese Zweifel laut zu äußern. So fügte er sich also in seine ihm zugedachte Rolle als Streifenpolizist, der zusammen mit Hefele eine Gruppe Alkoholisierter – Strobl und Maier – kontrollieren sollte. Sie gingen auf die beiden zu, und als die lautstark zu singen begannen, drehte Hefele gleich wieder ab.

»Was ist denn?«

»Das beste Mittel, um Konflikte zu vermeiden, ist es, gar keine entstehen zu lassen.«

»So meint er das bestimmt nicht, Roland, komm jetzt her«, zischte Kluftinger.

Dann traten sie auf die beiden Kollegen zu, die jetzt Arm in Arm durch den Raum wankten. »Polizei. Ihre Papiere bitte, meine Herren.«

Sie blieben stehen, und Maier brach in lautstarkes Gelächter aus. »Was will denn dieser Fettsack von uns?«, lallte er.

Kluftinger lief rot an. »Vorsicht, was Sie sagen, sonst landen Sie über Nacht in der Ausnüchterungszelle.«

»Aha, und wie wollt ihr das anstellen?«, grölte Maier weiter.

»Setzt ihr euch auf uns drauf, damit wir nicht wegrennen können?« Wieder lachten die beiden laut und kehlig auf.

Nun mischte sich Hefele ein: »Ihr besoffenen Deppen, was glaubt's denn ihr? Besser ein gestandener Mann als solche Hungerhaken wie ihr.«

»Oho, es spricht«, gluckste Strobl.

»Ja, und es zündet dir gleich eine über deinen Mostkopf.«

»Dann musst du aber erst an mir vorbei, Dickerchen.« Maier ballte die Fäuste.

»Das kannst du haben, du damischer Schwabenseckl, du württembergischer …«

»Haaalt!« Laue trennte die Kontrahenten: »Sind Sie eigentlich noch ganz bei Trost? Sie sollten deeskalieren, nicht aus einer Übung eine Gewaltorgie machen! So, jetzt geht jeder mal in eine Ecke des Raums, und dann sprechen wir darüber, was Sie eben gefühlt haben.«

»Wut«, entgegnete Kluftinger trocken.

»Sehen Sie, Herr Laue, was hab ich Ihnen immer gesagt? Und das muss ich jeden Tag mitmachen.«

Laue schaute sie einen nach dem anderen an, dann seufzte er: »Also, meine Herren, was würden Sie sagen, wie konnte es zu dieser Eskalation kommen?«

»Er hat angefangen«, schimpfte Hefele und deutete auf Maier.

»Hallo? Es handelt sich um ein Rollenspiel!«, verteidigte sich Maier. »Ihr seid doch aus euren Charakteren gefallen.«

Nun griff der Trainer ein. »Vielleicht müsste man das alles mal an anderer Stelle klären. Diese sublimierten Konflikte sprengen den Rahmen unseres Zusammentreffens. Wir sollten doch lieber gleich mit dem Schießtraining beginnen.«

James Bond. Hefele formte den Namen lautlos mit den Lippen, doch Kluftinger verstand sofort, denn er hatte genau dasselbe gedacht. Maier absolvierte gerade den interaktiven Parcours, während sie das Ganze mit Schallschutzkopfhörern aus sicherer Entfernung beobachteten. Obwohl ihr Kollege, der zufriedenen Miene Laues nach zu urteilen, seine Sache recht gut machte, wirkte er aus Kluftingers Sicht unfreiwillig komisch. Wie er sich immer wieder hinter die im Raum verteilten Kartonstapel duckte, die Pistole am gebeugten Arm vor seinem Gesicht, wie er dann explosionsartig hervorsprang und seine Waffe theatralisch nach vorn streckte, bevor er feuerte – das war großes Kino. Oder doch eher Laienspiel, korrigierte sich Kluftinger.

Als Strobl an der Reihe war, sah es schon eher nach deutschem Polizeialltag aus. Vielleicht wurde Kluftinger deswegen von der Übung regelrecht gepackt und rief seinem Kollegen immer wieder ein »Pass auf!« oder »Obacht!« zu, was diesen mehr als einmal einen Treffer kostete.

Hefele traf es weniger gut, das heißt: Er traf weniger gut. Eigentlich immer erst, wenn die Situation auf dem Film schon vorbei war. Seine Vorstellung wirkte mitleiderregend hilflos, weswegen Kluftinger sich vornahm, selbst auf jeden Fall eine bessere Figur zu machen. Manchmal packte ihn eben doch noch der Ehrgeiz.

Er ging also hinter einem Kartonstapel in Deckung, bis Laue das Zeichen für den Beginn gab. Sofort sprang Kluftinger aus der Hocke nach vorn, wobei ihm kurzzeitig ein bisschen schwummrig wurde. Doch er schoss trotzdem, wie er noch nie in seinem Leben geschossen hatte: Jede Kugel traf ins Schwarze, wobei es ihm half, dass er sich die Figuren, die auf der Wand auftauchten, als Langhammer-Wiedergänger vorstellte. Schon nach wenigen Minuten war alles vorbei, der Kommissar hatte die fünf vorbereiteten Magazine leer geschossen. Erschöpft und zufrieden senkte er die Waffe und blickte erwartungsvoll zum Trainer. Der sah auf den Computermonitor und sagte dann: »Alle Achtung, Herr Hauptkommissar.«

Der winkte mit gespielter Bescheidenheit ab und blickte sich zu seinen Kollegen um, die ihm beeindruckt Beifall zollten. Nur Maier machte ein griesgrämiges Gesicht. Seine Miene hellte sich jedoch wieder auf, als Laue weitersprach: »Sie haben nicht lange gefackelt und zumindest dafür gesorgt, dass man Sie im Ernstfall in den Fernsehnachrichten sehen würde. In Zahlen ausgedrückt, bedeutet das: eine erschossene Schwangere, ein dahingeraffter Landwirt und ein Schüler, der seinen Abschluss nicht mehr erleben wird. Ach ja: Wenigstens haben Sie einen der drei Bankräuber in der Simulation nur leicht am Arm verletzt. Er wäre auf jeden Fall sofort vernehmungsfähig. Ich vermute, Sie haben hier auf die abschreckende Wirkung Ihres Einsatzes spekuliert?«

Kluftinger schwieg.

»Ich glaube zwar nicht, dass es viel Sinn hat, aber eine Situation dieser Übung möchte ich kurz nachbesprechen, weil Sie da alle versagt haben. Irgendeine Idee, wovon ich rede?«

Es blieb lange still, dann sagte Maier leise: »Die mit der alten Frau?«

»Richtig, die Geiselnahme. Also: Es ist zugegeben eine verzwickte Situation, in der Sie nicht viel richtig machen können. Der Täter hat das Opfer in der Gewalt, bedroht es mit einem Messer, und Sie haben kein freies Schussfeld. Im Normalfall heißt das: Sie tun nichts. Wenn Sie aber sicher sind – und ich wiederhole: nur dann –, wenn Sie also quasi wissen, dass der Täter seine Waffe einsetzen wird, können Sie als letztes Mittel die sensuelle Distraktion versuchen.«

Strobl beugte sich zu Kluftinger und flüsterte: »Mit so Schweinkram hab ich's normal nicht so.«

»Sie müssen versuchen, die Aufmerksamkeit des Gegners mittels eines starken Sinneseindrucks für kurze Zeit weg von der Situation zu lenken. Das kann durch ein lautes Geräusch sein, einen Lichtreflex in der Dunkelheit, das hängt ganz von der Situation ab. Wahrnehmungsforschungen haben ergeben, dass sich die Aufmerksamkeit immer kurzzeitig dem stärksten Reiz zuwendet. Wie gesagt: Das Manöver ist hochriskant und eigentlich nur … nun ja, Profis zu empfehlen.« Er seufzte. »Wir spielen jetzt einmal eine solche Situation durch. Wenn Sie mir dafür in den Nebenraum folgen würden.«

Laue verschwand durch eine Tür, und die anderen folgten ihm

schweigend. Der Raum, in den sie nun gelangten, war etwa doppelt so groß wie der erste; zahlreiche Kistenstapel boten die Möglichkeit, Deckung zu suchen, die unverputzten Wände waren übersät von bunten Farbklecksen. Sie mussten sich Overalls und Schutzbrillen überziehen und bekamen dann ihre Waffen mit den Farbpatronen ausgehändigt. Kluftingers und Hefeles Reißverschlüsse ließen sich über dem Bauch nur mit roher Gewalt schließen. Als sie fertig waren, sahen sie aus wie eine Malermeister-Terrorzelle, fand der Kommissar.

»Herr Maier wird den Geiselnehmer mimen, ich selbst bin die Geisel«, erklärte Laue die Simulation.

»Ganz schön mutig«, kommentierte Hefele, achtete dabei aber darauf, dass es nur die Kollegen hören konnten.

»Bitte versuchen Sie diesmal alle, die Situation mit möglichst wenigen Kollateralschäden in den Griff zu bekommen. Viel Erfolg, meine Herren.« Er setzte sich auf einen Stuhl und verschränkte die Hände auf dem Rücken, als sei er gefesselt. Dann mussten sich Kluftinger, Strobl und Hefele auf die andere Seite des Raumes begeben und eine Strategie ausarbeiten. Sie zogen sich also hinter einen Stapel Kartons zurück, wo Hefele sofort loslegte: »Also, ich knall den Geiselnehmer gleich ab! Das ist die sauberste Lösung.«

Kluftinger hob beschwichtigend die Hand: »Hör mal, wir müssen vergessen, dass es der Richie ist. Wenn das eine echte Geiselnahme wäre, würdest du auch nicht sagen *Ich knall den ab.*«

»Da hat der Chef recht.« Strobl nickte. »*Ich* knall ihn ab.«

»Herrschaft, jetzt reißt's euch bitte zusammen, das gibt den größten Ärger, wenn wir das jetzt nicht gscheit machen. Der Laue petzt das alles der Dombrowski.« Dann trat der Kommissar hinter dem Stapel hervor und rief in Richtung Maier: »Hören Sie, lassen Sie die Geisel frei, dann können wir reden. Es gibt für alles eine Lösung.«

Hinter ihm erschallte Hefeles Stimme: »Haben Sie Probleme im Beruf? Oder im Privatleben? Haben Sie keine Freunde, und niemand findet Sie …«

Zack! Eine rote Farbkugel zerplatzte lautstark an einem Karton direkt neben Kluftinger und riss auf Kopfhöhe ein Loch hinein. Der Kommissar zuckte zusammen, bevor ihn Strobl und Hefele wieder hinter den Stapel zogen.

»Jetzt reicht's! Jetzt g'hört er der Katz, der Depp!«, schäumte der Kommissar und konnte nur mit Mühe von seinen Kollegen daran gehindert werden, wie ein Bulldozer durch die Kartons zu brechen.

»Lass uns was anderes probieren«, schlug Strobl vor. »Wir schießen ihm in den Arm, dann lässt er die Waffe fallen, und wir nutzen die Zeit, bis er sich wieder gefangen hat, um ihn zu überwältigen und die Geisel zu befreien.«

Alle nickten. Das war der erste brauchbare Vorschlag des heutigen Tages.

»Wer schießt?«, fragte Hefele.

Zwei Augenpaare richteten sich auf Kluftinger. Der schüttelte den Kopf.

»Doch«, beharrte Strobl. »Du hast vorher auch am meisten getroffen. Sogar mehr, als eigentlich nötig gewesen wäre.« Beim letzten Satz grinste er breit.

»Also gut, bringen wir das jetzt hinter uns. Ich schieße, und ihr schlagt los, sobald er unbewaffnet ist. Achtet auf mein Zeichen!« Dann spähte Kluftinger kurz um die Ecke, sprang hervor und gab einen Schuss ab. Die anderen konnten von ihrer Position aus nichts sehen und warteten gespannt auf Kluftingers Signal. Nach einigen stillen Sekunden bog der Kommissar schließlich wieder um die Ecke des Kistenstapels. Seine Wangen leuchteten rot.

»Was ist denn?«, wollte Strobl wissen.

»Hast du ihn getroffen?«, fragte Hefele.

»Also, ja, ich mein …«, druckste Kluftinger herum.

In diesem Moment hallte Maiers hysterisches Lachen durch den Raum. »Ha, ihr seid die Besten! Der Chef hat die Geisel erschossen!«

Strobls Augen weiteten sich ungläubig. »Du hast – was?«

»Mei, der saß ungünstig und irgendwie …«

»Das muss ich sehen«, sagte Hefele und verließ die Deckung. Strobl und Kluftinger folgten ihm. Zusammen starrten sie ungläubig auf ihren am Boden liegenden Trainer, dessen Stirn ein grüner Farbfleck zierte.

»Meinst du, dem ist wirklich was …«

»Es ist noch nicht vorbei!«, rief Maier plötzlich und begann blindlings zu schießen. Er begleitete jeden Schuss mit einem wuterfüllten Aufschrei, fuchtelte wild mit seiner Waffe herum, hatte die Augen geschlossen und brüllte mit sich überschlagender Stimme »Da!« und »Den noch!« und »Nehmt das hier!«, bis das Magazin leer war und es nur noch klickte, wenn er den Abzug betätigte.

Ein paar Sekunden standen seine drei Kontrahenten einfach nur da, dann schauten sie an ihren Körpern herab, um erstaunt festzustellen, dass nicht eine Farbkugel von Maier ihren Weg ins Ziel gefunden hatte. Sie sahen sich an und dachten alle das Gleiche. Also schlenderten sie mit ausdruckslosen Gesichtern auf ihren Kollegen zu, hoben dann wie auf Kommando die Waffen und schossen wortlos ihre Magazine leer. Erst als es auch bei ihnen klickte, ließen sie von ihrem Ziel ab, das inzwischen zusammengerollt auf dem Boden lag, über und über mit Farbklecksen bedeckt wie die Palette eines impressionistischen Malers.

Nach ein paar Sekunden sagte Hefele in die Stille: »Ich glaube, wir haben den Geiselnehmer unschädlich gemacht.«

»Meine Herren, das wird ein Nachspiel haben.«

Mit gesenkten Köpfen standen die Polizisten um ihren Trainer herum und traten nach imaginären Kieselsteinen. Sie wirkten wie begossene Pudel. Wie mit Farbe begossene Pudel, was Maier anbetraf, denn sein Overall hatte dem Dauerfeuer nicht standgehalten, und so zeichneten sich auf seinem Hals und auf seiner Hand bunte Farbflecken ab.

»Ich werde Sie bei Frau Dombrowski alle für ein Antiaggressionstraining vorschlagen. Oder eine andere teambildende Maßnahme – Kletterwald oder so was. Vielleicht schwebt ihr aber auch etwas ganz anderes vor, wenn sie das Video gesehen hat.«

Wie auf Stichwort hoben alle vier die Köpfe. »Video?«, fragte Hefele heiser.

»Ja, Video. Es wurde natürlich zu Dokumentationszwecken eine Aufnahme der Simulation gemacht.« Laue zeigte auf seinen Computer. »Ich muss es nur noch ein bisschen zusammenschneiden, dann kriegt das die Chefin. Und jetzt, auch wenn es kein Vergnügen war: auf ein baldiges Wiedersehen, meine Herren.«

Kluftinger hatte den Zündschlüssel noch nicht herumgedreht, da sagte Hefele schon: »Also das mit dem Video, das muss man doch irgendwie verhindern.«

»Ich finde, die Dombrowski kann das ruhig mal sehen«, erklärte der Maier und machte eine beleidigte Unterlippe.

»Meinst du, dass du da gut wegkommst oder was?«, fuhr Strobl ihn an. »Wie du da ausgetickt bist. Und getroffen hast du auch nix.«

Eine Weile blieb es still im Auto. Dann überlegte Maier laut: »Also, wenn der Laue die Datei auf dem Server ablegen würde …«

Hefeles Kopf fuhr herum: »Ja, Richie, weiter …«

»Man müsste die halt irgendwie … löschen.«

Hefele ließ den Kopf wieder sinken. »Aber das kann doch keiner von uns.«

Maier wiegte den Kopf hin und her. »Na ja …«

»Richie? Du hast das drauf? Das wär der Hammer, echt!« Hefeles Stimme war voller Hoffnung. Er fand wohl, dass er am meisten zu verlieren hatte.

»Klar, der Richie, der könnte sogar die Bundesbank hacken, wenn's sein müsste, gell?« Strobl schlug seinem Kollegen kumpelhaft auf die Schulter.

»Ich weiß allerdings nicht, wie die Vorschriften …«

»Spinnt's ihr?«, mischte sich nun auch Kluftinger ein. »Wenn uns da jemand draufkommt! Das verstößt doch gegen alle möglichen Dienstvorschriften.«

»Schulungsvideos aus Versehen zu löschen?«, fragte Hefele.

»Ach so, aus Versehen?« Kluftinger dachte nach. »Mei, aus Versehen ist ja schnell mal was passiert mit diesen Computern. Und es ist ja für einen guten Zweck, irgendwie. Letztlich hat ja keiner was davon, wenn das gespeichert bleibt.«

»Wir sind schließlich alle ein Team«, erklärte Hefele.

»Ja genau. Alle für einen und so.« Strobl klang begeistert.

Maier zögerte sichtlich, dann aber gab er sich einen Ruck. »Also gut, wenn ihr meint.«

Erleichtert stieß Hefele die Luft aus. »Wenn's einer schafft, dann unser Richie.«

Kluftinger blickte in den Rückspiegel. *Unser Richie.* Maier wirkte stolz.

Scheint, als hätte Laues teambildende Maßnahme bereits funktioniert, dachte der Kommissar lächelnd.

11

»Und, die Herren, wie war's? Wer ist denn der Schützenkönig geworden?«

Sandy Henske zeigte ein strahlendes Lächeln und sah erwartungsvoll in die Runde. Doch die vier Angesprochenen wandten den Blick ab und machten eine wegwerfende Handbewegung.

»Mei, Routine, tät ich sagen. Nix … Besonderes«, presste Kluftinger schließlich hervor.

Doch Sandy gab sich damit nicht zufrieden. Sie begutachtete die Farbflecken auf Richard Maiers Hals und seinem Handrücken. »Mensch, Richie, was hammse denn mit dir gemacht? Du siehst ja aus wie 'n Indianer aufm Kriegspfad.«

»Ach, das ist nix, Fräulein Henske, nur ein kleiner … Kollateralschaden«, erklärte Kluftinger eilig, da er sich nicht sicher war, ob Maier sich bei so gezielten Nachfragen an ihr Schweigegelübde halten würde. »Und jetzt mach mer alle schön wieder unsere Arbeit, gell? Eugen, wir zwei fahren nach Bad Wurzach zum Grafen Grimmbart und unterhalten uns mal ein bisschen über seine Verwandtschaft und fragen ihn, wie er denn zu den bezahlten Adoptionen steht.« Damit schob er Strobl vor sich in Richtung Treppenhaus, denn der Kollege schien ihm nach dem gerade Erlebten die einzig mögliche Wahl.

Kluftinger genoss die Dreiviertelstunde im Auto. Sie sprachen kaum, und er konnte in aller Ruhe seinen Gedanken nachhängen. Über den Fall, ihren peinlichen Auftritt beim Schießen, die bevorstehende Hochzeit und schließlich die Ankunft seiner Schwiegereltern, die sich für den Abend angesagt hatten. Ihm wurde mulmig, wenn er an all die Dinge dachte, die in den kommenden Tagen noch über ihn hereinbrechen würden.

Doch seine Stimmung hellte sich auf, als sie das prächtige, barocke Bauwerk im Ortskern des oberschwäbischen Städtchens erreicht hatten. Das war endlich mal ein Schloss, das den Namen verdiente, kein so heruntergekommener und düsterer Kasten wie in Bad Grönenbach. Es war hell, gut in Schuss und wirkte mit seiner von gepflegtem Grün gesäumten Zufahrt freundlich und einladend. Kluftinger konnte jedoch keinen Parkplatz ausmachen und beschloss deswegen, die Zufahrt durch den parkähnlichen Bereich bis zum Ende hinaufzufahren. Er stellte den Passat seitlich vor einem großen, hölzernen Portal ab, um die Einfahrt nicht zu blockieren.

Zu Kluftingers Verwunderung fanden sich an der Wand gleich zwei Klingelknöpfe, deren Beschriftung ihn ratlos zurückließ. »Eugen, was meinst du, sollen wir beim Portier oder beim Diener klingeln? Eh unglaublich, dass es so was heute überhaupt noch gibt.«

»Keine Ahnung, probier's beim Diener. Interessiert mich, wie so einer aussieht.«

Der Kommissar drückte auf die entsprechende Klingel. Eine gefühlte Ewigkeit später, Kluftinger wollte gerade noch einmal läuten, tönte ein Knistern aus dem kleinen messingverkleideten Lautsprecher. »Schloss Grimmbart, Dienerschaft?«

»Grüß Gott, Kluftinger, Kriminalpolizei Kempten, wir würden gern mit Graf Grimmbart reden. Machen Sie uns bitte das Tor auf?«

»Haben Sie einen Termin?«

»Nicht direkt, wir …«

»Dann müssen Sie beim Portier klingeln«, schnarrte es aus der Sprechanlage, es knackte und wurde wieder still.

Die Beamten sahen sich ungläubig an. Strobl zuckte mit den Schultern und drückte auf die andere Klingel.

»Schloss Grimmbart, Portier?«, tönte es wesentlich schneller als beim ersten Mal, und Kluftinger war sich nicht ganz sicher, ob es sich dabei nicht um dieselbe Stimme wie vorher handelte.

»Kriminalpolizei Kempten, wir müssten mit Herrn Grimmbart …«

Schon begann sich das Tor zu öffnen.

»Kommen Sie bitte durch den Hof zum Schloss, Sie werden am Hauptportal empfangen.«

Kurz darauf öffnete sich dort eine Tür. Der Kommissar ging auf den Mann zu, der heraustrat, und streckte ihm die Hand entgegen, sein Gegenüber jedoch machte keine Anstalten, die hinter dem Rücken verschränkten Arme zu lösen.

»Womit kann ich dienen?«

»Kluftinger, Kripo Kempten, der Kollege Strobl. Wenn Sie so gut wären, dem Herrn Grimmbart Bescheid zu sagen, dass wir …«

»Für Besuch beim Grafen persönlich ist sein Diener zuständig. Warten Sie bitte hier, ich werde nach ihm läuten.«

Dann schloss sich die Tür wieder. Kluftinger kam sich vor wie in einem absurden Theaterstück.

Sie nutzten die Wartezeit, um den Garten ein wenig genauer zu betrachten. Wobei Garten für diesen herrschaftlichen Park das falsche Wort war. Auf der rechten Seite standen unter einem offenen Dach mehrere Oldtimer, Modelle, die Kluftinger schon seit Jahren nicht mehr gesehen hatte, unter anderem eine lindgrüne S-Klasse und ein Range Rover aus den Achtzigern.

»Das ist der Unterschied«, begann Kluftinger laut zu sinnieren, »der Haase will unbedingt ein Adelsfuzzi sein, ist aber keiner. Drum kauft er sich Autos, die für ihn nach Adel aussehen. Und der, der's nicht nötig hat, fährt so was hier. Alte, klassische Fahrzeuge. Reschpekt.«

»Wenn du jetzt auf deinen Passat anspielst …«

»Tu ich gar nicht. Aber bloß weil ein Auto alt ist, ist es nicht unbedingt schlecht.«

»Wen darf ich beim Grafen melden?«

Sie hatten gar nicht mitbekommen, dass die Tür hinter ihnen

wieder geöffnet worden war, und wandten sich um. Ein Mann, etwa im selben hohen Alter wie der Portier, aber deutlich schmächtiger, stand ihnen gegenüber.

»Kripo Kempten, wir müssen Herrn Grimmbart sprechen, eine Verwandte von ihm wurde …«

»Der Graf ist gerade erst von der Hege im Forst zurück und macht sich etwas frisch. Erst danach kann ich Ihr Anliegen vorbringen. Ich geleite Sie einstweilen in die Bibliothek, da müssten Sie sich erst einmal gedulden. Wobei ich noch keine Aussage darüber treffen kann, ob der Graf Sie auch tatsächlich empfangen wird.«

Kluftinger setzte gerade zu einer Gegenrede an, als er durch die Tür trat und der Anblick des lichtdurchfluteten, dreistöckigen Barocktreppenhauses ihm die Sprache verschlug. Etwas Vergleichbares hatte er bisher nur in der Würzburger Residenz gesehen, als sie vor Jahren einen Ausflug der Musikkapelle nach Franken mitgemacht hatten. Das Treppenhaus hier war zwar kleiner, aber nicht weniger prachtvoll: Drei Stockwerke schraubte es sich symmetrisch nach oben, hinter reich verzierten Säulen lagen links und rechts die gegenläufigen Treppen, und den Abschluss bildete ein riesiges Deckenfresko, auf dem eine himmlische Szene abgebildet war. Die beiden Beamten standen mit offenen Mündern da, die Köpfe in den Nacken gelegt.

Als sie ihren Blick wieder senkten, sahen sie, dass der Diener geduldig an der ersten Treppenstufe wartete. Anscheinend war er es gewohnt, dass er einen Moment für das Staunen der Besucher einplanen musste, die zum ersten Mal hier waren. »Wenn Sie mir nun bitte folgen würden«, sagte er sauertöpfisch und führte sie in den ersten Stock in einen Raum, dessen Wände aus goldplattierten Regalen bestanden, alle voller in Leinen oder Leder gebundener Bücher.

Der Diener wies auf eine kleine Sitzgruppe um einen polierten Tisch und bedeutete den Polizisten, dort Platz zu nehmen und zu warten. Dann schloss er die Tür hinter sich und war verschwunden.

Eine Weile sagten sie nichts. Die Beamten waren angesichts dieses Gebäudes, in denen die Bewohner zu leben schienen wie Monarchen des achtzehnten Jahrhunderts, ein bisschen eingeschüchtert.

Strobl fing sich als Erster und spazierte im Raum umher, nahm wahllos ein paar Bücher aus den Regalen und blätterte darin herum.

»Eugen, nicht. Wenn er jetzt reinkommt«, zischte Kluftinger. Doch schon als er die Worte ausgesprochen hatte, kamen sie ihm lächerlich vor. Er hörte sich an wie ein Schüler, der Angst hat, beim Abschreiben der Hausaufgabe erwischt zu werden. All das Brimborium mit Diener und Portier und dieser riesige Kasten verfehlten ihre Wirkung nicht. Der Kommissar beschloss, sich von solchen Äußerlichkeiten nicht mehr ins Bockshorn jagen zu lassen.

Während er seinen Gedanken nachhing, öffnete sich die Tür, und ein großgewachsener Mann um die fünfzig kam herein. Er hatte dichtes, braunes Haar, das zu einer schwungvollen Welle frisiert war, war braun gebrannt und wirkte energisch und vornehm zugleich. Er trug beige, eng anliegende Reiterhosen, die seine Gestalt zusätzlich streckten, dazu eine dunkle Sonnenbrille, die er offenbar nicht vorhatte abzunehmen.

Ein richtiger Herr, hätte Kluftingers Mutter wahrscheinlich gesagt. Er selbst fühlte sich dagegen in diesem Moment nicht wie ein Vertreter des Souveräns, sondern wie ein unbedeutender Untertan, der vor seinen Lehnsherrn tritt.

Nachdem sie sich vorgestellt hatten, blähte der Kommissar die Brust und wollte ihr Anliegen vorbringen, wie es der Diener genannt hatte, da fuhr ihm der Graf in die Parade: »Sie haben eine Viertelstunde, man erwartet mich im Gestüt.«

Kein Gruß, kein Händeschütteln, kein Willkommen.

»Herr Grimmbart, ich mein, Herr Graf …«

Der Kommissar wartete, ob ihm der Mann mit der richtigen Anrede helfen würde, doch er blieb stumm. Stattdessen blickte er weiterhin unbewegt über die Köpfe von Strobl und Kluftinger hinweg.

»Wir sind von der Kriminalpolizei. Es geht um die Frau Baronin Grimmbart, also die Rita Rothenstein …«

»Ja, die angeheiratete Cousine Rita. Nennen wir sie bei ihrem bürgerlichen Namen, Frau Peters, das ist sicher angemessener. Schlimme Sache übrigens, kein schönes Ende.«

»Wissen Sie denn Bescheid?«, wollte Strobl wissen.

»Vetter Wieland hat mich unterrichtet, ja.«

Vetter Wieland! Kluftinger stieß die Luft aus.

»Haben Sie was mit den Augen, Herr Rothenstein?«, fragte Kluftinger und zeigte vage auf die Sonnenbrille.

»Mein Name ist von Grimmbart. Tatsächlich bin ich im Moment ein wenig lichtempfindlich, ich habe eine einigermaßen schwere Sommergrippe hinter mir, die doch etwas an mir gezehrt hat.«

Wie gesund hat er denn bloß vor der Grippe ausgesehen?, schoss es dem Kommissar durch den Kopf.

»Aber um das zu erfahren, sind Sie wahrscheinlich nicht hier, nehme ich an.«

»Nein«, räumte Kluftinger ein, »deshalb nicht. Wir möchten mit Ihnen ein bisschen über die Grönenbacher Grimmbarts reden.«

Der Graf nickte. »Kein angenehmes Thema, aber bitte schön. Ich werde Ihnen gern eine kurze Stellungnahme geben. Allerdings werde ich aus meinem Herzen keine Mördergrube machen, auch wenn Ihnen das unter diesen Umständen unangemessen erscheinen mag. Wundern Sie sich also nicht über klare Worte über diesen Zweig der Grimmbarts. Oder soll ich lieber sagen: den kränklichen Spross?«

S*eltsam blumige Sprache,* fand Kluftinger, dem der anfangs noch so respekteinflößende Mann zusehends unsympathischer wurde.

»Sehen Sie, mein Vetter dritten Grades hatte in etwa dieselben Ausgangsbedingungen, als er das Erbe seines Vaters antrat, wie ich, als ich Schloss Wurzach übernahm. Auch wenn das Hohe Schloss Grönenbach nicht vergleichbar mit unserem spätbarocken Kleinod hier ist. Dafür kostet es auch nur einen Bruchteil im Unterhalt. Würde es kosten, muss man vielleicht sagen, denn dort wird nicht einmal das Nötigste für den Erhalt getan. Wie dem auch sei: Die Besitzungen und Ländereien waren mit den meinen damals durchaus vergleichbar. Meine wurden mehr, werfen erträglichen Gewinn ab, ernähren nicht nur meine Familie, sondern obendrein zwei Dutzend Bedienstete.«

Bedienstete, priml.

»Vetter Wieland hat leider so ziemlich alles falsch gemacht. Er hat sich betrügen lassen, hat sich um nichts gekümmert, und was er angepackt hat, ging schief. Kurz, er ist wohl das, was man einen klassischen Versager nennt. Und das auf ganzer Linie: geschäftlich, menschlich und nicht zuletzt dynastisch.«

»Dynastisch?«, hakte Strobl ein.

»Ja, nicht einmal für Nachkommen hat er gesorgt. Na gut, vielleicht ist das auch besser so, nicht alle Gene sollten um jeden Preis vor dem Aussterben bewahrt werden, wenn Sie mich fragen.«

Kluftinger war nun doch verblüfft über Grimmbarts unverhohlene Ablehnung seiner Verwandten. »Interessante Haltung, Herr … Graf.«

»Mag sein, nicht die herrschende Meinung, aber dennoch die meine. Nun, er hat sein Erbe durchgebracht, deshalb muss er sich nun erniedrigen und nicht nur sein Haus dem Pö… der Öffentlichkeit zugänglich machen, sondern sich, was man hört, auch noch von einem Verwalter herumkommandieren lassen. Ich jedenfalls habe es längst aufgegeben, ihm unter die Arme zu greifen.«

Der Kommissar zog die Brauen zusammen. »Ach, haben Sie ihn denn schon einmal finanziell unterstützt?«

»Einmal?« Der Graf lachte auf. »Ich weiß nicht, wie oft. Vor bestimmt fünfzehn Jahren habe ich ihm ein Darlehen gegeben. Zinslos, verstehen Sie? Ich habe nie einen Pfennig zurückerhalten. Aber Schwamm drüber, ich habe es ihm erlassen. Ich sage gern: Wenn ich von einer Sache genügend habe im Leben, dann ist es Geld.« Er genoss die Wirkung seiner Worte und fuhr dann fort: »Ich habe mir als Entschädigung ein paar Kunstwerke geben lassen, weit unter dem Gegenwert des Darlehens. Und in den Folgejahren habe ich immer wieder das eine oder andere Gemälde gekauft. Es sollte nicht alles in alle Winde zerstreut werden, was die Familie einst zusammengetragen hat.«

»Wofür genau ging denn das ganze Geld drauf, bei Ihrem Vetter?«

»Wer weiß das schon so genau? Dies und das, ein bisschen Großzügigkeit hier, falsche Freunde da. Wieland wollte immer der Großherzige sein. Da hat er sich nicht lumpen lassen. Ja, und dann war da noch seine Frau. Die Schlange am damals noch reich tragenden Apfelbaum des lieben Vetters Wieland von Rothenstein Grimmbart.«

Jetzt schien es interessant zu werden.

»Wie haben wir das zu verstehen?«, wollte Strobl wissen.

»Sie war es, die ihn letztlich zugrunde gerichtet hat mit ihren, erlauben Sie den Ausdruck, Spinnereien. Eine Galerie hier, ein Atelier da, ein bisschen Kunstmäzenatentum, dann mal wieder drei Monate Toskana zum Durchatmen. Erwerbstätigkeit? Fehlanzeige. Das kommt davon, wenn sich Bürgerliche den adeligen Märchenprinzen angeln, es ihnen aber am Gespür für den großen familiären Hintergrund fehlt.«

»Wie stehen Sie zu der Sache mit den Adoptionen?«

Zum ersten Mal zeigte der Mann eine emotionale Reaktion, wenn sie auch nur darin bestand, dass er die Kiefermuskeln anspannte. Dann lachte er bitter auf. »Na, das können Sie sich wohl denken. Stellen Sie sich das vor: Über Jahrhunderte war unser Name verbunden mit edler Gesinnung, mit Kultur, mit Fürsorge für Land und Leute. Und nun? Verkauft sie unseren Namen, der noch nicht mal ihrer ist. Und ich zweifle nicht daran, dass sie die treibende Kraft dahinter war. Glauben Sie mir, wer so etwas tut, hat meiner Meinung nach jegliches Recht vertan, sich mit einem großen Namen ansprechen zu lassen. Ich habe das übrigens auch öffentlich schon gesagt.«

Kluftinger studierte das Gesicht des Grafen. Er hatte sich in Rage geredet, und nun schien er zu realisieren, dass das nicht gerade das beste Bild abgab.

»Aber letztlich hatte es ja auch Baron Rothenstein zu verantworten, nicht wahr?«, fragte Strobl.

Der Graf antwortete ein wenig ruhiger: »Letztlich ja. Aber er ist eben leider auch ein Schwächling. Das ist sicher auch der Grund, warum der Rest unserer Familie für die Sache mit den Adoptionen so etwas wie Verständnis aufzubringen scheint. Sie haben Mitleid mit Wieland, werden sentimental, wenn sie mitbekommen, wie er nun leben muss. Mir ist solche Anteilnahme leider fremd. Kein guter Charakterzug vielleicht. Aber man sollte nicht jede Schande und Nachlässigkeit mit widrigen Umständen rechtfertigen und entschuldigen. Es gibt Prinzipien, zu denen hat man zu stehen, bis zum bitteren Ende.«

»Bis zum bitteren Ende?«, wiederholte Kluftinger fragend.

Der Graf holte tief Luft, dann sagte er mit zusammengekniffenen Augen: »Herr Kommissar, jeder Gärtner weiß, dass selbst ein kleiner, kranker Trieb dem Baum erheblichen Schaden zufügen kann. Da, wenn ich in diesem Bild bleiben darf, der Ast jedoch keine neuen Triebe ausgebildet hat, hätte sich die Sache ohnehin irgendwann erledigt. Dennoch, machen wir uns nichts vor, meine Vorfahren hätten diese Sache anders geregelt.«

Kluftinger hatte langsam genug von der selbstgerechten Art seines Gegenübers, dieser zur Schau gestellten Überlegenheit, und er platzte heraus: »Und wie? Mit Mord? Oder einem kleinen, netten Duell? Scharfrichter?«

Erstaunlich ruhig erwiderte der Graf: »Ich würde nie die Hand gegen einen Menschen erheben, das müssen Sie wissen. Ich habe Respekt vor allem Leben, das Gott geschenkt hat. Aber unser Tun unterliegt immer einer gesellschaftlich konsensfähigen Moralvorstellung. Und die ändert sich mit der Zeit, ohne damit sagen zu wollen, dass sie besser wird. Der Tod kann doch unter gewissen Umständen auch eine Gnade sein. Oder sehen Sie das anders?«

Der Kommissar hatte wenig Lust auf eine derart absurde Diskussion. »Das sehe ich allerdings anders, Herr Graf. Wo waren Sie am Dienstagabend?«

»Das ist ja jetzt drollig, dass Sie das sagen. Köstlich.« Er schnalzte mit der Zunge, als habe der Kommissar ein Kunststückchen zu seiner Belustigung aufgeführt. Kluftinger konnte sich des Eindrucks nicht erwehren, dass er es genau auf diese Frage angelegt hatte.

Amüsiert antwortete der Graf: »Wir hatten eine Aufsichtsratssitzung der Oberschwabenwerke, des lokalen Energieversorgers hier, Sie können die Ratskollegen gern fragen. Das ging bis in den späten Abend, falls das Ihre nächste Frage sein sollte.«

»Da werden wir nachfragen, davon können Sie ausgehen.«

Es klopfte, und der Diener trat ein. Er blieb kurz hinter der Tür stehen und vermeldete: »Der Herr Staatssekretär wäre jetzt da, wegen des Pferdes für seine Tochter.« Mit diesen Worten reichte er ihm eine Visitenkarte.

Graf Grimmbart nahm seine Sonnenbrille ab und warf einen Blick darauf.

Der Schreck fuhr Kluftinger durch alle Glieder. Er konnte nicht glauben, was er da sah, drehte sich zu Strobl um, der ebenfalls völlig überrumpelt schien, und starrte dann wieder den Grafen an: Seine Augäpfel waren gelb. Ebenso gelb wie die des Mannes auf dem verschwundenen Bild.

»Eine Frage noch, Herr Graf.«

»Was denn noch?«

Kluftinger zögerte kurz, dann sagte er: »Sie haben da was am Auge.«

Grimmbart wischte sich mit dem Finger in den Augen.

»Nein, ich mein eher innen, also …«

»Die gelbliche Färbung meinen Sie? Das ist eine Erbkrankheit, die in unserer Familie leider Gottes sehr verbreitet ist. Allerdings nicht weiter schlimm, also kein Grund zur Besorgnis.«

»Ich hab mir ja gar keine Sorgen …«

»Morbus Meulengracht.«

»Hm?«

»So heißt dieser Gendefekt. Aber es würde zu weit führen, Ihnen das zu erklären.«

»Wir hätten schon Zeit.«

»Ich jedoch nicht.«

»Ja dann … Hat denn der Baron auch dieses Mühlen… dings?«

»Meulengracht. Ehrlich, ich weiß es nicht.« Er wies den beiden Beamten die Tür.

»Gut, Herr Graf, es kann gut sein, dass wir uns noch mal wiedersehen im Laufe unserer Ermittlungen«, erklärte Kluftinger und gab Strobl das Zeichen zum Aufbruch.

»Wenn es sich nicht vermeiden lässt, bitte.«

Nun war es Kluftinger, der keine Lust auf einen Gruß hatte. Während sich Strobl verabschiedete, trat er einfach in den Korridor hinaus. Dort fiel sein Blick auf einen riesigen, an die Wand gemalten Baum, dessen Blätter mit Namen und Daten beschriftet waren und neben dessen Stamm sich ein Dachsbau befand.

Als Strobl zu ihm trat, wies Kluftinger darauf und sagte verächtlich: »Sieh her, Knappe, der prächtig im Saft stehende Stammbaum mit dem verkrüppelten Grönenbacher Zweig. Wenn du mich fragst: Der ist auch nur mit Mist gedüngt.«

12

Dass es heute mit einem ruhigen Feierabend mal wieder nichts werden würde, war Kluftinger in dem Moment klar, in dem er die Haustür aufschloss. Es roch nach Kaffee, was als Hinweis schon ausgereicht hätte, denn so spät wurde bei ihnen dieses Getränk nur serviert, wenn Besuch da war. Noch viel mehr war es aber natürlich das Gewirr aufgekratzter Stimmen, die aus dem Wohnzimmer drangen. Die Stimmen seiner Schwiegereltern.

Sie wohnten mittlerweile in Köln, und die wenigen Male in den letzten Jahren, in denen sie den Weg zu ihrer Tochter ins Allgäu gefunden hatten, waren eigentlich recht harmonisch verlaufen. Inzwischen hatte sich die Sachlage aber verkompliziert, weil Fritz Nowotny, Erikas Vater, etwas durchmachte, was seine Frau Edeltraud verächtlich als »vierte Midlife-Krise« bezeichnete. *Vierte* wohl nur zum Teil in Anspielung auf sein Alter – er war mittlerweile weit über siebzig. Sie wollte damit offenbar auch sagen, dass es nicht das erste Mal war, dass er sich nach jüngeren Damen umgeschaut hatte. Allerdings schien er es diesmal ernst zu meinen und hatte sich vor knapp zwei Jahren tatsächlich von seiner Frau getrennt. Erika hatte das damals sehr mitgenommen – immerhin hatten ihre Eltern kurz vor der goldenen Hochzeit gestanden. Ihre Hoffnung auf eine baldige Besinnung ihres Vaters wurde jedoch durch Elisabeth zunichtegemacht, eine Mittvierzigerin, mit der Fritz inzwischen zusammenlebte. Und als wäre das alles nicht schon unerfreulich genug, hatten sich nun auch noch alle drei als Hochzeitsgäste angesagt.

Kluftinger holte also tief Luft, bevor er das Wohnzimmer betrat.

»Ja, Mensch, da ist ja mein Lieblingsschwiegersohn!« Fritz sprang förmlich auf und klopfte Kluftinger auf die Schulter. Er trug eine dieser schwarz umrandeten Brillen, die zurzeit so angesagt waren – jedenfalls bei jüngeren Menschen. Bei ihm wirkte der Versuch, mittels der Insignien jugendlicher Mode weniger alt zu erscheinen, eher verzweifelt. »Du kennst ja Betsy«, sagte sein Schwiegervater und zeigte auf seine Freundin, als würde er eine Jagdtrophäe präsentieren. Und irgendwie traf das ja auch zu, fand Kluftinger. Am anderen Ende der Eckbank saß seine Schwiegermutter mit säuerlicher Miene. Sie hatte darauf bestanden, am gleichen Tag anzureisen wie ihr Mann und seine Begleitung. Zwischen die beiden hatte Erika als Puffer das Brautpaar plaziert.

»Griaß di, Traudel«, grüßte der Kommissar nun auch seine Schwiegermutter, »schön, dass ihr mal wieder da seid. Seid's ihr zusammen gefahren?« Entsetzt fuhr Erikas Kopf herum, und sie blickte ihn scharf an. Kluftinger biss sich auf die Lippen. Er hatte einfach nur Konversation machen wollen, doch er musste aufpassen: Das war alles verbal vermintes Gelände, hier musste jedes Wort mit Bedacht gewählt werden.

»Nein«, antwortete Edeltraud schließlich mit spitzen Lippen auf seine Frage, »*das* wollte ich mir nun wirklich ersparen.« Sie führte nicht weiter aus, was sie mit »das« meinte, aber Kluftinger hatte eine ungefähre Vorstellung.

»Es wär doch eh viel besser, wenn du endlich ins Allgäu ziehen würdest, Mutti«, brachte Erika mal wieder einen schon oft wiederholten Vorschlag zur Sprache. »Dann könnten wir dich viel öfter sehen.« Kluftinger wusste nicht, ob das so erstrebenswert wäre, seine eigenen Eltern in unmittelbarer Nachbarschaft genügten ihm eigentlich. Aber er verstand natürlich Erikas Sorge um ihre Mutter, die nun allein in dem großen Haus am Kölner Stadtrand wohnte.

»Aber woher denn«, winkte die ab. »Ich muss doch da sein, wenn unser Romeo mal wieder etwas aus seinem alten Bestand sucht. Seine Thrombosestrümpfe zum Beispiel.«

Fritz, dem diese Bemerkung wohl vornehmlich gegolten hatte,

reagierte überhaupt nicht, weil er damit beschäftigt war, Erikas Kuchen an seine Lebensgefährtin zu verfüttern.

»So, wenn niemand mehr was mag, räum ich mal ab«, erklärte Erika schließlich, um dem Schauspiel ein Ende zu bereiten.

»Lass doch, Opa ist glaub ich noch nicht fertig«, hielt Markus sie belustigt auf. Er und Yumiko schienen die Einzigen zu sein, die Spaß an der Situation hatten. Dabei hätte ihnen das alles ein warnendes Beispiel sein sollen, fand Kluftinger.

»Junge, bitte«, wandte sich Fritz nun mit verschwörerischer Stimme an seinen Enkel, »sag doch nicht Opa zu mir. Ich finde, das macht mich so … alt.«

»Aber du bist doch alt«, erwiderte Markus grinsend, worauf ihm Yumiko in die Rippen puffte und Edeltraud anfügte: »Nenn ihn doch Witzfigur. Das passt wirklich viel besser.«

»Mutti, du hast mir was versprochen«, zischte Erika.

»Ja, dein Vater mir auch vor ein paar Jahrzehnten.«

Priml, das würden ja heitere zehn Tage werden, dachte der Kommissar. »Wo wohnt ihr denn jetzt eigentlich?«, fragte er neugierig. Sie hatten im Laufe der letzten Wochen alle möglichen strategischen Planspiele in Bezug auf ihre Unterbringung durchgedacht, den aktuellen Stand wusste er daher nicht mehr.

»Also, *ich* wohne bei deinen Eltern. Das ist übrigens wirklich sehr lieb, dass die mich aufnehmen. Fritz und sein Mäuschen dagegen …«

»Meuschen«, unterbrach die Angesprochene. »Betsy Meuschen.«

Kluftinger fand, dass die Verballhornung ihres Nachnamens etwas Komisches hatte, er hütete sich allerdings, das zu zeigen.

»Sie können aber gerne Betsy zu mir sagen. Das tun die meisten.«

»Wir wohnen im Hotel. Da ist man doch ungestörter, nicht wahr?«, sagte Fritz Nowotny mit einem derart zweideutigen Unterton, dass Kluftinger ein Schauer über den Rücken jagte. »Außerdem braucht meine Betsy die Stadt.«

»Das finde ich sehr vernünftig von ihr«, pflichtete ihr Edeltraud unerwartet bei, weswegen sie alle erstaunt ansahen. »Wenn man mal schnell in die Apotheke muss für ein Kreislaufmittel oder so, hat man's da doch leichter.«

Es entstand eine unangenehme Pause, die Kluftinger mit den Worten beendete: »Für mich auch keinen Kuchen. Ich bin zwar pumperlgsund, aber nach der Beinahe-Herz-Geschichte hab ich mich doch ein wenig umgestellt.«

»Ja, der Vatter trinkt jetzt nur noch zwei Weizen zum Schweinsbraten«, sagte Markus mit gespielter Bewunderung.

»Mach du nur deine Witze, ich hab immer noch mein Kampfgewicht von minus einem Kilo. Also gerechnet auf die Zeit davor.«

Erika streichelte ihrem Mann über den Bauch. »Ja, wir leben jetzt viel gesünder.«

Kluftinger lächelte zufrieden und genoss diesen seltenen Moment, in dem seine Frau ihm Schützenhilfe gegen ihren Sohn gab.

»Ja, je älter, desto wichtiger ist es, sich nicht mehr zu überfordern«, stimmte Edeltraud zu. »Wie schnell macht es sonst *zack*, und man ist mausetot und liegt in einem feuchten Grab und modert vor sich hin.«

Die darauffolgende Stille dauerte etwas länger als die erste.

»Sagt mal, dass sich mein Bruder nicht herbequemt, wenn sein einziger Neffe heiratet, ist ja auch wieder mal typisch, oder?«, wechselte Erika, an ihre Eltern gewandt, das Thema.

»Ja, der Karlheinz muss mal wieder durch die Weltgeschichte reisen«, erklärte Edeltraud Nowotny. »Diesmal ist er in Dubai. Anscheinend hat er auch schon wieder irgend so eine junge Freundin. Na ja, der Apfel fällt nicht weit vom Stamm.«

Wieder entstand eine betretene Stille, die erst durch das Eintreffen von Kluftingers Eltern unterbrochen wurde. »Da, Mutter, nimm meinen Platz«, bot der Kommissar ihr an. Es wurde ihm nun entschieden zu voll. »Ich zieh mich zurück.« Als Erika ihn fragend ansah, fügte er hinzu: »Ich muss ja noch die … Ansprache vorbereiten. Für die Hochzeit.« Eine andere Ausrede, die sie ihm durchgehen lassen würde, war ihm auf die Schnelle nicht eingefallen.

Ihrem versonnenen Blick nach zu urteilen hatte er ins Schwarze getroffen. Das Dumme daran war nur, dass er seine Ankündigung nun wohl oder übel auch in die Tat umsetzen musste.

»Du, Vatter«, hielt ihn Markus jedoch zurück, »sag mal, wegen Hochzeitsrede und so – stress dich nicht, gell?«

»Wie? Ach was, gehört doch dazu … irgendwie. Meint auch deine Mutter.«

»Nein, ehrlich, du hast ja so einen stressigen Fall grad und mit dem ganzen Besuch auch, ich bin dir echt nicht böse.«

Kluftinger winkte mit großer Geste ab. »Lass mich nur machen, das bin ich euch schuldig.«

»Vatter, bitte! Mir ist nur wichtig, dass alle da sind und zusammen feiern. Und der Miki auch.«

»Bub, das mit der Ansprache, das wird was ganz Besonderes.«

»Das befürcht ich ja gerade!«

Dann begab sich der Kommissar ins Schlafzimmer. Es störte ihn zwar ein wenig, dass sich hier momentan die Bügelwäsche türmte, da Erikas Hauswirtschaftsraum angesichts des bevorstehenden Besuchs aus Japan zum Gästezimmer umgemodelt worden war. Immerhin: Hier würde ihn niemand behelligen, das war im Moment die einzige Oase der Ruhe angesichts der Hektik im Rest des Hauses.

Er stellte das Bügelbrett auf Schreibtischhöhe ein, zog sich Erikas Bügelstuhl heran, setzte sich, legte einen seiner Notizblöcke und einen Bleistift zurecht und war fest entschlossen, eine Hochzeitsrede zu verfassen, wie sie die Welt noch nicht gehört hatte. Er wollte einfach drauflosimprovisieren und sich notieren, wenn etwas gut klang.

»Liebes Brautpaar!«, begann er also, schrieb es auf, strich es jedoch gleich wieder durch. Ein wenig zu unpersönlich vielleicht. »Lieber Markus, liebe Yumiko«, fuhr er fort. »Schmarrn … liebe Miki, lieber Sohn!«

Zufrieden kritzelte er die Anrede aufs Papier.

Dann sprach er weiter. »Wir sind heute alle zusammengekommen …« Er kratzte sich mit dem Stift am Kopf: *Das war doch ein wenig zu abgedroschen.* »Als die Erika damals zu mir kam und gefragt hat: Willst du ein Kind mit mir haben, da hab ich gesagt: Nein, eigentlich nicht. Also: noch nicht. Dann hat sie gesagt, das ist jetzt blöd, wir kriegen nämlich eins.«

Das war vielleicht doch zu intim, dachte der Kommissar.

»Als der Markus noch ein kleiner Junge war, damals in seiner Kindheit, da hat er sich schon für dieses Spielzeug aus Japan besonders interessiert. Und jetzt hat er ja wieder …«

Auch blöd, das könnte man vielleicht in den falschen Hals bekommen.

»Als er noch jung war, da hat der Markus bald jede Woche eine andere Freundin gehabt. Im Nachhinein war das ja gut, so hat er sich ausleben können. Als er dann mit der Yumiko ankam, waren wir schon recht erschrocken. Überrascht …«

Jetzt die Kurve kriegen, was Völkerverbindendes.

»Man kennt ja die vielen Vorurteile über Japaner: Dauernd machen sie Fotos, hektisch sind sie auch, in der Liebe recht aktiv, essen grässliches Zeug wie rohen Fisch und dieses Wasabi-Dings und haben furchtbar strenge Benimmregeln. Aber so war die Yumiko dann gar nicht.«

So könnte es doch gehen! Jetzt ein Scherz …

»Also … das mit dem aktiv sein weiß ich nicht, das kann nur der Markus sagen.«

… dann ein kleines Kompliment …

»Oft hab ich mir gedacht: Kann sie mit ihren netten kleinen Augen überhaupt was sehen?«

… und wieder ein Lacher.

»Aber vielleicht ist das ja gut, sonst hätt sie meinen Sohn auch gar nicht genommen.«

Jetzt Pause machen und den Applaus abklingen lassen.

Andererseits: Vielleicht war das alles zu spaßig und der Tragweite dieses Augenblicks nicht angemessen. Vielleicht sollte er ja einen ganz anderen Ansatz probieren. Ein Ausblick in die Zukunft vielleicht? Das wirkte immer ergreifend.

»Ich wünsche mir, dass ihr mir viele Enkelkinder schenkt, mit denen ihr oft kommt, vorausgesetzt, dass sie sich vernünftig benehmen. Dass ihr bald auf eigenen Füßen stehen könnt, wünsch ich mir auch. Und dass ihr recht lange zusammenbleibt, weil noch eine Hochzeit, das übersteht die Mutter nicht, und das ist immer auch ein rechter Stress.«

Nein, das war irgendwie zu negativ, befand er. Er musste persönlicher werden, ohne aber zu viel auszuplaudern. Musste große, bedeutende Sätze sagen, an die die beiden noch lange zurückdenken würden. Sätze, die die Kraft hatten, Orientierung im Leben zu geben.

»Lieber Markus, zu Beginn deiner Ehe lass dir einen Rat geben: Wenn du deine Frau nach zehn Jahren nicht mehr so attraktiv findest, geh nicht nebennaus, das lohnt sich nicht, weil das wieder vergeht.«

Zefix, das würde Erika verärgern. Eigentlich wollte er doch auch sagen, dass ... ja, was eigentlich? Vielleicht was über das Geschenk?

»Liebe Kinder ... euer Geschenk ist nicht irgendein Gebrauchsgegenstand. Es steht für die lange Fahrt durch euer Leben, die ihr jetzt antretet. Der schöne, rosafarbene Smart soll euch auch als Familienkutsche dienen, wie uns der Passat. Ihr wisst, so ein Auto ist eine Anschaffung fürs Leben, geht bitte nicht leichtfertig damit um und pflegt ihn ein bissle, dann wird er euch treu sein. So treu wie ihr euch gegenseitig halt.«

Das war es. Ein perfekter Einstieg. Das hatte Größe, Strahlkraft, das atmete den Geist einer entscheidenden Stunde im Leben. Hektisch begann er zu schreiben. Gerade als er mit dem Absatz fertig war, klopfte es an der Schlafzimmertür.

»Was?«, entfuhr es dem Kommissar gereizt.

Die Tür öffnete sich einen Spalt, und Langhammers Glatze schob sich hindurch. »Na, mein Lieber, ich hoffe in eigenem Interesse, ich störe nicht bei etwas allzu Intimem. Sind Sie angekleidet, kann ich reinkommen?«

»Keine Sorge, im Moment können Sie mir nix wegschauen. Aber reinkommen können Sie trotzdem nicht, ich muss arbeiten, und da brauch ich Ruhe, damit ich mich konzentrieren kann.«

»Wunderbar«, tönte der Arzt und war schon ins Zimmer geschlüpft. Er setzte sich auf das Bett und sah Kluftinger strahlend an.

»Haben Sie es mit den Ohren neuerdings? Ich muss mich kon-zen-trie-ren! Ich mach jetzt die Hochzeitsrede. Pfiagott, Herr Langhammer!«

»Just aus diesem Grunde bin ich hier, mein lieber Kluftinger.«

»Aus welchem … Grunde?«

»Wegen der Hochzeitsrede. Erika hat es mir zugezwitschert und mich gebeten, Ihnen ein klein bisschen unter die Arme zu greifen. Ich darf doch in aller Bescheidenheit behaupten, mir auf dem Gebiete der Rhetorik schon einige Meriten erworben zu haben.«

»Das wär mir neu.«

»Ich habe bereits einige Kurse bei Doktor Mitzelsberger besucht. Doktor Mitzelsberger ist Ihnen sicher ein Begriff, nicht wahr?«

»Jaja, wer kennt den nicht. Und jetzt tät ich dann gern weiterschreiben, bittschön.«

»Nicht so voreilig. Lassen Sie uns erst das, was Sie haben, einmal durchproben, dann sehen wir, in welche Richtung es geht. Wissen Sie, so mache ich es auch bei meinen Referaten auf Ärztekongressen: ein wenig antesten, was ankommt, und dann geht die Post ab. Meine Vorträge sind durchaus ein Begriff im Kollegenkreis.«

»Das glaub ich sofort.« Zähneknirschend wog Kluftinger die Alternativen, die er hatte, gegeneinander ab. Wenn er Langhammer direkt erwürgte, endete er im Gefängnis, wenn er ihn fesselte, knebelte und in den Schrank sperrte, kam man ihm früher oder später auch drauf, und obendrein würde Erika sicher wütend. Fliehen konnte er nicht, denn dann landete er unweigerlich wieder bei seinem Besuch. Und wer weiß: Vielleicht hatte der Doktor wirklich eine brauchbare Idee. Viel hatte er selbst ja noch nicht vorzuweisen …

Seufzend stützte er also seine Ellbogen auf das Bügelbrett und ratterte die zwei, drei Sätzchen herunter, die er bislang notiert hatte.

»Stopp, das reicht mir!«, unterbrach ihn der Arzt und fuchtelte mit den Händen herum. »Ich sehe schon, da müssen wir zunächst die Stimme mal ein wenig aufwärmen. Sie sind blockiert, da kann der Ton nicht frei fließen. Versuchen Sie zunächst, Ihre Lippenspannung zu forcieren, und artikulieren Sie ganz deutlich: pah, pah, paaaah!«

»Papa«, machte Kluftinger lustlos.

»Sie müssen schon mitmachen, sonst bekommen wir diese artikulatorischen Defizite nie in den Griff. So, noch eine Übung zur Lippenspannung, sprechen Sie mit ganz hartem P: ›Plappern, plappern, plappern‹!«

»Da hab ich auch eine Übung: Deppen Deppen, Deppen«, sagte Kluftinger grinsend.

»Sehr schön, seien Sie kreativ, lassen Sie die Gedanken fließen. Deppen! Plappern! Pippi! Herrlich!«

Nachdem sie sich geschlagene fünf Minuten lang weitere alberne Wörter an den Kopf geworfen hatten, wobei Langhammer immer wieder Kluftingers Fantasie lobte, wollte er Näheres über die geplante Redehaltung des Kommissars wissen. Der verstand nicht.

»Möchten Sie am Tisch, am Stehpult oder frei stehend reden? Ich würde Letzteres empfehlen, das ist die energetischste Haltung, vom ergonomischen und vom psychologischen Standpunkt aus betrachtet.«

»Sitzen.«

»Nein«, tönte Langhammer und ging zum Bügelbrett, »zumindest im Stehen!« Mit diesen Worten stellte er das Brett auf die höchstmögliche Stufe.

Der Kommissar fügte sich in sein Schicksal und stellte sich an sein improvisiertes Pult. »Und jetzt?«

»Jetzt beginnen Sie erneut.«

»Liebe Kinder! Euer Geschenk …« Kluftinger hielt inne, da Langhammer auf einmal laute Schnarchgeräusche machte. »Was denn?«, zischte er böse.

Der Doktor schlug die Augen auf und sagte: »Bei mir kommt überhaupt nichts an, Ihre Rede erreicht mich nicht im Geringsten.«

»Sie sind ja auch nicht angesprochen. Die Kinder heiraten schließlich und nicht Sie. Und ich hab ja noch gar nicht richtig losgelegt!«

»Neinneinnein. *Alle* müssen von Beginn an voll dabei sein, sonst fehlt es an der nötigen Zündkraft. Sprechen Sie jeden Einzelnen an, sprechen Sie zu den Herzen aller Zuhörer. Stellen Sie sich vor, Sie würden mir eine Liebeserklärung machen!«

Kluftinger verschluckte sich heftig.

»Na gut, das ist für den Anfang vielleicht ein etwas zu großer Schritt. Dann sagen Sie mir einfach, wie dankbar Sie mir sind, dass ich immer für Sie da bin, wie wichtig Ihnen mein Rat und unsere Freundschaft sind, wie sehr Sie mich mögen!«

»Du sollst nicht lügen. Achtes Gebot.«

Langhammer schüttelte den Kopf und nahm wieder auf dem Bett Platz. »Sehen Sie, wie Sie das gerade gesagt haben? Gesenkter Kopf, der Mund kaum geöffnet, Blick abgewandt. Ganz schlecht als Redner. Trauen Sie sich was, Kluftinger! Seien Sie selbstbewusster, reißen Sie sich am Riemen! Sie sind gut, Sie sind schön, Sie sind dynamisch, Sie stellen etwas dar, Sie sind das Zentrum der Welt!«

Kluftinger stutzte. »Finden Sie?«

»Na ja, nicht wirklich, aber Sie müssen es sich zumindest einreden, das genügt fürs Erste. Sie müssen mehr …«

»Himmelherrgott! Jetzt hören S' doch mal auf mit dem esoterischen Schwachsinn. *Was* soll ich denn jetzt eigentlich sagen? Ich mein, so vom Inhalt her. Hätten Sie da vielleicht ein paar Tipps? Ich will ja kein Theaterstück aufführen.«

Langhammer winkte energisch ab und erklärte: »Nein, mein Lieber, dabei kann Ihnen niemand helfen. Das müssen Sie schon selbst machen. Hören Sie auf Ihr Herz. Wenn ich da an meine eigene Hochzeitsrede denke … ach, lassen wir das.«

»Nix da, das will ich jetzt schon wissen.«

Der Arzt stützte sein Gesicht in die rechte Hand und schüttelte den Kopf.

Kluftinger wurde neugierig. »Jetzt kommen Sie, bittschön.«

»Nun gut, wenn Sie wollen. Wissen Sie, Kluftinger, als ich und meine Taube damals geheiratet haben, hat mein Vater noch gelebt. Wir hatten eigentlich ein gutes Verhältnis, auch wenn Papa kein Mann vieler Worte war.«

Aha, ist er also adoptiert, der Doktor, schoss es Kluftinger durch den Kopf, und er grinste in sich hinein.

»Es gab wohl ein stilles Einverständnis zwischen uns, denke ich, gerade nachdem ich mein Studium mit Bravour abgeschlossen hatte.«

Bescheidenheit ist eine Zier …

»Aber wir hatten uns nie ausgesprochen über die wirklich wichtigen Dinge im Leben, Papa und ich. Eine allzu rauhe Schale, die den harten Kern nie freigab. Gefühle? Nichts, worüber man ernsthaft reden müsste. Tabu!«

Das allerdings kam Kluftinger aus seiner eigenen Familie bekannt vor. Und zwar nicht nur von seinem Vater, musste er sich eingestehen. So konnte man durchaus auch sein Verhältnis zu Markus charakterisieren.

»Bei der Hochzeitsfeier kam Papa auf mich zu und nahm mich zur Seite. Er müsse mir etwas Wichtiges sagen, sich aussprechen, etwas liege ihm auf der Seele. Nicht ausgerechnet heute, dachte ich mir. Es hätte so viele Gelegenheiten davor gegeben. Nicht an diesem Tag, nicht mit hundert Gästen, die feiern wollen.«

Kluftinger, der sich auf den Stuhl sinken ließ, hörte dem Doktor gespannt zu. »Und dann?«

»Dann, Kluftinger, dann haben wir einen Termin ausgemacht. Verstehen Sie? Als müssten für uns auch die Sprechzeiten seiner Praxis gelten. Als wäre es ein amtlicher Vorgang, wenn Vater und Sohn einmal ein paar Worte miteinander wechseln wollen.« Er schüttelte den Kopf.

»Ich kenn das, das ist manchmal so«, kommentierte Kluftinger verständnisvoll. Er merkte, dass die Erinnerung dem Doktor naheging.

»Jedenfalls haben wir dann einen Termin gefunden für unser Gespräch. In der Woche nach der Hochzeitsreise. Wir haben vereinbart, zusammen segeln zu gehen. Das haben wir manchmal gemacht, als ich noch klein war. Die einzigen Male, dass er sich richtig Zeit für mich genommen hat. Aber dann hat er die Praxis übernommen und hatte plötzlich keine Nerven mehr für solche Kinkerlitzchen, wie er immer gesagt hat. Ich glaube, ich habe nur wegen dieser paar Male, die wir da zusammen waren, meinen Segelschein gemacht.« Der Doktor nahm seine Brille ab und kaute auf dem Bügel herum.

»Und was hat er Ihnen dann gesagt?«

Er setzte die Brille wieder auf und sah Kluftinger lange an. »Nichts. Das Tragische an der Geschichte ist nämlich, dass mein Vater während unserer Hochzeitsreise überraschend verstarb.«

Der Kommissar schluckte. »Sakrament.«

»Das trifft es wohl ganz gut, mein Lieber. So was wünsche ich niemandem.« Jetzt stand der Doktor auf, griff nach der rechten Hand seines Gegenübers und mahnte eindringlich: »Lassen Sie es nicht so weit kommen, versprechen Sie mir das, ja? Lassen Sie Ihren Gefühlen freien Lauf, Kluftinger, Sie haben nur dieses eine Kind. Lassen Sie keine Gelegenheit verstreichen, ihm die Dinge zu sagen, die Ihnen auf dem Herzen liegen!«

Kluftinger nickte betroffen. Langhammers Geschichte hatte ihn wirklich ergriffen. »Versprochen«, sagte er also mit brüchiger Stimme. »Das alles tut mir wirklich, also, ich mein …«

Langhammer zog seine Hand weg, setzte wieder sein breites Grinsen auf und polterte: »Na, aber Sie müssen ja nicht gleich Pipi in den Augen kriegen, nicht wahr? Schönen Abend noch.«

Mit diesen Worten verschwand er durch die Tür.

Kluftinger sah ihm nach und dachte beruhigt: *Schon wieder ganz der Alte.*

13

»Lass mich!« Mit einem Schrei setzte sich Kluftinger auf. Um ihn herum war es stockdunkel. Sein Atem ging schnell, die Haare klebten an seinem schweißnassen Schädel. Seinen Herzschlag konnte er bis in den Hals hinauf spüren. Was war mit ihm passiert? Er kniff die Augen zusammen, um in der Dunkelheit etwas sehen zu können – und sein Puls normalisierte sich allmählich wieder: Er hatte nur geträumt.

Aber was für einen Traum! Wilde, furchteinflößende Gestalten hatten ihn in seinen Gedanken heimgesucht, seltsame Tiere, beängstigende Fabelwesen, Bestien mit feurigen Augen. Doch die Bilder, die noch vor wenigen Sekunden einen perfekten Sinn ergeben hatten, waren nun nur noch unzusammenhängende Fragmente eines großen, unheimlichen Puzzles. Er wusste, dass er einen langen, nur von Kerzen erleuchteten Gang entlanggelaufen war. Ein Gang, dessen Wände aus groben, feucht glänzenden Steinen bestanden, wie in einer Burg, einem … Schloss. Die gewaltigen Holztüren, die von diesem Gang abgingen, waren allesamt verschlossen. Doch vor ihm lief ein Dachs, der ihm den Weg wies und der die Türen nur durch eine Berührung seiner Pfoten öffnete. Die Szenen, die sich in den Räumen dahinter abspielten, waren absonderlich und beängstigend: Menschen mit Tierköpfen hielten Gelage ab, in einem Saal schürte eine Hexe ein riesiges Feuer, und auf einer mit Gemüse reich dekorierten silbernen Platte lag ein aufgeblähter Kugelfisch. Er hatte das Gesicht des Barons und versuchte, mit seinem Fischmaul um Hilfe zu rufen, brachte aber keinen Ton hervor. Irgendwann war er weitergegangen und trotz seiner Beklemmung in Richtung des dunklen Schattens am Ende des Ganges gelaufen. Plötzlich hatte sich dieser Schatten bewegt, Gestalt angenommen und war auf ihn zugelaufen. Kluftinger war wie gelähmt. Als der Schatten in einen Lichtschein trat, erkannte er, dass es sich um eine verschleierte Braut handelte. Er rief Yumikos Namen, wollte sie fragen, wer die zwei Kinder waren, die sie an den Händen hielt. Doch als sie vor ihm stehen blieben, sah er, dass sie keine Augen hatten – wie die Figuren im Märchenwald. Und die Braut war nun auch keine Braut mehr, auf einmal hatte sie das Kleid aus dem Gemälde an, jenes, in dem die Frau des Barons ermordet worden war. Dann hob sie ihren Schleier, und Kluftinger blickte in die verzerrte Fratze des Dachses, dessen Augen feuerrot leuchteten. Das Tier öffnete ein Maul voller messerscharfer, gelber Zähne und schnappte nach ihm.

In diesem Moment war Kluftinger aufgewacht. Er schüttelte sich, als könne er so auch die unheimlichen Bilder verjagen.

»Hast du was, Butzele?«, fragte Erika, noch halb im Schlaf.

»Nein, alles gut, ich hab bloß Hunger.« Was hätte er auch sagen sollen? Dass er geträumt hatte, ihre zukünftige Schwiegertochter sei ein Dachs, der ihn auffressen wollte? Erika war schon nervös genug wegen der Hochzeit – und deutete alles Mögliche als Zeichen mal hier-, mal dafür. Noch dazu hatte der Traum sicher weniger mit der bevorstehenden Vermählung als mit seinem Fall zu tun.

Er erhob sich vorsichtig, worauf Erika ein kaum verständliches »Kühlschrank« murmelte, sich umdrehte und weiterschlief.

Er schlich in den Hausgang, nahm seine Arbeitstasche und ging damit ins Wohnzimmer. Als er auf der Ofenbank saß, zog er die Abbildung des Gemäldes aus der Tasche und legte sie vor sich auf den Tisch. Wenn ihm der Traum irgendetwas hatte sagen wollen, dann doch dies: dass Bilder danach verlangten, gedeutet zu werden. Das hatten sie bei ihren Ermittlungen viel zu sehr vernachlässigt. Der Schlüssel zu dem Fall musste das Gemälde sein. Und sie mussten versuchen, es zu verstehen. Es mit dem, was sie bereits wussten, in Einklang zu bringen.

Er nahm einen Bogen des Papiers, das seit der Sitzordnungsaktion im Wohnzimmer herumlag, plazierte das Foto in die Mitte und schrieb mit Bleistift »Haase« in die linke obere Ecke. Dann zog er eine Linie zum Bild und lehnte sich zurück. Gab es irgendeine Parallele? Da weiteten sich seine Augen: Natürlich gab es die! Das Wappen. Es prangte im Bild hinten an der Wand. Und, wie er inzwischen wusste, auch auf Haases Oberarm. Aber was sagte ihm das? Haase war kein Adeliger, wollte allerdings einer werden. Hatte er deshalb die Frau aus dem Weg geräumt? Weil sie zwischen ihm und dem Titel stand? Aber wieso hätte sie gegen die Adoption sein sollen? Und wofür die Inszenierung? Im Zweifelsfall belastete der Mann sich dadurch doch nur selbst.

Kluftinger seufzte und schrieb »Paplowski« auf das Blatt, strich den Namen jedoch wieder durch und schrieb »Verwalter« daneben.

Nun gut, es handelte sich bei den beiden um ein Paar, wie auf dem Gemälde. Aber sie waren nun gewiss keine Adeligen, ja sie schienen einen regelrechten Hass auf diesen Stand zu haben. Wollten sie dem durch die Inszenierung Ausdruck verleihen?

Dann war da ja noch das andere Pärchen aus dem Gästehaus. Auch ihre Namen kritzelte Kluftinger nun auf das Papier. Allerdings fiel ihm rein gar nichts zu ihnen ein.

Und der Cousin des Barons? Graf Grimmbart aus Bad Wurzach? Er war nicht nur ein direkter Nachfahr des Mannes auf dem Bild, er hatte auch dieselbe Erbkrankheit. Plötzlich kam dem Kommissar ein neuer Gedanke: Wenn der Mörder nun zwar ein anderer war, aber auf diesen Cousin hinweisen wollte? Etwas, was in seiner Vergangenheit verborgen war? Oder, was noch wahrscheinlicher war … Kluftinger schrieb in Großbuchstaben »BARON« oben auf das Blatt. Waren in seiner Person nicht die meisten Parallelen zu finden? Er wohnte im Schloss, er war verheiratet mit der Frau, die nach dem Vorbild des Gemäldes umgebracht wurde. Musste er denn nicht wissen, worauf die Frau auf dem Bild starrte? Hatte die Frau auf dem Bild Angst? Etwa vor ihrem Mann? Und war es bei Frau Rothenstein Grimmbart vor ihrem

Tod dasselbe? War der Baron vielleicht der Mann im Hintergrund? Hatte er auch die Erbkrankheit mit den gelben Augen?

Kluftinger rieb sich über das Gesicht. Er starrte noch ein paar Minuten auf seine Notizen, dann knüllte er das Papier zusammen. Er wusste nicht mehr als vorher. Aber ihm war jetzt klar, was er zu tun hatte: Er musste mehr über den Mann und die Frau auf dem Gemälde herausfinden.

14

»Und, hat der Martin dir gestern mit der Rede eigentlich helfen können?« Erika war unbemerkt in die Küche gekommen und gab ihrem Mann einen Kuss auf den Hinterkopf.

»Bei meiner … Rede? Jaja, die ist schon so gut wie fertig, das läuft.«

»Was wirst du denn sagen?«

»Wozu?«

»Bei deiner Rede.«

»Bei der Rede, ja, da werd ich einiges, also viel Schönes, aber auch Ernstes, aber das … das ist eine Überraschung.«

Erika lächelte selig. »Da freu ich mich schon drauf. Mei, hm, dass unser kleines Markusle jetzt heiratet, ein richtiger Mann wird …«

»Ich glaub, das ist das Markusle schon etwas länger.«

»Ach, hör auf, ich mein: dass er jetzt eine Familie gründet. Ganz offiziell.« Sie setzte sich auf seinen Schoß und legte die Arme um seinen Hals. »Weißt du noch, damals, bei uns?« Sie strich ihm über die verbliebenen Haare.

Kluftinger hatte das die letzten Wochen immer wieder beobachtet: Die anstehende Hochzeit versetzte die Frauen in seiner Umgebung in eine ungewöhnlich sentimentale Stimmung. Plötzlich wollten alle über Gefühle reden, über die Vergangenheit, über Beziehungen – kurz: Der Kommissar freute sich jetzt schon darauf, wenn sich das Leben nach der Trauung wieder normalisieren würde.

»Ja, das war schon schön, damals, gell?«, gab er knapp zurück, schob seine Frau von seinem Schoß und stand auf.

»Du, vergiss bitte nicht, dass du heute noch beim Gärtner vorbeimusst wegen den Tischgebinden.«

»Beim Gärtner?« Kluftinger hatte die Frage so laut hinausgeschrien, dass Erika ihm mit einem heftigen »Pscht!« den Zeigefinger auf die Lippen presste. »Die Kinder!«

»Die Kinder, die Kinder. Die heiraten jetzt bald, die Kinder, das sind gar keine Kinder mehr.«

»Hast ja recht, Butzele. Für mich ist er halt immer noch unser kleiner Bub.«

»Ja, das merkt man. Und mal ehrlich: Haben wir uns vor unserer Hochzeit wochenlang bei unseren Eltern breitgemacht?«

»Ja, haben wir. Genau genommen sogar …«

»Ach, das war was ganz was anderes, damals. So, und jetzt lass mich das mal machen mit den Tischgestecken da, von wegen Gärtner. Das ist doch viel netter und persönlicher, wenn wir das selber machen.«

»Das auch noch? Ehrlich, das schaff ich nicht. Ich weiß schon gar nimmer, wo mir der Kopf steht.«

»Ich sag ja: Lass mich einfach mal.« Damit drückte er ihr einen Schmatz auf die Wange und ließ sie zweifelnd in der Küche zurück.

Kurz bevor er auf den Hof der Kriminalpolizeidirektion einbog, schaute er noch einmal voller Stolz auf den Beifahrersitz. Ja, das würde toll werden. Und dafür brauchten sie nun wirklich keinen Gärtner, dachte er beim Betrachten der Blumen und verschiedenfarbigen Bänder, die er eben noch im Supermarkt erstanden hatte. Sandy würde da sicher was Tolles draus zaubern, und daheim würden sich alle wundern, wie er das nur wieder hingekriegt hatte. Außerdem war es noch eine Woche bis zur Hochzeit, da war genügend Zeit, um zu experimentieren und die beste Variante auszuwählen.

Seine Selbstsicherheit bekam einen ersten Dämpfer, als er mit dem ganzen Kram im Büro eintraf.

»Oho, der Rosenkavalier ist da«, schallte es ihm von Hefele entgegen.

Er hätte es wissen müssen. Die Kollegen ergriffen jede Möglichkeit, sich vom Arbeitsalltag ablenken zu lassen.

»Da wird sich die neue Chefin aber freuen«, legte Strobl nach, als er das Büro betrat.

»Das ist ja gar nicht für die neue Chefin«, gab Kluftinger mürrisch zurück.

»Für wen denn dann?«

»Für jemand anderen.«

»Also doch für die Chefin.« Hefele und Strobl nickten sich zu.

»Nein, es ist für ... die Sandy, wenn ihr's genau wissen wollt.«

»Für mich?« Die Sekretärin stand in der Tür und schaute ungläubig auf die Blumen. »Vorgestern Pralinen, jetzt Blumen, also Chef, wenn ich nicht wüsste, dass Sie glücklich verheiratet sind, könnt ich glatt auf dumme Gedanken kommen ...«

»Ja, nein, also so auch wieder nicht, ich ...« Er starrte seine Kollegen an. »Habt's ihr eigentlich nix zu tun?« Er schickte die beiden aus dem Zimmer und schloss die Tür. Als er Sandys fragenden Blick bemerkte, erklärte er: »Ich will nur sichergehen, Sie wissen schon, weil doch die Dombrowski neulich gesagt hat, was sie von privaten Aktivitäten bei der Arbeit hält ...«

Sandy bekam große Augen: »Also, Herr Kluftinger, jetzt wird mir doch 'n bissl mulmig ...« Wenn sie nervös war, verfiel sie gerne wieder in ihren Heimatdialekt.

»Nicht was Sie denken. Wir haben doch bald die Hochzeit, und da hab ich mich gefragt, ob man die Blumengebinde für die Tische selber, also, ich mein, Sie haben doch ein Händchen für so was.«

»Sie wollen sagen, die Blumen sind doch gar nicht für mich?«

Kluftinger schaute sie prüfend an. Erst jetzt fiel ihm auf, dass er reichlich unsensibel agiert hatte, vor allem da Sandy in letzter Zeit sowieso ein bisschen empfindlich war. Er versuchte, die Situation zu retten: »Also, Sie können sie natürlich gerne behalten, wenn Sie wollen. Danach. Was halt übrig ist und so.«

Die Sekretärin lachte auf: »Ne, schon gut, jetzt bin ich gerade 'n bisschen erleichtert, wissen Sie, Herr Kluftinger. Das hätt mich sonst doch gewundert. Klar helf ich Ihnen, is doch Ehrensache, geben Sie mal her.«

Die folgenden fünfzehn Minuten schaute Kluftinger ihr fasziniert dabei zu, wie sie mit flinken Fingern aus den Blumen, dem Grünzeug, der Steckmasse und den Bändern die unterschiedlichsten Gebilde fertigte, mal hier einen Halm dazusteckte, mal dort eine Schleife band. Auf Tisch und Boden sah es bereits aus wie in der Werkstatt eines Blumenladens. »Toll, Fräulein Henske, wirklich. Das mit den Rosen da und der Filzschleife, Respekt.«

»Wollen Sie auch mal versuchen?«, fragte sie schließlich, worauf er übernahm und sich unerwartet geschickt anstellte – bis zu dem Punkt jedenfalls, als er sich mit dem Saft eines abgebrochenen Blumenstengels einen hässlichen Fleck auf seinen hellgrauen Walkjanker machte.

»Is nich so schlimm«, beruhigte ihn Sandy, »Hauptsache, Sie wissen jetze, wie's geht. Machen müssen Sie's dann nächste Woche eh selbst. Und Sie scheinen ja einen richtig grünen Daumen zu haben. Ich packe Ihnen das alles wieder in die Schachtel. Sie suchen sich das Schönste raus, und das machen Se dann nach dem Vorbild.« Sie stellte die Gebinde in einen flachen Karton und band aus den übrigen Blumen einen kleinen Strauß.

»Ja, so machen wir's, das krieg ich dann wirklich hin, denk ich. Aber leider hab ich jetzt nicht nur einen grünen Daumen, sondern auch einen grünen Kittel.«

»Ach, den Fleck haben wir gleich, warten Sie mal.« Sie eilte hinaus und kam mit einem kleinen Fläschchen zurück. »Das ist echt russischer Wodka, ein Geheimtipp meiner Mutter, damit kriegen Sie alles raus. Setzen Sie sich doch mal.« Sie wischte mit einem Taschentuch auf seiner Jacke herum, und tatsächlich: Nach ein paar Tupfern war der Fleck nicht mehr zu sehen, nur die Flüssigkeit zeichnete sich noch ein wenig dunkler auf dem Stoff ab.

»Herr Klufti…« Birte Dombrowski hatte die Tür geöffnet und starrte auf die Sekretärin, die vor dem Kommissar auf dem Boden kniete. »Störe ich?«

»Sie? Nein, nein, wir waren eh grad … fertig. Danke, Fräulein Henske, das passt jetzt schon.« Kluftinger spürte, wie ihm das Blut in die Wangen schoss. »Präsidentin, ich mein, also … was kann ich für Sie tun?« Er stand auf und streckte ihr die Hand entgegen.

Die schien verwirrt und antwortete: »Ja, was wollte ich noch? Ach ja, ich wollte fragen, wie das Schießtraining gelaufen …« Sie hielt inne, und Kluftinger sah, wie sich ihre Nasenflügel blähten. »Also irgendwie, ich finde, es riecht hier irgendwie schon wieder …«

Der Wodka, schoss es Kluftinger durch den Kopf. Noch bevor seine Vorgesetzte zu einem endgültigen Ergebnis ihrer Riechprobe kommen konnte, drehte er sich um, schnappte sich Sandys kleinen Strauß, streckte ihn Birte Dombrowski hin und sagte: »Da! Ich mein: für Sie.«

»Für mich?« Zum ersten Mal erlebte Kluftinger, dass die Frau ihre Selbstsicherheit verlor. Auch ihre Wangen zeigten nun eine zarte Röte. »Wie komm ich zu der Ehre?«

Jetzt entwich die Farbe schlagartig aus Kluftingers Gesicht. »Ich, also wir, wir von der Abteilung, also unserer Abteilung halt, wollten Ihnen, zum Einstand quasi, als Geste für unsere liebe neue Chefin … also: gell?«

»Das hätte es nicht gebraucht.«

Kluftinger winkte ab. »Ach was, das ist schon recht!«

»Gut … vielen Dank, ich geh dann mal wieder.« Mit diesen Worten eilte sie aus dem Zimmer.

Kluftinger sah ihr ebenso nach wie Sandy, die sich im Hinausgehen zum Kommissar umdrehte und sagte: »Ich dachte, die restlichen Blumen wären …« Weiter kam sie nicht, denn die Kollegen stürmten förmlich das Büro ihres Chefs.

»Was war denn das?«, fragte Hefele aufgeregt.

»Bist du jetzt intim mit der?«, platzte es aus Maier heraus.

Und Strobl erklärte anerkennend: »Wir haben dich eindeutig unterschätzt. Mein lieber Herr Gesangsverein! Alles für die Abteilung oder wie?«

Kluftinger fuchtelte mit den Armen herum, als wolle er eine

Fliege verscheuchen. »Ach was, jetzt hört's doch auf. Blumen, ihr habt sie doch nicht mehr alle. Wer würd denn *so einer* Blumen mitbringen?« Den letzten Satz brüllte er so laut, dass seine Stimme bis ins Vorzimmer donnerte. Es dauerte auch keine zwei Sekunden, bis Sandy mit zitternder Unterlippe wieder im Zimmer stand. »*So eine?* Dann weiß ich ja Bescheid, wie Sie über misch denken!« Dann ließ sie die Tür krachend ins Schloss fallen.

»Ist heute Föhn, oder spielen alle einfach nur zum Spaß verrückt?«, fragte der Kommissar ärgerlich. »Kann mir jemand erklären, was die Sandy schon wieder hat? Gerade haben wir doch noch so nett …«

»Ja …?«, sagte Maier grinsend.

»Ach, jetzt lasst's mir mei Ruh. Was gibt's Neues zum Graf? Habt ihr sein Alibi überprüft?«

»Ist wasserdicht«, erwiderte Maier.

»Und was ist mit seiner genetischen Krankheit?«

Keiner sagte etwas.

»Nix? Wer wollt sich denn darum kümmern?«

»Also, wenn ich mich recht erinnere«, ergriff Strobl das Wort, »wolltest du das doch selbst machen.«

Kluftinger musterte sie streng, dann erklärte er: »Ihr könntet auch mal ein bisschen Eigeninitiative entwickeln. Wenn ich sage, ich mach das, dann mein ich …«

Sie schauten ihn mit hochgezogenen Brauen an. Der Kommissar machte eine wegwerfende Handbewegung: »Ach, auch wurscht, dann machen wir's eben jetzt zusammen.« Er nahm den Telefonhörer ab und wählte eine Nummer. Während er es klingeln ließ, fragte er in die Runde: »Wie heißt noch mal diese Krankheit? Beulen… dings.«

»Meulengracht. Morbus Meulengracht«, sagte Strobl.

Am anderen Ende wurde abgenommen. »Ja, grüß Gott, Kluftinger hier. Ist der Böhm … ah, verstehe, bei einer Sektion. Können Sie ihn vielleicht kurz an den Apparat holen, oder so? Da wird ihm schon nix davonlaufen. Und Gefahr für Leib und Leben … geht nicht, aha, wichtig, soso. Ja, dann, probier ich's … Hallo?«

Entgeistert starrte er den Hörer an. »Aufgelegt.« Er dachte kurz nach. »Kennt jemand von euch einen Arzt?«

»Ja«, sagte Hefele.

»Bestens. Wer ist es?«

»Du?«

»Lass den Schmarrn, ich bin kein Arzt und hab auch nie was anderes behauptet.«

»Nein, du kennst einen. Deinen Freund, den Lang…«

»Moment!« Kluftinger hob die Hand. »Der ist nicht mein Freund.«

»Ist doch egal. Arzt ist er jedenfalls.«

»Nein. Also: ja, Arzt schon. Aber egal ist es nicht.« Er wählte Langhammers Handynummer und schaltete den Lautsprecher ein.

»Hallo, mein Freund«, tönte es schon nach dem zweiten Tuten aus dem Lautsprecher, worauf Hefele einen Blick in die Runde warf, als wolle er sagen *»Seht ihr!«*.

»Herr Langhammer? Grüß Gott, ich hätt da eine Frage, dieses …«

»Gleich, mein Lieber. Ich wollte nur noch einmal betonen, wie toll ich es fand, dass Sie sich gestern im Schlafzimmer so geöffnet haben.«

Hatten die Kollegen bis dahin gelangweilt dreingeschaut, ging nun förmlich ein Ruck durch sie hindurch. Sie starrten Kluftinger mit großen Augen an und warfen ihm provozierend Kusshände zu.

Der Kommissar rollte genervt die Augen, hielt die Hand vor die Sprechmuschel und zischte: »Deppen.«

Das stachelte Strobl nur noch mehr an. »Du, jeder kann das halten, wie er will«, flüsterte er.

»Jetzt halt die Klappe!«

»Wie bitte?«, rief Langhammer in den Hörer. »Wollen Sie gleich alles wieder niederreißen, was wir gestern …«

»Ich mein doch nicht Sie. Und können wir das mit gestern mal lassen? Das ist eine andere Baustelle. Ich hätte eine wichtige Frage.«

Die Kollegen lachten noch immer vernehmlich.

»Stören Sie sich nicht an den Nebengeräuschen, Herr Langhammer, wir haben heut so eine Führung vom Kindergarten, und die Rotzlöffel wissen einfach nicht, wie man sich benimmt.«

Schlagartig verstummte das Lachen.

»Was ich wissen wollte: Kennen Sie sich mit Morbus Meulengracht aus?«

»Die Stoffwechselstörung? Ja, damit hatte ich schon zu tun. Was interessiert Sie denn genau?«

»Das ist erblich, gell?«

»Ja, allerdings wird es nur autosomal-rezessiv vererbt.«

»Auto... was?«

»Hm, wie erkläre ich das am besten? Also, es müssen bei Vater und Mutter bestimmte Faktoren im Erbgut zusammenkommen. Man kann durchaus genetisch Merkmalsträger sein, ohne dass sich das jedoch manifestiert. Einfach ausgedrückt: Die Eltern müssen es nicht haben, es kann die eine oder andere Generation überspringen.«

Kluftinger wurde hellhörig. »Und der Baron, hat der's? Der ist doch bei Ihnen in Behandlung.«

»Aber, aber, mein lieber Kluftinger. Sie wissen doch besser als jeder andere, dass ich darüber nichts sagen darf. Schwei-gepflicht!«

»Sie sollen mir ja nur sagen, ob er es *nicht* hat.«

Langhammer lachte auf. »Sehr schlau, bravo, Sie sind eben ein ausgebuffter Ermittler. Aber dennoch: Da müssen Sie mich schon foltern und auspeitschen, damit ...«

»Ja, egal, da kann ich den Baron auch selber fragen.« Kluftinger wollte das Gespräch nicht wieder in eine zweideutige Richtung abdriften lassen. »Aber was gibt's sonst noch zu wissen über die Krankheit?«

»Hm, lassen Sie mich nachdenken. Also, der Körper der Patienten kann nicht genügend konjugiertes Bilirubin bilden. Am auffälligsten ist sicher, dass es zu einer gelblichen Verfärbung der Augen führen kann. Allerdings ...«

»Ja?«

»Also, nicht einfach so. Das muss schon verstärkt werden durch, ja, zum Beispiel durch Fasten. Starken Gewichtsverlust. Ansonsten ist es eher asymptomatisch.«

»Soso. Gut, das ist ja schon mal was, was uns, na ja, vielleicht irgendwie weiterhilft.«

Jetzt horchte der Doktor auf: »Ist es wegen des Mordfalls? Gibt es da schon was Neues?«

»Herr Langhammer, Sie wissen doch: Schwei-ge-pflicht. Und da müssten Sie mich schon …« Er brach seinen Satz ab, blickte zu seinen Kollegen und endete dann: »… bestechen, wenn Sie da was rauskriegen wollen. Also, dann vielen Dank erst mal, gell. Pfiagott.«

»Ja, auf bald. Und wenn Sie mal wieder das Bedürfnis verspüren …«

Kluftinger knallte den Hörer auf die Gabel. »So, das war doch ganz ergiebig.«

Die anderen nickten.

»Es gibt noch was, worum sich mal jemand kümmern sollte«, wechselte er das Thema. »Ich finde, wir müssen noch mehr über das Bild herausfinden. Das haben wir bisher vernachlässigt. Ich hab da gestern Nacht eine Eingebung gehabt …«

»Mit dem Doktor?« Hefele grinste breit.

»Ich geb's auf«, seufzte der Kommissar. »Könnt sich einfach jemand der Sache annehmen? Richie?«

»Aber wir wissen doch schon alles über das Bild. Vom Museum, mein ich.«

»Nein, ich will ja nix mehr über das Bild an sich wissen, sondern über die Leute, die drauf sind. Gibt's da jemand, der uns weiterhelfen kann?«

»Ach so, okay, ich check das mal.«

Plötzlich fiel Kluftinger noch etwas ein: »Was macht eigentlich der Lippenleser?«

»Ist bestellt«, erwiderte Hefele. »War gar nicht so einfach, aber in Augsburg haben wir einen aufgetrieben. Der hat auch schon mal mit den Kollegen zusammengearbeitet.«

»Gut, wann kommt er?«

»Morgen, der ist noch auf irgendeinem Kongress, wo er in Gebärdensprache dolmetscht.«

»Alles klar, dann an die Arbeit.«

Alle erhoben sich und verließen das Zimmer. Als sie schon draußen waren, sah Kluftinger, dass Strobl ein Papier auf seinem Schreibtisch vergessen hatte. Er nahm es und lief ihm nach: »Eugen, warte mal! Du hast die Liste von dem Pärchen vergessen.« Er wedelte auf dem Gang mit dem Papier.

»Welche Liste?«

»Die mit den Daten, wann sie da waren.«

Strobl runzelte die Stirn. »Schmarrn, die hab ich doch gar nicht dabeigehabt. Wie kommst denn darauf?« Als er bei ihm stand warf er einen Blick auf das Papier. »Das sind doch die Daten von den Überwachungsvideos. Also die, wo die Aufnahmen fehlen.«

»Ach so, hab ich verwechselt«, sagte der Kommissar und ging zurück. Doch noch bevor er sein Büro wieder betreten hatte, blieb er wie angewurzelt stehen. Er schlug sich mit der Hand an die Stirn und rannte über den Gang in Strobls Büro.

»Jesses, hast du mich erschreckt«, rief der, als Kluftinger die Tür aufriss.

»Die Liste!«, presste der Kommissar aufgeregt hervor.

»Ich hab dir doch gesagt, das ist nicht …«

»Gib mir die Liste von den Kameras. Ich will sie sehen.«

Strobl suchte sie aus seinen Papieren heraus, doch Kluftinger riss sie ihm förmlich aus der Hand. Der Blick seines Kollegen war ein einziges Fragezeichen. Kluftinger hielt die beiden Zettel nebeneinander, dann gab er sie zurück. Strobl wusste zunächst nicht, was er damit anfangen sollte, doch dann schluckte er. »Scheiße!«

»Ja, Scheiße«, nickte Kluftinger. »Die Daten sind identisch.«

15

Eine halbe Stunde später fuhren Kluftinger und Hefele nach Grönenbach, um das Pärchen aus dem Gästehaus noch einmal zu vernehmen und um Licht ins Dunkel der noch immer fehlenden Videoaufzeichnungen zu bringen.

Kluftinger sah zu seinem Kollegen hinüber: Er spürte schon eine Weile, dass der sich ein wenig verändert hatte. Er war nicht mehr der unbeschwerte, ruhige und gemütliche Mann, der sich durch nichts und niemanden beirren ließ. Seine gewohnte Unbekümmertheit hatte sich in Lethargie verwandelt, die nun, da die neue Chefin einen genauen Blick auf sie warf, zum Problem zu werden schien. Zum Problem für ihre Abteilung, für Kluftinger – aber vor allem für Hefele selbst.

»Sag mal … alles klar bei dir, Roland?«, eröffnete der Kommissar vorsichtig das Gespräch. Er hatte seinen Kollegen vor allem mitgenommen, um ungestört mit ihm reden zu können.

Hefele zuckte mit den Schultern und nickte, blickte seinen Vorgesetzten aber nicht an.

»Komm, jetzt sag halt, irgendwas ist doch.«

Der Beamte schien zu überlegen, ob er antworten sollte, dann sagte er nur: »Dombrowski.«

Kluftinger verstand nicht. »Was ist mit der?« Plötzlich hatte er eine Ahnung. »Bist du … ich mein, findest du sie … also attraktiv?«

Hefele schüttelte entgeistert den Kopf. »Spinnst du? Wie kommst du denn jetzt darauf? Schmarrn, ich glaub halt, dass die uns noch einiges an Ärger bringt. Dienstlich gesehen.«

Kluftinger verstand, was sein Kollege meinte. Auch er war skeptisch gewesen, als er erfahren hatte, wer Lodenbachers Position übernehmen sollte. Auch ihn hatte das Auftreten der Neuen nervös gemacht. Doch eigentlich hatten sie nichts zu befürchten: Die Aufklärungsrate seiner Abteilung konnte sich definitiv sehen lassen, auch wenn ihre Ermittlungsmethoden bisweilen etwas unkonventionell waren. Und von einigen fehlenden Fortbildungen abgesehen waren sie beamtenrechtlich alle untadelig. Dass sie ein bisschen Wind machte, gehörte eben dazu, das hatte Lodenbacher damals bei seiner Amtsübernahme genauso gemacht. »Roland, schau, ich weiß schon, was du meinst. Aber wir haben uns nix vorzuwerfen. Wir dürfen jetzt nicht den Kopf in den Sand stecken.«

Hefele seufzte. »Vorzuwerfen vielleicht nicht. Nicht in dem Sinn. Aber der ganze Stress mit Computer und Schulungen und dem ganzen modernen Käs – ich pack das nimmer. Ich will, dass es wieder so gemütlich ist wie früher.«

»Dir ist schon klar, dass es bei vernünftiger Polizeiarbeit nicht darum geht, dass es die Beamten recht gemütlich haben, oder? Wir müssen uns an unseren Leistungen messen lassen.«

»Schau, du redest auch auf einmal so: *Leistung* und *messen lassen*, wenn ich das schon höre! Wir sind doch keine Investmentbank.«

»Nein, aber wir sind auch kein Sanatorium für berufsmüde Polizisten. Jetzt mal ehrlich, Roland, gemütlich hin oder her, so, wie wir es uns zusammen mit Lodenbacher eingerichtet haben, das wär doch auch nicht mehr ewig so weitergegangen. Die Zeiten haben sich geändert.«

»Da pfeif ich drauf! Der Lodenbacher, der war ein anderes Kaliber als die Dombrowski. Der hat uns was zugetraut. Und vor allem: Er hat uns *ver*traut. Wenn man dem die Ergebnisse vernünftig präsentiert hat, dann war er zufrieden und hat uns sonst freie Hand gelassen.«

»Jetzt entdeckst du auf einmal die große Liebe zu ihm? Es hilft doch nix, dauernd nur rumzujammern. Wir müssen uns alle ein bissle zusammenreißen. Und das gilt bittschön auch für dich, ich hab keine Lust, dir irgendwann auf die Zehen treten zu müssen, nur weil du den alten Zeiten nachhängst und nicht mehr Schritt halten kannst.«

»Schon klar«, sagte Hefele bitter, »schon klar.«

Kluftinger nahm eine Hand vom Lenkrad und klopfte ihm aufmunternd auf die Schulter. »Komm, jetzt isch's halt so.«

»Bloß andersch«, fügte Hefele mit einem müden Lächeln hinzu.

Am Schloss angekommen, schlugen die beiden Beamten den Weg zum Gästehaus ein, wo ihnen Frau Pawlowicz mitteilte, der Mann und die Frau seien auf ihren Zimmern.

»Ach so, haben die jetzt kein gemeinsames Zimmer mehr?«, fragte Kluftinger erstaunt.

Sie lächelte spöttisch: »Die vertragen's halt nicht mehr, weil sie jetzt so krass mitgekriegt haben, wie so Ehen enden können.«

Die Worte der Verwalterin klangen in Kluftingers Gedanken noch nach, als er sich zu dem Zimmer der jungen Frau begab. Hefele übernahm währenddessen die Befragung des Mannes. Vielleicht war die räumliche Trennung der beiden ja eine Chance, etwas mehr aus ihnen herauszulocken.

Die Frau öffnete die Zimmertür im grauen Trainingsanzug, matt und sichtlich blass um die Nase. Mit vager Geste bot sie dem Kommissar den einzigen Stuhl in dem kargen Raum an und ließ sich auf dem Bett nieder.

»Geht es Ihnen nicht gut? Sind Sie krank?«, erkundigte er sich.

Die Frau winkte ab. »Nicht wie Sie meinen. Ich habe nichts Körperliches. Ich will nur einfach nach Hause. Ich weiß nicht erst seit gestern, dass es ein Fehler war, all diese heimlichen Treffen mit … ihm. Doch dass ich noch nicht einmal von hier wegkomme, das halte ich kaum aus.«

»Na ja, Sie sind immerhin aus freien Stücken hergekommen. Und das nicht nur einmal, wie wir alle wissen.«

»Ich hätte das Ganze früher oder später beendet. Wir haben uns nichts mehr zu sagen, das ist auch der Grund, warum wir uns jetzt getrennte Zimmer geben ließen. Wir waren eine rein horizontale Interessengemeinschaft, wenn Sie so wollen.«

Kluftinger stieß vernehmlich die Luft aus.

»Ja, das hört sich abgeschmackt an. Und das ist es wahrscheinlich auch. Dabei habe ich Familie, einen guten Job, einen wunderbaren Mann – und dann hab ich mich in diesen Strudel ziehen lassen.«

»Sagen Sie, wie tief war denn der Strudel?«

»Wie meinen Sie das?«

»Sie waren in recht regelmäßigen Abständen immer wieder zusammen hier.«

»Das haben wir doch längst eingeräumt.«

»Warum gibt es just von den Zeiträumen, in denen Sie hier waren, keine Aufzeichnungen der Überwachungskameras?«

Die Frau schien erstaunt. »Woher soll ich denn das wissen? Wir haben … ach was, lassen wir das.«

»Wollen Sie sagen, es war reiner Zufall, dass diese Bänder gelöscht wurden?«

»Was weiß denn ich?«

»In welcher Beziehung stehen Sie zum Ehepaar Pawlowicz?«

»Zu wem?«

»Zum Verwalterehepaar.«

»In gar keiner. Sie haben uns die Schlüssel gegeben, und die Frau hat die Zimmer geputzt, soviel ich weiß. Das war's dann auch schon.«

»Und zu den Grimmbarts? Hat sich da denn kein näherer Kontakt ergeben während Ihrer diversen Aufenthalte?«

»Herr Kommissar, wie gesagt, wir waren die meiste Zeit …« Sie begann zu schluchzen – so ziemlich genau die Reaktion, mit der er am wenigsten umgehen konnte.

Kluftinger verfluchte sich innerlich dafür, dass nicht er die Befragung des Mannes übernommen hatte. »Bitte halten Sie sich weiter zur Verfügung, bis wir Näheres wissen. Noch einen schönen Tag.« Mit diesen Worten suchte er so schnell wie möglich das Weite. Zwar hatte er das Gefühl, als habe die Frau ihm nicht alles gesagt. Ein anderes Gefühl jedoch sagte ihm, dass sie momentan nicht dazu zu bringen war, mehr zu erzählen. Es schien, als seien sie bei ihren Ermittlungen in eine Sackgasse geraten. Vielleicht hatte Hefele bei dem Mann ja mehr Glück gehabt. Zumindest war der offenbar immer noch mit der Befragung befasst.

Da er nicht so recht wusste, was er nun tun sollte, spazierte er ziellos auf dem Gelände des Schlosses umher. Als er die hintere Seite des Gebäudes erreicht hatte, sah er, wie der Baron aus einer kleinen Tür kam und sich zielstrebig Richtung Wald bewegte. Er rief ihm einen Gruß zu, doch der Mann drehte sich nicht um. Vielleicht lag es am Wind, der heute wieder scharf um das Gemäuer pfiff, dass er ihn nicht gehört hatte. Vielleicht war er aber auch so mit sich selbst beschäftigt, dass er um sich herum nichts wahrnahm.

Der Kommissar jedenfalls wurde neugierig und folgte ihm. Mit gesenktem Kopf lief der Baron einen Trampelpfad entlang, der zum Eingang des Märchenwaldes führte. Kluftinger knöpfte seinen Mantel zu, weil ihm die Kälte in die Glieder fuhr, und er wunderte sich, dass der Mann vor ihm nur eine Strickweste trug. Der Wind zerzauste dem Adeligen das Haar, so dass es nun noch wirrer abstand als sonst.

Je näher sie dem Waldrand kamen, desto dichter wurde der Nebel.

Kluftinger schauderte, als die Silhouette des Mannes vielleicht hundert Meter vor ihm von dem dunkel gähnenden Eingang des Waldes verschluckt wurde. Er beschleunigte seinen Schritt etwas, wobei er angestrengt auf den Boden blickte, um nicht wieder auf dem glitschigen Weg auszurutschen. Plötzlich nahm er vor sich einen Schatten wahr, hob den Kopf – und erstarrte: Ein haariges Wesen hatte unmittelbar vor ihm den Trampelpfad gekreuzt. Als er den Kopf wandte, sah er gerade noch den gestreiften Schwanz eines Dachses im Nebel verschwinden.

Er musste sich zwingen, weiterzulaufen. *Ist doch nur ein Dachs,* sagte er sich immer wieder. Aber nicht nur, dass er noch nie einem lebendigen Dachs begegnet war und nun zum ersten Mal sah, was für ein *Riesenviech* das war. Dass ihm das Wappentier dieses unheimlichen Schlosses ausgerechnet hier über den Weg lief, machte ihn seltsam beklommen.

Er versuchte, diese Gedanken zu verscheuchen, indem er sich wieder auf den Weg konzentrierte. Im schummrigen Licht des Waldes bereitete es ihm Mühe, den Baron wiederzufinden. Doch dann entdeckte er ihn: Er kauerte dicht über dem Boden und schien dort irgendwas zu suchen. Es war dieselbe Stelle, an der er ihn schon beim letzten Mal angetroffen hatte.

Das Verhalten des Barons war wirklich absonderlich, und Kluftinger beschloss, den Mann noch weiter zu beobachten, als auf einmal sein Handy klingelte. »Himmelherrgottkruzifix!«, zischte er und fingerte das Telefon aus dem Janker. Noch bevor er sich melden konnte, sah er, dass der Baron sich erschrocken aufrichtete, dann kreuzten sich ihre Blicke.

Er drückte den Anrufer weg und ging energischen Schrittes auf den Adeligen zu, der nun mit einem Handrechen Laub von dem Figurenensemble neben sich entfernte, einer Darstellung der Rumpelstilzchen-Geschichte mit einem grausig aussehenden Gnom, der um ein stilisiertes Feuer tanzte.

»Ah, Herr Kommissar«, rief ihm Grimmbart entgegen. Sein Gesicht war gerötet.

»Grüß Gott, Herr Baron. Ich will Sie gar nicht weiter stören, ich hätt da bloß noch ein paar Fragen.«

Sein Gegenüber nickte langsam.

»Es geht um diese Erbkrankheit in Ihrer Familie.«

»Meulengracht?«

»Genau. Haben Sie das eigentlich auch?«

»Nein, ich wurde verschont.«

»Wissen Sie denn, wer von Ihren Verwandten darunter leidet?«

»Allzu viel Kontakt habe ich da ja nicht mehr. Lassen Sie mich mal auf den Stammbaum sehen, dann fällt mir der eine oder andere vielleicht wieder ein.«

»Könnte ich da auch mal einen Blick drauf werfen?«, fragte Kluftinger.

Der Baron nickte. »Wenn Sie wünschen.«

Sie setzten sich in Bewegung, und als sie ein paar Schritte gegangen waren, sagte der Kommissar beiläufig: »Was haben Sie denn grad gemacht?«

Der Adelige blieb stehen. »Wie meinen Sie das?«

»Na, da hinten.« Kluftinger zeigte auf die Stelle, an der er ihn angetroffen hatte. »Da waren Sie doch neulich auch schon, oder?«

Grimmbart schien nachzudenken. »Ja, kann sein. Aber ich suche es mir ja nicht selber aus, wo es die meiste Arbeit gibt.«

»Und warum?«

»Warum was?«

»Warum gibt es da die meiste Arbeit?«

»Ich … Tiere. Ja, wir haben da ein Problem mit den Wildtieren. Die scharren und graben und … bringen alles in Unordnung.«

»Dachse?«, fragte Kluftinger, der sich wieder an seine Begegnung von vor ein paar Minuten erinnerte.

»Wie? Hm, hin und wieder vielleicht. Aber eher Füchse.«

Zehn Minuten später hatte Baron Rothenstein Grimmbart in seinem kleinen Büro eine riesige, etwas vergilbte Papierrolle mit einem weit verzweigten Stammbaum auf dem Schreibtisch ausgebreitet.

»Unsere ganze Familie in all ihrer Pracht«, kommentierte der Adelige, und Kluftinger war sich nicht sicher, ob er das ernst oder ironisch meinte.

Sie beugten sich gerade über das Papier, als von draußen die Stimme der Verwalterin erscholl: »Eure Hochwohlgeborenheit, würden Sie mal eben rauskommen?«

Der Baron seufzte und ließ den Kommissar allein zurück.

Er zog den Stammbaum zu sich und studierte die Namen, die darauf verzeichnet waren. Es war eine beeindruckende Liste klangvoller Titel, die da vor ihm lag. Er entdeckte den Grafen Tasso von Grimmbart aus Bad Wurzach, dann fiel sein Blick auf die Eintragung zum Baron und seiner Frau. Ihr Todestag war noch nicht verzeichnet. Kluftinger kniff die Augen zusammen. Unter dem Namen des Barons war ein Schatten, als habe dort einmal etwas gestanden und wäre wieder entfernt worden. Er sah sich um, griff sich eine Lupe, die im Stiftehalter auf dem Schreibtisch stand, und hielt sie über die Stelle. Tatsächlich: Er erkannte einen verblichenen kleinen Stern und ein kleines Kreuz, daneben ein Datum. Man konnte es kaum mehr erkennen, so stark war die Schrift radiert worden, doch es gelang ihm, die Eintragung zu entziffern: ein Tag im Oktober 1989. Ein Tag, der sich in Kürze zum 25. Mal jährte. Er runzelte die Stirn. Was steckte dahinter?

»Ich sehe, Sie haben sich schon in unsere Familiengeschichte vertieft«, tönte es von der Tür.

Kluftinger richtete sich auf. »Herr Baron, sagen Sie, unter Ihrem Namen und dem Ihrer Frau, ist da mal eine Eintragung gewesen?«

Er schien nicht recht zu wissen, worauf Kluftinger hinauswollte.

»Da.« Der Kommissar deutete mit dem Finger auf die Stelle.

Grimmbart beugte sich unsicher über den Tisch, kniff die Augen zusammen und sagte dann mit brüchigem Lächeln: »Ach, das hatte meine Frau einmal eingetragen, es ist der Tag, an dem wir uns verlobt haben. Sie war immer so sentimental in solchen Dingen. Sie wollte das Datum irgendwann gegen die Geburtstage unserer Kinder tauschen. Aber das war uns ja nicht vergönnt.«

Kluftinger entging nicht, wie die Erinnerung den Mann aufwühlte. »Aber warum …«

»Ich würde Sie bitten, nicht weiter zu insistieren«, fiel ihm der Adelige ins Wort. »Es ist alles noch sehr schmerzhaft für mich, und das Gedenken an glücklichere Tage macht das Ganze, wie soll ich sagen …« Der Blick des Mannes wurde wässrig, und Kluftinger ließ von dem Thema ab.

»Können Sie mir eine Liste mit Ihren Verwandten zukommen lassen, die diese Erbkrankheit haben?«

Der Baron versprach, sich darum zu kümmern, und sie verabschiedeten sich.

Noch im Hinausgehen klingelte Kluftingers Handy. Auf dem

Display stand *Leichenfledderer ruft an.* »Servus, Schorsch. Was Neues?«

»Na endlich gehst du hin, ich hab's vorher schon mal probiert.«

»Ah, du warst das.«

»Ja, ich war das. Und was soll die Frage? Du hast doch angerufen, hat man mir gesagt, und du hättest es wohl ziemlich brisant gemacht.«

»Die Dame am Telefon hat mich noch nicht mal ausreden lassen. Wo habt ihr denn die wieder her?«

»Meine Mitarbeiter haben Weisung, jegliche Störung zu verhindern, wenn ich mich in einer Sektion befinde.«

»Aha, nicht dass dir noch ein Kunstfehler unterläuft und einer von deinen kalten Patienten wieder aufwacht.«

»Kann ich davon ausgehen, dass sich der Grund deines Anrufs mittlerweile erledigt hat?«

»Kannst du, Georg. Ich wollt nur was über so eine Erbkrankheit wissen, hab mich aber anderweitig schlaugemacht.«

»Auch recht. Aber wenn's um dich geht: Wenn du dich nicht weiter fortpflanzt, wird sich auch die Erbkrankheit nicht ausbreiten.«

»Servus, Schorschi.«

Nachdem er aufgelegt hatte, sagte der Baron: »Ach, da ist noch eine Kleinigkeit, die ich Ihnen zeigen wollte, Herr Kommissar. Ich weiß ja nicht, ob das wichtig ist, aber nachdem Sie gesagt haben …«

»Jaja, sicher, alles ist wichtig, bis wir sagen, dass es nicht wichtig ist. Was haben Sie denn?« Kluftinger war gespannt und sah dem Baron ungeduldig dabei zu, wie der in seinen Taschen kramte und schließlich ein ziemlich ramponiertes Stück Papier hervorzog.

»Sie müssen entschuldigen, aber ich habe das schon den ganzen Tag mit mir herumgetragen. Es ist von meiner Frau, der Ausdruck einer E-Mail, offenbar hielt sie das für wichtig. Es lag in ihrem Nachttisch.« Er reichte das Papier an den Kommissar weiter.

Schon beim ersten Überfliegen war der sich sicher, diese Mail noch nie gelesen zu haben. Sie hatten zwar den Computer der

Toten standardmäßig überprüft, aber an diese Zeilen hätte er sich erinnert, ließen sie doch vieles in einem neuen Licht erscheinen:

hallo, herr haase,
ich kann ihren ärger nicht ganz verstehen, schließlich haben wir die bedingungen noch gar nicht vertraglich festgezurrt. und durch ihr erneutes auftreten in der klatschpresse haben sich diese bedingungen eben wieder geändert. sie versuchen, durch uns ihr image zu verbessern, wir dagegen müssen bestrebt sein, unseres durch sie nicht zu beschädigen. wenn wir uns nun nicht mehr einig werden sollten, täte es mir leid, wäre aber eben nicht zu ändern. was das familienbildnis anbetrifft, muss ich sie ebenfalls enttäuschen. es ist unverkäuflich. aber sollte es nichts mit unserem – sagen wir familiären – projekt werden, dürften sie ja ohnehin nicht mehr daran interessiert sein.
R.v.G.

»Wie der Richie«, sagte Kluftinger mehr zu sich selbst.

»Bitte?«, hakte der Baron sofort ein.

»Ach, mein Kollege, der schreibt auch immer alles klein, wenn … egal.« Kluftinger winkte ab. Das tat hier nun wirklich nichts zur Sache. »Sehr interessant, das Schreiben.« Das war es wirklich. Und dass sie es auf dem Rechner der Baronin nicht gefunden hatten, konnte nur zwei Dinge bedeuten: Entweder sie selbst wollte nicht, dass es gefunden wird, oder jemand anders hatte es gelöscht. Kluftinger wurde von einer Unruhe erfasst, die sich immer dann einstellte, wenn sich in einem Fall eine entscheidende Wendung ergab. »Da geht es um die Adoption, oder?«, fragte er den Baron und hielt das Papier hoch.

»Das vermute ich. Meine Frau hat immer die Gespräche geführt. Für mich war es aus familiären Gründen zu schmerzlich. Und außerdem war sie die härtere Verhandlungsführerin.«

Dem Kommissar kam eine Idee. Er holte sein Handy hervor und wählte die Büronummer. Schon nach dem ersten Klingeln meldete sich Eugen Strobl. »Hast du neben dem Telefon geschlafen?« Kluftinger wartete keine Antwort ab, sondern fragte: »Hättest du die Verbindungsdaten vom Handy von der alte… von der Freifrau grad zur Hand? Ja? Schau doch bitte mal nach, mit wem sie am Tag ihres …« Er blickte zum Baron. »Also, am Dienstag. Mit wem sie da telefoniert hat.« Er wartete einen Moment, dann meldete sich Strobl wieder. »Ja, verstehe. Und der letzte?« Kluftinger schnalzte mit der Zunge. »Das hab ich mir fast gedacht!«

»Auf geht's, Roland. Den Haase nehmen wir vorläufig fest.«

Hefele sah seinen Vorgesetzten mit großen Augen an. »Im Ernst? Ich mein, bist du dir sicher?«

Kluftinger schüttelte den Kopf. »Was heißt sicher? Beweis haben wir noch keinen, aber vielleicht gesteht er ja. Und für eine vorläufige Festnahme reicht das mit dem Brief auf jeden Fall. Dass sie auf einmal mehr Geld wollte. Wir hatten den doch eh ganz oben auf der Liste. Der hat seine Felle davonschwimmen sehen. Und das Bild wollte er obendrein.«

»Das Bild?«

»Ja, schau.« Der Kommissar zeigte auf die Stelle in der Mail.

Hefele bekam große Augen. »Mein lieber Scholli! Wie gehen wir vor?«

Er dachte nach. »Wir gehen erst mal hin und reden mit ihm. Für alle Fälle hab ich mir auch den Generalschlüssel geben lassen.«

»Meinst du, der macht Sperenzchen?« Hefele klang besorgt.

»Glaub ich nicht. Das wird nicht seine erste Festnahme sein, so wie der ausschaut.«

Sie lachten ein wenig zu laut, ein Anzeichen des enormen Drucks, unter dem sie standen.

»Außerdem hab ich für alle Fälle mal Verstärkung angefordert. Also, gehen wir's an.« Kluftinger ging voraus, und schon nach ein paar Schritten standen sie vor dem Eingang zum Gästehaus. Noch einmal nickten sich die Polizisten zu, dann klopfte der Kommissar an die Tür mit der Nummer 03. »Herr Haase, Kripo Kempten noch mal. Wir würden gern mit Ihnen reden.«

Sie erhielten keine Antwort.

»Herr Haase?«

Wieder nichts.

Die Beamten sahen sich ratlos an und zuckten mit den Schultern. »Und jetzt?«, fragte Hefele.

Kluftinger hielt die Schlüssel hoch und ließ sie klimpern. Hefele nickte und legte seine Hand an die Waffe in seinem Holster. Dann steckte der Kommissar den Schlüssel ins Schloss, drehte ihn einmal und stieß die Tür auf. Der Raum war leer. »Scheint, als wäre der Haase ausgeflogen«, brummte Hefele.

»Schon komisch.« Kluftinger rieb sich nachdenklich übers Kinn. »Anscheinend gibt er normalerweise seinen Schlüssel ab, wenn er geht. Aber diesmal nicht, hat die Pawlowicz gesagt. Ist sein Auto denn da?«

Sie liefen um die Ecke des Gästehauses zum Parkplatz, doch da stand nur ein grüner Golf.

»Zefix«, schimpfte der Kommissar und stampfte mit dem Fuß auf. »Es hilft nix, wir müssen eine Fahndung rausgeben.«

Zehn Minuten später saßen sie in Haases Zimmer auf dem Bett. Der Kommissar hatte sein Handy am Ohr und horchte. »Ausgeschaltet«, zischte er schließlich. »Als hätte der was gerochen. Fährt weg, ohne jemand was zu sagen, schaltet sein Telefon aus, damit wir ihn nicht erreichen …«

»Oder orten.«

»Wie? Ja, freilich, oder orten.« Kluftinger vergaß manchmal, welcher Segen die von ihm oft verteufelte neue Technik für ihren Berufsstand war. Aber manchmal waren sie noch auf die gute alte analoge Ermittlungsarbeit angewiesen.

»Meinst du, hier gibt's irgendwas, was uns weiterhelfen könnte?«, fragte der Kommissar, während er sich umsah.

»Klufti, du weißt genau, dass wir ohne Durchsuchungsbefehl nix machen können. Wenn wir was finden, dürfen wir's dann eh nicht … Klufti!«

Der Kommissar war aufgestanden und hatte begonnen, die Schubladen aufzuziehen. »Jetzt stell dich nicht so an wie der Maier.«

»Brauchst nicht gleich ausfallend zu werden. Aber du hast doch gemerkt, dass mich die Neue auf dem Kieker hat, da sollte ich mir lieber nix erlauben.«

»Ich will ja nur schauen, ob hier irgendwas rumliegt, was uns vielleicht verrät, wo er sein könnt.«

Hefele brummte etwas Unverständliches, und Kluftinger suchte weiter. Vor dem Papierkorb blieb er stehen, bückte sich und kramte mit angewidertem Gesicht darin herum. Als er auf ein zerknülltes Stück Papier stieß, zog er es heraus. Es war einer dieser Fremdenverkehrsprospekte, wie sie an Hotelrezeptionen zu Dutzenden auslagen. Dieser hier war von einer Organisation mit dem Namen »Allgäu Marketing«, von der Kluftinger noch nie etwas gehört hatte. In dem Prospekt ging es um die vielfältigen Sportmöglichkeiten in der Gegend. Ein Beitrag war mit Kugelschreiber angekreuzt. Neben dem Foto einer Frau stand: »Mein Tipp: Erkunden Sie das Allgäu doch einmal aus einer ungewohnten Perspektive: mit dem Kajak auf der Iller von Sonthofen aus, auf einem Alpenrundflug mit dem Sportflugzeug vom Flugplatz Durach oder bei einer spektakulären Fahrt mit dem Heißluftballon ab Füssen.«

Der Kommissar las sich die Zeilen mehrfach durch. Irgendetwas daran hatte ihn stutzig gemacht. Irgendetwas hatte … Er drehte sich zu Hefele um.

»Ich glaub, ich weiß, wo er hinwill.«

»Nein, ich bin mir nicht sicher, aber wir fahren da jetzt hin, Eugen. Schaden kann's nicht.« Kluftinger hatte das Mobiltelefon zwischen Schulter und Ohr geklemmt und raste auf der Autobahn Richtung Süden. Hefele neben ihm klammerte sich mit beiden Händen am Haltegriff des Beifahrersitzes fest. Er schien wenig Vertrauen in die Multitasking-Fähigkeit seines Chefs zu haben. »Und ruft an, dass sie niemanden starten lassen, bis wir da sind«, schrie der Kommissar ins Telefon, um das Dröhnen des Dieselmotors zu übertönen.

»Würdest du mich jetzt auch mal in deine Erkenntnisse einweihen?«, motzte Hefele, nachdem Kluftinger aufgelegt hatte.

»Ach so, freilich. Der Haase hat neulich zu mir gesagt, dass er ein bisschen fliegen will. Also, mit einem Sportflugzeug. Und auf dem Prospekt war genau das angekreuzt. Wenn du's wirklich eilig hättest, wegzukommen, was wäre dann besser geeignet, als …«

»… abzuheben«, vollendete Hefele den Satz.

»Genau. Jetzt können wir nur hoffen, dass wir noch nicht zu spät sind.« Mit diesen Worten trat er das Gaspedal noch ein bisschen fester. Auch wenn es nur eine Ahnung war. Er hatte das Gefühl, richtigzuliegen. Und in ein paar Minuten würden sie Gewissheit haben, denn länger dauerte die Fahrt zum nächstgelegenen Sportflughafen nach Durach, unweit von Kempten, nicht.

Sie passierten gerade das Ortsschild, da klingelte Kluftingers Handy.

»Ich bin's«, meldete sich Strobl aufgeregt, »du hattest den richtigen Riecher. Er ist wohl schon in einer gecharterten Maschine und will starten, obwohl sie ihm die Erlaubnis nicht erteilt haben. Aber die sagen, sie können nichts machen. Klufti? Hallo?«

Der Kommissar hatte das Handy einfach fallen lassen und war quer über Geh- und Radweg auf das Gelände des Flugplatzes gebogen. Eine kleine Maschine rollte gerade über die Graspiste und begann an einer Markierung zu wenden.

»Scheiße, der fliegt gleich los«, rief Hefele.

Kluftinger starrte auf das Flugzeug, umklammerte sein Lenkrad so fest, dass die Knöchel weiß hervortraten, und sagte dann entschlossen: »Das werden wir erst mal sehen.«

»Was hast du vor?«, fragte sein Kollege mit einem Anflug von Panik in der Stimme.

»Ich entziehe ihm die Starterlaubnis. Unwiderruflich«, erklärte der Kommissar und gab Gas. Er raste die Bahn entlang, ignorierte das Holpern und die Schläge, die sein Auto dabei abbekam, und hielt direkt auf das Flugzeug zu, das nun vollständig gewendet hatte und ebenfalls beschleunigte. Hefele presste seine Beine gegen den Boden, als stemme er sich gegen einen möglichen Zusammenstoß. Kluftinger ließ sich dadurch nicht beirren; er hielt direkt auf das Sportflugzeug zu, das nun mit rasender Geschwindigkeit näher kam. Sie waren vielleicht noch fünfzig Meter voneinander entfernt, da konnte er Haases Gesicht durch die Scheibe erkennen. Der Kommissar fixierte ihn und versuchte, seinem Blick standzuhalten, ihm nicht auszuweichen und dadurch Schwäche zu signalisieren. Er machte sich auf das Schlimmste gefasst, stemmte sich mit aller Kraft in den Sitz, dann schrie er.

Hefele starrte ihn mit weit aufgerissenen Augen an, dann begann er ebenfalls zu brüllen – und im selben Moment drehte das Flugzeug ab, geriet wegen der scharfen Kurve ins Straucheln, kippte zur Seite und kam schließlich schräg auf einer Tragfläche zum Liegen.

»Stopp! Halt an!« Hefeles erneuter schriller Schrei ließ Kluftingers Fuß automatisch aufs Bremspedal treten. Keine Sekunde zu früh, denn sie waren am Ende der Startbahn angelangt, ab hier ging die Wiese in einen steinigen Acker über.

Der Kommissar schluckte. Erst jetzt schien ihm wirklich bewusst zu werden, was er da gerade getan hatte, und er bekam im Nachhinein noch weiche Knie. Er wusste auch nicht, weshalb, aber er war sich absolut sicher gewesen, dass Haase schließlich abdrehen würde. Die gesamte narzisstische Veranlagung dieses Mannes hatte es für ihn unwahrscheinlich gemacht, dass er sich einer wirklichen Gefahr für Leib und Leben aussetzen würde. Und als er ihm dann in die Augen geblickt hatte, hatte er die Bestätigung bekommen.

Trotzdem war ihm nun flau im Magen. Er atmete ein paarmal tief ein und wischte sich den Schweiß von der Stirn, dann legte er den Rückwärtsgang ein. Das war sicher eine der spektakulärsten – Erika würde sagen: dümmsten – Aktionen seiner beruflichen Laufbahn gewesen. Das sah offenbar auch Hefele so, denn als sie langsam zu dem Flugzeug zurückfuhren, fixierte der seinen Chef wütend von der Seite, sagte aber nichts.

Das übernahm Haase, der etwas benommen aus der Maschine kletterte. Er rieb sich den Kopf, den er sich offenbar gestoßen hatte, und ließ eine Schimpftirade auf den Kommissar niederprasseln. Die brach allerdings jäh ab, als er die Sirenen der Polizeiwagen hörte, die nun auf den Flugplatz bogen.

»Wir kümmern uns um Ihr Reisegepäck«, sagte Kluftinger und griff sich den Aktenkoffer, den der Mann in Händen hielt. Dann waren die Kollegen da und übernahmen. Noch bevor Haase mit Handschellen in eines der Polizeiautos gesteckt wurde, legte der Kommissar den Koffer auf seine Motorhaube, ließ die Schlösser nach oben schnalzen – und stieß einen leisen Pfiff aus. Das Gepäckstück war gefüllt mit fein säuberlich gebündelten Geldscheinen.

»Jetzt sagen Sie uns doch endlich, woher das Geld stammt, wir kriegen es früher oder später eh raus.«

Kluftingers Geduld war am Ende. Mit Haases Vernehmung waren sie kein Stückchen weitergekommen.

»Zum hundertsten Mal. Ich kann Bargeld bei mir haben, so viel ich will. Alles andere wird Ihnen dann mein Rechtsanwalt sagen. Oder auch nicht.«

Der Kommissar biss die Zähne zusammen und zischte: »Können Sie eben nicht, auch dafür gibt es Obergrenzen, die Sie weit überschritten haben. Und selbst wenn es erlaubt wäre: Man trägt nicht einfach so hundertdreißigtausend Euro im Koffer bei sich und hat einen Flug nach Zürich angemeldet, wenn man keinen Dreck am Stecken hat, das wissen Sie wie ich! Noch dazu waren Sie im Begriff, sich durch Ihre Flucht unserer polizeilichen Ermittlung zu entziehen.«

»Jetzt mal halblang, Herr Kommissar. Ich bin weder geflohen, noch war ich festgenommen, wenn mich nicht alles täuscht. Zumindest hatte ich bis vor einer Stunde noch das Gefühl, ein freier Mann zu sein.«

»Ja, von diesem Gefühl müssen Sie sich vielleicht für eine Weile verabschieden.«

Haase grinste. »Wollen Sie mir drohen?«

»Nein, sicher nicht. Aber es gibt Indizien, die eben nicht für Ihre Unschuld sprechen.«

»Pah, welche denn, bitte?«

»Wie erklären Sie es sich, dass wir Fasern von Ihrem Jackett im Märchenkabinett gefunden haben, in dem Frau Rothenstein Grimmbart ermordet worden ist?«

Mit überlegenem Lächeln erklärte Haase: »Ich habe nie behauptet, dass ich nicht irgendwann in diesem Raum gewesen bin. Schließlich musste ich doch meinen Familienstammsitz in Augenschein nehmen.«

Kluftinger blies die Luft aus. »Jaja, Herr Haase. Sie liefern uns hier für alles eine scheinbar völlig plausible Erklärung. Das ist Ihr gutes Recht. Aber dass wir Ihnen die nicht abkaufen, ist nicht nur unser Recht, sondern sogar unsere Pflicht. Die Faserspuren werden nicht die letzten Indizien sein, die wir finden, verlassen Sie sich darauf!«

Kluftingers Gegenüber zuckte nur mit den Schultern. Der Kommissar beschloss also, die Vernehmung zu unterbrechen, bis der angekündigte Anwalt zugegen war. Vielleicht konnte man bei dem mehr erreichen. Er ließ Haase in eine Gewahrsamszelle bringen und ging ein wenig missmutig zurück zu seinem Büro, kam aber nicht weit, denn auf dem Gang hatte sich eine kleine Menschenansammlung gebildet: Neben seinen Kollegen standen Sandy Henske und Birte Dombrowski um einen weißhaarigen Herrn im Trachtenanzug, den Kluftinger nur zu gut kannte – seinen ehemaligen Vorgesetzten Dietmar Lodenbacher.

»Kluftinga«, tönte er über den Korridor, als er den Kommissar erblickte, »kemman S' her, von Eahna muass i mi doch no gebührend verabschieden, geans?«

Jetzt erinnerte sich Kluftinger wieder, dass heute die offizielle Amtsübergabe des scheidenden Präsidenten an Birte Dombrowski mit einigen lokalen Honoratioren anberaumt gewesen war. Und irgendwie fand er es rührend, dass der Niederbayer noch einmal in ihrer Abteilung vorbeigekommen war. Der Kommissar nickte grüßend in die Runde und schüttelte Lodenbacher und Frau Dombrowski die Hand.

»Frau Kollegin, der Herr Kluftinga, dös is fei a Kaliber. Dem daadn S' des überhaupts ned zuatraun, wos der aufm Kastn hot. Manchmol jedenfalls. Oiso, wenn er erst amol auf Betriebstemperatur is, geans?«

Kluftinger sah ihn fragend an.

»Der Herr Kluftinga und seine Männer, de san des Rückgrat der Kemptener Kripo, sog i allweil. Und wie man hört, gibt es schon einen Erfolg im spektakulären Fall auf dem Schloss. Guat, guat, meine Herrn, das wird den Minister freuen. Frau Dombrowski, diese Abteilung wird Ihnen noch eine Menge Freude bereiten.«

Birte Dombrowski lächelte verkrampft und ließ ein vielsagendes »Das Gefühl habe ich auch« fallen.

Der Kommissar war beinahe gerührt von so viel Lob, doch da schob Lodenbacher noch etwas hinterher: »Jo, mei, dös hot mich auch eine Menge Arbeit gekostet, bis die Abteilung so gut aufgestellt gwesn is, des konn i Eahna sogn. So, ich muss dann auch wieder weiter, geans, die ministerialen Aufgaben rufen.«

»Ach, Herr Lodenbacher, jetzt bleiben Sie doch noch einen Moment«, meldete sich Maier zu Wort, »trinken Sie ein Glas mit uns, und wir lassen die schönen, leider vergangenen Zeiten *nochmals* aufleben!«

Kluftinger entging nicht der irritierte Blick, den die Präsidentin seinem Kollegen zuwarf.

»Aber Herr Maier, jetzt bloß net sentimental werden. Bin ja nicht aus der Welt. Wenn was is, ich bin weiterhin für meine Männer da, ned?«

Maier nickte, blickte ihn versonnen an, und der Kommissar hatte das Gefühl, als bekomme Sandy Henske sogar feuchte Augen. Es war schon erstaunlich, wie schnell die Verklärung der Vergangenheit einsetzte.

Und Lodenbacher tat alles, um diese Entwicklung zu unterstützen. »Ich weiß doch, was Sie hier an der Basis leisten. War doch selbst lange genug an der Front. Des werd ned vergessn, nur weil in München die Sessel ein bisserl weicher gepolstert san. Ich bleib Polizist mit Leib und Seele und ein Diener für meine Beamten.«

Genauso haben wir dich immer empfunden, dachte Kluftinger bitter.

»Oiso, wenn Not am Mann is: Ned verzagen, Lodenbacher fragen. Ich bin immer da, wenn Rat gefragt ist. Ministerialrat in dem Fall sogar, ned?« Lodenbacher lachte donnernd auf.

Kluftinger fand es erstaunlich, wie ihr scheidender Vorgesetzter sich seine neue Position schönredete. Sicher, er war jetzt näher an den Schaltzentralen der Macht und an den vermeintlich wichtigen Menschen, an die er sich in all den Jahren immer herangewanzt hatte. In Zukunft würde man ihn bei vielen Repräsentationsterminen sehen, wo er unterwürfig mit seinem neuen Titel begrüßt werden würde. Aber tatsächlich bedeutete das alles doch einen massiven Verlust an Gestaltungsmöglichkeit. Und damit an Bedeutung. Jedenfalls in dem, was er tat. Aber vielleicht war es auch genau das, was Lodenbacher so reizte.

Der reichte dem Kommissar nun eine schmale Präsenttüte. »Des is für Eahna.«

Kluftinger war überrascht. Er zog die Flasche aus der Verpackung und las das Etikett: »Lallinger Blutwurz, aha!«

Lodenbacher setzte eine verschwörerische Miene auf und sagte: »Eine Spezialität aus meiner niederbayerischen Heimat Niederbayern. Wos zum Zwitschern zwitscherndurch. I weiß doch, dass Sie einem guten Tropfen nicht abgeneigt sind, ned? Der hot ordentlich Umdrehungen, da san Sie ganz schnöll auf Touren!«

Kluftinger blickte verlegen in die Runde und dabei auch in das Gesicht von Birte Dombrowski, die demonstrativ den Kopf schüttelte, sich eines Kommentars jedoch enthielt. Er beschloss, die unfreiwillige Zusammenkunft besser aufzulösen, bevor es noch mehr Verwicklungen gab. »So, leider müssen wir jetzt wieder. Herr Lodenbacher, alles Gute dann in München, und beehren Sie uns mal wieder, gell? Und dankschön für das Fläschle.«

»Ned der Rede wert, bei Leut wie Eahna scheue ich weder Kosten noch Mühen. « Kluftinger war schon fast in seinem Büro verschwunden, da rief ihm der ehemalige Polizeipräsident beinahe flehentlich hinterher: »Und hoitn S' mi aufm Laufenden, ned? Sie kriegen meine Durchwahl, dafür sorg ich. Und für Sie bleib ich der Herr Lodenbacher, den Ministerialrat schenk ma uns!«

Kurz darauf hatten sich auch Maier und die anderen von ihrem auf einmal so beliebten Ex-Chef lösen können und saßen nun in Kluftingers Büro zu einer kurzen Lagebesprechung.

»Schon schade, das mit dem Herrn Lodenbacher. Aber es hilft nichts, zurück zum Tagesgeschäft«, erklärte Maier in feierlichem Tonfall. »Zunächst kann ich vermelden, dass man sich diesen Fugu, also den Kugelfisch, der zur Familie der Tetraodontidae zählt, durchaus legal beschaffen kann, im Internet wie in Zoogeschäften, fraglich allerdings ist dann der Giftgehalt dieser in Gefangenschaft gehaltenen Exemplare, das hat ja der Böhm auch schon angedeutet. Denn nur bei entsprechender Ernährung in natürlicher Umgebung wird das Gift in großer Menge gebildet. Und diesen giftigen Fisch, den man ja auch zum Verzehr braucht, den wiederum bekommt man hier nicht, schon gar nicht als Lebensmittel.«

»Und was heißt das jetzt für unseren Fall?«, wollte Kluftinger wissen.

»Nun, dass man sich durchaus … eigentlich bringt uns das nicht wirklich weiter«, räumte Maier schließlich ein.

»Okay, sag uns Bescheid, wenn du verwertbare Ergebnisse zu bieten hast«, bat der Kommissar. »Wir werden sonst aus dem Haase schon noch rausbekommen, woher er das Gift hat.«

»Sind wir uns jetzt eigentlich ganz sicher, dass er es war?«, fragte Strobl vorsichtig.

»Es spricht viel dafür, oder?«, fand Kluftinger. »Nur eines passt irgendwie noch nicht rein: die Sache mit dem Bild. Warum hat er die Grimmbart da so hindrapiert? Was soll die Botschaft sein? Was sind seine Beweggründe?«

»Sagen wird der Haase es uns kaum«, bemerkte Hefele.

Kluftinger nickte. »Vielleicht liegt der Schlüssel ja im Bildinhalt. Darüber müsste man endlich mehr erfahren. Genauer gesagt über die Leute, die drauf sind, auf dem Bild.«

Strobl meldete sich zu Wort. »In der Ottobeurer Klosterbibliothek gibt es anscheinend eine Familienchronik der Grimmbarts, hab ich irgendwo im Netz gelesen.«

»Ohne Schmarrn?«, entfuhr es Kluftinger.

Strobl zog die Schultern hoch.

»Ja dann nix wie hin.«

16

Es schien Kluftinger, als seien die Ermittlungen in diesem Fall eine Zeitreise, die ihn von einem historischen Gebäude ins nächste führte. Das war ihm nicht unangenehm, jedenfalls jetzt, da er auf den Besucherparkplatz der Abtei Ottobeuren einbog. Auf seine Besuche in dem unheimlichen Grimmbartschen Märchenschloss hätte er dagegen gerne verzichtet. Im Gegensatz zu Bad Grönenbach wirkte hier, im Angesicht der prachtvollen barocken Basilika, sogar das trübe Herbstwetter einigermaßen erträglich.

Er atmete tief durch. Die frische Luft tat ihm gut – er hatte das Gefühl, davon in letzter Zeit zu wenig bekommen zu haben. Dann machte er sich auf den Weg, vorbei am mächtigen Kirchenportal direkt zum Eingang der Abtei. Sie war noch in Betrieb, im Gegensatz etwa zu der unweit gelegenen Buxheimer Kartause. Und hier schotteten sich auch nicht irgendwelche Schweigemönche von der Außenwelt ab, wie einstmals in Buxheim. Vielmehr wurde das Kloster von der Welt zugewandten Benediktinern betrieben – wenn auch nur von neunzehn Mönchen, wie er gelesen hatte.

Er meldete sich an der Pforte an und wurde in die Bibliothek geschickt, wo ein gewisser Frater Quirin zu ihm stoßen sollte. Der Weg dorthin führte ihn durch imposante Säulengänge, die vom einstigen Reichtum des Ordens kündeten. Marmorne Stufen führten ihn hinauf ins erste Stockwerk, das nicht weniger beeindruckend gestaltet war. Er kam sich klein und unbedeutend vor inmitten dieser monumentalen Pracht – was ja in gewisser Weise auch Sinn und Zweck dieses Bauwerks war, dachte er.

Als er schließlich an der gewaltigen, doppelflügeligen Tür angelangt war, hinter der nach der Wegbeschreibung die Bibliothek liegen musste, wusste er nicht so recht, was er tun sollte. Warten? Klopfen? Einfach eintreten? Die Entscheidung wurde ihm abgenommen, als plötzlich ein seltsames Geräusch aus der Tiefe des Ganges zu ihm drang. Was war das nur? Es klang irgendwie elektrisch, aber auch nach etwas, was sich mit hoher Geschwindigkeit bewegte. Er wollte gerade nachsehen, da bog ein Mann mit wehender schwarzer Kutte um die Ecke, und Kluftinger machte einen Satz zur Seite. Nicht etwa aus Angst vor dem Mönch, sondern weil der ihn beinahe über den Haufen gefahren hätte. Aber womit eigentlich? Das seltsame Gefährt bestand aus zwei großen Rädern mit einem Trittbrett, aus dem eine Lenkstange hervorragte.

»Mein Segway«, sagte der Mönch stolz, als würde er einen Bekannten vorstellen. »Wissen Sie, man hat hier ziemliche Wege zurückzulegen, und ich bin nicht mehr allzu gut zu Fuß. Aber seit ich meinen Freund hier habe«, er tätschelte die Maschine, »kann ich mich wieder voll meinen Aufgaben widmen.« Mit diesen Worten stieg er ab und streckte die Hand aus. »Frater Quirin. Und Sie sind dann wohl der berühmte Kommissar Kluftinger?«

»Ich, berühmt? Also, ich weiß ja nicht …« Der Kommissar winkte verlegen ab.

»Keine falsche Bescheidenheit! Ich als Archivar lese natürlich die Zeitung, und Sie stehen da ja öfter drin als so mancher Apostel im Evangelium.«

»Mei, wenn Sie meinen …«

Der Geistliche öffnete die Flügeltür und bedeutete dem Kommissar, einzutreten. Dann stieg er wieder auf sein Gefährt und tuckerte im Schritttempo neben ihm her, was Kluftinger etwas befremdete. Allerdings wurde seine Aufmerksamkeit abgelenkt, als sie die Bibliotheksräume betraten. Er kannte von der Abtei lediglich die weltberühmte Kirche. Hier war er noch nie gewesen, doch was er sah, verschlug ihm die Sprache: Der Raum war nicht weniger imposant als das Gotteshaus, vielmehr war er selbst eine Kathedrale. Eine Kathedrale des Wissens. Prächtige, goldverzierte Säulen säumten den riesigen Saal, dessen Mitte eine weiß-goldene

Statue markierte. Ein kunstvoll gedrechseltes Geländer lief rund um die Galerie im ersten Stock und zog den Blick unweigerlich in die Höhe zu der prächtigen, über und über mit Stuck und Fresken verzierten Decke. Dieser Raum hätte jedem Schloss zur Ehre gereicht. Doch das Besondere waren die unzähligen Bücher, die sich in den Regalen an den Wänden befanden: mächtige Folianten von sicherlich ebenso großem Wert wie die Kunstwerke drum herum, vermutete Kluftinger.

Frater Quirin beobachtete ihn von der Seite mit einem amüsierten Lächeln. »Wenn wir die Gabe des Staunens verlieren, verlieren wir die Gabe, Mensch zu sein«, sagte er schließlich.

Erst jetzt wurde dem Kommissar bewusst, dass sein Mund offen stand. Er räusperte sich: »Also, ich muss schon sagen, das ist wirklich …«, er suchte nach dem rechten Wort, »… der Hammer.«

»Danke. Ich werte das als Kompliment. Und ich nehme es gerne und in aller Bescheidenheit an, schließlich habe nicht ich diese Pracht geschaffen.« Der Mönch lächelte zufrieden, und seine Pausbacken leuchteten in einem noch intensiveren Rot. Mit seiner Leibesfülle und den braunen Locken war er Kluftinger von Anfang an sympathisch.

»Was ist das denn?«, fragte der Kommissar interessiert, als sie an einem Tischchen vorbeigingen, auf dem mehrere aufgeschlagene Folianten lagen. Der Inhalt schien auf Latein verfasst; die kunstvollen farbenfrohen Bilder zeigten die unterschiedlichsten Tiere.

»Oh, nur ein kleines Forschungsprojekt von mir«, erklärte Bruder Quirin. »Es handelt sich dabei um alte Fabeln und Märchen. Es ist faszinierend, wie lange etwa die Volksmärchen schon in einzelnen Regionen im Umlauf waren, bevor sie die Gebrüder Grimm dem kollektiven Gedächtnis unserer Kulturnation einverleibten.«

Grimm, dachte Kluftinger – erst jetzt fiel ihm die Namensähnlichkeit mit dem Adelsgeschlecht auf, mit dem er es gerade zu tun hatte. Da kam ihm ein weiterer Gedanke: »Steht da auch was uber den Dachs?«

Der Geistliche stoppte den Segway. »Wie meinen Sie das? Ganz allgemein?«

»Der ist doch auch ein Fabeltier, das immer wieder vorkommt, oder?« Nicht umsonst war im Schloss und sogar im Wappen des Barons dieses Tier zu finden.

»Ja, natürlich, er kommt häufig in den Geschichten vor.« Er stieg ab und blätterte in seinen Unterlagen. »Sehen Sie?« Er zeigte ihm die Zeichnung eines Dachses, der einen Hut und einen Wanderstock trug.

»Haben Sie das gezeichnet?«

»Nur abgezeichnet.«

»Und was hat es nun mit dem Dachs als Fabelwesen auf sich?«

»Im Märchen und in der Fabel gilt er als bedächtige, ruhige Figur. Nehmen Sie nur mal Reineke Fuchs, das kennen Sie doch.«

Kannte er nicht. »Ja sicher.«

»Eben, das gibt es in verschiedensten Versionen seit dem fünfzehnten Jahrhundert. Und wer ist da der Verschlagene?«

»Der Dachs.«

»Der … nein, eben nicht. Der Fuchs. Der Dachs ist auch hier der Freundliche, Ausgleichende. Interessanter als der Dachs dürfte aber etwa Meister Isegrim sein.«

»Welcher Meister?«

»Der Wolf. Isegrim ist sein Fabel- oder Märchenname. Eine höchst ambivalente …«

»Hm, sehr interessant.« Kluftinger befürchtete, dass der Mönch ihm einen endlosen literaturhistorischen Vortrag halten würde, und suchte nach einem Ausweg, ohne den freundlichen Frater zu brüskieren. »Da kann ich ja vielleicht extra mal vorbeikommen, das hört sich sehr interessant an.«

Die kleinen Äuglein des Mannes begannen zu blitzen. »Aber natürlich, wann immer Sie möchten.«

»Jetzt muss ich leider ein bisschen auf die Uhr schauen …«

»Aber natürlich. Hier hinten habe ich Ihnen schon alles hergerichtet. Er zeigte auf einen Schreibtisch vor einem Regal an der Stirnseite des Raums. Kluftinger machte sich auf den Weg und fragte im Gehen noch: »Wie heißt denn eigentlich der Dachs mit Fabelnamen?«

Die Antwort kam blitzschnell und fuhr Kluftinger durch Mark und Bein: »Grimbart.«

Der Kommissar saß nun seit einer Viertelstunde über den Büchern, die ihm der Frater hergerichtet hatte, doch noch immer konnte er sich nicht so recht darauf konzentrieren. Dabei wusste er nicht einmal genau, was ihm an der Tatsache so in die Glieder gefahren war, dass die Adelsfamilie ebenso hieß wie der Dachs im Märchen. Immerhin war es auch ihr Wappentier, und das kam sicher nicht von ungefähr. Aber die Information rief ein diffuses, tief sitzendes Unbehagen in ihm hervor.

Er hatte es hier mit einem besonders rätselhaften Fall zu tun, alles wirkte geheimnisvoll, aus der Zeit gefallen: der mysteriöse Mord, der eigentümliche Personenkreis, mit dem er es zu tun hatte, das verwunschene Schloss. Manchmal fühlte er sich, als sei er selbst in ein Märchen hineingeraten, bewege sich in einer Scheinwelt, in der ganz eigene Gesetze galten, in der alles möglich war, egal wie unwahrscheinlich es sein mochte.

Er rieb sich über die Augen. Was war nur mit ihm los? Er neigte doch sonst nicht zum Aberglauben.

Er seufzte und wandte sich dem Buch zu, das aufgeschlagen vor ihm lag. Mit den Fingern – Frater Quirin hatte aus »konservatorischen Gründen« darauf bestanden, dass er sich bereitgelegte Handschuhe anzog – fuhr er über die dicken, vergilbten Seiten. Es handelte sich um eine der Familienchroniken der Grimmbarts, die aus irgendwelchen Gründen vor vielen Jahren hier in der Klosterbibliothek gelandet waren. Wohl nicht der schlechteste Ort, um eine sachgemäße Aufbewahrung auch in Zukunft sicherzustellen, mutmaßte Kluftinger.

Die Chronik stammte aus dem achtzehnten Jahrhundert und war in einer altertümlichen Schrift verfasst, die der Kommissar nur mit größter Mühe entziffern konnte. Er blätterte zu dem Datum, das ihn so interessierte: 1509, das Jahr, in dem das Bild entstanden war, das viele Jahrhunderte später eine so grausame Wirkung entfalten sollte. Er quälte sich durch eine Aufzählung der Ländereien, machte sich jedoch keine allzu große Mühe damit, jeden der schwungvoll verschnörkelten Buchstaben zu entziffern. Viel interessanter fand er einen Eintrag auf der nächsten Seite:

Ihro Durchlaucht Fürst Gero Enno Reginald Wieland Tasso Hermann von Rothenstein Grimmbart und seyne hochwohllöbliche Gattin, ihre Durchlaucht Henriette Gertrude, zeigen alhier an, dass ihnen zumahlen durch göttliche Hülff

Komplizierter ging's wirklich nicht mehr, dachte der Kommissar. Die folgende Zeile konnte er nicht entziffern, reimte sich aus den Worten *Gnade* und *Allmächtigen* jedoch zusammen, dass es sich um einen weiteren Dank an die höchste Instanz handelte. Er stieg erst wieder ein, als er las:

ein Knab und ein Mädchen geboren wurden.

Er suchte die Seite nach einem Datum ab und fand es schließlich: Im Hartung anno 1509.

Hartung? Was sollte das denn bedeuten?

»Herr Quirin?«

»Ja?«

Kluftinger zuckte zusammen: Der Mönch stand bereits hinter ihm.

»Ich … also … meine Güte, können Sie fliegen?«

»Diese Gabe hat der Herr mir leider nicht verliehen. Wollen Sie sonst noch etwas wissen?«

»Wie? Ach so, ja: Was ist denn Hartung? Das muss ein Datum oder so was …«

»Januar. Eine antiquierte Bezeichnung. Der Januar hatte im Laufe der Geschichte viele Namen. Unter anderem auch Eismond oder Schneemonat. Wobei sich das inzwischen dank Klimawandel wohl erledigt hat.«

»Verstehe. Danke.« Er sah dem Mönch nach, bis er hinter einem

Regal verschwunden war, dann widmete er sich wieder dem Buch. Januar also. Er dachte nach. Das Jahr war dasselbe, in dem auch das Bild entstanden war. Allerdings waren darauf keine Kinder zu sehen gewesen. Seltsam. Wäre es nicht selbstverständlich, ein Ereignis, das mit solcher Freude in der Chronik verkündet wurde, auch auf dem Familienporträt festzuhalten?

Er versuchte, noch mehr zu entziffern, fand jedoch nur heraus, dass die Zwillinge Johann und Margarethe hießen.

Kluftinger hangelte sich weiter von Wort zu Wort, doch es folgte aus seiner Sicht nichts Interessantes mehr. Er blätterte um und hielt inne: Diese Seite sah anders aus als die anderen. Es befanden sich nur ein paar Zeilen darauf, der Rest des Blattes war leer. Außerdem schien auch die Schrift eine andere zu sein. Er begann zu lesen:

Ihro Durchlaucht Fürst Gero Enno Reginald Wieland Tasso Hermann von Rothenstein Grimmbart vermeldet höchstselbst, dass mit göttlicher Hülff …

Schon wieder, dachte er und wollte weiterlesen, doch die Schrift war immer schwerer zu entziffern, so dass er wenig später aufgab. Es war einfach zu mühsam, außerdem war er kein Historiker, und überhaupt fragte er sich, warum er von dem Hilfsangebot des Mönches keinen Gebrauch machen sollte. »Frater Quirin?«, rief er also in die Stille, nachdem er sich vorsichtig umgedreht hatte, um sicherzugehen, dass der sich nicht wieder an ihn herangeschlichen hatte. Statt einer Antwort hörte er das Surren des Elektromotors, und kurz darauf rauschte der Geistliche auf seiner Höllenmaschine heran.

»Schon zur Stelle. Womit kann ich dienen?«

»Ich komm hier nicht so recht weiter …«, entschuldigte sich Kluftinger, unbestimmt auf das Buch zeigend.

»Kein Problem, ich hatte mich ehrlich gesagt schon gefragt, wie lange Sie durchhalten würden.« Er stieg ab und rieb sich die Hände. »So, wo sind wir denn? Ah ja, also da haben Sie sich aber keine schöne Stelle ausgesucht. Es scheint, als habe eine Krankheit die Frau des Fürsten beinahe heimgerufen. Mit Gottes Hilfe konnte dieses Schicksal jedoch noch einmal abgewendet werden.« Er lächelte und las weiter. Schlagartig verschwand das Lächeln. »Leider war den Kindern des Fürsten nicht so viel Glück beschieden …«

Der Kommissar schluckte. Zwar lagen einige Jahrhunderte zwischen diesen Ereignissen und der Gegenwart, dennoch fühlte er sich mittlerweile auf sonderbare Weise mit den Menschen auf dem verschwundenen Bild verbunden. Und Kinder zu verlieren gehörte zu den größten Tragödien, die er sich vorstellen konnte – egal in welchem Zeitalter. »Warum ist denn die Schrift hier anders?«

»Sehr gut beobachtet«, lobte der Mönch, und sein Doppelkinn wackelte, während er eifrig nickte. »Es handelt sich hierbei um eine Zusammenstellung der Originalquellen. Irgendwann haben die Grimmbarts damit begonnen, die Quellen zusammenzufassen, die alten Dokumente abzuschreiben, um somit eine geschlossene Chronik zu erhalten.«

Kluftinger hörte interessiert zu. »Was steht denn da noch so?«

Quirin beugte sich wieder über das Buch. »Nun, offenbar hat das Ehepaar nach dem Schicksalsschlag irgendwann einen Jungen an Kindes statt angenommen. Scheint jemand gewesen zu sein, der dynastisch mit ihnen verbandelt war. Sie haben fürderhin ein gottesfürchtiges Leben geführt und offenbar auch einige Kirchen ausmalen lassen. Sehr lobenswert.« Er blätterte weiter. »Ach, sehen Sie, das blieb nicht ohne Folgen: Irgendwann haben sie dann doch noch ein Kind geboren.« Er blickte Kluftinger tief in die Augen: »Unser Herrgott lässt seine treuen Diener eben nicht im Stich.«

»War's das?«

»Was die von Ihnen angesprochenen Personen betrifft: ja.«

»Hm, schad«, sagte Kluftinger mehr zu sich selbst.

»Hatten Sie sich etwas anderes erwartet?«

Er dachte nach. Hatte er? Er war sich nicht sicher, doch insgeheim hatte er gehofft, dass ihn irgendetwas anspringen, ihm

Klarheit in der Sache bringen würde. »Kann ich noch ein bissle dableiben?«

»Selbstverständlich. So lange Sie wollen.«

Damit rauschte der Mönch wieder davon.

Kluftinger blätterte noch einmal die Seiten durch. Jetzt, wo er wusste, was drinstand, fiel ihm das Lesen leichter. Wo aber war der Zusammenhang mit dem Mord? Hatte er ihn übersehen? Lag er hier, irgendwo zwischen den Zeilen versteckt? Noch einmal überflog er den Text – und plötzlich wurde es ihm heiß und kalt zugleich. Seine Augen ruhten auf drei Wörtern, die dort standen: *an Kindes statt*. Die Parallele zum aktuellen Fall war augenfällig. Auch in der Gegenwart gab es eine Adoption – jedenfalls beinahe. Nur, wie sollte er diese Information einordnen? Tief sog er die Luft ein – und damit auch eine Menge Staub, der sich über die Jahrhunderte auf die Seiten gelegt hatte. Seine Augen wurden feucht, das Kitzeln in seiner Nase wurde heftiger und entlud sich schließlich in einem derart heftigen Niesen, dass es von den Wänden widerhallte.

»Ist etwas?«, schallte aus einer entfernten Ecke die besorgte Stimme des Fraters.

»Nein, nein, danke, alles bestens«, antwortete der Kommissar. Er blickte wieder auf das Buch – und stellte voller Entsetzen fest, dass sein Niesanfall einen feuchten Fleck in dem historischen Dokument hinterlassen hatte. »Kreizkruzifixsakrament«, fluchte er und zog unwillkürlich den Kopf ein angesichts all der Heiligendarstellungen um ihn herum. Er nahm ein Taschentuch heraus, wischte auf der Seite herum, verschmierte dabei zu seinem Entsetzen aber die Tinte und verschlimmerte den Fleck damit nur noch. Schweiß trat ihm auf die Stirn: Jahrhunderte hatte der Wälzer schadlos überstanden, Kriege und Naturkatastrophen überlebt – bis *er* gekommen war. Er vermutete, dass ihn der Mönch nicht noch einmal sein Reich betreten lassen würde, wenn er ihm das Buch so zurückgab. Ohne weiter darüber nachzudenken, feuchtete er seinen Handschuh mit Spucke an, wischte noch einmal über das Papier – und atmete auf. Das dunkle Geschmier verschwand nach und nach. Nach ein paar weiteren Wischern lehnte sich der Kommissar zurück und betrachtete sein Werk. Er war begeistert. Vielleicht sollte er als Konservator arbeiten. Nichts war mehr zu sehen, gar nichts, überhaupt nichts … Seine Augen weiteten sich entsetzt: Dort, wo eben noch die schwer lesbare Schrift gestanden hatte, war nun überhaupt nichts mehr zu lesen. Eine Lücke klaffte im Fließtext. Er griff mechanisch in seine Tasche, zog einen schwarzen Stift hervor und machte sich eifrig daran, die Lücke wieder aufzufüllen. Was er da aufs Papier brachte, war eine Mischung aus Erinnerung und Fantasie, doch nach ein paar Minuten war er zufrieden. Er hatte es ganz gut hinbekommen. Und außerdem: Hatte der Mönch am Telefon nicht gesagt, dass sich noch nie jemand für diesen speziellen Band interessiert hatte? Welchen Schaden konnte er also mit der kleinen Improvisation schon anrichten?

In diesem Moment hörte er wieder das Surren des Elektromotors und spürte den Luftzug, den der Mönch auf seinem Gefährt verursachte. Da er noch immer den Stift in der Hand hielt, wusste er sich nicht anders zu helfen: Er zog sein Taschentuch hervor, täuschte noch einmal einen Niesanfall vor und ließ dabei den Stift im Tuch verschwinden.

Keine Sekunde zu früh, denn der Geistliche stand bereits neben ihm: »Helf dir Gott!«

Kluftinger hatte diese antiquierte Form des heutigen *Gesundheit* schon lange nicht mehr gehört und antwortete mit einem »Vergelt's Gott«. Dann stand er rasch auf. »Ich wär dann also so weit, vielen Dank noch mal.« Er wollte das Buch bereits zuklappen, da hielt ihn der Frater zurück. »Moment mal, bitte.«

Das war's, er war aufgeflogen, die Diensthaftpflicht würde eine Unsumme berappen müssen, die Presse würde darüber berichten, und er wäre mal wieder das Gespött der Abteilung.

»Das ist ja interessant, das war mir bislang nicht aufgefallen.«

Kluftinger verstand nicht. »Wie?«

»Ach, nichts, was Sie interessieren wird. Ich habe mich bisher nur oberflächlich mit dieser Materie beschäftigt, und nun fällt mir hier beim flüchtigen Hinsehen ein Wort auf, das in diesem Zusammenhang ganz neue Perspektiven … aber wie gesagt, das wird Sie nur langweilen. Ich muss das noch genauer überprüfen.«

»Ja, vielleicht. Was mich angeht, ich versteh ja von diesem ganzen Geschichtszeug nix.«

»Dabei ist unsere Arbeit in dem Bereich gar nicht so verschieden.«

»In welchem Bereich?«, fragte der Kommissar vorsichtig.

»Na, es ist hier wie bei Ihren Ermittlungen auch: In der historischen Forschung kommt es oft auf die Kleinigkeiten an. Da zählt mitunter jedes Wort. Was sage ich: jedes einzelne Zeichen.«

17

Eine knappe Stunde später begrüßte Kluftinger im Vernehmungsraum den Strafverteidiger Alexander Kühn, der extra aus Düsseldorf angereist war, um seinem Mandanten Steffen Haase in dessen misslicher Lage rechtlichen Beistand zu leisten. Der Mann war um die fünfzig, hochgewachsen, mit leicht schütterem, nach hinten gegeltem Haar, randloser Brille und einem Anzug aus feinem, braunem Tweedstoff.

»Kühn. Herr Hauptkommissar, das ist vortrefflich, dass ich Sie gleich hier antreffe. Sehr guter Einstieg in die Sache, wirklich.«

Der Kommissar runzelte die Stirn angesichts dieses unverhofften Lobes. »Soso. Kluftinger. Ich nehm mal an, dass Sie über die Situation von Herrn Haase Bescheid wissen.«

»Gut, dass Sie das schon an so früher Stelle ansprechen. Freut mich ungemein, ein sehr durchdachtes Vorgehen. Nun, ich bin in groben Zügen im Bilde, für Details setze ich auf Ihre sicherlich vorhandene Kooperationsbereitschaft, nicht wahr?«

Kluftinger nickte. Im Gegensatz zu den sonst gerne mauernden Anwälten schien dieser hier eine regelrechte Plaudertasche zu sein. »Was die Sache erleichtern würde, wär halt, wenn Ihr Mandant eine Aussage zur Sache machen tät. Ist er denn dazu bereit?«

Kühn zögerte einen Moment. »Eine sehr gute Frage, die Sie da stellen. Ich danke Ihnen ausdrücklich dafür, Herr Kluftinger. Allerdings gehen wir hier mutmaßlich von unterschiedlichen Vorzeichen aus. Sie erwarten sich ein Geständnis von Herrn Haase, ich aber kann nur nochmals bekräftigen, dass alle gegen meinen Mandanten erhobenen Vorwürfe haltlos sind. Es tut mir schrecklich leid, in dieser Hinsicht werden weder Herr Haase noch ich Ihnen entgegenkommen können.«

In diesem Moment klopfte es an der Tür, und ein uniformierter Beamter führte Haase herein. Nach den beiden betraten auch Maier und Strobl den Raum und setzten sich etwas abseits an den kleinen Tisch in einer Ecke des Zimmers.

»So, Herr Haase, bitte setzen Sie sich«, begann Kluftinger. »Wir werden das Gespräch wieder mitschneiden, aber das kennen Sie ja bereits. Sie haben ja schon mit Ihrem Anwalt geredet, gell?«

Haase nickte.

»Gut, erzählen Sie uns doch jetzt bitte mal, wie und wann Sie erfahren haben, dass ein echter Bernhard Strigel im Besitz der Familie Rothenstein Grimmbart ist.«

Der Tatverdächtige warf einen Blick zu seinem Anwalt, der zuckte mit den Schultern, was Haase offenbar als Aufforderung verstand, zu antworten. »Also, ich kenn mich da nicht aus, bei dem Kunstkram, ehrlich gesagt. Aber die Grimmbart hat mir das Bild gezeigt, beim ersten Mal, als ich dort war.«

Kluftinger nickte zufrieden. Der Mann schien endlich zu kooperieren. »Verstehe. Kann es sein, dass allmählich der Gedanke in Ihnen gereift ist, das Bild ... sagen wir ... an sich zu nehmen und zu verkaufen?«

Er ließ seine Worte ein wenig wirken, achtete aber darauf, dass weder der Anwalt noch der Verdächtige reagieren konnten, bevor er selbst weitersprach: »Wenn ich jetzt einfach mal annehmen würde, dass das Geld in Ihrem Koffer aus dem Verkauf des gestohlenen und bislang verschollenen Bildes stammt und dass Ihnen bei der Beschaffung des Gemäldes die Besitzerin in die Quere gekommen ist, so dass Sie sie loswerden mussten, was würden Sie dann dazu sagen?«

Der Angesprochene war doch nicht so kooperationsbereit wie erhofft, denn er polterte los: »Dann würd ich Ihnen sagen, dass das ein ausgemachter Schwachsinn ist! Wieso wollen Sie mir denn den Mord anhängen, hm? Meinen Sie, wenn ich dieses beschissene Bild hätte haben wollen, dann hätte ich mir selber die Finger damit schmutzig gemacht? Und dann auch noch mit der Frau? Ich bitte Sie!«

Nun meldete sich auch Kühn zu Wort, nach wie vor in seinem betont freundlichen Singsang. »Zunächst ersuche ich Sie höflichst, Herr Kluftinger, keine weiteren Vorhaltungen und Hypothesen dieser Art aufzustellen, solch suggestive Fragen sind nicht zulässig, das muss ich Ihnen eigentlich nicht sagen, denke ich. Darüber hinaus möchte ich betonen, dass mein Mandant sich tatsächlich bisher keine Straftaten der von Ihnen geschilderten Art zuschulden hat kommen lassen, ich fürchte also, dass wir Ihre Spekulationen als abwegig betrachten müssen.«

»Aha, dabei bleiben Sie also?«, wollte der Kommissar wissen.

Kühn lächelte. »Ich sehe keinerlei Grund, dass wir uns gegenteilig verhalten sollten.«

»Das seh ich anders«, brummte Kluftinger. »Nicht nur, dass sich Ihr Mandant den Ermittlungen entziehen wollte …«

»Das ist eine Interpretation, die wir so nicht teilen.«

»… wir haben auch einen Streit von ihm und der Baronin dokumentiert. Und beim Geld hört die Partnerschaft auf, gell?«

»Da mögen Sie recht haben, Herr Kluftinger, dieses Lamento kann ich nur unterstreichen. Die Schlüsse, die Sie daraus ziehen, müssen wir allerdings Ihrer Fantasie zurechnen. Denn Beweise haben Sie dafür ja wohl nicht.«

Hinter der betont höflichen Fassade des Mannes steckte ein eisenharter Verteidiger, erkannte Kluftinger.

Er stand auf und bat Strobl, die Befragung fortzusetzen. Für die nächsten vierundzwanzig Stunden würden sie Haase auf jeden Fall festhalten, und bis dahin würden sie schon zusammenbekommen, was bei Gericht für einen Haftbefehl noch fehlte, da war er sicher.

Während er sich erhob, gab er Maier ein Zeichen, mitzukommen. In seinem Büro zog der Kommissar die Tür hinter sich zu. »Richie«, begann er in verschwörerischem Tonfall, »bist du bei der Sache mit dem Schießtraining schon weitergekommen?«

Maier machte ein verkniffenes Gesicht. »Ich hab da schon ein bisschen Bedenken, schließlich ist es ein Dienstvergehen, wenn ich mich in fremde Abteilungen reinhacke.«

»Hm, ja klar. Aber mach's halt so, dass es keiner mitkriegt.«

Maier seufzte. »Ich schau mal, was ich tun kann.« Er nickte, dann ließ er Kluftinger allein.

Der stellte sich an sein Bürofenster und blickte auf die Straße. Er fühlte die gleiche seltsame Leere wie immer, wenn ein Fall gelöst war, auch wenn es noch viel Arbeit bedeuten würde, bis sie ihn zu den Akten legen und die Gerichte sich der Sache annehmen konnten.

Sein Telefon klingelte. Er ging zum Schreibtisch und sah auf das Display, doch das vermeldete nur »Nummer unterdrückt«. Schulterzuckend nahm er den Hörer ab. »Ja, Kluftinger?«

»Ja, Bub, i bin's, deine Mutter.«

Der Kommissar schluckte. Ob etwas passiert war? Er hätte nicht sagen können, wann ihn seine Eltern zum letzten Mal während der Arbeit angerufen hatten. »Isch was mit dem Vatter?«

»Mit dem Vatter? Nein, was soll mit dem sein?«

»Mit dir?«

»Nein, uns geht's gut, wie kommst du denn drauf, Bub?«

Er atmete auf. »Ich hab halt gedacht, weil du anrufst.«

»Ich wollt nur sagen, dass du nicht immer so lang arbeiten sollst.«

»Deswegen rufst du an?«

»Eine Mutter wird sich wohl Sorgen um ihren Sohn machen dürfen.«

»Ja, ist ja schon gut. Aber so spät ist es doch noch gar nicht.«

»Trotzdem.«

Sie schwiegen.

»Und wie geht's mit der Hochzeit?«, fuhr seine Mutter irgendwann fort.

Kluftinger seufzte. Er hatte weder Zeit noch Lust, mit seiner Mutter jetzt darüber zu reden.

»Passt scho«, entgegnete er deswegen knapp.

»Ja, bei uns au. Aber sie ist halt schon recht anstrengend.«

»Sie?«

»Deine Schwiegermutter.«

Kluftinger sog die Luft ein. Daher wehte also der Wind. »Wieso, was ist denn?«

Seine Mutter hatte offenbar nur auf eine Aufforderung gewartet, dann sprudelte sie los: »Dauernd jammert sie rum, schimpft auf Erikas Vatter, beschwert sich bei uns, dass er sie nicht richtig behandelt hätte.«

»Wird schon so sein, Mutter!«

»Also Bub, dazu gehören immer zwei! Und bei der … also, ich will ja nix sagen, aber als Frau hat man doch meistens die Hauptschuld, wenn so was passiert.«

»Mutter, *der* ist nebennaus gegangen.«

»Wird schon seine Gründe gehabt haben.«

»Mutter!«

»Ich mein ja bloß.«

»Dich möcht ich hören, wenn die Erika und ich uns betrügen täten …«

»Weiß man doch nie …«

Kluftinger spürte, wie ihm die Zornesröte ins Gesicht stieg. Fast immer endeten ihre Telefongespräche in einem Streit. »Fang nicht wieder so an.«

»Wenn ich das von ihrer Mutter so mitbekomme und das in der Familie liegt bei denen …«

»Aber *er* ist doch … ach, wurscht, das bringt ja alles nix.«

»Ja, das bringt alles nix. Dieses ewige Rumgejammer von ihr.«

Ihm gingen die Argumente aus. Gegen die Logik seiner Mutter war einfach nicht anzukommen. »Das sollen die untereinander klären. Die müssen einfach mal reden …«

»Bub, das dauernde Reden! Das ist Gift, glaub's mir. Man kann Probleme auch herbeireden. Nehmt euch halt ein Beispiel an deinem Vater und mir. Wir haben nie groß über so Sachen geredet. Das hat's früher auch nicht gebraucht. Der Vatter hat mich geheiratet und ist ein Leben lang bei mir geblieben. Uns hat das gereicht.«

Auf eine verdrehte Art hatte sie wahrscheinlich sogar recht. Aber zum Vorbild taugten ihm seine Eltern deswegen trotzdem nicht. Er verspürte auf einmal das brennende Bedürfnis, Erika noch heute etwas Nettes zu sagen. Einfach so, und weil er es so lange nicht mehr gemacht hatte.

»Bub, ist alles in Ordnung?«

Kluftinger antwortete mit einem zustimmenden Brummen.

»Du, wir kommen nachher vorbei, ich hab noch Reste vom Mittagessen, die bring ich, damit ihr was Gutes habt.«

Er wusste, dass es keinen Sinn hatte, ihr zum hunderttausendsten Mal zu erklären, dass Erika wunderbar für sie alle sorgen konnte und das auch seit Jahrzehnten tat. Daher endete er mit einem kraftlosen: »Isch gut, Mutter.«

»Also, pfiati.«

»Ja.«

»Pfiati.«

»Wir sehen uns doch glei.«

»Und?«

»Brauchen wir uns doch nicht groß verabschieden.«

»Ach so, stimmt. Also dann, pfiati.«

»Pfiati«, antworte er mechanisch und legte seufzend auf.

18

Auf der Heimfahrt beschlich Kluftinger das ungute Gefühl, irgendetwas übersehen zu haben. Hatten sie Haase nicht die richtigen Fragen gestellt? Hatte er einen wichtigen Punkt nicht beachtet? Würden die Indizien wirklich einer richterlichen Überprüfung standhalten?

Er war so in seine Gedanken vertieft, dass ein anderes Bild ein paar Sekunden brauchte, um in sein Bewusstsein zu sickern: Erika stand an der Bushaltestelle am Rathausplatz in Altusried. *Erika stand an der Bushaltestelle?* Warum in aller Welt wollte sie um diese Zeit mit dem Bus fahren? Und vor allem: wohin? Sie wusste doch, dass er gleich heimkommen würde. Kluftinger stieg auf die Bremse und wendete mitten auf der Straße, was ein Hupkonzert der nachfolgenden Autos zur Folge hatte.

Er konnte nicht in einem Zug wenden, denn auf der gegenüberliegenden Straßenseite parkte ein Auto halb auf dem Randstein, so dass er noch einmal zurücksetzen musste. Kluftinger wollte schon anfangen zu schimpfen, da wandte der Mann auf dem Fahrersitz den Kopf – es war der gleiche, den er vor zwei Tagen zuerst vor seiner Haustür und dann beim Probeessen gesehen hatte. Zu oft, als dass es sich dabei noch um Zufälle handeln konnte. Und sollte er noch Zweifel gehabt haben, so wurden diese von dem Mann selbst ausgeräumt, der nun mit quietschenden Reifen losfuhr. Kluftinger stand noch immer quer zur Straße, und als er sich endlich wieder in Fahrtrichtung eingeordnet hatte, war von dem anderen Auto nichts mehr zu sehen. Dennoch hatte der Kommissar ein Lächeln auf den Lippen, als er weiterfuhr und in der Bushaltebucht stoppte. Denn er hatte die Autonummer des Unbekannten.

»Mei, Butzele, du bist halt doch ein Gentleman.« Erika strahlte über das ganze Gesicht.

Kluftinger winkte ab. »Schreib dir mal schnell was auf.«

»Wie bitte?«

»Schreib mal schnell auf!« Er diktierte ihr die Autonummer, die sie auf einen Zettel kritzelte, den er sich in die Jackentasche steckte. Verwirrt stieg Erika zu ihm ins Auto.

»Bist du jetzt vorbeigefahren, damit ich dir das notieren kann?«

»Was? Ach, Schmarrn, ich hab dich halt stehen sehen und …«

»Wirklich? Also, das hätt ich nie erwartet, wirklich.«

»Ist doch nix dabei.«

»Nein, jetzt lass dich ruhig mal loben, gibt ja nicht so oft Gelegenheit dazu. Also, dass du extra rausgefahren bist …«

»Extra?«

»Ja, das find ich schon toll.«

»Aber ich wär ja eh …«

»So zerstreut, wie du in letzter Zeit bist, hab ich schon meine Zweifel gehabt, ob du überhaupt dran denkst. Und jetzt gleich das! Macht es dir nix aus, dass du jetzt wieder zurück nach Kempten fahren musst?«

Kluftinger wurde hellhörig. Er hatte zwar keine Ahnung, wovon Erika da redete, aber ihren Worten entnahm er, dass sie wohl eine Verabredung gehabt hatten. Offenbar in Kempten. Nur weshalb?

»Ach, ist doch nicht der Rede wert, Erika. Du weißt doch, wie ich bin.«

»Eben.«

Er beobachtete seine Frau von der Seite: Das war eine äußerst heikle Situation. Würde er ihr gestehen, dass das alles reiner Zufall gewesen war, wäre nicht nur die ausnehmend gute Stimmung dahin, er würde obendrein ihre Meinung über seine Unzuverlässigkeit bestätigen. Und nachdem die häusliche Atmosphäre aufgrund des nahenden Festes sowieso etwas gespannt war, wollte er weder das eine noch das andere riskieren. Also beschloss er, durch geschickte Verhörtechniken herauszufinden, was sie eigentlich vorhatten:

»Hast du dir schon Gedanken gemacht …«, er überlegte, wie er den Satz am besten beenden sollte, »… wo wir parken könnten?«

»Wie du meinst. Kommt halt auch drauf an, wo wir hingehen.«

Aha, der Ort steht also noch nicht fest. Damit konnte man arbeiten.

»Wo magst du denn am liebsten hin?«

»Ich? Mir ist das eigentlich egal.«

Ihr ist es egal? »Soll es aber nicht. Ich will, dass du dich auch … wohl fühlst.«

Jetzt war es Erika, die ihren Mann musterte. »Hast du's heut ein bissle streng gehabt, hm? Bist ganz schön abgespannt, glaub ich. Du hast mir doch versprochen, dass du nach der Herzsache mehr auf dich aufpasst.«

»Erika, die Herzsache war doch gar keine Herzsache.«

Sehr gut, einfach das Thema wechseln. »Ist ja auch egal. Jetzt überleg halt mal, wo wir hingehen wollen.«

Zefix! »Dann gehen wir einfach dahin, wo wir immer hingehen.«

»*Immer* ist ein bissle übertrieben, oder? Aber von mir aus. Hast du schon eine Idee, was es sein soll?«

Kluftinger war mit seinem Latein am Ende. Jetzt half nur noch eins. »Du siehst heut aber sehr nett aus.«

»Ich? Findest du?«

»Ja, schon. Der … Mantel und alles. Nett.«

»Ach, der alte Fetzen …« Sie winkte ab und streichelte ihm über die Hand, die auf dem Schalthebel ruhte. »Trotzdem danke.«

Den Rest der Fahrt hatten sie schweigend verbracht – Erika mit einem seligen Lächeln auf den Lippen, Kluftinger mit angestrengtem Gesichtsausdruck. Er überlegte fieberhaft, wo er parken sollte, und entschied sich dann trotz der Gebühren für die Tiefgarage beim Omnibusbahnhof, ganz einfach weil das der zentralste Punkt war, der ihm einfiel, und damit alle möglichen Ziele ungefähr gleich weit entfernt lagen.

»Jetzt hast aber ganz schön weit weg geparkt«, bemerkte Erika, als sie ausstiegen.

Kluftinger zuckte nur mit den Schultern. »Ein bissle frische Luft tut doch gut. Und ich lauf gern ein paar Meter. Weißt doch, dass ich auf mich aufpasse, seit der … Herzsache.« Er atmete innerlich auf, als sie diese Erklärung durchgehen ließ.

Bei ihrem anschließenden Fußmarsch hielt er sich immer einen Schritt hinter seiner Frau, so dass sie die Richtung vorgeben konnte, weswegen er allerdings des Öfteren ein »Jetzt trödel doch nicht so« oder »Komm halt endlich« zu hören bekam.

Schließlich blieb Erika vor einem Geschäft für exklusive Männermode stehen und war schon im Begriff, die schwere Glastür zu öffnen, da fiel es dem Kommissar schlagartig ein. *Der Anzug!* Natürlich, sie hatten vereinbart, dass sie für die Hochzeit irgendwann noch einen neuen Anzug kaufen wollten. Und dieses Irgendwann war heute. Das ungute Gefühl, etwas vergessen zu haben, das er auf der Heimfahrt verspürt hatte, hatte sich wohl gar nicht auf seinen aktuellen Fall bezogen.

Priml! Durch seine Vergesslichkeit hatte er sich mal wieder in eine äußerst missliche Lage manövriert. Ursprünglich hatte er nämlich vorgehabt, den Anzugkauf noch einmal abzuwenden. Aber nun? »Erika, weißt du, ich hab mir gedacht …«, druckste er herum. Sie sah ihn mit hochgezogenen Brauen an. »Also, dass ich eventuell doch keinen neuen Anzug brauchen tät. Vielleicht.«

»Butzele, hast du Fieber? Du fährst extra nach Altusried, um mich abzuholen, stellst das Auto sogar ins Parkhaus, gehst mit mir hierher, um mir dann zu sagen, du willst gar keinen Anzug kaufen?« Sie lachte, als habe er einen Spaß gemacht. Und er musste selbst zugeben: Die Geschichte klang nicht sehr plausibel. Er musste schwerere Geschütze auffahren: »Weißt du, ich probier einfach noch mal meinen alten. Ich hab doch abgenommen nach der Herzsache.«

»Ein Kilo.«

»Ja, aber es wär doch ein Ansporn, wenn ich einen Anzug hab, in den ich reinpassen muss …«

»Bis zur Hochzeit ist es grad noch eine Woche, Butzele.«

»Aber das Geld, das können wir doch besser … den Kindern geben. Genau, den Kindern! Haben sie doch mehr davon.« Er lächelte zufrieden. Dass ihm unter diesen Umständen ein solcher Treffer gelungen war, nötigte ihm Respekt vor sich selbst ab.

Erika tätschelte ihm die Wange. »Das ist lieb von dir, aber du tust wirklich schon genug für den Markus.«

Er gab auf. Er hatte seinem vorbestimmten Schicksal nichts mehr entgegenzusetzen.

»Gut, dann gehen wir aber nicht da rein. Die spinnen doch mit ihren Preisen.«

»Aber du wolltest doch …«

»Ich hab's mir eben anders überlegt.«

Ein paar Minuten später betraten sie ein Kaufhaus, das seit jeher für seine atemberaubend niedrigen Preise bekannt war.

»Also hier haben wir doch noch nie eingekauft«, protestierte Erika.

»Stimmt nicht, ich hab hier schon mal Farbe für den Keller geholt. Und deinen Bügelbrettbezug, was meinst du, wo ich den besorgt hab?«

Drinnen steuerte er schnurstracks auf den Ständer mit dem Schild »Sale! Sale! Sale!« zu, was heutzutage ja so viel hieß wie *Schlussverkauf*. Noch bevor Erika zu ihm aufschließen konnte, hatte er sich bereits einen Anzug in seiner Größe ausgesucht – nicht ganz zufällig das günstigste Modell –, hielt ihn prüfend hoch und sagte zu seiner Frau: »Gut, wo ist die Kasse?«

»Du musst die Sachen schon anprobieren.«

Er besah sich die Ware in seiner Hand. »Wieso denn? Der passt, ich kenn doch meine Größe.« Er klemmte sich den Kleiderbügel unters Kinn und streckte die Arme so aus, dass die Anzugärmel daraufiagen.

»Jetzt komm, es ist für die Hochzeit von deinem Sohn, da wirst du ja wenigstens mal reinschlupfen können, wenn es dir schon nicht mehr wert ist als … neunundsechzig Euro!«

Widerwillig fügte sich der Kommissar. Das Anprobieren war für ihn die lästigste Pflicht beim Kleidungskauf: Sich in fremder Umgebung, in klaustrophobischer Enge, nur durch einen labbrigen Vorhang vor neugierigen Blicken abgeschirmt, bis auf die Unterwäsche auszuziehen, um sich in neue Klamotten zu zwängen, war jedes Mal aufs Neue eine Tortur. Meist stand dann auch noch eine ungeduldig wartende Verkäuferin vor der Kabine, um mit ihm und Erika zusammen sein Spiegelbild zu begutachten. Das zumindest blieb ihm in der Servicewüste, die dieses Billigkaufhaus darstellte, erspart.

»Und? Hast du's dann mal?«, drängte seine Frau von draußen, während er gerade versuchte, den widerspenstigen Reißverschluss der Hose zu schließen.

»Jaja«, knurrte er und watschelte auf den viel zu langen Hosenbeinen nach draußen, wo Erikas Augen sich entsetzt weiteten. Er wollte ihr jedoch gleich den Wind aus den Segeln nehmen und sagte: »Also, ist doch einwandfrei, die Hose müsst man vielleicht eine Idee kürzen, oder findest …« In diesem Moment hatte er den Spiegel erreicht und musste schlucken: Wahrscheinlich hätte er in einem Kartoffelsack nicht schlimmer ausgesehen. Der Anzug hing an ihm, als habe er ihn beim Baden angehabt. Dabei war er nicht einmal zu groß, denn an gewissen Stellen, etwa an der Hüfte oder im Schritt, saß das Ding so eng, dass er Angst hatte, die Nähte könnten jeden Moment explodieren. Selbst die Anzüge der Banklehrlinge, die er mit ihren zu kurzen Hosenbeinen und den zu weiten Hemdkragen oft in der Mittagspause beim Imbiss sah, gingen dagegen als ballreife Abendgarderobe durch.

Als just in diesem Moment einer der wenigen Verkäufer vorbeikam und Kluftinger ein »Steht Ihnen aber ausgezeichnet. Unterstreicht ganz exzellent Ihren Typ!« zurief, drehte er sich zu Erika und sagte: »Vielleicht schau mer lieber doch noch in den Laden von vorher.«

Er bereute seinen Entschluss bereits auf dem Weg in die Herrenabteilung des anderen Geschäfts. Selbst die Jeans waren hier aberwitzig teuer – was würde da erst ein Anzug kosten? Vielleicht hatte er den anderen zu schnell abgeschrieben? Außerdem würde er auf der Hochzeit die meiste Zeit sitzen, also würde man gar nicht sehen …

»Der ist doch toll, Butzele, oder?« Erika hielt eine dunkle Kombination hoch. Hier war sie eindeutig mehr in ihrem Element.

Kluftinger konnte das Preisschild nicht erkennen, doch die Marke hatte er schon einmal gehört: Brioni. Der ehemalige Bundeskanzler Schröder hatte die getragen, und man hatte ihm diesen Hang zum Luxus stets übelgenommen. Und Luxus hieß sauteuer.

»Nein, aus Italien will ich nix.«

»Der vielleicht?«

»Boss? Mir reicht meine neue Chefin vollkommen.«

»Oder so was?«

»Also komm, Joop? Da bezahlt man doch auch nur den Namen, und der sackt das ein, damit er sich wieder liften lassen kann.«

»Das wirst du grad beurteilen können!«

Er musste verhindern, dass die Situation jetzt kippte, und protestierte daher auch nicht, als Erika Verstärkung rief – in diesem Fall einen jungen Mann mit strubbelig-hipper Frisur, Turnschuhen und einer Jeanshose, deren Bund sich irgendwo in der Mitte des Oberschenkels eingependelt hatte.

»Ich will doch kein Faschingskostüm kaufen«, zischte Kluftinger seiner Frau zu, da stand der Mann auch schon neben ihnen.

»Tag, kann isch helfen?«, fragte er mit leichtem Ghettoslang, von dem Kluftinger nicht hätte sagen können, ob er echt oder antrainiert war.

»Kennen wir uns … beruflich?«, fragte er deshalb zur Sicherheit.

Der junge Mann ging gar nicht auf die Frage ein und schlussfolgerte mit Blick auf die Kleidungsstücke, die Erika aus dem Ständer gezogen hatte: »Sie suchen 'n Anzug?«

Kluftinger wiegte den Kopf. »Also suchen ist jetzt vielleicht zu viel …«

»Ja, suchen wir«, ging Erika dazwischen.

»Aber wir haben schon gesehen, dass Sie hier nix für mich …«

»Warte mal«, sagte der Verkäufer und verschwand hinter einem Regal. Kluftinger überlegte einen Moment zu lange, ob er dem Bürschchen das Duzen durchgehen lassen sollte, da war der Mann schon zurück. Er hielt einen dunkelbraunen Anzug mit feinen Nadelstreifen in der Hand und sagte mit felsenfester Überzeugung: »Das ist Ihr Anzug.«

»Nein, meiner hängt schon seit zwanzig Jahren bei mir im Schrank, und jetzt zwickt er ein bissle«, versuchte sich Kluftinger an einem Witz, doch keiner lachte.

»Geile Qualität, von Strellson«, erklärte der Verkäufer, dessen Schildchen ihn als Soner Otto auswies, wobei sein Nachname einen amüsanten Kontrast zu seinem Akzent bildete.

»Ach so, nein, also was Schwedisches wollt ich eigentlich nicht.«

»Das ist eine deutsche Firma.«

»Aha, ja, dann …« Kluftinger gingen langsam die Argumente aus. »Vielleicht nicht ganz so deutsch?«

Drei Anzüge hingen schließlich an dem Haken in der Umkleidekabine, in der sich Kluftinger schnaufend aus seinen Klamotten quälte.

Draußen unterhielten sich seine Frau und sein neuer Modeberater über ihn, als wäre er gar nicht da.

»Es ist halt nicht einfach mit ihm«, klagte Erika und erntete vom Verkäufer ein verständnisvolles Lachen.

»Bisschen mehr Urban Style wär gut«, schlug der junge Mann vor.

»Er trägt ungern was, was er nicht aussprechen kann.«

Sie lachten erneut.

»Ich bin übrigens da«, rief Kluftinger erbost.

»Ach, das hatten wir schon fast vergessen, so lang, wie du brauchst«, kam es von seiner Frau zurück.

Schließlich ging er nach draußen, wurde zum großen Spiegel

eskortiert und präsentierte seine erste Wahl, einen reduzierten Tweedanzug mit aufgenähten Ärmelschonern.

»Is 'n Auslaufmodell«, erklärte Otto.

»Das sieht man«, urteilte Erika. »Und für den Anlass leider gar nix. Höchstens was für alle Tage.«

»Da tut's mir mein Janker hundertmal!«

Kluftinger wurde jedoch nicht weiter nach seiner Meinung gefragt und begab sich wohl oder übel wieder in die Umkleidekabine. Er zog den Vorhang auf – und erstarrte. Vor ihm stand ein hochgewachsener Mann, nur mit einem Stringtanga bekleidet.

»Würde es Ihnen was ausmachen, mich wieder allein zu lassen?«, sagte der, nachdem der Kommissar ihn wohl etwas zu lange angestarrt hatte.

Mit hochrotem Kopf trollte sich Kluftinger in seine Kabine. Diese vermaledeiten Einkaufsausflüge boten immer neue Demütigungen. Dass der nächste Anzug, den er anprobierte, viel zu eng geschnitten war, merkte er erst, als der beim Bücken ein so unangenehmes Geräusch von sich gab, dass er erschrocken wieder hochfuhr. Er fasste sich ans Gesäß und konnte den Doppelripp seiner Unterhose spüren, wo eigentlich der Anzugstoff sein sollte. Schnell zog er das Kleidungsstück wieder aus und drapierte alles auf dem Bügel so, dass von dem kleinen Riss nichts zu sehen war. Dann schlüpfte er in den nächsten. Diesmal dachte er beim Rausgehen allerdings daran, seine Wertsachen – also Geldbeutel, Schlüssel, Handy und seine handgemachten Haferlschuhe – an sich zu nehmen. Er drückte alles Erika in die Hand, die mit dem Verkäufer vor dem großen Spiegel auf ihn wartete. »Aufpassen!«, sagte er kurz und stellte sich wieder der Jury, vor deren gestrengen Augen auch diese Kombination keine Gnade fand.

Auf dem Rückweg zur Kabine kam er an einer Auslage mit karierten Hemden vorbei, von denen ihm eines mit einer gestickten Silberdistel besonders gefiel. Das würde er sich gönnen, zum Janker würde das passen. Er wollte es schon mitnehmen, als eine Verkäuferin sagte: »Das wird Ihrer Frau bestimmt gefallen.« Erst jetzt merkte er, dass er sich in der Damenabteilung befand und eine Bluse in der Hand hielt. »Bestimmt«, antwortete er, nahm die Bluse an sich und versteckte sie kurz darauf in einem anderen Regal zwischen einem Stapel Seidenschals.

Als er wieder in seiner Kabine eintraf, war nur noch der Anzug übrig, den ihm der Verkäufer gleich am Anfang gegeben hatte.

»Hab isch schon immer gesagt: Das ist *der* Anzug für Sie«, hörte er auch schon Ottos Stimme hinter sich. Kluftinger zuckte die Achseln und zog ihn an, wobei sein Blick auf das Preisschild fiel. Für einen Moment stockte ihm der Atem. Noch nie hatte er etwas angehabt, das auch nur annähernd so teuer war. Er hätte den Anzug am liebsten sofort ausgezogen, wollte aber nicht allzu durchschaubar agieren und beschloss, ihn einfach mieszumachen.

Als er herauskam, strahlte ihn der Verkäufer an und rief: »Geil!« Dann zuppelte er an dem Kleidungsstück herum, was beim Kommissar immer wieder zu nervösen Zuckungen führte, wenn Soner Otto seiner Leibesmitte zu nahe kam.

»Nie im Leben«, brummte er, als er wieder vor den Spiegel gezwungen wurde – das letzte Mal an diesem Tag, wie er sich schwor.

»Und, total geil, oder?«, beharrte der Verkäufer. Erika schien noch zu überlegen.

Da hob Kluftinger müde die Augen. »Jaja, sieht … sieht ja … saumäßig gut aus. Verreck!« Er erkannte sich selbst kaum wieder. Dieser gut gekleidete, elegante Mann, der ihn da aus dem Spiegel anschaute – war das wirklich er? Dieser mindestens zehn Jahre jüngere und fünf Kilo leichtere, attraktive und vitale Herr? Egal wie er sich drehte, er sah von jeder Seite gleich gut aus. Selbst seine »Belastungsroutine«, der er jedes neue Kleidungsstück unterzog – einmal tief in die Hocke mit Nachwippen, dann die gestreckten Arme zurückfedern wie bei der Seniorengymnastik –, bestand der Anzug mit Bravour. Kluftinger konnte sich gar nicht an sich selbst sattsehen; wie im Rausch fand er immer wieder neue Posen, in denen er sich gefiel.

»Butzele?« Erikas Stimme beendete seine narzisstische Schwärmerei.

»Hm?«

»Ist vielleicht doch nicht das Richtige, oder?« Sie begutachtete ihn misstrauisch.

Er verstand die Welt nicht mehr. *Nicht das Richtige?* Er hatte das Gefühl, alle Augen seien bewundernd auf ihn gerichtet.

»Das ist eine Nummer zu viel. Du bist ja auch keine dreißig mehr«, begründete sie ihr Urteil.

»Sieht aber aus wie dreißig«, schaltete sich der Verkäufer ein, der nun die Fronten gewechselt hatte, weil er offenbar die Chance witterte, für seine Mühen entlohnt zu werden.

Während Kluftinger eilig im Kopf durchrechnete, wie er das Geld für den Anzug bei der Hochzeit wieder einsparen könnte, hörte er sich selbst sagen: »Ich nehm den!«

Dann ging alles ganz schnell: Offenbar aus Angst, er könne sich noch einmal umentscheiden, drängte Soner Otto Kluftinger in die Kabine und verschwand mit dem Anzug in Richtung Kasse. Erika beobachtete die Szene ungläubig. Als der Kommissar schließlich mittels Scheckkarte unerwartet beschwingt den horrenden Preis für den Anzug beglich, erklärte der Verkäufer noch: »Das ist einfach die beste Marke für Problemfiguren, isch schwör!«

So leicht es ihm im Geschäft gefallen war, sich für das neue Kleidungsstück zu entscheiden, so sehr setzte ihm diese Entscheidung zu Hause zu. Seit mindestens einer Stunde wälzte er sich im Bett hin und her und fand keinen Schlaf. Wie hatte er nur so viel Geld für etwas ausgeben können, was er höchstens zwei-, dreimal im Leben tragen würde? Was hätte er dafür nicht alles kaufen können? Vielleicht sogar etwas spenden … Ob er den Anzug nicht doch besser zurückgab? So gut sah er wahrscheinlich doch nicht aus. Die hatten in den Geschäften sicher Spiegel, die alles schöner und schlanker erscheinen ließen. Ein ganz großer Betrug war das. Er hätte auf Erika hören sollen.

Also schwang er sich aus dem Bett und schlich in die Küche, wo noch immer die Einkaufstüten standen. Während er im Hausgang in den Anzug schlüpfte, malte er sich aus, wie er schon morgen vom Verkäufer sein Geld mit Verweis auf seinen Beruf und die zweifelhaften Verkaufspraktiken wieder zurückfordern würde. Oder noch besser: wie Erika dies tun würde. Sie würde den Leuten da schon klarmachen, dass …

In diesem Moment fiel sein Blick in den Spiegel, und er verwarf umgehend alle Gedanken an Rückgabe. Wie sollte er denn das einzige Kleidungsstück weggeben, in dem er so toll aussah? Wieder posierte er in den unterschiedlichsten Haltungen, spielte pantomimisch »Der Bräutigamvater begrüßt die Hochzeitsgäste«, schnappte sich die Haarbürste und hielt sie wie ein Mikrophon vor seinen Mund. »Liebe Gäste, liebes Brautpaar, liebe Verwandtschaft …«

»Darf man fragen, mit wem du da grad sprichst?«

Blitzartig fuhr Kluftinger herum: Markus stand im Schlafanzug an den Türrahmen gelehnt, die Arme verschränkt und ein spöttisches Lächeln um die Mundwinkel.

»Wie lange stehst du schon da?«, fragte Kluftinger mit brüchiger Stimme.

»Zu lange, als dass ich dieses Bild jemals wieder aus meinem Kopf kriegen würde. Aber sag mal: Mit welchem Satelliten bist du denn da per Bürstenmikro verbunden?«

Kluftinger schwieg. Der liebe Gott hatte ihn für seine Selbstverliebtheit sofort bestraft. Das würde ihm für die Zukunft eine Lehre sein.

»Gehst du noch weg, Papa?«, fragte plötzlich Yumiko und schmiegte sich von hinten an ihren Verlobten.

»Ich? Nein, nein, ich …« Offenbar hatte sein Sohn als Bestrafung nicht ausgereicht.

»Er übt schon mal für den Fasching«, beantwortete Markus die Frage. »Geht als James Böndle.«

»Wer geht zum Fasching?«, kam es da aus dem Hausgang, dann erschien eine verschlafen blinzelnde Erika.

Vollversammlung, priml. »Leut, hier gibt's nix zu sehen, es geht auch niemand zum Fasching, aber wir gehen jetzt alle schön wieder ins Bett.«

»Der Anzug sieht aber super aus«, lobte Yumiko.

»Ja, findest du nicht, dass er zu alt dafür ist?«, erkundigte sich Erika.

»Überhaupt nicht. Ich fänd's klasse, wenn mein Mann später auch noch so attraktiv ist«, sagte sie und errötete dabei leicht.

»Du willst, dass ich später mal wie mein Vatter ausseh? Kannst du haben, dann hör ich ab morgen auf, Sport zu treiben, und ess nur noch Kässpatzen.«

Erika war inzwischen an Kluftinger herangetreten und musterte ihn von oben bis unten. »Na ja, irgendwie stimmt das schon. Du siehst wirklich ganz … sexy aus.«

»Sexy?« Markus' Stimme klang schrill. »Habt ihr alle was geraucht?«

»Jetzt reiß dich mal am Riemen, gell?«, zischte Erika und lächelte Kluftinger mit funkelnden Augen an. Er kannte dieses Funkeln. Und er wusste, was es bedeutete. Der Anzug schien eine unglaubliche Wirkung zu haben. Er würde ihn nie mehr hergeben, und wenn er dafür den Passat verkaufen und mit dem Rad fahren musste.

»Miki, komm, wir ziehen uns zurück, ich hab schon jetzt genügend Bilder im Kopf, die da nicht hingehören.«

Erika blieb mit ihrem Gatten allein zurück und hauchte ihm ein »Ich wart auf dich« ins Ohr, bevor sie wieder ins Schlafzimmer ging.

Kluftinger zuckte die Achseln. Mehr als zwei-, dreimal im Jahr sollte er den Anzug vielleicht nicht anziehen.

»Butzele, ich kann dir aber wirklich auch noch ein weiches Ei machen, wenn dir das schon zu hart ist.«

»Nein, bitte, das passt schon, keine Umständ, das Ei ist wunderbar so.«

»Was ist denn mit euch heut los?«, fragte Markus ungläubig, als er die Küche betrat. »Ihr seid's heut so ungewohnt freundlich.«

»Ja, Bürschle, du brauchst gar nicht meinen, du wärst der Einzige, der die Romantik für sich gepachtet hat, nur weil du ein bissle rumheiratest!«

»Romantik? Hat er das echt grad gesagt, Mama?«

Erika sah ihn tadelnd an. »Es gibt keinerlei Grund, dumm daherzureden oder sich über uns lustig zu machen, gell, Butzele?«

Kluftinger erwiderte das Lächeln seiner Frau.

Markus verzog das Gesicht. »Also, alles, was recht ist, Leute, aber das pack ich nicht, so früh am Morgen. Ihr seid ja schlimmer als Teenager.«

»Wir fühlen uns auch noch jung, oder?«, sagte Erika strahlend.

»Boah, ich geh noch mal ins Bett und hoffe schwer, dass dann der böse Traum von den turtelnden Sauriern aufhört.«

»Jetzt werd nicht unverschämt, sonst zeig ich der Yumiko Jugendbilder von dir mit Pickeln und deinen langen Haaren«, drohte Kluftinger. »Dann verlässt sie dich auf der Stelle und sucht sich einen netten Japaner.«

Sein Sohn winkte ab. »Wenn sie mitkriegt, was anscheinend heut Nacht in eurem Schlafzimmer los war, dann wird sie sowieso fluchtartig das Haus verlassen.«

»Schluss jetzt«, rief Erika mit einem so grimmigem Gesicht, wie Kluftinger es lange nicht an ihr gesehen hatte. Vor allem nicht, wenn es um ihren Sohn ging. »Jetzt benimm dich, Markus. Ab morgen könnt ihr eh nicht mehr so daherreden.«

»Wieso ab morgen?«, erkundigte sich der Kommissar.

»Weil morgen Yumikos Eltern kommen, das weißt du doch.«

»Ach, morgen ist das schon?«

Erika sah ihn prüfend an, und auch Markus wollte gerade etwas sagen, da schob er nach: »Ich mein: erst? Dann haben wir ja nur …

sieben Tage oder so zusammen. Ja, bloß schad wegen dem Abholen, weil ich morgen schaffen muss, also ich mein, ich hab da ja den Fall, der …«

Erikas Miene trübte sich ein. »Denk nicht mal dran, du gehst mit, sonst …«

»… ist es mit der neu lodernden Leidenschaft gleich wieder vorbei, Vatter«, vollendete Markus den Satz. Damit trollte er sich grinsend aus der Küche.

Kluftinger sah ihm kopfschüttelnd nach. »Also wirklich, ich frag mich manchmal, was du … ich mein, was wir falsch gemacht haben. Ach so, und wegen morgen: Ich schau, was ich machen kann, Erika. Wird sich dann schon einrichten lassen, irgendwie. Also … hoff ich.«

»Das hoff ich auch. Für dich, Butzele.«

Um nicht auch noch den letzten Rest der morgendlichen Harmonie aufs Spiel zu setzen, sagte er schnell: »Aber damit das morgen klappt, muss ich jetzt wirklich ins Gschäft, Samstag hin oder her. Ihr schafft das alles, mit den Vorbereitungen für den Besuch, oder?«

»Und wenn wir's nicht schaffen täten, würd das was ändern?«

Kluftinger lächelte und nahm seine Frau in den Arm. »Nein, Schätzle, aber dann hab ich wenigstens kein schlechtes Gewissen.«

Er wollte bereits gehen, da kam Markus noch einmal herein. »Übrigens, Vatter, wenn du in die Stadt fährst: Bring doch bitte noch so Gästepantoffeln mit. Zwei Garnituren für jeden. Und für uns auch.«

»Wieso zwei? In den paar Tagen, in denen deine Schwiegereltern da sind, werden sie nicht gleich ein Paar Hausschuhe durchlaufen. Ich hab meine seit vier Jahren.«

»Ja, das ist auch Teil des Problems. Wie gesagt: Du musst für euch zwei und Yumiko und mich auch je ein neues Paar mitbringen.«

»Ja, Herrgott, wir brauchen doch nicht alle zwei Paar neue Schlappen, jetzt hör aber mal auf.«

»Doch, Vatter, das brauchen wir. In Japan hat man extra Schuhe für die Toilette, das gehört da zum Hygienestandard.«

»Kloschuhe?«, wiederholte Kluftinger ungläubig.

»Kloschuhe, Vatter, ganz genau.«

Der Kommissar starrte seinen Sohn fassungslos an.

»Des isch halt so, Vatter. Andere Länder, andere Sitten. Bitte mach halt wenigstens bei solchen Dingen ein bissle mit, es wird eh noch genug Sachen geben, die schiefgehen bei diesem gewagten interkulturellen Experiment.«

Die ganze Fahrt über ließ ihn der Gedanke an die Sache mit dem Schuhkauf nicht recht los: Für Yumikos Eltern, ihre jüngere Schwester und für seine Familie, zu der er Yumiko mittlerweile schon zählte, waren das insgesamt vierzehn Paar Schuhe, mindestens aber zehn, wenn sie ihre bisherigen kurzerhand zu Kloschuhen umdeklarierten. Angesichts des Anzugkaufs, dessen finanzielle Dimension er noch lange nicht verschmerzt haben würde, musste er wenigstens die Pantoffeln verhindern. Noch dazu, wo sie dann nach der Abreise ihrer Besucher zehn Paar zu viel haben würden.

Nur, wie sollte er diese Ausgabe vereiteln, ohne schon wieder Ärger heraufzubeschwören? Es wollte ihm einfach keine Alternativlösung einfallen. Noch im Treppenhaus der Polizeidirektion grübelte er darüber nach und hätte fast zwei von Willi Renns Leuten übersehen, die offenbar zu einem Einsatz mussten, hatten sie doch ihre großen Koffer mit Ausrüstung und Schutzanzügen dabei. Als er die Kollegen passiert hatte, sah er ihnen stumm hinterher, dann schlug er sich gegen die Stirn. Er beschloss, noch kurz beim Erkennungsdienst vorbeizuschauen.

Zehn Minuten später kam er mit zwanzig Paar Plastiküberschuhen in der Aktentasche in seinem Büro an. Er wusste, wenn er nur lange genug nachdachte, gab es für fast alles eine vernünftige – und kostengünstige – Lösung.

19

»Was gibt's Neues, Eugen?«, fragte Kluftinger, als sich die Kollegen an diesem Samstag in seinem Büro versammelt hatten.

»Neues? Du, einiges. Der Herr Haase jedenfalls ist wirklich ein bunter Vogel, so wie's aussieht. Aber das erzählen wir dir gleich. Vielleicht wär's vorher ganz gut, wenn du schnell in Richies Büro schaust, ich glaub, der war überhaupt nicht daheim und hat die ganze Nacht lang an deinem Auftrag gewerkelt. Na ja, und jetzt ist er ein bissle … quengelig.«

»Ist recht. Aber kannst du mir so lang mal diese Nummer da recherchieren? Also, den Fahrzeughalter.« Er zog den Zettel mit der Autonummer von gestern Abend aus seiner Jacke.

Strobl betrachtete das Papier. »Was wegen dem Fall?«

»Vermutlich«, antwortete Kluftinger nebulös und ging. Als er das Nachbarbüro betrat, sah er, dass der Kollege an seinem Schreibtisch eingenickt war. Er wollte ihn eigentlich weiterschlafen lassen, da regte der sich jedoch und blickte ihn aus müden Augen an. »Oh, du bist schon da?«

»Ja, Richie, und du bist *noch* da, hat mir der Eugen gesagt.«

Maier nickte. »Ich hab die ganze Nacht versucht, das Schießvideo vom Server zu tilgen, aber ich hab's nicht geschafft.«

Kluftinger zuckte schuldbewusst die Achseln.

»Aber ich hab dabei was entdeckt, was uns in der Sache durchaus weiterhelfen könnte.«

»Aha …«

»Es gibt ein Filmchen, da übt der Laue, der Schießtrainer, mit welchen von der Drogenfahndung so Nahkampfsachen. Anscheinend hat er nicht mitbekommen, dass die Kamera da schon mitlief.«

»Und? Darf er das nicht oder wie? Oder lässt er sich am End ein bissle Stoff geben?« Der Kommissar grinste.

»Also, Chef, bitte, Drogenfahndung und Rauschgiftdelikt – ich glaub, du liest zu viele Krimis.«

»War ja bloß Spaß, Richie. Also, was ist dann so interessant daran?«

»Der Laue lässt sich über Frau Dombrowski aus. Und einmal fällt das Wort ›Kampflesbe‹. Ich könnte mir vorstellen, dass er durchaus Interesse daran hätte, dass das Filmchen nicht in die falschen Hände gerät. Hab mir mal eine Kopie auf dem Rechner gesichert.«

Auf einmal bekam der Kommissar Gewissensbisse. »Das können wir nicht bringen. Das wär ja …«

»Ja, das wär's schon …«, stimmte Maier zu, ohne das auszusprechen, was sie beide dachten.

Kluftinger aber gab nach kurzer Pause zu bedenken: »Andererseits hat keiner was davon, wenn sie dem Laue einen Einlauf verpasst.«

»Eben«, fand nun auch Maier. »Eigentlich eine Win-win-Situation.«

»Rufst du ihn mal an und erzählst ihm von dieser … Situation da?«

Maier schüttelte energisch den Kopf. »Nein, das ist Chefsache.« Er hielt ihm den Telefonhörer hin.

»Der ist sicher nicht da heut!«, wehrte Kluftinger ab. »Aber am Montag mach ich's.«

Maier blickte ihn ernst an.

»Ist noch was?«

»Schon, würd ich meinen.«

Der Kommissar zuckte die Schultern. »Also gut: Das hast du wirklich toll gemacht, Richie, und dein Einsatz …«

»Geschenkt. Ich mein die Beurteilungen. Offenbar hast du über mich noch nichts verfasst, aber was du da über Roland Hefele schreibst von wegen ›überaus konservativ, aber effektiv‹ und ›nicht der Flexibelste, aber äußerst verlässlich‹, also so etwas Positives würde ich über mich auch gerne lesen wollen nach alldem, was ich letzte Nacht riskiert hab.«

Kluftinger rang nach Luft. »Richie, woher weißt du … das hab ich doch nur in meinem Computer … das Passwort …«

Richard Maier antwortete süffisant lächelnd: »Kennwörter sind nur so gut wie der, der sie aussucht, lass dir das gesagt sein … Butzele.«

Zehn Minuten später saßen Kluftinger und Strobl im Besprechungsraum. Hefele brachte eine Kanne Kaffee herein, während Maier eine Mütze Schlaf auf dem Bürosofa verordnet bekommen hatte.

Strobl schenkte sich eine Tasse ein und nippte vorsichtig. Dann verzog er das Gesicht. »Immer blöd, wenn die Sandy nicht da ist«, brummte er in Hefeles Richtung, der lediglich mit den Achseln zuckte.

»Hast du schon was zu der Autonummer?«, drängte Kluftinger.

»Ja, hab ich. Die gibt's nicht. Also entweder hast du dir eine falsche Nummer notiert …«

»Hab ich nicht.«

»Dann fährt jemand mit einem momentan nicht vergebenen Kennzeichen durch die Gegend.«

»Hm, komisch.« Kluftinger konnte sich keinen Reim darauf machen. Für eine Fahndung nach dem Mann und dem Auto gab es allerdings auch keinen konkreten Anlass. »Gib das mal ins System ein. Die Kollegen sollen mal nach dem Auto, ein weinroter Polo, Ausschau halten.«

Strobl nickte.

»Gut, was gibt's jetzt vom Haase?«

Kluftingers Kollegen unterrichteten ihn darüber, dass sie den Mann samt Anwalt noch bis tief in die Nacht vernommen hätten, dieser jedoch nicht viel mehr ausgesagt habe als schon am Abend zuvor. Nach wie vor hätten sie nur einen Koffer voll Geld unbekannter Herkunft und mit unbestimmtem Ziel, wobei sie ziemlich sicher waren, dass Letzteres in einer Schweizer Bank gelegen hatte.

»Weißt du, was schon ein interessantes Detail ist?«, fragte Strobl und gab sofort die Antwort: »Der Haase kommt aus Düsseldorf.«

»Und?«

»Düsseldorf hat eine riesengroße japanische Gemeinde. Da gibt es einen Stadtteil, der ›Little Tokyo‹ genannt wird, wo du das ganze japanische Zeug kriegst, was du sonst in Europa vergeblich suchst.«

Kluftinger zog die Brauen hoch.

»Bestimmt gibt's da auch Kugelfisch samt dem Gift.«

»Verstehe«, brummte der Kommissar. »Und was hast du vorher mit ›bunter Vogel‹ gemeint?«

Strobl nahm die Kopie eines Zeitungsausschnitts aus einer Mappe. »Sagt dir das was?«

Der Kommissar hatte keine Lust auf Zeitungslektüre. »Erzähl's mir einfach.«

»Okay, das ist ein Artikel über Abmahnungen bei diversen Pornoportalen im Internet.«

»Also, da kenn ich mich nicht so aus …«

»Ich auch nicht. Aber du wirst ja wahrscheinlich davon gehört haben, dass es vor kurzem eine Welle von Abmahnungen gab, die an die Nutzer verschickt wurden, die bestimmte Filmchen geguckt haben. Da geht es um Video-Streaming. Und jetzt rate mal, wer einer der Anwälte ist, die das betreiben?«

»Der vom Haase?«, mutmaßte der Kommissar.

»Richtig. Und in wessen Auftrag?«

»In dem vom Haase, nehm ich an.«

»Volltreffer.«

Kluftinger wiegte den Kopf. »Hm, bringt uns zwar jetzt nicht direkt im Fall weiter, zeigt uns aber schon, was das für ein dubioser Heini ist.«

»Genau«, bekräftigte Hefele. »Andererseits heißt das aber auch, dass wir außer einem zwielichtigen Tatverdächtigen nicht viel mehr haben. Eine Anklage vom Richter kriegen wir dafür nie.«

Kluftinger sah das genauso. »Die Motivlage ist auch mehr als dünn. Und warum hat er die Tat denn ausgerechnet so verübt, warum hat er die Frau so drapiert wie auf dem Bild? Wollte er eine Beziehungstat vortäuschen? Andererseits: Ist er der Typ dafür? Und in meinen Schädel will immer noch nicht, was der ausgerechnet hier im Allgäu gesucht hat, außer … Familienanschluss, sozusagen.«

»Doch das Gemälde?«, mutmaßte Hefele.

Sie schwiegen eine Weile, und in den Gesichtern seiner Kollegen las Kluftinger dieselbe Ratlosigkeit.

»Männer, wir müssen noch mal ganz neu ran. Da gibt es zu viele offene Fragen. Lasst den Haase mal holen, man weiß nie, was sich über Nacht alles so tut bei einem Menschen.«

Damit stand der Kommissar auf und verließ mit den anderen den Besprechungsraum. Vor der Glastür, die zu ihrem Bürotrakt führte, blieben sie stehen. Ein auffallend kleiner Mann lief vor Kluftingers Zimmer nervös auf und ab.

»Wer ist denn jetzt das?«, fragte Kluftinger erstaunt in die Runde.

»*Wer*, weiß ich nicht. Ich kann dir aber zumindest schon mal sagen, *was* es ist: ein laufender Meter«, tönte Hefele grinsend.

Auch die anderen mussten lachen, denn der Mann war höchstens einen Meter fünfzig, schätzte Kluftinger. Als er sie bemerkte, machten sie wieder ernste Gesichter, fuhren aber mit ihren Witzeleien fort, schließlich konnte er sie nicht hören.

»Wenn der nicht rumlaufen tät, würd ich sagen, der sitzt«, erklärte Kluftinger, und Strobl ergänzte: »Vielleicht ist er ja ein Sitzriese?«

Sie hatten alle Mühe, nicht wieder loszulachen.

»Zammreißen, Männer«, ermahnte sie der Kommissar. »Das ist ein Bürger wie jeder andere. Sozusagen der kleine Mann von der Straße.«

Hefele fügte hinzu: »Wir sehen einfach darüber hinweg, dass er ein paar Köpfe kleiner ist als normale Menschen. Dürfte bei seiner Größe ja nicht weiter schwerfallen.«

»Aber was will der hier?«, fragte sich Kluftinger. »Wir haben doch keine Termine heut, oder?«

»Eigentlich nur einen, den …« Strobl brach mitten im Satz ab.

»Wen denn?«

»Den Lippenleser, den wir für das Video bestellt haben.«

Sie blickten sich erschrocken an. »Himmelarsch, logisch, der muss das sein«, sagte Kluftinger nickend. Dann hielt er sich die Hand vor den Mund und zischte: »Meint ihr, der hat das … also gelesen, was wir grad gesagt haben?«

Sie blickten zu dem Mann, dann entschied Strobl zu ihrer Erleichterung: »Niemals kann der das. Auf die Entfernung und so undeutlich, wie wir sprechen.«

»Guten Tag, ich bin Hauptkommissar Kluftinger.« Mit breitem Lächeln begrüßte er den Mann vor seinem Büro. »Und Sie müssen der Lippenleser sein.«

»Matthias Walcher, ja. Hauptsächlich bin ich aber Gebärdendolmetscher.«

Die Beamten warteten einen Moment, ob er etwas über ihre Lästereien sagen würde, doch es kam nichts, und sie entspannten sich ein wenig.

»Gebärdendolmetscher? Das ist ja interessant«, erklärte Strobl freudig.

»Ja, finde ich auch, und dazu ein Beruf, bei dem es zum Glück kein Gardemaß braucht und in dem auch ein laufender Meter nicht benachteiligt ist. Selbst wenn es sich um einen Sitzriesen handelt.«

Peinlich berührt blickten sich die Beamten an, und Kluftinger versuchte, durch raschen Themawechsel von der Sache abzulenken. »Schön, dass Sie da sind. Vielleicht fangen wir gleich an.« Mit diesen Worten bugsierte er ihn in ein Besprechungszimmer, wo sie ihm mehrmals den Film der Überwachungskamera vorspielten, auf dem zunächst die Baronin und der Verwalter miteinander stritten und Pawlowicz schließlich telefonierte. Wieder und wieder mussten sie auf Walchers Geheiß den Film zurückspulen und noch mal abspielen, während der sich Notizen machte. Dabei beobachteten sie ihn gespannt.

»Okay«, sagte er schließlich, »ich kann ein paar Dialoge wiedergeben. Nicht alles, die Alte und der Proletenheini da drehen sich ja immer wieder weg.«

Aha, dachte Kluftinger, *bei anderen ist der Mann offenbar nicht zimperlich, was das Lästern angeht.*

»Also, die beiden hier streiten, weil sie sagt, sie habe ›es rausgefunden mit den Orgeln‹. Wenn das die Gemeinde mitbekäme, dann würde er hochkant fliegen. Jetzt wolle sie dem Treiben Einhalt gebieten, betont sie, während er immer wieder sagt, sie solle gefälligst ihr blödes Maul halten. Dann auf einmal scheint er aber einzulenken.« Walcher zeigte auf das Standbild. »Leider dreht er sich da um.«

»Sind Sie sich ganz sicher, dass es da um Orgeln geht? Soviel ich weiß, haben die eher so Kammermusik gemacht, Streicher und so weiter, eine Orgel hab ich im Schloss auch gar nicht gesehen.«

Walcher zuckte mit den Schultern. »Das müssen schon Sie rausfinden, Sie sind die großen Ermittler, ich nur der kleine Lippenleser.«

Kluftinger nickte verschämt. Er hoffte inständig, dass Walcher ihren Ausfall nicht der Chefin petzen würde.

»Dann zum Telefongespräch«, fuhr der Mann fort. »Er unterhält sich da wohl mit seiner Tussi: Er sagt nämlich wortwörtlich ›Hasi, wir müssen uns was einfallen lassen‹.« Walcher legte seinen Block hin und blickte auf.

»Das … war's?«, fragte Kluftinger enttäuscht.

»Mehr, als Sie vorher wussten, oder?«, konterte der Mann.

Das musste Kluftinger allerdings zugeben. Trotzdem bezweifelte er, dass sie das weiterbringen würde. Ein kleiner Streit über die

Konzerte im Schloss, dafür beging niemand einen grausamen Mord.

»Ich kann's mir ja noch mal ansehen und dann ein wörtliches Protokoll anfertigen. Kostet aber extra.«

Sie stimmten zu: Das war das mindeste, was sie tun konnten, um ihn zu besänftigen.

»Gut, wir lassen Sie dann mal besser allein arbeiten«, sagte Kluftinger zum Abschied.

Als sie draußen waren, wandte er sich an die Kollegen. »Komisch, das mit den Orgeln, oder? Lass uns doch mal anhand der Verbindungsdaten überprüfen, ob der Pawlowicz tatsächlich bei seiner Frau angerufen hat. Ich geh nur kurz in die Stadt, dann bin ich wieder da. Halbe Stunde, höchstens.«

Exakt dreißig Minuten später betrat er samt einer Plastiktüte, in der sich drei Paar grasgrüne Plüschpantoffeln für seine Gäste zu je zwei Euro neunundvierzig befanden, wieder seine Abteilung.

»Orgien, es sind Orgien«, kam ihm Maier wild fuchtelnd entgegen, der ganz offensichtlich wieder putzmunter war.

»Hast du bös geträumt, Richie?«

»Nein, die Kollegen haben mir alles erzählt. Und der Lippenleser hat mittlerweile auch herausgefunden, dass es sich nicht um Orgeln, sondern um Orgien dreht.«

»Was soll denn das heißen?«

»Orgien? Das sind ausschweifende Feste mit explizit sexueller Grundausrichtung, die je nach Vorlieben …«

»Ich weiß, was so … Dings sind, zefix. Was hat das mit unserem Fall zu tun?«

Nun kamen auch Hefele und Strobl auf den Flur.

»Anscheinend gab es hin und wieder eine Sexparty auf dem Schloss, veranstaltet von Pawlowicz.«

»Und jetzt rate mal, mit wem der zur betreffenden Zeit telefoniert hat?«

»Mit seiner Mausi?«

»Falsch«, sagte Hefele.

»Dann halt seinem Hasi, mein Gott.«

»Wieder falsch. Mit unserem Haase. Und der dürfte sich im Rammler-Business, ich mein in der Orgienbranche, ja ganz gut auskennen.«

»Himmelarsch, echt?«, entfuhr es Kluftinger. »Euch muss man bloß mal ein bissle allein lassen, schon läuft's wie von selber.«

»Herr Haase, es ist doch offensichtlich, dass Sie mit drinhängen, Sie haben mit dem Pawlowicz telefoniert.« Kluftinger riss allmählich der Geduldsfaden.

Seit einer Viertelstunde vernahmen sie den Mann, diesmal wenigstens ohne Anwalt. Und trotz erdrückender Beweise wiederholte er immer dasselbe: »Ich möchte keine Angaben zur Sache machen.«

»Eugen«, sagte Kluftinger so ruhig wie möglich, »ruf bitte bei der Staatsanwaltschaft an, wir brauchen einen Haftbefehl wegen Mord und Betrug. Sollte kein Problem sein, den unter diesen Umständen zu kriegen.«

»Hören Sie, das mit dem Mord, das ist völliger Schwachsinn«, meldete sich Haase doch noch einmal zu Wort. »Wieso sollte ich die Alte denn umgebracht haben, hm? Die Partys wären dann ja vorbei gewesen. Übrigens: Wir haben nur legale Sachen gemacht, nichts Verbotenes, alles im Rahmen des Gesetzes.«

Kluftinger kamen auf einmal Dutzende Fragen in den Sinn. »Wie liefen diese … Dinger ab? Was haben wir uns darunter vorzustellen? Welches Publikum war dort, wer zeichnet dafür verantwortlich? Wie kam es dazu, dass Sie mit von der Partie waren?«

»Puh, so viel auf einmal? Also, der Pawlowicz hat mich irgendwann mal kontaktiert. Der hat wohl Bekannte, die in der Szene … verkehren.« Er lachte kehlig auf. »So, und dann hat er sich wohl gedacht, ab und zu könnte er das doch auf eigene Rechnung auch mal in seinem Schlösschen machen. Mit höfischer Verkleidung, alten Masken, Kerzenlicht und Fackelschein.«

Kluftinger versuchte, die Bilder, die sich nun aufdrängten, gar nicht in seinen Kopf zu lassen. »Wie kamen die Pawlowiczs denn ausgerechnet auf Sie?«

»Über seine Bekannten. Und er hat anscheinend auch mitbekommen, dass ich wegen der Adoption Kontakt zu den Grimmbarts hatte. Ich hab den Pawlowiczs dann ein paar Nutten vermittelt, auch ein, zwei gute Dominas, sollte ja professionell ablaufen. Na ja, und dann hab ich noch ein paar Beziehungen spielen lassen, und schon hatten die die Hütte voll. Da haben sich sogar Leute in dem Gästehaus eingemietet. Solche Locations sind gesucht, verstehen Sie?«

»Und das alles war weder angemeldet noch mit der Gemeinde abgeklärt?«, hakte Strobl ein.

»Darum habe ich mich nicht gekümmert. Lokaler Veranstalter war der Pawlowicz. Kann ich mir allerdings nicht vorstellen. Wüsste auch nicht, welches Amt da zuständig wäre.« Er grinste.

»Stammt das Geld aus dem Koffer aus diesen Einnahmen?«

Haase schüttelte den Kopf. »Sicher, ich hab für Kundenakquise und die Vermittlung des weiblichen Personals ein bisschen Kohle bekommen. Aber was meinen Sie denn, was so was am Anfang abwirft? Es dauert 'ne Weile, bis das so richtig lukrativ wird.«

»Aber das Geld wurde schwarz bezahlt?«

Haase senkte den Kopf. Kleinlaut erklärte er: »Das waren nur ein paar läppische Tausender. Fragen Sie den Pawlowicz.«

»Lassen Sie es ruhig unsere Sorge sein, wen wir wann was fragen. Er hat eines Tages bei Ihnen angerufen und gesagt, Sie müssten sich etwas überlegen. Erinnern Sie sich daran?«

»Bin ja nicht blöd.«

»Gut. Worum ging es denn genau?«

»Er hat mir gesagt, dass die Alte – die Grimmbart – Stress machen würde, die hat irgendwann von den Partys Wind bekommen. Und dann hat sie den Pawlowicz unter Druck gesetzt. Mir war das egal, das mussten die schon untereinander ausmachen. Ich hätte mich einfach zurückgezogen, wenn es mit der Probleme gegeben hätte. Das hab ich dem Pawlowicz auch gesagt, dann hat er gemeint, er würd das regeln und sich um die Grimmbart kümmern. Das war's. Mehr weiß ich nicht, und mehr sage ich auch nicht.«

Kluftinger sah aus dem Fenster. Unterm Strich war das mehr Information, als er sich anfänglich erhofft hatte.

In diesem Moment kam Hefele herein. »Der Pawlowicz hat heut eine Hochzeit im Haus und kann nicht weg. Wenn, dann müssten wir uns schon zu ihm hinbequemen, weil sonst platzt für die Leute das Fest, und das könnte man niemand zumuten, sagt er. Ein Witz! Wir lassen den holen, von den Grünen, aber mit vollem Ornat, oder, Klufti?«

Kluftinger dachte nach. Eigentlich durften sie sich so was nicht bieten lassen. Aber wenn er sich vorstellte, bei Markus' Hochzeit würde auf einmal während der Feier die Polizei aufkreuzen, den Wirt abführen und damit alles platzen lassen, schnürte sich ihm regelrecht die Kehle zu. »Wir fahren zum Schloss, wir können doch nicht einem Brautpaar den schönsten Tag des Lebens versauen. Und es ist ja nicht so, als wären wir hier unabkömmlich. Wer kommt mit?«

Strobl schüttelte den Kopf, und auch Hefele schien nicht begeistert. »Sorry, aber ich find das ein bissle viel Kundenorientierung«, sagte er.

Kluftinger seufzte. Er wusste, was das hinsichtlich seiner Begleitung bedeutete.

20

Auch wenn es noch früh am Nachmittag war, hatte Kluftinger das Gefühl, als neige sich der Tag bereits dem Ende zu. Das lag nicht nur daran, dass er sich wegen des aktuellen Falls und der häuslichen Turbulenzen wegen der Hochzeit erschöpft fühlte. Es war vor allem das Wetter: Dunkle Wolken zogen sich über ihnen zusammen und schienen umso dichter zu werden, je näher sie dem Schloss kamen. Die Allgäuer Landschaft war all ihrer Lieblichkeit beraubt; das diffuse Licht ließ sie fahl und grau erscheinen.

Der Kommissar versuchte, dieser düsteren Stimmung ein paar sonnige Gedanken entgegenzusetzen. Immerhin fuhr er zu einer Hochzeit, und vielleicht konnte er sich noch ein paar Anregungen für das Gelingen ihrer eigenen Feier aus erster Hand holen.

Als er den steilen Weg zum Schloss jedoch hinter sich gelassen hatte und auf den Vorplatz einbog, verflog diese Hoffnung. Dort stand zwar ein Hochzeitsauto, was er dem Blumenschmuck auf der Motorhaube entnahm. Der Anblick des Wagens war jedoch mehr als seltsam und passte zu diesem düsteren Tag: Die Blumen hatten schwarze Blüten, und das Auto war ein ehemaliger Leichenwagen. Drum herum standen zahlreiche Motorräder, schwere Maschinen mit verchromten Auspuffanlagen.

»Scheint ja eine lustige Gesellschaft zu sein«, fasste Maier Kluftingers Gedanken in Worte.

Schweigend gingen sie an dem Leichenwagen vorbei. Der Kommissar fragte sich, wie der Baron mit diesem Anblick vor seinem Haus wohl umgehen würde. Immerhin war dessen Frau vor wenigen Tagen mit einem solchen Gefährt vom Schlosshof gefahren worden und bislang noch nicht einmal beigesetzt. Er machte unwillkürlich den obersten Knopf seines Jankers zu – und Grund dafür war nicht der nun einsetzende Nieselregen.

»Kümmer du dich doch mal um die Frau Pawlowicz, ich schau, ob ich ihn drinnen irgendwo finde«, schlug Kluftinger vor. Maier nickte.

Als das schwere Portal hinter Kluftinger krachend ins Schloss fiel, schluckte er. Die Atmosphäre in dem alten Gemäuer hatte sich erheblich verändert: Einige der Wände waren mit dunklen Tüchern bespannt, auf denen nordische Runen und Ornamente zu erkennen waren, dazwischen brannten Fackeln. Und über allem lagen gespenstische Gesänge wie aus uralten Chorälen. Der Kommissar hatte das Gefühl, als habe er durch das Portal auch eine längst vergangene Zeit betreten.

Zaghaft lief er auf den steinernen Treppenaufgang zu, dessen Stufen von dicken schwarzen Kerzen gesäumt wurden. Man hatte ihnen gesagt, dass sich der Verwalter vermutlich beim Aufräumen in der Hauskapelle befinde. Er hatte noch keine zwei Stufen genommen, da hörte er von oben Schritte, und zwei Gestalten kamen aus der Dunkelheit auf ihn zu. Erst als sie in den Lichtkegel der Kerzen traten, sah Kluftinger, dass sie ganz in Schwarz gekleidet waren und ihre langen, dunklen Haare strähnig in weiß geschminkte Gesichter fielen. Unwillkürlich verstärkte er seinen Griff um das Treppengeländer, schalt sich aber gleichzeitig dafür, denn die Männer gingen einfach an ihm vorbei, ohne ihn eines Blickes zu würdigen. Ein paar Sekunden später setzte auch er seinen Weg fort.

Wenn er sich recht erinnerte, musste er am Treppenaufsatz nach links und dann weiter bis zur Kapelle. Es könnte aber ebenso gut sein, dass er sich in den verwirrenden Innereien des Schlosses verlief und man Jahre später sein Skelett finden würde … Er schüttelte sich bei dem Gedanken, aber diese Umgebung drängte ihm solche Überlegungen geradezu auf: Der Gang war ebenfalls nur mit Fackeln illuminiert, die einen wilden Tanz aus Licht und Schatten auf die uralten Mauern warfen.

Je weiter der Kommissar ging, desto lauter wurden die Gesänge. Auf einmal huschten zwei Menschen in bodenlangen Kutten über den Gang. Sie trugen Tabletts mit tönernen Krügen und Bechern. Kluftingers Beklemmung wich mehr und mehr dem Befremden darüber, dass jemand allen Ernstes auf diese Weise Hochzeit feiern wollte.

Nun passierte er einen Raum, dessen Türe weit offen stand. Darin befand sich eine kleine Gruppe von Leuten, die alle dunkle Kleidung trugen und ähnliche Tongefäße in der Hand hielten, wie er sie gerade auf den Tabletts gesehen hatte. Zu Kluftingers Verwunderung standen sie allesamt einfach nur schweigend da, und als sie den Kommissar bemerkten, drehten sie synchron die Köpfe und blickten ihn aus ihren weiß geschminkten Gesichtern an, bis er vorbeigegangen war.

Kluftinger beschleunigte seinen Schritt etwas. Als er an einem weiteren Raum vorbeikam, warf er nur noch einen schnellen Blick hinein. Offenbar fand hier die eigentliche Feier statt, denn die Menschen darin saßen um eine große, von Kerzen illuminierte Tafel. Im Hintergrund standen vier Kuttenträger, die die seltsamen Choräle, die er schon die ganze Zeit gehört hatte, in vor ihnen stehende Mikrophone sangen. Auf ihren Kutten war anscheinend ihr Bandname aufgedruckt, und Kluftinger wollte gar nicht wissen, was *Bionic Angels* auf Deutsch hieß. Es kam ihm vor, als würde sich hier eine Sekte zu einer schwarzen Messe zusammenfinden.

Er atmete auf, als er am Ende des Korridors vor einer Tür stand, die mit einem eisernen Kreuz beschlagen war. Er öffnete sie und sah den Verwalter, der darin Stühle zusammenstellte. Zum ersten Mal freute er sich, ihn zu sehen.

»Herr Pawlowicz?« Der grobschlächtige Mann blickte auf. Seine Miene war noch mürrischer als sonst.

Immerhin war es hier drin etwas heller als im Rest des Schlosses, was an der Glühbirne lag, die zusätzlich zu den Kerzen in den Mauernischen von der Decke hing. Die Kapelle war eigentlich nicht viel mehr als ein hoher, fensterloser Raum mit einem gemauerten Altar, über dem ein schlichtes Holzkreuz hing. In der Luft lagen der schwere Geruch und der wabernde Dunst von Weihrauch. Sakrale Gemälde schmückten die Wände.

»Abartig, oder?«, sagte Pawlowicz und zeigte auf die Bilder.

Der Kommissar kniff die Augen zusammen. Erst jetzt realisierte er, dass die Darstellungen alles andere als gewöhnlich waren. Sie zeigten zwar religiöse Begebenheiten, die Personen darauf waren jedoch auf schaurige Weise verändert: Es waren keine Menschen, sondern Tiere. Am grässlichsten wirkte ein Bild des Gekreuzigten – mit Wolfskopf.

»Diese adeligen Typen haben einfach zu viel Zeit, zu viel Geld und ein krankes Hirn«, kommentierte der Verwalter den angewiderten Blick des Kommissars. »Irgendeiner aus der Grimmbart-Sippe fand es wohl witzig, die ganzen Märchentiere da zu verewigen. Sie wissen schon, wegen dem Märchenwald und so.«

Kluftinger nickte nur. Er fand die Gemälde ebenfalls geschmacklos, auch wenn sie zum Märchenthema passten, das sich durch das ganze Anwesen zog.

Irgendwo jedoch gab es Grenzen, und die waren hier eindeutig überschritten worden. Es fiel ihm schwer, sich in dieser Umgebung auf den Grund seines Hierseins zu konzentrieren. Er hatte das Gefühl, als würden ihn die Fratzen der Tiere auf den Bildern wütend anstarren. Besonders in Bann zog ihn ein Gemälde, auf dem er im Licht zweier lodernder Kerzen eine Gestalt ausmachte, deren gesamter Körper mit Geschwüren und Wunden übersät war und deren Kopf der eines Dachses war. »Ijob« stand in geschwungenen Lettern darunter. Kluftinger versuchte sich an diese biblische Geschichte zu erinnern. Schon als Bub im Ministrantenunterricht waren es die archaischen Geschichten des Alten Testaments gewesen, die ob ihrer Wucht und Grausamkeit eine dunkle Faszination auf ihn ausgeübt hatten.

Und dieser von Furunkeln übersäte Hiob war hier ausgerechnet als Dachs dargestellt, dessen feurige Augen Kluftinger zu fixieren schienen. Er versuchte, sich zu sammeln. Während des folgenden Gesprächs durfte ihm keine von Pawlowiczs Reaktionen entgehen. »Sagen Sie, veranstalten Sie außer Hochzeiten noch etwas anderes?«

»Ja, sicher, hier kann man so ziemlich alles machen für Kohle.« Der Verwalter grinste und stapelte weiter die Stühle zu kleinen Türmen aufeinander. »Wir hatten hier schon Firmenfeiern, Geburtstage, goldene Hochzeiten, Seminare.«

»Sonst nichts?«

»Hm, bestimmt, aber ich kann mir das auch nicht alles merken. Einmal war eine teambildende Maßnahme von 'ner Versicherung mit Motivationssachen und so.«

»Ich dachte eher an was … Diskreteres.«

Pawlowicz hielt für den Bruchteil einer Sekunde inne, was Kluftinger nicht entging. Dann stapelte er weiter. »Keine Ahnung. Von der Gemeinde war auch mal jemand da für einen Yogakurs.«

»Und eher so … nächtliche Veranstaltungen?«

»Also, wann Sie das buchen, ist eigentlich egal, bloß ich hab auch meine Arbeitszeiten.«

»Geht auch nicht immer alles über die Gemeinde, oder?«

Jetzt knallte der Mann den Stuhl, den er gerade in der Hand hielt, auf den Boden, was von den steinernen Wänden donnernd widerhallte. »Herrgott, jetzt sagen Sie halt endlich, was Sie wollen!«

»Sie wissen, glaub ich, genau, was ich will.«

Pawlowicz musterte den Kommissar. Er schien mit sich zu ringen, dann setzte er sich auf einen der Stühle. »Okay, wir sprechen schon über das Gleiche, nehm ich an?«

»Sagen Sie's mir.«

»Es ist nicht illegal, wenn's hier ein paar reiche Wichser miteinander treiben, oder?«

»Wahrscheinlich nicht. Mehr als eine Steuerhinterziehung dürfte da nicht rauskommen. Und wie Sie das vor dem Hausherrn beziehungsweise der Gemeinde rechtfertigen, ist mir ehrlich gesagt egal. Außer natürlich …« Er ließ den Satz im Ungefähren verhallen.

»Außer?«, wiederholte der Mann sichtlich nervös.

»Außer es hätte was mit dem Mord zu tun.«

»Hat es aber nicht!«

»Da bin ich anderer Ansicht.«

»So?«

»Wir haben ja das Video von der Überwachungskamera. Auf dem Sie und die Baronin zu sehen sind und streiten. Ist es da nicht auch um diese … Sache gegangen?«

»Woher wissen Sie das?«

»Ich weiß es halt. Ist das wirklich die Frage, die Sie im Moment am meisten umtreibt?«

Er schwieg.

»Soll ich mal eine Vermutung anstellen, wie das Ganze abgelaufen ist?«

Wieder keine Antwort.

Kluftinger fuhr ungerührt fort: »Ich würd sagen, dass die Baronin Ihnen irgendwie draufgekommen ist. Und auf dem Video hat Sie Ihnen gesagt, dass es jetzt vorbei ist mit dem … munteren Treiben. Und da haben Sie sich was einfallen lassen.«

Pawlowicz knetete nervös seine Hände.

»Haben Sie's dann eigentlich getan, oder war es der Haase, nachdem Sie ihm die ganze Misere am Telefon geschildert haben?«

Jetzt fuhr Kluftingers Gegenüber hoch: »Ich hab gar nix getan! Und was den Haase angeht: Dem trau ich alles zu. Ich wollt sowieso Schluss machen mit der ganzen Geschichte. Ich mein, ich hab doch die ganze Scheißarbeit gehabt und nachts noch die Spuren beseitigt. Da ist es mir manchmal fast hochgekommen, so eklig war das. Die hatten überhaupt keine Hemmungen, diese Typen. Hängengeblieben ist auch kaum was. Das meiste hat der Haase eingesackt. Und dann wollte die dumme Kuh ja auch noch was.«

»Welche dumme Kuh?«, fragte Kluftinger irritiert.

»Na, Ihre dämliche Baronin. Ihr ach so armes, unschuldiges Opfer. Die hat mir nämlich nicht damit gedroht, dass alles ein Ende haben soll. Nein, sie wollte, dass wir schön weitermachen wie bisher. Nur hat sie auch was vom Kuchen abhaben wollen.«

»Sie hat Sie … erpresst?«

»Mann, ja, haben Sie's endlich kapiert?«

Kluftinger war fassungslos. Die Puzzleteile des Falls, die er sich so schön zurechtgelegt hatte, purzelten vor seinem inneren Auge nun wieder wild durcheinander.

»Ja, das haben Sie jetzt nicht erwartet, hä?«

»Nein, das stimmt. Aber das bringt Sie trotzdem nicht aus der Schusslinie. Im Gegenteil: Es gibt Ihnen ein noch viel stärkeres Motiv.«

Dem Verwalter schien das erst jetzt bewusst zu werden, und sein herausforderndes Lächeln verschwand wieder. »Wenn ich sie von vornherein hätte umbringen wollen, hätte ich ihr ja wohl kaum erst mal das Geld gegeben, oder?«

»Sie haben ihr was gegeben?«

»Ja, schauen Sie doch mal auf ihrem Konto nach. Wahrscheinlich hat sie es eingezahlt, damit das mal wieder ausgeglichen war. Viele Eingänge dürfte die nicht gehabt haben.«

Kluftinger zuckte mit den Schultern.

»Wie gesagt: Für mich hat sich das am wenigsten rentiert. Ich mein, ich hab da ja 'ne Menge riskiert, viel mehr als der Haase. Und der hat richtig abkassiert.«

»Was war denn seine Aufgabe?«

»Der hat die Adressen geliefert. Hat ja bessere Kontakte in diese Szene. Der war so was wie der Veranstalter.«

»War er denn auch vor Ort?«

»Nur beim ersten Mal.«

»Wie oft haben Sie denn diese … Feiern veranstaltet?«

»Ich glaub, so fünf-, sechsmal.«

Kluftinger kam ein neuer Gedanke: »Fehlen deswegen immer wieder Videos der Überwachungskameras?«

»Der Haase hat gemeint, es wär besser, wenn die an diesen Abenden nicht laufen würden.«

Der Kommissar dachte ein paar Sekunden nach. »Gut, Sie kommen dann wohl erst mal mit.«

»Und was ist mit der Hochzeit?«

»Was soll damit sein?«

»Na, wenn ich jetzt gehe, können Sie die Feier auch gleich beenden. Da gibt's jetzt dann ein Catering.«

Der Kommissar rang einen Moment mit sich, dann holte er sein Mobiltelefon hervor und wählte eine Nummer. »Hallo? Ja, ich bin's, Kluftinger. Ich hätte da einen Auftrag für euch.«

Der Fackelgang, den der Kommissar bei seiner Ankunft noch als so unheimlich empfunden hatte, kam ihm auf seinem Rückweg viel harmloser vor, was vielleicht auch daran lag, dass er mit sich zufrieden war.

Er hatte eine Hochzeit gerettet, indem er so lange bei Pawlowicz geblieben war, bis die zwei Polizisten eingetroffen waren, die er telefonisch angefordert hatte. Die hatten nun ein Auge auf ihn, bis die Feier zu Ende war, dann würden sie ihn mitnehmen. Ein bisschen aber, da machte er sich nichts vor, war seine Beschwingtheit der Tatsache geschuldet, dass er die düstere Stimmung des alten Gemäuers für heute hinter sich lassen konnte.

Draußen lief er direkt in die Arme von Richard Maier, der ihm aufgeregt von seinen Gesprächen mit der Verwalterin und dem Pärchen aus dem Gästehaus berichtete.

»Also die Frau Pawlowicz sagt, sie habe von alldem zwar gewusst, aber selber nichts damit zu tun gehabt?«, fragte Kluftinger ungläubig, als Maier fertig war.

Sein Kollege nickte. »Dafür waren die beiden anderen nach anfänglichem Zögern ein wenig redefreudiger.«

»So?«

»Ja, die waren wohl fast jedes Mal da, sind passionierte Swinger, mit einer leichten Neigung zum Fetisch. Wobei ich nicht herausbekommen hab, ob das eher in die Leder- oder in die Gummiecke geht.«

»Das ist mir ehrlich gesagt auch rechtschaffen gleich.«

»Entschuldige, wenn ich dich da korrigiere, aber das ist überhaupt nicht das Gleiche. Hochinteressant, wenn man sich ein wenig damit beschäftigt. Allein beim Bondage gibt es so viele Spielarten, ich sag's dir …«

Kluftinger sah ihn mit großen Augen an. »Richie, sag mal, woher weißt du denn das ganze Zeug?«

»Was für Zeug?«

»Na ja, den ganzen … Schweinkram halt.«

»Schweinkram, ich bitt dich. Das ist doch längst nicht mehr so wie früher, wo das alles in der Schmuddelecke stand. Heutzutage hat jeder die Möglichkeit, seine Sexualität frei auszuleben. Gott sei Dank.«

»Ja, was sind wir alle dankbar. Also, woher kennst du das alles?«

»Man informiert sich eben. Fachliteratur, Reportagen, Presseerzeugnisse.«

»Das werden mir so Presseerzeugnisse sein. Aber mir ja wurscht, was du so in deiner Freizeit treibst. Also, machst.« Maiers Protest kam er mit einer weiteren Frage zuvor. »Was haben sie denn noch erzählt, von diesen Feschtle? Wie läuft denn so was ab?«

»Aha, ein gewisses Interesse kann ich hier also auch erkennen?«

»Rein dienstlich, Richie. Also?«

»Was die Praktiken anging, haben sie berichtet von leichtem Bondage, einen Pranger hatten sie, einen Darkroom wohl und dann auch so eine Toy-Lounge, wo man …«

»Keine Fachausdrücke mehr. Was war da für eine Atmosphäre, mein ich.«

»Es war wohl vom Motto her so höfisch, die meisten hatten historisierende Masken auf, alles war nur mit Kerzen und Fackeln beleuchtet, außer dem Darkroom, der war …«

»… eher dunkel, das ist sogar mir klar.«

»Schön. Sagt dir *Eyes Wide Shut* etwas?«

»Richie, ich hab gesagt …«

»Ist ja schon recht. Das ist ein Spielfilm, in dem geht es unter anderem auch um solche Treffen. Und etwa die Atmosphäre hatten die vor Augen. Zügellos und eher elitär.«

»Verstanden, Richard. Danke. Die beiden können übrigens gehen, wir haben ja die Personalien, falls wir noch etwas brauchen.«

Maier nickte. »Ich sag's denen gleich. Die werden ziemlich erleichtert sein.«

»Gut, Richie. Ich werd mich mal nach dem Baron umsehen und ihn mit der neuen Lage konfrontieren. Vielleicht hat der ja auch ein bissle mitgemacht bei den … Spezialfeiern.«

»Ja, gut, der ist wohl im Keller, da verzieht er sich anscheinend immer hin, wenn Veranstaltungen im Schloss sind, hat die Pawlowicz gesagt.«

Kluftinger atmete flach, als er die steinerne Kellertreppe hinabstieg. Er wollte möglichst wenig von der modrigen, muffigen Luft dort unten einatmen. Wenigstens gab es hier elektrisches Licht statt Fackeln.

Der Kommissar ging auf eine Tür zu, hinter der er undefinierbare Geräusche vernahm. Als er sie öffnete, bot sich ihm ein bizarres Bild: Im Gegensatz zum düsteren Gang war dieser Raum von grellen Neonlampen beleuchtet, und seine Augen brauchten eine Weile, um sich an die Helligkeit zu gewöhnen. Dann sah er den Baron, der, über eine Edelstahlspüle gebeugt, mit einem großen Messer hantierte. Er hatte Kluftingers Eindringen noch nicht bemerkt.

Erst auf den zweiten Blick erkannte der Kommissar, was der Baron in Händen hielt: Es war ein fetter, gelblich-glitschiger Karpfen, dessen Kopf er gerade vom Körper abgetrennt hatte und den er nun auszunehmen begann. Es roch aber nicht nach Fisch, stattdessen lag ein metallischer, beißender Geruch in der Luft.

Der Kommissar räusperte sich, worauf der Baron derart zusammenzuckte, dass ihm das Messer aus der Hand glitt und scheppernd im Spülbecken landete. Mit weit aufgerissenen Augen fuhr er herum, doch als er Kluftinger sah, beruhigte er sich wieder.

»Guten Tag, Herr Kommissar. Ihren Besuch hatte ich nicht erwartet. Haben Sie mich hier in den Katakomben gleich gefunden?«

Der Kommissar grüßte. »Bin einfach den Geräuschen gefolgt.«

»Auch ein bisschen wie im Märchen, nur umgekehrt, was?«

Kluftinger verstand nicht, worauf der Mann hinauswollte.

»Na, ›Der Fischer und seine Frau‹. Dem der Butt jeden seiner Wünsche erfüllt, bis es zu viel des Guten ist. Leider Gottes hatte ich zuerst ein Schloss, und aus dem wurde letzten Endes die ärmliche Hütte. Das Ergebnis bleibt sich gleich.« Er seufzte.

»Nur dass es in der Geschichte nicht um die Wünsche des Fischers geht, sondern um die seiner gierigen Frau, wenn mich nicht alles täuscht«, merkte Kluftinger an.

Der Baron wischte sich die Hände an seiner fleckigen Schürze ab und lehnte sich gegen die Spüle. »Wer will schon sagen, welches die eigenen Wünsche sind und welche die, die man hat, um den Partner nicht zu enttäuschen.«

»Wollen Sie damit sagen, Sie haben nur für Ihre Frau versucht, das Schloss zu halten?«

»Nein, Herr Kommissar, das nicht. Aber natürlich habe ich mehr gemacht, um an Geld zu kommen, als mir eigentlich lieb war. Das Arrangement mit der Gemeinde, all die Hochzeiten und Konzerte, die Kunstverkäufe – ich wollte ihr ein ordentliches Leben bieten. Ich allein wäre mit weit weniger zurechtgekommen. Mein Erbe, das war eben meine Bürde, man kann nicht verlangen, dass das für jemand anderen ebenso viel bedeutet. Nur eines will ich betonen: Sie war nie gierig, nie maßlos, nie fordernd. Sie hat alles mit Würde getragen. Alles.«

Kluftinger sah ihn an. Grimmbart sprach ohne Bitterkeit und auch ohne merkliche Trauer, lediglich mit der Resignation eines Mannes, der alles im Leben verloren hat, was ihm lieb und teuer ist.

»Aber deswegen sind Sie sicher nicht hierhergekommen, Herr Kluftinger. Gibt es neue Erkenntnisse im Fall?«

Kluftinger überlegte, wie er das, was nun folgen würde, am besten angehen sollte. Schließlich entschied er sich für die Variante »schnell und direkt«. »Das kann man so und so sehen, Herr Baron. Wir haben mittlerweile erfahren, dass hier auf dem Schloss immer wieder Orgien veranstaltet wurden, um ein paar schwarze Kassen aufzubessern. Wie passt das denn zu Ihrem Erbe?«

Grimmbart schien ehrlich schockiert, mit offenem Mund starrte er Kluftinger an.

»Sie haben von alldem nichts gewusst?«

Der Baron hatte sich noch immer nicht gefangen. »Wie … wer … ich meine, war das dieser Pawlowicz? Zusammen mit seinem feinen Freund Haase?«

»Darüber scheinen Sie ja zumindest überraschend gut informiert zu sein. Der feine Freund, den Sie beinahe adoptiert hätten.«

»Ich habe ihn mir nicht ausgesucht. Und was Pawlowicz angeht: Es ist nicht schwer, hier eins und eins zusammenzuzählen.«

»Ja, Herr Baron, das ist auch Ihrer Frau nicht schwergefallen. Und rechnen konnte sie wohl auch recht gut. Und so hat sie sich allem Anschein nach auch ein paar Euro dazuverdient mit den Orgien.«

Grimmbart lachte auf. »Niemals!«

»Was, niemals?«

»Nie im Leben hätte sie sich die Finger an so etwas schmutzig gemacht. Schon gar nicht zusammen mit Pawlowicz. Er hat keine Gelegenheit ausgelassen, uns zu demütigen und zu beleidigen. So gesehen passen diese … Orgien, wie Sie es nennen, natürlich gut ins Bild. Sextreffs hier auf meinem Schloss. Schrecklich. Wie oft soll denn das gewesen sein?«

»Alle paar Monate. Umso erstaunlicher, dass Sie gar nichts gewusst haben wollen.«

»Hören Sie, ich habe zu den meisten Räumen noch nicht einmal einen Schlüssel. Bis auf die Konzerte sind alle extern gebuchten Veranstaltungen Sache der Gemeinde. Es geht mich nichts an, was dort vorgeht.«

»Das meinen Sie aber nicht im Ernst, oder?«

Grimmbart schwieg. Für Kluftinger war dies Antwort genug. »Jetzt wissen Sie es jedenfalls. Was die Beteiligung Ihrer Frau angeht, dauern die Ermittlungen an.«

»Dieses Schwein lässt sie nicht mal nach ihrem Tod in Frieden.

Haben Sie nicht endlich seine Machenschaften durchschaut?« Die Stimme des Mannes bebte. Kluftinger bemerkte, dass seine Augen feucht wurden. Ob vor Zorn oder Trauer, vermochte er nicht zu sagen.

»Herr Baron, ich hab das Gefühl, gerade die Oberfläche von dem angekratzt zu haben, was es hier noch zu entdecken gibt. Kaum glaubt man, den Weg durch dieses Labyrinth gefunden zu haben, tut sich ein neuer Gang auf.«

»Reden Sie jetzt vom Schloss, oder …?«

»Sie wissen, wie Sie mich erreichen können, wenn Sie mir etwas sagen wollen, Herr Grimmbart. Habe die Ehre – und frohes Schaffen weiterhin.«

21

Erst nach sechs Uhr verließ der Kommissar das Büro und machte sich auf den Heimweg. Sie hatten Haase zwar weiter vernommen, jedoch ohne nennenswerte Ergebnisse. Er hatte Mühe, seine Arbeit am Fall auszublenden und sich auf das zu konzentrieren, was ihn jetzt erwarten würde: eine Familie, fröhlich und aufgedreht, mit Hochzeitsvorbereitungen beschäftigt.
Beim Gedanken an das bevorstehende Fest beschlich den Kommissar ein ungutes Gefühl: Was er heute im Schloss gesehen hatte, war die grässlichste Hochzeitsfeier gewesen, die für ihn vorstellbar war. Zwar hatte er volles Vertrauen in Erika, was die Organisation betraf. Was aber, wenn Markus und Yumiko seltsame Dinge geplant hatten? Er überlegte: Nur über eine Handvoll Sachen wusste er Bescheid – das Menü, die Sitzordnung, den Saal, die Blumen, ihr Hochzeitsgeschenk und nicht zuletzt seine Rede, Höhepunkt der Zeremonie.

Aber sonst? Er würde schleunigst in Erfahrung bringen, was die weiteren Programmpunkte waren, welche Einlagen es gab, welche Art von Musik. Choräle wie die heute waren wohl nicht zu erwarten, dazu kannte er Markus' Musikgeschmack immerhin gut genug. Minutiös würde er sich erzählen lassen, wie alles ablief, sich in die kleinsten Details einführen lassen. Und dadurch auch noch ungeheuer interessiert wirken, was Erika sicher sehr gefallen würde.

»Vatter! Endlich! Ich brauch das Auto, zefix!«

Er war gerade vorgefahren, da hörte er bereits seinen Sohn rufen. Und dann sah er ihn auch. Mit rotem Kopf kam er auf den

Wagen zugerannt und bedeutete ihm wild gestikulierend, auszusteigen.

»Jetzt mach mal halblang, Bürschle, ich hab den ganzen Tag geschafft!«

»Ja, das haben wir auch, Vatter. Wir haben mit der Mutter das ganze Haus geputzt, alle Betten überzogen und sogar die Kruschtschublade in der Küche entrümpelt. Dich interessiert das ja alles nicht, aber morgen kommen Yumikos Eltern, und die Mutter muss noch kochen. Und deswegen geh ich jetzt wenigstens für sie einkaufen und Getränke holen, bevor noch alles zumacht. Also steig jetzt bitte aus, gib mir die Schlüssel zu deiner Krücke und hilf der Mutter ein bissle, sonst dreht uns die noch durch.«

Kluftinger stieg völlig überrumpelt aus dem Wagen und stützte sich auf die Fahrertür. Was hatte er doch gleich alles fragen wollen? Ah ja, Musik …

»Sag mal, Markus, wegen der Musik …«

»Was für Musik, Vatter?«

»Bei der Hochzeit. Soll ich mal die Kollegen von der Kapelle fragen? Ich mein, irgendeinen Vorteil müssen wir doch haben, dass ich da diese Malefiztrommel spiel. Da kann ich sicher was organisieren.«

Sein Sohn warf ihm einen entgeisterten Blick zu. »Musikkapelle? So weit kommt's noch.«

»Oder bloß die Männer vom Dreigesang? Ist auch nett.«

»Wahrscheinlich. Übrigens: Wir haben längst einen DJ engagiert.«

»Einen … um Gottes willen, das ist doch keine Disco! Denkt's halt an die Gäste, ich mein, der Onkel Sepp …«

»Der Onkel Sepp muss sich damit arrangieren, Ohropax mitbringen oder halt heimgehen, wenn's ihm nicht passt. Wird ja kein Seniorennachmittag. Jedenfalls haben wir den im Moment angesagtesten DJ der Gegend, der legt sogar im Parktheater auf.«

Kluftinger schluckte. Er kannte die große Diskothek im Zentrum von Kempten von einem dienstlichen Einsatz her sehr genau. »Du, Markus, der Matthias, weißt schon, der mit den Wintergärten, also, der spielt jetzt anscheinend am Wochenende auf Hochzeiten. Der hat sich eine riesige Orgel gekauft. Und Gitarre kann er auch. Der ›Swingende Matthias‹ nennt er sich. Das wär doch schön. Der spielt dir bestimmt die ganzen Tanzklassiker.«

»Ja, das wär natürlich der Knaller. Aber keine Sorge, ich hab schon ausgemacht, dass ›Die rote Sonne von Barbados‹ aufgelegt wird. Darauf kannst du dann mit der Tante Rosa tanzen, wenn du willst, dann ist der Onkel Sepp sie wenigstens fünf Minuten los.«

Damit schob Markus seinen Vater vom Auto weg und stieg ein. »Jetzt hilf der Mutter, sonst gibt's einen Riesenkrach!«, rief er noch, dann fuhr er mit quietschenden Reifen los.

»Pass mir bloß auf das Auto auf, wenn das kaputt ist, dann …«

Kopfschüttelnd ging er zur Haustür. *Ein DJ bei einer Hochzeit.* Wenn er das schon hörte. Sonst hatte man für alles Geld, nur für vernünftige Musik nicht. Wobei – eigentlich war das vielleicht gar nicht verkehrt. Schließlich hatte er eine nicht unerhebliche Sammlung an Marschmusik, Blasmusikklassikern und Schlagern aus den Siebzigern auf dem Dachboden. Damit würde er diesem Discofritzen ein wenig unter die Arme greifen, musikmäßig. Er beschloss, in den nächsten Tagen eine kleine Vorauswahl zu treffen und die Schallplatten dann rechtzeitig in den Saal zu bringen, damit am Abend alles bereitlag.

Mit einem warmen Gefühl der Zufriedenheit im Bauch schloss er die Tür auf. Wie glücklich konnte sich seine Familie schätzen, einen wie ihn an ihrer Seite zu haben.

Kluftinger kam sich albern vor. Seine Familie und er sahen aus wie die Altusrieder Musikkapelle »Harmonie« auf ihrem Jahresausflug. Deren Logo prangte neben einigen Werbeaufklebern auf dem alten Transporter, den er gerade auf der B12 an Kaufbeuren vorbei in Richtung München lenkte. Er hatte sich das Gefährt ausgeliehen, weil sie sonst nicht alle in ein Auto gepasst hätten. Aber das mussten sie schließlich, denn heute war der große Tag. Der Tag, an dem Yumikos Eltern erstmals deutschen – nein, noch bedeutender, Allgäuer Boden betraten.

Er blickte in den Rückspiegel: Markus und seine Verlobte schliefen eng aneinandergekuschelt, sein Sohn in seiner »Minimaltracht«, wie er es nannte – kariertes Trachtenhemd und Halstuch zu Jeans und Turnschuhen. Yumiko hatte eines dieser Plastikdirndl an, die es mittlerweile überall für wenig Geld zu kaufen gab: sehr kurz und sehr pink, was ihr aber gar nicht schlecht stand. Seine Frau saß auf dem Beifahrersitz und studierte den Zettel, den Doktor Langhammer ihnen mit den Worten »Für alle Fälle: Einige japanische Verhaltensregeln eines Weitgereisten« gegeben hatte. Von einem Dirndl stand da zwar nichts, wie er beim heimlichen Überfliegen so lapidarer Ratschläge wie »Nie die Hand geben!« oder »Immer tiefer verbeugen als der Japse!!!!« gesehen hatte. Erika hatte aber trotzdem auf ihr »Ausgeh-Festwochen-Gwand« bestanden, was für sie ihr festlichstes Dirndl war, für ihn aber hieß, dass er sich in seine vermaledeite Lederhose zwängen musste.

Wie eine bunt zusammengewürfelte Alpen-Combo auf Tournee hatten sie sich also auf den Weg zum Flughafen gemacht: Markus und Erika voller Vorfreude, Yumiko etwas nervös. Und er? Er hatte die bevorstehende Ankunft der neuen Verwandtschaft erfolgreich verdrängt. Bis zu diesem Sonntagmorgen. Außer einem katastrophalen Bildschirmtelefonat mit Yumikos Vater hatte es bislang keinerlei Kontakt zwischen ihnen gegeben, und nun sollten sie alle gleich eine ganze Woche miteinander verbringen. Ein wenig war er sogar froh um den Mordfall, würde er ihm doch die Möglichkeit bieten, sich ab und zu von zu Hause abzusetzen.

Als sie schließlich die Abzweigung zum Flughafen nahmen, meldete sich Markus vom Rücksitz mit einem langgezogenen Gähnen. »Bist du über Ulm gefahren, Vatter? Oder hab ich einen Stau verschlafen?«

»Die Kiste gibt halt nicht mehr her.«

»Ach so, stimmt, mit deinem Passat wär's natürlich viiiiel schneller gegangen.«

»Lass deinen Vater in Frieden, ich mag es eh nicht, wenn er so rast«, mischte sich Erika ein. »Wir sind gut in der Zeit.«

»Ja, weil du uns gezwungen hast, mitten in der Nacht loszufahren«, maulte ihr Sohn.

»Lieber zu früh als …«

»Mama, bitte, schenk dir deine Binsenweisheiten.«

»Bist du eigentlich auch immer so frech zu deinen Eltern, Miki?« Yumiko wirkte unsicher, wie immer, wenn sie in eine familiäre Kabbelei hineingezogen wurde.

»Das werden wir in den nächsten Tagen ja ausgiebig beobachten können«, sagte Markus und drückte seiner Verlobten einen Schmatz auf die Wange.

»So, genug geschmust, wir sind da!«, vermeldete Kluftinger, als er direkt vor dem Eingang zum Terminal anhielt.

»Da können wir aber nicht parken, Vatter«, sagte Markus und zeigte auf die Halteverbotsschilder.

»Du nicht. Ich schon«, erwiderte Kluftinger stolz und legte seinen Dienstausweis auf das Armaturenbrett. So konnte er die horrenden Preise umgehen, die am Flughafen selbst für die kürzeste Parkdauer aufgerufen wurden. »Deine Familie soll ja die Koffer nicht weiß Gott wohin schleppen müssen, gell, Miki?«

»Ach komm, Vatter, das machst du doch nur, um dir das bissle Geld fürs Parken zu sparen.«

»Hört ihr jetzt gleich auf?«, schimpfte Erika. »Die Sazukas müssen ja nicht sofort mitkriegen, was für Streithansel ihr seid.«

Die beiden Kluftinger-Männer hoben beschwichtigend die Hände, dann gingen sie alle in die Ankunftshalle. Die halbe Stunde bis zur Landung der Maschine verbrachte Kluftinger damit, seiner Frau auszureden, in dem sündteuren Blumenladen noch einen Willkommensstrauß zu kaufen, schließlich hätte ihr Besuch schon genügend Gepäck zu schleppen.

Dann ratterte die Anzeigentafel und verkündete die Ankunft des Fliegers aus Tokio.

»Sie sind gelandet«, rief Erika aufgeregt, und auch von den anderen ergriff eine spürbare Nervosität Besitz.

Sie warteten stumm, dass sich die automatische Schiebetür endlich öffnen würde. Zwanzig endlose Minuten später strömte ein Schwall Asiaten heraus, alle schwer beladene Gepäckwagen schiebend. In diesem Moment wurde dem Kommissar klar, dass er die Sazukas, die er bisher nur von wenigen Bildern kannte, nie und nimmer unter diesen für ihn nahezu identisch aussehenden Gesichtern herausfinden würde.

Doch schon stürmten ein Mann und eine Frau auf sie zu, holten ihre Fotoapparate heraus und begannen zu knipsen. Er runzelte die Stirn. Sicher, in ihrer Tracht mussten sie für die angehende Verwandtschaft aus Fernost ein tolles Motiv darstellen, aber die Sazukas hatten doch noch viele Tage Zeit, sie in allen möglichen Posen abzulichten.

Er hatte sich allerdings fest vorgenommen, die exotischen Vorlieben seiner Gäste nicht zu hinterfragen, und so legte er den Arm um seine Frau und zeigte sein strahlendstes Lächeln, was diese sich mit einem etwas irritierten Blick gefallen ließ. Irgendwann reichte ihm das Blitzlichtgewitter jedoch, vor allem da sich dadurch auch andere Asiaten ermutigt fühlten, sie abzulichten. Er machte also einen Schritt auf das Paar zu, verneigte sich leicht und sagte dann: »Welcome, Doktor Sazuka … and woman.« Die beiden sahen ihn verwirrt an und verbeugten sich ebenfalls.

Eine Weile standen sie sich gegenüber, da sah Kluftinger aus den Augenwinkeln, wie Yumiko einer anderen Asiatin um den Hals fiel. Er lief rot an, murmelte eine Entschuldigung, verbeugte sich und stellte sich kleinlaut zu seiner Familie.

»So, neue Freunde gefunden, Vatter?«, flüsterte Markus mit breitem Grinsen.

Er kam nicht zu einer Erwiderung, denn nun stellte Yumiko ihnen ihre Familie vor: »Also: mein Vater, Sazuka Yoshifumi, meine Mutter Kanako und meine Schwester Miyako.«

Das dürre, etwa sechzehnjährige Mädchen mit den riesigen Kopfhörern um den Hals sah ihn gelangweilt an.

Dann zeigte Yumiko auf Kluftinger und sagte etwas auf Japanisch, wovon er nur »Kluftinger-san« verstand. Er realisierte, dass nun von ihm eine Begrüßung erwartet wurde. Sein Gehirn war wie leer gefegt. Er suchte in der Erinnerung fieberhaft nach der adäquaten Begrüßungsformel und platzte schließlich mit der ersten heraus, die ihm in den Sinn kam: »Muschi, muschi.« Er erkannte an der Reaktion seiner alten und seiner neuen Familie, dass er damit wohl danebengelegen hatte.

»Das sagt man nur am Telefon«, zischte sein Sohn ihm zu.

Und wenn schon, jetzt müsste er sich jedenfalls verbeugen. Also neigte er seinen Oberkörper, schielte nach oben und sah, dass Sazuka im selben Moment die Hand ausstreckte. *Die Hand?* Er hatte gedacht, man solle gerade nicht ... Also erhob er sich, wobei sich Sazuka gleichzeitig verneigte.

Das ging ja schon gut los. Also wieder verneigen. Und zwar weiter als der andere, das wusste er. Doch das war leichter gesagt als getan, denn immer wenn er sich neigte, tat es ihm sein Gegenüber gleich. Am Ende waren ihre Körper fast zu neunzig Grad abgewinkelt. Mehr würde Kluftingers Rücken nicht mitmachen. Sazuka jedoch schaffte noch ein paar Zentimeter. *Verloren!* Als der Kommissar sich wieder aufrichtete, hatte er von der Anstrengung einen hochroten Kopf.

»So, dann gehen wir mal zum Auto«, beendete Erika die Begrüßungszeremonie, und alle folgten ihr. Ihr Gepäck ließen sie einfach stehen.

»Ihr habt's was ver...«, rief Kluftinger ihnen nach, dann dämmerte ihm, dass sie wohl erwarteten, er würde das für sie übernehmen.

Fünf Minuten später stieß er wieder zu ihnen, keuchend den Kofferberg auf dem Wagen vor sich herschiebend. Der Turm war derart hoch, dass er nicht darübersehen konnte und immer wieder hektisch links und rechts vorbeischauen musste, um niemanden umzufahren. Die anderen stiegen bereits ein, während er die Gepäckstücke in den Kofferraum wuchtete. Schweißnass schloss er die Heckklappe und wollte gerade die Fahrertüre öffnen, als er einen Mann in blauer Parkwächteruniform wahrnahm, der sich mit strengem Blick sein Nummernschild notierte. »Ich fahr schon weg!«, rief er ihm zu.

Der Mann hob nicht einmal den Blick. »So oder so: Das wird teuer.«

Kluftinger atmete genervt aus, holte seinen Dienstausweis vom Armaturenbrett und hielt ihn dem Mann unter die Nase.

Der zeigte sich unbeeindruckt. »Soll ich mir Ihre persönlichen Daten davon abschreiben?«

»Gar nix sollen Sie abschreiben. Ich bin … im Dienst.«

Jetzt musterte ihn der Parkwächter belustigt. »Verstehe. Verdeckte Ermittlung, hm?«

Der Kommissar versuchte zu überschlagen, was ihn der Strafzettel kosten würde, und flüsterte in verschwörerischem Tonfall: »Stimmt.«

»Was stimmt?«

Kluftinger schaute sich verstohlen um, winkte den Mann noch näher und fragte: »Sehen Sie den Mann da im Wagen?«

Er schaute in den Fond des Autos, zuckte aber zusammen, als der Kommissar ein scharfes »Nicht hinschauen!« zischte.

»Aber Sie haben doch gerade …«

»Aber doch nicht so offensichtlich, Sie gefährden ja die ganze Aktion.«

»Die Aktion?«

»Ja, seit Jahren sind wir schon an dem dran. Das ist ein ganz hohes Tier bei den … Brigaden.«

»Den Brigaden?«

»Ja, chinesische Mafia.«

»Sie meinen Triaden?«

»Äh … ja, die auch. Ist so eine Untergruppe. Und jetzt kommen Sie mit Ihrem Strafzettel daher!«

Der Mann wurde blass. Kluftinger nahm stolz zur Kenntnis, welche Wirkung seine Notlüge gehabt hatte, da realisierte er, dass Sazuka langsam aus dem Wagen stieg und mit zusammengekniffenen Augen und unbewegtem Gesicht auf sie zukam.

»Auweh, jetzt wird's gefährlich!« Kluftinger rollte vielsagend mit den Augen.

»Is something wrong?«, fragte da auch schon der Japaner – und in diesem Moment nahm der Uniformierte erschrocken Reißaus.

»No, no, no problem, alles gut! Welcome!«, rief er noch über die Schulter, dann verschwand er im Flughafengebäude.

Durch die Autorität, mit der Kluftinger den Vorfall gelöst hatte, hatte er ziemlich Eindruck geschunden, wie er den Gesprächen seiner Mitfahrer entnahm. Sogar Markus gab ein bisschen mit seinem Polizistenvater an. Die Stimmung war ausgelassen, und so war es nicht verwunderlich, dass die Gäste, nachdem sie ein Schild mit einem Verweis auf das derzeit laufende Oktoberfest gesehen hatten, mit großem Hallo bekundeten, dort unbedingt vorbeischauen zu wollen.

»Nein, nein, nix Oktoberfest«, wiegelte Kluftinger jedoch ab. »Bei uns Allgäuer Festwoche … ich mein, All-Gay-Partyweek.«

Die Sazukas sahen ihn irritiert an, da übersetzte Yumiko jedoch in korrektes Englisch, und sie nickten eifrig.

Kluftinger nickte ebenfalls und schickte noch ein »Aufs Oktoberfest gehen nur Deppen, you know?« hinterher. Diesmal übersetzte Yumiko nicht, da sie im selben Moment einen Reisebus passierten, dessen Insassen, allesamt Japaner in billigen Landhaustrachten, sich offensichtlich genau dorthin aufmachten. Es trat die erste unangenehme Stille ein, der im Laufe der Fahrt noch einige folgen sollten.

Kluftinger fühlte sich auch deshalb so unwohl, weil Sazuka wie selbstverständlich auf dem Beifahrersitz Platz genommen hatte und nun schweigend neben ihm saß, dabei aber das Gefühl vermittelte, unterhalten werden zu wollen.

Im Fond kam langsam wieder ein Gespräch in Gang, dem der Kommissar aber nun, da sie auf die Autobahn eingebogen waren, nicht mehr folgen konnte, was an der Mischung aus englischen Vokabeln und dem Lärm lag, den das betagte Gefährt bei dieser Geschwindigkeit von sich gab. Irgendwann hielt er die Stille zwischen ihm und seinem Beifahrer nicht mehr aus, und er begann, die Sehenswürdigkeiten am Straßenrand zu kommentieren, die hier auf der Autobahn allerdings recht dünn gesät waren: »This is Aral, a tanking… dings … zefix … drink for cars.«

»Hai.«

Er war sich nicht sicher, ob Sazuka ihn wirklich verstanden hatte, denn seit sie angekommen waren, hatte er jeden seiner Kommentare mit einem undurchschaubaren »Hai« quittiert.

Fieberhaft suchte Kluftinger die Landschaft nach etwas Erwähnenswertem ab, doch die Autobahntoilette fand dann selbst er zu lapidar. »Autobahn«, brach es plötzlich aus ihm heraus, worauf sein Nebenmann zwar reflexhaft ein vernehmliches »Hai« bellte, ihn gleichzeitig aber fragend anblickte.

»We have … schnelle Straße, verstehen Sie? Hat damals der Hitler gebaut. You know Hitler? Bad Obernazi.« Kluftinger legte zwei Finger an seine Oberlippe und gab schnarrende Laute von sich, wobei er immer wieder »Heil! Heil!« rief. Die Gespräche im Fond verstummten. Vielleicht kein so gutes Thema, zumal er sich nicht mehr so ganz sicher war, wie die Geschichte zwischen den Deutschen und den Japanern im Krieg eigentlich ausgegangen war. Also ging er schnell zu etwas Unverfänglicherem über und wies auf jedes vorbeifahrende Auto hin, das in Sazukas Heimat fabriziert worden war. Das führte zumindest ansatzweise zu einem Gespräch zwischen den beiden Männern:

»Look, ein Toyota.«

»Hai.«

»Good car?«

»Hai.«
»From Japan, gell?«
»Hai.«
»Ja genau. Hai, hai.«
»Hai.«
»Heieijei.«

Die Gespräche auf der weiteren Fahrt ähnelten einander, nur einmal lief es ein wenig anders ab, als Kluftinger einen überholenden Hyundai als japanisches Fabrikat deklarierte, worauf Sazuka eilig korrigierte, dass es sich dabei um »Korean automobile« handle.

Kluftinger winkte ab: »Ach, das ist für uns eh doch alles das Gleiche. All se same. Korea, Japan, Taiwan und was weiß ich noch alles, wir kennen da eh keinen Unterschied …« Erst jetzt bemerkte der Kommissar, dass auf einmal alle Gespräche verstummt waren. Er räusperte sich. »Lauter good cars, gell?«

Die Stille wurde erst einige Minuten später von Sazuka unterbrochen, als er auf einen der zahlreichen Aufkleber deutete, die überall im Fahrzeug verteilt waren. »What does it say?«

Kluftinger hatte den Humor seiner Musikkollegen nie teilen können, die sich über Sprüche wie *Wenn du so bumst, wie du einparkst, kriegst du ihn nie rein* königlich amüsieren konnten. Dass ihn diese Sticker allerdings einmal in Verlegenheit bringen würden, hätte er dann doch nicht gedacht. Nun wollte Sazuka aber unbedingt wissen, was *Lachen Sie nicht über dieses Auto, Ihre Tochter könnte gerade drinliegen* bedeuten sollte.

Kluftinger druckste umständlich herum. »It means, dass vielleicht … also, it is a bissle blöd. Deppert, you know?«

»What does it say?«, beharrte der Japaner.

»Also, es bedeutet, dass man nicht lachen soll über das Auto. Because your daughter, also quasi Yumiko, can be inside …« Er kam gar nicht dazu, den Satz zu Ende zu bringen, denn Sazuka hatte bereits verstanden, brach in ein wieherndes Lachen aus und schlug sich auf die Schenkel.

Das war also die Art Humor, die den bislang so verschlossen wirkenden Japaner ein wenig lockerer machte?

Nun, in dieser Richtung hatte er noch einiges zu bieten. Freimütig übersetzte Kluftinger also auch andere Sprüche wie *Ich bremse auch für Frauen* und bereitete seinem Beifahrer mit bizarren Übersetzungen (»I do ... kreizkruzifix, brems ... I'm stopping auch for ... Misses Sazuka«) und *Kippe aus, anschnallen, Schnauze halten* (»Zigarett off, Gurt on, and hold your mouth«) geradezu kindliches Vergnügen.

Einmal erntete er sogar respektvolles Kopfnicken, als er den Satz *Damen aufgepasst: Meiner ist fünf Meter lang* mit »I have a very long thing« übersetzte. Die Stimmung wäre jedoch beinahe wieder gekippt, als er *Ich bremse nur zum Kotzen* zu erklären versuchte, mit den Worten: »When I stop, then only wenn ... I« Er machte ein paar Würgegeräusche und fuhr dann fort: »Wenn Sushi comes wieder out.«

Als Kluftinger den klapprigen Kleinbus in der Garageneinfahrt abgestellt hatte und die bunte Reisegruppe ausgestiegen war, fühlte er leider nicht die erhoffte Erleichterung über die erste geschaffte Etappe. Stattdessen wuchs seine Anspannung: Nun gab es keine Schonfrist mehr, nun ging es richtig los. Mindestens für eine Woche würde sein Heim, das ihm Sicherheit und Geborgenheit vermittelte, ihm Halt und Ruhe gab, auf den Kopf gestellt werden.

»Mir gehen schnell mal durch den Garten, Butzele, machst du das mit dem Gepäck? Danke!«, rief Erika ihm zu, als er gerade die Heckklappe öffnete.

Bevor Markus um die Hausecke biegen konnte, pfiff er ihn zurück. »Dableiben, du hilfst mir mit den Koffern, ich bin doch nicht der Kuli!«

Markus sah über die Schulter, schien einen Moment zu überlegen und trottete schließlich zurück. »Ja, ich helf ja schon. Ist schließlich mein Besuch, irgendwie.«

Kluftinger nickte und ließ seinen Sohn die schwersten Stücke ausladen, allen voran eine Art Schrankkoffer aus Holz. Der Kommissar konnte sich nicht vorstellen, was sich in dem Ungetüm befinden mochte.

»Sag mal, Vatter, du bist ja völlig durchgeschwitzt! Wirst du krank? Oder ist das der Angstschweiß?«

Der Kommissar hatte erst beim Aussteigen bemerkt, dass sein Hemd riesige Schweißflecken aufwies. Kein Wunder, das krampfige Gespräch mit Sazuka, das ständige Ringen um Worte, diese ganze gezwungene Situation hatte seinen Körper mit Adrenalin überschwemmt. »Ich geb dir gleich Angstschweiß! Das ist … das kommt … von dem blöden Sitz in dem Karren da! Kunstleder, da atmet ja nix.«

»Dann bin ich ja beruhigt, dass es nicht der Stress ist wegen dem Yoshifumi.«

»Wer jetzt?«

»Der Yoshifumi, Yumikos Vater.«

»Der Joschi? Nein, nein, das war doch … nett.« Kluftinger rang sich ein Lächeln ab.

»Du, ich fand das echt cool, dass ihr euch unterhalten habt. Und er hat Spaß gehabt, hatte ich den Eindruck.« Markus klopfte seinem Vater auf die Schulter.

»Soso. Dann isch's ja gut, wenn dein Alter Herr mal was richtig gemacht hat«, sagte der und versuchte, den Stolz über das Lob seines Sohnes so gut es ging zu verbergen.

»Übrigens: Der Yoshifumi versteht ganz gut Deutsch, er hat geschäftlich viele Kontakte hier. Kannst mit ihm also ruhig deutsch reden, meint die Yumiko. Er antwortet dir dann halt auf Englisch.«

Kluftinger war erleichtert. »Gut. Immerhin. Sag das bitte auch der Mutter, gell?«

In stillem Einverständnis schleppten die beiden Kluftinger-Männer das Gepäck ins Haus, und als sie fertig waren, hatten die anderen ihren Gartenrundgang beendet.

Sazuka steuerte freudig erregt auf den Kommissar zu. »You have nice appletrees, Kluftinger-san!«

»Ja, danke«, erwiderte der lächelnd. »Geben Apfelsaft. Und Moscht. Mein Vatter hat den Baum veredelt. Fornobled, so to say.«

»Hai«, entgegnete Sazuka mit ratlosem Gesicht.

»Also, dann kommt's halt mal rein.« Kluftinger ging voraus, doch keiner folgte ihm. »Come in and eat Zwetschgendatschi.«

»Hai«, sagten Herr und Frau Sazuka im Chor, blieben aber wie angewurzelt stehen, während ihre jüngste Tochter etwas abseits stand und im Takt ihrer Kopfhörermusik wippte.

»Markus«, zischte er schließlich, »treib die halt jetzt mal ins Haus, zefix!«

Sein Sohn kam zu ihm und erklärte: »Ich glaub, wir müssen erst noch die Hausschuhe holen, Vatter. Sonst gehen die uns nicht in die Wohnung. Ist so in Japan.«

Der Kommissar zuckte die Achseln und stellte schließlich die neu gekauften Pantoffeln an die Schwelle. Umgehend gingen nun die Gäste auf die Türe zu, streiften ihre Schuhe im Windfang ab und schlüpften freudig in ihre Plüschpantinen, während Kluftinger seine Fellclogs anzog.

Die Sazukas fingen sogleich an, herzhaft zu lachen, und zeigten auf seine Hausschuhe.

»Is it real fur?«, fragte Frau Sazuka.

»Nein, das ist Fell. Allgäuer Schumpen. You know Schumpen?«

»Hai.«

»Schumpen is a … teenager-cow. Se baby is a Kalb. And sen it gives noch a Stier. And se Ochs, he has no … zefix … he can not make love. Se Tierarzt make schnipp …«

Markus sprang ihm zur Seite und erklärte den Sazukas, was sein Vater hatte sagen wollen.

»So, jetzt gehen wir alle rein, und wir zeigen euch das Zimmer«, beendete Erika den Redeschwall ihres Mannes.

Als Kluftinger im Hausgang vor ihnen ging, deuteten die Japaner noch immer freudestrahlend auf die Schuhe – bis er auf die Toilette ging. Es war ihm ein wenig unangenehm, dass die ganze Gesellschaft vor dem Klo wartete. Er beeilte sich also, wusch sich die Hände, wischte sie sich an seiner Hose ab und trat wieder in den Gang.

Doch nun wirkten die Blicke der Japaner erschrocken, sie schienen ängstlich auf sein Schuhwerk zu blicken. Da fiel es Kluftinger siedend heiß ein: Markus hatte ihm doch die Sache mit den Kloschuhen erklärt. Er huschte also zu seiner Aktentasche, zog die Überschuhe heraus und stülpte sie über seine Clogs.

»Toilettenüberschuhe. Overshoes. Aus Polizeibeständen.«

Mit diesen Worten leerte er einen Haufen Plastikhüllen aus seiner Tasche vor die Klotür und stapfte der Gruppe voran in Richtung Gästezimmer.

Die Japaner schienen nicht wirklich überzeugt, aber damit mussten sie sich eben arrangieren.

Als er die Tür zum Bügelzimmer aufstieß, war er erstaunt. Zwar hatte ihn Erika immer wieder über den aktuellen Stand der Umgestaltung des Raums zu einem veritablen Gästezimmer berichtet, gesehen hatte er es bisher aber noch nicht.

Sämtliche Wäscheberge waren verschwunden, der Sessel von den zu flickenden Sachen befreit, und sogar der Hocker, der Erikas Nähzeug beherbergte, hatte einen neuen Bezug bekommen und stand als Nachtkästchenersatz neben der bezogenen Doppelschlafcouch. In einer Ecke des Raumes lag eine Matratze für Yumikos Schwester, und das Fensterbrett zierte eine Vase mit vier Sonnenblumen, die Kluftinger höchstpersönlich vor der Abfahrt nach München noch im Garten geschnitten hatte. Alles wirkte gastlich, sauber und einladend.

Der Kommissar blickte lächelnd in die Gesichter seiner Gäste, doch was ihm daraus entgegenschlug, war nicht etwa Freude, sondern Entsetzen. Zumindest deutete Kluftinger so den starren Blick der Sazukas. Ob sie vielleicht nicht gern im gleichen Bett schliefen? Möglicherweise schnarchte einer von beiden stark. Und hatte Sazuka am Ende eine Allergie gegen Schnittblumen? Aber das alles hätte ihnen Yumiko sicher gesagt. Doch was sollten sie machen, dieses Zimmer war das einzige, in dem sie die drei unterbringen konnten, mehr Platz hatten sie nicht. Und Erika hatte darauf bestanden, dass sie bei ihnen zu Hause wohnen sollten, nicht in irgendeinem unpersönlichen Hotel. Auch wenn Yumiko immer wieder versichert hatte, das würde ihren Eltern überhaupt nichts ausmachen. Sie könnten es sich leisten und fänden das sicher nicht unhöflich. Auch Kluftinger hielt das für eine blendende Idee. Erst als Erika betont hatte, dass sie auf jeden Fall die Hotelrechnung für die Sazukas übernehmen wolle, hatte er eingelenkt.

»When it is too loud with three, we give you Ohropax.«

»Du, Vatter, ihr kommt's schon ein bissle allein klar, oder?«, rief Markus aus dem Hausgang. »Die Yumiko und ich müssen schnell zum Pfarrer, wir haben das Traugespräch. Trinkt's halt schon mal Kaffee, wir kommen dann nachher wieder.«

Priml, kaum waren die Gäste da, machten sich die Kinder aus dem Staub. Das konnte ja heiter werden. Doch vor seinem Sohn wollte er sich nichts von seiner Unsicherheit anmerken lassen. »Alles klar, wir verstehen uns bestens, gell?«, rief er über die Schulter und schob das Gepäck an den drei Japanern vorbei in den Raum. »Macht es euch schon mal gemütlich, pack your sings out and so, und in einer Viertelstunde gibt's Kaffee. Coffee, okay?«

»Hai«, tönte Frau Sazuka zögerlich, während ihr Ehemann wortlos aus dem Fenster sah. Ihre jüngere Tochter hingegen hatte sich bereits auf ihre Matratze gelegt und drehte die Musik im Kopfhörer so laut, dass Kluftinger sie bis zur Tür hören konnte. Mit einem Kopfnicken verabschiedete er sich und schob Erika, die die Szene still beobachtet hatte, vor sich aus der Tür.

»Sag mal, sagst du gar nie was oder wie?«, flüsterte er ihr zu.

»Du weißt genau, dass ich seit der Schule kein Englisch mehr geredet hab. Ich tu mich halt schwer, grad wenn die Yumiko oder der Markus nicht ein bissle übersetzen.«

»Du kannst mit dem Sazuka deutsch reden, meint der Markus. So leichte Sachen versteht er schon.«

»Gott sei Dank!«, seufzte Erika erleichtert.

Eine gute halbe Stunde später saßen Erika und ihr Mann am fertig gedeckten Tisch und warteten auf ihre Gäste.

»Brauchen ganz schön lang zum Akklimatisieren, oder?«, sagte Erika skeptisch.

»Mhm.«

»Meinst du, wir sollen sie holen?«

»Werden schon kommen.«

»Man könnt ihnen aber schon sagen, dass es so weit wär. Der Kaffee wird ja nicht grad besser, wenn er in der Kanne rumsteht, und die Sahne verläuft mir auch. Haben die denn keinen Hunger?«

»Dann täten sie kommen.«

»Haben wir was falsch gemacht?«

»Noch nicht. Also, ich mein: Wir hatten ja noch keine Gelegenheit dazu.«

Sie harrten weitere zehn Minuten aus, bevor Erika erneut bat: »Komm, jetzt hol sie halt endlich.«

»Hol doch du sie.«

»Du bist der Hausherr.«

»Seit wann jetzt das?«

»Seit heut. Weil sich das so gehört, dass der Mann …«

»Weil du Schiss hast.«

»Schmarrn.«

»Gib's zu, Erika!«

»Was heißt Schiss, ich mein …«

»Gehen wir halt zusammen«, schlug Kluftinger vor.

»Aber du klopfst!«, beharrte Erika und folgte ihrem Mann.

Vor dem Bügelzimmer angekommen, hielten sie kurz inne und lauschten, hörten aber nichts. Dann klopfte Kluftinger.

Sie warteten auf eine Antwort. Da nichts geschah, ging Kluftinger noch näher an die Tür, doch sosehr er auch lauschte, er konnte kein Geräusch vernehmen. Und auch das nächste Klopfen verhallte unbeantwortet. Schulterzuckend sah der Kommissar zu seiner Frau.

»Sollen wir mal reinspitzeln? Vielleicht sind sie ja eingeschlafen«, flüsterte er.

»Eingeschlafen? Am helllichten Tag?«

»Ja, wegen dem Jet-Leck.«

Diesmal schlug Kluftinger gegen die Tür, wieder kam keine Reaktion.

»Am End vertragen sie die gute Allgäuer Luft nicht, weil es in Tokio allweil einen rechten Smog hat, und jetzt haben sie einen Sauerstoffschock.«

»Mach mir bloß keine Angst. Nicht dass wirklich was ist!«

»Ich schau jetzt nach!« Vorsichtig öffnete der Kommissar die Tür. Es war ein seltsamer Anblick, der sich ihm da bot: Das Ehepaar saß aufrecht und unbewegt nebeneinander auf dem Bett, die Beine geschlossen, die Hände im Schoß. Sie blickten Kluftinger ausdruckslos an, die Tochter lag auf der Matratze und hörte noch immer Musik.

»Oh, seid ihr wach?«, entfuhr es ihm ehrlich überrascht.

»Hai.«

»Kaffee ist fertig. Schon längst. Longest. And se Datschi auch.«

»We were waiting for you. Thank you, Kluftinger-San.« Dann erhoben sie sich und folgten ihnen.

Erika bog mit Frau Sazuka in die Küche ab, während die Männer mit der Tochter ins Wohnzimmer gingen. Dort überreichte Sazuka dem Kommissar ein kleines in Geschenkpapier eingewickeltes Päckchen mit den Worten: »Take this, it is completely worthless.« Dabei senkte er den Blick zu Boden.

Kluftinger streckte seine Hand mechanisch nach dem Paket aus und ergriff es. Wenn ihn nicht alles täuschte, hatte Sazuka gesagt, sein Geschenk sei absolut wertlos. Er stutzte. Hatte er sich verhört? Er versuchte sich zu erinnern, immerhin hatte er ja schon ein Buch über die japanischen Umgangsformen … nun ja, angelesen. Darin war auch etwas über das Schenken gestanden. Nur was? Dass sie ungern teure Sachen schenkten? Oder gerne teure, es aber nicht sagen wollten? Er wusste es nicht mehr.

Da die Stille schon viel zu lange dauerte, antwortete er: »Ah, you mean bestimmt wertvoll. Da sag ich halt danke, gell?«

»No, it is useless and cheap.«

Also doch!

Kluftinger beschloss trotz Sazukas Ankündigung, notfalls Freude zu heucheln. Er riss schnell das Papier auf und hielt eine hölzerne Schale in Händen, die innen mit klarem, außen mit leuchtend rotem Lack und einigen schwarzen japanischen Schriftzeichen versehen war. Zudem war das Ding auffallend leicht. Na ja, ganz unrecht hatte der Japaner da wohl nicht, er versuchte aber, sich so wenig wie möglich anmerken zu lassen. Er betrachtete das Geschenk eingehend von allen Seiten und sagte dann: »Ja, mei, so schlimm ist es jetzt ja auch nicht. Klar, es gibt Schöneres. It gives more pretty things, my taste ist es auch nicht. Aber die Geste zählt.«

Sazuka schaute ihn düster an, offenbar hatte er nicht ganz verstanden. Auf einmal erklärte er mit Blick auf die Schale: »It is a common souvenir. Japanese Art.« Dann lächelte er ein wenig unsicher.

Daher schob der Kommissar hinterher, indem er ihm auf die Schulter klopfte: »Ah, jaja. Wir haben auch Souvenirläden. Da verkaufen sie auch nur Glump. Neuschwanstein-Schneekugel und so.«

»Ui, was hast du denn da?« Erika war mit Kanako Sazuka eben ins Wohnzimmer gekommen.

»Du, der Yoshifumi hat sich schon dafür entschuldigt, dass er so eine einfache Schüssel mitgebracht hat, aber er hat nix Gescheites bekommen. Ich hab gesagt, so schlimm ist es nicht. Bei uns gibt es oft noch grausligere Mitbringsel, oder?«

»Ach du meine Güte!«, zischte sie plötzlich ernst. »Hast du ihm das wirklich so gesagt? Das sagen die immer bei einem Geschenk, das hat uns die Yumiko doch neulich erklärt. Sicher ist das ganz wertvoll. Und wenn man es gleich aufreißt, dann gilt man übrigens als habgierig!«

Sie nahm ihm die Schale aus der Hand, deutete eine Verbeugung an, bedankte sich überschwenglich und stellte das Gastgeschenk gut sichtbar auf den Couchtisch. Dann lud sie eilig zum Kaffee.

Der Kommissar bemühte sich, die Scharte von eben wieder auszuwetzen, und teilte bereitwillig Kuchen an seine Gäste aus, wobei er wortreich erklärte, dass die Früchte natürlich aus ihrem Garten stammten. Er schenkte gerade den Kaffee ein, da beugte sich Frau Sazuka zu ihrem Mann und zerteilte den Datschi in mundgerechte Stückchen, die sie jeweils mit einem Klecks Sahne versah. Offenbar fand der Japaner das selbstverständlich, denn er würdigte seine Frau keines Blickes und erachtete es auch nicht für nötig, sich zu bedanken. Kluftinger meinte, irgendwo gelesen zu haben, dass sich die japanischen Männer zu Hause gern und völlig selbstverständlich bedienen ließen. Er beschloss also, sich dieser netten japanischen Tradition anzupassen, und schob Erika wortlos lächelnd seinen Teller hin.

»Danke«, sagte die nur und gab ihrem Mann im Austausch ihren leeren Kuchenteller, dann begann sie zu essen.

Sazukas beobachteten das mit ausdrucksloser Miene, und da Kluftinger keine Lust hatte, vor ihnen als Pantoffelheld dazustehen, unterdrückte er seinen Riesenappetit, schaufelte sich stattdessen nur einen Berg Sahne auf den Teller und löffelte sie in einem Zug weg.

Eine Weile aßen und tranken sie, ohne sich zu unterhalten. Jedes Mal, wenn sich ihre Blicke trafen, lächelten sie sich gegenseitig an. Als sie aufgegessen hatten, starrte jeder nur vor sich hin oder aus dem Fenster. Je länger die Stille dauerte, desto schlimmer wurde sie für den Kommissar. Er begann zu schwitzen und fühlte eine Beklemmung, die ihm das Atmen schwer machte.

Da kam, unverhofft, die Rettung: Es klingelte. Sofort sprang der Kommissar auf: »Sicher die Kinder. Se childs.« Doch vor der Tür standen nicht Yumiko und Markus, sondern der Altusrieder Bürgermeister Dieter Hösch. Im Bruchteil einer Sekunde erkannte der Kommissar die Chance, die sich ihm da bot, und ergriff sie.

»Ja Dieter, mei, das ist nett, dass du vorbeischaust! Komm doch gleich rein, wir trinken grad Kaffee.«

»Ich will nicht stören, ich wollt nur sagen, wegen der Probe morgen, also die muss ausfallen, weil im Musikheim …«

»Du, das kannst du doch alles drin in Ruhe erzählen, weißt du, Yumikos Eltern sind grad da, die Japaner! Kannst gleich fragen, vielleicht kann man eine Gemeindepartnerschaft mit denen machen.«

Hösch, wie immer bei seinen sonntäglichen Spaziergängen

durchs Dorf in Landhaustracht gewandet, machte ein skeptisches Gesicht. »Also, ganz ehrlich, ich glaube nicht, dass …«

»Aber die Sazukas würden sich halt schon sehr geehrt fühlen, wenn das Gemeindeoberhaupt sich die Ehre gibt. Das sind wichtige Leute mit viel Einfluss. Und es gibt Datschi.«

Er wusste, dass die Begriffe *wichtig* und *Einfluss* den Kommunalpolitiker überzeugen würden – den Rest besorgte der Kuchen. Hösch willigte also ein, und der Kommissar schob ihn ins Wohnzimmer. Nachdem er ihm einen Stuhl in die Kniekehlen gedrückt und der Bürgermeister sich gesetzt hatte, wurden alle miteinander bekannt gemacht. Als Erika dem Besucher gerade ein Gedeck hinstellte, erklärte Kluftinger kurzerhand, er müsse leider dringend ins Büro, es würde nicht lange dauern, aber seine Kollegen brauchten Unterstützung von ihrem Chef. Ohne eine Reaktion abzuwarten, verließ er das Wohnzimmer, ging in die Küche und wickelte den restlichen Datschi vom Backblech in ein Stück Alufolie. So viel könnten die Gäste ohnehin niemals essen. Schließlich schnappte er sich die Autoschlüssel, zog die Haustür hinter sich zu und machte sich erleichtert auf den Weg nach Kempten.

22

»Kuchen!« Die Augen von Kluftingers Kollegen begannen ungläubig zu leuchten wie die von Kindern unterm Weihnachtsbaum, als er sein von zu Hause mitgebrachtes Backwerk auspackte. »Ja, da seht's ihr mal, wie ich an euch denke.«

»Wirklich, super, Chef, dass du uns mal extra was bringst«, sagte Hefele und lud sich sofort zwei Stücke auf einen Teller. »Dann mal noch einen schönen Sonntag.« Damit stopfte er sich den ersten Datschi zur Hälfte in den Mund.

»Ach was, wo ich schon mal da bin …« Der Kommissar winkte übertrieben großzügig ab. »Ihr könnt sicher jede Hilfe gebrauchen.«

»Eigentlich nicht«, presste sein Kollege mit vollem Mund hervor.

»Ist wirklich nett, aber wir kommen zurecht«, stimmte Maier zu, der sich ein halbes Stück Kuchen auftat.

Langsam wurde Kluftinger nervös. »Jetzt seid doch nicht so selbstlos. Ergreift's doch eine helfende Hand, wenn man sie euch entgegenstreckt!« *Vielleicht ein bisschen dick aufgetragen,* dachte er.

Strobl nahm sich die letzten eineinhalb Portionen und sagte beiläufig: »Man könnt grad meinen, du brauchst eine Ausrede, um nicht wieder heimzumüssen.«

»Ich?« Kluftinger sah mit großen Augen in die Runde und deutete theatralisch auf seine Brust. »Ha, also da muss ich jetzt wirklich lachen. Daheim bin ich am allerliebsten!« Er hatte es lauter gesagt, als er eigentlich gewollt hatte. Seine Kollegen warfen sich vielsagende Blicke zu. »Ich hab Gäste daheim, ich dürft eigentlich gar nicht hier sein, aber ich hab mir gedacht: Komm, gib dir einen Ruck, die drei müssen buckeln, während du hier …«

»Willst du uns überwachen?«, fragte Strobl misstrauisch. »Hat dir das die Dummbrowski eingeflüstert?«

»Jetzt mach dich nicht lächerlich. Und sag nicht immer Dummbrowski, das hat uns schon mal …«

»Klufti ist verlie-hiebt«, stimmte da Hefele auf einmal an, wobei die Kuchenkrümel nur so aus seinem Mund flogen.

Der Kommissar war sich plötzlich nicht mehr so sicher, ob es hier wirklich besser war als zu Hause.

»Wir haben grad nix. Wenn du unbedingt bleiben willst, kannst du ja mal die Akten einordnen«, schlug Maier scherzhaft vor. »Das ganze Material fliegt hier so …«

»Ist gut, mach ich«, erklärte Kluftinger kurz, warf seinen Janker auf den Kleiderständer und setzte sich an den Praktikantenplatz im Büro seiner Kollegen.

»So, für heut reicht's, oder?«, fragte Hefele etwa eine Stunde später in die Runde. Die anderen schauten auf ihre Uhren und nickten.

Nur Kluftinger hatte einen Einwand: »Wir können doch … die Aussagen noch mal durchgehen. Was du heute kannst besorgen …«

»… das erledigen wir morgen«, vollendete Strobl seinen Reim. »Mal ehrlich, wir wollen nach Hause. Und wir haben auch keine Lust mehr, hierzubleiben, nur damit du der Dumm… der Frau Präsidentin morgen berichten kannst …«

»Ja, sag mal, was soll denn das? Wo bespitzel ich euch denn?«

»Arbeitest du vielleicht nicht an internen Beurteilungen und so? Leistungsprämien und was weiß ich noch alles?« Strobl warf Maier einen Blick zu.

»Das ist doch ganz normal. Man muss doch ab und zu … Herrgott, mir langt's allmählich. Da kommt man am heiligen Sonntag, um euch Kuchen zu bringen und euch zu …«

In diesem Moment ging die Tür auf, und alle Köpfe ruckten herum. Der Mann, ein junger Beamter in Uniform, blieb abrupt stehen, als er die feindseligen Blicke auf sich gerichtet sah. »Ich … äh, also das sei dringend, hieß es«, sagte er stockend, legte einen Pappordner auf den nächsten Schreibtisch und sah zu, dass er so schnell wie möglich wieder verschwand.

»So, gibt's also doch noch Arbeit, hm?«, brummte Kluftinger, nahm demonstrativ langsam den Ordner auf und schaute sich den Inhalt an. »Aha, das ist die Kontaktliste, die uns der Haase angefertigt hat. Ihr wisst schon, die Teilnehmer von seinen … Festen im Schloss.«

»Orgien«, präzisierte Maier.

»Ja, die … Treffen halt.«

»Auch wenn es dir peinlich ist, es bleiben trotzdem: Orgien.«

»Meinetwegen.«

»Sag's.«

»Hm?«

»Sag: Orgien!«

»Hakt's jetzt bei dir?«

Maier grinste in die Runde. »Der Chef traut sich nicht, *Orgien* zu sagen. Er geniert sich anscheinend.«

Kluftinger rollte mit den Augen.

»Orgien! Orgien!« Strobl skandierte das Wort wie einen Schlachtruf. Die Kollegen stimmten mit ein.

Der Kommissar war zwar genervt, jetzt aber musste er doch schmunzeln. »Orgien!«, sagte er also.

»Lauter: Orgien!«, beharrte Maier.

»Orgien!«, rief er jetzt, dann stimmten alle mit ein: »Or-gi-en, Or-gi-en!«

Erst nach einer Weile merkten sie, dass der Uniformierte noch einmal zurückgekommen war und fassungslos im Zimmer stand. Sie verstummten.

»Ich … bräucht eigentlich noch eine Unterschrift«, stammelte er, besann sich dann aber eines Besseren und machte kehrt. »Wird schon so auch gehen.«

Zwei, drei Sekunden blieb es still, dann brachen die Beamten in schallendes Gelächter aus. »Ich glaub«, sagte Hefele, als sie sich wieder einigermaßen im Griff hatten, »den sehen wir hier so schnell nicht wieder.«

Kluftinger atmete durch. Auch wenn sie gerade einen etwas seltsamen Auftritt abgeliefert hatten: Endlich hatte er wieder das Gefühl, dass sie trotz der Frotzeleien, zu denen sie sich immer wieder hinreißen ließen, im Grunde ein gut eingespieltes Team waren.

»Wollen wir mal schauen, ob wir jemanden auf der Liste kennen?«, schlug Kluftinger vor.

»Also gut, dafür simmer ja da, und nicht für … Orgien.« Hefele grinste breit.

Sie setzten sich um den Schreibtisch und legten die Liste vor sich hin. Die vermeintlichen Namen waren E-Mail-Adressen.

»Zefix«, schimpfte Kluftinger, »kriegen wir denn da die echten Identitäten dazu raus?« Hilfesuchend blickte er zu Maier, doch es war Strobl, der antwortete: »Das ist überhaupt kein Problem.«

»Ja, richtig, stimmt natürlich«, raunte der Kommissar und begann, die Liste vorzulesen. *»annamaria.kaufmann@freenet.com, andreasmueller@gmx.net,* gut, da ist es natürlich nicht so schwer mit den Namen«, räumte er ein. »Aber jetzt wird's schon komplizierter: ana… dings, wie soll das heißen?«

Maier übernahm das Vorlesen: »anallover underline vierundachtzig.« Er grinste. »Schönes Wortspiel, das bedeutet …«

Kluftinger hob die Hand. »Mir egal. Mich interessieren nur die richtigen Namen.«

Sie arbeiteten sich weiter vor, mutmaßten, dass hinter einer Adresse wie *figgdeimudda@hotmail.com* vielleicht ein ödipal gestörter Franke stecken könnte, und hofften, dass *muschifreund_66* einfach nur ein Katzenliebhaber war.

Als sie das erste Blatt durchhatten und umblätterten, stöhnte Hefele auf: »Na toll, das hätten wir uns ja sparen können!« Auf der zweiten Seite standen die Namen, die die Kollegen bereits zu den Adressen hatten zuordnen können.

Maier las auch diese vor: »Herbert Rehnitz aus Schwabmünchen, Angelique Schwerdtfeger aus Schongau … ganz schönes Einzugsgebiet haben die.«

»Es wird nicht so viele echte Schlösser geben, wo man nachts in aller Ruhe wild durcheinanderschnackseln kann«, mutmaßte Strobl.

»Also, weiter im Text: Hier haben wir einen Herbert Schönreiter aus Kaufbeuren. Kann das der Bauunternehmer sein? Wir hatten doch mal mit einem zu tun, ging's da nicht um Preisabsprachen oder so?«

»Nein, der hieß Schönberger«, widersprach Hefele. »Und das war Marktoberdorf, nicht Kaufbeuren.«

Maier fuhr fort: »Ein Martin Seger aus Lindau, ein Karl Prinz aus Oberstdorf, ein Michael Steidele aus Memmingen, ein Werner …«

»Moment!« Kluftinger hob die Hand. Die anderen hielten die Luft an. Sie kannten ihren Vorgesetzten und hofften, dass er gerade einen seiner berühmten Geistesblitze hatte.

Nach ein paar Sekunden sagte er: »Lies die Namen noch mal vor.«

»Martin Seger, Karl Prinz, Michael …«

»Stopp. Prinz. Prinz. Der Name ist mir im Zusammenhang mit dem Fall schon mal untergekommen.«

»Nein, das war der Graf«, versuchte Maier einen Witz. Dass er damit gegen das eherne Schweigegebot bei sich anbahnenden Kluftingerschen Erleuchtungen verstoßen hatte, zeigte sich darin, dass keiner der Kollegen auch nur eine Miene verzog. Sie warteten gespannt, bis …

»Zefix. Natürlich. Manchmal bin ich wie vernagelt. Jetzt kommt's drauf an: Schaut's mal nach, ob es in Oberstdorf einen Apotheker gibt, der so heißt.«

»Wie denn?«

»Prinz, Himmel noch mal. Karl Prinz.«

Maier setzte sich an einen anderen Schreibtisch. Er hackte wild auf die Tastatur ein, als könne er dem Computer dadurch die Dringlichkeit seiner Anfrage klarmachen. Plötzlich sog er scharf die Luft ein: »Ich hab ihn. Karl Prinz. Inhaber der Prinz-Apotheke. Slogan: In der Prinz-Apotheke …«

»… ist der Kunde König«, vervollständigte Kluftinger zum Erstaunen seiner Kollegen.

Auch eine Stunde später warteten sie noch immer auf die Kontodaten des Apothekers. An einem Sonntag Auskünfte von einer Bank zu bekommen war eine wahre Geduldsprobe. Kluftinger hatte seinen Mitarbeitern erzählt, dass er im vollgestopften Büro der Ermordeten auf einen Prospekt gestoßen war, der für die Naturheilprodukte der Prinz-Apotheke warb.

»Ich weiß nicht, wo du's hernimmst«, sagte Strobl respektvoll, »aber im richten Augenblick kommt irgendwie immer das Richtige aus dir raus.«

Kluftinger winkte angesichts der Lobeshymnen ab. Allerdings nur halbherzig. Er fand ja selbst, dass er manchmal zu recht bemerkenswerten Leistungen fähig war. Stolz empfand er darüber allerdings nicht, eher Erleichterung. Denn er hatte sich diese Fähigkeit weder antrainiert, noch konnte er sich erklären, woher sie überhaupt kam. Es war nur eben so, dass er wie ein Schwamm Informationen aufsaugte, die sich dann in irgendeiner Ecke seines Gehirns festsetzten – und just dann wieder zum Vorschein kamen, wenn er sie brauchte.

In diesem Fall war es der Name des Apothekers gewesen. Sicher: Es hätte Zufall sein können, dass der nun auf der Liste stand. Aber was für ein Zufall wäre das gewesen? Eine Frau war ermordet worden, in ihrem Anwesen hatten heimlich irgendwelche Sexpartys stattgefunden, und ausgerechnet von einem der Teilnehmer hatte sie einen Prospekt auf ihrem Schreibtisch liegen.

Er nahm nicht an, dass sie ihn während einer seiner … Besuche um das Rezept einer hautverträglichen Gesichtscreme gebeten hatte. Oder, wie der Baron behauptet hatte, mit ihm über die heilsame Wirkung der Pflanzen in ihrem Kräutergarten diskutiert hatte.

»Mi leck'sch am Arsch!«, platzte Strobls Stimme plötzlich in seine Überlegungen.

Alle Augen richteten sich auf den Kollegen, während der auf seinen Computerbildschirm starrte. »Jetzt passt's auf, Buben, ich glaub, wir haben ihn!« Der Beamte konnte seine Aufregung kaum verbergen. »Ich hab grad zum Prinz weiterrecherchiert. Eines ist für uns besonders interessant: Er hat öfter auf Kongressen gesprochen, weil er ein Experte ist für …« – Strobl machte eine dramatische Pause. Er sah aus, als hätte er gerne einen Trommelwirbel gehabt – »… pflanzliche und tierische Gifte.«

»Hör auf!«, rief Maier.

»Ja, der hat sich wohl einen Namen gemacht, unter anderem, was die kosmetische Anwendung natürlicher Gifte betrifft.«

Kluftinger ließ die Information ein paar Sekunden sacken, dann sagte er: »Jetzt müssen wir den nur noch finden.«

»Das dürfte nicht allzu schwierig sein«, meldete sich nun auch Hefele zu Wort. »Er ist in Memmingen. Da laufen zurzeit die Naturheiltage, so eine Art Gesundheitsmesse.«

Er hatte noch nicht ausgeredet, da hatte sich der Kommissar schon seinen Janker geschnappt. »Gut, wer kommt mit?«

»Ich!« Maier sprang förmlich von seinem Platz. Hilfesuchend sah Kluftinger zu den anderen.

»Unseren Segen hat er«, erklärte Strobl grinsend.

Die volle Stadthalle in Memmingen war so ziemlich der letzte Ort, den sich Kluftinger für ein so sensibles Vorhaben wie das erste Zusammentreffen mit einem Verdächtigen in einem Mordfall ausgesucht hätte. Schon von weitem sah er die vielen Menschen, die vor der Halle herumstanden, hörte das Stimmengewirr, das aus irgendwelchen Lautsprechern drang, erblickte die Hilfskräfte von Feuerwehr und Rotem Kreuz, die für einen geordneten Ablauf dieser Großveranstaltung sorgen sollten.

Aber es war nun mal nicht zu ändern. Sie hatten den Apotheker telefonisch nicht erreicht, und warten wollten sie auch nicht. Für eine öffentlichkeitswirksame Verhaftung auf der Messe war ihr Verdacht allerdings entschieden zu vage. So standen sie nun vor dem Gebäude mit den riesigen Fenstern und der dunklen Holzfassade und suchten in all dem Durcheinander nach dem Eingang.

»Wir müssen durch den Darm«, erklärte Maier grinsend. Ihr Ausflug schien ihm im Gegensatz zu Kluftinger ausnehmend viel Spaß zu machen.

»Wie bitte?«, fragte Kluftinger entsetzt.

»Da, der begehbare Darm.« Sein Kollege streckte die Hand aus und zeigte auf ein rotes, röhrenförmiges Gebilde, das vor dem Haupteingang aufgebaut war. »Durch den geht's rein.«

Kluftinger seufzte. Ihm blieb wirklich nichts erspart. Sie betraten also die Installation, die wie ein Tunnel wirkte. Die runden Innenwände leuchteten rosa und waren verziert mit allerlei Zotten und Knubbeln, von denen der Kommissar lieber gar nicht wissen wollte, was sie im Einzelnen darstellten. Ihm graute, wenn er sich vorstellte, dass sie quasi als wandelnde Fäkalien diesen Kanal passierten, und er atmete unweigerlich flacher. Erst als sie auch den etwas engeren Dünndarm passiert hatten und in der Eingangshalle standen, nahm er wieder einen tiefen Luftzug.

»Hochinteressant, oder?«, frohlockte Maier, als er aus dem Verdauungstrakt heraustrat.

Kluftinger warf ihm einen Blick zu, als habe der Kollege zu viel getrunken.

»Die Gesundheit beginnt im Darm«, erklärte der mit erhobenem Zeigefinger.

»Mag sein. Andererseits endet da auch eine ganze Menge«, brummte Kluftinger und setzte sich in Bewegung.

Sie gingen die Treppe hinauf in den ersten Stock, wo der Geräuschpegel sofort merklich anschwoll. In der stickigen Halle tummelte sich eine unüberschaubare Zahl an Ausstellern und Besuchern, es roch nach Salben, Tinkturen, Räucherkerzen, Schweiß und Essen, das an verschiedenen Ständen zubereitet wurde. Der Kommissar bahnte sich seinen Weg durch die Menge, ohne nach rechts und links zu schauen, lehnte die zahlreichen Proben und Prospekte, die ihm angeboten wurden, erst freundlich, dann zunehmend unwirsch ab.

Seine Laune wurde auch dadurch nicht besser, dass sein Kollege die verschiedenen Themengebiete, die sie passierten, immer wieder mit Erklärungen ergänzte. »Guck mal, die Relaxliege für Körper und Geist, ich überleg schon lang, mir die zu kaufen«, tönte Maier an einem Stand mit einer Menschentraube davor. Als er merkte, dass sein Chef ihm überhaupt nicht zuhörte, reagierte er verschnupft: »Also, es ist noch nicht so lange her, da hattest du ein offeneres Ohr für diese Thematik.«

Maier spielte damit auf seine vermeintliche Herzgeschichte an. Und er bekam ein schlechtes Gewissen. Nicht nur, weil er viel zu schnell wieder in den alten Trott verfallen war, auch wenn er sich geschworen hatte, in Zukunft mehr auf sich zu achten. Sondern auch Maier gegenüber. Er war damals der Einzige gewesen, der Verständnis für ihn aufgebracht hatte, wenn auch etwas mehr, als Kluftinger lieb gewesen war. Und nun dankte er ihm das mit seiner Zurückweisung.

»Hör zu, Richie, versteh mich nicht falsch«, lenkte er beschwichtigend ein, »du hast schon recht. Aber ich hab jetzt halt keinen Nerv dafür. Wir haben wirklich was anderes zu tun. Ein andermal können wir uns ja gern wieder …«

»Guck mal, das ist ja auch lustig«, unterbrach Maier rüde seinen Entschuldigungsversuch. *Er macht es einem wirklich nicht leicht, ihn zu mögen,* dachte der Kommissar.

Doch als er in die Richtung sah, in die Maier wies, musste er selbst zugeben, dass es ein sonderbarer Zufall war: An einem Stand wurden allerlei Salben angeboten, die gegen vielfältige Leiden wirken sollten. Dabei hatten sie alle eines gemeinsam: Sie hatten mit einem Tier zu tun, auf das Kluftinger in letzter Zeit ziemlich häufig gestoßen war. »Krafttier Dachs« stand unter einem überlebensgroßen Exemplar dieser Tiergattung aus Pappe.

»Aha, ich sehe, Sie interessieren sich für Meister Grimbart«, sprach ihn ein Mann in einer rustikalen Strickjacke an.

»Woher …?« Der Kommissar brach mitten im Satz ab. Grimbart, natürlich, das hatte ihm der Mönch doch erklärt: Das war der Fabelname des Dachses.

»Schon die Kelten haben ihn als beharrlich und dickköpfig verehrt«, sprach der Mann ungefragt weiter.

»Dann wärst du bei denen aber sehr beliebt gewesen«, tönte Maier grinsend.

»Bei den Indianern gilt er sogar als Wunderheiler, weil, so die Legende, einmal ein Stammesangehöriger der Hopi in den Wald gegangen ist, um Medizin für ein krankes Kind zu suchen. Er ist einer Dachsspur gefolgt, bis er das Tier entdeckt hat. Das hat dann angefangen zu graben – und mit dem Kraut, das es ausgegraben hat, hat man das Kind geheilt.«

Kluftinger hörte gebannt zu. Er dachte an seinen Traum, an den riesigen Dachs, der ihn durchs Schloss geführt hatte.

»Folgen Sie dem Dachs.«

»Bitte?« Er fuhr hoch. Konnte der Mann Gedanken lesen? Doch der hielt ihm bereits eine der Tinkturen unter die Nase.

»Dachsfettsalbe. Damit aktivieren Sie Ihre Selbstheilungskräfte und …«

Die plumpe Verkaufstaktik des Mannes verscheuchte die düsteren Gedanken des Kommissars. Er wandte sich wortlos um und ging weiter. »Komischer Kauz«, brummte er, als Maier zu ihm aufgeschlossen hatte.

»Wieso? Ich glaub schon, dass es Dinge zwischen Himmel und Erde gibt, die …«

»… sauteuer sind und bloß den Zweck haben, die Produzenten von dem Schmarrn reich zu machen. Hast du gesehen, was das Zeug kostet?«

»Schon, aber wenn es hilft, dann …«

»Ja, wenn. Aber da kannst du dich wahrscheinlich grad so gut mit Butter einreiben.«

»Ich bevorzuge pflanzliche Halbfettmargarine.«

Der Kommissar beschloss, das Thema auf sich beruhen zu lassen, und sah sich weiter um. Hinter einem Tisch stand ein Mann in weißen Leinenklamotten, mit langem Bart und ausladendem Turban auf dem Kopf. In breitem Schwäbisch erklärte er einer älteren Frau im Dirndl gerade etwas zu ayurvedischen Kräutertees.

Kluftinger schien nicht der Einzige zu sein, dem dieses Bild bizarr vorkam, er sah, wie ein Fotograf mit einem großen Objektiv die Szene festhielt. Sicher ein nettes Aufmacherbild für die Lokalseite, dachte er und versuchte zu erkennen, ob es sich um Rainer Leipert, den Cheffotografen der Zeitung, handelte. Er blickte mitten in die Schwärze des Teleobjektivs. Da wurde ihm klar: Der Mann fotografierte nicht etwa den Schwaben-Yogi, sondern ihn. Als er die Kamera absetzte, erstarrte der Kommissar: Es war der Mann, der ihm in letzter Zeit schon ein paarmal begegnet war, zuletzt an der Bushaltestelle in Altusried. Der Mann mit dem falschen Kennzeichen am Auto. Der Mann, der ihn verfolgte, seit die Baronin umgebracht worden war. Der wie ein Phantom immer wieder aus heiterem Himmel auftauchte und wieder verschwand. Was wollte er nur von ihm? Wusste er etwas über den Fall? War er darin verwickelt? Er tat einen Schritt auf den Fremden zu, doch sofort wandte sich der um und verschwand in der Menge. Kluftinger lief zu der Stelle, an der der Unbekannte eben noch gestanden hatte, drehte sich im Kreis, hüpfte sogar einmal, um über die Köpfe der Menschen sehen zu können, doch der Mann war verschwunden. Weg, als wäre er nie da gewesen, genau wie die letzten Male. Irritiert stand der Kommissar da, als Maier auf sich aufmerksam machte.

»Chef, was ist denn jetzt? Kannst du mir mal bitte erklären, was du hast?«

»Ich … nix, Richie, ich hab nur gedacht, ich hätt jemanden … erkannt. Hast du schon entdeckt, wo der Prinz seinen Stand hat?«

Maier schaute im Ausstellerverzeichnis nach, das er am Eingang mitgenommen hatte. »Müsste eigentlich gleich kommen.«

Tatsächlich waren sie wenige Meter weiter vor dem Messestand der Prinz-Apotheke angelangt, deren Logo das Apotheken-A mit einer Krone war.

Sie erkannten Karl Prinz sofort wieder; die Fotos auf seiner Internetseite waren offenbar ziemlich aktuell. Er unterhielt sich gerade mit einem älteren Paar. Kluftinger stellte sich kurzerhand dazu, was den Apotheker sichtlich irritierte.

»Entschuldigen Sie, ich habe gleich Zeit für Sie, wenn ich hier fertig bin«, sagte er etwas genervt.

»Es ist aber dringend, Herr Prinz.«

Der großgewachsene Mann mit dem graumelierten Kinnbart zog die Brauen zusammen: »Kennen wir uns?«

»Noch nicht.«

»Gut, dann warten Sie doch bitte, bis ich …«

»Es wäre auch in Ihrem Sinne, wenn wir uns gleich sprechen würden.«

Prinz schien nachzudenken, dann sagte er, an das Paar gewandt: »Wenn es Ihnen nichts ausmacht, übergebe ich Sie in die Hände meiner geschätzten Kollegin Frau Endres. Sie kann Ihre Fragen ebenso gut beantworten wie ich. Sie sehen ja …« Achselzuckend zeigte er auf den Kommissar, und die beiden wandten sich schließlich murrend ab.

»Sagen Sie mal, ich habe hier …«

Der Mann verstummte, als Kluftinger ihm seinen Ausweis unter die Nase hielt.

»Oh, das ist natürlich etwas anderes«, sagte er etwas kleinlaut.

»Haben Sie vielleicht einen Platz, wo wir uns ungestört unterhalten können?«, fragte Maier.

Der Apotheker schaute sich um. »Hier ist es natürlich nicht ideal, ich kann Ihnen nur unsere kleine Sitzecke anbieten.« Er deutete auf einen Tisch mit ein paar Stühlen. Erst als sie sich dorthin begaben, fiel Kluftinger auf, wie aufwendig der Stand gestaltet war. Er war einer alten Apotheke nachempfunden, mit einer großen hölzernen Wand und unzähligen darin befindlichen Schubladen.

»Wir haben hier unser Stammhaus in Oberstdorf in Teilen nachgebaut«, erklärte Prinz, der Kluftingers Blick bemerkt hatte.

Sie nahmen Platz, und der Mann fragte nervös: »Worum geht es denn?«

»Wo sollen wir anfangen?«, fragte Kluftinger mit gespielter Ratlosigkeit, was die Unruhe des Mannes noch verstärkte.

Maier übernahm: »Fangen wir doch mal damit an, in welcher Beziehung Sie zu Frau Rothenstein Grimmbart standen.«

Prinz öffnete den Mund und hob an, etwas zu sagen, überlegte es sich dann jedoch anders. Nach ein paar Sekunden erklärte er vorsichtig: »Ich kannte sie.«

»Ja, das wissen wir bereits, wie Sie sich vorstellen können. Aber wie intensiv denn?«, hakte Maier nach.

Die Augen des Mannes weiteten sich. »Wir hatten kein Verhältnis, wenn Sie das meinen!«

Seine heftige Reaktion ließ Kluftinger für einen Moment genau über diese Annahme nachdenken. Allerdings kam er zu dem Ergebnis, dass das, nach allem, was sie bisher wussten, ziemlich sicher ausschied. Er überließ Maier weiter das Feld, der die Befragung sehr geschickt durchführte, wie er fand.

»Hatten Sie geschäftliche Kontakte zur Baroness?«

»Geschäftlich? Jaja, genau. So ist es. Sie hatte eine in der ganzen Gegend bekannte Kräuterzucht, und ich bin spezialisiert auf Phytopharmaka eigener Herstellung, wie Sie hier sehen. Auszüge, Tinkturen, Extrakte, Salben, Tees.« Er zeigte auf seinen Messestand. »Frau Rothenstein hatte einige seltene alte Sorten und hat sie mir auch zum Verkauf angeboten.«

»Und dazu mussten Sie oft ins Schloss?«

»Oft? Ich … nein, wie kommen Sie darauf?«

»Sie waren doch oft im Schloss?«

»Oft, Gott, was heißt schon oft …«

Kluftinger fand, dass Maier ihn genug ins Schwitzen gebracht hatte, und ließ nun die Bombe platzen: »Wir haben eine Liste, die Sie als Teilnehmer regelmäßiger und, sagen wir mal, exklusiver Abendgesellschaften im Schloss ausweist.«

Das Gesicht des Mannes verlor jegliche Farbe. Die Beamten ließen ihm Zeit, über die Folgen seiner Entdeckung nachzudenken. Seine Augen wurden feucht, er leckte sich nervös die Lippen und sagte schließlich mit einem Flüstern: »Wenn Sie das öffentlich machen, bin ich vernichtet. Meine Familie, meine Apotheke, mein Sitz im Gemeinderat …«

Kluftinger beugte sich zu ihm: »Es liegt uns nichts daran, Sie zu vernichten. Wir versuchen, einen Mord aufzuklären.«

Ruckartig hob er den Kopf. Erst jetzt schien er die ganze Tragweite ihres Hierseins zu begreifen. »Mein Gott, wenn Sie glauben, dass ich … wenn Sie wirklich denken, dass …« Er brach ab.

Sie warteten eine Weile, doch er sagte nichts mehr.

»Herr Prinz, Sie würden es uns leichter machen, wenn Sie von sich aus erzählen täten. Das könnte Ihnen später durchaus positiv angerechnet werden.«

Maiers Drohung verfehlte ihre Wirkung nicht. Der Mann fand wieder zu seiner Sprache: »Was wollen Sie denn hören? Dass ich sie umgebracht habe? Den Gefallen kann ich Ihnen nicht tun. Auch wenn das für Sie sicher wunderbar zusammenpasst: Wer an Sexpartys teilnimmt, ist ein perverses Schwein, der meuchelt auch Frauen.«

Kluftingers Telefon klingelte. Das Display zeigte die Büronummer an, also stand er auf. Er ging außer Hörweite und nahm das Gespräch an.

»Ich bin's«, hörte er Eugen Strobl sagen. »Seid ihr noch bei ihm?«

»Ja, wir befragen …«

»Gut, ihr kriegt gleich Besuch.«

»Besuch?«

»Ich habe eine Streife zur Unterstützung angefordert.«

»Wir werden schon mit ihm fertig.«

»Mag sein, aber ich bin mir ziemlich sicher, dass ihr bald froh sein werdet über Verstärkung. Wir haben nämlich die Kontodaten erhalten.«

Kluftinger spürte, wie sein Mund trocken wurde. »Und?«, fragte er heiser.

»Also, ich hab hier die Auszüge von der Baronin vor mir liegen. Jetzt pass auf: Wir haben eine Einzahlung über siebentausend Euro vom Vierzehnten. Nur einen Tag vorher sind beim Prinz achttausend abgehoben worden. Wir haben noch drei weitere solche Treffer gelandet, immer mit einem Tag Unterschied. Die Summen weichen nur geringfügig voneinander ab. Wahrscheinlich hat sich die Frau Baronin auf dem Weg zur Bank immer noch ein schönes Goldkettchen gekauft von ihrem Taschengeld«, versuchte Strobl die Abweichungen zu erklären.

Der Kommissar sagte nichts.

»Wir haben auch noch ein paar andere Einzahlungen mit geringeren Beträgen, das könnte das Geld vom Pawlowicz sein. Und? Bist jetzt froh, dass ich dir jemanden vorbeischicke?«

»Wie? Jaja, freilich!«

Kluftinger dachte nach. Die Kontobewegungen, von denen Strobl gesprochen hatte, waren klare Indizien für die Erpressung von Prinz durch die Baronin. Und diese Erpressung wiederum wäre für Prinz ein plausibles Mordmotiv.

»Klufti, bist du noch dran?«

»Ja, Eugen. Zefix, ich glaub, jetzt hammer ihn, oder?«

»Freilich hammer ihn!«

»Gut, die Kollegen sollen sich aber im Hintergrund halten, bis wir sie wirklich brauchen.«

Er beendete das Gespräch und blickte zu Maier und dem Apotheker. Der Mann saß bleich am Tisch und starrte auf den Boden. Würde er ihnen Probleme machen? Er hoffte nicht, denn mit den vielen Menschen hier könnte die Situation leicht eskalieren. Langsam begab er sich wieder zu der Sitzgruppe und überlegte, wie er nun vorgehen sollte. Als Maier aufsah, nickte er ihm bedeutungsvoll zu. Sein Kollege bekam große Augen und überließ ihm wieder das Feld.

»Herr Prinz«, begann Kluftinger mit ruhiger Stimme und setzte sich, »Sie wollten uns glaub ich erzählen, in welcher Beziehung Sie zu Frau Rothenstein standen.«

Langsam hob der Mann den Kopf. »In welcher Beziehung? Das hab ich doch schon gesagt. In gar keiner. Sie war übrigens bei den Partys nicht dabei, wenn Sie das wissen wollen.«

Kluftinger wartete noch eine Minute, aber der Mann schien den Ratschlag, von sich aus zu erzählen, nicht beherzigen zu wollen. *Selber schuld,* dachte er und fuhr fort: »Nein, das will ich nicht. Stattdessen will ich Ihnen jetzt mal erzählen, was für eine Beziehung Sie hatten. Eine geschäftliche nämlich.«

Erleichtert blickte Prinz ihn an. »Das hab ich doch schon gesagt! Sie hatte Kräuter, die …«

»Teure Kräuter müssen das gewesen sein.«

»Ach Gott, ich würde eher sagen, das waren recht moderate Preise.«

In diesem Moment sah Kluftinger, wie drei Polizisten in Uniform den Stand erreichten. Das musste Strobls Kavallerie sein. Er nickte ihnen zu, als sie sich an den Seiten des Messestandes postierten und abwarteten. *Jetzt oder nie!*

»Ich finde, achttausend sind eine ganze Menge für ein paar Kräuter.«

Der Apotheker wirkte wie versteinert.

»Oder die anderen Abhebungen, die Sie getätigt haben. Und die komischerweise in der Summe und im Datum mit den Einzahlungen vom Mordopfer übereinstimmen.« Er verwendete bewusst das Wort Mordopfer, weil er hoffte, damit eine Äußerung von Prinz zu provozieren. Und seine Hoffnung wurde nicht enttäuscht.

»Verdammt, daraus drehen Sie mir keinen Strick. Ja, die alte Hexe hat mich erpresst.« Der Apotheker leckte sich die Lippen und atmete schwer.

»Und dann haben Sie sie …«, fügte der Kommissar an, um sein Gegenüber noch ein wenig mehr anzustacheln.

»Nein, das hab ich nicht. Aber ich bin ehrlich gestanden froh, dass sie tot ist«, zischte er mit bebenden Lippen.

Kluftinger merkte, wie Maier sich bereitmachte, den Mann notfalls mit Gewalt in Gewahrsam zu nehmen.

»Sie haben uns bisher nur Lügen aufgetischt, und jetzt wollen Sie, dass wir Ihnen glauben, Sie hätten die Frau nicht auf dem Gewissen.«

Prinz stand so ruckartig auf, dass sein Stuhl umkippte. Einige der Menschen im Stand sahen zu ihnen, die Polizisten machten einen Schritt auf sie zu. Kluftinger hob aber die Hand, er hatte die Hoffnung noch nicht aufgegeben, jetzt und hier ein Geständnis von Prinz zu bekommen.

»Ich verstehe das ja. Sie hatten eben Pech, dass das Mordopfer Sie kannte und deshalb gerade Sie erpresst hat. Und da haben Sie den Kopf verloren und …«

»Was wollen Sie mir da dauernd unterstellen?« Die Stimme des Apothekers überschlug sich. »Das ist … ich …« Dann rannte er los. Obwohl Kluftinger mit einer Reaktion gerechnet hatte, war er doch überrascht, wie schnell der Mann war. Der rempelte ein paar Leute um und war schon am Ende seines Stands angelangt, als sich ihm einer der Polizisten in den Weg stellte. Auch Maier und die anderen hatten die Verfolgung aufgenommen.

Prinz schien kaum zu stoppen, er rannte einfach in den Polizisten hinein und traf ihn mit der Schulter so hart an der Brust, dass der ins Straucheln geriet und hinfiel. Unbeirrt lief der Apotheker weiter, und nun wurden auch immer mehr Besucher auf das aufmerksam, was da gerade vor sich ging. Genau das war es, was Kluftinger hatte vermeiden wollen. Auch er spurtete nun hinter den Männern her, sah, wie Maier über den Polizisten sprang und immer mehr zu Prinz aufschloss. Er hoffte inständig, dass keiner eine Waffe ziehen würde, da sah er, wie Maier den Mann herumriss, ihm einen Schubs gab und dieser krachend in einem der anderen Stände landete.

Sofort bildete sich eine Menschentraube um die beiden. Als Kluftinger dazukam und sich den Weg durch die Schaulustigen gebahnt hatte, musste er grinsen. Vor seinem Kollegen auf dem Boden lag der Apotheker – und auf ihm die riesige Pappfigur des Dachses.

»Probier das mal.«

Kluftinger hatte gerade das Telefongespräch mit seiner Abteilung beendet, in dem er nicht nur ihr Kommen angekündigt, sondern auch veranlasst hatte, dass Haase wieder auf freien Fuß gesetzt wurde. Jetzt standen sie an den Passat gelehnt, und Maier hielt ihm ein Päckchen mit einem bräunlichen Pulver hin.

»Was soll das sein?«, fragte Kluftinger, der von den dramatischen Ereignissen noch immer leicht außer Atem war.

»Die sanfte Darmbürste.«

»Die *was?*«

»Die sanfte Darmbürste. Das räumt so richtig auf da drin.« Er zeigte auf Kluftingers Bauch. »Hab ich beim Rausgehen noch gekauft. Ist so ein Trunk aus Flohsamen. Das bringt auch bei dir wieder alles ins Gleichgewicht.«

»Ach, Richie«, erwiderte der Kommissar mit einem mitleidigen Lächeln, »dafür braucht's doch kein Pulver. Dazu musst du nur einen mehrwöchigen Urlaub einreichen.«

23

Daheim angekommen, fiel Kluftinger eine Sonnenblume auf, die draußen unter dem Fenster des Gästezimmers lag. Stirnrunzelnd hob er sie auf und nahm sie mit.

Als er schweren Herzens sein Haus betrat, stellte er zwei beruhigende Dinge fest: Yumiko und Markus waren mittlerweile zurück und konnten sich selbst um ihre Gäste kümmern. Und ein wundervoller Duft von geschmolzenem Käse, frischen Spätzle und geschmälzten Zwiebeln durchzog das Haus – das hieß: Kässpatzen. Am Sonntag!

Erika putzte in der Küche Salat und erwiderte seinen Gruß mit einem frostigen »Wasch dir mal die Hände und deck dann den Tisch«. Wahrscheinlich war er in ihren Augen zu lange weggeblieben. Wenn er es nüchtern betrachtete: in seinen auch.

Er legte ihr wortlos die Blume hin, ging auf die Toilette und wollte schon das Wohnzimmer betreten, da kam ihm sein Sohn entgegen.

»Du warst doch grad auf dem Klo, oder? Man hat die Spülung gehört.«

»Seit wann interessierst du dich für meine Verrichtungen?«

Sein Sohn senkte den Blick zu seinen Hausschuhen.

»Ach so, ja, die wollt ich grad ausziehen.« Er stellte sie neben die Tür.

»Du sag mal, mögen deine Schwiegerleut eigentlich keine Sonnenblumen?«

Markus sah ihn fragend an.

Kluftinger erklärte: »Wir haben extra Sonnenblumen aus dem

Garten ins Zimmer gestellt, und die haben eine einfach aus dem Fenster gepfeffert.«

Markus zuckte mit den Schultern. »Vielleicht sind sie rausgefallen?«

»Vielleicht.« Kluftinger betrat das Wohnzimmer und machte sich in seinen wollenen Socken daran, den Tisch zu decken. Auch wenn er fand, dass die lodengrünen, mehrfach geflickten Strümpfe nicht unbedingt viel vornehmer waren als seine Kloschuhe.

Er brachte nach und nach Teller und Gläser an den Tisch und wurde zunehmend nervös, weil seine Gäste ihn schweigend dabei beobachteten. Kaum war er fertig und hatte Platz genommen, sagte Yoshifumi Sazuka ernst: »We did not know that Erika is injured. It must be hard for you.«

Irritiert sah Kluftinger sein Gegenüber an. Er musste etwas falsch verstanden haben, denn er hätte schwören können, der Japaner hätte gefragt, ob Erika verletzt sei.

»What?«, fragte er.

»Is Erika sick?«

»Warum jetzt?«

»You must do all the hard work.«

»Also, das ist so«, mischte sich nun Yumiko ein, »für meinen Papa ist es sehr ungewöhnlich, zu sehen, dass du im Haushalt mithilfst. Japanische Männer in eurer Generation würden das nicht tun, sie lassen sich von ihren Frauen bedienen.«

Kluftinger zog die Mundwinkel nach unten: »Das geht hier nicht so einfach. Hier ist leider Gleichberechtigung. Frauen haben auch was zu sagen.«

Yumiko fügte hinzu: »Es gilt in Japan als Zeichen von Schwäche und … na ja, fast schon Entmannung, wenn die Hausarbeit nicht die Frau macht.«

Entmannung? Das war ein Eindruck, den er nun wirklich nicht vermitteln wollte. Und wenn sie sich schon sonst so genau an die Gebräuche ihrer Gäste halten mussten, warum nicht auch bei diesem Thema? Er beschloss, von nun an keinen Finger mehr zu rühren, bis die Sazukas abgereist waren – wohl wissend, wie utopisch dieser Gedanke war. »Aber meine Eltern haben auch das japanische Modell«, sagte er grinsend.

Markus nahm seine Verlobte in den Arm: »Sag mal, Miki, das halten wir dann schon auch so, oder? Du verwöhnst *mich,* und *ich* lass mich ein bissle verwöhnen.«

»Vergiss es, mein Lieber. Das mach ich noch nicht mal, wenn du mit mir nach Japan ziehst.«

»Jetzt woll mer mal den Teufel nicht an die Wand malen!«, tönte Kluftinger besorgt.

»Keine Sorge, Vatter, so schnell wirst du uns nicht los«, beruhigte ihn sein Sohn.

Kluftinger beschloss erleichtert, die Getränke anzubieten. »Was wollt ihr zu trinken? What will you to drink?«, fragte er zunächst Kanako Sazuka.

»Just water, please.«

Kluftinger nickte.

»Für meinen Vater auch, bitte, Bier verträgt er nicht so gut.«

»Gut. Und die Mikado?«

Yumiko lächelte. »Miyako, meinst du? Am liebsten Cola, glaub ich. Wenn ihr welche habt.«

»Ja, hab ich kaufen müssen … also, gekauft, mein ich.«

»Dann nehm ich auch eine«, sagte Yumiko.

Kluftinger griff sich die Wasserflasche und schenkte den Sazukas ein, dann goss er den Schwestern Cola in die Gläser.

Sazuka zischte seiner Frau etwas zu, woraufhin diese ihre Gabel nahm und zuerst in seinem, dann in ihrem eigenen Glas herumrührte. Dann sah sie Yumiko und Miyako auffordernd an, woraufhin die beiden schließlich zögerlich ihre Gabeln griffen und ebenfalls zu rühren begannen. Nun war es zur Abwechslung Kluftinger, der angesichts dieses absonderlichen Verhaltens verwundert in die Runde blickte.

»In Japan geht man davon aus, dass Kohlensäure schädlich – ach, was sag ich: giftig für den Menschen ist. Also, zumindest in der Generation meiner Eltern. Tut mir leid, aber denk dir nix, sie sind halt so …«

Der Kommissar nickte schmunzelnd. In einem unterschieden sie sich trotz aller kulturellen Hürden nicht: Hier wie da genierten sich die Kinder für ihre Eltern. Wie gut erinnerte er sich an zahlreiche Situationen, in denen er sich seinen Eltern gegenüber genauso verhalten hatte. Und zwischen ihm und Markus war das seit eh und je ein Dauerbrenner.

Da kam Erika mit einer riesigen Schüssel Kässpatzen ins Wohnzimmer und stellte sie auf den Tisch. »Hol doch mal den Salat und Salz und Pfeffer. Und einen Untersetzer könnten wir auch brauchen«, sagte sie zu ihrem Mann. Der blieb sitzen und begann, eine Flasche Bier in seinen Steingutkrug umzufüllen.

»Hallo, holst du die Sachen bitte noch?«

»Ich geh schon, kein Problem«, bot Yumiko an und stand auf, doch Erika winkte ab.

»Das wär ja noch schöner, das soll er ruhig machen! Hat sich den ganzen Tag nicht blicken lassen.«

Doch *er* blieb standhaft, und da Yumiko sich an seiner Weigerung mitschuldig fühlte, stand sie schließlich doch auf, während Erika ihren Mann böse anfunkelte. Erst als es an das Austeilen des Essens ging, das sicher auch in Japan dem Hausherrn und Familienvorstand zukam, wie er mutmaßte, konnte er sich ohne Gesichtsverlust einbringen und schaufelte allen einen großen Berg Spatzen und Zwiebeln auf die Teller.

Erika hatte sich wieder einmal selbst übertroffen: Am Duft erkannte Kluftinger die richtige Käsemischung mit ordentlich Weißlacker, einem der geruchsintensivsten Käsesorten, die er kannte. Die Spatzen zogen lange Fäden, lagen saftig, aber nicht zu weich auf dem Löffel, und die Zwiebeln, die die Schüssel krönten, mussten im Rohzustand mindestens drei Kilogramm auf die Waage gebracht haben und waren nun auf höchstens ein Fünftel zusammengeschmurgelt. Das alles würde sogleich für eine Geschmacksexplosion in den hungrigen Mündern sorgen. Strahlend blickte er in die Gesichter seiner Gäste – und las darin blankes Entsetzen. Wieder einmal. Himmelherrgott, was hatte er denn jetzt schon wieder falsch gemacht? Allmählich hatte er das Gefühl, sich auf einem wahren Minenfeld zu bewegen und keinen Zünder auszulassen.

Während die Eltern auf ihre Teller starrten, schob die Tochter den ihren weit von sich und sagte kopfschüttelnd etwas auf Japanisch zu ihrer Mutter. Diese erwiderte etwas, was Miyako jedoch erneut ablehnte.

»Yumiko, wenn die Miyako keine Kässpatzen mag, bring ich ihr was anderes, sagst du ihr das?«

Noch bevor Yumiko ihrer Schwester übersetzt hatte, war Kluftinger bereits aufgestanden und mit den Worten »Ich hol ihr was Gutes« aus der Tür verschwunden. Kurz darauf kam er freudig lächelnd zurück und legte dem Mädchen Schokoladen-Puffreis-Cracker hin. Die Verpackung zierte ein roter Schriftzug: »Nippon«, las er laut vor. »From Japan!«

Markus griff sich die Schachtel, drehte sie um und tönte: »Hosta Werk für Schokolade-Spezialitäten GmbH & Co. KG, Stimpfach-Randenweiler. Wahnsinnig japanisch, Vatter!«

»Ja, halt ein japanisches Rezept«, brummte der Kommissar, riss das Paket auf und bot Miyako die Reiskekse an.

»It is Puffreis«, erklärte er. »Also … Paff… zefix … I mean, where se Geishas are. Freudenhaus… Fun-House-Rice.«

Herr Sazuka nickte eifrig und grinste, auch die Tochter schien mit ihrem Ersatzessen zufrieden.

Vielleicht hätten die Eltern gerne etwas davon abbekommen, denn sie schoben sich zwar – nach einigen ermunternden Worten von Yumiko – jeweils ein Häppchen Spatzen in den Mund, kauten aber recht unmotiviert darauf herum.

»What is it made of?«, wollte Doktor Sazuka nach dem dritten Bissen wissen und legte die Gabel weg.

»Spatzen und Käse. Mehrere Sorten. Emmentaler, Bergkäs und Weißlacker.«

»Wai-lacka«, wiederholte Yoshifumi Sazuka interessiert.

»Ja, der ist selten. Und kräftig. Ich hol ihn mal.«

Als er eine Minute darauf die Tupperdose mit dem Rest des wirklich sehr stark riechenden Käses öffnete, sah er Panik in den

Augen von Yumikos Eltern aufblitzen. Sofort hielten sie sich die Hände vors Gesicht, wandten sich ab und beugten sich so weit es ging nach hinten.

Um zu demonstrieren, dass man den Geruch nicht überbewerten dürfe, nahm er sich ein Stückchen heraus und aß es. Hätte er sich einen lebendigen Skorpion in den Mund gesteckt, die Gäste hätten nicht schockierter sein können. Erst als Erika den weißlichen Käse wieder weggeräumt hatte, entspannten sie sich ein wenig, ihr Essen jedoch rührten sie fortan nicht mehr an. Und Kluftinger entging auch nicht, dass sie Yumiko ängstlich beäugten, wie die mit Appetit und völlig unbeirrt ihre Spatzen aß.

Miyako schien es ebenfalls zu schmecken, sie hatte fast den ganzen Pack Nippon-Kekse verdrückt und hatte zum ersten Mal ein Lächeln auf dem Gesicht.

»Ready?«, fragte Kluftinger schließlich und zeigte auf die vollen Teller der Sazukas.

Die lächelten, dann erklärte Yumikos Vater, er wolle seinen Appetit lieber für den Fleischgang aufsparen.

24

Es war ein ungewöhnliches Frühstück, das Kluftinger an diesem Morgen einnahm. Er hatte es ins Wohnzimmer verlegt, weil er die Gäste nicht durch Geschirrklappern hatte wecken wollen. Ein bisschen kam er sich vor wie ein Fremder in seinem eigenen Haus, wie er da auf Zehenspitzen herumschlich. Erika hätte sich sicher über seine Rücksichtnahme gefreut – und er hätte ihr tunlichst verschwiegen, dass er sich vor allem deswegen so verhielt, damit er wenigstens die paar Minuten in der Früh für sich allein hatte. Außerdem stand die Küche noch voll mit Geschirr und Resten des Vortages, durch die sich seine Frau im Laufe des Vormittags würde kämpfen müssen.

Er blätterte die Zeitung durch und suchte nach Berichten über ihren Fall.

Erleichtert stellte er fest, dass die Journalisten sich bisher zurückhielten, was sicher auch mit der restriktiven Informationspolitik der neuen Chefin zu tun hatte. Während Lodenbacher am liebsten schon am Tatort eine Pressekonferenz einberufen hätte, hielt sich die Dombrowski bedeckt. Auch ließ sie in den offiziellen Mitteilungen die spektakulären Details aussparen, so dass die Medien gar nicht auf die Idee kamen, hier könnte ein ungewöhnlicher und somit öffentlichkeitswirksamer Fall ermittelt werden.

Nur eine kleine Meldung in der Randspalte besagte, dass man im Fall der ermordeten Baronin auf Hochtouren ermittle und einige aussichtsreiche Spuren verfolge, aus ermittlungstaktischen Gründen aber keine weiteren Angaben machen könne. Es wunderte den Kommissar zwar, dass sich die Pressevertreter damit hatten abspeisen lassen, aber er war froh, dass sie nun eine offenbar weniger PR-versessene Führung hatten.

Zufrieden nahm er den letzten Schluck Kaffee, faltete die Zeitung zusammen, stellte seinen Teller und die Tasse darauf und balancierte alles zusammen in Richtung Küche. Als er an der Tür ankam, hörte er hinter sich ein Rascheln, drehte sich um und zuckte mit einem »Uaaaahhhh!« derart zusammen, dass das Geschirr beinahe auf dem Boden gelandet wäre. Nur durch eine akrobatische Einlage konnte er das verhindern.

Nun stand er mit pochendem Herzen da und starrte auf den Mann, der reglos auf der Couch saß: Yoshifumi Sazuka hatte sein Handy in der Hand und sah ihn mit dieser Teilnahmslosigkeit an, die ihn so irritierte. Erst allmählich wurde Kluftinger klar, dass der Mann während seines gesamten Frühstücks dort gesessen haben musste, ohne dass er ihn bemerkt hatte.

»You … hier?«, presste er hervor.

Erst jetzt bewegte sich Sazuka, stand auf, machte eine kleine Verbeugung und erwiderte: »Good morning, Kluftinger-san.«

»Ach so, jaja, Morgen.«

Sie sahen sich eine Weile schweigend an. »You … will something?«, fragte Kluftinger schließlich, als er die Stille nicht mehr aushielt.

Sazuka hielt sein Mobiltelefon hoch und sagte: »Do you have Wifi?«

»Wifi?« Der Kommissar runzelte die Stirn. Plötzlich hellte sich sein Gesicht auf: »Ah, Hi-Fi. Freilich, Moment.«

Er stellte Geschirr und Zeitung ab, ging zur Ofenbank und schaltete das kleine Radio auf dem Fensterbrett an. Sofort tönte Volksmusik aus dem Apparat. Kluftinger schaute seinen Gast mit hochgezogenen Augenbrauen an: »Allgäu country Musik. Good, or?«

Sazuka verbeugte sich und sagte: »Hai. Very good.« So standen sie da und lauschten einen Moment lang einträchtig der Musik, die im Radio gespielt wurde.

Dann sah Kluftinger auf die Uhr und erschrak: »Oh, mei, ich müsst dann schaffen. Work.«

Er hob eine Hand zum Gruß, als Sazuka noch einmal auf sein Handy zeigte und fragte: »Internet?«

Kluftinger schüttelte bedauernd den Kopf. »Nein, leider, Markus hat das Internet mitgenommen zum Studium … also … zefix … internet is now in Erlangen.«

Sazuka schien nicht zu verstehen. Da kam Kluftinger eine Idee: »Wir haben aber so eine Art Internet hier«, erklärte er, schaltete den Fernseher ein und drückte auf der Fernbedienung die Taste für den Videotext. Sofort erschien das ihm vertraute Bild der bunten Buchstaben auf schwarzem Grund. Er nutzte dieses Informationsmittel vor allem im Winter, wenn es galt, die Schneehöhen an den Skiliften herauszufinden.

»Hier ist der Drücker«, sagte er und streckte Sazuka die Fernbedienung hin. »The presser. Bis heut Abend, gell?«

Wie immer blieb die Miene des Gastes ausdruckslos, und er antwortete mit einem höflichen »Thank you very much«. Als Kluftinger sein Geschirr wieder aufnahm, meinte er, durch die unbewegte Maske des Mannes einen hungrigen Blick auf sein halbes Marmeladenbrötchen zu erhaschen. Er blieb stehen, überlegte kurz und sagte dann, den Teller vor Sazukas Nase haltend: »Semmel?«

Zum ersten Mal, seit er hier war, lächelte der Mann.

Als er schließlich zur Arbeit ging, war das Letzte, was Kluftinger sah, bevor er die Haustür hinter sich zuzog, ein schmatzender Sazuka, der ganz ins Verspeisen der Frühstücksreste seines Gastgebers vertieft war.

Quer über dem Gartenweg lag schon wieder eine Sonnenblume. Dabei hatten sie am Vorabend extra eine neue ins Zimmer gestellt. Grummelnd hob Kluftinger sie auf. Seltsame Sitten hatten diese Leute.

»Das ist nur noch eine Frage der Zeit, bis der gesteht.« Strobl kam gerade aus dem Vernehmungszimmer und streckte seine Glieder. Die letzten Stunden hatte er damit verbracht, dem Apotheker

Karl Prinz die erdrückende Last der Indizien vor Augen zu führen, die gegen ihn sprachen, und ihm im Idealfall noch ein Schuldeingeständnis zu entlocken. Aber sie waren sich alle einig, dass eine Verurteilung wohl auch ohne ein solches zu erreichen sein würde.

Nicht weitergekommen war Kluftinger allerdings bei dem Phantom, das ihn seit einigen Tagen verfolgte. Niemand in der Straftäterdatei entsprach der Personenbeschreibung, die er in die Suchmaske eingegeben hatte, und auch das Auto war bisher nicht aufgetaucht. Es blieb ihm also nichts anderes übrig, als auf ein weiteres Zusammentreffen zu warten und dabei zu klären, was der Typ von ihm wollte. Und bis dahin beschloss er, die Sache einfach auszublenden. Auch wenn ein ungutes Gefühl blieb.

Seine vollzählig erschienene Mannschaft blickte ihn erwartungsvoll an. Er schob seine düsteren Gedanken beiseite und sagte: »Sauber, Männer, das war gute Arbeit. Jetzt lasst's uns das Ganze noch anständig zu Ende bringen, und dann sind vielleicht mal wieder ein paar Überstunden-Ausgleichstage drin.«

»Oho, der Chef hat die Spendierhosen an«, spottete Hefele.

»Herr Kluftinger, da ist ein Fax für Sie gekommen«, rief Sandy Henske.

Bevor er antworten konnte, vernahmen sie die Stimme ihrer neuen Präsidentin: »Ich nehm's ihm gleich mit rein, Frau Henske.«

Sofort gaben sie ihre Lümmelhaltung auf und setzten sich aufrecht hin, dann erschien auch schon Birte Dombrowski in Kluftingers Büro: »Ich habe gehört, Ihre fleißige Ermittlungsarbeit wurde belohnt? Chapeau, meine Herren, hat der Herr Lodenbacher wohl doch nicht zu viel versprochen, was Sie betrifft.«

Die Männer winkten geschmeichelt ab. Ihre Versuche, das Lob abzuwehren, blieben halbherzig. »Ach mei, wir tun ja nur unsere Pflicht«, erklärte Kluftinger verlegen. Er konnte nicht umhin, festzustellen, dass Frau Dombrowski in der Uniform, die sie heute zum ersten Mal trug, besonders attraktiv wirkte.

»Nur keine falsche Bescheidenheit. Ich glaube, wenn das vorbei ist, dann sind mal ein paar Überstunden-Ausgleichstage fällig.«

»Das ist aber sehr aufmerksam«, bedankte sich Maier, und auch die übrigen Kollegen nickten anerkennend. Von dem Spott, mit dem sie dieselbe Ankündigung von ihm ein paar Minuten früher belegt hatten, war nun nichts mehr zu spüren.

»Ich bin ja auch froh, dass Sie mir einen solch schönen Einstand ermöglichen«, sagte die Polizeipräsidentin und reichte Kluftinger das Fax. In dem Moment, als sie es ihm entgegenstreckte, bemerkte der Kommissar, dass sie einen Blick darauf warf und sich ihre Miene verfinsterte. Doch schnell hatte sie sich wieder im Griff und gab ihm das Blatt Papier, wobei sie ihm tief und ernst in die Augen sah. »Ich gehe dann mal weiter. Wenn die Sache hieb- und stichfest ist, lassen Sie es mich wissen.«

Als sie den Raum verlassen hatte, las Kluftinger das Fax und merkte, wie sich die Äderchen in seinen Wangen mit Blut füllten. Der obere Teil war eine Weinbestellung, offensichtlich für die Hochzeit, was die Menge der Flaschen erklärte. Darunter stand handschriftlich vermerkt: »Das müsste für das Wochenende reichen, mein Lieber. Herzlich, Ihr Dr. Martin Langhammer«.

Priml, hatte die Chefin schon wieder mitgekriegt, dass er hier auch private Dinge regelte. Er las weiter und sah, dass der Arzt ihm noch einen Artikel mitgeschickt hatte, der sich um genetische Erkrankungen und Morbus Meulengracht drehte. Allerdings auf Englisch, weswegen er ihn erst einmal zur Seite legte.

Keine Stunde später hatten sie einen weiteren Ermittlungserfolg vorzuweisen. Maier kam mit der Nachricht, dass es bereits einmal einen Fall einer Vergiftung mit Kugelfisch im Allgäu gegeben habe – vor etwa zwei Jahren in einem Restaurant in Oberstdorf, wo anscheinend unter der Hand die exotische Speise zubereitet worden war.

»In Oberstdorf?«, fragte Kluftinger ungläubig.

»Ja, ich glaub, da sind relativ viele japanische Touristen. Also nicht so viel wie in Füssen, aber auch da fallen die inzwischen über unsere …« Maier hielt mitten im Satz inne, seine Augen weiteten sich, dann fuhr er fort: »… auch da schätzt man die Freundlichkeit und Freigebigkeit der asiatischen Besucher mittlerweile.«

»Jaja, geschenkt, Richie. Ausgerechnet im gleichen Kaff, wo der Prinz seine Apotheke hat – dem sollte man nachgehen. Weißt du was? Ich fahr da hin.«

Als er sich gerade seinen Janker überstreifte, klingelte sein Telefon. Erika. »Kannst du heut ein bissle früher kommen? Wir müssten vielleicht am Nachmittag noch mal einen Ausflug machen, die Stadtbesichtigung von Kempten ist heut früh doch schneller gegangen, als wir gedacht haben. Und die Sazukas erwarten schon noch ein bisschen Programm.«

»Mei, Erika, das ist jetzt saublöd, aber ich muss schnell mal nach Oberstdorf, wegen dem Fall, schad, aber ich weiß nicht, wie lang das dauert. Ein andermal gern, gell?«

»Oberstdorf?«, wiederholte seine Frau. »Das ist doch mal eine tolle Idee, dann treffen wir uns da. Am besten an der Nebelhorn-Talstation, oder? Unsere Berge gefallen denen bestimmt.«

»Ich … also.« Er war so überrumpelt vom Vorschlag seiner Frau, dass ihm auf die Schnelle keine Ausrede einfiel. »Ja, also, bis dann. Ich … freu mich.«

Kluftinger dachte eigentlich, der kurze Fußmarsch vom großen Parkplatz am Oberstdorfer Bahnhof bis zum Lokal mitten in der überschaubaren Fußgängerzone täte ihm gut. Die Anspannung der letzten Tage, sowohl zu Hause wie auch im Büro, lastete ihm aber noch schwer auf der Seele. Dabei hätte er eigentlich wieder freier durchatmen können, der Fall war im Grunde gelöst. Doch sein Kopf war nicht frei, zu sehr war er noch beschäftigt mit Fragen, die noch unbeantwortet waren. Und die besondere Atmosphäre in dem kleinen Ort am Fuße der Oberallgäuer Alpen half auch nicht gerade, das zu ändern: Die vielen Touristen, die mit arktistauglicher Wanderkleidung und Nordic-Walking-Stöcken herumliefen, ein Sport- und Wandergeschäft am anderen, die fremden Sprachen und hochdeutschen Wortfetzen, die er aufschnappte – all das nervte ihn. Das Allgäu schien hier nur noch Kulisse für die Urlauber.

Wie lange war er schon nicht mehr in den Bergen gewesen? Hatte von einem Gipfel die Aussicht über die für ihn schönste Gegend der Welt genossen? Er nahm sich fest vor, nach der Hochzeit – und der Abreise seiner Gäste – den nächsten schönen Frühherbsttag für einen Ausflug ins Gebirge zu nutzen und Pilze zu suchen.

Er beschleunigte seinen Schritt durch die Gässchen und wäre beinahe an dem Lokal vorbeigelaufen, einem alten Haus mit graublauer Fassade, an der nur ein kleines Schild auf die »Sushibar Sapporo« hinwies. Kluftinger steuerte auf die mächtige, mit Schnitzereien verzierte, antike Tür zu, die einmal der Eingang zu einem alten Oberstdorfer Wirtshaus gewesen sein musste. Er drückte die Klinke, doch die Tür öffnete sich nicht. Erst dann fiel sein Blick auf den Schaukasten mit der Speisekarte, der darüber informierte, dass das Lokal täglich geöffnet habe – allerdings erst ab 17 Uhr 30.

»Himmelherrgottkruzifix«, entfuhr es dem Kommissar. Durch einen kurzen Blick ins Internet hätte er sich diese unnötige Fahrt sparen können.

Mit hängenden Schultern stand er da und blickte durch die Fenster ins Innere des dunklen, mit Stahlrohrstühlen und einfachen Tischen eingerichteten Lokals.

Aber war da nicht jemand in einem weiteren Raum, hinter dem Tresen? Er schirmte mit seinen Händen das Licht ab und ging ganz nah an die Scheibe heran. Tatsächlich, in der Küche brannte Licht. Er trat ein paar Schritte zurück und entdeckte eine kleine Einfahrt links neben dem Lokal, wo er sich an einem geparkten Auto vorbeiquetschte und schließlich vor dem Nebeneingang der Sushibar stand. Auf sein Klopfen öffnete ihm ein Asiate die Tür. Der Mann war Mitte dreißig, schmachtig und ging Kluftinger gerade mal bis zur Schulter. Er trug eine weinrote Kochjacke, unter seiner FC-Bayern-Baseballkappe schaute glänzendes, pechschwarzes Haar hervor.

Priml. Nun war er gerade den sprachlichen Fallstricken seines eigenen Wohnzimmers entkommen und stand hier bereits vor dem nächsten Verständigungsproblem.

»Hello, ich bin from se police«, erklärte Kluftinger in dem für ihn inzwischen zur Gewohnheit gewordenen Duktus.

»Aha, und Sie wünschen?«

Kluftinger sah den Koch mit großen Augen an.

»Womit kann ich Ihnen helfen? Help – you understand?«, fragte der Asiate, dann hatte der Kommissar seine Verwunderung über das akzentfreie Deutsch des Mannes überwunden und stellte sich noch einmal korrekt vor.

»Kripo? Sind Sie sicher, dass Sie zu mir wollen?«

»Also … nein, eigentlich nicht. Es geht mehr um Ihr Lokal hier.«

»Mein Lokal ist das streng genommen nicht. Es läuft auf meine Frau.«

»Ja, das macht nichts. Sie kochen hier?«

»Ich bin heute nur eingesprungen, wie so oft. Wir haben zusätzlich noch eine Bedienung, einen japanischen Sushimeister und eine Küchenhilfe, aber die ist heute leider krank. Muss ich eben herhalten, obwohl ich eigentlich in unserer Kampfsportschule sein sollte. Normalerweise bin ich nur abends hier.«

»Wie ist denn Ihr Name?«

»Kim Pae.«

»Sind Sie Japaner?«

Der Mann lächelte. »Nein, ich komme aus Südkorea.«

Wieder so eine gastronomische Mogelpackung, dachte er.

»Verstehe. Also, ich will Sie nicht lange aufhalten. Es geht um einen Vorfall vor ein paar Jahren. Es hat da ja mal eine Vergiftung mit Kugelfisch gegeben.«

Der Asiate seufzte, bat Kluftinger in die enge Küche und schloss die Tür. »Eine leidige Sache war das. Wir wussten nichts davon. Einige Gäste haben unseren damaligen Sushimeister überredet, dieses gefährliche Spiel mitzumachen. Obwohl er sich nicht genügend damit auskannte. Zum Glück konnten wir glaubhaft versichern, dass das nicht auf unsere Kappe ging.«

»Was waren denn das für Gäste?«

»Leute, die den Kick suchten.«

»Waren das Urlauber oder Gäste hier aus der Gegend?«

»Die waren schon von hier. Stammgäste sogar. Hat natürlich ganz schön Wellen geschlagen damals und uns viel geschadet. Andererseits …«

»Ja?«

»Andererseits hat es uns bekannt gemacht.«

»Mhm, ein ziemlich zweifelhafter Ruhm, kann ich mir vorstellen.«

»Ich versichere Ihnen aber: Mit unserem jetzigen Koch wird das nicht vorkommen.«

»Aha. Ist unter Ihren Gästen denn auch ein Herr Prinz?«

»Von der Prinz-Apotheke? Allerdings. Er kommt seit Jahren. Er hat unseren Koch auch schon hin und wieder für Privatveranstaltungen gebucht. Für uns ist das okay, solange es nicht mit seinem Job hier kollidiert.«

»Verstehe. Kennen Sie Herrn Prinz denn persönlich?«

»Nein, wie gesagt, er ist Gast, und ich kaufe ab und zu in seiner Apotheke ein. Das war's dann aber. Ich sage Ihnen gleich: Er war auch bei dieser Fugu-Truppe dabei. Aber ich denke, die sind geheilt durch den Schock damals, dass zwei von ihnen beinahe draufgegangen wären. Gibt es denn einen aktuellen Grund, warum Sie sich für die alte Sache interessieren?«

Kluftinger zögerte.

»Nichts wirklich Konkretes, nein. Wir ermitteln in einem Fall, in dem wir auf gewisse Parallelen gestoßen sind.«

»Also, ich kann nicht nachvollziehen, warum jemand dieses Zeug unbedingt essen will. Schmeckt ja angeblich nicht mal besonders.«

Das traf nach Kluftingers Meinung allerdings auf fast alles zu, was er bislang von der japanischen Küche kennengelernt hatte. Er beschloss, es dabei bewenden zu lassen, die Information, dass der Apotheker anscheinend auch Kugelfischfan war, reichte ihm fürs Erste.

»Herr … Koch, es kann durchaus sein, dass wir uns noch einmal melden und Ihrem Sushimeister noch ein paar Fragen stellen.«

»Er ist sauber, da bin ich mir ganz sicher. Wir haben ihm schon gesagt, was damals los war.«

»Man weiß nicht, was in den Leuten steckt, wenn sich die richtige Gelegenheit bietet«, erklärte Kluftinger vielsagend.

»Mag sein. Darf ich Ihnen noch etwas anbieten?«

Kluftinger sah sich in der Küche um: zwei große Reiskocher, ein wenig Gemüse, allerhand rohe Fischstücke in einer Glasvitrine, einige aufgeschnittene Gurken. Nichts, worauf er Appetit hatte.

»Ein wenig Sashimi vielleicht? Der Reis ist noch nicht fertig, aber unser Lieferant hat gerade ganz frischen Fisch gebracht.«

»Nein danke, ich bin kein so großer Fischesser«, lehnte Kluftinger das Angebot ab. »Und mit dem rohen Zeug hab ich's auch nicht.«

»Wenigstens ein paar Fortune-Cookies?«

Kluftinger verstand nicht.

»Glückskekse?«, schob der Mann nach.

Er überlegte und nickte dann: Die konnte er vielleicht gebrauchen, um seinen Gästen zu zeigen, wie firm er in asiatischen Sitten und Gebräuchen war. Also langte er beherzt in das riesige Glas, das ihm Kim Pae hinhielt, zog an die zehn der verpackten Kekse heraus, stopfte sie in seine Jankertasche und verabschiedete sich.

25

Das trübe Wetter der letzten Tage spiegelte sich immer mehr in Kluftingers Gemütslage wider. Oder war die doch eher seinem aktuellen Fall geschuldet? Darüber sinnierte er, während er auf einer Bank am Fuße des Nebelhorns saß und lustlos in einen Landjäger biss, den er sich bei einer Metzgerei als Mittagessenersatz gekauft hatte. Sein Blick wanderte über den wolkenverhangenen Himmel. Er mochte diese Übergangszeit nicht. Er hatte nichts gegen einen harten, schneereichen Winter. Auch einen goldenen Herbst wusste er zu schätzen, und selbst mit den vereinzelt auftretenden heißen Sommern im Allgäu hatte er sich arrangiert. Aber die Übergangszeit raubte ihm den letzten Nerv. Denn die Unentschlossenheit des Wetters drückte sich im Allgäu meist in grauen, verregneten und ungemütlichen Tagen oder sogar Wochen aus.

Dabei sollte er doch eigentlich fröhlich gestimmt sein. Markus würde heiraten. Sein Sohn würde seine eigene Familie gründen. Sein Sohn, den er doch gerade noch im Arm gehalten hatte, wenn es draußen mal wieder donnerte, den er im Passat durchs nächtliche Altusried gefahren hatte, wenn er mal wieder gar nicht einschlafen konnte, mit dem er im Garten Fußball gespielt hatte und mit dem er auch schon hier am Nebelhorn gewesen war, weil er sich als Bub so sehr fürs Klettern und die Berge begeistert hatte.

Und dieses eben noch so schutzbedürftige Wesen, das seinem Leben vor fast dreißig Jahren erst einen wirklichen Sinn gegeben hatte, wollte nun heiraten? War er denn schon so weit? Gab es nicht noch so vieles, das sie beide klären mussten? Was er gutzumachen hatte? Was er hätte besser machen können? Ja, müssen?

Er seufzte. Dafür war es nun zu spät. Die Zeit war unerbittlich an ihnen vorbeigerast und hatte alles hinter sich gelassen, keine Rücksicht genommen auf ihre immer wieder aufgeschobenen Pläne, auf ihr »Das machen wir dann irgendwann mal«. Irgendwann war längst vorüber, das wurde ihm gerade jetzt bewusst, im Angesicht des mächtigen Berges vor sich, der auf halber Höhe in den dichten Wolken verschwand. War das ein Sinnbild seines Lebens als Vater? Ein starkes Fundament, dessen gute Absichten sich irgendwann im Nebulösen verloren?

Diese Selbstzweifel nagten an ihm, seit sein Sohn ihm eröffnet hatte, dass er heiraten würde. *Wieso, kriegt's ihr ein Kind?*, war seine erste Reaktion darauf gewesen. Auch etwas, was er gerne rückgängig gemacht hätte. Aber vielleicht bekam er ja noch eine Chance, alles besser zu machen, dachte er auf einmal, und seine Stimmung hellte sich wieder etwas auf. Vielleicht würde er ein besserer Opa werden. Nicht vielleicht, das würde er. Ganz bestimmt. Er würde all das, was er bei Markus versäumt hatte, an seinem Enkelsohn wiedergutmachen.

Er hob den Kopf und verfolgte das Treiben an der Talstation der Bergbahn. Da er gerade in einer so nostalgischen Stimmung war, gefiel ihm besonders, dass sich hier in den letzten zwanzig, dreißig Jahren eigentlich nichts verändert hatte. Das Gebäude war dasselbe, und noch immer brachte die riesige Gondel die Touristen in gemütlichem Tempo ins Gebirge, der Parkplatz drum herum war wie früher ungeteert und schlammig. Auch wenn die Werbetafeln ein wenig größer, die Farben ein wenig greller und die Temperatur- und Wetteranzeigen nun digital waren: Hier war die Zeit auf beruhigende Weise stehengeblieben.

Der durchdringende Klang einer blechernen Hupe riss ihn aus seinen Gedanken. Vor ihm stand der Bus der Musikkapelle Altusried, aus dem ihm seine neue internationale Großfamilie zuwinkte. Markus saß am Steuer und kurbelte das Fenster herunter. »Wartest du schon lang, Vatter?«

Kluftinger schüttelte den Kopf. »Passt scho. Sag mal, kannst du den überhaupt fahren, Bürschle?«

Kommentarlos drehte sein Sohn das Fenster wieder hoch und parkte den Wagen. Der Kommissar biss sich auf die Lippen: Gerade noch hatte er beschlossen, alles besser zu machen, und jetzt das. Er seufzte und lief dem Bus nach.

Die kleine Reisegruppe wartete aufgekratzt plaudernd auf ihn. Yumikos Eltern freuten sich über den Ausflug. Nur die Schwester schien wenig begeistert. Sie hatte wie immer ihre Kopfhörer auf und kaute gelangweilt einen Kaugummi.

»Wir können ja einfach einen kleinen Spaziergang machen. In eines der Täler oder so«, schlug Kluftinger vor, als sie vor der Talstation standen.

»Bitte?«, fragte Erika ungläubig. »Wir wollen auf den Berg, deswegen sind wir doch gekommen.«

»Aber schau dir mal die Wolken an.«

»Oben ist es aber schön«, beharrte seine Frau und zeigte auf einen Monitor über dem Eingang zur Gondel, der ein Livebild vom Gipfel ins Tal übertrug. Es zeigte einen strahlend blauen Himmel.

»Weiß man ja gar nicht, ob das nicht eine alte Aufnahme ist. Und selbst wenn: Oben schaut man nur auf die Wolken. Da sieht man sonst gar nix. Und der Weg da rauf ist lang und beschwerlich.«

Seine Frau und sein Sohn sahen ihn irritiert an. »Keiner will rauflaufen, Vatter. Dafür gibt's ja die Bahn.«

Erst jetzt begriff der Kommissar. Er selbst fand den Gedanken, auf einen Berg zu fahren, statt ihn zu besteigen, völlig abwegig. »Fahren? Wir? Spinnt's ihr? Das ist doch sauteuer!« Er zeigte auf das Preisschild. Berg- und Talfahrt schlugen mit neunundzwanzig Euro fünfzig zu Buche. »Dreißig Euro! Für jeden!«

Die Japaner blickten ihn mit großen Augen an.

»Thirty Euros, also … für everyone.«

Jetzt verstanden sie, verbeugten sich und bedankten sich überschwenglich für seine Großzügigkeit. »Nein, ich mein …« Zefix, aus der Nummer kam er jetzt nicht mehr raus. Missmutig stapfte er also zur Kasse, dabei schnell im Kopf überschlagend, was ihn dieser Ausflug kosten würde. Als der Betrag dreistellig wurde, hörte er mit Rücksicht auf seinen Kreislauf jedoch auf zu rechnen. Immerhin fand er eine Möglichkeit, die Kosten wenigstens noch unter zweihundert Euro zu halten, indem er für sich und seinen Sohn jeweils nur eine Bergfahrt kaufte. Den Abstieg konnten sie auch zu Fuß erledigen, schließlich waren sie gesund und topfit. Möglicherweise würde ihnen sogar noch der eine oder andere Steinpilz begegnen.

Die Gondel war trotz der eingeschränkten Aussicht erfüllt von den begeisterten »Ahs« und »Ohs« der Fahrgäste, die die Fahrt über die spektakulären Oberstdorfer Skisprungschanzen in vollen Zügen genossen. Ganz im Gegensatz zu Kluftinger, dem bei dem Gedanken an die Kosten nach wie vor der kalte Schweiß ausbrach. Und er hatte sich vor ein paar Tagen über den Preis seines neuen Anzugs aufgeregt! Dabei hätte er sich für das Geld, das er an der Kasse im Tal gelassen hatte, noch richtig gute, neue Schuhe dazukaufen können.

»Ist dir nicht gut?«, fragte Erika auf einmal. »Du siehst so blass aus.«

»Hast du Angst wegen der Höhe?«, erkundigte sich auch Yumiko besorgt.

»Wegen der Höhe?«, entgegnete er fahrig. »Irgendwie schon …«

In diesem Moment durchbrachen sie die Wolkendecke, ein Raunen ging durch die Kabine, und zum ersten Mal seit Wochen spürte er wieder Sonnenstrahlen auf seinem Gesicht. Die Wärme breitete sich aus, ergriff auch von seinem Inneren Besitz, und auf einmal dachte er nicht mehr an das Geld, sondern freute sich einfach, hier zu sein. Außerdem er war stolz, denn ihre Gäste staunten mit offenen Mündern über dieses Naturschauspiel, wussten gar nicht, ob sie nach oben zum Gipfel oder nach unten auf die geschlossene Wolkendecke schauen sollten.

Sogar Yumikos sonst so desinteressierte Schwester war sichtlich beeindruckt.

»Nice, oder, Mikado?«, fragte sie der Kommissar mit einem Ausdruck im Gesicht, als habe er das alles für sie genau so arrangiert.

»Miyako«, zischte ihm Markus von hinten ins Ohr. »Sie heißt Miyako.«

Die Begeisterung hatte sich noch nicht gelegt, als sie an der Station Höfatsblick ausstiegen.

Sogar Kluftinger konnte sich dem nicht entziehen und rief dem Gondelführer beim Aussteigen ein fröhliches »So schee isch's lang it g'wea, oddr?« zu. In den Bergen fühlte sich Kluftinger immer besonders allgäuerisch und redete gern mit starkem Dialekt.

»Ja. Das beeindruckt die Leute, nich? Aber das war die letzten Tage stets so«, antwortete der Mann mit norddeutschem Zungenschlag, dann wandte er sich wieder ab.

Die Freude ihrer Gäste wurde noch größer, als sie den Souvenirladen auf dem Berg entdeckten. Sie stürmten darauf zu, als befürchteten sie, er könne schließen, bevor sie ihn erreichten. Als Kluftinger dort ankam, standen sie schon mit leuchtenden Augen vor all dem Tand, den er so hasste. »Da schaut's mal«, sagte er abfällig und zeigte auf karierte Brotzeitbretter, Gemüseschäler und Babyschnuller mit der Aufschrift »Griaß di«. Daneben die unvermeidlichen Schneekugeln, ein paar viel zu bunte Postkarten, weiß-blaue Halstücher und überdimensionierte Filz-Seppelhüte.

Als er sich wieder umdrehte, staunte er nicht schlecht: Das japanische Ehepaar hatte all die Dinge, die er ihnen eben so verächtlich gezeigt hatte, in einen Einkaufskorb gepackt.

»No, not buy sis. Big, big Glump.«

»Lass mal gut sein, Vatter, die haben einen anderen Geschmack als wir«, erklärte Markus. »Und sie könnten es falsch verstehen und meinen, du willst ihnen das auch noch bezahlen.«

Sofort verstummte der Kommissar und sah seinen Gästen dabei zu, wie sie ihre Waren an die Kasse trugen. »Mit dem Geld, das die da ausgeben, hätten sie einen Hubschrauberflug für uns alle hier rauf buchen können«, brummte Kluftinger seiner Frau zu, während der Mann am Tresen die einzelnen Posten in die Kasse eintippte.

Die Sazukas, offenbar selbst überrascht, wie viel das Ganze kostete, kramten in ihren Taschen nach den letzten Euros, da sagte Kluftinger zu dem Mann, einem gedrungenen Glatzkopf: »Ich glaub, Sie haben sich vertippt.«

»Was geht's dich an?«, blaffte der zurück.

Der Kommissar lief rot an: Der Schrott, den sie hier verkauften, war sowieso schon maßlos überteuert, dass der Mann nun aber auch noch seine Gäste, die wegen ihres kulturellen Hintergrundes niemals protestieren würden, übers Ohr hauen wollte, machte ihn wütend. Er beherrschte sich jedoch, zückte nur kurz seinen Ausweis, worauf der Mann blass wurde und kleinlaut erklärte: »Oh, ich glaub, ich hab mich vertan.«

»Du bist ein Held«, sagte Erika, als sie ein paar Minuten später einen kleinen Spaziergang zu zweit machten. Sie schmiegte sich an seine Seite. »Wie du dich für die beiden eingesetzt hast: toll.«

»Ach, das …« Kluftinger winkte ab. Er genoss diesen Moment allein mit seiner Frau. Die Jugend, wie er sie nannte, also Markus, Yumiko und deren Schwester, hatte sich zum Gipfel aufgemacht. Dann hatten sie das Ehepaar Sazuka ebenfalls aus ihrer Obhut entlassen und waren ein paar Schritte gegangen. Die beiden wollten sicherlich auch mal ein paar Minuten für sich haben. Als sie sich jedoch zu ihnen umdrehten, zweifelten sie daran: Aus der Ferne erkannten sie, dass die Sazukas noch immer exakt an dem Platz standen, an dem sie sie verlassen hatten, und sich nicht von der Stelle rührten. Also eilten sie zurück.

»So, da simmer wieder«, sagte Kluftinger sofort, als sie in Hörweite waren. »Nice, oder, se quiet hier oben on se Foghorn?«

Die Japaner nickten mit versteinerten Gesichtern. Kluftinger wusste nicht viel über die japanischen Gepflogenheiten, aber er war sich ziemlich sicher, dass sie ihnen dadurch ihr Missfallen ausdrücken wollten. Offenbar war Zeit für sich allein so ziemlich genau das Gegenteil dessen, wonach es japanische Touristen verlangte. Die Kluftingers führten ihre Gäste bald hierhin, bald dorthin, zeigten ihnen jede Blume, erklärten, dass es hier sogar drei Restaurants gebe, deuteten auf die Wolkendecke und stellten Vermutungen an, wo wohl genau Sonthofen liegen mochte und wo Altusried, wo Kempten und wo Immenstadt, wo Füssen und wo alles andere. Das erschöpfte Kluftinger, nicht nur wegen der sprachlich limitierten Mittel, die ihnen für ihre Reiseführertätigkeit zur Verfügung standen. Er war froh, als die Japaner ihr stoisches »Hai, hai!«, mit dem sie jede ihrer Einlassungen kommentierten, aufgaben und Yoshifumi Sazuka von sich aus den Arm hob. »Look, snow!«

Kluftinger sah in die ihm gewiesene Richtung und entdeckte einen kleinen Flecken Schnee. Er führte seine Gäste also dorthin, und sie schienen einigermaßen beeindruckt, um diese Jahreszeit so etwas vorzufinden, auch wenn es sich nur um inzwischen ziemlich grau gewordenen Altschnee handelte.

»Snow old«, sagte Sazuka, doch Kluftinger verstand »Snowball« und wunderte sich. Wollte der sonst so zurückhaltende Mann wirklich eine Schneeballschlacht machen?

»Wirklich? Soll ich? Bummbumm?«

Wie immer antwortete der Mann mit einem höflichen »Hai«.

Kluftinger zuckte die Achseln, griff in den grobkörnigen Schnee, formte eine lockere Kugel und warf sie in Sazukas Richtung. Er hatte erwartet, dass dieser in Deckung gehen oder ausweichen würde, doch er blieb stehen, folgte der Flugbahn des Geschosses mit den Augen und sah reglos dabei zu, wie es klatschend auf seinem Hosenbein landete. Für einen Augenblick zuckte das maskenhafte Gesicht der Frau, dann starrten die beiden einfach zu Boden.

Kluftinger sah verzweifelt zu seiner Frau, die mit einer Mischung aus Entsetzen und Unverständnis zurückblickte. »Er hat's doch so wollen …«, rechtfertigte er sich.

»Aber, du …« Erika brach ab. »Moment mal.« Sie bückte sich

ebenfalls, erhob sich mit einem großen Schneeball in ihrer Hand, drehte sich ihrem Mann zu und holte aus.

Kluftinger fiel die Kinnlade herunter. »Du willst doch nicht wirklich …«

Zu mehr kam er nicht, denn seine Frau donnerte ihm das Ding mitten ins Gesicht.

Der Kommissar war unfähig, etwas zu sagen, und schnappte geschockt nach Luft. Doch noch bevor er mit seinen Verwünschungen loslegen konnte, bemerkte er, dass die beiden Sazukas aus vollem Herzen lachten, ja sie schüttelten sich geradezu, schlugen sich auf die Schenkel und beugten sich vornüber. Er hätte nicht vermutet, dass sie überhaupt zu so einer Gefühlsäußerung fähig waren.

Sein Blick wanderte wieder zu Erika, die ihn schulterzuckend ansah, als wolle sie sagen: »Was hätt ich denn machen sollen?« In diesem Moment traf ihn der zweite Schneeball, diesmal in Höhe des Reißverschlusses seiner Hose. Verwirrt sah er in die Richtung, aus der er gekommen war – und blickte in das erhitzte Gesicht von Yoshifumi Sazuka. Der verneigte sich sofort und sagte »I am very sorry, Kluftinger-san«.

»Dir geb ich gleich sorry«, zischte der Kommissar und warf einen weiteren Schneeball. Diesmal wich der Japaner jedoch aus, und der Ball traf seine hinter ihm stehende Frau.

Kluftinger erstarrte. Hatte er nun die Grenze überschritten?

Doch seine Bedenken wurden zerstreut vom wiehernden Lachen des Japaners, der sich kaum mehr beruhigen konnte, auf seine Gemahlin zeigte und immer wieder mit schriller Stimme schrie: »Great shot!«

Nun griff auch Kanako Sazuka ins Geschehen ein, und im Handumdrehen balgten sie sich wie Schulkinder im Schnee, mit dem einzigen Unterschied, dass sich die Japaner für jeden Wurf zweimal entschuldigten: einmal, bevor sie warfen, und das zweite Mal, wenn sie trafen.

Als die Kinder von ihrem Gipfelspaziergang zurückkamen und ihre Eltern bei ihrer wilden Schlacht vorfanden, verstanden sie die

Welt nicht mehr. Sie schauten dem Treiben eine Weile lang zu, dann sagte Markus seufzend: »Muss die dünne Luft hier oben sein.«

Es war entgegen allen Erwartungen des Kommissars ein wirklich schöner Nachmittag geworden, mit der frischen Luft, der Sonne und der Schneeballschlacht. Er fühlte sich wie neugeboren, als sie den Rückweg zur Gondel antraten.

»Wo bleibst du denn, Vatter«, drängte sein Sohn, »wir gehen.«

»Ja, das stimmt«, antwortete er.

»Eben.«

»Nein, ich mein …«

In diesem Moment wurde Markus von dem Mann am Drehkreuz darauf hingewiesen, dass er nur über ein Ticket für eine Bergfahrt verfüge, während die anderen bereits in die Kabinenbahn stiegen.

Markus wollte schon protestieren, doch als er seinen Vater anblickte, verstand er. »Du spinnst, Vatter, ganz ehrlich.«

Im Gegensatz zu seinem Spaziergang zum Sushilokal hatte Kluftinger die kleine Wanderung gutgetan. Zusammen mit seinem Sohn war er die Hänge und Wege hinuntergelaufen und hatte den Kopf endlich wieder einmal frei bekommen. Schließlich hatten sie die anderen im Tal auf der Terrasse eines Cafés wiedergetroffen, um mit den beiden Autos den Heimweg anzutreten. Dass seine Knie nun so schmerzten, dass er kaum das Kupplungspedal seines Passats betätigen konnte, nahm er in Kauf.

Auch dass Yoshifumi Sazuka neben ihm saß, stresste ihn bei weitem nicht so, wie er befürchtet hatte. Der Asiate schien vollauf damit beschäftigt, die Fahrt durch die Allgäuer Bergwelt lückenlos fotografisch zu dokumentieren.

»Schön, gell?«

»Hai.«

Erst auf Höhe der Abfahrt Sonthofen steckte der Japaner den Fotoapparat ein und fingerte etwas aus seiner Jackentasche. Als Sazuka es vor sich ans Armaturenbrett heftete, sah Kluftinger, dass es ein Aufkleber war. Das Blut stieg ihm in den Kopf, allerdings nicht wegen der Anzüglichkeit des Spruchs, sondern aus Furcht, der Klebstoff könnte irreparable Schäden an dem betagten Kunststoffteil anrichten.

Sazuka brach in schallendes Gelächter aus und zeigte auf die Worte, die nun Kluftingers Auto zierten: *Frauen aufgepasst, meiner ist achtzehn Meter lang!*

Der Kommissar rang sich ein gequältes Lächeln ab. »Ja, lustig, aber mehr für Laster.«

Sazuka schien nicht verstanden zu haben.

»It makes no sense, weil meiner ist nur viereinhalb. Also Meter lang. More short, meiner.«

»Hai, hai«, presste sein Beifahrer unter wieherndem Lachen hervor. Erst nach fünf Minuten hatte er sich wieder einigermaßen im Griff, und er sagte: »Handkerchief?«

»Gesundheit.«

Der Japaner machte eine Geste, anhand deren Kluftinger erkannte, dass der ein Taschentuch wollte. Doch sein eigenes, benutztes Stofftaschentuch konnte er ihm schlecht anbieten. »Vielleicht im Handschuhfach. Handshoe-department«, sagte er und zeigte darauf.

Sazuka öffnete es so ruckartig, dass sich die Hälfte des Inhalts in den Fußraum entleerte. Er entschuldigte sich mehrmals, nahm sich eine zerknüllte Serviette mit einem Aufdruck von Kluftingers bevorzugter Metzgerei und wischte sich die Lachtränen aus den Augen, dann stopfte er die Sachen – leere Bonbonschachteln, Einkaufszettel, Prospekte, Parkscheine, eine CD-Hülle, die Kluftinger als Eiskratzer nutzte, und zwei Paar Nylonstrümpfe – wieder ins Handschuhfach zurück. Als Letztes hielt er ein Blatt in Händen, das ebenfalls herausgefallen war. Es war das Fax über Morbus Meulengracht, das ihm Langhammer geschickt hatte.

»Nein, das nicht«, hielt Kluftinger den Japaner zurück. Der sah ihn prüfend an. »Information über eine Krankheit. Vom Longhammer. Also, von meinem Doktor.«

»Hai«, sagte Sazuka nickend, dann las er halblaut: »Genetic diseases«.

»Interessant, gell?«

»Hai.«

Kluftinger beschloss, einen Erklärungsversuch zu unternehmen, schließlich hätten sie so für die nächsten Minuten ein Gesprächsthema. »Der Mann in meinem Fall hat Meulengracht. Die Frau nicht. Aber die ist jetzt tot.«

»Dead?« Die Augen des Asiaten weiteten sich.

»Woll. Dead.«

»From the Meulengracht-disease?«

»No, from … gift. Meulendings macht nur gelbe Augen. Auch bei den Kindern.«

Der Japaner sah ihn entsetzt an.

»Wird vererbt. Genetisch. Als Beispiel: Markus hätt Meulengracht und Yumiko nicht, dann kriegt's der Max oder auch nicht. Kapiert?«

Das darauffolgende »Hai« war das Letzte, was der Kommissar für den Rest der Fahrt vom Japaner hörte, der auf einmal seltsam in sich gekehrt wirkte. Kluftinger mutmaßte, dass ihn die Bergluft wohl ziemlich müde gemacht hatte. Damit die nun einsetzende Stille nicht unangenehm wurde, stellte er das Radio an und summte die Melodien seines Lieblingssenders Bayern 1 mit.

Als sie zu Hause ankamen, stand der Bus der Musikkapelle, den Markus gefahren hatte, bereits vor dem Haus – und daneben zu Kluftingers Entsetzen Langhammers silbern glänzender Mercedes. »Vorsicht, Longhammer. Doktor. Sehr stressig. Und furchtbar gscheit«, warnte der Kommissar seinen Beifahrer, dann stiegen sie aus.

Noch bevor er die beiden bekannt machen konnte, kam der Doktor bereits auf den Japaner zugestürmt und verbeugte sich tief.

»Hello, Sazuka-san. I hope you had a pleasant day. My name is Martin Langhammer, M. D.«

»Hai«, versetzte Sazuka knapp.

Dann erklärte der Doktor in lupenreinem Englisch, dass er schon zweimal in Tokio gewesen sei, die dortige Kultur bewundere und die japanische Teezeremonie sogar in seinen Alltag übernommen habe. Anschließend lud er den Asiaten zu sich ein und wollte ihm noch Bilder seiner letzten Japan-Reise zeigen, die er mitgebracht hatte. Doch Sazuka wehrte das mit einem frostigen »Thank you« ab.

Als sie ins Haus gingen, fragte der Japaner den Kommissar: »You like Longhammer?«

Kluftinger schüttelte vehement den Kopf. »Überhaupt nicht.«

Sazuka nickte mit ernster Miene: »I will not like him, too.«

Kluftinger war gerührt. Über die Menschenkenntnis seines Gastes ebenso wie über dessen Solidarität.

Als sie im Hausgang standen, tastete Langhammer erschrocken seine Taschen ab. »Oje, ich muss noch einmal kurz flitzen, ich habe doch glatt mein Geschenk für unsere Gäste vergessen.«

Unsere?, dachte der Kommissar.

»Eine kleine Aufmerksamkeit als Willkommensgruß. Bis gleich, meine Lieben!«

»Nicht nötig, dass Sie extra was holen, Herr Langhammer. Ich hab was für Sie, das können Sie den Sazukas schenken.«

Er winkte ab. »Lassen Sie mal stecken, meins ist etwas ganz Besonderes. Hab ich mir auch ein paar Euro kosten lassen, man will ja nicht als geizig gelten, nicht wahr?«

»Nein, natürlich nicht, wo Sie ihm doch so sympathisch sind.«

»Ach, das ist Ihnen aufgefallen, ich hatte auch gleich so ein Gefühl … Deswegen ja auch das teure Geschenk.«

Das macht er nur, um mich blöd dastehen zu lassen, war Kluftinger sich sicher. Doch da würde er ihm einen Strich durch die Rechnung machen.

Mit verschwörerischer Miene sagte er leise: »Au, da würd ich aufpassen. Mit teuren Geschenken beleidigt man die Japaner schnell. Müssten Sie doch eigentlich wissen als weitgereister Mann, oder?«

»Sicher, aber es sieht nach weniger aus, als es tatsächlich …«

»Umso schlimmer! Wie schon gesagt, das kann nach hinten losgehen. Ich zum Beispiel hab auch nur ein ganz billiges Mitbringsel von denen bekommen. Da können Sie sauber in ein Fettnäpfchen treten, schließlich fühlt er sich dann verpflichtet, Ihnen was Teures zu kaufen. Eine richtige Kettenreaktion kann das geben.«

»Meinen Sie?«

»Mein ich. Sagt auch die Yumiko. Aber ich hab was Tolles für Sie!« Er langte in seine Tasche und holte die Glückskekse aus dem Oberstdorfer Sushilokal heraus.

»Nein, also, ein paar alberne Glückskekse …«

»Das, Herr Langhammer, ist ein schöner asiatischer Brauch. Und der Yoshifumi, also, der Herr Sazuka, der hat was übrig für Sprüche und so.«

Es arbeitete im Doktor, und schließlich griff er doch nach den Keksen. »Sie mögen sogar recht haben, mein Lieber. Und mein anderes Geschenk läuft ja nicht davon.«

Sie gingen also hinein, und Langhammer teilte mit großer Geste an jeden der Anwesenden einen Glückskeks aus, was alle verwundert zur Kenntnis nahmen.

Yoshifumi Sazuka war der Erste, der sein Zettelchen herausgezogen hatte. Er las es, bekam einen roten Kopf und begann zu kichern.

Kluftinger spitzte auf das kleine Papier und erstarrte: *Wem du's heute kannst besorgen, den vernasche nicht erst morgen!* stand da zu lesen, darunter das englische Pendant zu dieser Anzüglichkeit.

Nach und nach machten nun alle ihre Kekse auf, lasen die Sprüche und sahen betreten zu Boden. Kluftinger besah sich den seinen: *Dich lieben die Vögel, und die Vögel lieben dich. Doch der, den du liebst, der vögelt dich nicht.*

Er lachte in sich hinein, als er Erikas und Annegrets erschrockene Blicke sah, die den Doktor trafen.

»Wahnsinnig witzig«, brummte Markus.

»Also, Martin, ich muss schon sagen, das ist ein bissle …«, sagte Erika.

Langhammer schnappte nach Luft und begann mit einer Verteidigungsrede: »Ich wusste doch nicht … Er hat …« Er zeigte auf Kluftinger.

»Martin, jetzt lass bitte meinen Mann aus dem Spiel, ja?«

Der Kommissar hätte den Moment gerne länger ausgekostet, andererseits konnte sich das Blatt schnell wenden, wenn der Doktor auspackte.

»Will jemand auf den Schreck vielleicht was trinken?«, fragte er also. »Trink a bit what?«

Dieser Vorschlag fand allgemeine Zustimmung, und der Abend wurde recht gesellig, was vor allem daran lag, dass sich der Doktor kaum noch ins Gespräch einmischte. Irgendwann zog der den Kommissar beiseite und zischte: »Wussten Sie davon?«

»Von den Keksen? Woher denn? Ich hab's bloß gut gemeint. Und Yumikos Vater hat's gefallen, das ist ja die Hauptsache, oder?«

»Stimmt, er scheint Ihren seltsamen Sinn für Humor zu teilen. Dennoch werde ich mein anderes Geschenk als Wiedergutmachung in den nächsten Tagen vorbeibringen.«

»Wenn Sie Ihr Glück mit den japanischen Sitten unbedingt noch einmal versuchen wollen – lassen Sie sich nicht aufhalten.«

»Gibt es denn mittlerweile Klarheit im Fall Grimmbart? Die Zeitungsmeldung von heute Morgen legt das ja quasi nahe.«

»Tut sie das, quasi?«

»Würde ich meinen.«

»Ja, also, es sieht so aus, als hätten wir ihn.«

»Und wie hat Baron Rothenstein Grimmbart auf diese Nachricht reagiert?«

Kluftinger runzelte die Stirn. »Wie er … also, ich hab noch nicht mit ihm gesprochen.«

»Na, Kluftinger, das sind Sie dem Mann aber schuldig, oder?«

Da hatte der Quacksalber ausnahmsweise nicht ganz unrecht, musste der Kommissar eingestehen.

»Wissen Sie was, ich fahr kurz mit Ihnen hin, Sie sagen es ihm und …«

»Was? Ihr wollt noch weg? Das geht jetzt aber nicht«, mischte sich Erika ein. »Was sollen denn unsere Gäste denken?«

»Ja, da hat die Erika recht«, sagte Kluftinger nickend. »Es ist schon wichtig, wenn einer dableibt, der die Sitten der Japaner kennt und versteht wie Sie, gell? Pfiagott, Herr Langhammer.«

26

Es war bereits dunkel, als Kluftinger am Hohen Schloss ankam. Erika hatte ihm noch nachgerufen, er solle unbedingt den Musikkapellenbus zurückgeben, was ihn ein wenig aufgehalten hatte.

Wieder zog Nebel aus dem Graben herauf. Seitdem er vor über einer Woche zum ersten Mal hier gewesen war, verbreitete der Ort immer dieselbe morbide Stimmung.

Er stieg aus und knöpfte seinen Janker zu. Bald würde es wieder Zeit für den Lodenmantel, dachte er und ging los. Das Schloss war finster, und so fiel Kluftinger sofort das Licht im Märchenwald auf. Er wunderte sich, klingelte aber erst einmal am großen Portal. Doch niemand reagierte auf sein Läuten.

Er ging zurück und blickte in Richtung Wald. Wieder der Lichtschein. Sollte er nachsehen? Vielleicht war der Baron ja dort.

Mit einem mulmigen Gefühl betrat er den Märchenwald. Die Idee, hierherzukommen, schien ihm auf einmal gar nicht mehr so gut, denn schon nach der ersten Station mit dem heruntergekommenen Rotkäppchen, das ihn einäugig anzugrinsen schien, umfing ihn eine bedrohlich wirkende Dunkelheit. Er riss die Augen weit auf, da sah er erneut das Licht zwischen den Bäumen. Kluftinger war erleichtert: Was da irrlichterte, war die Stirnlampe des Barons.

Er schlich sich näher an ihn heran und folgte ihm dann mit einigen Metern Abstand. Es war keine Überraschung, dass der Adelige wieder an der Stelle haltmachte, an der er ihn schon öfters angetroffen hatte. Kluftinger blieb ebenfalls stehen und wartete ab. Deckung brauchte er keine zu suchen, denn die Nachtschwärze verbarg ihn. Jetzt kniete sich der Baron hin und beugte sich nach vorn. Was er dann genau machte, konnte der Kommissar nicht erkennen.

Was trieb der in stockfinsterer Nacht und bei diesem unwirtlichen Wetter hier im Wald, und vor allem: genau an dieser Stelle?

Der Kommissar wagte kaum zu atmen, während er den Mann beobachtete. Nach einigen Minuten erhob sich der und ging mit schnellen Schritten den Weg zurück.

Für einen Moment erwog Kluftinger, ihn aufzuhalten, doch seine Neugier war stärker. Langsam setzte er sich in Bewegung. Er hatte Mühe, irgendetwas zu erkennen. Da fiel ihm ein, dass er ja sein Handy benutzen konnte. Es hatte zwar keine Taschenlampenfunktion wie das seines Kollegen Maier, aber bestimmt würde es auch so gehen. Er nahm das Telefon also aus der Tasche, drückte einen Knopf, und das Display leuchtete auf. Gut, es war nicht berauschend, aber besser als nichts. Allerdings musste er gebeugt gehen und das Telefon dabei auf den Boden richten. Nach gerade einmal drei Schritten tauchte plötzlich ein Schatten in dem bläulichen Lichtschein auf, und der Schreck fuhr dem Kommissar so in die Glieder, dass er einen kurzen, hysterischen Schrei ausstieß. Schwer atmend richtete er das Licht in die Richtung, in die der Schatten gehuscht war – und erkannte die Umrisse eines Dachses.

Sein Puls beruhigte sich wieder. Allerdings nur, bis er sah, dass das Tier innegehalten hatte und ihn nun anzublicken schien, wobei seine Augen das Licht des Handydisplays bläulich reflektierten. Kluftinger bemühte sich, langsam und tief zu atmen, auch wenn sein Herz wie verrückt schlug. Sein Nervenkostüm war einfach nicht für solche nächtlichen Ausflüge gemacht.

Er vermutete, dass es sich um dasselbe Tier handelte, das ihn schon einmal in Angst und Schrecken versetzt hatte. Als es weitertrottete, nahm er wie hypnotisiert die Verfolgung auf. Der Dachs steuerte anscheinend genau auf die Stelle zu, an der der Baron gerade noch gekniet hatte. Ob er Rothensteins Witterung aufgenommen hatte? Vielleicht hatte der auch etwas liegen lassen, was das Tier anlockte.

Der Dachs senkte nun den Kopf, schnupperte am Boden und

begann zu graben. So vermutete Kluftinger jedenfalls, denn anders waren diese seltsam metallisch scharrenden Geräusche nicht zu erklären. Kluftinger machte einen weiteren Schritt und trat dabei auf einen Ast, worauf das Tier den Kopf reckte, sich nach allen Seiten umsah und in der Dunkelheit verschwand.

Etwa eine Minute stand der Kommissar unbewegt da, lauschte dem Rauschen der Bäume und seinem eigenen Atem. Dann wagte er sich langsam weiter vor zu der vom Dachs aufgewühlten Stelle. Er richtete das Licht auf den lockeren Boden. Etwas hatte das Licht seines Telefons reflektiert. Er langte wie ferngesteuert in die lose Erde und fühlte einen kühlen, metallischen Gegenstand. Aber er steckte fest. Kluftinger kniete sich hin und vergrößerte das Loch des Tieres.

Er brauchte nicht lange, dann wusste er, was dessen Grabgeräusche so seltsam hatte klingen lassen: In der Erde war ein Kistchen verbuddelt, dessen Hohlraum das Kratzen der Krallen wie ein Resonanzkörper verstärkt hatte.

Er zog es heraus und besah es sich genauer: Es war eine kunstvoll verzierte, metallene Schatulle, der Deckel war rostig und zerkratzt. Wie lange mochte sie schon hier verborgen sein? Trotz all des Drecks wirkte sie wie eine kostbare Antiquität. Vielleicht ein altes Schmuckkästchen? War es das? Hielt er einen Schatz in Händen?

Mit zitternden Fingern öffnete er das Kästchen. Es war mit dunkelrotem Samt ausgekleidet.

Was Kluftinger darin sah, ließ ihm die Haare zu Berge stehen, auch wenn das Gebilde in dem Kästchen eigentlich völlig harmlos war: In den Stoff gebettet, lag eine kleine, weiß glänzende Engelsfigur.

Ohne weiter zu überlegen schloss er die Dose, klemmte sie sich unter den Arm und lief los. Er wagte nicht, sich noch einmal umzudrehen, rannte nur auf den Waldrand zu, als wäre der Leibhaftige ihm auf den Fersen. Sein Telefon hielt er weit von sich gestreckt, doch er sah kaum etwas. Es war reines Glück, dass er nicht stürzte und sich den Hals brach, doch das war ihm im Moment egal. Er wollte nur weg.

Als er aus dem Wald herausrannte, schien mit der Dunkelheit auch der Druck zu weichen, der auf seiner Brust gelegen und ihm das Atmen erschwert hatte. Trotzdem hielt er nicht an, immer schneller stürzte er auf das Schloss zu, bis er den Felsen erreicht hatte, auf dem die Mauern des riesigen Bauwerks ruhten. Mit pfeifendem Atem lehnte er sich dagegen, dann schüttelte ihn ein heftiger Hustenanfall.

Er schloss die Augen und zwang sich, sich zu beruhigen. Was war nur los mit ihm? Diesem Spuk würde er jetzt sofort ein Ende bereiten, indem er den Baron fragte, was das alles zu bedeuten hatte. Genau in diesem Moment jaulte ein Motor auf, und zwei Lichtkegel erleuchteten den Schlossplatz. Er sah, wie der alte Jeep des Barons wendete und in Richtung Dorf fuhr. Als das Licht der Scheinwerfer seinen Passat streifte, bremste der Wagen kurz, dann beschleunigte er wieder.

Was sollte das denn nun wieder? Kluftinger stand unschlüssig herum, da vibrierte das Handy in seiner Hosentasche. Erst als er sein Auto erreicht, die Schachtel mit dem Engel auf den Beifahrersitz gelegt, den Motor angelassen und das Knöpfchen der Fahrertür gedrückt hatte, zog er sein Mobiltelefon aus dem Janker.

Du kommst jetzt bitte sofort heim. Erika.

Wie recht seine Frau doch manchmal hatte, dachte sich der Kommissar und legte seufzend den Rückwärtsgang ein.

27

An diesem Morgen blieb Kluftinger nicht lange allein beim Frühstück, denn schon nach wenigen Minuten hörte er, wie die Tür des Gästezimmers geöffnet wurde und sich Schritte der Küche näherten, dann stand Yumikos Vater vor ihm. Er wunderte sich darüber, dass der ihm heute wieder Gesellschaft leisten wollte, immerhin hätte er doch ausschlafen können. Bei näherer Betrachtung war die frühe Anwesenheit des Japaners dann aber doch nicht so überraschend. Zum einen, weil Kluftinger vermutete, dass es ihm standesgemäßer erschien, mit dem Hausherrn zu speisen. Zum anderen, weil er, wie alle seine Landsleute, bestimmt ein hart arbeitender Mann war und es ihm deswegen – wie Kluftinger auch – schwerfiel, in so kurzer Zeit auf »Ausschlafen« umzuschalten. Noch dazu mit der Zeitverschiebung im Nacken, denn in Japan war es ja jetzt … also, da musste es mindestens … jedenfalls machte es das bestimmt auch nicht einfacher.

Kluftinger deutete eine Verbeugung an und sagte freundlich: »Guten Morgen. Frühstück?« Er zeigte auf den Küchentisch, stand auf und legte ein weiteres Gedeck auf.

Während er das tat, freute er sich sogar ein bisschen über seinen neuen Frühstücksgenossen, denn der verschlossen wirkende Mann wurde ihm langsam sympathisch. Und er hatte das Gefühl, dass es dem Japaner ähnlich ging. Sie waren beide keine Männer großer Worte, bei ihm vielleicht aus genetischen Gründen, bei Sazuka wohl eher aus kulturellen – und wenn sie beide zusammentrafen, aus sprachlichen. Sie hatten beide eine rauhe Schale, wirkten zumindest auf Außenstehende so. Aber zumindest für sich reklamierte Kluftinger einen weichen Kern, und den wollte er, jedenfalls bis zum Beweis des Gegenteils, auch Yumikos Vater zugestehen. Immerhin war er für die Hochzeit seiner Tochter um die halbe Welt gereist, also schien ihm Familie viel zu bedeuten. Noch eine Gemeinsamkeit.

Sazuka setzte sich zaghaft und immer wieder überschwenglich dankend an den Tisch.

»Jaja, scho recht, bald glaub ich's noch«, murmelte der Kommissar.

Der Japaner trug seinen »Daheimrum-Kimono«, ein schwarz glänzendes Teil mit blutroten asiatischen Schriftzeichen. Wesentlich kleidsamer als sein Frotteebademantel, fand der Kommissar und erwog ernsthaft, sich auch so etwas zuzulegen. Vielleicht bekam er ihn über Sazuka ja sogar billiger.

»Kaffee?«, fragte er seinen Frühstücksgast, worauf der nickte und Kluftinger ihm eingoss.

Anschließend machte sich der Asiate eine Semmel, die der Kluftingers aufs Haar glich: ein Mohnbrötchen, dick mit Butter bestrichen und mit reichlich Holundermarmelade darauf.

»Selbst gemacht«, sagte der Kommissar stolz und zeigte auf die Marmelade.

Sazuka lächelte zwar, aber seinem leeren Blick entnahm der Kommissar, dass er nicht verstanden hatte.

»Selfmade«, erklärte er, dann ging er zu einem kleinen Sprachkurs über. »Semmel!« Dabei deutete er auf Sazukas Teller. »Eigentlich Brötchen, aber hier Semmel. SEM-MEL.«

Sazuka wiederholte das Wort beinahe akzentfrei.

»Good, wirklich good.«

»Hai, hai«, sagte der Japaner freudig, und sie stießen mit ihren Kaffeebechern an.

Dann ließen sie sich das Frühstück schmecken, und Kluftinger genoss es, jemanden gefunden zu haben, mit dem er das schweigend tun konnte. Nur wenn sich ihre Blicke zwischendurch kreuzten, lächelten sie sich gegenseitig zu und nickten, womit Kluftinger sagen wollte: Könnte schlimmer sein.

Nach einer gewissen Zeit fand er es seltsam, dass der Japaner wirklich jede seiner Handlungen kopierte. Doch dies hatte in dem Moment ein Ende, als er sein Geschirr abräumte und in die Spülmaschine stellte. Vielleicht waren die kulturellen Differenzen doch größer, als er in seiner Frühstücksseligkeit angenommen hatte.

Der Kommissar war bereits auf dem Weg zum Auto und nahm beruhigt zur Kenntnis, dass sich heute keine Blume auf dem Weg befand, da öffnete sich die Haustür noch einmal, und sein Sohn stand im Schlafanzug auf der Schwelle.

»Heu, bist du aus dem Bett gefallen?«, fragte Kluftinger, der sich nicht erinnern konnte, wann er Markus das letzte Mal so früh auf den Beinen gesehen hatte.

»Sehr witzig! Ich muss heut ein paar Sachen erledigen. Aber wo ich dich grad noch erwisch: Was hast du dem Yoshifumi gestern eigentlich erzählt?«

»Wem?«

»Himmel! Yumikos Vater.«

»Ich? Wieso?«

»Weil er die Miki die ganze Zeit löchert, ob sie schwanger ist oder krank oder so. Und ob ich vielleicht was Schlimmes hätte. Hast du ihm da bei eurer Heimfahrt irgendeinen Floh ins Ohr gesetzt?«

Kluftinger merkte, wie ihm warm wurde. Dieses Missverständnis konnte nur von ihrem Gespräch über die Erbkrankheit der Grimmbarts herrühren. Dennoch hob er abwehrend die Hände. »Ich bin mir keiner Schuld bewusst.«

»Also ja.«

»Auch dir einen schönen Tag, mein lieber Junge.«

In diesem Moment erschien Erika neben Markus im Türrahmen. »Gehst du etwa schon?«

Er blickte auf die Uhr. »Ja, ich muss.«

»Aber du wolltest mich doch mit zum Friedhof nehmen, damit ich das Grab von deinen Großeltern richten kann.«

»Das wolltest du heut machen?«

»Was glaubst du, warum das ganze Zeug da am Garagentor lehnt?«

Er wandte sich um und sah einen Rechen, ein paar Pflanzen und einen Sack Graberde.

»Ach so, ja, dann … wart ich halt noch kurz.«

Aus dem »kurz« war fast eine halbe Stunde geworden, aber er hatte bereits im Büro angerufen und seine Verspätung angekündigt. Jetzt, da der Apotheker verhaftet war, sah er darin kein Problem.

»Sag mal, hast du die Yumiko eigentlich mal gefragt, warum ihre Eltern die Blumen immer rausgeworfen haben?«, erkundigte er sich bei seiner Frau.

»Ja, mein Gott, das hab ich dir ja noch gar nicht gesagt! Ich hab doch vier Blumen hingestellt, und vier ist in Japan ein Symbol für großes Unglück, weil die Zahl Vier so ähnlich klingt wie Tod.«

»Und deswegen schmeißen sie die schönen Blumen raus?«

»Die Miki hat sich schon dafür entschuldigt. Sie haben sich einfach nicht anders zu helfen gewusst.«

»Aha, deswegen haben die also so belemmert geschaut, als wir ihnen das Zimmer gezeigt haben. Hätten sie ja auch einfach sagen können. Muss ich jetzt auch vorsichtshalber ein Rad vom Auto abschrauben, weil sie sonst nicht mitfahren wollen oder wie?«

»Jetzt schimpf nicht, Butzele. Schließlich kümmer ich mich jetzt dann um das Grab von *deinen* Großeltern. Obwohl ich genug um die Ohren hab gerade.«

»Warum musst du denn eigentlich das Grab richten?«

»Weil deine Mutter das nicht mehr schafft, noch dazu jetzt, wo sie Besuch hat. Und weil du dich ja nicht zuständig fühlst.«

»Nein, ich mein, warum gerade heut?«

»Wegen der Hochzeit.«

»Wegen der Hochzeit?«

»Ja, kann gut sein, dass ein paar aus der Verwandtschaft ans Grab gehen wollen, wenn sie schon mal da sind. Und dann soll's da ja nicht aussehen wie bei Müllers hinterm Kanapee.«

Kluftinger schüttelte den Kopf. Eine Hochzeit brachte doch schon genug Vorbereitungsarbeiten mit sich. Dass seine Frau sich noch zusätzliche Betätigungsfelder suchte, lag jenseits seines Verständnishorizonts. Aber da es das Grab seiner Großeltern war, sagte er nichts dergleichen. Im Gegenteil, er trug seiner Frau sogar noch die Sachen vom Auto bis an die Grabstelle auf dem Altusrieder Friedhof und fühlte sich deswegen wie ein vollendeter Gentleman. Erika hingegen schien das für selbstverständlich zu halten, denn ihr Dank fiel eher beiläufig aus.

Als er das Grab betrachtete, bekam er ein schlechtes Gewissen: Viel zu lange war er nicht mehr hier gewesen. Er las die Inschrift auf dem grob behauenen Stein: »Du stehst noch hier, Und ich bin hin. Bald bist du dort, Wo ich schon bin. Ignatius Kluftinger, *1899 †1965«. Seinem Großvater wurde ein skurriler Sinn für Humor nachgesagt, an den er sich leider kaum noch erinnern konnte. Er war noch ein Kind gewesen, als er gestorben war. An seine Großmutter Cilli hatte er überhaupt keine Erinnerung mehr, sie war, wie der Grabstein verriet, noch vor seiner Geburt gestorben.

»Ja, dann … geh ich mal«, sagte er nach ein paar Minuten, in denen Erika einige der alten Blumen aus der Erde gerupft hatte.

»Ist recht«, erwiderte sie, ohne aufzusehen.

Er hatte sich schon umgewandt, da fiel ihm noch etwas ein: »Wie kommst du eigentlich wieder heim?«

»Nett, dass du fragst«, sagte sie, und er war sich nicht sicher, ob da nicht ein ironischer Unterton in ihrer Stimme lag. »Die Annegret ist heut beim Arzt in Kempten, die nimmt mich dann auf dem Rückweg mit, damit ich das ganze Werkzeug nicht heimschleppen muss.«

»Da hat sie recht.«

»Dass sie mich mitnimmt?«

»Nein. Dass sie nicht zu ihrem Mann geht, dem alten Kurpfuscher.«

Als er zurück zum Wagen ging, knirschte der Kies unter seinen Schritten so laut, dass er das Gefühl hatte, es sei das einzige Geräusch hier draußen. Wahrscheinlich lag es aber nur an der frühen Tageszeit, die den Friedhof so ausgestorben erscheinen ließ. *Ausgestorben!* Er musste über das Wort in diesem Zusammenhang grinsen. Man läge auch nicht ganz falsch, wenn man behaupten würde, es sei todlangweilig hier, spann er weiter. Oder man … sein Lächeln erstarb. Er blieb abrupt stehen, und nun war es fast vollständig still. *Totenstill,* dachte er, doch diesmal hatte der Gedanke einen bitteren Beigeschmack.

Er stand einfach nur da und starrte auf das Grab schräg vor ihm. Der Name sagte ihm nichts, und es war auch nicht die Grabstätte, die ihn so aus der Fassung brachte. Es war die Statue, die darauf stand: ein weißer, marmorner Engel. Fast derselbe Engel, der als Miniatur in der Dose lag, die er gestern im Märchenwald ausgegraben hatte.

Kluftinger stieß die Luft aus und blickte sich um. Die anderen Gräber schienen keinen derartigen Schmuck zu haben. Da waren nur ganz normale Grabsteine, zwischen die sich ein Mann ein paar Reihen weiter duckte, als er … *Das ist er,* schoss es ihm durch den Kopf. Der geheimnisvolle Fremde, den er in den letzten Tagen an den unmöglichsten Orten hatte auftauchen sehen. Schnell senkte er den Kopf, verschränkte die Hände wie zum Gebet und wog seine Alternativen ab. Denn eins war klar: Noch einmal wollte er ihn nicht entwischen lassen. Ob er Verstärkung rufen sollte? Nein, der andere würde sicher sehen, wenn er telefonierte. Was dann? Einfach auf ihn zurennen? Erinnerungen an eine verpatzte Verfolgungsjagd auf ebendiesem Friedhof wurden in Kluftinger wach.

Außerdem durfte er auch seine Frau nicht in Gefahr bringen, wer wusste schon, wozu der andere fähig war. Also bekreuzigte sich der Kommissar und ging betont langsam auf den Ausgang zu, der am weitesten von dem Unbekannten entfernt lag. Kaum war er außer Sichtweite, rannte er wie der Teufel um den Friedhof herum, immer im Schutz der großen Hecke, die das Gelände begrenzte. Wut und Neugier trieben ihn an, nur noch eine Ecke, dann würde er vor dem anderen Eingang stehen, vor dem er sich postieren wollte, bis der andere … »Zefix!« Der Fluch rutschte Kluftinger heraus, als er sah, dass der Mann den Friedhof bereits verlassen hatte. Der drehte sich jetzt um und begann ebenfalls zu laufen. Er hatte nur wenige Meter Vorsprung. Wie automatisch schnappte sich Kluftinger im Vorbeirennen eine der giftgrünen Gießkannen, die für die Grabpflege bereitstanden, holte weit aus und warf sie nach vorn, worauf sie mit einem lautstarken Donnern gegen den Kopf des Unbekannten knallte. Der verlor das Gleichgewicht und schlug der Länge nach hin. Noch ehe er wusste, wie ihm geschah, war der Kommissar über ihm und drückte ihm sein Knie in den Rücken.

»Hab ich dich, Bürschle«, rief Kluftinger triumphierend. »Was willst du von mir? Wer hat dich geschickt? Für wen arbeitest du, hm? Für den Haase? Den Prinz?« Er dachte nach. »Oder den Baron?«

Der Mann drehte seinen Kopf mühsam zur Seite und keuchte: »Ich kenn die nicht. Ich hab nix getan.«

»Ach ja? Mir fällt da einiges ein. Fangen wir mal an beim Fahren eines Fahrzeuges mit gefälschter Nummer, dann haben wir …«

»Ich bin Privatdetektiv!«

»Was?«

»Ich bin ein privater Ermittler.«

Kluftinger zückte sein Handy. »Weißt du was, das kannst du alles gleich den Kollegen erzählen, die sind sicher genauso interessiert an deiner Geschichte wie ich.«

»Das würd ich nicht.«

»Was?«

»Ihre Kollegen rufen.«

»Das kann ich mir denken.«

»Nein, ich mein: Das könnte peinlich für Sie werden.«

Der Kommissar hatte keine Ahnung, was der Mann ihm damit sagen wollte, und langsam riss ihm der Geduldsfaden. Er hob sein Knie, warf den schmächtigen Mann unsanft herum und packte ihn am Kragen: »Jetzt sagst du mir entweder sofort, für wen du arbeitest, oder ich …«

»Sazuka«, keuchte der Mann.

Er war sich sicher, dass er sich verhört hatte, deswegen schüttelte er den Mann noch einmal.

»Yoshifumi Sazuka«, kreischte der Mann am Boden, und Kluftinger ließ ihn los.

Keuchend saß er neben dem Detektiv und versuchte, die Information zu verarbeiten, die so gar keinen Sinn ergeben wollte.

Der andere rappelte sich hoch, griff in seine Hosentasche und holte eine Visitenkarte hervor.

»Mein Name ist Holger Baum. Ich bin wirklich Privatdetektiv.«

Die Karte sah aus, als habe sie jemand stümperhaft selbst am Computer zusammengebastelt, was den Kommissar nicht wunderte. In seinen Augen war Detektiv kein richtiger Beruf, und die Berufsbezeichnung war in Deutschland auch nicht geschützt. Die dilettantische Überwachung, die der Mann ihm hatte angedeihen lassen, schien seine Vorbehalte zu bestätigen.

»Was wollen Sie denn von uns? Sind Sie hinter dem Sazuka her?«

»Nein, er hat mich beauftragt.«

Kluftinger verstand die Welt nicht mehr.

»Schauen Sie doch mal.« Baum zeigte auf die Visitenkarte. *Voreheliche Untersuchung* stand unter dem Namen der Detektei.

»Was soll das bedeuten?«

»Das ist in Asien so üblich, dass die, wenn sich die Kinder im Ausland verlieben, die Zukünftigen überprüfen lassen. Könnte ja sonst jemand über ihre Töchter herfallen oder die Familie ins Unglück stürzen. Wie heißt es so schön? Drum prüfe, wer sich ewig bindet …«

»Passen Sie auf, was Sie sagen.«

Der Detektiv hob beschwichtigend die Hande. »Ich will ja nur die Sache erklären. Seit die Asiaten ihre Kinder oft zum Studieren ins westliche Ausland schicken, ist das ein einträglicher Geschäftszweig für uns geworden. Kann man ja auch irgendwie verstehen, dass die wissen wollen, mit wem sich die Kinder so abgeben, um nicht die Katze im Sack zu kaufen.«

Der Kommissar schluckte. Jetzt passte alles zusammen, natürlich, das ergab durchaus Sinn, und er meinte sogar schon einmal etwas in dieser Richtung gelesen zu haben. Aber dass es gleich ein ganzer Geschäftszweig war … »Wie viel kriegen Sie denn dafür, dass Sie uns ausspionieren?«

»Das ist mein Geschäftsgeheimnis.«

Der Kommissar kniff die Augen zusammen, und der andere verstand.

»So fünftausend Euro werden's am Schluss schon sein.«

»Fünf…?« Davon hätte man ja fast die ganze Hochzeit bezahlen können. »Aber warum haben Sie mich im Dienst beschattet?«

»Hab ich doch gar nicht.«

»Freilich, Sie waren doch in Memmingen auf der Messe.«

»Ach das, das war ein ungeplanter Einsatz. Der Herr Sazuka hat mich angerufen, Sie seien so überstürzt aufgebrochen, das komme ihm verdächtig vor, und ich solle das mal überprüfen.«

Sein japanischer Hausgast würde von ihm aber ganz schön was zu hören bekommen, nahm sich Kluftinger vor. »Was sollen Sie denn so in Erfahrung bringen?«, wollte er noch wissen.

»Das Übliche: Was ist das für eine Familie, in die die Tochter da einheiratet, ist der Zukünftige gesund, ist er fromm, trinkt er, ist er bisexuell …«

»Bitte?«

»Interessierte die halt.«

»Und?«

»Und was?«

»Trinkt er? Ist er … das eine?«

»Er ist doch Ihr Sohn.«

»Eben.«

»Nein, alles in Ordnung.«

Kluftinger wusste nicht, warum, aber er war erleichtert.

»Bis auf …«

»Ja?«

»Na ja, er geht schon mal gern feiern und lässt dafür die eine oder andere Vorlesung sausen.«

»Hab ich's mir doch gedacht.« Auch mit Markus würde er wohl mal ein ernstes Wörtchen reden müssen.

»Mögen die nicht, die japanischen Väter.«

»Soso«, entgegnete der Kommissar grimmig. Er dachte angestrengt nach. Dann hellte sich seine Miene auf. »Bloß gut, dass er davon nix erfährt.«

»Also, ich werd ihm das natürlich …«

»Sie werden gar nix. Oder wollen Sie wirklich, dass wir Sie wegen Nötigung, Stalking eines Polizeibeamten und … allerlei anderer Sachen drankriegen? Und außerdem auf Ihre Entlohnung verzichten, weil ich dem Herrn Sazuka erzählen muss, wie leicht Sie zu durchschauen waren?«

Baum schien seine Möglichkeiten abzuwägen. »Also gut, dann lass ich das eben weg.«

»Auf jeden Fall. Aber Sie werden noch viel mehr machen. Sie werden ihm unsere Familie in den schönsten Farben beschreiben, so schön, dass, sollte Yumiko nicht eh schon den Markus wollen, er sie mit ihm zwangsverheiraten würde.«

Der Detektiv presste ein »Von mir aus!« zwischen den Zähnen hervor.

Sie rappelten sich hoch, und Kluftinger streckte die Hand aus, die Baum nach einigem Zögern ergriff. »Ich hoffe, wir haben uns verstanden«, versicherte sich der Kommissar noch einmal.

»Jaja, ist ja schon gut. Mir doch egal, Hauptsache, ich krieg meine Kohle.« Mit diesen Worten drehte sich der Detektiv um und stapfte, sich den Staub von der Kleidung klopfend, davon.

Da kam Kluftinger noch eine Idee: »Moment«, rief er Baum zurück.

Der drehte sich langsam um. »Ehrlich, ich krieg das hin, ich …«

»Passt schon, ich mein was anderes. Wenn der Sazuka seinen Geldbeutel schon so locker sitzen hat, dann sollten Sie ihn vielleicht noch über den wichtigsten deutschen Hochzeitsbrauch überhaupt aufklären …«

»Habt ihr so eine Figur schon mal gesehen?« Kluftinger hielt seinen Kollegen eine durchsichtige Tüte hin. Darin hatte er den Engel aus der Dose inzwischen verpackt, es war ja nicht auszuschließen, dass Willi daran irgendwelche Spuren finden würde, die ihnen weiterhalfen – auch wenn er im Moment keine Idee hatte, welche das sein könnten.

»Ja, das ist ein Engel. Ein betender Engel, um genau zu sein«, sagte Maier nach einem flüchtigen Blick darauf.

»Danke für diese Expertise«, erwiderte Kluftinger sarkastisch. Dann erklärte er seinem vollständig versammelten Ermittlerteam, wo er das Stück gefunden hatte. Sofort hatte er ihre ungeteilte Aufmerksamkeit.

»Hast du den Baron gefragt, was das zu bedeuten hat?«, fragte Strobl.

»Wollt ich ja, aber er ist weggefahren.«

»Und er hat das verbuddelt?«

»Nein. Ja – was weiß ich. Wo ist denn der Willi, der soll das auf jeden Fall untersuchen.«

»Immer da, wo man ihn braucht«, schallte Renns Stimme von der Tür zu ihnen herüber. Sie drehten sich um. »Womit kann ich denn Licht ins Dunkel eurer schlichten Gemüter bringen?«

Noch einmal erzählte Kluftinger die Geschichte von seinem Zufallsfund.

»Und du hast gesehen, wie er das da vergraben hat?«, erkundigte sich Renn.

Unsicher blickte der Kommissar in die Runde. Die Sache mit dem Dachs hatte er bei seinen Schilderungen ausgespart. Er hielt es für besser, es auch dabei zu belassen. »Nein, hab ich nicht. Ich bin da so gelaufen und hab mit dem Fuß in der Erde … also, das hat sich komisch angefühlt, und da … hab ich eben gegraben. Und die Figur in einer Blechdose gefunden.«

Willi Renn blickte misstrauisch zurück, sagte aber nichts dazu.

»Meinst du, du findest da was dran?«, bat Kluftinger ihn um eine Einschätzung.

Der Erkennungsdienstler wiegte den Kopf hin und her. »Hm,

schwierig, wenn das eingegraben war. Kommt auch drauf an, wie lange. Hast du die Dose auch dabei?«

Kluftinger gab ihm eine weitere Plastiktüte.

»Ich geb wie immer mein Bestes.« Mit diesen Worten nahm Renn den Engel und das andere Fundstück an sich und verabschiedete sich wieder.

»Wir müssen auf jeden Fall den Baron fragen, was das zu bedeuten hat«, sagte der Kommissar.

»Vielleicht hat er es für seine Frau hinterlegt«, vermutete Maier.

Hefele nickte. »Könnt schon sein. Ihr Leichnam ist ja noch nicht freigegeben, und bis er ein Grab hat, an dem er trauern kann …«

Kluftinger nickte. »Das würde zu ihrem Jahrestag passen«, sagte er beiläufig.

»Welcher Jahrestag?«, wollte Strobl wissen.

»Der Dreizehnte, also gestern. Das Datum stand auch auf dem Stammbaum, bei den Namen von den beiden. Ist wohl ihr Verlobungsdatum.« Er klatschte die Hände zusammen. »Also, dann lasst uns mal unserem Tagwerk nachgehen.«

Die nächsten Stunden verbrachten sie mit Routinearbeiten, auch wenn es Kluftinger schwerfiel, sich darauf zu konzentrieren. Immer wieder kehrten seine Gedanken zu dem geheimnisvollen Fund zurück. Seine Kollegen betrachteten ihn jedoch als nebensächlich und verstanden nicht, warum er dauernd damit anfing. Auch ein Anruf beim Baron hatte nichts ergeben: Er hatte behauptet, von der Dose nichts gewusst zu haben, und bestritt, dort im Wald jemals etwas vergraben zu haben. Kluftinger glaubte ihm zwar kein Wort, aber solange sie nicht das Gegenteil beweisen konnten, etwa durch Fingerabdrücke auf den Fundstücken, hatte er keinerlei Handhabe.

So lief der Tag für den Kommissar ziemlich schleppend, bis gegen vierzehn Uhr das Telefon klingelte – zum ersten Mal an diesem Tag. Dankbar für die Ablenkung, nahm er ab, fest entschlossen, den Anrufer, wer immer es auch sein mochte, in ein längeres Gespräch zu verwickeln. »Ja, Kluftinger?«

»Hölzle hier, grüß Gott, Herr Kommissar.«

»Grüß Gott, Herr … Hölzle.«

Eine Weile blieb es still, dann sagte die Stimme: »Sie wissen doch noch, wer ich bin?«

»Jaja, freilich«, log Kluftinger. »Sie sind … der Herr Hölzle?«

»Der Leiter des Strigel-Museums …«

Jetzt fiel es Kluftinger wieder ein. »… in Memmingen. Ich sag doch, dass ich Bescheid weiß.« Er erinnerte sich an den furchtbar schlechten Atem des Mannes und war dementsprechend froh, dass er ihn nur am Telefon hatte. »Was kann ich denn für Sie tun, Herr Hölzle?«

»Sie für mich? Da fällt mir im Moment beim besten Willen nichts ein. Aber ich kann vielleicht noch was für Sie tun.«

»So?« Kluftinger war gespannt.

»Nachdem Sie bei mir waren, hat es nicht aufgehört zu arbeiten.«

»Was denn?«

»Na, mein Gehirn. Aber jetzt lassen Sie mich doch ausreden. Also, die grauen Zellen waren in Bewegung. Außerdem, das muss ich zugeben, war ich an meiner Forscherehre gepackt. Leider verkümmert dieser Teil meiner beruflichen Qualifikation hier ja immer mehr, aber das ist eine andere Geschichte. Jedenfalls hat es mich nicht mehr losgelassen, was Sie über das Bild gesagt haben.«

»Mhm.« Der Kommissar wusste nicht mehr, was er alles von sich gegeben hatte.

»Und ich habe tatsächlich eine Erklärung gefunden, warum die Frau, wie von Ihnen ganz korrekt bemerkt, so komisch ins Leere schaut.«

Jetzt wurde Kluftinger hellhörig. »Und?«

»Das Bild ist übermalt worden.«

»Gibt's nicht!«, rief er überrascht aus. Waren sie auch noch einem Kunstskandal auf der Spur? »Wann denn?«

»Muss so um die Entstehungszeit herum gewesen sein.«

Kluftinger entspannte sich wieder. Dann war die Sache auf jeden Fall verjährt.

»Über die Familiengeschichte der abgebildeten Personen sind Sie informiert?«

»Ja, da hab ich mich schlaugemacht.«

»Gut, dann wird Sie das Originalmotiv des Gemäldes nicht überraschen. Ich bin in der einschlägigen Literatur auf Vorzeichnungen dazu gestoßen. Es wird wohl das Beste sein, wenn ich sie Ihnen einfach mal durchfaxe. Wenn Sie noch Fragen dazu haben, können Sie mich ja anrufen.«

Kluftinger bedankte sich, legte auf und eilte zum Faxgerät. Er war gespannt, was er gleich zu sehen bekommen würde.

»Na, Herr Kluftinger, wieder 'ne Weinbestellung, die die Chefin nicht sehen soll?« Seine Sekretärin grinste süffisant, als er ungeduldig neben dem Gerät stand.

»Wie? Ach so, nein, was ... Dienstliches.«

»Verstehe. Und sonst? Läuft alles mit der Hochzeit?«

Kluftinger war im Moment gar nicht nach Smalltalk. »Ja, freilich, läuft«, gab er kurz zurück. »Und bei Ihnen?« Er wartete keine Antwort ab, denn das Faxgerät setzte sich in Betrieb, und er riss das Blatt förmlich heraus. Es zeigte eine dürftige Schwarzweißkopie des Gemäldes, das er bereits kannte. Allerdings mit einem entscheidenden Unterschied: Auf diesem hier waren zwei Kinder abgebildet.

Eine halbe Stunde saß er nun schon an seinem Schreibtisch und starrte auf das Fax. Die Euphorie der ersten Minuten war längst verflogen. Sicher, es war eine neue Information, und sie wussten nun, warum die Frau so komisch dreinblickte.

Aber das mit den Kindern war ihm ja seit seinem Besuch in der Klosterbibliothek bekannt gewesen. Und dass diese Übermalsache etwas mit ihrem Fall zu tun hatte, schien ihm immer unwahrscheinlicher, je länger er darüber nachdachte. Immerhin war das bereits vor vielen hundert Jahren passiert.

Seufzend legte er das Papier zur Seite und nahm sich noch einmal die Akte mit den bisherigen Ermittlungsergebnissen vor. Zum einen brauchte er eine Ablenkung, zum anderen hoffte er, auf irgendetwas zu stoßen, was die Dinge vielleicht doch in einen Zusammenhang brachte. Er blätterte lustlos in dem Ordner herum. Nein, es sah nicht so aus, als ob … Sein Unterbewusstsein hatte sich gemeldet: Etwas, das er gelesen hatte, hatte in einem abgelegenen Winkel seines Hirns eine Art Hinweiston ausgelöst, ohne dass er hätte sagen können, warum.

Er schaute sich die Seite noch einmal genau an, die er gerade aufgeschlagen hatte. Es war der Lebenslauf des Mordopfers mit den relevanten Daten wie Geburtstag, Schulabschluss, Umzüge, Hochzeit, ein längerer Krankenhausaufenthalt, ein …

War das möglich?

Er blätterte ein paar Seiten weiter. Dort standen seine eigenen Berichte, alles, was er für die Ermittlungen für relevant hielt. Er fuhr mit den Fingern zu einer bestimmten Stelle, einem Datum: der 13. Oktober 1989. Gestern vor fünfundzwanzig Jahren. Das Datum, das auf dem Stammbaum handschriftlich vermerkt worden war, um irgendwann wieder ausradiert zu werden. Das, von dem der Baron behauptet hatte, es sei ihr Verlobungsdatum gewesen.

Der Kommissar blätterte zurück zu dem Blatt mit den Angaben zur Baronin. Er suchte das Datum ihrer Hochzeit: 17. Mai 1985. Kluftinger stieß die Luft aus. Wenn das stimmte, dann hatte der Baron gelogen. Denn die Menschen verlobten sich für gewöhnlich vor ihrer Hochzeit, nicht danach.

28

Bis zum Feierabend hatte Kluftinger im Büro halbherzig Dinge aufgearbeitet, die seit jener Nacht liegengeblieben waren, in der die Baronin ermordet worden war.
Den Baron hatte er bisher nicht erreicht, um ihn nach der Diskrepanz in den Daten zur Rede zu stellen. Auch wenn sie den Täter dingfest gemacht hatten – die Ermittlungsarbeit war damit noch lange nicht getan. Allein, was in dessen Umfeld an Spuren gesichert, an Befragungen durchgeführt und an Fakten dokumentiert werden musste, würde sich mit Sicherheit noch über Wochen hinziehen. Ein Geständnis vom Apotheker Prinz würde die Lage um einiges einfacher machen, doch die Befragungen dauerten noch an.

Unzufrieden über einen vergleichsweise unproduktiven Tag, war er schließlich nach Hause gefahren. Jetzt zog er seine Haustür hinter sich zu und war nicht in der Stimmung für Gesellschaft, doch die ließ sich im Moment nun mal nicht umgehen. Er stellte also seine Tasche ab und steuerte die Küche an, wo Erika gerade mit Yumiko und deren Mutter am Küchentisch saß. Ein altes Fotoalbum mit Kinderbildern von Markus lag vor ihnen. Er grüßte mit einem Kopfnicken in die Runde, drückte Erika einen flüchtigen Kuss auf die Backe und nahm sich eine Flasche Bier aus dem Kühlschrank.

Die sah auf und sagte nur: »Du, Butzele, frag doch bitte den Yoshifumi, ob er auch was trinken möchte, er ist drüben im Wohnzimmer und surft ein bissle.«

»Was macht der?«

»Er hat sich eine Mobilkarte für sein Tablet gekauft, weil wir ja kein WLAN haben. Das war heut auch ganz praktisch für uns.«

»Wie das?«

»Wir waren in Füssen und dann in Schwangau am Schloss Neuschwanstein, da hat er ganz viel gegoogelt und uns dann erklärt.«

Yumikos Mutter begann plötzlich zu kichern. Erika wandte sich ihr zu und grinste ebenfalls. »Italien«, sagte sie und deutete auf ein Foto von Kluftinger in einer unvorteilhaften Badehose.

»Soso«, brummte der. »War's denn schön in Füssen?«

Die beiden Japanerinnen nickten eifrig, und Erika sagte mit einem leisen Vorwurf in der Stimme: »Nur schad, dass du wieder nicht dabei sein konntest.«

»Ja, find ich auch, aber so isches halt«, erwiderte er mit betont leidender Miene. Dann angelte er sich seinen Steingutkrug aus dem Schrank, schenkte sich das Bier ein und ging ins Wohnzimmer.

Yoshifumi sprang förmlich aus dem Sessel, als Kluftinger eintrat. »Hello, Kluftinger-san. We had nice day. You too?«

»Nein, nice war's nicht grad, eher ein Haufen Arbeit. You want what to drink?«

»Hai.« Er blickte lächelnd auf Kluftingers Krug, was diesen wunderte, schließlich hatte ihm Yumiko doch erst vorgestern erklärt, ihr Vater vertrage kein Bier. Na ja, der Mann würde schon selbst wissen, was gut für ihn war.

»Ich hol eins!«

»Aaahhh…«, seufzte Kluftinger nach dem ersten Schluck, und Sazuka imitierte ihn. Sie sahen sich in die Augen und lachten auf.

»Allgäu-Bier is good, gell?«

»Hai.«

Kluftinger fühlte sich entspannt. Und das nicht, *obwohl* er nicht allein war, sondern gerade *deswegen*.

»You want to see pictures?« Sazuka hielt sein flaches Computerdings hoch, das für Kluftinger aussah wie ein platt gewalztes Handy.

Kluftinger nickte und sagte freundlich lächelnd: »Wenn's sein muss …«

Der Asiate wischte auf seinem Gerät herum und zeigte ihm eine nicht enden wollende Reihe von Bildern. Sie waren alle nach dem gleichen Muster aufgebaut: Sazukas vor dem Schloss, Sazukas vor Bergen, Sazukas vor Souvenirgeschäften mit japanischer Werbung, Sazukas vor der Füssener Pfarrkirche. Ganz vereinzelt waren auch mal Markus oder Erika auf den Bildern zu sehen.

Der Kommissar streute in die Flut der gleichförmigen Darstellungen wahllos ein paar interessiert klingende Kommentare wie »Ah, you before se Schloss« ein, was Sazuka offenbar ermunterte, nach dem Abendessen auch alle anderen Fotos zu zeigen, die er seit seiner Ankunft in Europa geschossen hatte.

Irgendwann konnte der Kommissar nicht mehr und erhob sich: »So, das war jetzt ja nett. Dann geh ich aber mal ins Bad.«

»Hai. I like it«, sagte Yoshifumi Sazuka strahlend.

»What jetzt?«

»Having bath.«

»Nein, weil I go.«

»Hai, Kluftinger-san. Thank you for great honour.«

Der Kommissar verstand nicht recht, warum es der Asiate als ehrenvoll empfand, wenn Kluftinger nun seiner Körperpflege nachging, aber er hatte sich angewöhnt, in solchen Fällen gar nicht mehr nachzufragen.

Kaum dass er sich ins Wasser hatte sinken lassen, fühlte Kluftinger, wie die Last des Alltags von ihm abfiel und seine verspannte Rückenmuskulatur sich lockerte. Er spielte versonnen pfeifend mit den Schaumbergen in der Wanne. Fast wünschte er sich, wieder Kind zu sein, dann hätte er wie damals das Bad mit einer Rundfahrt seines hölzernen Schiffchens krönen können. Aber

Erika würde ihn wohl sofort zu Doktor Langhammer schicken, sollte er in seinem Alter wieder damit anfangen.

Er ließ gerade etwas warmes Wasser nach, als er sie rufen hörte.

»Ich bin in der Badewanne, zefix!«

Dann ging die Tür auf, und seine Frau streckte den Kopf herein.

»Da ist der Richard Maier, er sagt, er muss dich ganz dringend sprechen.«

»Was? Der Maier ist da?«

»Also, am Telefon.«

»Dann gib's halt her!«

»Nein, ich hab erst letzte Woche ein neues gekauft, weil es dem Markus in die Wanne gefallen ist.«

»Erika, ich pass doch auf!«

»Nein.«

»Dann sag dem Richard, ich ruf zurück.«

»Das geht nicht, ich soll dich unbedingt gleich holen, hat er gesagt.«

»Himmelherrgottkreizkruzifix!«, schimpfte Kluftinger und stieg tropfend aus dem Wasser. Er langte nach dem großen Handtuch, rubbelte sich notdürftig ab, schlüpfte in seinen Frotteebademantel und stapfte nass und barfuß in den Hausgang, das Handtuch schützend über den Kopf gelegt. Er nahm das Telefon und huschte ins Schlafzimmer.

Richard Maier eröffnete ihm aufgeregt, dass Karl Prinz nach langer Befragung endlich den Mord an der Baronin gestanden habe. Nachdem sie ihm das Messer noch ein wenig mehr auf die Brust gesetzt hätten, sei er schließlich eingeknickt.

»Ja, leck!«, entfuhr es dem Kommissar. Damit hatte er so bald nicht gerechnet. »Aber ganz ehrlich, Richie, hat das jetzt sein müssen, dass ich deswegen aus der Badewanne steig, hm?«

»Für mich wär's auch okay gewesen, wenn du dringeblieben wärst, Chef! Ich hab keine Angst vor deiner Nacktheit, also … wenn's nur am Telefon ist, zumindest.«

Kluftinger hörte die anderen Kollegen im Hintergrund lachen. Anscheinend hatte Maier den Lautsprecher an. Der Kommissar verabschiedete sich mit knappen Worten, zog die Schlafzimmertür vorsichtig auf und spitzte nach draußen. Er musste schnell wieder in die Wanne, hier war es entschieden zu kalt, so nass, wie er war. Auf Zehenspitzen huschte er also wieder ins Bad, zog die Tür zu, sperrte diesmal aber ab. Jetzt würde ihn keiner mehr stören können. Pfeifend ließ er den Bademantel zu Boden sinken, schmiss das Handtuch in die Ecke und warf einen prüfenden Blick in den Spiegel. Er schien ein paar Pfund abgenommen zu haben, was bei dem Stress der letzten Zeit kein Wunder war. Aber die schmalere Silhouette stand ihm gut, fand er, und er streichelte sich selbst anerkennend über den seiner Meinung nach kaum noch erkennbaren Bauch. Dann drehte er sich um.

»Jessesmariaundjosef!« Sein Herz übersprang zwei Schläge. Er schloss die Augen. Das konnte nicht sein, er musste in irgendeinem schlimmen Traum sein, oder jemand hatte ihm etwas ins Bier gemischt. Doch nachdem er die Augen wieder öffnete, bot sich ihm noch immer dasselbe bizarre Bild: In der Wanne lag, in seinem Badewasser, mit seinem Schaum und seinem Bierglas am Rand, Yoshifumi Sazuka.

Der wandte erschrocken den Kopf ab, als er sah, dass er sich auf einer Höhe mit Kluftingers nackter Körpermitte befand.

Der Kommissar hob hastig seinen Bademantel auf, wandte sich ab und zog ihn sich über. Als er sich wieder umdrehte, lächelte ihn der Japaner freundlich an.

»Excellent temperature, Kluftinger-san.«

Kluftinger schluckte. Der Mann schien zu wissen, dass es sich um sein Wasser handelte. »Not fresh«, stammelte er.

»Thank you. Good shampoo.«

»Tannennadel. Aber ich war schon da drin, you know?«

»Hai. Thank you.«

Kluftinger wartete darauf, dass der Mann verstand, worauf er sicherlich sofort aus der Wanne springen würde. Doch Sazuka ließ sich selig lächelnd noch tiefer ins Wasser gleiten und fragte: »Looking forward to wedding?«

Wollte der Mann jetzt allen Ernstes ein Gespräch über die

Hochzeit mit ihm beginnen? Hier im Bad? Nackt, wie Gott oder Shinto oder wer auch immer ihn geschaffen hatte? Der Kommissar holte Luft, um dem Mann noch einmal das Missverständnis zu erklären, doch er merkte, dass es keinen Sinn hatte. Kopfschüttelnd und ohne weitere Worte ging er aus dem Badezimmer. Was hätte er auch sagen sollen?

Er schlurfte verstört ins Schlafzimmer und ließ sich aufs Bett nieder. Er wusste nicht, wie lange er dort gesessen hatte, bis sich die Tür öffnete und Erika hereinkam.

»Jetzt zieh dich halt an, wir haben doch Gäste.«

»Was du nicht sagst. Und einer von denen liegt gemütlich in meinem Badewasser!«

»Was?«

»Der Sazuka hat sich einfach in mein Badewasser reingelegt und schaut ehrlich gesagt nicht so aus, als würde er da so schnell wieder rausgehen.«

Erika sah ihn besorgt an. »Butzele, hast du Fieber? Oder hast du wieder so kochend heiß gebadet?« Sie langte ihm prüfend an die Stirn.

Er wischte ihre Hand gereizt weg. »Schmarrn. Der Joschi hat gesagt, es wär genau die richtige Temperatur.«

»Wollt ihr mich jetzt beide auf den Arm nehmen?«

»Erika, wenn ich dir schwör, dass sich der da reingelegt hat. Vielleicht hat er doch zu viel Bier …«

»Darf ich mich da ganz kurz einmischen?« Yumikos Stimme drang durch die Tür zu ihnen.

»Ja, komm doch rein, Miki«, rief Erika, worauf Kluftinger ihr einen vorwurfsvollen Blick zuwarf und den Bademantel zurechtzupfte.

Sie trat ein, ihren Verlobten im Schlepptau.

»Ja, immer rein mit euch allen«, schimpfte der Kommissar.

»Ich hätt uns den Anblick auch gern erspart«, seufzte Markus.

»Entschuldigung«, begann Yumiko, »aber ich glaube, ich kann das Missverständnis aufklären. Mein Papa hat da einfach was falsch verstanden. Tut mir wirklich total leid. Bei uns in Japan ist es üblich, dass man abends badet. Der Ranghöchste, also das Familienoberhaupt beginnt, dann geht es der Reihe nach an die Kinder, als Letztes dann die Frau.«

»Um Gottes willen, ist das eine Wasservergeudung! Was das kostet …«, platzte der Kommissar heraus, schob dann aber nach: »Ich mein, das hätte er doch sagen können, dass er baden will.«

»Nein, weißt du, in seiner Sichtweise musste er warten, bis du den Anfang machst. Er hätte nie als Erster im Wasser gebadet, sondern dir als Hausherrn immer den Vortritt gelassen. So ist er nun mal. Obwohl man es auch so sehen könnte, dass er als Gast zuerst ins Wasser kann …«

»Ihr badet alle im gleichen Wasser?«, fragte Erika baff.

»Ja, so haben wir das früher zu Hause auch gehalten.«

»Jesses, das ist aber auch nicht grad nach den neuesten Hygienevorschriften!« Kluftinger verzog das Gesicht.

»Gruslig«, kommentierte Markus.

»Ach, weißt du, alle sind ja vorher geduscht und haben sich intensiv gereinigt, bevor sie in die Wanne steigen.«

»Aha, verstehe«, murmelte der Kommissar kleinlaut. Anscheinend war Sazuka davon ausgegangen, dass Kluftinger nicht zur Reinigung in die Badewanne gestiegen war.

»Macht ihr zwei das dann auch?«, fragte Erika Markus und Yumiko mit einem unsicheren Lächeln.

»Wir? Nein, Mutter, also, wenn wir schon mal baden, was selten genug vorkommt, dann eher zusammen, gell, Miki?« Mit diesen Worten legte Markus seiner Verlobten einen Arm um die Taille und zog sie sanft an sich.

Kluftinger wollte etwas erwidern, doch dann überlegte er es sich anders. »Wisst's ihr was? Mir reicht's für heut, ich geh schlafen. Also, alle raus und gut Nacht! Und denkt's dran, dass der Letzte dann mein Badewasser auslässt, gell?«

29

Kluftingers Nacht war grauenhaft gewesen, und hätte er dies morgens nicht mit jeder Faser seines Körpers gespürt, so hätte es ihm sein eigenes Spiegelbild verraten: Die Augen geschwollen und mit dunklen Schatten, das graue Gesicht zerknautscht, stand er gähnend am Waschbecken.
Er hatte sich in den letzten Stunden immer wieder von einer Seite seines Bettes auf die andere gewälzt, aber lange Zeit keinen Schlaf gefunden. Bilder waren ihm durch den Kopf geschossen, keine Traumbilder, aber doch surreal. Grabende Dachse, düstere Wälder, betende Engelsstatuen, Märchenfiguren, Kreuze, verdorrte Blumen ... Das alles verdichtete sich zu einem Strom, der in Kluftinger ein unbestimmtes, aber überwältigendes Gefühl des Unbehagens erzeugte. Er wusste genau, dass sein Unterbewusstsein versuchte, ihm irgendetwas mitzuteilen, doch es war noch zu schemenhaft, zu wenig greifbar.

Erst mit den Sonnenstrahlen der Morgendämmerung waren seine Gedanken klarer geworden – und schlagartig hatte er gewusst, was zu tun war. Beruhigt machte sich eine bleierne Schwere in ihm breit, und er schlief wenigstens noch eine Stunde lang tief und fest. Allerdings bei weitem nicht lange genug, als dass er damit den Rest der durchwachten Nacht wettgemacht hätte.

Gähnend bereitete er das Frühstück vor, wobei er diesmal vorsorglich gleich ein zweites Gedeck auftat. Und tatsächlich musste er nicht lange warten, bis sich Yoshifumi Sazuka zu ihm gesellte. Er wirkte erschrocken wegen Kluftingers desolater Erscheinung und erkundigte sich, ob er krank sei.

»No sleep – die ganze Nacht«, versuchte ihn Kluftinger zu beruhigen. »Always … up and down. Up, down, up, down. Ahh!«

Sazukas Miene hellte sich deutlich auf. »Understand.« Er drohte dem Kommissar scherzhaft mit dem Zeigefinger: »You're bad man, Kluftinger-san. You're very, very bad man.« Der Japaner grinste breit, und der Kommissar freute sich darüber, dass sie sich so gut verstanden.

Der Rest des Frühstücks verlief wie immer: schweigen, anlächeln, nicken.

Als würden sie das schon jahrelang zusammen machen.

»Er hat … was?« Kluftinger glaubte, sich verhört zu haben.

»Er hat sein Geständnis widerrufen«, wiederholte Maier. »Sagt, er hätte nur gestanden, weil er unserem Druck nicht mehr standgehalten hat und endlich seine Ruhe wollte.«

»Waren wir vielleicht zu forsch? Also, ihr …«, fragte Kluftinger in die Runde seiner Kollegen, die um seinen Schreibtisch herumsaßen.

»Du glaubst den Schmarrn doch nicht etwa?«, äußerte sich Hefele besorgt.

Der Kommissar dachte nach: Tat er das? Vielleicht, vielleicht auch nicht. Eigentlich war er im Moment mit seinen Gedanken ganz woanders. »Ich würd heut gern noch mal zum Schloss«, begann er vorsichtig.

»Zum Schloss? Was willst du denn da noch?«, wollte Strobl entgeistert wissen.

»Ich würd gern was nachschauen.«

Die Kollegen schauten sich mit zusammengezogenen Brauen an.

»Aha. Und wo genau?«, erkundigte sich Hefele.

»Also, im Märchenwald.«

Sie schwiegen.

»Mehr so … unterirdisch.«

»Hast du Fieber?«

Dann brach es aus Kluftinger heraus. Er erzählte ihnen von seinen dunklen Ahnungen, davon, was die geheimnisvolle Engelsfigur in ihm ausgelöst hatte, dass er das Gefühl habe, irgendetwas ruhe dort noch immer in der Erde, und es sei an ihm, das ans Tageslicht zu bringen. Mehr sagte er nicht, auch wenn seine Ahnung wesentlich konkreter war, als er zugab.

Er wappnete sich gegen den Widerstand seiner Kollegen, doch der blieb aus. Strobl sagte: »Also, wenn ich eins gelernt hab, seit ich hier bin, dann das: Wenn du schon mal eine Ahnung hast, solltest du ihr nachgehen. Man weiß nie, ob nicht doch was dabei rauskommt.«

»Danke.« Kluftinger war erleichtert.

»Ob du allerdings den Staatsanwalt überzeugen kannst, steht auf einem anderen Blatt«, gab Hefele zu bedenken.

»Und der Willi wird auch nicht grad begeistert sein«, fügte Maier an.

Zumindest mit Letzterem sollte er recht behalten. Der Leiter des Erkennungsdienstes saß mürrisch neben Kluftinger im Auto und drückte durch eisernes Schweigen seinen Unmut über diesen unfreiwilligen Ausflug aus. Der Staatsanwalt war leichter zu überzeugen gewesen, aber für Kluftinger war das nach all den Jahren keine große Überraschung.

Als sie am Schloss angekommen waren, stieg Renn aus und schaute mit verkniffener Miene in den Himmel: »Toll, wahrscheinlich fängt's gleich auch noch an zu schiffen«, schimpfte er beim Anblick der dunklen Wolken, die sich über ihnen zusammenzogen. Wie zur Bestätigung trafen sie auch schon die ersten Tropfen. »Was sag ich!«

Kluftinger schnaufte vernehmlich. »Also weißt du, Willi, dafür kannst du mich nicht auch noch verantwortlich machen.« Dann stapfte er los, um den Baron zu suchen.

Doch wieder einmal fand er ihn nicht. Er sei vor etwa einer Stunde weggefahren, berichtete die Pawlowicz, wohin, wisse sie nicht, und es sei ihr auch »scheißegal«. Kluftinger seufzte über ihren Zusatz und ging zurück zum Parkplatz. Dort waren inzwischen die anderen Polizisten eingetroffen, die ihnen bei seinem Vorhaben helfen sollten. Der Kommissar betrachtete die vier Beamten: Besonders sportlich sah die Truppe nicht aus, am kräftigsten wirkte noch die einzige Frau unter ihnen.

»Also, pack mer's«, sagte er und ging mit großen Schritten voraus in Richtung Märchenwald. Die anderen schnappten sich ihre Werkzeuge – Spitzhacken und Schaufeln – und folgten ihm.

Je weiter sie gingen, desto heftiger wurde der Niederschlag, und als sie den Wald betraten, war es so dunkel, dass sie unwillkürlich langsamer gingen. Immerhin kam der Regen kaum noch durch die dicht gewachsenen Baumkronen. Kluftinger führte sie zu der Stelle, an der er die Schatulle gefunden hatte.

»Wenn ihr da bitte graben würdet.«

»Dürften wir jetzt wenigstens erfahren, wonach?«, fragte Renn.

Kluftinger überlegte kurz, ob er ihn einweihen sollte, entschied sich aber dagegen und erklärte: »Ich weiß es nicht genau, aber irgendwas werden wir schon finden, keine Sorge.«

Renn zuckte die Achseln und gab den anderen einen Wink, anzufangen. Der Kommissar stellte sich etwas abseits und beobachtete die Beamten bei ihrer Arbeit. Währenddessen blickte er sich immer wieder um und hielt Ausschau nach dem Dachs, auch wenn es wenig wahrscheinlich war, dass er auftauchen würde.

Etwa eine Stunde stand er so da. Seine Kleidung fühlte sich inzwischen klamm an, und er begann zu frieren. Daher lief er etwas herum, allerdings ging er nie so weit weg, dass er seine Kollegen nicht mehr sehen konnte. Er blieb vor einem Häuschen stehen, das sich unterhalb der Grabungsstelle und des darauf folgenden Rumpelstilzchen-Ensembles befand. Es sollte wohl die Geschichte von Aschenputtel darstellen, denn es zeigte ein in Lumpen gekleidetes Mädchen mit einer Schüssel auf dem Boden, umringt von einem Schwarm Tauben. Allerdings schien es, als hätten die Vögel dem Mädchen das Gesicht zerhackt, so löchrig war es.

Nach dieser Darstellung war der Märchenwald zu Ende, der Weg verlor sich im Dickicht des Waldes. Er ging noch ein paar Schritte weiter, da hörte er auf einmal Willis Stimme: »Klufti?« Er schluckte und lief zurück, so schnell er konnte.

»Habt ihr was?«

»Natürlich nicht.«

Der Kommissar wusste nicht, ob er erleichtert oder enttäuscht sein sollte. »Was schreist du denn dann so?«

»Weil ich wissen will, wie lange wir hier noch weitermachen sollen, bis du auch glaubst, dass wir hier nix finden.«

Er schaute auf die Stelle, an der die Beamten gruben: Das Loch war jetzt etwa so groß wie ein Sandkasten und ungefähr einen halben Meter tief. Ringsherum war alles schlammig und rutschig, die Hosen und Stiefel der Polizisten waren über und über mit Dreck besudelt.

»Klufti! Was suchst du denn eigentlich, Herrgott, jetzt sag's doch mal.«

»Ich … also, was soll ich … ich mein …«

»Herr Renn?«

»Was denn?« Willi bellte die Frage in Richtung der Frau.

»Sie sollten sich das vielleicht mal ansehen.«

Der Kommissar und der Erkennungsdienstler wechselten einen Blick.

Die Frau deutete auf den schlammigen Boden. Auch die drei Männer hatten aufgehört zu graben und blickten auf die Erde. Kluftinger verstand erst nicht, worauf sie da zeigte, er sah nur Dreck, Schlamm und einen faustgroßen Stein. Doch dann nahm die Frau ihren Spaten und drehte vorsichtig den Stein. Der Kommissar meinte, einen eisigen Hauch zu spüren, als er realisierte, worauf sie da starrten: Es war kein Stein, sondern ein winziger Totenschädel.

Er wusste nicht, wie lange sie so dagestanden hatten, die Augen entsetzt auf die menschlichen Überreste vor ihnen geheftet. Inzwischen war die Erkenntnis wie ein Donnerschlag in sein Bewusstsein gedrungen: Es war nicht irgendein beliebiger Totenkopf, der da vor ihnen lag. Es war der Schädel eines Kindes. Eines Babys sogar.

»Mein Gott«, hauchte Willi Renn tonlos. Mehr wusste auch er nicht zu sagen. Kluftinger hatte seinen Kollegen selten so bestürzt gesehen. In diesem Augenblick knackte hinter ihnen ein Ast. Sie fuhren herum und blickten in das nicht minder erschrockene Gesicht des Barons. Er stand etwa fünfzig Meter oberhalb von ihnen, die grauen Haare klebten nass an seinem Schädel und ließen ihn noch hagerer aussehen als sonst. Sein Mund stand offen, als wolle er ihnen eine Frage stellen, doch er gab keinen Ton von sich.

Kluftinger löste sich als Erster aus seiner Starre. Er räusperte sich und sagte: »Herr Rothen…« Da rannte der andere los. Der Kommissar war überrascht, er hatte nicht mit dieser Reaktion gerechnet, und als auch er sich in Bewegung setzte, hatte Rothenstein schon einen beträchtlichen Vorsprung.

Keuchend folgte er ihm über den schmierigen Weg, den der Baron schneller und geschickter meisterte. Als er aus dem Wald heraustrat, musste er stehen bleiben, denn der Regen peitschte ihm derart ins Gesicht, dass er ihm für einen kurzen Moment die Sicht nahm. Er hielt die Hand schützend über die Augen und sah, wie der Mann auf die kleine Tür auf der dem Wald zugewandten Seite des Schlosses zurannte. Schlagartig wurde Kluftinger bewusst, dass er keine Ahnung hatte, wohin die Tür führte. War Rothenstein erst einmal im Schloss, wäre er klar im Vorteil. In seiner Verzweiflung tat er das Einzige, was ihm auf die Schnelle einfiel – er schrie.

»Baron, warten Sie, ich muss mit Ihnen reden.«

Tatsächlich stoppte Rothenstein, und Kluftinger redete weiter. »Es gibt etwas Wichtiges, was ich Ihnen sagen muss«, fabulierte er und beschleunigte noch einmal. Weil er sich auf den Mann vor sich konzentrierte, übersah er die Wurzel. Sie war so glitschig, dass sein Bein sofort nach hinten wegrutschte, als er darauftrat, wodurch er Übergewicht bekam und der Länge nach hinschlug. Er fiel weich, denn der Weg war matschig, aber weil er vom Rennen einen solchen Schwung hatte, schlitterte er noch fast zehn Meter auf dem Bauch liegend in Richtung Schloss, wobei der Schlamm ihm ins Gesicht spritzte.

Er spuckte den Dreck aus und wischte mit dem Handrücken seine Augen frei. Schnell blickte er zu Rothenstein – doch der war weg.

»Kreizkruzifix«, schimpfte der Kommissar und rappelte sich hoch. Schwer keuchend hastete er auf den Eingang zu, stürmte hindurch und blieb stehen: Der Gang dahinter verzweigte sich in zwei Richtungen, und es war stockdunkel. Wohin sollte er laufen?

»Baron?«, schrie er noch einmal, doch der Ruf verhallte unbeantwortet an den steinernen Mauern.

Er hatte ohnehin nur zwei Möglichkeiten, und so entschied er sich aus dem Bauch heraus für die linke Seite, rannte mit nach vorne ausgestreckten Armen, um nicht schutzlos gegen ein Hindernis zu krachen, gelangte an eine Tür, riss sie auf und blickte auf eine Treppe. Hier war es immerhin so hell, dass er die Stufen sehen konnte – und frische Fußspuren darauf. »Gott sei Dank«, keuchte der Kommissar. Er hatte sich für die richtige Seite entschieden.

Zwei, drei Stufen nahm er auf einmal, den Abdrücken nach, die allerdings immer schwächer wurden und schließlich ganz verschwanden.

Kurz darauf zweigte von der Treppe ein Gang ab. Er musste sich im zweiten oder dritten Stock befinden. Ob Rothenstein hier hineingegangen war? Tatsächlich, er hörte ein Geräusch. Ein Krachen, als würde jemand eine Tür heftig ins Schloss werfen. Doch der Lärm kam von weiter oben. Er lief also bis zum nächsten Gang, der genauso aussah wie der vorige. Allerdings mit einem Unterschied: die kleine Treppe, die zum Dachboden führte. Er war schon einmal hier gewesen.

Langsam schritt er den Gang entlang, machte immer wieder

halt und lauschte, um herauszufinden, ob sich der Baron hinter einer der Türen befand, die rechts und links abgingen.

Weiter unten stürmten nun auch die Polizisten ins Treppenhaus und riefen nach Kluftinger, doch er antwortete ihnen nicht. Und dann verriet sich der Baron erneut durch ein unterdrücktes Husten. Der Kommissar riss die Tür rechts von sich auf – und blieb so abrupt stehen, als sei er gegen eine Wand gelaufen. Seine Augen weiteten sich entsetzt, und seine Knie drohten nachzugeben, aber er durfte sich nichts anmerken lassen, wenn das Ganze nicht in einer Tragödie enden sollte.

Er war in einem halbrunden Raum, in dem ein paar alte, mit Decken und Plastikplanen abgedeckte Möbel standen. Sie mussten sich im Turm befinden. An einem großen Fenster bauschte sich ein vergilbter Vorhang im Wind, Regen peitschte herein. Und auf dem Fensterbrett stand, den Blick nach unten gerichtet, der Baron.

»Herr Rothenstein«, sagte Kluftinger so sanft wie möglich, denn er wollte den Mann nicht unnötig erschrecken und ihn so vielleicht ins Straucheln bringen.

Offenbar hatte er nur auf den Kommissar gewartet, denn er drehte sich nicht um, sondern sagte nur: »Es ist nicht so.«

»Sicher, sicher, es ist nie so, wie es auf den ersten Blick scheint.« Kluftinger machte ein paar Schritte auf den Mann zu. Wenn er nur nahe genug herankäme …

»Keinen Schritt mehr, oder ich …« Rothenstein hatte sich umgedreht und starrte Kluftinger aus flackernden Augen an.

Im Blick des Mannes spiegelten sich nicht nur Angst und Verzweiflung, sondern auch der Wahnsinn eines in die Enge getriebenen Tieres. Kluftinger streckte beschwichtigend die Hände aus. »Wir können doch über alles reden, wir …«

»Mit Reden kann man das nicht ändern«, kam es mit brüchiger Stimme zurück.

»Wie meinen Sie das?«

»Ich … hätte viel früher reden sollen. Mein ganzes Leben bestand aus Schweigen. Meine Schuld …« Er schluchzte.

»Hören Sie, ich verstehe, dass Sie jetzt außer sich sind, aber …«

»Meine Schuld …«, seufzte er noch einmal.

Kluftinger senkte den Kopf. Was konnte er sagen, um die Verzweiflung des Mannes auf die Schnelle zu lindern? Da hatte er eine Idee. Er sah wieder auf. »Baron, es gibt eine Möglichkeit …« Er brach mitten im Satz ab. Das Fenster, in dem eben noch Baron Rothenstein Grimmbart gestanden hatte, war leer.

Kluftinger stand wie versteinert da. Er konnte, wollte nicht begreifen, was da eben passiert war. Sekundenlang schaute er einfach zu, wie sich die alten Vorhänge im Wind blähten. Erst als zwei der Polizisten ihn erreichten und keuchend fragten, wo der Baron sei, wich seine Erstarrung von ihm. Er rannte zum Fenster, sah hinab – und schloss die Augen sofort wieder. Ihm reichte dieser kurze Blick auf den zerschmetterten Körper des Barons. Er würde ihn sein ganzes Leben nicht mehr vergessen.

30

Als seine Kollegen aus Kempten vorfuhren, hatte er sich wieder etwas gefangen und notdürftig von dem Dreck befreit, der seit seinem Sturz an seiner Kleidung klebte. Dennoch war er angeschlagen. Erst der grausige Fund und unmittelbar danach ein Selbstmord, den er unter Umständen hätte verhindern können – das war eindeutig zu viel für einen Tag.
Er saß auf einer Bank vor der Brücke, die über den Burggraben führte. Die Polizistin hatte ihm eine Decke aus dem Auto geholt und um die Schultern gelegt.

»Alles in Ordnung, Chef?«

Erst jetzt bemerkte er, dass Richard Maier vor ihm stand.

»Passt schon. Mir geht's jedenfalls besser als ihm.« Er deutete mit dem Kopf in Richtung Brücke. Dort war Rothenstein bei seinem Sprung erst gegen das Geländer geprallt und dann noch ein paar Meter weiter in den Schlossgraben gestürzt. Er hatte sich genau überlegt, von wo aus er springen würde – was Kluftinger etwas tröstete, denn wahrscheinlich wäre es völlig egal gewesen, was er gesagt hätte, er hätte ihn nicht von seinem Vorhaben abbringen können.

Maier ging auf die Brücke, lehnte sich über das Geländer und sah den Sanitätern und Polizisten zu, die um die inzwischen abgedeckte Leiche herum Spuren sicherten.

Jetzt trat Strobl zum Kommissar. »Schöne Scheiße«, zischte er.

»Das kannst du laut sagen.«

»Hat er noch was gesagt?«

Kluftinger dachte nach.

Hatte er? Sicher, er hatte ein paar Worte von sich gegeben, aber hatte er wirklich *etwas gesagt?* »Ich weiß nicht.«

Strobl nickte. »Er hat euch gesehen, wie ihr … das Skelett ausgegraben habt?«

»Glaub nicht, dass er das Skelett gesehen hat, aber das war auch nicht nötig. Der wusste, dass da eins liegt.«

»Das ist so nicht ganz richtig.« Willi Renn gesellte sich zu ihnen. Er trug einen ziemlich verdreckten Ganzkörperanzug.

»Was?«, wollte Strobl wissen.

»Er muss gewusst haben, dass da *zwei* Leichen liegen.«

Ruckartig hob Kluftinger den Kopf. »Doch nicht … nicht noch ein …« Seine Stimme versagte.

»Nein, kein Kind. Wir haben gerade noch Knochen eines Erwachsenen gefunden.«

Kluftinger war in gewisser Weise erleichtert, doch dieses Gefühl währte nur kurz. Denn sogleich wurde es abgelöst von der niederschmetternden Erkenntnis, dass mit Rothensteins Tod die Herkunft der beiden Leichen im Märchenwald vielleicht ein ewiges Rätsel bleiben würde. »Wann werden wir mehr über die … Überreste wissen?«, fragte der Kommissar.

»Der Georg ist schon informiert. Er lässt alles stehen und liegen, sobald wir ihm die Skelette bringen. Was geschehen wird, sobald wir hier fertig sind.«

»Danke, Willi.«

»Nix zu danken. Und nix für ungut.«

»Hm?«

»Dass ich dir nicht vertraut hab. Hättest mir aber ruhig sagen können, wonach du suchst.«

»Hättest du mir geglaubt?«

Renn klopfte ihm auf die Schulter und entfernte sich wieder. Auch Strobl ließ ihn allein.

Nach einer Weile rief Maier nach ihm. »Chef?«

Er drehte sich um.

»Hier oben.« Maier winkte aus einem Fenster im zweiten Stock des Schlosses. »Kommst du mal?«

Es hatte einige Minuten gedauert, bis Kluftinger seine Kollegen gefunden hatte. Es musste wohl so etwas wie das private Zimmer des Schlossherrn sein, in dem sie hier standen. Es war ähnlich chaotisch wie das Büro seiner Frau, doch das von Rothenstein sah weniger nach Arbeit aus. Zahlreiche ausgestopfte Fische standen herum, Bücher übers Angeln, stapelweise alte Zeitungen.

»Ist das der Stammbaum, von dem du gesprochen hast?«, fragte Strobl.

Der Kommissar beugte sich über das Papier und nickte. Er erkannte das ausradierte Datum wieder. »Wir müssen unbedingt schauen, ob wir zu diesem Datum was haben. Vermisste Personen oder so.«

Die anderen nickten.

»Hm, der Graf aus Wurzach scheint der nächste Verwandte zu sein«, dachte Kluftinger laut. »Wie ist das denn mit dem Erbe?«

Seine Kollegen zuckten die Achseln. Strobl schlug vor: »Reden wir doch einfach mal mit ihm. Ich lass ihn anrufen. Am besten wär wohl, wenn er herkommt, oder?«

Kluftinger stimmte zu, doch Maier wandte ein: »Du kannst doch den Grafen nicht hierherzitieren wie einen …«

»Einen was?«

»Na, einen … einfachen Menschen.«

»Ach so, weil er blaublütig ist und in einem großen Haus wohnt?«

»Ja. Nein, ich mein, das ist ein richtiger Graf. Du hast ihn doch erlebt.«

Strobl rollte genervt die Augen. »Im Gegensatz zu dir lebe ich in der Gegenwart, Richie. Aber du kannst ja gern unten warten und ihn mit einer Sänfte empfangen, wenn du meinst, dass er das wünscht.«

Maier winkte ab und kramte weiter in den persönlichen Dingen des Toten. Die Kollegen taten es ihm schweigend gleich.

Erst nach einer halben Stunde meldete sich Maier wieder zu Wort. Er hielt ein altes Fotoalbum hoch. »Schau dir das bitte mal an, Chef.«

Es waren zwei Seiten mit Fotos aus dem Märchenwald. Sie waren schwarzweiß und hatten diese gezackten Ränder, die Kluftinger von den Alben seiner Eltern kannte. Auf einem war die Stelle zu erkennen, an der sie heute gegraben hatten. Was Kluftinger allerdings nur als leere Fläche kannte, war einst auch eine Station auf dem Märchenrundgang gewesen. Er sah ein kleines Häuschen, das mit Süßigkeiten verziert war, zwei kleine Figuren, offenbar Kinder, und eine alte, hässliche Frau, die sich auf einen Stock stützte und die Kinder mit einem gekrümmten, knochigen Finger zu sich lockte.

»Hänsel und Gretel«, murmelte der Kommissar.

»Ja, komisch, oder?«, kommentierte Maier den Fund.

»Wieso komisch?«

»Na, auf dem Dachboden, das Bild. Und die alten Figuren.«

Natürlich, jetzt fiel es Kluftinger wieder ein. Das Bild, das im Märchenzyklus fehlte, war ebenfalls eine Darstellung von Hänsel und Gretel gewesen. Das konnte kein Zufall sein.

»Was hat das nur zu bedeuten?«, fragte Maier.

»Sie haben jeden Hinweis auf das Märchen getilgt. Seltsam. Was hat das mit unserem Fall zu tun?«

»Hat es denn was damit zu tun?«

»Mein Gefühl sagt mir: bestimmt.«

Strobl kam zu ihnen. »Du, der Graf wär jetzt da.«

»Das ging ja schnell.«

Er sah aus dem Fenster. Der bronzefarbene Range Rover des Adeligen stand direkt vor der Brücke, ein Mann in einer antiquiert wirkenden, blauen Livree lehnte am Kotflügel und rauchte. Offenbar der Chauffeur. Der Kommissar schüttelte den Kopf und warf einen Blick zu Maier. »Dann wollen wir mal hören, was Seine Hochwohlgeborenheit zu sagen haben.«

Er ging nach unten, wo er in der Eingangshalle auf den Grafen traf. Strobl hatte ihn bereits am Telefon über den Tod seines Verwandten unterrichtet, über den grausigen Fund im Märchenwald jedoch wusste er bislang nicht Bescheid.

»Herr Graf, grüß Gott. Danke, dass Sie gleich gekommen sind.«

»Guten Tag, Herr Kluftinger. Ich war gerade in Kempten und habe meinen Fahrer angewiesen, sofort herzufahren, als Sie mich angerufen haben.«

»Danke.«

»Deswegen müssen Sie meinen legeren Aufzug entschuldigen«, schob der Graf nach. »Ich hatte auf dem Amt für Landwirtschaft zu tun und wollte mich noch kurz im Wald vorbeifahren lassen, deshalb habe ich diese schlichte Kombination gewählt.«

Der Kommissar musterte ihn: Er trug eine Art Trachtenanzug aus feinem, beigefarbenem Loden, dazu einen Hut mit breiter Krempe, ein seidenes Halstuch und Schuhe aus edlem, honigbraunem Leder. Auf der Hochzeitsfeier wäre Kluftinger damit der bestgekleidete Gast.

»Ich hab auch nicht grad meinen Sonntagsanzug an«, antwortete er dennoch und deutete auf seine Kleidung. »Aber wir sind ja nicht bei einer Modenschau, der Anlass ist ja eher unschön.«

»Ja, schlimme Sache, das mit Vetter Wieland. Immerhin hat er am Schluss die Konsequenzen zu ziehen gewusst und keine weitere Schande über die Familie gebracht.«

Der Kommissar sah ihn prüfend an. Das klang nicht gerade nach Trauer, eher nach Stolz und Erleichterung.

»Der Tod gehört zum Leben, ist meine Devise. Für Wieland ist es vielleicht das Beste so. Ich weiß offen gestanden nicht recht, warum, aber er wäre sicher über den Tod seiner Frau nicht gut hinweggekommen. Sie ist auch noch nicht beerdigt, nicht wahr?«

Kluftinger schüttelte den Kopf.

»Umso besser. Geht es in einem Aufwasch. Anscheinend bin ich ja der nächste lebende Anverwandte. Ich gehe davon aus, dass ich die Beisetzungen dann bereits aus der kärglichen Erbmasse bestreiten kann?«

»Dazu kann ich Ihnen nichts sagen, Herr Graf. Aber eine Erbschaftssache dauert normalerweise, das werden Sie ja selber wissen.«

Der Mann stieß einen verächtlichen Seufzer aus. »Gut, kann ich ja auch vorschießen. Ist ja nicht so, als würde ich mich um das

Erbe reißen. Der Kasten ist in dem Zustand eher eine Bürde als ein Gewinn.« Wie zur Bestätigung klopfte er gegen eine der Mauern. »Aber im Sinne der Dynastie gilt es, den Besitz zu erhalten. Höchste Zeit, dass sich hier etwas bewegt.« Er zückte sein Handy, wählte eine Nummer und sagte: »Ja, Frau Bergmann, terminieren Sie doch bitte heute noch ein Treffen mit dem Bürgermeister von Bad Grönenbach.« Dann legte er ohne Verabschiedung auf und wandte sich wieder an den Kommissar. »Verzeihung, aber die Kündigung dieser leidigen Verträge muss nun schnell vonstattengehen.«

»Soso. Ihr Vetter ist noch nicht mal einen halben Tag tot, und Sie kümmern sich bereits um das Erbe. Geht ja ganz schön schnell in so einer … Dynastie.«

»Nur keine falschen Schlüsse. Wären wir in solchen Dingen emotional, stünden wir nicht da, wo wir heute sind.«

Kluftinger hätte gerne gefragt, wo das denn sei, doch er hatte Wichtigeres zu tun, als sich auf ein Scharmützel mit einem Blaublüter einzulassen. Er beschloss, dem Grafen mit ihrem grausigen Fund aus dem Märchenwald den Wind aus den Segeln zu nehmen.

»Ich würde Ihnen gern etwas zeigen, unten im Wald.«

»Gut, gehen wir hinunter, mich interessiert ohnehin der Zustand des Mauerwerks im unteren Bereich, und auch im Wäldchen war ich lange nicht mehr. Ich kann mich ja nachher noch ein wenig im Haus umsehen, nicht wahr?«

Der Mann schien tatsächlich vor allem gekommen zu sein, um das Anwesen in Augenschein zu nehmen, das ihm demnächst zugesprochen würde. »Das werden wir dann noch sehen, Herr Grimmbart.«

Kurz darauf verließen sie den Keller durch die kleine Tür an der Rückseite und traten in den Schlossgraben, in dem Willi Renns Leute noch immer mit ihren Overalls unterwegs waren. Vor dem Eingang zum Wäldchen lag eine Plane ausgebreitet.

»Willi, sind sie das?«, fragte Kluftinger und zeigte darauf.

Renn nickte.

Der Kommissar ging auf die Plastikfolie zu, hob sie an einer Ecke an und schlug sie zurück. Dabei achtete er darauf, das Gesicht des Grafen nicht aus den Augen zu lassen. Doch als der die beiden Skelette unter der Plane erblickte, stieß er nur kurz die Luft aus und sagte ungerührt: »Ich hätte nicht gedacht, dass diese Sache noch einmal ans Licht kommt, um ehrlich zu sein.«

Kluftinger war wie vom Donner gerührt. »Sie wissen darüber Bescheid?«

Jetzt wandte sich der Adelige ihm zu. »Ach, Sie nicht, merke ich gerade. Vetter Wieland hat sich also umgebracht, noch bevor er die Herkunft der Knochen hier erklären konnte, nicht wahr?«

Der Kommissar ging nicht darauf ein. Ihm brannte eine andere Frage unter den Nägeln: »Heißt das, Sie wissen, wer das ist … war?«

Grimmbart nickte. »Ich weiß es, ja. Und bin seit heute wohl der letzte Lebende, der das von sich behaupten kann.«

»Würden Sie es mir dann bitte endlich sagen?«, drängte der Kommissar.

»Es handelt sich um die Skelette einer Frau und eines kleinen Mädchens. Eines neugeborenen Mädchens und dessen Mutter, um genau zu sein.«

»Sie wollen sagen, ein Kind und die Mutter wurden kurz nach der Geburt ermordet?«

Der Graf sah ihn verständnislos an. »Wie kommen Sie darauf, dass hier jemand ermordet wurde? Nein, es waren unglückliche Umstände, die …«

»Himmelherrgott, jetzt erzählen Sie mir gefälligst die ganze Geschichte!«

Der Graf bedachte ihn mit einem abfälligen Blick, seufzte und begann in berichtendem Tonfall: »Vetter Wieland hatte vor einem Vierteljahrhundert eine Affäre mit dem polnischen Hausmädchen, das er und seine Frau seinerzeit beschäftigten. War ihnen sozusagen zugelaufen, sie hielt sich illegal in Deutschland auf. Geflohen irgendwann, als der Eiserne Vorhang fiel. Den beiden kam sie ganz recht, viel hätten sie niemandem bezahlen können, aber das wissen Sie ja längst. Und Sie wissen auch, dass Wieland und Rita nie Kinder bekommen hatten. So eine leidige Unfruchtbarkeitsgeschichte. Allerdings von ihrer Seite her, denn irgendwann war die gute Magdalena, so nannten sie das Mädchen zumindest, schwanger. Von Wieland.«

»Kreuzhimmel!«, entfuhr es dem Kommissar.

»Irgendwann musste er die Angelegenheit seiner Frau gestehen, schließlich sah man der jungen Bediensteten ihren Zustand nach einer Weile deutlich an. Er flehte, dass sie ihm vergeben solle, warb dafür, das Kind zusammen aufzuziehen, was weiß ich. Doch das wäre für Rita nicht in Frage gekommen. Und für das Mädchen vermutlich auch nicht. Sie hatte ja nichts und niemanden, war gerade mal zwanzig, illegal im Land, ohne Versicherung, wollte unter keinen Umständen zurück. Also hat sich Rita zähneknirschend bereit erklärt, sie bis zur Geburt zu beherbergen, unter der Bedingung, dass sie kurz darauf ihre Sachen packen und für immer verschwinden würde. Der gute Wieland hat mal wieder den Weg des geringsten Widerstands gewählt und alles schön abgenickt. Und damit den Tod zweier Menschen bei der komplizierten Geburt verursacht, zu der man weder Arzt noch Hebamme hinzugezogen hatte.«

»Und Sie wussten von der ganzen Sache?«, unterbrach ihn der Kommissar.

»Ich? Nein. Ich habe erst davon erfahren, als es bereits zu spät war.«

»Was meinen Sie mit ›zu spät‹?«

»Eines Tages rief er mich an. Eines Nachts, um genauer zu sein. Völlig aufgelöst. Ich muss dazu sagen, dass wir damals mehr Kontakt hatten. Er suchte immer wieder einmal Rat bei mir, und ich wollte ihm den nicht verwehren, auch im Sinne der ganzen Familie. Er erzählte mir eine völlig wirre Geschichte. Magdalena habe entbunden. Doch es sei nicht glattgelaufen, es habe Komplikationen gegeben, und sowohl Mutter als auch Tochter lägen nun tot im Schloss. Er stammelte, heulte nur in den Hörer, es war das Erste, was ich von der Angelegenheit mitbekommen hatte. Also fuhr ich mitten in der Nacht hierher und ließ mich in die ganze Misere einweihen.«

»Wäre es denn nicht spätestens hier an der Zeit gewesen, das Schweigen zu brechen und alles seinen normalen, rechtmäßigen Gang gehen zu lassen?«

»Herr Kommissar, was meinen Sie, wie oft ich mir diese Frage in den letzten fünfundzwanzig Jahren gestellt habe? Aber cui bono? Die Frau und das Kind waren tot, eine Verkettung unglücklicher Umstände. Wieland kam damit allerdings bis heute nicht zurecht, wie man an seinem Ende ablesen kann. Es wurde mit den Jahren immer schlimmer, deswegen ist er auch so verschroben geworden. Die wenigsten Probleme hatte die gute Rita damit. Ich werde nie vergessen, wie kalt sie reagierte, als das tote Kind und die Frau in ihrer Waschküche lagen und sie immer nur davon gesprochen hat, man müsse endlich die ›Sachen‹ wegschaffen.«

Kluftinger schluckte. Die Geschichte war noch widerwärtiger, als er es sich ausgemalt hatte.

»Mein Vetter hat mich angefleht, ihm zu helfen«, fuhr der Graf sachlich fort. »Ich ließ ihn nicht allein in dieser schweren Stunde.«

»Und dann haben Sie die Toten einfach so verscharrt?«

»Nach einigem Überlegen wurde eine Ruhestätte ausgewählt, und man hat sie beerdigt.«

Kluftinger entging nicht, dass der Graf zum unpersönlichen »man« überging, wenn es besonders unangenehm wurde.

»Ihnen ist schon klar, dass auch Sie sich damit strafbar gemacht haben?«

»Ist dem so? Ich denke, mein Justiziar würde Ihnen etwas anderes sagen. Aber inzwischen ist die Sache ohnehin verjährt. Die beiden waren bereits tot, hätte es ihnen geholfen, wenn man sie offiziell eingegraben hätte? Wenn Fragen aufgeworfen worden wären, auf die es keine rationalen Antworten gegeben hätte? Schuld tragen, ich meine, trugen, natürlich Wieland und vor allem Rita, denn in einem Krankenhaus wäre die Geburt womöglich anders verlaufen. Wir standen vor dem schrecklichen Ende einer völlig aus dem Ruder gelaufenen Tragödie. Und versuchten, es in dieser unheilvollen Nacht vor fünfundzwanzig Jahren, so gut es eben ging, über die Bühne zu bringen.«

Der Kommissar zweifelte zwar an der Version des Grafen, musste ihm aber wohl oder übel glauben. Nach all den Jahren würde es auch nach weiteren Ermittlungen kaum gelingen, seine Aussagen zu überprüfen. »Wann genau war diese ›unheilvolle Nacht‹?«

»Am 13. Oktober 1989. Das Datum habe ich präsent.«

Der Kommissar nickte. Mit diesem Tag hatte er gerechnet.

»Und niemand hat Magdalena danach vermisst?«

»Vielleicht in ihrem Heimatland, aber niemand wusste, dass sie hier zu suchen sein würde.«

»Warum haben Sie die Körper ausgerechnet an jener Stelle eingegraben?«

»Wieland hatte beschlossen, dass dies ihr Grab werden sollte. Warum, weiß ich nicht, und ich habe ihn nicht danach gefragt.«

»Dort stand doch das Häuschen mit Hänsel und Gretel, oder?«

»Ich glaube, ja.«

»Warum hat er es denn abgebaut?«

»Er konnte wohl die Kinderfiguren dort nicht mehr ertragen.«

»Verstehe. Wie bei dem Gemälde …« Kluftinger stockte. Erst jetzt fiel ihm diese Parallele auf. »Wussten Sie, dass das Familienporträt, also das gestohlene, übermalt worden ist, Herr Graf?«

»Natürlich. Seltsame Koinzidenz, jetzt, wo Sie es sagen.«

»Allerdings. Warum haben Sie das mit dem Bild uns gegenüber nie erwähnt?«

»Weil Sie mich nie danach gefragt haben. Apropos, ist denn das besagte Porträt wieder aufgetaucht?«

Der Kommissar schüttelte den Kopf.

»Falls Sie davon Kenntnis erlangen, bitte ich Sie …«

»Herr Grimmbart, Sie werden Ihr Erbe schon früh genug antreten können. Ob das Bild dann dazugehört oder nicht, kann ich Ihnen nicht sagen, vielleicht hat es der Täter auch vernichtet, wir wissen nichts darüber.«

Der Graf hob den Kopf. Er schien eine Weile nachzudenken, dann fragte er: »Sagen Sie, gehen Sie denn davon aus, dass Wieland seine Frau getötet hat?«

Kluftinger horchte auf. Daran hatte er seit dem Freitod des Barons auch schon öfters gedacht. »Welchen Grund hätte es aus Ihrer Sicht denn gegeben, nach all den Jahren?«

»Dazu kann ich nichts sagen. Wir hatten in der letzten Zeit kaum noch Kontakt.«

»Hm, verstehe. Halten Sie sich bitte in den nächsten Tagen zur Verfügung.«

»Ich lasse ungern über mich verfügen, aber in Ordnung. Melden Sie sich, wenn es der Sache dient. Ach, und bitte: Achten Sie bitte darauf, dass alles ordnungsgemäß verschlossen wird, wenn Sie hier fertig sind.«

»Darum kümmert sich bis auf weiteres der Verwalter.«

»Ach ja, der Pawlowicz. Wie Sie sagen: bis auf weiteres. Wenn die Gemeinde hier raus ist, kann sich der ungehobelte Kerl ein neues Betätigungsfeld suchen. Und dann wird hier mal ordentlich entrümpelt und der Mief aus dem Gemäuer getrieben.«

Kluftinger nickte ihm zu und ließ ihn ohne weiteres Wort gehen. In Gedanken versunken, ging er zurück zum Schloss und setzte sich auf eine morsche Bank am Fuße des mächtigen Nagelfluhfelsens.

Er musste die neuen Informationen erst einmal verarbeiten. Wahrscheinlich waren sie der Schlüssel zu diesem Fall, alles andere würde ihn überraschen.

Aber was bedeutete das konkret? Hatte Wieland Rothenstein Grimmbart den Druck und das ewige Schweigen nach all den Jahren nicht mehr ausgehalten? Hat er seine Frau für alles verantwortlich gemacht? Und sie deswegen genauso hergerichtet wie die Frau auf dem Bild? Um so indirekt auf seine Situation hinzuweisen? »Vielleicht«, murmelte er leise.

»Ich stör dich nur ungern bei deinen Selbstgesprächen, Klufti, aber die Bestatter würden jetzt gern …«

Der Kommissar hob den Kopf und sah in Renns Gesicht.

»Schon recht, Willi. Von mir aus können sie. Wenn mich jemand sucht: Ich lauf mal ein paar Schritte. War alles ziemlich viel für mich heut.«

Damit stand er auf und ging in Richtung Dorf. Er musste unbedingt seinen Kopf frei bekommen, alles noch einmal neu überdenken.

Und das konnte er hier, an diesem grausigen und verwunschenen Ort, ganz sicher nicht.

31

Es war schon spät, als Kluftinger an diesem Abend nach Hause kam. Er fühlte sich, als hätte er einen Marathonlauf absolviert. Ächzend streifte er sich seine Hausschuhe über und schlurfte schwerfällig ins Wohnzimmer. Die anderen schienen alle schon im Bett zu sein, denn die Wohnung war dunkel. Doch als er die Tür öffnete, sah er, dass der Fernseher noch lief – und Yoshifumi Sazuka davor im Schneidersitz auf dem Boden saß. Was er sah, schien ihn sehr zu amüsieren, denn immer wieder erklang sein wieherndes Lachen.

Kluftinger tat noch einen Schritt ins Zimmer hinein, dann konnte er das Programm erkennen: Es lief irgendein Spartensender, der um diese Uhrzeit nur noch Werbespots für zweideutige Telefon-Hotlines zeigte.

Kluftinger knipste das Licht an, worauf Sazuka sofort aufsprang und sich verneigte. Als er Kluftingers verschmutzte Kleidung sah, weiteten sich seine Augen.

»Ach, das ist eine lange Geschichte«, sagte der Kommissar und winkte ab.

Sazuka schaltete den Fernseher aus.

»Das braucht's nicht«, erklärte Kluftinger und zeigte auf die Fernbedienung.

Doch Sazuka blickte ihn ernst an und sagte: »We need to talk, Kluftinger-san.«

Also nahmen sie auf der Couch Platz, und der Japaner eröffnete seinem Gastgeber, dass er über einige »serious things« reden müsse, was Kluftinger erleichterte, hatte er doch unseriöse Themen im

Zusammenhang mit der eben gesehenen Fernsehwerbung befürchtet.

»Find ich gut«, erklärte er also und setzte sich gespannt.

»You have very good family«, sagte der Asiate freundlich, und Kluftinger horchte auf.

Dann entschuldigte sich Sazuka bei ihm, dass er von der wichtigsten deutschen Hochzeitstradition erst jetzt erfahren habe. Der Kommissar grinste in sich hinein. Offenbar hatte sich der Detektiv bereits bei seinem Auftraggeber gemeldet. »So, von wem denn?«, erkundigte er sich scheinheilig.

»From … a friend«, antwortete der Asiate vage. Er entschuldigte sich noch einmal und schob ihm einen Umschlag über den Couchtisch.

Kluftinger kam sich vor wie bei einer Schutzgelderpressung, als er diesen nahm und öffnete: In ihm steckte ein Bündel großer Scheine. Er pfiff durch die Zähne und sagte: »Da hätte ich mir einige schlaflose Nächte ersparen können in den letzten Wochen.« Da sein Gegenüber offensichtlich nicht verstand, setzte er hinzu: »Viel Geld, vielleicht sogar ein bissle zu viel. Obwohl, andererseits …« Für einen kurzen Moment kämpfte er mit sich selbst, ob er das Geld nicht doch ablehnen müsste. Aber das könnte man bestimmt wieder als unfreundlich auslegen, wahrscheinlich gab es irgend so eine Regel, die besagte, dass man Geldbündel von seinen japanischen Gästen auf jeden Fall annehmen müsse, weil diese sonst verstimmt wären, und überhaupt: Verdient hatte es der Sazuka für seine Detektivaktion allemal.

»Also, dann sag ich halt dankschön«, sagte er und ließ den Umschlag schnell in seiner Hosentasche verschwinden. »Sonst noch was?«

Sazuka, offenbar überrascht, dass Kluftinger seine Offerte so schnell angenommen hatte, dachte kurz nach. »Yes, the name …«

»My name?«

»Yes.«

Das auch noch: Sazuka wollte ihm offenbar das Du anbieten. Aber wo er jetzt schon die Hochzeit und, wie es aussah, Kluftingers nächsten Urlaub und die anstehende Reparatur der Kupplung sowie der kaputten Antenne vom Passat bezahlte, konnte er kaum ablehnen.

»Von mir aus. From me out. Aber ist bissle heavy. Schwer auszusprechen. Für Japaner.« Er nahm sich ein Papier und schrieb die acht Buchstaben seines Rufnamens auf.

Sazuka begann stockend zu lesen: »Ad…«

»Say Klufti«, unterbrach ihn der Kommissar mit einer wegwerfenden Handbewegung. »Macht eh jeder.« Er hielt ihm die Hand hin.

Zögernd ergriff sie der Japaner.

»Und ich sag Joschi, okay? Weil ›Yoshifumi‹ ist grad so behämmert wie mein Name.«

Der Asiate nickte. Kluftinger wollte schon aufstehen, da hielt ihn Sazuka zurück. »About the name …«

Was wollte er denn noch? Sollte er seinen zweiten Vornamen, noch ungeliebter als sein erster, auch noch preisgeben?

»Combination no good. Yumiko Kluftinger. Markus Sazuka. You understand?«

Markus Sazuka? Kluftinger bekam Schnappatmung. So weit käm's noch. Er hatte nur diesen einen Stammhalter produziert. Von ihm hing das Weiterbestehen der Familiendynastie Kluftinger ab. »Also wirklich, Joschi, sis goes too wide«, erklärte er kopfschüttelnd. Er würde sogar schweren Herzens den Umschlag zurückgeben, wenn der Japaner auf dieser Variante bestand.

»But all combinations with ›Kluftinger‹ are bad.«

Was sollte denn das nun wieder heißen? Dass Kluftinger-Ehen unter einem schlechten Stern standen? Woher wollte das der Asiate wissen? Der Kommissar hob beschwichtigend die Hände: »Gut, also die Tante Margit und der Onkel Hans, mit denen hat's ein schlimmes Ende genommen. Und ich hab auch immer schon gesagt, dass Cousine Resl einen Batscher hat. Aber das heißt doch nicht …«

Jetzt nahm Sazuka den Stift, schrieb Markus' und Yumikos Namen nieder und versah die einzelnen Buchstaben mit Zahlen.

Schlagartig wurde Kluftinger klar, worum es dem Mann eigentlich ging: Er hatte in dem Buch über die japanischen Sitten, das er quergelesen hatte, eine ganz ähnliche Darstellung gesehen. Aus den möglichen Namenskombinationen errechneten die Japaner irgendeinen Wert, der dann Glück oder Unglück für die Eheleute bedeutete. Und so, wie Sazuka dreinblickte, verhießen diese Kombinationen überhaupt nichts Gutes. »It's all bad. I tried other names, Langhammer would be better.«

Kluftinger schüttelte den Kopf. »Langhammer bringt auch Unglück, glaub mir, Joschi. Also, wie tun wir? How do we do?«

Sazuka schlug vor, dass Yumiko ihren Namen behalten solle, ebenso Markus. Das schien auch Kluftinger die praktikabelste Lösung. »Der Enkel heißt dann aber wie ich. Die Kluftinger-Dynastie darf nicht aussterben. Not die out!«

Der Asiate nickte, und wieder erhob sich Kluftinger. Doch der Gesprächsbedarf seines Gastes schien noch nicht ausreichend gedeckt. »One more thing, Klufti.«

Auch wenn er es ihm angeboten hatte: Seinen Spitznamen aus dem Mund des Japaners zu hören war gewöhnungsbedürftig. »Aha. Und was?«

Sazuka wollte wissen, ob es auch wirklich keine genetischen Krankheiten in der Verwandtschaft gebe, unter denen Markus leiden könne.

Kluftinger seufzte. Sonst legten die Japaner doch so viel Wert auf Etikette, aber was die Familie anging, waren sie ganz schön direkt. Trotzdem wollte er gewissenhaft Auskunft geben, sonst würde er sich morgen wieder von seinem Sohn oder seiner Frau anhören müssen, dass er die ganze Eheschließung gefährdet habe.

»Ach was. Markus ist fit. Sehr gesund.« Kluftinger hob einen Arm und spannte den Bizeps an. »Der wird mal hundert, so sportlich ist der.«

Sazuka blickte ihn verschmitzt an. »Is he adopted?«

Kluftinger grinste.

In diesem Moment wurde die Wohnzimmertür mit einem Krachen aufgestoßen, und ein völlig derangierter Markus lehnte windschief im Türrahmen. Seine Haare waren zerzaust, die Augen blutunterlaufen, sein Gesicht grell geschminkt. Um die Brust spannte über seiner Kleidung ein riesiger, pinkfarbener Büstenhalter.

Sazuka beobachtete mit offenem Mund, wie sein zukünftiger Schwiegersohn zur Ofenbank wankte und sich ächzend drauffallen ließ.

»Ah, Junggesellenabschied?«, fragte Kluftinger nur.

Markus beschrieb mit dem Kopf ein paar Kreise, was sein Vater als Nicken deutete. Er stand auf, klopfte seinem Sohn auf die Schulter und sagte im Hinausgehen: »Ja, dann, Bub, ich glaub, dein Schwiegervatter hat dazu noch ein paar Fragen.«

32

»Sobald du was hast, ruf mich bitte an, Werner.«

»Ja, das kann aber ein bissle dauern, ich hab vor dir noch vier, fünf Sachen abzuarbeiten.«

Kluftinger nickte seinem Kollegen zu, bevor er dessen Arbeitsbereich im Keller des Polizeipräsidiums wieder verließ. Werner Abele stand kurz vor seiner Pensionierung und war seit ein paar Jahren ausschließlich mit der Verwaltung des Polizeiarchivs betraut. Und alles Flehen um bevorzugte Behandlung seines Rechercheauftrags würde rein gar nichts bringen, das wusste der Kommissar, denn Abele ging, in guter Buchhaltermanier, streng der Reihe nach vor.

Kluftinger drückte den Aufzugknopf, obwohl er nur einen Stock höher musste, um zum Ausgang zu gelangen. Aber er war heute nach einer unruhigen Nacht, die auch dem Umstand geschuldet war, dass Markus auf seinem Weg zur Toilette immer wieder lautstark durchs Haus gepoltert war, früh aufgestanden. Automatisch hatte er dann für Sazuka – oder Joschi, wie er ihn jetzt offiziell nennen durfte – wieder Frühstück mitgemacht. Kaum hatte er alles auf den Tisch gestellt, war der Japaner auch schon in der Küche erschienen. Diese neu etablierte Routine würde ihm nach der Abreise von Yumikos Eltern tatsächlich fehlen. Und nach der Morgenlage im Büro, bei der sich die Dombrowski angesichts der drei neuen Toten des Vortags ungewöhnlich nervös präsentierte, war er dann als Erstes ins Archiv gefahren. Zwar saß Prinz nach wie vor in Untersuchungshaft, und die Nachermittlungen liefen auf Hochtouren, doch seit dem Vortag ließ ein unbestimmtes Gefühl Kluftinger keine Ruhe mehr: das Gefühl, dass die Geschichte, die ihm der Graf gestern erzählt hatte, das, was sie bisher wussten, auf den Kopf stellte und dass die Lösung doch nicht so einfach war, wie sie bei der Festnahme des Apothekers gedacht hatten.

Immer wieder erschien das Datum, das er zuerst auf dem Stammbaum entdeckt hatte, vor seinem inneren Auge. Das Datum, das nun auf so bestürzende Weise eine ganz besondere Bedeutung in diesem Fall erhalten hatte. Er musste mehr darüber herausfinden, deswegen hatte ihn sein erster Weg ins Polizeiarchiv geführt. Doch er wollte sich nicht nur die Polizeiberichte von damals vornehmen, er wollte auch einen allgemeinen Eindruck von dem betreffenden Tag gewinnen.

Daher machte er sich auf den Weg zur Zeitung, um im dortigen Archiv die Lokalausgabe jenes Tages zu studieren. Er wollte nachsehen, welches Wetter war, wissen, was die Leute an diesem Tag beschäftigte, und welche besonderen Vorkommnisse es im Allgäu damals gegeben hatte. Er wusste, dass er sich während der Wartezeit auf Abeles Ergebnisse ohnehin nur schwer auf etwas anderes würde konzentrieren können.

Sandy Henske hatte seinen Besuch im Allgäuer Medienzentrum, dem Verlagskomplex, der vor über zehn Jahren ins Industriegebiet gezogen war, bereits angekündigt. Dennoch musste er kurz im Wartebereich Platz nehmen.

Er ließ sich in einen der Sessel fallen und nahm sich mechanisch die Zeitung, die auf einem Tischchen daneben lag. Am Morgen war er nicht dazu gekommen, sie zu lesen. Wie immer schlug er zunächst den Lokalteil auf und blickte in ein bekanntes Gesicht: Ein Bericht über Lodenbachers Verabschiedung bildete den Aufmacher an diesem Tag. Kluftinger hielt die Zeitung ein wenig von sich weg, um das Foto genauer sehen zu können, dann schüttelte er den Kopf: Auf der Abbildung sah man, wie sein ehemaliger Vorgesetzter exakt die Flasche vom Hauptpersonalrat der Allgäuer Polizei überreicht bekam, die er ihm eine halbe Stunde später mit warmen Worten in die Hand gedrückt hatte. *Priml.*

»Herr Hauptkommissar?«, riss ihn eine junge Frau aus seinen Gedanken, die ihn in den Keller begleitete. Dort wartete bereits ein riesiges gebundenes Buch mit allen Zeitungsausgaben des betreffenden Monats auf ihn.

Als er allein war, suchte er nach der Ausgabe vom 13. Oktober. Während der überregionale Teil beherrscht war von den politischen Vorgängen in der DDR und im restlichen Osteuropa, schien der Lokalteil geprägt von den täglichen Problemen einer ländlichen Region: Die Bauern protestierten gegen zu niedrige Milchpreise, eine Bahnstrecke sollte elektrifiziert werden, die Viehscheide im Allgäu wurden thematisiert, Regeln für den sicheren Weg zur Schule mit einem mittlerweile längst pensionierten Verkehrspolizisten erörtert. Ein ganz normaler Frühherbsttag im Allgäu. Der Polizeibericht vermeldete einen Einbruch in Schwangau und zwei Ladendiebstähle in Lindau, und der Wetterbericht kündete von herrlichem Altweibersommer und dichten nächtlichen Nebelfeldern.

Kluftinger blätterte weiter und musste grinsen: Ein Autohaus warb für die technischen Errungenschaften des neuen Passats, des Nachfolgemodells seines betagten Wagens: »Jetzt umsteigen auf den Neuen – noch eleganter, noch sicherer, noch langlebiger«.

Schon damals also gehörte sein Modell zum alten Eisen, schon damals war es überholt vom technischen Fortschritt – und leistete ihm doch nach wie vor beste Dienste. Über mangelnde Langlebigkeit jedenfalls konnte er sich nicht beklagen.

Nach einer knappen halben Stunde hatte sich Kluftinger durch den kompletten Allgäuteil gelesen. Hatte keine Kleinanzeige, keine Werbung und keine Todesanzeige ausgelassen: nichts, was auch nur im Geringsten außergewöhnlich gewesen wäre an diesem Tag und was einen Journalisten genötigt hätte, es in die …

»Zefix!« Kluftinger schlug sich gegen die Stirn. Wenn er erfahren wollte, ob an jenem Datum etwas Ungewöhnliches geschehen war, musste er natürlich in den Ausgaben des nächsten oder übernächsten Tages suchen.

Kopfschüttelnd blätterte er also weiter bis zur Allgäuseite des

14. Oktober und überflog die Überschriften: ein Interview mit einer Familie, die über Ungarn aus der DDR geflohen war und nun in Kempten versuchte, Fuß zu fassen. Ein Bericht über die Einweihung eines neuen Schulhauses in Kempten-St. Mang, der Nachruf auf einen Kommunalpolitiker, ein Findelkind, das vor dem Haus eines Arztes abgelegt worden war, ein schwerer Verkehrsunfall auf der B12.

Kluftinger hielt inne und ließ seine Augen zum vorigen Artikel zurückwandern. »Findelkind«, murmelte er, dann überflog er den Artikel. In der Nacht zum 14. Oktober hatte ein Allgemeinarzt einen neugeborenen Jungen in Decken vor seinem Haus gefunden, ohne jeglichen Hinweis auf die Eltern.

Kluftinger suchte die Ortsangabe zu den Geschehnissen. Als er sie fand, pfiff er durch die Zähne. Dann begann er hektisch, den Artikel Wort für Wort zu lesen.

Mitten in der Nacht hatte es an der Tür des Arztes in Grönenbach geklopft. Als dieser öffnete, fand er ein Neugeborenes auf dem Fußabstreifer, konnte aber niemanden mehr entdecken. Die Memminger Polizei hatte die Ermittlungen aufgenommen, tappte aber noch völlig im Dunkeln. Die Kollegen gingen damals von der Tat einer verzweifelten, jungen Frau aus, die eine heimliche Schwangerschaft hinter sich hatte und das Kind nun nicht haben wollte. »Volltreffer!«, zischte Kluftinger. Wieder einmal hatte sein Gefühl nicht getrogen.

Das war kein Zufall, das Findelkind musste mit den Ereignissen auf dem Schloss zu tun haben. Wie genau, das würde er nun herausfinden.

Er klappte das Buch zu und wählte Sandy Henskes Nummer, die ihn mit dem Polizeiarchiv verbinden sollte. Erst nach dem zehnten Klingeln meldete sich ein genervter Werner Abele.

»Werner, bist du schon so weit?«

»Ich hab dir doch gesagt, ich hab noch …«

»Werner, du machst jetzt sofort, was ich sag: Am 13. Oktober 1989 ist in Grönenbach ein Findelkind aufgetaucht. Ich brauch alles, was wir darüber haben, kapiert?«

»Du, also das dauert mindestens …«

»Das dauert maximal zwei Stunden, Werner, dann hab ich es auf meinem Schreibtisch. Sonst hetz ich dir die Dombrowski auf den Hals.«

»Also, ich kann auch nicht hexen.«

»Das verlangt auch niemand. Ich will bloß, dass du deine Arbeit machst. Was ich sofort von dir brauch, ist der Name desjenigen, der das Baby gefunden hat. Muss ein Doktor sein. Du schaust bitte sofort nach und rufst mich an, sobald du ihn hast. In zehn Minuten wirst du das wohl schaffen. Ende.«

Dann legte er auf und wählte Strobls Nummer. »Eugen? Ich brauch sofort den Grimmbart. Also den Grafen. Bestell ihn mir heut noch ins Büro, so bald wie möglich. Ich bin noch unterwegs.«

»Wieso hast du es denn so eilig? Du klingst total aufgeregt!«

»Erklär ich dir später. Ich muss die Leitung frei machen. Bis dann, Eugen.«

Kluftinger ging zu seinem Wagen, und noch bevor er ihn erreicht hatte, rief Werner Abele an.

»Und?«

»Ich hab den Namen. Der Finder war ein gewisser Doktor Schwaiger. Hatte damals eine Praxis in Grönenbach. Den Rest kriegst du dann, wenn ich so weit bin, habe die Ehre.«

Damit legte Abele grußlos auf.

Als Kluftinger sich im Eingangsbereich des Altenheims, in dem Schwaiger laut Strobls Informationen wohnte, nach dem Arzt erkundigte, bekam er zur Antwort nicht nur dessen Zimmernummer, sondern auch ein vielsagendes Augenrollen der Pflegerin. »Was wollen Sie denn bei *dem?*«, fragte sie, wobei sie das *dem* derart in die Länge zog, als sei es völlig unangebracht, ausgerechnet diesem Mann einen Besuch abzustatten.

Und schon, als der Kommissar auf sein Klopfen hin mit einem »Ich lasse bitten!« ins Zimmer gerufen wurde, war ihm klar, dass Doktor Schwaiger kein gewöhnlicher Altenheimbewohner war.

Er empfing ihn in einem edlen Hausmantel in Scharlachrot, um seinen faltigen Hals hatte er sorgfältig ein Tuch drapiert, was ihm etwas Dandyhaftes verlieh, seine Augen waren hinter der getönten Brille kaum zu erkennen, die weißen Haare mit Pomade nach hinten gekämmt. Er schien überrascht, als er Kluftinger sah, offenbar hatte er jemand anders erwartet: »Wer sind Sie, und was wollen Sie?«, fragte er schroff.

Der Kommissar stellte sich vor und erklärte ihm sein Anliegen.

Sofort wurde der Ton des alten Mannes freundlicher: »Na, das ist ja mal interessant. Da verschiebe ich doch gerne meine Verabredung. Nehmen Sie bitte Platz, ich bin gleich für Sie da.« Er griff zum Telefon, wählte und flötete dann regelrecht in den Hörer: »Herta, Hase, ich muss unser Treffen leider ein wenig nach hinten schieben … Nein, nein, nicht absagen. Nur vielleicht … ein Stündchen später …« Er schaute Kluftinger fragend an, der nickte. »Also, ein Stündchen … Wie? Nein. Nein, Häschen, wirklich nicht, das hat rein gar nichts mit der Frau Lindner zu tun … Sicher, jaja, so ist die.« Er zwinkerte dem Kommissar zu. »Also, bis später dann, Hertalein.«

Kluftinger hob erstaunt die Augenbrauen. Doktor Schwaiger schien ja eine Menge zu tun zu haben.

»Ich muss meine Termine hier gut koordinieren, die Alten sind ja furchtbar eifersüchtig, wissen Sie«, erklärte er, als er wieder aufgelegt hatte. Dabei sprach er über *die Alten* so, als würde er sich selbst nicht im Traum zu dieser Gruppe zählen. »Aber die Huberin, also, die Herta, die muss ich mir warmhalten. Das ist eine Unersättliche.«

»Soso«, erwiderte Kluftinger kurz, dem dieses Thema unangenehm war. »Herr Schwaiger, wie gesagt, ich hätt da zu der Findelkindsache ein paar Fragen. Können Sie sich daran überhaupt noch erinnern?«

Empört gab der Arzt zurück: »Meinen Sie etwa, ich bin senil? Nur weil ich in einer Seniorenresidenz wohne?«

»Ich … nein, nein, das wollt ich nicht sagen. Ich dachte nur, weil's schon so lang her ist.«

»Ich könnte auch leicht noch allein für mich sorgen. Aber ich habe mich nun mal für diese Einrichtung entschieden. Schließlich profitiert man hier auch von meinem medizinischen Wissen.« Er beugte sich vor und fügte in verschwörerischem Tonfall hinzu: »Und hier ist einfach das Angebot am größten, wenn Sie verstehen, was ich meine.« Er schnalzte mit der Zunge.

Kluftinger hatte das Gefühl, dass er gar nicht genau verstehen wollte, deswegen blieb er bei seinem Thema: »Also, die Sache mit dem Findelkind …«

»Ich hab schon gedacht, dass mich das noch mal einholen würde.«

Kluftinger horchte auf: »Ach, wieso denn?«

»Das war sicher das Bemerkenswerteste, was mir in meiner beruflichen Laufbahn widerfahren ist. Und als Arzt erlebt man so einiges.«

»Was ist denn damals genau passiert?«

»Das war fast ein bisschen unheimlich. Ich weiß es noch wie heute. Muss ziemlich genau um diese Jahreszeit gewesen sein.«

Kluftinger fand es erstaunlich, dass sich der Arzt sogar daran noch erinnern konnte.

»Wir hatten damals diese extrem nebligen Nächte. Ich weiß das, weil viele Unfälle in dieser Zeit passierten und ich öfters Notdienst hatte. Dementsprechend leicht war mein Schlaf – aber das war vielleicht das Glück für das Kind, sonst hätte ich das Klopfen womöglich gar nicht gehört.«

»Das Klopfen?«

»Ja, es hat geklopft.«

»Wegen dem Kind?«

»Ja, sicher. Also, natürlich hat das Kind nicht selbst geklopft.« Er lachte lange und ausgiebig über seinen Witz. »Jedenfalls hat jemand geklopft, aber sicherlich wollten die ja, dass man das Kind findet. Ich mein, sonst hätten sie es ja gleich irgendwo in eine Mülltonne werfen können.«

»Sie?«, fragte Kluftinger.

»Er, sie, was weiß ich, wer den Wagen gefahren hat.«

»Was war das denn für ein Wagen?«

»Das hab ich damals doch schon gesagt: Ich interessiere mich nicht für Autos. Habe ich nie. Aber solche Geländewagen waren früher ja noch nicht so häufig, heute ist ja bald jeder zweite …«

Der Kommissar wurde hellhörig: »Ein Geländewagen?«

Schwaiger lächelte amüsiert: »Nichts für ungut, Herr …«

»Kluftinger.«

»Ja, Herr Kluftinger. Die Sache wurde damals nicht aufgeklärt, Sie glauben doch nicht, dass Sie das Rätsel jetzt, fünfundzwanzig Jahre später, noch lösen können?«

Der Kommissar nickte. Das dürfte wirklich schwierig werden.

»Also jedenfalls habe ich erst mal aus dem Fenster geschaut, als ich es gehört hab, ich meine, mitten in der Nacht, da guckt man ja erst mal. Und da habe ich eben noch dieses Auto wegfahren sehen. Landrover, Range Rover, irgend so etwas, aber wie gesagt: Da bin ich kein Experte.«

Range Rover? Vielleicht bestand ja doch noch eine Chance, das Rätsel von damals zu lösen. Doch im Moment war etwas anderes wichtig. »Wie ging es denn dem Kind?«

»So weit eigentlich ganz gut. Es muss unmittelbar nach der Geburt abgelegt worden sein. Aber es war ein robustes Kerlchen. Hat sich tapfer seinen Weg aus dem dunklen Dickicht ins Leben gesucht, wenn ich das mal bildlich ausdrücken darf. Auch wenn die Eltern es nicht haben wollten.«

»Wie ging die Geschichte denn weiter?«

»Für mich? Gar nicht. Das Kind kam nach der Erstversorgung in die Klinik, nach Memmingen. Ich hab's nie wieder gesehen.«

»Wissen Sie denn, wie das Kind … also der junge Mann heißt?«

»Nein, hat er nicht gesagt.«

Kluftinger war irritiert. »Wer hat das nicht gesagt?«

»Na, er.«

»Der Baron?«

»Was? Nein, der Junge.«

»Verstehe ich nicht.«

»Na, er hat doch bei mir angerufen neulich.«

Die Nachricht fuhr Kluftinger durch Mark und Bein. »Er hat bei Ihnen angerufen? Das Findelkind von damals?«

»Ja, hatte ich das gar nicht erwähnt? Komisch.« Der Arzt schien über sich selbst nachzugrübeln.

»Was hat er gesagt, wie kam er überhaupt auf Sie, was wollte er denn, und von wo aus hat er angerufen?«, fragte der Kommissar atemlos.

»Hat er nicht gesagt. Er wollte sich die genauen Umstände seines Auffindens schildern lassen. Kann man ja durchaus nachvollziehen, dass einen so etwas interessiert. Als ich ihn dann nach seinem bisherigen Leben gefragt habe, hat er einfach aufgelegt. Na ja, Dankbarkeit kann man als Arzt eben nicht erwarten.«

Kluftinger brauchte etwas, um die neue Information sacken zu lassen. Dann fragte er ein wenig forscher: »Gibt es sonst noch etwas, was Sie noch nicht erwähnt haben?«

Schwaiger dachte nach. »Na, das mit dem Engel wissen Sie ja sicher.«

Genervt stieß der Kommissar die Luft aus. »Nein, ich weiß nichts von einem Engel.«

»Ach so, ja dann. Also, das Baby hatte nichts bei sich außer einer Decke und diesem Engel. Eine Engelsfigur aus weißem Porzellan, um genau zu sein.«

Nun gab es keinen Zweifel mehr.

Der Kommissar erhob sich schnell. »Danke, Herr Schwaiger, Sie haben mir sehr geholfen. Und entschuldigen Sie, falls ich etwas ruppig war, aber …«

Der Arzt machte eine wegwerfende Handbewegung. »Papperlapapp, ich habe zu danken. Was denken Sie, wie es mich bei meinen Damen interessant machen wird, wenn die erfahren, dass ich Teil einer aktuellen Polizeiermittlung bin. Also, nicht dass ich mich über mangelnden Zuspruch beklagen könnte …«

»Natürlich nicht. Viel … Vergnügen, Herr Schwaiger.« Er ging zur Tür.

Als er sie öffnete, fügte der Arzt noch etwas hinzu. »Wenn Sie etwas über den Jungen erfahren, würde es mich freuen, wenn Sie es mir mitteilen. Wäre schon interessant zu wissen, was aus dem armen Ding geworden ist.«

»Soll ich dann dem Grafen einfach so wieder absagen?«, fragte Richard Maier von der Rückbank.

»Richie, zefix, siehst du denn nicht ein, dass es wichtiger ist, zu diesem Typen zu fahren? Immerhin ist das der Sohn vom Baron, so wie's ausschaut! Offenbar sind damals in dieser Unglücksnacht im Schloss Zwillinge zur Welt gekommen. Und einer der Zwillinge von ihm und der Haushälterin hat die Geburt überlebt. Aber wenn du willst, dann steig aus, fahr mit dem Bus zurück und unterhalt dich ein bissle mit deinem blaublütigen Freund!«

»Ich mein ja nur, er hätte sich trotz seiner vielen Verpflichtungen extra frei gemacht und wäre zu uns gekommen. Aber bitte, dann ruf ich eben seine persönliche Assistentin, diese Frau Bergmann, an und bitte um einen Termin mit dem Grafen morgen früh, oder?«

»Mit wem du das ausmachst, ist mir wurscht. Aber morgen muss sich der Herr Graf zu uns ins Büro bequemen, ob er mag oder nicht. Und dann erzählt er uns hoffentlich die ganze Geschichte.«

Strobl hatte Kluftinger berichtet, dass der Graf am Telefon sich nicht weiter zu der Nacht des 13. Oktober 1989 hatte äußern wollen.

Die weitere Fahrt nach Fischen im südlichen Oberallgäu verbrachten sie mehr oder weniger schweigend. Keiner der vier Polizisten wusste, was sie erwarten würde. Denn viel hatten sie noch nicht über den jungen Mann in Erfahrung gebracht, der so plötzlich Teil ihrer Ermittlungen geworden war. Seine Identität ausfindig zu machen war jedoch nicht schwer gewesen. Auch dass er in verschiedenen Pflegefamilien herumgereicht worden war und wohl nicht gerade eine glückliche Kindheit gehabt hatte, war schnell recherchiert. Aber ob und wie er in den Mordfall verwickelt war, das würde sich erst noch zeigen.

Sie hielten vor einem trotz der drei Geschosse irgendwie zierlich wirkenden Hexenhäuschen im Ortskern von Fischen. Die vier Beamten stiegen aus, und Kluftinger bedeutete den Uniformierten, bis auf weiteres im Streifenwagen sitzen zu bleiben. Sie öffneten das kleine Gartentürchen und gingen an ein paar verblichenen Gartenzwergen vorbei auf die alte Haustür zu, neben der zwei Klingelschilder angebracht waren. Auf dem oberen stand der Name Hans Förster.

Als auf sein mehrmaliges Klingeln nichts passierte, drückte er auf die andere Klingel mit der Aufschrift »A. M. Schwegelin«.

Er hatte die Hand noch nicht wieder weggenommen, da hörte er, wie sich innen eine Tür öffnete, dann stand eine alte Frau in einer Kittelschürze vor ihnen. Es schien, als hätte sie nur auf das Läuten gewartet. Aus ihrer tief gebückten Haltung sah sie zu ihnen auf und sagte: »Hab ich gleich gewusst, dass wegen dem irgendwann die Polizei kommt.«

Die Kommissare sahen sich verdutzt an. Sie hatten ja noch gar nicht gesagt, wer sie waren und weswegen sie kamen.

»Ich hätt den nie in Miete reinnehmen sollen«, keifte die Alte weiter. »Der spinnt ein bissle. Und den Rasen mäht er auch schlampig.«

Aus dem Windfang des Fünfzigerjahrehauses roch es muffig nach Putzmittel, Mottenkugeln und dem Essen der letzten drei Wochen.

»Grüß Gott, Frau …«

»Schwegelin.«

»Wir wollten nur fragen, ob Sie vielleicht wissen, wo der Herr …«

Wieder ließ die Frau den Kommissar nicht ausreden. »Das will ich gar nicht wissen. Seine Kehrwoche hat er auch noch nicht gemacht! Alles lässt er verdrecken. Kein Wunder, dass ihn der Ralf aus der Bäckerei rausgeschmissen hat, so einen kann man doch in keiner Backstube brauchen. Wie mein Mann noch den Laden gehabt hat, da haben die Öfen immer geblitzt und alle Bleche. Aber das ist heut auch nicht mehr …«

»Stopp!«, unterband der Kommissar rüde den Redeschwall der

Frau. Die warf ihm einen erstaunten Blick zu. Ihr faltiger Mund, um den ein paar dunkle Haare wuchsen, zuckte. »Jetzt mal immer mit der Ruhe. Sie sind die Vermieterin?«

»Mir gehört das Haus.«

»Und wer, bitte, ist Ralf?«

»Ja, mein Neffe halt.«

»Was hat der mit Herrn Förster zu tun?«

»Der Ralf hat die Bäckerei von meinem Mann übernommen. Und da hat der Förster gearbeitet, als Aushilfe. Und weil ich ja auch jemanden brauch, der sich ein bissle ums Haus kümmert, seitdem mein Mann nicht mehr ist, hab ich dem die Wohnung vermietet. War die Idee vom …«

»Ralf«, ergänzte Kluftinger. Die Frau nickte. »Aber jetzt sagen Sie, warum haben Sie denn mit unserem Besuch bei ihm gerechnet?«

»Weil der ein ganz ein schwindliger Heini ist, so schaut's mal aus. Mit seinem komischen Hobby da!«

»Was ist das denn für ein Hobby, Frau Schwegelin?«

»Er macht dauernd Fotos und hat sich auf dem Speicher eine Dunkelkammer eingerichtet. Macht fünfzig Euro Miete extra. Was der alles fotografiert hat – ich weiß ja nicht!«

Auch wenn ihm solche Tratschweiber eigentlich unangenehm waren – im Moment konnte Kluftinger nichts Besseres passieren. Sie erzählte ihnen nahezu ungefragt alles, was sie wissen wollten.

»Was hat er denn für Fotos gemacht?«, erkundigte sich Strobl, der direkt hinter Kluftinger in der Tür stand, während Hefele und Maier unten an der kleinen Treppe warteten.

»Wer ist der da?«, fragte Frau Schwegelin.

»*Der da* ist mein Kollege Strobl. Sie können seine Frage ruhig beantworten.«

»Aha. Alles Mögliche hat der fotografiert, aber bei manchem hab ich mir gedacht, der verfolgt Leut oder beobachtet die, wie ein Detektiv oder so was. Komisch jedenfalls. Und seine ganzen Fotoapparate, lauter altes Glump liegt da rum. Auf der Speichertreppe ist …«

»Frau Schwegelin«, unterbrach Kluftinger, um ein erneutes Klagen über die mangelnde Ordnung des jungen Mannes gleich im Keim zu ersticken, »können wir uns denn das alles mal ansehen?«

»Freilich, ich hab ja die Schlüssel.«

Der Kommissar nickte den anderen zu.

Die Polizisten folgten der Frau die enge, gewundene Treppe hinauf, deren Stufen mit grünlichem Linoleum belegt waren und lautstark knarrten. An der vergilbten Tapete hingen mehrere aufgeklebte Puzzles, allesamt kitschige Landschaftsbilder, die der Anmutung nach noch aus den siebziger Jahren stammten.

Als sie an der Wohnungstür von Förster vorbeikamen, fragte Kluftinger: »Haben Sie denn auch die Schlüssel hierfür?«

»Freilich.« Ohne zu zögern, sperrte sie ihnen auf. »Mich interessiert eh, wie es bei dem im Moment aussieht, in seiner Wohnung war ich schon länger nicht mehr.«

»Verstehe ich, aber wären Sie so nett und würden meinen Kollegen Maier und Hefele zuerst mal die Dunkelkammer auf dem Dachboden zeigen?«

»Aber nix wegnehmen, während ich nicht da bin, gell? Nicht dass der Förster dann daherkommt und mich verdächtigt. Wissen Sie, das ist der Bilgram Zenz letzthin passiert, da hat sie …«

»Seien Sie beruhigt, Frau Schwegelin, wir lassen schon nix mitgehen, wir sind nämlich von der Polizei«, erklärte Strobl genervt.

»Des sagt ja nix mehr. Seit der Geschichte mit Ihrem Drogenfahnder da …«

»Jaja, wir wissen Bescheid«, unterbrach sie Kluftinger und bugsierte die Alte aus der Tür.

»Endlich Ruhe«, seufzte Strobl, und die beiden sahen sich um.

Die Wohnung war klein, sie bestand nur aus einer winzigen Küche, einem Schlafzimmer und einem kaum größeren Wohnzimmer. Die spärlichen Möbel atmeten wie der Rest des Hauses den Mief vergangener Zeiten: ein Resopalschrank und ein Fünfzigerjahrebett im Schlafzimmer, eine beige Küche, bei der einige Türen fehlten, im Wohnzimmer ein Buffet aus den Sechzigern, ein zerschlissenes Sofa, ein kleiner Esstisch, Stahlrohrstühle.

Die einzigen neueren Einrichtungsgegenstände waren ein paar schwarz lackierte Holzregale, auf denen sich alte Fotoapparate stapelten, ein Computer auf einem kleinen Tischchen im Schlafzimmer und ein Flachbildfernseher. Was den Kommissar wunderte, war die Ordnung, die hier herrschte: Nichts lag herum, das Bett war penibel gemacht, nirgends stand Geschirr, keine Kleidungsstücke waren zu sehen. Außerdem schien alles sauber zu sein. Nach den Tiraden der Vermieterin hatte er geradezu chaotische Zustände erwartet.

An den Wänden hingen zahlreiche Fotos, die Förster offenbar selbst geschossen hatte. Meist zeigten sie Menschen in Schwarzweiß, die in alltäglichen Situationen geknipst worden waren: Bauarbeiter, Landwirte, Passanten auf der Straße. Hin und wieder waren auch Landschaftsaufnahmen darunter, die zwar das Allgäu zeigten, aber nie so fotografiert, dass man daraus Ansichtskarten hätte machen können. Immer waren es düstere Wolkenstimmungen oder öde, leere Felder, die der Fotograf abgelichtet hatte.

Der Kommissar nahm sich nun den Schrank im Schlafzimmer vor. Viel gab es dort nicht zu entdecken: wenige Kleidungsstücke, die säuberlich gebügelt und zusammengelegt waren, ein paar Jacken, ein Bügelbrett samt Bügeleisen an der Rückwand. Kluftinger schloss die Tür und untersuchte das Nachtkästchen, auf dem eine Lampe mit Messingfuß und ein Wecker standen, außerdem lag dort aufgeschlagen ein Buch. »Harry Potter«, las Kluftinger laut.

Er zog die Schublade auf. Der einzige Gegenstand darin war ein kunstvoll gearbeitetes metallenes Kästchen. Kluftinger sog scharf die Luft ein: Der Inhalt der Schatulle würde ihn mit ziemlicher Sicherheit nicht überraschen. Er öffnete sie und blickte auf einen Porzellanengel, der auf blutrotem Samt lag.

»Und?«, fragte von der Tür aus Eugen Strobl.

Kluftinger hielt die Figur in die Höhe.

»Wow! Sonst nix?«

Kluftinger schüttelte den Kopf. »Und bei dir?«

»Das Wohnzimmer ist quasi leer. In dem Schrank ist ein bissle Geschirr und Nippes, wahrscheinlich von der Alten unten, zu einem Fünfundzwanzigjährigen passt das nicht. Ein Ordner mit ein paar Rechnungen und Dokumenten, ein paar Schulzeugnisse. Kein Ausweis, kein Foto von ihm, nix.«

»Hm«, brummte Kluftinger, »und der Computer?«

»Da braucht's ein Passwort.«

»Gibt nicht viel her das alles, oder?«

Strobl zog die Schultern hoch, da hörte Kluftinger das aufgeregte Rufen seines Kollegen Hefele aus dem Treppenhaus: »Kommt's rauf, wir haben was!«

Kluftinger und Strobl rannten die steile Treppe auf den Speicher hinauf. Sie drängten sich an Frau Schwegelin vorbei, die in der Tür zu dem engen, von einer roten Glühbirne erleuchteten Kämmerchen stand, das Förster als Dunkelkammer diente. An Wäscheleinen, die in dem mit allerhand technischen Apparaturen vollgestopften Raum gespannt waren, hingen Schwarzweißfotos in verschiedenen Formaten. Kluftinger konnte zuerst nicht recht erkennen, was darauf zu sehen war. Er kniff die Augen zusammen, dann zog sich ihm die Kehle zusammen: Fast alle Fotos zeigten das Hohe Schloss in Bad Grönenbach.

Förster hatte es aus den verschiedensten Perspektiven geknipst, eine dem ersten Anschein nach lückenlose Fotodokumentation erstellt. Er musste sehr oft dort gewesen sein.

»Himmelsackzement!«

»Das ist noch nicht alles, Chef«, erklärte nun Richard Maier und deutete auf ein großformatiges Foto, ja fast schon ein Poster, das in einer Ecke auf dem Boden lag. Maier hob es hoch, und Kluftinger sah ihn fragend an. In der Mitte des Bilds prangte ein großes, seltsam geformtes Loch. Der Kommissar ging noch einen Schritt näher, dann erkannte er, was die Fotografie zeigte. Noch einmal beschleunigte sich sein Puls: Es war dieselbe Situation wie auf dem Polaroid, das er am Abend des Mordes im Schloss gefunden hatte – nur hatte man hier die Baronin fein säuberlich aus dem Foto herausgeschnitten.

»Und das Gemälde ist wirklich nirgends? Ihr habt alles noch mal durchsucht?«, fragte Kluftinger etwa anderthalb Stunden später Willi Renn, als er mit seinen Leuten aus der Wohnung kam.

»Nix, Klufti.«

»Das heißt, Förster hat es entweder bereits vernichtet oder weggeworfen, oder er hat's bei sich. Ich hoffe jetzt mal Letzteres. Bleibt nur eine Frage.«

»Wo er ist?«

»Genau.«

Eugen Strobl kam zu ihnen. »Er ist weder hier gemeldet, noch hat irgendjemand ein Foto von ihm. Das Schicksal eines Fotografen würd ich sagen.«

»Wieso?«

»Die machen zwar immer Fotos, sind aber selber nie drauf. Ich hab das bei der Hochzeit von meiner Nichte gemerkt, da hab ich nämlich geknipst, und dann …«

»Ich hab's kapiert. Das heißt, wir müssen ein Phantombild machen lassen«, sagte Kluftinger mit sauertöpfischer Miene. Dies war immer die schlechteste aller Varianten, da half es auch nicht, dass die Bilder inzwischen am Computer erstellt wurden und am Ende mehr wie ein Foto denn wie eine Zeichnung aussahen. Allerdings wirkten die Menschen darauf oft seltsam deformiert, fand der Kommissar.

»Am besten, wir machen es mit der Schwegelin, die scheint ja alles ganz genau zu beobachten«, schlug Strobl vor.

»Ist recht.«

Die Großfahndung nach dem mutmaßlichen Mörder der Baronin Grimmbart lief seit über einer Stunde erfolglos. Dafür würde sich ihr bisheriger Hauptverdächtiger bald wieder auf freiem Fuß befinden. Denn für Kluftinger gab es nun keinen Zweifel mehr, dass Hans Förster der uneheliche Sohn von Baron Wieland Grimmbart war, der am Tag seiner Geburt, bei der seine Zwillingsschwester und seine Mutter gestorben waren, einfach ausgesetzt worden war.

Immer wieder blickte Kluftinger auf das Foto, auf dem nur noch die Umrisse der Toten zu sehen waren, und schüttelte ungläubig den Kopf. Ungläubig darüber, wie lange sie diesmal falschen Spuren nachgegangen waren, falsche Hypothesen aufgestellt und die falschen Leute verdächtigt hatten.

Daran würde er noch eine Weile zu knabbern haben, auch wenn das alles hier vorbei wäre.

33

»Oh, heut hat dich deine Mami aber fein gemacht!« Hefele riss die Augen auf und warf dem Kommissar eine Kusshand zu.

Der seufzte. Das war es, was ihm in seinem Beruf am meisten zu schaffen machte: nicht die vielen Leichen, die kapitalen Verbrechen, das Böse im Menschen, dem er auf vielfältige Weise immer wieder begegnete. Nein, es waren die Kollegen, denen nicht das kleinste Detail verborgen blieb – etwa die Tatsache, dass er heute mit seinem neuen Anzug ins Büro gekommen war.

Er wolle ihn nur ein wenig eintragen, damit er sich auf der morgigen Feier natürlich darin bewegen könne, hatte er Erika seine ungewohnte Kleidungswahl am Morgen erklärt. Und dabei verschwiegen, dass er es nicht bedauern würde, wenn die neue Chefin, *also die neue, recht attraktive Chefin,* ihn außer im Janker auch einmal elegant sehen würde.

»Hast du jetzt auch adeliges Blut in deinen Adern entdeckt?«, stieß Maier ins gleiche Horn wie sein Kollege Hefele.

Und als Strobl schließlich beim Betreten des Büros ein »Oh, heiß!« hauchte, hatte der Kommissar dafür nur noch ein resigniertes Seufzen übrig.

Die Einzige, die seinen Aufzug nicht kommentierte, war Sandy Henske, was dem Kommissar aber auch wieder nicht ganz recht war, denn insgeheim hatte er von ihrer Seite schon auf einen bewundernden Kommentar zu seiner weltmännischen Erscheinung gehofft. Doch wie seine Ehe war ihre Büropartnerschaft über die Jahre etwas weniger aufmerksam geworden. Diese Entwicklung hatte sich noch beschleunigt, seit Birte Dombrowski das Ruder übernommen hatte. Und damit eine andere Frau in Kluftingers Bürokosmos den Fixstern bildete.

»Wie steht es denn mit der Fahndung?«

»Noch nix Greifbares, Eure Exzellenz, Herr Kommissariatsleiter«, erklärte Strobl.

»Wir haben zwar mittlerweile einen Bekannten ausfindig gemacht, bei dem er vorgestern noch war, seither fehlt aber jede Spur von ihm.«

»Zefix, irgendwo muss der doch wieder auftauchen.«

»Wird schon, Herr Kluftinger, wird schon.« Sie wandten die Köpfe: Birte Dombrowski stand in der Tür und lächelte. »Auf jeden Fall haben Sie das ganz großartig gelöst. Alle, meine ich. Allen voran natürlich Ihr Vorgesetzter.« Sie kam auf ihn zu und streckte die Hand aus. Kluftinger stand auf und ergriff sie. »Gratuliere. Der Ruf Ihres legendären Instinkts eilt Ihnen ja voraus – und wie es scheint: zu Recht.«

»Ach, das …« Kluftinger winkte ab.

»Sehr schick, übrigens«, bemerkte sie mit Blick auf seinen Anzug.

»Der alte Fetzen?«, gab er zurück.

»Nein, wirklich, ich begrüße das, wenn Vorgesetzte ihre Führungsrolle auch durch die Kleidung zum Ausdruck bringen.«

Verlegen sah er zu Boden, dann sagte er: »Wir müssten noch mit der Staatsanwaltschaft reden, wegen dem Prinz.«

»Ich übernehme das, keine Sorge. Übrigens, meine Herren«, sie wandte sich nun an alle Anwesenden, »hat mir Herr Laue das Ergebnis Ihres Schießtrainings mitgeteilt.«

Die Beamten blickten nervös zwischen der Chefin und Richard Maier hin und her.

»Sehr, sehr erfreulich. Ich war da vielleicht ein bisschen zu streng mit Ihnen, das tut mir leid«, fuhr sie fort, und sie entspannten sich wieder. »Es wäre mir trotzdem recht, wenn Sie da zukünftig mehr auf die Einhaltung der vorgeschriebenen Intervalle achten könnten. Ja? Sie scheinen zu Herrn Laue ja ohnehin einen recht guten Draht zu haben.«

»Vor allem der Richie«, murmelte Hefele.

»Bitte?«

»Ach nix, aber ich glaub, ums Schießen müssen Sie sich in Zukunft bei uns keine Sorgen mehr machen.«

»Gut, in diesem Sinne, meine Herren. Ach, Herr Kluftinger, würden Sie mich noch hinausbegleiten?«

»Aber sicher, gerne.« Der Kommissar stolperte fast, so schnell ging er auf sie zu.

Auf dem Gang blieb die Polizeipräsidentin stehen. Mit gedämpfter Stimme sagte sie: »Ihre Arbeit ist untadelig, Herr Kluftinger, und Ihre Erfolge sprechen für sich. Ich glaube also nicht, dass ein erfolgreicher Mann, der so gut dasteht wie Sie, den Alkohol nötig hat.«

Der Kommissar war sprachlos. Was wollte sie ihm denn damit sagen? Er dachte nach und kam auf einige Situationen in der letzten Zeit, die vielleicht zu einem Missverständnis geführt haben könnten. »Wissen S', Frau Dombrowski …«

Sie hob die Hand. »Sie brauchen sich nicht zu rechtfertigen. Jeder reagiert anders auf Stress. Wenn die Sache damit für Sie erledigt ist, ist sie das auch für mich, ja?«

Er sah ihr noch eine Weile nach und merkte gar nicht, dass seine Sekretärin sich hinter ihn stellte. Erst als sie ihm die Hand auf die Schulter legte, zuckte er zusammen. »Chef, wenn Se mal jemand zum Reden brauchen, mein Schwager, der hat auch mal Alkoholprobleme …«

»Was? Ich … nein, wirklich, Fräulein Henske, ich komm zurecht.« Etwas unwirsch wischte er ihre Hand von seiner Schulter und ging zurück in sein Büro.

»*Ich mag es, wenn Männer ihre Führungsrolle ausüben*«, imitierte Hefele die Dombrowski und leckte dabei mit der Zunge über seinen Schnauzbart, was Kluftinger noch ekelhafter fand als Maiers kleine Pantomime, die darin bestand, dass er ihm den Rücken zuwandte und sich selbst umarmte, wobei er laute Schmatzgeräusche von sich gab.

»Sie hat mich übrigens nach euren Beurteilungen gefragt.«

Kluftinger war sich ziemlich sicher, dass diese kleine Lüge die Kollegen verstummen lassen würde. Tatsächlich schwiegen sie sofort. Erst nach ein paar Sekunden der Stille fragte Hefele zaghaft: »Und?«

»Ja, und, das würdet ihr jetzt gern wissen, gell? Was soll ich denn über Polizisten schreiben, die sich aufführen wie … wie ihr halt.«

»Aber das ist auch wichtig fürs Klima, dass man sich mal ein wenig austobt«, rechtfertigte sich Maier.

»Für euer Klima vielleicht.« Kluftinger war sauer, deswegen würde er ihnen auch nicht sagen, dass er ihre Beurteilungen schon längst fertig hatte und sie alle gleichermaßen für die Leistungsprämie vorgeschlagen hatte. »Und wer denkt an mein Klima?«, fuhr er stattdessen fort. »Früher, da ging's wenigstens noch gegen …« Er schaute zu Maier, der sofort protestieren wollte, weswegen er sagte: »… gegen Kollegen aus anderen Abteilungen, aber inzwischen scheint ihr ja …«

»Der Herr Graf ist da!«, rief Sandy mitten in seine Standpauke.

»Welcher Herr Graf denn?«

»Na, der, den Sie sprechen wollten. Aus Bad Wurzach.«

»Ach, der Graf.«

»Das hab ich doch … na ja, nu isser jedenfalls da.«

»Gut, der Richie und ich kümmern uns drum, wir waren damals ja auch bei ihm.«

»Soll uns nur recht sein.« Hefele und Strobl verließen das Zimmer im gleichen Augenblick, in dem Graf Grimmbart eintrat. Wobei Kluftinger das Wort »eintreten« in diesem Zusammenhang nicht aussagefähig genug fand. *Er erschien* hätte es wohl besser getroffen. Mit großen Schritten marschierte er an Sandy Henske vorbei, die er keines Blickes würdigte, stellte sich in der Mitte des Zimmers auf und wartete mit nach oben gerecktem Kinn. Den Kommissar hätte es nicht verwundert, wenn von irgendwoher eine Fanfare erschallt wäre.

Maier beeilte sich, ihren Gast zu begrüßen: »Durchlaucht, es tut uns leid, dass wir Sie herbemühen mussten, aber die Vorkommnisse erfordern es leider.«

Durchlaucht! Herbemühen! Sie waren doch keine Leibeigenen. Betont leger sagte Kluftinger: »Grüß Gott, Herr Grimmbart. Nehmen S' doch Platz.«

Der Graf setzte sich und schlug die Beine übereinander. Dann sah er sich mit sauertöpfischer Miene im Zimmer um.

»Darf ich Ihnen etwas bringen? Einen Kaffee vielleicht?«, fragte Maier.

»Inkommodieren Sie sich nicht«, gab der Mann zurück.

»Aber nein, es wäre mir eine Freude.«

»Gut, dann einen Kaffee, nicht zu stark, zwei Teelöffel Zucker und einen kleinen Schuss fettarme Milch.«

Der Mann war es offensichtlich gewohnt, dass ihm Sonderwünsche erfüllt wurden, dachte der Kommissar. Er wartete, bis Maier das Getränk brachte, wobei ihm nicht entging, dass er noch eine Praline aus ihrem Bürovorrat an den Rand der Untertasse gelegt hatte. Dann begann Kluftinger: »Wir haben eine interessante Entdeckung gemacht.«

»Das ist mir nicht verborgen geblieben.«

»Ich meine nicht die beiden Skelette, ich meine eher dasjenige, das wir *nicht* gefunden haben.«

»So?«

»Ja, denn es ist ein Findelkind ausgesetzt worden in dieser Nacht in Grönenbach.«

Der Graf sah den Kommissar ungerührt an. »Herr Kommissar, das ist jetzt wohl die Stelle, an der ich fragen sollte, was für ein Kind das ist und was es mit der Angelegenheit zu tun hat, nicht wahr? Oder sagen Sie es mir einfach? Sie müssen verzeihen, ich bin mit den Gepflogenheiten hier«, er machte eine Handbewegung, als wolle er eine Fliege verscheuchen, »nicht so vertraut.«

»Ach so. Ja dann: Das ist die Stelle, an der ich Ihnen sage, dass wir im Bilde sind über den Sohn Ihres Cousins.«

Der Graf verzog keine Miene, was Kluftinger zu einem noch gewagteren Manöver reizte: »Und dieser Sohn wurde als Neugeborenes ausgesetzt. In besagter Nacht. Offenbar von jemandem, der einen Range Rover fuhr.«

Kalt lächelnd erwiderte der Graf: »Ich will das so einfach wie möglich sagen: Sollten Sie irgendeinen Anhaltspunkt für die Behauptung haben, die Sie hier andeuten – und ich möchte klarstellen, dass Sie den nicht haben können, weil sie nicht der Wahrheit entspricht –, dann erklären Sie sich jetzt. Ansonsten schweigen Sie von nun an. Oder, das sollte ich vielleicht noch erwähnen, ich werde dagegen vorgehen.«

Kluftinger musterte den Adeligen vor sich. Er zeigte keinerlei Emotion, sagte alles ruhig und klar, was seinen Worten zusätzliche Schärfe verlieh. Ihn brachte die arrogante Art, mit der ihnen der Graf nun schon zum zweiten Mal begegnete, eher in Rage, als dass er sich wie Maier davon den Schneid abkaufen ließ. »Haben Sie denn früher auch schon einen Range Rover gefahren?«, fragte er unbeeindruckt weiter.

»Ja, das habe ich. Wenn man einmal in diesen Autos unterwegs war, ist man ihnen verfallen. Aber das können Sie natürlich nicht wissen.«

»Wahrscheinlich nicht, nein. Um zum Punkt zu kommen: Wenn der Baron einen Sohn hat, der noch am Leben ist, wäre der sein Erbe, nicht Sie.«

Der Graf leckte sich über die Lippen. Seine Selbstsicherheit bekam erste Risse.

»Wenn wir also annehmen …«

Unvermittelt erhob sich der Mann vor ihm. Seine Kiefermuskeln spannten sich immer wieder an: »Mir wird das hier langsam zu bunt. Ich würde jetzt doch gerne mal den Herrn Lodenbacher sprechen.«

»Ja, da müssten Sie wohl einen Termin in München machen, im Innenministerium, wo er jetzt arbeitet. Wir haben inzwischen eine Polizeipräsidentin.«

Da Grimmbart darauf bestand, dann ebendiese zu sprechen, ließ Kluftinger nach ihr schicken, vielleicht befand sie sich noch im Gebäude.

Kurz darauf stand sie in Kluftingers Vorzimmer dem Grafen gegenüber und sagte freundlich lächelnd: »Ich stimme Herrn

Kluftinger voll zu. Er tut gewissenhaft seine Arbeit, daran habe ich nicht das Geringste auszusetzen. Und auch Personen Ihres Standes, und lassen Sie mich betonen: Ihres inzwischen aller Privilegien entkleideten Standes, werden hier behandelt wie jeder andere Mensch von der Straße.«

Kluftinger hatte Mühe, seine Begeisterung über die kleine Ansprache seiner Chefin zu zügeln. Mit ihrem ehemaligen Vorgesetzten wäre die Unterhaltung ganz anders verlaufen.

»Hören Sie, gute Frau«, sagte der Graf, der seine Wut nun kaum noch unter Kontrolle hatte, »Sie kennen mich nicht, weil Sie neu hier in der Region sind. Das will ich Ihnen zugutehalten. Aber lassen Sie sich gesagt sein, dass ich über Verbindungen verfüge, die ...«

»Oh, das trifft sich gut«, unterbrach ihn Birte Dombrowski, »ich habe auch exzellente Verbindungen. Vielleicht kennen die sich ja sogar untereinander, unsere Verbindungen, wäre das nicht drollig?«

Der Graf schnappte nach Luft und wollte gehen, aber Kluftinger gab Maier ein Zeichen, ihn erst mal in einen anderen Raum zu bringen. Auch auf ihn würden in den nächsten Tagen noch unangenehme Fragen warten.

Eine Weile blieb es still, dann brach sich die Begeisterung über dieses bisher ungekannte Chefverhalten Bahn. Sandy Henske, in deren Büro sich die Szene abgespielt hatte, applaudierte sogar, was der Präsidentin denn doch ein bisschen zu viel war.

»Ich tue hier nur meine Arbeit – und das sollten Sie auch.« Damit war sie wieder verschwunden.

»Ich weiß ja nicht, ob das so geschickt war«, äußerte Maier seine Bedenken, als sie wieder zurück ins Büro gingen. »Solche Menschen verfügen über ein Netzwerk, da macht sich unsereins gar keinen Begriff davon.«

»*Solche Menschen,* Richie, sind auch nichts Besseres als wir, außer wir lassen das zu.«

Hefele und Strobl stürmten in den Raum: »Da haben wir ja mal wieder das Beste verpasst«, schimpften sie.

»Ich seh schon, die stille Post funktioniert«, sagte Kluftinger grinsend.

»Hat die den echt so abgefertigt?«, wollte Hefele wissen und bat sie, die Szene noch einmal haarklein zu schildern.

Kluftinger tat ihm den Gefallen, endete aber mit den Worten: »Und dann hat sie gesagt, wir sollen jetzt aber unsere Arbeit machen.«

»Ach so, ja, haben wir ja schon. Und ein paar ganz interessante Sachen über unseren abgängigen Adelsspross rausgefunden. Zum Beispiel, dass er mal in der Gastronomie gearbeitet hat. Und jetzt rate mal, wo?«

»In einer Schlossschenke? Was weiß denn ich.«

»Nein, in dem Sushiladen in Oberstdorf. Du weißt schon, in dem du drin warst.«

»Der mit der Fischvergiftung?«

»Volltreffer.«

Kluftinger biss sich auf die Unterlippe. Er war so nahe an ihm dran gewesen … »Dann wissen wir auch, woher er das Gift gehabt hat, oder?«

»Möglich«, sagte Strobl. »Vielleicht aber auch von unserem lieben Herrn Prinz.«

»Hm, darüber sollten wir noch ein Wörtchen reden mit dem Herrn Apotheker, bevor wir ihn in die Freiheit entlassen. Kann ja gut sein, dass er dem Förster das Zeug besorgt hat, schließlich war er Stammgast im Sushilokal. Kümmert euch bitte drum. Sonst noch was?«

»Nix, was uns wirklich weiterhilft«, sagte Strobl. »Der Förster hat verschiedene Jobs gehabt. Unter anderem hat er als Hilfsarbeiter beim Forstamt gearbeitet. Auch mal in einer Bäckerei, wie wir ja wissen. Übrigens hat uns Ralf Schwegelin, der Bäckermeister in Fischen, erzählt, dass er zu der Zeit auch unter Magersucht gelitten hat.«

»In einer Bäckerei?«

»Ja, Magersucht in der Bäckerei. War deshalb wohl auch zu schwach für die schwere Arbeit. Mit seinen dürren Fingerchen und Ärmchen konnte der keinen Mehlsack heben. Aber ob er das immer noch hat, mit der Magersucht, wissen wir nicht.«

»Haben wir denn jetzt ein Foto von ihm aufgetrieben?«, wollte Kluftinger wissen.

»Nein, wir lassen das Phantombild von der alten Schwegelin noch mit ein paar Aussagen von anderen verfeinern, die ihn kennen. Mehr können wir momentan nicht machen.«

Kluftinger nickte und stand etwas unschlüssig herum. »Geh du doch heim«, schlug Hefele vor. »Ich mein, ihr habt sicher noch zu tun wegen der Hochzeit morgen, und im Augenblick läuft hier ja sowieso nicht viel.«

Der Kommissar schaute seinen Kollegen zweifelnd an.

»Wirklich. Wenn sich irgendwas ergibt, melden wir uns, versprochen.«

Kluftinger rang noch ein wenig mit sich, dann sagte er: »Also gut. Aber ihr haltet mich auf dem Laufenden, versprochen?«

»Versprochen«, kam es von allen wie aus einem Mund.

Er packte seine Sachen in die Aktentasche und verließ das Büro.

Als er sich bei Sandy verabschiedete, machte die ein feierliches Gesicht. »Herr Kluftinger, ich wünsch Ihnen ein ganz dolles Fest, und lassen Sie Ihre Gefühle ruhig mal zu. An so einem Tag, da dürfen auch ein paar Freudentränen fließen.«

»Soso. Ja, danke, Fräulein Henske. Für alles. Nächste Woche ist dann sicher alles wieder ein bissle ruhiger und normaler hier.«

Die Sekretärin lächelte.

Er war schon auf dem Gang und winkte Birte Dombrowski zu, die ein paar Meter entfernt mit einer Kollegin von der Drogenfahndung sprach, da ging hinter ihm die Tür noch einmal auf. Strobl und Hefele streckten die Köpfe heraus und riefen ihm laut und für jedermann vernehmlich nach: »Und sauf nicht wieder so viel, gell? Nicht dass uns irgendwelche Klagen kommen.«

Als der Kommissar daheim den Wagen abschloss und zur Haustür ging, wurde ihm schlagartig bewusst, dass der nächste Tag einer der schönsten in seinem bisherigen Leben sein würde. In ihrem Leben, als Familie, korrigierte er sich innerlich.

Als er die Eingangstür hinter sich zugezogen hatte, blieb von diesen harmonietrunkenen Gedanken jedoch wenig übrig: Ein babylonisches Stimmengewirr drang an sein Ohr, mindestens ein Dutzend Menschen musste in seine Wohnung eingefallen sein.

Und tatsächlich: Nicht nur ihre Hausgäste, auch seine Eltern, Schwiegereltern samt »Mäuschen« und die Langhammers liefen aufgeregt herum. Das Epizentrum der Betriebsamkeit schien dabei die Küche zu sein, aus der es süßlich nach Kuchen duftete. Am Esstisch wurden zwei Torten verziert, und Erika trug zwei Backbleche auf den Balkon. Es sah aus wie in einer Konditorei, und der Kommissar schätzte, dass für jeden der geladenen Hochzeitsgäste locker ein halber Kuchen eingeplant war.

Niemand schien von ihm Notiz zu nehmen in diesem geschäftigen Ameisenhaufen. Er grüßte allgemein in die Runde, wofür er allerdings nur ein unbestimmtes Brummen hier oder ein angedeutetes Kopfnicken dort erntete. Irgendwie hatte er das Gefühl, ein Fremdkörper in einem perfekt aufeinander abgestimmten Organismus zu sein, in dem es für jeden eine Aufgabe gab – außer für ihn.

Doch er hatte fest vor, auch einen Platz in diesem wimmelnden Kollektiv einzunehmen, rieb sich geschäftig die Hände und rief seiner Frau zu: »Erika, ich kann auch ein bissle Kuchen verzieren.«

Sie sah ihn ungläubig an. »Pff! Du? Nein, Butzele, lass mal lieber!«

»Ach so, der Langhammer kann's aber schon, oder?«, zischte er und deutete auf den Arzt, der sich gerade mit einem Spritzbeutel über eine Torte beugte und mit herausgestreckter Zunge begann, diese mit kleinen Sahnehäubchen zu versehen.

»Der hat auch wirklich mehr Fingerspitzengefühl und Sinn für Ästhetik.«

»Aber ich …«

»Ich, ich, ich! Heute geht es ausnahmsweise mal nicht um dich.«

Der Kommissar sah ihr verdutzt nach und beschloss, sich an jemanden zu wenden, der weniger überfordert schien als seine Ehefrau. Er fand diesen Jemand in seiner Mutter, die in der Küche Äpfel schälte und die Ruhe selbst zu sein schien.

»Mama«, säuselte er, »soll ich ein bissle schneiden helfen?«

»Du? Bub, da tust du dir doch höchstens weh! Ruh dich lieber aus von deinem stressigen Tag. Das hier ist doch keine Arbeit für einen Mann.« Dann senkte sie die Stimme und flüsterte: »Der Japaner ist im Garten, schau doch, was der da so treibt.«

Keine schlechte Idee, fand Kluftinger, auch wenn es ihn kränkte, dass seine Fähigkeiten von allen Anwesenden anscheinend völlig falsch eingeschätzt wurden. Er holte sich zwei Kuchenteller aus dem Wohnzimmerschrank und entnahm einer auf der Kellertreppe gelagerten Tortenplatte zwei Stück Bienenstich. Gerade als er die Kunststoffhaube wieder auf die Platte stellte, merkte er, dass er beobachtet wurde. Er hob den Kopf und sah seiner Schwiegermutter ins streng dreinblickende Gesicht.

»Ihr seid's aber fleißig gewesen«, sagte er lächelnd und versuchte, sich so vor die Teller zu stellen, dass sie sie nicht sehen konnte.

»Was wird das?«, fragte Erikas Mutter knapp.

»Für mich und den Joschi. Bienenstich ist doch einer meiner liebsten …«

»Erika«, rief seine Schwiegermutter durch den Hausgang, »dein Mann stiehlt Kuchen!«

»*Stiehlt?* Also bitte, Traudl, ich mein, das ist doch eh viel zu viel Kuchenzeug, da kann ich doch wohl …« Er vollendete den Satz nicht, denn aus allen Ecken der Wohnung liefen die Leute zusammen. Sein Sohn, seine Mutter, Annegret Langhammer und nicht zuletzt seine Frau sahen ihn entgeistert an. Kluftinger hätte ihnen gerne erklärt, wie lächerlich das wirkte, wie dünnhäutig sie waren, wie überzogen sie reagierten. Doch angesichts der feindlichen Übermacht murmelte er lediglich: »Tu ich ihn halt wieder zurück.«

Kopfschüttelnd löste sich das spontan zusammengekommene Tribunal wieder auf.

Mit rotem Kopf holte Kluftinger statt des Kuchens zwei Flaschen Bier und ging in den Garten, wo Yoshifumi Sazuka am Terrassentisch konzentriert auf seinen tragbaren Computer starrte.

»Servus, Joschi.«

»Ah, Klufti! Nice to see you«, sagte er strahlend.

Der hatte recht. Hatte sich einfach aus der Schusslinie gezogen. »Du hast recht, Joschi. Away from se Gewumsel«, erklärte der Kommissar und schob seinem Gast eine Flasche Bier hin.

»Hai!«, sagte der Asiate und drückte den Bügelverschluss auf, dann stießen die beiden miteinander an. Eine Weile prosteten sie sich einfach immer wieder zu, ohne viele Worte zu machen. Doch dann kündigte das Klimpern eines großen Schlüsselbundes das jähe Ende ihrer Idylle an. Wenn Kluftinger nicht alles täuschte, war da ein Arzt im Anzug.

»Ah, die beiden Schwiegerväter in spe in trauter Zweisamkeit. Darf man sich dazugesellen?«, fragte Langhammer lächelnd.

»Gibt es denn drinnen keine Verwendung mehr für Fingerspitzengefühl und Ästhetik, Herr Doktor?«

»Meine Taube hat mich zu Ihnen geschickt, anscheinend misstraut sie meinen Kompetenzen als Zuckerbäcker.«

Kluftinger grinste. Ging es Doktor Schlaumeier also auch nicht besser als ihm. Sofort fühlte er sich auch ihm seltsam verbunden. »Auch ein Bier?«, fragte er daher, und der Doktor nickte.

Als der Kommissar wenig später mit einer hölzernen Schatulle in der einen Hand und einem halb gefüllten Kasten Bier in der anderen zurückkam, hatte sich am Gartentisch auch noch Yumikos Schwester eingefunden, wie immer mit den obligatorischen Kopfhörern, aus denen blecherne Rhythmen drangen. Nachdem er an alle Herren eine weitere Flasche ausgeteilt hatte, sah ihn das Mädchen fragend an. Kluftingers Blick ging zu ihrem Vater, dann zum Bierkasten und wieder zurück zu ihr. Sazuka blickte sie streng an, nickte dann aber, und Kluftinger zuckte mit den Schultern.

»No problem, this is not my first beer«, erklärte sie.

»Soso. Aber not so fast trinken, Mikado.« Dann setzte er sich, öffnete die Holzschachtel, in der sich seine guten Zigarren befanden, von denen er sich höchstens alle paar Monate mal eine gönnte, roch kurz daran und ließ sie kreisen.

Langhammer und Sazuka winkten ab, während Miyako durchaus interessiert wirkte.

»Jetzt kommt's schon. Wir haben doch was zu feiern! What to fire!«

Nach einem Vortrag des Doktors über die Gesundheitsgefährdung durch Zigarrenrauchen im Speziellen und Tabakkonsum im Allgemeinen sowie einer regen Diskussion zwischen Vater und Tochter Sazuka war die Kluftingersche Terrasse kurz darauf in dichten, blauen Qualm gehüllt. Kluftingers Vater hatte sich ebenfalls zu der illustren Runde gesellt. Alle, auch das Mädchen, pafften vor sich hin und tranken Bier, ohne zu reden. Nur von Sazuka war ein bellendes Husten zu vernehmen, die anderen schienen ihre Zigarren recht gut zu vertragen.

»Joschi, all clear by you?«, fragte Kluftinger nach einem weiteren Hustenanfall besorgt, doch das blass-grünliche Gesicht von Sazuka zeigte deutlich, dass dem nicht so war.

»Hai«, versetzte der Japaner noch, dann sprang er auf, presste sich die Hand vor den Mund und verschwand im Haus.

Wenig später erschien Annegret Langhammer in der Tür. Alle ließen ihre Zigarren wie auf Befehl unter dem Tisch verschwinden, was bei dem vielen Rauch ein ziemlich sinnloses Unterfangen war. Annegret bat ihren Mann, nach Herrn Sazuka zu sehen, da der sich überhaupt nicht wohl fühle.

»Bestimmt die Aufregung«, sagte Langhammer in die Runde.

»Bestimmt!«, pflichteten die anderen bei und sahen sich vielsagend an. Dann streckte der Doktor seine Zigarre unter dem Tisch Kluftinger hin, stand auf und ging ins Haus.

»Brav«, sagte Kluftinger grinsend zu seinem Vater. »Die Frau befiehlt, und er springt.«

In diesem Moment rief Erika vom Balkon nach ihm.

»Ich bin hier«, erwiderte er sofort.

»Hältst du es nicht für nötig, dich mal mit dem Hochzeitsgeschenk für die Kinder zu beschäftigen?«

»Wollt ich gerade machen«, gab er kleinlaut zurück. Schweren Herzens stand er auf, warf dem kläglichen Rest ihres bunt zusammengewürfelten Haufens einen wehmütigen Blick zu und legte seine Zigarre neben die nicht mal halb fertiggerauchten der beiden anderen.

In der Garage besserte sich seine Stimmung wieder, denn er freute sich darauf, das Hochzeitsgeschenk auf Hochglanz zu bringen. Da würden die Kinder und alle anderen Augen machen.

Er räumte Rasenmäher, Grill, sämtliche Fahrräder sowie einige leere Blumentöpfe und seinen Dachständer beiseite, zog an der blauen Plane – und da stand er: der rosafarbene Smart, den er vor einer Weile hatte kaufen müssen, weil … es die Situation erfordert hatte.

Nun würde der pfiffige Flitzer eben dem jungen Paar Freude bereiten, denn er selbst hatte keine rechte Verwendung für den Kleinstwagen finden können. Sein Passat war schließlich außer einer etwas abgenutzten Kupplung und der abgerissenen Antenne nahezu makellos und würde ihm noch viele Jahre gute Dienste leisten. Wer weiß, vielleicht blieb auch sein Sohn seinem kleinen pinken Gefährt so lange treu wie er dem seinen. Wenn er wollte, dann könnte Markus ja die Werbeschrift der österreichischen Keksfirma einfach überlackieren.

Zudem würde der Wagen dem Brautpaar als Hochzeitsauto dienen. Kluftinger hatte schon vor Monaten diesen Einfall gehabt und dem Brautpaar versprochen, er werde einen Wagen organisieren, den sie nie wieder vergessen würden. Schweren Herzens hatte Markus irgendwann eingewilligt. Kluftinger hatte sich bei der Zulassung des Autos sogar zum Erwerb eines Wunschkennzeichens durchgerungen, von dem bisher noch niemand in der Familie wusste.

Er zog die Nummernschilder aus einer Tüte, die er vorsorglich hinter seiner Motorsense versteckt hatte: OA-MK 111. Gut, streng genommen wäre vielleicht YM eine noch bessere Buchstabenkombination gewesen. Yumiko hatte er bei der ganzen Sache irgendwie vergessen, wie ihm erst jetzt auffiel. Allerdings: Wenn die zwei ihm vielleicht bald schon seinen Enkelsohn namens Max schenken würden, sah das wieder ganz anders aus.

Er brachte die Schilder am Auto an, setzte sich hinein und drehte den Zündschlüssel, woraufhin der Motor sofort ansprang. Es hatte sich ausgezahlt, dass er bereits vor ein paar Wochen die Batterie des Smarts an ein Ladegerät gehängt hatte. Womit er nicht gerechnet hatte, war die enorme Rauchentwicklung in der Garage. Die musste er aber geschlossen halten, um die Überraschung nicht zu gefährden. Der Qualm wurde noch schlimmer, da er den Wagen aus Platzgründen quer in die Garage gestellt hatte und nun ziemlich rangieren musste, um ihn wieder herauszubekommen.

Er hielt zwar das Wagenfenster geschlossen, doch nach ein, zwei Minuten war die Luft derart verpestet, dass er sich ein Taschentuch vorhalten musste. Er bekam einen heftigen Hustenanfall und beschloss, nun wohl oder übel doch das Tor zu öffnen, als dies wie von Zauberhand geschah. Der Kommissar kniff die Augen zusammen, um durch den Qualm sehen zu können, der in der Garage hing wie eine milchige Wolke. In deren Zentrum stand, vom Scheinwerferlicht des Autos in eine Art Strahlenkranz gehüllt, eine Gestalt, die nun die Wagentür aufriss.

»Kluftinger, mein Guter, was um Himmels willen machen Sie denn für Dummheiten?«, schrie Doktor Langhammer, packte den Kommissar und zerrte ihn aus dem Smart.

»Ich wollt nur ausparken«, erklärte Kluftinger immer wieder hustend, wurde aber unerbittlich nach draußen geschleppt.

Dort legte der Arzt ihm den Arm um die Schultern und sagte bestimmt: »Wann immer Sie Hilfe brauchen, melden Sie sich bei mir, ja? Ich hab immer ein offenes Ohr. Wir finden für alles eine Lösung. Und Ihr Sohn ist wegen der Hochzeit doch nicht weg, er …«

Kluftinger befreite sich unsanft aus seiner Umarmung. »Jaja, schon recht jetzt. Helfen Sie mir mal lieber, das Auto da rauszukriegen!«

Drei Stunden später stand der Hochzeitswagen gewaschen und geschmückt in der Garage, Kluftinger hatte im Keller sämtliche Tischgestecke gebunden, allerdings aus dem Gedächtnis, da Sandy Henskes Vorlagen nach mehreren Tagen im Kofferraum des Passats kaum noch erkennbar gewesen waren. Alle Kuchen waren im Kühlraum der Gastwirtschaft verstaut, und die Hektik hatte sich endlich ein wenig gelegt. Jetzt spürte er eine bleischwere Müdigkeit. Er beschloss, früh ins Bett zu gehen, schließlich musste er fit sein für … alles, was morgen passieren würde.

Als er sich gerade auszog, kam Erika ins Schlafzimmer. »Was hast du vor?«

»Ich geh ins Bett.«

»Aber sicher nicht so!«

»Ich hab Zähne geputzt und war bieseln, wenn es das ist, was du meinst.«

»Du stinkst nach Bier, Abgasen und deiner grausligen Zigarre.«

»Du, ich bad morgen früh eh noch.«

»Du … was?« Erika hatte ein hysterisches Kieksen in der Stimme.

»Ich nehm morgen früh noch ein Bad, und …«

»Wir sind hier zu siebt, meinst du, da kannst du ewig das Bad blockieren, weil du dich in der Wanne wälzen musst? Geh jetzt bitte gleich noch duschen.«

Widerspruch zwecklos, sagten Erikas Augen. Der Kommissar ging also schweigend zurück ins Bad und genoss die ausgiebige Dusche sogar wider Erwarten. Danach langte er durch die Kabinentür nach draußen, um sein Handtuch vom Halter zu ziehen – und griff ins Leere. »Zefix«, schimpfte er, als er sich im Bad umgesehen hatte. Anscheinend hatte Erika ausgerechnet heute alles in die Wäsche geworfen. Das Einzige, was am Heizkörper hing, war ein glänzender, roter Bademantel mit allerlei japanischen Schriftzeichen darauf. Wenn er die Lage richtig überblickte, war das für Kluftinger die einzige Möglichkeit, wieder zurück ins Schlafzimmer zu kommen, ohne nackt zu gehen oder wieder in seine alten Klamotten schlüpfen zu müssen.

Schweren Herzens zog er sich also das fernöstliche Kleidungsstück an, das aus erheblich mehr Stoff bestand, als es eigentlich nötig gewesen wäre. Gerade hinten bauschten sich gleich mehrere Lagen auf, wobei das Ding insgesamt für Kluftinger viel zu klein war, jedenfalls waren die Ärmel viel zu kurz.

Er verließ das Bad auf Zehenspitzen und war schon vor der Schlafzimmertür angekommen, als hinter ihm ein schriller Schrei ertönte, gefolgt von nicht weniger schrillem Wehklagen in einer Sprache, die er nicht verstand.

Erschrocken wandte er den Kopf und sah, dass am anderen Ende des Hausgangs Frau Sazuka stand und mit rotem Kopf aufgeregt gestikulierte.

Das Geschrei lockte auch seinen Sohn an, der aus dem Wohnzimmer gelaufen kam, bestürzt zwischen seinem Vater und seiner Schwiegermutter hin und her sah, bevor er zu ihr ging und auf Englisch auf sie einredete, allerdings so leise, dass Kluftinger kein Wort verstehen konnte. Nach einer Weile schien sie sich zu beruhigen, nickte ein paarmal in Richtung des Kommissars und ging ins Gästezimmer.

Sein Sohn kam wortlos auf ihn zu, drängte ihn ins Schlafzimmer und drückte die Tür von innen zu. »Vatter, hast du völlig den Verstand verloren?«

»Wieso denn? Wegen dem Fetzen?« Er zeigte auf den Kimono. »Ist jetzt blöd gelaufen, aber die baden sogar im selben Wasser wie ich, da werden sie das ja wohl verkraften.«

»Der gehört nicht der .... Das ist Yumikos Hochzeitskimono. Und du ziehst den am Abend vor der Trauung als Bademantel an? *Der Fetzen* kostet an die zehntausend Euro, das ist dir schon klar, oder?«

»Das ist ... ich mein ... *zehntausend?*« Kluftinger wurde bleich, schlüpfte ungelenk aus dem Kleidungsstück und hängte es auf den nächstbesten Bügel.

Markus verzerrte das Gesicht und wandte den Kopf ab: »Ich bin blind. Ich bin blind«, schrie er.

»Lass gut sein.«

»Ja, aber würden wir uns bitte mal schleunigst was anziehen? Ist wirklich kein schöner Anblick.«

»Mein Gott, ich mach ja schon!« Der Kommissar schlüpfte in seinen Schlafanzug, dann trat er zu seinem Sohn und legte ihm eine Hand auf den Arm. »Du, das tut mir leid, das war keine Absicht mit dem Hochzeitsbademantel. Daran ist die Mutter schuld, die hat mich ins Bad geschickt, hat aber die Handtücher …«

»Vatter, lass es, okay? Ich hab ja Yumikos Mutter gerade noch vor dem Herzinfarkt bewahrt, allerdings mit einer kleinen Notlüge.«

»Wie jetzt?«

»Ich hab gesagt, dass du halt gern mal Frauenkleider …«

»Das hast du nicht!«

Sein Sohn grinste. »Nein, natürlich nicht. Ich hab ihr weisgemacht, dass nach einer alten Allgäuer Tradition der Bräutigamvater am Abend vor der Hochzeit symbolisch das Brautkleid überzieht, weil es dem Paar Glück bescheren soll.«

Kluftinger war baff. »Das ist dir auf die Schnelle eingefallen? Bist ja gar nicht so …«

»Lass lieber stecken, Vatter, sonst sag ich ihr doch noch die Wahrheit. Außerdem kann ich meinen Erzeuger ja wohl schlecht ins offene Messer laufen lassen.«

Sein Vater drückte ihn unbeholfen an sich.

»Reicht schon, Vatter, nur nicht zu viel Zuneigung an einem Tag.«

»Und Yumikos Mutter hat dir das abgekauft, mit dem Brauch?«

»Anscheinend schon«, gab sein Sohn lachend zurück.

Es klopfte. Markus öffnete die Tür, vor der Yoshifumi Sazuka und seine Frau standen. Sie wechselten ein paar Worte, dann sah Markus lächelnd zu seinem Vater und verschwand ohne weitere Erklärung. Die Sazukas traten ein, sie mit einem Kleidersack über dem Arm.

»We brought you other dress«, sagte der Japaner feierlich.

»Hm? Welches Kleid jetzt?«

Die beiden Asiaten baten, dass er nun auch noch Yumikos anderes Hochzeitskleid überziehe, »to make her very, very happy«.

»Meinst du, der Bub wird glücklich mit seiner Yumiko, Butzele?«

»Hm, wird man dann schon sehen, tät ich sagen.«

Erika schlüpfte zu ihm unter die Bettdecke und legte den Kopf auf seine Schulter.

»Komm, du willst doch auch, dass es deinem Stammhalter gutgeht.«

»Ja schon. Wer wünscht das nicht für seinen Sohn«, brummte Kluftinger. »Du, es ist schon fast halb zwei, wir sollten mal schlafen, glaub ich.«

Erika ließ nicht locker. »Weißt noch, damals, bei uns? Wie jung wir waren. Und voller Träume. Schon was Besonderes, wenn man ›Ja‹ sagt zu dem einen Menschen, den man bis an sein Lebensende lieben wird.«

»Schau, Erika, mit der Liebe, das kann doch keiner vorhersagen. Das Wichtigste ist, dass man im Alter jemanden hat, mit dem man reden kann, der einen umsorgt und sich um einen kümmert, wenn's einem nicht gutgeht. Viel mehr kann man doch nicht verlangen, oder?«

»Sehr romantisch«, seufzte seine Frau und drehte sich auf die Seite.

»Romantisch vielleicht nicht, aber dafür wahr. Schlaf gut, Schätzle!«

34

Hatte Kluftinger noch gedacht, der gestrige Tag sei turbulent gewesen, wurde er an diesem Morgen eines Besseren belehrt: Sein sonst so beschauliches Heim glich einem Tollhaus. Alle schienen im Eiltempo von Zimmer zu Zimmer zu marschieren, dauernd knallten irgendwelche Türen, und er kam sich vor wie der Hase in der Fabel, denn egal wo er gerade hinwollte – Badezimmer, Toilette, Kühlschrank –, immer war schon ein Igel vor ihm da. Irgendwann gab er entnervt auf und trollte sich in den einzigen Raum, der von dem Trubel unberührt blieb: sein Schlafzimmer. Er setzte sich auf das Bett und beschloss zu warten, bis sich die Aufregung etwas gelegt hatte und er in Ruhe seinen Verrichtungen nachgehen konnte.

»Was hockst du denn da rum?«, holte ihn Erikas Stimme aus seiner inneren Emigration zurück in die Realität.

Sie klang anders als sonst, schriller, was Kluftinger auf ihren Adrenalinspiegel zurückführte, der im Moment sicher Rekordhöhen erklomm. Weiteres Indiz dafür waren ihre geröteten Wangen, die allerdings gut mit ihrem weinroten Kleid harmonierten, wie er amüsiert feststellte.

»Was gibt's denn da zu lachen? Hast du nichts zu tun? Es gibt doch noch so viel zu erledigen. Sitz nicht einfach rum, wir müssen …«

»Erika.«

»… Yumiko beim Anziehen helfen, dem Markus …«

»Erika!«

»… muss jemand seine Fliege binden, dann müssen wir …«

»ERIKA!«

»Was schreist du denn so?«

»Du hörst ja nicht zu. Jetzt beruhig dich mal ein bissle, so aufgescheucht warst du ja bei unserer eigenen Hochzeit nicht mal. Und kümmer dich nicht um mich, ich werd schon fertig. Aber bevor ich zwischen euren Panikfronten zerrieben werd, mach ich mir erst mal ein ordentliches Frühstück, dauert ja, bis man wieder was kriegt heut.«

»Deine Ruhe möchte ich haben.«

»Ja, das tät dir nicht schaden«, murmelte er, zog sich diesmal seinen eigenen Bademantel über und ging in die Küche.

Aus Gewohnheit deckte er wieder für zwei, bis ihm auffiel, dass er den Brautvater heute noch gar nicht zu Gesicht bekommen hatte. Er klopfte also am Gästezimmer, und als von drinnen ein zackiges »Hai« erscholl, öffnete er die Tür. Beinahe hätte er losgelacht, denn was er sah, glich der Szene, die sich gerade noch in seinem Schlafzimmer abgespielt hatte: Yoshifumi Sazuka saß reglos auf dem Bett, während seine Frau nervös auf ihn einredete. Auch die normalerweise so teilnahmslose Tochter Miyako wirbelte aufgeregt durchs Zimmer.

Kluftinger war sofort klar, dass dieser Mann seine Hilfe benötigte. Also rief er: »Joschi, come you? Sehr wichtig!«

Der Japaner erhob sich rasch und schloss die Tür hinter sich. Dankbar blickte er den Kommissar an. Der flüsterte: »Frühstück. Nur für uns zwei. Marmeladensemmel, wie du's magst.«

Sazuka lächelte: »Ma-mala Sammal.«

»Ja, mei, das wird ja allmählich. Komm.«

Sie gingen in die Küche, doch dort saßen zwei Menschen, die der Kommissar noch nie gesehen hatte.

»Guten Tag, Sie sind bestimmt der Herr Kluftinger«, sagte die junge Frau, eine hübsche Brünette in einem eng anliegenden Satinkleid.

»Ich … ja, aber …«

»Wir sind die Trauzeugen«, erklärte sie. »Jasmin und Kevin.« Sie zeigte auf den kahl geschorenen Mann, der sich auf einen der

Stühle gelümmelt hatte. »Wir sind Studienfreunde von Miki und Markus.« Dann verbeugte sie sich in Richtung des Japaners: »Sazuka-san.«

Kluftinger dachte angestrengt nach. »Ach so, ja, dann … willkommen, gell?«

Er nahm sich die Teller mit dem vorbereiteten Frühstück und reichte sie dem Japaner. Dann goss er Kaffee in zwei Tassen und ging voraus. »I have idea«, zischte er Sazuka zu und bedeutete ihm, mitzukommen.

»Very good. And very quiet.« Der Japaner biss grinsend in seine Semmel und nahm einen großen Schluck aus der Kaffeetasse.

Auch Kluftinger ließ sich das Frühstück schmecken, das sie kurzerhand in seinem Passat einnahmen. Er freute sich, denn dass er in dem Asiaten einen Seelenverwandten gefunden hatte, daran gab es keinen Zweifel mehr. Das Auto war erfüllt vom Schmatzen und Schlürfen der beiden Männer, die schweigend ihr Essen genossen. Allerdings war es längst kein peinliches Schweigen mehr, sondern eines, das von gegenseitigem Verständnis und Sympathie getragen war.

»Oh, there comes Yumiko«, sagte der Kommissar, als er seine zukünftige Schwiegertochter im Rückspiegel entdeckte. Er kurbelte das Fenster herunter: »Wo kommst du denn jetzt her?«

»Ich war beim Friseur. Aber die Frage ist doch eher: Was machst du hier?« In diesem Augenblick entdeckte sie ihren Vater auf dem Beifahrersitz. Plötzlich weiteten sich ihre Augen: »Ihr wollt doch nicht etwa …«

»Nein, keine Angst, wir machen uns nicht aus dem Staub. Wollten nur noch ein bissle Ruhe vor dem Sturm … also, der Hochzeit, mein ich.«

»Ist denn die Jasmin schon da?«

»Sitzt drin.«

»Gut, dann geh ich mal rein und zieh mich an. Vielleicht solltet ihr auch …«

»Freilich, sind eh fertig.« Er blickte zu seinem Nebenmann, seufzte und sagte dann: »Also, let's pack it!«

»Diese Scheißkrawatte, ich krieg die heut nicht hin, jetzt hilf mir halt mal, Erika.« Kluftinger stand vor dem Schlafzimmerspiegel und löste zum fünften Mal den Knoten.

Seine Frau lächelte zufrieden und nahm sich der Krawatte an.

»Warum lachst du da?«, erkundigte er sich gereizt.

»Weil es mich freut, dass dich doch nicht alles kaltlässt.«

»Die Krawatte?«

Sie hob den Blick und sah ihm tief in die Augen. »Brauchst gar nicht so brummig tun, Butzele, ich hab dich durchschaut.«

»Mich?«

»Ja, dich. Alles andere wäre auch seltsam, immerhin heiratet heute dein einziges Kind.« Sie gab ihm einen Schmatz auf die Wange. »So, und mit dem Krawattenknoten kannst du dich auch sehen lassen.«

Er betrachtete sich im Spiegel: »Da muss ich dir zustimmen. In allem.«

Es klopfte, und die Stimme der jungen Frau aus der Küche ertönte. »Die Miki hat jetzt das Kleid an.«

»Wir kommen, wir kommen«, rief Erika und sprang zur Tür. Auch Kluftinger beeilte sich, und so standen sie schließlich alle bis auf Markus vor dessen Kinderzimmer und warteten.

»Könnt reinkommen«, tönte es da von drinnen.

Als sie eintraten, spürte Kluftinger, wie sich ein dicker Kloß in seinem Hals bildete. Es war überwältigend, die wunderschöne Japanerin im umgearbeiteten Brautkleid von Erika zu sehen, und das auch noch im Kinderzimmer von Markus. Alle waren gerührt von der glanzvollen Erscheinung vor ihnen. Das schlichte Spitzenkleid stand in faszinierendem Kontrast zu Yumikos pechschwarzen Haaren, die zu einer kunstvollen Frisur hochgesteckt waren. Alle umarmten die Braut, und als er an der Reihe war, rang er um Fassung und sagte, um seine Rührung zu überspielen: »Überleg dir das doch noch mal mit dem Markus. Du findest doch auch leicht was Besseres.«

Sie hauchte ein »Danke«, da klopfte es, und die Stimme seines Sohnes rief: »Darf ich die Braut jetzt auch mal sehen?«

Yumiko und Jasmin zupften noch ein wenig an dem Kleid herum, dann riefen sie: »Okay, kannst reinkommen.«

Kluftinger entging nicht, dass es auch seinem Sohn die Sprache verschlug, als er seine Zukünftige erblickte.

Wobei Markus ebenfalls sehr stattlich aussah in seinem grauen Smoking mit der schwarzen Fliege. Kluftinger grinste in sich hinein: Wenn er nach ihm kam, würde das über die Jahre nicht so bleiben, immerhin hatte er bei seiner Hochzeit auch eine etwas bessere Figur gemacht als heute.

Jetzt nahm Markus Yumiko in den Arm und küsste sie leidenschaftlich.

»He, so weit sind wir noch nicht«, protestierte der Kommissar, und alle lachten.

Als sie vor dem Haus standen und Kluftinger feierlich den geschmückten Smart aus der Garage fuhr, fragte sein Sohn entgeistert: »Soll ich jetzt selber fahren oder wie?«

Daran hatte der Kommissar gar nicht gedacht. Es war ja nur ein Zweisitzer. »Nein, ich hab gemeint, dass …«, er sah sich suchend um, »… dass der Joschi seine Tochter fährt, und wir laufen die paar Meter. Dann kann ich dir noch die letzten Tipps geben für eine glückliche Ehe, gell, Bub?«

Vor der Kirche war so viel Betrieb wie sonst nur an hohen Feiertagen – oder eben bei Hochzeiten. Die Altusrieder ließen es sich selten entgehen, wenn jemand heiratete. Auch Erika war schon des Öfteren von zu Hause mit den Worten aufgebrochen: »Ich geh mal kurz schauen, heut heiratet doch der Soundso.« Ihn selbst hatte das nie interessiert, allerdings war er oft genug zwangsweise dabei gewesen, denn nicht selten spielte die Musikkapelle zum Einzug in das Gotteshaus. So auch heute, was Kluftinger ausnahmsweise freute, denn als Vater des Bräutigams hatten er und seine Großtrommel natürlich frei.

Erika zupfte ihren Mann am Ärmel und zischte: »Schau mal, die Kohlerin ist auch da, das lässt die sich natürlich nicht durch die Lappen gehen, die alte Giftspritze.«

Kluftinger runzelte wegen der deutlichen Sprache seiner Frau überrascht die Stirn, erinnerte sich dann aber wieder, dass die beiden Frauen im Clinch lagen, seit diese Erika in einer Kampfkandidatur den Posten als Vorsitzende des Landfrauenvereins weggeschnappt hatte.

»Jetzt lass doch, ist doch nett, dass sie …«

»Nett?« Erika bekam große Augen. »Die blöde Kuh ist doch nur …«

»Grüß dich, Erika, mei, herzlichen Glückwunsch zu eurer exotischen Schwiegertochter.« Frau Kohler stand vor ihnen und lächelte süßlich.

»Danke, Hildegard, das freut mich aber, dass du vorbeigekommen bist. Aber du entschuldigst, ich muss mal nach den Gästen sehen, die wir eingeladen haben.« Mit diesen Worten verschwand Erika in der Menge.

Kluftinger schaute sich unschlüssig um, dann kreuzte sein Blick den seines Schwiegervaters.

»Sag mal, hast du meine Frau irgendwo gesehen?«

»Welche?«, fragte Kluftinger unsicher.

Sein Gegenüber sah ihn irritiert an. »Na … ach, da ist sie ja, danke.«

Wieder stand Kluftinger allein herum und sah den jungen Männern im Fußballtrikot zu, die etwas abseits noch einmal für ihr Spalier nach der Trauung probten.

»Na, mein Guter, jetzt wird's ernst, was?« Langhammer drosch dem Kommissar kumpelhaft auf die Schulter.

»Für mich ja nicht mehr«, antwortete er.

»Wie? Ha, sehr gut, sehr gut. Hab ich Ihnen eigentlich schon erzählt, wie ich damals …« Langhammer brach ab, als die Kirchenglocken zu läuten begannen.

Kluftinger ergriff die Gelegenheit beim Schopf: »Au, ich glaub, wir müssen reingehen«, rief er und lief in Richtung Portal.

Er bot Erika seinen Arm, sie hakte sich unter, und sich des feierlichen Momentes bewusst, schritten sie los. Kluftinger war erstaunt, wie viele Leute sich auch in den hinteren Reihen der Pfarrkirche eingefunden hatten – mehr als bei jedem normalen Sonntagsgottesdienst. Er lächelte seiner Frau gravitätisch zu. Es heiratete heut ja auch nicht irgendwer, kein Wunder, dass das in Altusried auf einige Resonanz stieß.

Er grüßte jovial nickend in die Menge und sah in viele bekannte Gesichter aus dem Ort, einige Verwandte, viele jüngere Leute, wahrscheinlich Freunde der beiden aus Erlangen. Wie ein Feldmarschall bei der Parade schritt er Richtung Altar, kurz davor aber schlug das erhebende Gefühl in eine gewisse Ernüchterung um: Die ersten fünf Reihen waren fast gänzlich leer, dahinter saßen nur versprengt ein paar Gäste. Auch die, die noch draußen standen, würden die Lücken niemals füllen.

»Da müssen wir was machen«, flüsterte Erika erschrocken.

»Meinst du?« Er drehte sich um und bedeutete den Leuten mit Gesten, weiter vorn Platz zu nehmen, was jedoch nicht den geringsten Erfolg zeitigte. Stattdessen winkten einige erfreut zurück.

»Kommt halt ein bissle weiter vor, bitte«, drängte er daher, doch keiner rührte sich. »Onkel Hans, willst du nicht …«, wandte er sich an einen älteren Mann mit Halbglatze.

»Na, lass gut sein, wir sind ja nur zweiten Grades. Sollen sich da doch die richtigen Verwandten hinsetzen.«

»Aber die tun's ja nicht.«

»Dann können wir erst recht nicht!«

Jetzt riss Kluftinger der Geduldsfaden. »So, jetzt hört's mal gut zu. Wenn ihr nicht augenblicklich euren Hintern hochbekommt und euch nach vorne setzt, dann könnt's auch gleich wieder heimgehen, verstanden?«

Entgeistert glotzten ihn seine Gegenüber an. Erika ruckte tadelnd an seinem Arm.

»Du wolltest doch, dass ich was sag!«

»Schon, aber vielleicht nicht gleich … so.«

Immerhin setzten sich jetzt ein paar der jüngeren Hochzeitsgäste in Bewegung, worauf sich immer mehr mitreißen ließen.

Nachdem er auch seine und Erikas Eltern sowie Yumikos Familie genötigt hatte, in der ersten Reihe Platz zu nehmen, setzten sie sich zufrieden dazu. Erika kramte aus ihrer Handtasche ein Päckchen Taschentücher heraus, schneuzte sich und reichte ihrem Mann die Packung.

»Erika, bitte. Ich fang doch nicht zum Blären an«, zischte er entrüstet.

In diesem Moment dröhnten von der Orgel die ersten Takte des Hochzeitsmarsches von Mendelssohn. Sofort spürte Kluftinger einen dicken Kloß in seinem Hals, der immer weiter anschwoll, seine Augen wurden feucht, und seine Lippen begannen zu beben.

»Hier, Butzele. Sei gscheit«, flüsterte ihm seine Frau zu und schob ihm ein Tempo hin.

Er murmelte »Hab was im Auge«, dann öffneten sich bei ihm alle Schleusen, und er sah tränenüberströmt dabei zu, wie erst Markus seinen Platz vorn in der Kirche einnahm, danach der Pfarrer und die Ministranten und schließlich Yumiko, die von ihrem Vater zum Altar geführt wurde.

Er schob eine Hand auf der Bank in Erikas Richtung, und sie legte die ihre zärtlich darauf.

Kluftinger hatte Mühe, der feierlichen Zeremonie zu folgen. Immer wieder schweiften seine Gedanken ab, wanderten mal in die Vergangenheit zu den wichtigsten Stationen ihres Familienlebens – Hochzeit, Markus' Geburt, Einschulung, der Kauf des Passats –, um sich dann der Zukunft zuzuwenden, die er sich in den rosigsten Farben ausmalte. Dabei spielte sein Enkelsohn Max eine besonders wichtige Rolle.

Die Lieder sang er mechanisch mit, die Gebete rasselte er wie in Trance herunter. Immer wieder streichelte ihm Erika zärtlich über den Arm, doch erst als der Pfarrer mit der eigentlichen Trauung begann, fand er endgültig ins Hier und Jetzt zurück.

»Yumiko Sazuka, möchtest du den hier anwesenden Markus Alexander Kluftinger zu deinem dir angetrauten Mann nehmen …«

Still und ergriffen folgten sie der Zeremonie, und als sich die beiden die Ringe ansteckten und innig küssten, entfuhr Kluftinger ein Schluchzen, das tief aus seiner Seele zu kommen schien. Erschrocken über sich selbst, sah er sich um, und stellte zu seiner Beruhigung fest, dass es vielen anderen Hochzeitsgästen ähnlich erging. Allerdings, wenn man es genau nahm, beinahe ausschließlich dem weiblichen Teil derselben.

Er beugte sich zu Erika. »Hast du die Sonnenbrille dabei?«

»Deine? Nein, warum sollt ich?«

»Irgendeine, zefix«, zischte er scharf.

Seine Frau griff in die Tasche und hielt ihm ihre hin. Skeptisch betrachtete er das Damen-Retro-Modell mit weinrotem Rahmen und großen, schwarzen Gläsern, überlegte kurz und griff dann zu. Besser eine Damenbrille auf, als seine verquollenen Kaninchenaugen zur Schau zu stellen. Spätestens bei der Kommunion würden alle an ihm vorbeidefilieren. Mit demonstrativer Grandezza schob er das Gestell auf die Nase und sah unbeirrt wieder zum Altar.

Nach der Wandlung setzte er sich, während Yumiko und Markus die Hostie empfingen und allmählich das Defilee der Kirchenbesucher in Richtung Altar begann. Als sich seine Eltern an ihm vorbei aus der Bank zwängten, senkte er den Kopf und zog die Füße zurück.

Seine Mutter tippte ihm auf die Schulter. »Jetzt geh halt gefälligst auch zur Kommunion, Bub.«

»Ich will nicht, Mama. Geh du ruhig.«

»Bub, wenn die Tante Fanny das sieht, dann ist der Teufel los. Und was soll denn der Pfarrer denken?«

»Ich geh nie.«

»Eben drum.«

»Also«, blieb Kluftinger stur.

Kopfschüttelnd schob sich Hedwig Maria Kluftinger an ihm vorbei.

Kluftinger lauschte den getragenen Klängen einer Gitarre, die ein Freund der Kinder während der Kommunion spielte. Plötzlich nahm er im Augenwinkel ein Flackern wahr. Er blickte nach links, wo besagte Tante Fanny vorbeischlurfte, eine Hand auf einen Rollator gestützt, mit der anderen in der Luft Kreuzzeichen in seine Richtung schlagend. Er hatte nie viel übriggehabt für diese bigotte Großtante und bemühte sich, seine Konzentration wieder auf die Gitarrenklänge zu lenken und der Größe und Bedeutung dieses Moments Rechnung zu tragen.

Das wollte ihm jedoch nicht gelingen, denn jetzt tauchte der gut siebzigjährige Mesner vor ihm auf und klimperte fordernd mit seinem Klingelbeutel. Der Kommissar machte eine Handbewegung, als verscheuche er eine lästige Fliege, doch damit war er beim Mesner offenbar an den Falschen geraten, denn der rührte sich nicht von der Stelle. Wenn Kluftinger nur grob überschlug, was ihn die Hochzeit sowieso schon kostete, sah er es nicht ein, auch hier noch einen Obolus zu entrichten. Also, was die Hochzeit Yoshifumi Sazuka kostete, wenn man es genau nahm.

Er tastete demonstrativ seine Hosen- und Jackentasche ab, dann flüsterte er: »Nix dabei, Herr Eberle, tut mir leid.«

Der Mann zuckte die Schultern und klimperte noch einmal mit dem Klingelbeutel. In diesem Moment kamen Kluftingers Eltern von der Kommunion zurück. Sie verstanden sofort. Der Vater zückte den Geldbeutel, zog einen Fünfeuroschein heraus und warf ihn hinein. »Für mich und den Bub«, erklärte er knapp.

Hedwig Kluftinger raunte: »Wenn's frei bei euch nicht reicht, dann sag doch Bescheid, du bekommst eh mal alles, und wir geben's doch lieber mit warmer Hand.«

Den weiteren Gottesdienst empfand Kluftinger als feierlich, aber zum Glück nicht mehr ganz so gefühlsduselig wie die Trauung, so dass er gute Chancen sah, die Kirche doch noch ohne Sonnenbrille verlassen zu können. Aber als Jasmin, die Trauzeugin, die er heute Morgen in der Küche kennengelernt hatte, als Schlusslied eine Soloversion von »Amazing Grace« anstimmte, brachen beim Ehepaar Kluftinger erneut alle Dämme. Da der Kommissar um jeden Preis verhindern wollte, dass sein Körper vom Schluchzen geschüttelt wurde, setzte er sich stocksteif hin und biss die Zähne zusammen.

Beim Auszug achtete er akribisch auf den korrekten Sitz von Erikas Brille und verließ zusammen mit seiner Frau und den Sazukas direkt hinter dem Brautpaar die Kirche. Und so bekamen sie nicht nur eine gewaltige Ladung vom Sushireis ab, der vor der Kirche unter großem Jubel gestreut wurde, sondern durften auch noch durch das Fußballerspalier des TSV Altusried schreiten. Zum Glück blieb es Kluftinger dann jedoch erspart, durch die herzförmige Öffnung eines Leintuches zu steigen, die Yumiko und Markus auf Geheiß ihrer Freunde mittels einer Nagelschere ausschnitten.

Während die Fußballer ein Ständchen anstimmten, wanzte sich von hinten der Doktor an den Kommissar heran. Zur Feier des Tages trug der einen auberginefarbenen Anzug samt silbern glänzendem Hemd.

»Na, mein Guter, erleichtert, dass der Sohnemann nun glücklich unter der Haube ist? War eine sehr schöne Zeremonie. Nur, unter uns, dieses Geflenne dauernd …« Er verdrehte die Augen. »Na ja, Frauen eben. Gewagte Brille übrigens, gibt Ihnen so eine feminine Note.«

Kluftinger nahm die Brille ab.

»Uiuiui. Na sagen Sie mal«, sagte der Doktor und pfiff durch die Zähne. »Sie haben ja ganz verquollene Augen. Haben Sie …«

»Das ist eine Allergie auf Weihrauch, das krieg ich immer, wenn ich in der Kirche bin. Muss ich mal zum Arzt. Also, zu einem guten Facharzt, mein ich.« Damit setzte er seine Brille wieder auf.

Er wollte sich gerade wieder zu Erika gesellen, als er einige Wassertropfen im Nacken spürte. Als er nach oben blickte, schaute er in einen strahlend blauen Himmel. Da trafen ihn weitere Tropfen. Jetzt erst erkannte er, dass Tante Fanny sich ihm samt Rollator genähert hatte und ihn mit Weihwasser bespritzte, das sie in einem kleinen Becher in der Hand hielt.

»Vielleicht bringt dich das ja wieder zurück auf den rechten Weg.«

Als einer der Ersten betrat Kluftinger den Saal des Gasthofes. Er sah sich zufrieden um. Alle Tische waren festlich eingedeckt, seine Blumengesteckkreationen darauf, alles war bereit für eine schöne Feier. Zwar war der Kommissar nicht bis ins letzte Detail über den Ablauf im Bilde. Er wusste jedoch, dass nun der wohl exotischste Teil der Feier bevorstand: die schintoistische Hochzeitszeremonie. Er hatte versäumt, sich diesbezüglich schlauzumachen, und hoffte inständig, dass dabei keine allzu fremdartigen Rituale zum Einsatz kamen. Etwas beunruhigt blickte er deswegen auf die Bühne, wo neben einem großen Mischpult und dem Korb mit seinen Schallplatten der Schrankkoffer der Sazukas stand.

Kluftinger setzte sich auf seinen Platz und beobachtete die Gäste, die jetzt in den Raum strömten – eine bunte Mischung, wie es sie wohl nur zu solchen Anlässen gab: Familie in allen Altersstufen, dazu die Freunde der Hochzeiter, alle herausgeputzt für den festlichen Anlass. Fast alle: Der Kommissar schmunzelte, als er sah, wie ein junger Mann in Jeans, Turnschuhen und einem zerknautschten Leinensakko seiner alten Tante Fanny erst die Tür aufhielt und sie schließlich an ihren Platz geleitete. Gar nicht so verkehrt, die jungen Leute, dachte er und musste sich selbst eingestehen, dass er sich schon anhörte wie ein Achtzigjähriger.

Es dauerte etwas länger als gedacht, bis die Gäste Platz genommen hatten, denn sie hatten durch Umstellen der Namenskärtchen selbst kleine Modifikationen an der Sitzordnung vorgenommen – was bei Erika zu hektischen roten Flecken geführt hatte.

Mit einem Seufzen ließ sie sich nun neben Kluftinger in den Stuhl fallen.

»Wann gibt's denn Kuchen?«, flüsterte er ihr zu, doch sie legte den Zeigefinger auf die Lippen und deutete auf die Bühne, die gerade von Yoshifumi Sazuka erklommen wurde. Na ja, so lange würde dieses Schinto-Dings schon nicht dauern, hoffte er.

Sazuka zog nun die Schuhe aus und warf sich einen schlichten schwarzen Kimono über. Dann stellte er den großen Koffer aufrecht hin und öffnete ihn umständlich. Ein Raunen ging durch den Saal.

»Ah, der Herr Dings zaubert anscheinend«, tönte es von einem der Tische.

Der Asiate entnahm dem Koffer einige Schüsselchen und ein bunt verziertes kleines Fass, auf dem japanische Schriftzeichen prangten. Außerdem war in das Gepäckstück praktischerweise ein kunstvoll geschnitzter Holzschrein eingebaut, in dem einige kleine Fähnchen hingen, die ebenfalls mit Ornamenten geschmückt waren.

Jetzt brandete Applaus auf, da Yumiko zusammen mit ihrer Mutter durch den Saal schritt. Sie hatte den Kimono an, den er als Bademantel benutzt hatte, und sah aus wie eine japanische Prinzessin.

»Kleidet die Yumiko ein bissle besser als dich, Vatter!«, flüsterte Markus ihm zu.

Kluftinger verdrehte die Augen, da beugte sich seine Mutter über den Tisch und zischte: »Bub, weiß das der Pfarrer?«

»Was?«

»Das, was die da jetzt machen!«

»Was soll denn das den Pfarrer angehen, Mutter?«

»Ich mein, nicht dass das am End noch schadet!«

»Schadet?«

»Ja, die zwei sind doch frisch gesegnet vom Pfarrer. Wenn jetzt aber der Schinto da, also den Japanern ihr Herrgott, wenn der jetzt gegen den Segen was macht, dann wär das doch schlimm!«

Kluftinger schnaufte. »Mutter, der Schinto-Gott ist auch ein ganz ein Lieber, glaub ich. Und der Pfarrer weiß da natürlich Bescheid«, log er, und seine Mutter gab sich damit zufrieden.

In diesem Moment winkte Yoshifumi Sazuka ihm, Erika und Markus aufgeregt zu, und die drei betraten unter Applaus ebenfalls die Bühne. Mittlerweile stand das Fässchen nebst einem kleinen Hammer und einer hölzernen Schöpfkelle auf einem Tisch.

Kluftinger hatte noch immer keine Ahnung, was nun passieren würde, und flüsterte seinem Sohn daher zu: »Markus, erklär doch mal ein bissle was, die Leut kennen das doch gar nicht.« Der gab diese lästige Pflicht an seine Frau weiter, die mit geröteten Wangen erzählte, dass es sich beim »Kagami Biraki« um eine traditionelle Zeremonie handle, bei der ein kunstvoll gestaltetes Sakefass angeschlagen und dessen Inhalt schließlich gemeinsam aus hölzernen Gefäßen getrunken werde, um Glück und die Fürsorge der Götter für das Brautpaar zu erbitten.

»Sake werdet ihr ja alle kennen, der wird bei uns in Japan zu beinahe allen feierlichen Gelegenheiten gereicht. Mit Hilfe von Hefe und einem Schimmelpilz wird Reis schon seit Jahrhunderten zu diesem Getränk vergoren.«

Kluftinger schluckte. Er mochte schon keinen normalen Reis als Beilage, Knödel waren ihm viel lieber. Und auch sein Verhältnis zu Wein war nicht das beste. Das Ganze in Kombination mit irgendwelchen verschimmelten Pilzen ließ ihn das Schlimmste befürchten. Er hatte aber keine Zeit, länger darüber zu grübeln, denn das Hochzeitspaar hatte das Hämmerchen in der Hand und schlug nun auf den Deckel des Fasses, worauf etwas Flüssigkeit herausspritzte.

»Ozapft is!«, brüllte Manfred, einer von Kluftingers Cousins in die Stille, worauf alle lachten – bis auf die Sazukas.

Nun bekamen Yumiko und ihr Mann je ein Schälchen, und Yoshifumi Sazuka schöpfte ihnen Reiswein hinein. Die beiden tranken abwechselnd dreimal, wobei die junge Japanerin nur vornehm nippte, während Markus alles in einem Zug austrank. Dann wurde nachgeschöpft, und Kluftinger und Erika bekamen die viereckigen Holzgefäße.

»Ja dann … proscht, Erika, auf die Kinder!«, rief er, schloss die Augen und kippte den Sake in seinen Rachen. Da er das Schälchen auf ex geleert hatte, wurde sofort nachgeschöpft. Als das Ehepaar Kluftinger je dreimal aus jedem Becher getrunken hatte, gaben sie diese an die Sazukas weiter. Der Kommissar fand es fast schade, ein wenig mehr Sake hätte er schon vertragen können. So erwog er auch einzuschreiten, als Yumikos Vater anfing, den Sake auf der Bühne zu verspritzen. Allerdings schien das ebenfalls zur Zeremonie zu gehören. Nach einem gefühlten Dutzend weiterer Trinkrunden, bei denen Kluftinger stets kräftig zulangte, war er schließlich wieder versöhnt – und ein wenig angeheitert.

»Wenn ihr mich fragt: Das Schinto-Zeug ist doch viel netter als der ganze Popanz in der Kirche, wo man bloß die ganze Zeit rumhockt!«, vermeldete er vernehmlich, als er wieder Platz nahm, worauf ihm der Pfarrer einen giftigen Blick zuwarf.

Nachdem Markus und Yumiko unter Blitzlichtgewitter die Hochzeitstorte angeschnitten hatten, tönte Kluftinger in die Runde: »Also, Leut, haut's rein, jetzt gibt's Kuchen!« Sofort begann der Sturm auf das Buffet. Um nicht jedes Mal neu gehen zu müssen, schaufelte der Kommissar gleich mehrere Stücke auf seinen Teller, und viele seiner Verwandten taten es ihm gleich.

»Traudl, ich glaub, die zwei Stückle Bienenstich gestern hättest du mir schon gönnen können, oder?«, sagte er eine halbe Stunde später zu seiner Schwiegermutter mit Blick auf die Torten, von denen noch über die Hälfte übrig war.

»Aber man muss den Leuten doch was mitgeben nach Hause«, sagte sie entgeistert. »Wir sind nicht sicher, ob das wirklich reicht.«

Kluftinger schüttelte den Kopf über diesen seltsamen Brauch. Musste man Hochzeitsgästen wirklich derartige Mengen mitgeben, dass sie so lange daran zu essen hatten, bis es ihnen zu den Ohren herauskam?

»In Japan gibt es die Tradition auch, Papa«, erklärte Yumiko, die sich, nun wieder in ihrem Brautkleid, zu ihnen gesellte.

»Soso«, brummte er und zog sich an seinen Tisch zurück, doch sein Platz war mittlerweile von Tante Fanny belegt. Sie saß neben seiner Mutter – sicherlich, um ihr ein paar Tipps zur richtigen religiösen Erziehung ihres Sohnes zu geben – und hatte die Füße auf seinen Stuhl gelegt sowie die Schuhe ausgezogen.

Er räusperte sich. »Tante Fanny, ich tät da sitzen.«

Sie sah ihn ungläubig an. »Soll ich jetzt aufstehen oder wie?«

»Also Bub, du weißt doch, dass die Fanny so Wasser hat, geh halt derweil an ihren Platz«, ordnete seine Mutter an.

Eine Weile lief er unschlüssig im Saal herum, doch als Freunde von Markus eine Diashow mit Kinderbildern seines Sohnes ankündigten, ließ er sich am erstbesten Tisch zwischen seinem Cousin Norbert und Onkel Sepp nieder.

»Jetzt sag mal, wie sind sie denn so, die … Japaner?«, fragte Norbert mit gesenkter Stimme, als würde er sich nach einer seltenen Krankheit erkundigen.

»Du …«, begann der Kommissar nachdenklich, dann grinste er. »Wahnsinnig nett. Viel netter als die meisten ungehobelten Muhackl, die bei uns so rumlaufen.«

»Stimmt's eigentlich, dass die zwei standesamtlich erst nächstes Jahr in Würzburg heiraten? Muss man das nicht vorher machen?«, mischte sich jetzt auch noch Anita, Norberts Frau, ein.

»Nein. Muss man nicht mehr, da gibt's eine neue Regelung. Übrigens ist das nächste Woche in Erlangen. Aber nur im kleinen Kreis«, sagte er leise, denn mittlerweile hatte die Fotopräsentation begonnen. »Ohne das ganze Verwandtschafts-Gschwerl.«

Entgegen seiner Befürchtung stand tatsächlich Markus auf den Fotos im Mittelpunkt – und nicht er in irgendwelchen kompromittierenden Posen. Durch die Bilder durchlief er die Geschichte seiner Familie im Zeitraffer, sah, wie Markus mit jedem Foto größer und selbständiger wurde, sich immer mehr zu dem entwickelte, der er heute war: ein prächtiger Sohn, wie man sich ihn besser nicht wünschen konnte.

Ein Zwischenruf von der Bar beendete seine nostalgische Stimmung. »Jetzt lass mich halt, ich werd wohl einen Cognac vertragen! Der Herr Kommissar wird's grad noch zahlen können.«

Alle Köpfe wandten sich von der Leinwand ab und stattdessen

Ida Nowotny, Erikas Cousine, und ihrem Mann zu, die wie die Rohrspatzen aufeinander einschimpften.

»Das war ja klar«, knurrte Kluftinger und erhob sich, doch da verließ der Mann bereits polternd den Raum. Etwas zögerlich ging es nun mit den Fotos weiter, es kamen Bilder von ihnen am Strand von Bibione, vor dem voll bepackten Passat, von einem milchbärtigen Markus beim Abschlussball und schließlich vom Tag seiner Führerscheinprüfung hinter dem Steuer des Familienautos.

Zufrieden nahm Kluftinger wahr, dass Markus' Aussehen dabei für mehr Erheiterung sorgte als etwa seine schon damals zu knapp sitzende Badehose mit dem orangen Blumenmuster.

Als er nach dieser Einlage wieder an den Brauttisch zurückkehrte, hatte seine Mutter zwei weitere ältere Damen aus der Verwandtschaft um sich geschart.

»Ich mein, so jung ist die auch wieder nicht. Und er, der alte Dackel, rennt ihr mit raushängender Zunge nach. Peinlich ist das!«

So schnell, wie sie verstummten und ein süßliches Lächeln aufsetzten, als sein Schwiegervater mit seiner Lebensgefährtin vorbeilief, war ihm sofort klar, dass es um diese beiden gegangen war. Sein Onkel Ludwig stand plötzlich neben ihm und blickte ihnen nach. »Also, ich find, die Meuschen kann sich sehen lassen«, erklärte er und stieß Kluftinger in die Seite. »Bei der tät ich auch nicht nein sagen.«

»Aber sie bei dir bestimmt«, kam es schnippisch von einer der Damen, und Kluftinger trollte sich wieder.

Er beschloss, ein bisschen frische Luft zu schnappen, und spazierte durch den Ort, um ein paar Minuten dem Trubel zu entgehen. Als er erholt und aufgeräumt von seiner kleinen Runde zurückkam und auf den Parkplatz einbog, hielt er erschrocken inne: Vor ihm stand, eng umschlungen an eine Hauswand gelehnt, ein Pärchen, das sich leidenschaftlich küsste, wobei die Hand des Jungen nervös auf dem Hintern des Mädchens kreiste. Er schluckte. Es war Yumikos Schwester mit dem jungen Mann aus der Küche von heute Morgen.

Auch wenn das eigentlich eher bei dem Pärchen angebracht gewesen wäre, war er es, der rot anlief, als er sich an ihnen vorbeischlich. In diesem Moment drehten sie sich zu ihm um. »Ha… hallo, Mikado. Grüß Gott … Dings«, krächzte er.

»Kevin.«

»Ja, von mir aus.«

Miyako legte verschwörerisch einen Finger auf die Lippen.

Kluftinger nickte. In ein paar Tagen wären die Sazukas eh wieder in Japan – was sollte er sich jetzt noch einmischen. Er ging schnellen Schrittes zurück zum Gasthaus, vor dem sich eine Traube jüngerer Gäste zum Rauchen versammelt hatte. Sie grinsten ihn an, als er an ihnen vorbeiging.

»Haben Sie den grünen Frotteeschlafanzug echt noch in Gebrauch?«

Fassungslos sah der Kommissar den jungen Mann an, der mit seinem Sohn in die Schule gegangen war. Peter hieß er, wenn er sich recht erinnerte.

»Woher, ich mein …«

»Na ja, Ihre Frau hat mir nicht nur Fotos von Markus gegeben«, erklärte Peter. »Und da sind wir auf die Idee für dieses Spiel gekommen.«

»Welches Spiel?«, fragte er panisch.

»Ist schon vorbei, Herr Kluftinger«, beruhigte ihn ein anderer aus der Gruppe. »Yumiko musste Markus mit verbundenen Händen und Augen aus dem Ding helfen. Aber keine Angst, er hat schon noch was drunter angehabt.«

Priml. Wenigstens hatte er dem entwürdigenden Spektakel nicht persönlich beiwohnen müssen. Dass ihn alle wissend angrinsten, als er danach wieder durch die Reihen schritt, versuchte er so gut wie möglich zu ignorieren.

»Danke, Erika!«, zischte er, als er an seinem Tisch ankam und sich mürrisch auf seinen Stuhl fallen ließ. Wenigstens hatten sich die Alten mittlerweile verzogen.

»Was denn?«

»Ich sag nur: Schlafanzug!«

Bevor sie reagieren konnte, beugte sich Yoshifumi Sazuka über den Tisch und sagte grinsend: »Schla-hanzug. Very sexy!« Dann stimmte er sein wieherndes Lachen an.

»Jaja, schon recht, Joschi. Sei bloß still, sonst sag ich denen, dass du immer in mein altes Badewasser willst.«

»Hai. Ba-da-wassa«, wiederholte er und kicherte. Offenbar war er aus der Sake-Zeremonie auch nicht gänzlich schadlos hervorgegangen.

»Sag mal, Markus, wo ist denn die Yumiko?«, hörte er seine Mutter fragen.

»Du, die wollt aufs Klo, so vor einer halben … shit!« Markus verzog das Gesicht. »Ach komm, ich hab denen extra gesagt, dass ich keinen Bock aufs Brautverziehen hab. Mama, schaust du mal auf dem Damenklo, vielleicht hat sie nur Probleme mit dem Kleid oder so.«

Erika stand auf und verließ den Raum.

»Wenn ich halt bloß sterben könnt!«

Kluftinger fuhr herum. Tante Fanny stand, auf ihren Rollator gestützt, am Fenster und sah hinaus. Sie war offenbar von ihrer religiösen direkt in ihre depressive Phase gerutscht. Da die gesamte Verwandtschaft wusste, dass sie dies ohnehin nicht ernst meinte, nahm er nicht weiter Notiz von ihrem Lamento.

»Jetzt haben sie deine Braut entführt!«, rief Erika durch den halben Saal ihrem Sohn zu, als sie zurückkam.

»Ganz toll!«, sagte der zerknirscht, während unter den Gästen Gemurmel laut wurde. Markus stand auf und stellte sich einen Suchtrupp zusammen, da bemerkte Kluftinger die blassen Gesichter von Yoshifumi und Kanako Sazuka, die aufgeregt miteinander tuschelten.

»Enn-fuaht?«, fragte Sazuka schließlich. »That means kidnapped, right?« Blanke Panik flackerte in seinen Augen.

»Ja, aber nicht so … it is fun!«

»No fun! Call police!« Der Japaner war außer sich.

»Nein, das ist Tradition. Ein paar Jungs, guys, haben ein bissle Spaß mit der Yumiko. Viel Alkohol auch. Alltogether fun.«

Sazuka atmete hektisch. »What will they do to her?«

»Nur was sie auch will. Nix Schlimmes«, beruhigte Kluftinger.

» They kidnapped Miyako, too?«

Kluftinger schluckte. »Nein. Aber die hat auch … fun. Ich hol sie für dich«, beeilte er sich zu sagen, dann stand er auf und ging noch einmal nach draußen. Wenigstens die eine Tochter musste er seinem japanischen Freund doch zurückerobern.

Mit eiligen Schritten lief er auf den Parkplatz. Doch dort, wo er sie vorher gesehen hatte, war sie nicht mehr. Er lief weiter und erblickte im Durchgang zwischen zwei Häusern ein knutschendes Pärchen. Er rannte zu ihnen und tippte dem Mann auf die Schulter. »So, Schluss jetzt, Kevin. Die Mikado kommt jetzt mit mir mit.«

Zwei erschrockene Gesichter blickten ihn an. Das eine gehörte der jungen Japanerin, das andere Fabian Kreidler, dem halbwüchsigen Sohn des Tankstellenbetreibers von Altusried.

»Du … ich mein … wo ist denn der Kevin?«

»Welcher Kevin?«, fragte der junge Mann.

»Der … ach, das führt jetzt zu weit. So, inaff jetzt, you come please.«

Damit zog er das protestierende Mädchen hinter sich her in Richtung Gasthof.

Kurz vor dem Abendessen hatte sich die Aufregung wieder gelegt, die Braut hatte sich wohlbehalten wieder eingefunden, und Yumikos Schwester saß gelangweilt mit Kopfhörern am Tisch. Ein sonores Brummen im Raum zeugte davon, dass sich die Leute anscheinend recht gut unterhielten.

»So, jetzt wird's aber Zeit fürs Essen, oder?«, fragte Kluftinger seine Frau.

»Ja, ich denk, die beiden werden bald das Buffet eröffnen.«

»Vielleicht haben sie's vergessen.«

»Glaub ich kaum.«

»Soll mer uns schon mal anstellen? Nicht dass es nachher recht zugeht.«

»Also komm, Butzele, du kriegst schon genügend ab.«

»Ja, aber …«

Ein Pfeifen aus den Lautsprechern unterbrach ihr Gespräch. Mit gerunzelter Stirn sah Kluftinger, dass ein jüngerer Mann sich oben auf der Bühne am Mischpult zu schaffen machte.

Auweh, dachte er, *jetzt kommt der unangenehme Teil.* Denn Musik bedeutete unweigerlich: tanzen.

In diesem Moment spürte er einen heftigen Schlag auf seine Schulter: »Na, mein Lieber, Sie sind ja ganz blass. Sagen Sie bloß, der Hochzeitswalzer treibt Ihnen den Angstschweiß auf die Stirn.«

Der Kommissar drehte sich um. »Na, ich hab bloß grad an meine nächste Vorsorgeuntersuchung bei Ihnen denken müssen.«

»Ach bitte, Sie können es ruhig zugeben. Wohl schon ein bisschen eingerostet seit unserem gemeinsamen Tanzkurs, wie?«

Kluftinger schluckte. Der Doktor rührte an ein Trauma, das er tief in seinem Unterbewusstsein vergraben hatte.

»Wir können gerne rausgehen und noch ein paar Trockenübungen machen, wir haben doch als Tanzpaar schon mal ganz prächtig harmoniert.«

Wie von der Tarantel gestochen, sprang Kluftinger auf, hielt der überraschten Erika den Arm hin und sagte: »Darf ich bitten?« Dann zerrte er sie Richtung Tanzfläche, die gerade von den Frischvermählten betreten wurde – unter lautem Johlen der Gäste. Sofort ertönte laute Musik. Kluftinger bemühte sich redlich, irgendeinen Rhythmus herauszuhören, was ihm jedoch nicht gelingen wollte. Der Brautwalzer lief gänzlich anders ab, als der Kommissar erwartet hatte: Die Frischvermählten streckten ihre Gliedmaßen in wilder Discomanier von sich, statt als Paar vernünftig zu tanzen.

»So, jetzt die Eltern der beiden dazu!«, rief der Discjockey unerbittlich.

Hektisch blickte sich Kluftinger um, doch schnell wurde ihm klar: Da musste er jetzt wohl durch. Da er keinen Paartanz kannte, der auch nur annähernd zu dem Lied passte, dessen Text vor allem aus dem Wort »Happy« bestand, beschloss er, es den Kindern gleichzutun und einfach ein paar seltsame Verrenkungen dazu zu machen.

Nur wenig später war die Tanzfläche voll und Kluftinger umringt von fröhlich lachenden Menschen. Ab und zu kamen ein paar der jüngeren Gäste an ihm vorbei und tanzten ihn an oder stießen begeisterte Juchzer aus. Ungelenk wippte er im Takt und schüttelte seine Gliedmaßen, krampfhaft bemüht, möglichst niemanden anzurempeln. Er sah sich besorgt um und stellte erleichtert fest, dass niemand von seinem unkonventionellen Tanzstil Notiz zu nehmen schien. Allmählich fand er in den Rhythmus und fühlte, wie seine Bewegungen fließender wurden. Die Anspannung der letzten Wochen löste sich mit jedem Tanzschritt. *Gar nicht so schlecht, dieses Discozeug,* musste er sich eingestehen.

Allerdings konnte er das hohe Tempo nur ein Lied lang mitgehen, dann musste er sich erst einmal ausruhen – und stärken.

»Eine schöne Feier, oder, Butzele?« Erika hatte sich bei ihm untergehakt, sie war leicht erhitzt, denn sie hatten gegen Kluftingers Protest – bei dem er auf sein Völlegefühl nach dem reichhaltigen Essen verwiesen hatte – schon wieder getanzt. Fast wünschte er sich den Doktor herbei, der hätte seine Frau mit seiner flotten Sohle auf dem Parkett bei Laune halten können. Doch er konnte ihn nirgends entdecken. So oblag Kluftinger diese Aufgabe.

»Doch, ganz nett.«

»Und wann kommt endlich deine Rede? Ich bin schon so gespannt!«

Kluftinger biss sich auf die Lippen. *Die Rede!* Daran hatte er gar nicht mehr gedacht. »Am besten nach … der Geschenkübergabe, oder?«, versuchte er sich noch ein wenig Zeit zu verschaffen. »Ich hol den Smart, fahr ihn vor, und du kommst mit allen Gästen raus, sagen wir … so um zehne? Dann kriegen sie das Auto, und ich halt meine Rede.«

»Toller Plan.« Sie schmiegte sich an seine Schulter. »Dann hast du ja noch Zeit, die Tante Josefa heimzufahren, der wird's, glaub ich, langsam zu viel.«

Kluftinger sah zu einem Tisch am Fenster. Seine Großtante schlief dort mit nach hinten gebeugtem Kopf und offenem Mund. Und das bei all dem Trubel – er wünschte sich für sein Alter einen ähnlich gesegneten Schlaf. »Wenn's sein muss …« So würden ihm wenigstens die nächsten Tanzrunden erspart bleiben.

»Kreizkruzifixnommal!« Kluftinger stampfte wütend mit dem Fuß auf dem Boden auf.

»Jesses«, stieß Tante Josefa hervor und bekreuzigte sich. »Du sollst doch nicht immer so fluchen, Bärle. Das hat dein Onkel auch immer gemacht, und jetzt schmort er dafür im ewigen Höllenfeuer.«

»Das kannst du gar nicht wissen, Tante. Und hör auf, mich Bärle zu nennen, dazu bin ich schon seit fuffzig Jahren zu alt, Sakrament.« Seit er in seiner Kindheit die Großtante und ihren Mann manchmal in den Ferien für ein paar Tage auf deren Hof besucht hatte, wo Kluftinger sich ihren selbstgemachten Honig schmecken ließ, war er diesen Spitznamen nicht mehr losgeworden.

»Jesses, schon wieder, Bärle.«

Er verdrehte die Augen. Nicht nur wegen des Namens, sondern vor allem, weil hinter seinem Passat ein halbes Dutzend anderer Autos geparkt hatte. Die Besitzer zu den Wagen zu suchen würde ewig dauern. Da kam ihm eine andere Idee.

35

»Seit wann hast du das Auto denn?«

»Es ist nicht meins, Tante Josefa, das hab ich dir jetzt schon fünfmal erklärt.« Kluftinger musste laut sprechen, denn der Motor des Smarts entfaltete bei der Geschwindigkeit, mit der er über die kleinen Sträßchen in Richtung Bad Grönenbach flitzte, eine ziemliche Lautstärke. Gepaart mit der Schwerhörigkeit seiner Verwandten, machte das eine Unterhaltung fast unmöglich. Aber nachdem der Passat blockiert gewesen war, hatte er sich das Hochzeitsgefährt ausleihen müssen. Streng genommen war es sowieso noch seins, immerhin würde er es dem Brautpaar erst in zwei Stunden offiziell schenken. Die Schleife, die Erika auf dem Dach angebracht hatte, hatte er einfach draufgelassen. So fuhr er nun zum zweiten Mal innerhalb einer Woche ins Grönenbacher Altenheim.

»Kennst du eigentlich den Doktor Schwaiger?«, fragte er, als er an den Mann dachte, den er dort besucht hatte.

»Ich sag ja gar nix.«

»Hm?«

»Ich schweig doch schon.«

Kluftinger stieß genervt die Luft aus. »Nein, den Doktor Schwaiger, ob du den kennst«, schrie er.

Die voluminöse Frau neben ihm machte einen kleinen Satz: »Auweh, jaja, den kenn ich, das ist ein ganz schlimmer Finger.«

Der Kommissar erinnerte sich wieder daran, dass der Mann selbst eine solche Andeutung gemacht hatte. »Hat er etwa bei dir auch schon mal …«

»Bei mir? Gott bewahre. Ich weiß das nur aus Erzählungen. Man hört so allerhand«, erklärte sie, und Kluftinger war sich nicht sicher, ob sie dabei nicht ein wenig beleidigt klang.

»Was machst du denn dann …« Weiter kam er nicht, denn plötzlich ertönte unmittelbar hinter ihnen ein Martinshorn. Er zog den Kopf ein, weil er nicht bemerkt hatte, dass überhaupt jemand hinter ihnen fuhr, da er den Innenspiegel nicht eingestellt hatte, was er nun eilig nachholte. Viel mehr als die Lichthupe eines riesigen Feuerwehrautos, das gefährlich dicht aufgefahren war, sah er jedoch nicht. »Jaja, schon gut«, schimpfte er und fuhr an den Straßenrand, um das Gefährt vorbeizulassen. Erst nachdem das Blaulicht vor ihnen in der Dunkelheit verschwunden war, fuhr er weiter, weil er sichergehen wollte, dass keine weiteren Einsatzfahrzeuge folgten.

Als sie den steilen Anstieg nach Bad Grönenbach nahmen, was den Motor des Smarts aufjaulen ließ, sahen sie am Horizont einen orangefarbenen Schimmer. Es musste ein gewaltiges Feuer sein, das da brannte. Auf der Kuppe angelangt, erkannten sie auch, was da in Flammen stand. Es war Schloss Grimmbart.

»Fahr da mal hin, Bärle«, sagte seine Großtante sofort.

Er hatte das sowieso vorgehabt, aber damit gerechnet, dass sie zuerst abgesetzt werden wollte. Doch das Gegenteil schien der Fall zu sein.

»Wenn schon mal was los ist bei uns …«, erklärte sie achselzuckend.

»Wenn du mich fragst: War fast ein bissle viel los in letzter Zeit, zumindest im Schloss.«

Er bog von der Straße nach links, jagte den Smart das enge, gewundene Sträßlein hinauf, das er in den letzten Wochen so oft gefahren war, und musste scharf bremsen, als hinter der letzten Biegung plötzlich eine Straßensperre auftauchte. Ein Feuerwehrmann mit Kelle winkte ihm aufgeregt zu, offenbar um ihm klarzumachen, dass er umkehren solle. Doch der Kommissar kurbelte stattdessen das Fenster herunter.

»Herrgott, da gibt's nix zum Gaffen«, schimpfte der Mann und schüttelte den Kopf. »Jetzt schleich di, mit deiner … Keksdose da.« Er schaute abschätzig auf den Schriftzug der österreichischen Süßwarenfirma auf der Seite des Smarts.

»Ich muss da durch«, beharrte Kluftinger jedoch und hielt dem Feuerwehrmann seinen Ausweis unter die Nase.

Der war sichtlich irritiert, schaute immer wieder von dem Papier zum Auto und zur Tante. Er schien sich nicht sicher zu sein, was er tun sollte.

»Hören Sie, ich bin im Einsatz, es wär wirklich besser für Sie, wenn Sie mich durchlassen täten.«

Schließlich machte der Mann eine wegwerfende Handbewegung und räumte die Sperre beiseite. Kluftinger fuhr langsam die letzten Meter, begleitet von den ungläubigen Blicken einiger Feuerwehrmänner, die hier oben Posten bezogen hatten. Aber sie hatten genug damit zu tun, die Menschen in Zaum zu halten, die, wie Motten vom Licht angezogen, auf dem Vorplatz des Schlosses herumschwirrten.

»Wo kommen die denn alle her?«, wunderte sich der Kommissar.

»Heut ist doch Herbstmarkt«, klärte ihn seine Tante auf, »da ist immer viel los. Die Schwester Andrea hat da auch immer einen Stand und verkauft die Salzteigfiguren, die sie uns basteln lässt. Das Geld steckt sie aber schon selber ein.«

»Ah ja, stimmt, der Herbstmarkt.« Kluftinger erinnerte sich wieder. Einmal im Jahr war in dem Kurort ein Markt, der ziemlich viel Publikum auch von weit her anlockte. Und dem wurde nun ein ganz besonderes Schauspiel geboten. »Bleib du bitte sitzen, ich muss mir das mal aus der Nähe anschauen«, bat er seine Tante, dann stieg er aus.

Er hatte Schwierigkeiten, sich durch die Masse der Gaffer zu kämpfen, die anscheinend alles daransetzten, das Chaos noch größer zu machen. Nicht wenige streckten ihre Arme in die Luft und hielten das Ereignis mit ihren Handykameras filmisch fest. Je näher er dem brennenden Gebäude kam, desto dichter wurde die Menschenmenge. Unsanft schob er einen Mann vor sich zur

Seite – und erstarrte. Ein riesiger Dachs stand vor ihm und glotzte ihn an. Verlor er jetzt langsam den Verstand? Doch da tauchte neben dem Dachs auch noch ein Mann im Bärenkostüm auf, und nun erinnerte sich der Kommissar, dass der Markt immer unter dem Motto »Märchen« stand. Spätestens als der Dachs vor ihm die Hand hob und ihm den Mittelfinger zeigte, verlor die Erscheinung alles Mystische, und Kluftinger setzte seinen beschwerlichen Weg fort.

Als er sich bis zur Absperrung durchgekämpft hatte, sah er erstmals das volle Ausmaß der Katastrophe: Der Dachstuhl des Schlosses brannte lichterloh, vor dem Gebäude stand ein halbes Dutzend Löschfahrzeuge, aus mehreren Schläuchen spritzte Wasser in die Flammen, Feuerwehrmänner und Polizisten rannten herum und riefen einander über das Dröhnen der Dieselmotoren und Pumpen hinweg Anweisungen zu.

Der Kommissar wollte gerade über die Absperrung klettern, die lediglich aus einer rot-weißen Flatterleine bestand, doch sofort war ein junger Polizist in Uniform bei ihm.

»Sag mal, geht's noch? Was glauben Sie, wofür wir das hier dichtgemacht haben?«

Kluftinger zeigte ihm wortlos seinen Ausweis. »Ach so, konnt ich ja nicht wissen.«

»Wer ist der Einsatzleiter?«

»Den Feuerwehreinsatz leitet Kommandant Kreuzer, der steht gleich dahinten.« Er zeigte auf eine Gestalt auf der Brücke. »Unseren Einsatz …«

Kluftinger ließ den Mann einfach stehen und lief in die gewiesene Richtung.

»Grüß Gott, Kluftinger, Kripo Kempten«, stellte er sich vor, als er den Kommandanten erreicht hatte. So nahe am Brandherd konnte er die Hitze des Feuers auf seinem Gesicht spüren. »Was ist denn passiert?«

Der Feuerwehrmann musterte den Kommissar von oben bis unten, dann sagte er: »Ihr seid ja früh da diesmal. Aber ein bissle feierlich für den Anlass, oder?«

Kluftinger winkte ab. »Können Sie schon irgendwas sagen?«

»Nein, noch nicht wirklich. Der alte Dachstuhl brennt wie Zunder. Aber wenn Sie mich fragen …«

»Tu ich!«

»Also seltsam ist das schon.«

»Was denn?«

»Schauen Sie doch mal: Das geht aus von vielen einzelnen Brandherden. Anders lässt sich meiner Meinung nach nicht erklären, dass es überall so schön gleichmäßig und großflächig lodert.«

»Also Brandstiftung?«

Kreuzer musterte sein Gegenüber. »Das hab ich so nicht gesagt. Nicht dass Sie mich nachher drauf festnageln.«

»Guter Mann, ich will niemand auf irgendwas festnageln, ich will einfach eine realistische Einschätzung der Lage. Sie müssen doch …«

»Ja.«

»Wie bitte?«

»Ja. Brandstiftung. Alles andere würd mich wundern.«

Der Kommissar atmete tief durch. »Meinen Sie, Sie können das Gebäude retten?«

Der Feuerwehrmann nahm seinen Helm ab und fuhr sich durch die Haare. »Ich glaub schon. Also, was das Mauerwerk angeht halt. Wir haben's unten ganz gut unter Kontrolle. Was mir mehr Sorgen macht, ist der Wald.«

»Warum? Was ist mit dem Wald?«

Kreuzer setzte den Helm wieder auf und zeigte in die Luft. Jetzt sah es auch Kluftinger: Immer wieder lösten sich Glutteile aus dem Dachstuhl und wurden vom Wind in Richtung Wald getragen. »Wenn der auch zu brennen anfängt, haben wir ein größeres Problem, der ist relativ nah.«

Gebannt starrte Kluftinger ins Feuer. So unheimlich und abweisend ihm das Gemäuer in den letzten Tagen auch vorgekommen sein mochte, jetzt bedauerte er, dass dieser historische Schatz in Flammen stand. Er ließ seinen Blick über die Fassade schweifen, da stutzte er. »Sehen Sie das?«

»Was?«

Er streckte die Hand aus und wies auf das oberste Fenster. »Da.«

Kreuzer kniff die Augen zusammen. »Das Fenster?«

»Nein, ich meine unter dem Fenster. Da hängt doch was.«

»Hm, ja. Gehört das da nicht hin oder wie?«

Jetzt bemerkte Kluftinger das Fernglas, das um den Hals des Mannes baumelte. »Vielleicht können wir's damit rausfinden.«

»Oh, ja, freilich, hab gar nicht dran gedacht.« Verlegen reichte ihm der Kommandant das Fernglas. Nach einer Weile fragte Kreuzer ungeduldig: »Und?«

»Moment, ich muss erst noch scharf …« Er verstummte, denn jetzt hatte er erkannt, was da unter dem Fenster hing. Und diese Erkenntnis schockierte ihn noch mehr, als es der Brand getan hatte: Es war das gestohlene Gemälde. Der Strigel, der seit der Mordnacht fehlte. Doch wenn Kluftinger das auf die Entfernung richtig sah, war er verändert worden, denn von der historischen Darstellung der Frau war nichts mehr zu sehen. An ihrer Stelle prangte das Foto der getöteten Baronin, das Gegenstück zu dem Teil, den sie gestern bei Hans Förster gefunden hatten. »Mein Gott …«

»Was ist es denn?«

Er gab dem Kommandanten das Fernglas zurück. Der schaute durch und sagte enttäuscht: »Ach so, bloß ein Bild. Ist das wertvoll?«

»Jetzt nicht mehr.« Doch das war es nicht, was Kluftingers Puls so beschleunigte: Das Bild am Fenster ließ keinen anderen Schluss zu, als dass Förster den Brand gelegt hatte. Da überfiel den Kommissar eine dunkle Ahnung: Vielleicht war er sogar noch hier! Ergötzte sich am Niederbrennen des Schlosses, das unter anderen Umständen sein Zuhause hätte sein können.

Gehetzt blickte der Kommissar zur Menschenmenge zurück. Wie sollte er in diesem Chaos jemanden finden? Vor allem jemanden, von dem er nicht einmal wusste, wie er aussah. Alles, was von ihm existierte, war ein wenig aussagekräftiges Phantombild. Er ließ die Schultern hängen, und seine anfängliche Aufregung verflog so schnell, wie sie gekommen war. Nein, das war ein unmögliches Unterfangen. Alles, was er tun konnte, war, die Kollegen zu informieren und zu veranlassen, dass jeder, der jetzt noch hier oben war, überprüft wurde. Immerhin besser als nichts.

Er wandte sich noch ein letztes Mal um, als wolle er Abschied nehmen von dem alten Gemäuer. Den anderen hier oben schien es ähnlich zu gehen: Gebannt starrten die Leute auf das Schloss, das vielleicht nie mehr wiederhergestellt werden würde. Der Kommissar kniff die Augen zusammen. Alle? Das war nicht ganz richtig. Während die Augen der Anwesenden wie magisch von den Flammen angezogen wurden, schien es einen nicht zu interessieren, was da vor sich ging. Die Gestalt, die er nur schemenhaft im Gegenlicht wahrnahm, stand etwas abseits, jenseits der Absperrungsleine, und wandte dem Schloss den Rücken zu. Sie blickte in Richtung des Märchenwaldes. Kluftinger gab einem vagen Impuls nach. Die Person kam ihm seltsam vor. Sollte er sie rufen? Nein, sie war noch zu weit entfernt und könnte in all dem Trubel einfach auf Nimmerwiedersehen verschwinden.

Er beschloss also, sich der Gestalt vorsichtig und unbemerkt zu nähern. Das war nicht sonderlich schwierig, er musste nur zurück über die Absperrung und sich im Schutz der Menschen bewegen. Irgendwann stand er aber an der Flatterleine. Zwischen ihm und der Person lagen jetzt vielleicht noch dreißig Meter, allerdings befanden sich dort keine Menschen mehr, hinter denen der Kommissar sich hätte verbergen können. Wenigstens sah der andere von ihm weg. Kluftinger wog seine Möglichkeiten ab. Schließlich entschied er sich dafür, über die Absperrung zu klettern und …

»Halt!« Der Schrei des Feuerwehrmannes gellte durch die Nacht und war trotz des Lärms überdeutlich zu hören. Der Kommissar langte in die Tasche, um seinen Ausweis zu zücken, da sah er, dass auch die Gestalt sich in seine Richtung gedreht hatte. Das Gesicht des Mannes wurde von einem der Scheinwerfer erhellt. Für eine Sekunde kreuzten sich ihre Blicke – und Kluftinger erschauderte. Die Augäpfel des Mannes waren gelb.

Hans Förster, schoss es Kluftinger durch den Kopf. Noch ehe er reagieren konnte, rannte der andere los. Auch der Kommissar kletterte nun vollends über die Flatterleine, da war der Feuerwehrmann bei ihm und packte ihn am Arm.

»Aber ganz schnell zurück, Freundchen«, schrie er wütend.

»Ich muss …«, begann Kluftinger.

»Du musst gar nix, außer zurück hinter die Absperrung, und zwar sofort, sonst werd ich ungemütlich.«

»Himmelherrgott, ich bin von der Kripo.« Er riss seinen Ausweis aus der Tasche. Es dauerte eine gefühlte Ewigkeit, bis der Mann realisiert hatte, wen er da vor sich hatte. Mit einem gestammelten »Ja, dann …« ließ er Kluftinger schließlich passieren.

»Holen Sie ein paar Polizisten, die sollen mir folgen!«, rief er dem Feuerwehrmann noch zu, dann rannte er los. Doch nach ein paar Metern blieb er wieder stehen. Wo war er hin? Da nahm Kluftinger einen Schatten am Eingang zum Märchenwald wahr. Als sei der Teufel hinter ihm her, rannte er hinüber. Noch hatte er den Waldrand nicht erreicht, da bemerkte er die fliegenden Glutnester, die über ihm auf die Bäume zutrieben. Irgendein Stoff musste Feuer gefangen haben, und brennende Fetzen davon wurden nun vom Wind hierhergetragen.

Der Kommissar rannte weiter in den Märchenwald. Das Unterholz hatte bereits an mehreren Stellen Feuer gefangen. Allerdings waren die letzten Tage sehr feucht gewesen, und so hatten sich noch keine großen Brandherde entwickeln können. Immerhin sah er im schwachen Schein der Flammen den Mann, der mit erheblichem Vorsprung den Weg durch den Märchenwald hinunterhetzte.

Kluftinger jagte hinterher. Er vertraute darauf, dass die Ortskenntnis, die er inzwischen hatte, einen Vorteil für ihn bedeutete. Je tiefer er in den Wald hineinrannte, desto heller wurde es paradoxerweise. Und nun sah er auch den Grund: Eine der Märcheninstallationen hatte Feuer gefangen. Rotkäppchen blickte angsterfüllt auf einen Wolf, dessen Ohren bereits in Flammen standen und dem langsam das Gesicht verbrannte. Kluftinger musste sich zwingen, seine Augen von diesem grausigen Anblick zurück auf den Weg zu richten. Der Qualm, der vom Schloss herüberzog, vermischte sich mit den Nebelschwaden, die aus dem feuchten Boden stiegen.

Mit großen Schritten näherte Kluftinger sich dem Ende des Pfads, passierte die Stelle, wo sie die Leichen ausgegraben hatten, das Rumpelstilzchen-Haus, sprang über eine große Wurzel und sah das letzte Häuschen mit Aschenputtel und den Tauben.

Sonst sah er niemanden.

Er blieb stehen und stützte die Hände keuchend auf seine Knie. Das Herz schlug ihm bis zum Hals, doch er zwang sich trotz seiner Atemnot, kurz die Luft anzuhalten, um nach dem Mann zu horchen. Aber nichts war zu hören. Pfeifend sog er wieder Luft ein und brach sofort in einen Hustenanfall aus, weil der Rauch in seinen Lungen brannte. Lange würde er sich hier nicht mehr aufhalten können. Das galt allerdings auch für den anderen. Der konnte unmöglich weitergelaufen sein, das Gestrüpp war zu dicht. Also musste er … Kluftinger spürte einen eisigen Hauch auf seinem Rücken. Hans musste hier sein. Hier, unmittelbar in seiner Nähe. Irgendwo hatte er sich versteckt. Schließlich bot ein Märchenwald dafür mehr als genügend Möglichkeiten.

Vorsichtig ging er den Weg zurück und griff unwillkürlich nach seiner Waffe, doch seine Hand tastete ins Leere. »Zefix«, presste er hervor. Natürlich hatte er keine Pistole dabei, er kam schließlich von einer Hochzeit. Er suchte den Waldboden ab, schnappte sich den nächstbesten größeren Ast und wog ihn in seiner Hand. Das Ding würde möglicherweise ausreichen, vorausgesetzt, er könnte damit einen direkten Treffer landen. Blieb nur zu hoffen, dass Förster nicht besser vorbereitet war.

Geduckt setzte er einen Schritt vor den anderen, schaute nach links und rechts, wo die Märchenfiguren ihm Spalier standen. In ihren Gesichtern tanzte der Schein der Feuer, die um ihn herum brannten. Kluftinger passierte die Stelle, an der sie gegraben hatten, pirschte sich von dort weiter nach links. In der Nähe einer Installation mit einem knienden Mädchen im Hemd, ein paar verstreut liegenden Sternen und einer übergroßen Gestalt mit Kapuze suchte er Deckung. Hier war es dunkler …

Moment!

Kluftinger gefror mitten in der Bewegung. Es gab im Sterntaler-Märchen keine Kapuzengestalt.

»Uaaahhhh!« Mit einem kehligen Schrei drehte sich die vermeintliche Figur um und stürzte auf ihn zu. Der Kommissar wich zurück, weshalb er die Wurzel hinter sich nicht sehen konnte. Er blieb mit einem Fuß hängen, taumelte ein paar Schritte und krachte auf den Waldboden. Sein Kopf schlug gegen etwas Hartes, und für einen Moment schloss er benebelt die Augen. Als er sie wieder öffnete, stand die Kapuzengestalt hoch aufgerichtet über ihm, in der Hand einen schweren Holzprügel. Kluftingers Holzprügel.

Langsam hob ihn der Mann über seinen Kopf, und schon schnellte der Ast mit einem Zischen durch die Luft. Kluftinger rollte auf die Seite und hörte, wie das Holz mit einem dumpfen Geräusch direkt neben seinem Kopf in den Boden einschlug.

Er rollte herum, als er sah, dass Förster den riesigen Ast erneut hob und mit Wucht nach unten drosch.

Das Blut rauschte in Kluftingers Ohren. Würde er hier sterben, während sein Sohn gerade seine Hochzeit feierte? Den Ast weit über seinen Kopf gestreckt, wartete der Mann ab, in welche Richtung der Kommissar sich bewegen würde. Noch einmal würde er sicher nicht danebenschlagen.

Da erhellte ein greller Lichtschein das Gesicht des Angreifers, und seine gelben Augen leuchteten auf. Das Licht kam von einer Taschenlampe. Der Kommissar folgte dem Strahl und erkannte schemenhaft einen Mann mit einem Feuerwehrhelm.

»Was zum Teufel ist denn hier los?«, fragte der nun lautstark. »Lassen Sie sofort den Prügel fallen!«

Es war die Stimme des Kommandanten, mit dem er vorher gesprochen hatte. Kreuzer machte nun ein paar Schritte auf sie zu, dann ging es rasend schnell: Hans verlagerte sein Gewicht und ließ den Holzknüppel erneut durch die Luft zischen, diesmal allerdings nicht in seine Richtung, sondern auf den Feuerwehrmann. Kluftinger hörte, wie er krachend sein Ziel fand, dann folgte ein erstickter Schrei, die Taschenlampe flog durch die Luft und landete vor Kluftingers Füßen. Der rappelte sich hoch, griff sich die Lampe und leuchtete die beiden Männer an, die nun kämpfend über den Boden rollten. Sie waren kaum auseinanderzuhalten. Er überlegte verzweifelt, wie er den Kampf beenden könnte.

In diesem Moment erstarben die Laute der beiden. Kluftinger blickte direkt in das angstverzerrte Gesicht des Feuerwehrkommandanten, den Hans von hinten im Würgegriff hielt, wobei er ihm ein Messer an die Kehle drückte. Seine gelben Augen funkelten gefährlich.

Hans Förster sprach kein Wort und begann mit seiner Geisel langsam rückwärtszugehen, wobei er seinen Griff kein bisschen lockerte. Panik ergriff von Kluftinger Besitz. Was sollte er nur tun? Mit einer Geiselnahme hatte er keinerlei Erfahrung. Außer … Sein Herz übersprang einen Schlag. *Das Schießtraining!* Blitzartig wurde ihm klar, was er nun zu tun hatte. Seine Angst fiel von ihm ab, mit einem Mal war er ruhig und konzentriert. Er musste Hans und seine Geisel in eine Lage bringen, die für sein Vorhaben günstig war. Rechts sah er die Rumpelstilzchen-Hütte, die würde ihm nicht weiterhelfen. Aber wenn rechts das Rumpelstilzchen war, bedeutete das, dass links, hinter den beiden Männern, genau das war, was er brauchte. Es war ein heikles Unterfangen, und er musste höllisch aufpassen. Vorsichtig tat er einen Schritt nach vorn, worauf Förster ein Stück zurückwich.

Davon ermutigt, machte Kluftinger noch einen Schritt. Hans zwang seine Geisel ebenfalls einen Schritt zurück. Der Feuerwehrkommandant begann zu wimmern, offenbar weil Hans den Druck der Klinge an seinem Hals verstärkte.

»Was … machen Sie?«, keuchte Kreuzer verzweifelt in Richtung des Kommissars.

Doch der konnte nicht antworten, er musste einfach darauf vertrauen, dass jetzt alles glattging.

Nur noch zwei Schritte. Kluftinger richtete die Taschenlampe ins Gesicht des Angreifers, um ihn zu blenden.

Der letzte Schritt. Jetzt kam es darauf an. Der Kommissar holte noch einmal tief Luft – dann warf er die Taschenlampe in die Höhe. Er sah, dass die Augen seiner Gegenüber dem hellen Lichtpunkt folgten und sie die Köpfe hoben. Das war seine Chance. Mit voller Wucht warf er sich nach vorn in die beiden Männer hinein. Die taumelten zurück, Förster riss die Arme nach oben und ruderte mit ihnen herum, weil er keinen Boden mehr unter seinen Beinen spürte. Dabei flog sein Messer durch die Luft.

Kluftingers Hand schoss nach vorn, er packte den Feuerwehrmann am Kragen und zog ihn mit aller Kraft zu sich. Kreuzer fiel in seine Arme, doch der Kommissar stieß ihn sofort wieder weg, hechtete nach der Taschenlampe und leuchtete auf den Boden vor sich.

Endlich fiel die Anspannung von ihm ab, denn im Lichtstrahl sah er Hans Förster mit geschlossenen Augen in der Grube liegen, die Kluftinger drei Tage zuvor hatte ausheben lassen.

36

Kluftinger schaute dem Sanitäter dabei zu, wie er den lädierten Kopf des jungen Mannes versorgte. Jetzt, im hellen Licht der Neonlampen des Krankenwagens, mit der Platzwunde und dem eingetrockneten Blut auf der Stirn, wirkte er überhaupt nicht mehr gefährlich, eher bemitleidenswert. Auch seine gelben Augäpfel hatten jeden Schrecken eingebüßt. Als der Verletzte versorgt war und die Sanitäter den Krankenwagen verlassen hatten, stieg der Kommissar hinein. Er setzte sich neben ihn und blickte auf Förster hinunter: ein Häuflein Elend, verdreckt, die Arme mit Handschellen an die Trage gefesselt, den wässrigen Blick gegen die Decke gerichtet. Das war es also, das Phantom, das sie so lange in Atem gehalten hatte. Kluftinger schüttelte über sich selbst den Kopf. Er hatte sich mitreißen lassen von der düsteren, märchenhaften Atmosphäre, die diesen Fall überschattet hatte.

Wieder einmal hatte sich ein Satz seines Vaters, des ehemaligen Dorfpolizisten, bewahrheitet: *Am End isch alls ganz oifach.* Am Ende gab es für alles eine simple Erklärung.

Die lag nun vor ihm und drehte den Kopf in seine Richtung. Hans Försters Blick wurde klar und fixierte den Kommissar. »Ich bereue nichts, was ich gemacht hab«, hauchte er kaum verständlich.

Kluftinger nickte. Das war deutlich. Ob jetzt auch der richtige Zeitpunkt war, um all die offenen Fragen zu klären, die ihm auf den Nägeln brannten? Einen Versuch war es wert, wenn auch nur für seinen eigenen Seelenfrieden.

»Woher haben Sie's gewusst?«, fragte Kluftinger leise.

Hans musterte ihn lange. Er wollte sich aufrichten, doch die Handschellen verhinderten das. Mit einem bitteren Lächeln ließ er sich zurücksinken und schaute auf die Handfesseln. »Sie haben nichts von mir zu befürchten.«

»Das sah vorher anders aus.«

Hans zuckte mit den Schultern. Nach einer Pause sagte er: »Sie hat es mir erzählt.«

»Sie?«

»Die … Baronin.« Er sprach das letzte Wort voller Verachtung aus.

Kluftinger war irritiert. Wieso hätte die Frau das tun sollen? Doch Förster lieferte selbst die Erklärung: »Ich wusste ja immer, dass ich nur ein Pflegekind in meinen Familien war. Kinderliebe war auch nicht gerade deren hervorstechendste Eigenschaft. Warum die jemanden in Pflege haben wollten, ist mir schon klar: Kohle. Ich bin immer wieder abgehauen von den Pflegeeltern. Die hatten ja selber kaum genug zum Leben.« Er lachte bitter. »Aber ich will nicht undankbar sein, immerhin hat mich mein richtiger Vater einfach jemandem vor die Tür gelegt, ohne zu wissen, ob ich verrecke. Das hab ich irgendwann rausbekommen. Und dass es hier passiert ist, in Grönenbach. Ich hab dann nachgeforscht. Die Fotografie ist mein Hobby, da kommt man rum. Von diesem Drecksnest hier hab ich jeden Quadratzentimeter abgelichtet. Irgendwann bin ich natürlich auch aufs Schloss gekommen. Sie werden sich ja vorstellen können, wie überrascht ich war, als ich das Bild mit den gelben Augen gesehen hab. Ich war geschockt und fasziniert zugleich. Da hab ich weitergesucht, bin mal nachts eingestiegen und hab diesen verfluchten Stammbaum entdeckt. Wär besser gewesen, ich hätt den nie gefunden.«

Der Kommissar nickte. Er glaubte zu verstehen, was in dem jungen Mann vorging.

»Jedenfalls hat mich die Alte dann mal überrascht, als ich im Schloss rumgeschlichen bin. Da hab ich sie zur Rede gestellt. Gesagt, dass mir auch was von dem Kasten da zusteht. Da hat die erst ganz schön dumm geschaut. Und dann hat sie …« Er rüttelte an den Handschellen, und Kluftinger fuhr zusammen. »Sie hat gesagt, dass ich nur ein Bastard sei«, schrie er. »Dass ich gar nichts bin, dass es mich nicht mehr geben sollte, wenn es nach ihr gegangen wäre. Getilgt hätte sie mich gern, wie die zwei Kinder auf dem Gemälde. Das sei ihr teurer als jedes Kind, hat sie gesagt. Sie hat mir auch die Geschichte dazu erzählt. Niemand würde mehr was von den Kindern darauf erkennen, wie in ihrem Leben auch.«

Kluftinger horchte auf.

»Ja, Kinder hat sie gesagt. In dem Moment habe ich überhaupt erst davon erfahren, dass ich eine Schwester hatte. Obwohl ich irgendwie immer das Gefühl hatte, unvollständig zu sein. Verstehen Sie das?«

Der Kommissar zuckte mit den Schultern.

»Und dann hat sie mir haarklein geschildert, wie das gelaufen ist, in dieser unseligen Nacht.« Seine Augen füllten sich mit Tränen. »Ich wollte doch immer nur eine Familie, wie alle anderen.«

Nach ein paar Minuten, die Kluftinger schweigend neben ihm saß, hatte sich der Mann wieder gefangen. Der Kommissar nutzte das für eine weitere Frage: »Aber warum haben Sie dann die Frau umgebracht und nicht den Mann?« Kluftinger fand, dass seine Frage etwas unglücklich gestellt war, und schob rasch nach: »Oder gar niemanden?«

»Weil er mein Vater war. Vielleicht hätte es eine Chance für uns gegeben, das alles hinter uns zu lassen. Und so, wie die Sache für mich aussah, war sie doch die treibende Kraft. Ohne sie wäre alles anders gekommen in meinem Leben.«

Kluftinger schluckte. »Das hat Ihr Vater offenbar genauso gesehen.«

Hans kniff die Augen misstrauisch zusammen. »Wie meinen Sie das?«

»Zefix, dass mir das nicht schon früher aufgefallen ist! Also, Ihr Leben, das ist doch wie in dem Märchen.«

»Wie im Märchen? Das trifft's jetzt wohl nicht ganz …«

»Nein, ich meine, wie bei Hänsel und Gretel. Deswegen hat Ihr

Vater alle Hinweise auf diese Geschichte aus dem Schloss und dem Wald beseitigt. Jetzt erst versteh ich das Ganze.«

Hans sah betroffen aus. »Wie in meinem Traum …«

»Was für ein …«

»Ach nichts, ein Alptraum, wenn Sie so wollen. Zwei Kinder, die allein im …« Er schüttelte den Kopf. »Was soll's. Schwachsinnige Fantasien.«

»Ihnen ist schon klar, dass Ihr Märchen kein glückliches Ende finden wird?«

Hans nickte nur.

»Haben Sie deswegen das Schloss angezündet?«

Das Gesicht des jungen Mannes wurde blass. »Ich wollte, dass mein Vater die Sache endlich aufklärt, dass er zu mir steht, aber dann hat sich diese feige Sau umgebracht. Und damit endgültig alles zerstört. Fast jedenfalls.«

»Verstehe, bis auf das Schloss. Und hier haben Sie dann übernommen.« Kluftinger erhob sich. »Man bringt Sie jetzt erst mal ins Krankenhaus.« Als er nach draußen geklettert war, rief ihm Hans noch etwas zu.

»Ich wollte Ihnen nichts tun, ehrlich.«

Der Kommissar zuckte mit den Schultern. »Das werden wir wohl nie erfahren.« Er wandte sich ab, hielt aber noch einmal inne. »Das mit dem Gift ist mir schon klar, Sie kannten das aus Ihrer Zeit in dem Restaurant. Oder hat der Prinz Ihnen das besorgt?«

Förster winkte ab.

»Schön, das werden wir noch klären. Aber warum haben Sie sie so umgebracht?«

Die Antwort kam prompt und ohne Bedauern: »Ich wollte, dass sie weiß, warum sie gehen muss. Ich hab ihr alles erzählt. All die Scheiße, die ich in meinem Leben durchgemacht hab, weil ich keine Eltern gehabt hab. Ich wollte, dass sie alles mitbekommt. Ein langsames Martyrium. So wie meins.«

37

Nachdenklich ging Kluftinger zu seinem Auto. Nach dem, was der junge Mann ihm erzählt hatte, waren seine Taten eine ungewöhnliche Mischung aus blinder Wut und wohlüberlegter Rache. Es würde nicht einfach sein, dafür ein passendes Urteil zu finden, und wieder einmal war er froh, dass das nicht zu seinen Aufgaben gehörte.

Als er beim Auto angekommen war, sog er scharf die Luft ein: Aschereste bedeckten den Lack, die Schleife auf dem Dach hatte schwarze Rußflecken. Er sah auf die Uhr: fast zehn! Wenn er das vor dem mit Erika vereinbarten Zeitpunkt noch beheben wollte, musste er wie der Teufel fahren.

Er warf sich förmlich in den Sitz, ließ den Motor aufheulen und legte einen Kavalierstart hin. So gut es bei dieser Menschenmenge ging, fuhr er den engen Weg zur Hauptstraße hinab. Kurz vor der Einbiegung stieg er mit voller Wucht auf die Bremse: Tante Josefa! Ihm wurde heiß und kalt zugleich. Noch einmal sah er auf die Uhr. »Zefix!« Für einen Moment spielte er mit dem Gedanken, sie hierzulassen. Sie hatte sich sicher unter die Schaulustigen gemischt, es würde sich schon jemand finden, der sie heimbrachte.

Dann besann er sich aber eines Besseren. Nein, seine alte Tante hier allein in all dem Chaos – das war nun wirklich keine Option. Er wendete also und fuhr laut hupend den Weg wieder hinauf. Doch je heftiger er hupte, desto mehr fühlten sich die Menschen angestachelt, sich ihm in den Weg zu stellen und ihn weiß Gott was zu heißen. Wie sollte er die Frau in all dem Durcheinander nur finden? Und dann auch noch rechtzeitig zur Geschenkübergabe zurück sein?

Doch dann sah er sie. Selig lächelnd kam sie den Hügel herunter – am Arm von Doktor Schwaiger. Kluftinger ließ die Scheibe herunter: »Tante Josefa, komm, ich fahr dich noch schnell heim! Aber beeil dich.«

Sie schüttelte resolut den Kopf. »Du brauchst mich nicht bringen, das übernimmt der Doktor, gell?«

»Es ist mir ein ganz außerordentliches Vergnügen!«

Josefa winkte lachend ab. »Also, Sie sind mir ja einer.«

Kluftinger winkte seine Tante zu sich her und zischte: »Komm, steig ein, du hast doch vorher noch so über den geschimpft.«

»Ich?« Sie klopfte sich theatralisch an die Brust. »Das kann nicht sein.« Dann hakte sie sich wieder beim Doktor ein. »Fahr ruhig zu, Bärle. Beim Herrn Schwaiger bin ich in guten Händen.«

Der Angesprochene tätschelte ihren Arm. »In den besten, meine Liebe, in den besten.«

Kluftinger rang noch einen Moment mit sich, ob er seine Tante in den Fängen dieses Senioren-Langhammers zurücklassen sollte. Andererseits: Wenn *sie* nicht alt genug war, ihre eigenen Entscheidungen zu treffen, wer dann? Er legte also den Gang ein und manövrierte sich rückwärts durch die Leute. Immerhin war das kleine Wägelchen wendig, ein weiterer Pluspunkt ihres Hochzeitsgeschenks.

Den Weg zurück fuhr Kluftinger wie ferngesteuert. Er nahm die Straße kaum wahr, denn er war damit beschäftigt, die sichtbarsten Spuren für seinen unfreiwillig langen Ausflug aus Gesicht und Kleidung zu beseitigen. Vielleicht würde ja gar niemand bemerken, dass er überhaupt weg gewesen war. Dazu musste er aber noch die Rußflecken, die die Asche auf seinem Gesicht hinterlassen hatte, entfernen. Er tat das mit viel Spucke und seinem Taschentuch, und als er endlich damit fertig war, glänzte sein Gesicht nur noch vom Schweiß. Da tauchte das Altusrieder Ortsschild im Scheinwerferlicht auf.

Genau in dem Moment, als er auf den Platz vor der Gaststätte einbog, öffnete sich wie auf Kommando die Tür, und die Gäste strömten heraus, angeführt von Erika. Kluftinger stellte das Auto direkt vor dem Eingang ab, atmete noch einmal tief durch, setzte sein strahlendstes Lächeln auf und stieg aus.

Er wartete, bis sich die Hochzeitsgesellschaft im Halbkreis aufgestellt hatte und das Brautpaar nach vorn gekommen war, dann begann er, noch immer leicht außer Atem: »So, liebe Miki, lieber Markus! Ihr werdet euch ja schon den ganzen Tag fragen, was ihr von uns, also von der Mutter und mir, kriegt. Wir haben lange überlegt und beschlossen, dass wir euch lieber kein Geld schenken.«

Sein Sohn stimmte ein langgezogenes »Ohhhhh« an, und alle lachten. Davon ermutigt, fügte Markus hinzu: »Die vierzehn Euro hätten wir gut gebrauchen können.«

Kluftinger fuhr ungerührt fort, beflügelt von der Vorfreude auf seine Überraschung: »Jaja, spotte nur, aber Geld bekommt ihr ja schon von den Sazukas so viel, dass es einem ganz anders wird, wie ich vorher mitbekommen hab. Aber es sei euch wohl vergönnt. Jedenfalls, von der Mutter und mir kriegt ihr was, was ihr zum einen gut brauchen könnt, was aber andererseits auch was Bleibendes ist, das euch immer an diesen Tag und an euren Bund, den ihr heut geschlossen habt, erinnern wird. Etwas, das es auch nicht an jeder Ecke zu kaufen gibt, etwas Seltenes eben, aber ihr seid es auf jeden Fall wert! Also, hier ist euer Hochzeitsgeschenk.« Dabei machte er eine vage Handbewegung.

Doch weder die Gäste noch die Beschenkten schienen zu verstehen. Kluftinger zeigte nun direkt auf den Smart.

»Da ist es also, jedenfalls, das Geschenk«, sagte er verlegen grinsend.

»Ah, ist es im Auto versteckt, Papa?«, fragte Yumiko vorsichtig.

Kluftinger schmunzelte. Ja, mit einem so großzügigen Geschenk hatten sie nicht gerechnet.

»Versteckt? Nein, also, quasi, es wär das Auto.«

»Nein, Vatter, oder?«

»Ja, das hättet ihr jetzt nicht erwartet, weil ihr gedacht habt, ich wär zu geizig, gell? Ach was, Schwamm drüber – Schlüssel steckt. Allzeit gute Fahrt!«

Die ersten Gäste klatschten zaghaft in die Hände.

»Oh, na, das ist ja mal eine … Überraschung! Vielen Dank«, rief Yumiko.

»Ich hab's fast befürchtet«, entfuhr es Markus, worauf ihm seine Frau einen Stoß in die Rippen versetzte.

Aha, geht das bei denen jetzt schon los, dachte Kluftinger mit einer gewissen Schadenfreude.

»Aber ihr freut's euch schon, oder, Kinder?«, fragte Erika besorgt.

Markus nahm sie in den Arm. »Logisch freuen wir uns! Der ist doch ideal, in Erlangen kommt man mit einem kleinen Auto eh besser klar. Danke, Mama, danke, Vatter, ihr spinnt ja, so ein großes … ich mein … teures Geschenk!«

Nachdem das Brautpaar zufrieden schien, brandete nun auch der Applaus merklich auf, und die Gäste gingen um das Auto herum, um es zu begutachten.

»Riecht ein bissle nach Rauch«, stellte Onkel Sepp fest. »Ist das ein Diesel?«

»Ja, riecht irgendwie komisch«, pflichtete ihm Erika bei, die nun die Rußspuren an der Schleife bemerkte.

Bevor sie Verdacht schöpfen konnte, zog Kluftinger sie ungestüm an sich. »Hammer's doch richtig gemacht, hm?« Zur Sicherheit drückte er ihr noch einen flüchtigen Kuss auf den Mund.

Yoshifumi Sazuka nahm das Auto ebenfalls genau in Augenschein, dann kam er zu ihnen und sagte: »Nice car. Very small. Perfect in Japan also. No room for real cars.«

»Hai«, antwortete Kluftinger erleichtert. Sicher, die Geschenkübergabe war nicht ganz der Knaller gewesen, den er sich erhofft hatte, aber gegen den Geldsegen, den die Sazukas über dem Hochzeitspaar ausgeschüttet hatten, war eben schwer anzukommen. Inzwischen schienen die Kinder das Geschenk doch ganz gelungen zu finden.

»What is *Manner?*«, wollte der Japaner nun wissen.

»Zum Essen.«

»The car?«

Kluftinger hatte keine Lust auf komplizierte Erklärungen, deswegen sagte er nur: »I tell you morgen.«

Die ersten Gäste machten sich auf, in den Saal zurückzukehren, weswegen Erika ihren Mann am Ärmel zog. »Und deine Rede?«, zischte sie.

»Hier draußen? Ich mein …«

»Jetzt oder nie, Butzele!«

Kluftinger räusperte sich, dann versuchte er, sich auf das zu konzentrieren, was er sich überlegt hatte. Wie war das noch? Wie hatte er in seine Ansprache einsteigen wollen?

»Also, ich hab noch was«, krächzte er schließlich.

Keiner nahm davon Notiz, weswegen er durchs Fenster in das Auto langte und einmal kurz die Hupe betätigte. Alle machten gleichzeitig einen Satz und starrten den Kommissar entgeistert an. Er merkte, wie die Äderchen auf seinen Wangen sich mit Blut füllten.

»Also, ich muss … ich soll, also, jedenfalls darf ich euch ja noch was mit auf den Weg geben. Also, halt euch zwein, Markus und Miki, nur damit das klar ist, jetzt … nicht allen Gästen, nicht dass ihr meint …«

Sosehr er auch versuchte, sich an sein Redekonzept zu erinnern – es war ihm entfallen. *Zefix!* Was hatte der Doktor gesagt? Er solle auf sein Herz hören. Und das sollte ihm weiterhelfen? Er leckte sich nervös die Lippen und schloss die Augen. Und dann verstand er, was der Doktor gemeint hatte. Er würde die Gesellschaft einfach ausblenden und sagen, was es aus seiner Sicht zu sagen gab. So, wie er es sah.

»Liebe Kinder, heut ist ein wichtiger Tag für euch. Ein Tag, der die Weichen in eurem Leben stellt …«

Er hielt inne. Nein, das traf es nicht, das war das übliche Zeugs, das man bei Hochzeitsreden hörte. Aber es war nicht das, was ihm auf der Seele lag.

»Das Leben läuft nicht immer so, wie man es plant. Du bist auch einfach so gekommen, Markus.«

Seine Mutter und Erika rissen entsetzt die Augen auf. Er kam besser schnell zur Sache.

»Und jetzt du, Yumiko. Und ausgerechnet für unseren Markus hast du dich entschieden, dazu herzlichen Glückwunsch, aber ich sag dir gleich: Ganz leicht wirst du es nicht haben, weil … ein bissle was hat er schon auch von mir.«

Kluftinger machte eine kurze Pause, weil sich Gelächter erhob. Wohlwollendes Gelächter.

Er war also auf dem richtigen Weg.

»Wisst ihr, ich habe mir nichts wirklich ausgerechnet für mein Leben. Mein Vater hat gesagt, dass es das Beste wär, wenn ich Polizist werde, und ich bin Polizist geworden.«

»Und es hat dir nicht geschadet!«, rief Kluftinger senior dazwischen.

»Was ich damit sagen will: Manchmal kommt es ganz anders. Und manchmal sogar viel, viel besser. So war es bei mir mit meiner Familie.«

Er sah, wie Erika sich ergriffen an die Brust fasste.

»Ihr seid mein Glück, eigentlich das Einzige im Leben, worauf ich wirklich stolz bin. Also, was kann ich euch mitgeben fürs Leben? Und damit mein ich nicht mein Geschenk, obwohl das schon ein wirklich sehr tolles Geschenk ist, nicht dass da Zweifel aufkommen, gell?«

Markus nickte lachend.

»Also, was soll ich euch sagen? Ausgerechnet ich? Ich will keine großen Worte machen von wegen ewiger Liebe und Respekt. Das wisst ihr eh alles. Aber eine Kleinigkeit kann ich euch doch raten, egal was ihr in der Zukunft tun werdet – und wenn ihr einen Biobauernhof aufmacht. Auch da stehen wir immer hinter euch. Aber ausmisten tu ich nicht, dass das schon mal klar ist.«

Wieder Gelächter.

»Mein Rat ist derselbe, den ich auch von meinem Vater bekommen hab am Anfang meiner Ehe, und den hab ich immer beherzigt. Ihr werdet euch streiten, in die Haare kriegen, manchmal vielleicht sogar ein bissle anschreien. Das dürft ihr, und das sollt ihr auch, denn so eine weichgespülte Harmoniesuppe, das hält doch kein Mensch aus. Aber, und das ist mein Rat, nein, mein Befehl: Geht nie im Streit ins Bett. Am Abend sagt man sich gut Nacht, gibt sich ein Bussi und ist wieder gut, verstanden?«

Yumiko hatte feuchte Augen. Sie nickte und nahm Markus am Arm.

Kluftinger fühlte sich ermutigt, noch ein bisschen mehr auf die Tränendrüse zu drücken: »Was ihr heut für ein Geschenk gekriegt habt, das ist viel mehr als ein Auto, das ist auch mehr wert als Geld: Ihr habt jetzt einen Vertrauten fürs Leben, einen, zu dem ihr heimkommen könnt, ob's euch gutgeht oder nicht. Also das, was wir immer für euch gewesen sind. Und auch immer bleiben werden.«

Kluftinger spürte, wie sich seine Kehle langsam zuschnürte. Dann brandete ein lang anhaltender Applaus auf, in den sich deutlich vernehmbar auch das Schluchzen einiger Gäste mischte.

Kluftinger ging einen Schritt auf das Brautpaar zu und drückte die beiden an seine Brust.

Erika kam dazu, und so standen sie eine ganze Weile, bis Markus seinen Vater beiseitenahm.

»Reschpekt!«, flüsterte er ihm ins Ohr. »Du hast da übrigens noch was.«

Er befeuchtete ein Taschentuch mit Spucke und wischte ihm einen Rest Ruß aus dem Gesicht, den Kluftinger übersehen hatte. Kluftinger wollte schon protestieren, da sagte Markus: »Wo warst denn die ganze Zeit?«

Der Kommissar schluckte. »Hast du gemerkt, dass ich …«

Markus grinste.

»Und die Mama?«

»Vatter, ich glaub, außer mir hat's niemand bemerkt.«

Immerhin, dachte der Kommissar. Doch dann fühlte er das Bedürfnis, sich wenigstens bei seinem Sohn dafür zu entschuldigen, dass sich an dessen wichtigstem Tag wieder mal seine Arbeit in den Vordergrund gedrängt hatte. »Bub, es tut mir echt leid, dass ich nicht da war, ich mein …«

Noch einmal zog ihn Markus an sich. »Weißt du, du warst immer da. Ehrlich. Und du bist ein brutal guter Vatter. Und jetzt …« Markus blickte sich um, dann flüsterte er: »Jetzt wirst du ein genauso guter Großvatter.«

Diesmal weiß er, dass er träumt.

Es ist derselbe Traum wie immer. Doch etwas ist etwas anders.

Es war nie gut, wenn etwas anders war.

Diesmal schon.

Wieder steht er vor dem seltsamen Häuschen. Und wieder ist da das Feuer.

Aber diesmal brennt nicht seine Schwester. Diesmal brennt das Häuschen.

Es riecht so gut nach frisch gebackenem Kuchen.

Er sucht nach ihr, und plötzlich steht sie da.

Sie sieht anders aus, blass. Trägt nur ein dünnes Leibchen. Wie ein Leichenhemd.

Ihr muss kalt sein, doch sie beklagt sich nicht. Streckt ihm die Hand entgegen und sagt: »Komm, Hans.«

Schweigend gehen sie durch den Wald. Die Sonne scheint über ihnen. Vögel zwitschern.

»Ich wollte dich beschützen«, sagt er nach einer Weile.

Sie lächelt. »Ich weiß.«

»Aber ich konnte nicht.«

»Dich trifft keine Schuld.«

Sie laufen schneller, lassen den Wald hinter sich, gelangen an einen See. Nur ein kleines Boot führt hinüber. Gerade groß genug für einen von ihnen.

»Es sieht aus wie eine Ente«, sagt er.

Sie nickt. »Du musst jetzt gehen, geliebter Bruder.«

Er steigt in das Boot, fährt über das Wasser. Am anderen Ufer dreht er sich um.

Sie ist weg.

Er ruft nach ihr, doch er weiß, dass sie nicht zurückkommt. Nie mehr. Also läuft er weiter. Immer schneller. Rennt.

Bis zu einem Schloss. Es ist alt und hat eine Brücke, die über einen Graben zu einem großen Portal führt.

Er klopft, doch niemand öffnet ihm.

In seiner Tasche findet er einen Schlüssel. Damit sperrt er die Tür auf.

»Ich bin zu Hause«, ruft er. Niemand antwortet. Er geht in den Garten.

»Keiner da?«

Vor ihm liegt die Antwort: drei Gräber, frisch aufgeschüttet, mit einfachen Holzkreuzen. Darin eingeritzt drei Worte: Vater, Mutter, Margarethe.

Er fällt vor ihnen auf die Knie. Schreit. Weint.

Von den heißen Tränen, die seine Wange hinunterlaufen, wacht er auf.

Er weiß, dass er den Traum nicht wieder träumen wird.

Denn die Geschichte endet hier. Er denkt an die Gräber und lacht ein ersticktes Lachen.

Wenn sie nicht gestorben wären …

Dank

Wie immer gibt es ein paar Menschen, denen wir einiges zu verdanken haben, was die Entstehung dieses Buches angeht.

Da wäre zum Beispiel Rita Winter, die sich für uns als unersetzliche Dolmetscherin des »Lodensprechs« erwiesen hat: Sie sorgt dafür, dass das, was wir uns als Niederbayerisch vorstellen, auch wirklich wie Niederbayerisch klingt. Schade eigentlich, dass der Lodenbacher nun im wahrsten Sinne des Wortes nicht mehr so viel zu sagen hat. Obwohl, man weiß ja nie …

Wir bedanken uns bei Axel Mehmel, der uns bei einer Führung durch das Grönenbacher Schloss die entlegensten Winkel dieses Bauwerkes gezeigt hat, so dass wir dem Gemäuer nach Sonnenuntergang nun nicht mehr näher kommen wollen als unbedingt nötig.

Ganz besonders möchten wir uns bedanken bei Professor Dr. Viktoria Eschbach-Szabo – und das für zwei Dinge: erstens, dass sie sich im Zug, nachdem wir dort wieder einmal (zu?) lautstark über das neue Buch, insbesondere die kulturellen Unterschiede zwischen dem Allgäu und Japan, diskutierten, als Expertin zu diesem Thema outete – nämlich als Inhaberin der Professur für japanische Sprachwissenschaft an der Eberhard Karls Universität Tübingen. Zweitens, dass sie uns in der Universitätsstadt empfangen hat und all unsere Fragen, die im Zusammenhang mit dem ultimativen Culture-Clash Allgäu-Japan im Raum standen, mit Engelsgeduld beantwortet hat. Und uns sogar noch auf einige neue Ideen gebracht hat. Ihr hat Kluftinger in diesem Buch vieles zu verdanken, wenn auch nicht alles besonders angenehm für ihn sein dürfte.

Dank gebührt auch Steffen Haase. Wer das Buch bereits vor diesen Zeilen gelesen hat – und das ist ja der Grund, warum sie hinten stehen –, der wird nun innehalten. Den Haase gibt es wirklich? Ja und nein. Denn der Namenspatron hat dafür, im Roman aufzutauchen, einen nicht unwesentlichen Geldbetrag gespendet. Alles natürlich für einen guten Zweck, und zwar nicht unsere Alterssicherung, sondern die Kartei der Not, das Leserhilfswerk der *Augsburger Allgemeinen Zeitung*. Was für ein Charakter dieser Haase werden würde, wusste er natürlich nicht, und wir entschuldigen uns dafür. Nur um das klarzustellen: Wir kennen den echten Haase nicht persönlich.

Wir danken wie immer, aber nicht weniger herzlich, den drei Frauen, die für unser Bücherschreiben so wichtig sind. Unserer Lektorin Michaela Kenklies, die es immer trefflich versteht, Kritik so in Lob einzupacken, dass wir sie gar nicht bemerken. Und unseren beiden Ehefrauen, die mit der Kritik weniger zimperlich umgehen, was uns aber genauso unschätzbare Dienste erweist.

Natürlich gibt es noch mehr, die am Entstehen eines Buches teilhaben, die zu erwähnen den Rahmen sprengen würde. Deswegen können wir leider Theresa Schenkel und ihrem Marketingteam mit Beate Riedel nicht danken, die mithilft, den Menschen überhaupt erst bekanntzumachen, dass es einen neuen Kluftinger gibt. Ebenso müssten wir eigentlich dem Droemer-Presseteam um Carsten Sommerfeld und Monika Neudeck danken. Und natürlich unserer vorzüglichen Presseagentur Politycki und Partner: Mit Birgit Politycki und ihrer Mitarbeiterin Lisa Bluhm arbeiten wir seit Jahren vertrauensvoll zusammen.

Schade, dass wir die alle nicht nennen können, denn gerade in Zeiten, in denen über Wert und Preis gedruckter und digitaler Werke so kontrovers diskutiert wird, wäre es besonders wichtig zu zeigen, wie viel Arbeit hinter den Kulissen nötig ist, um ein Buch in den Handel und schließlich zum Leser zu bringen. All diesen guten Geistern, ob nun namentlich genannt oder nicht, gebührt unser Dank.

Bei der Recherche zum Buch hat uns Ulrich Storr mit seinem

naturwissenschaftlichen Sachverstand zum Thema Gifte sehr hilfreiche Tipps gegeben. Vielen Dank für die detaillierten Informationen und die Bereitschaft, uns zu unterstützen.

Und auch diesmal gilt unser Dank der Allgäuer Polizei, die uns immer weiterhilft, wenn wir wissen wollen, wie es bei Kluftinger im Büro so zugeht, auch wenn wir noch so seltsame Fragen stellen. Dass wir den Schießstand der Kemptener Kollegen in Augenschein nehmen durften, hat uns bei unserer »Schießkino-Szene« ungeheuer geholfen.

Dem scheidenden Polizeipräsidenten Jürgen Memel sagen wir noch mal extra danke für seine Offenheit und Kooperationsbereitschaft und wünschen ihm einen schönen Ruhestand, der hoffentlich angenehmer ist als Lodenbachers Ministerialkarriere. Dass der zusammen mit Ihnen den Chefsessel verlässt, ist übrigens reiner Zufall. Denken wir.